U0506433

〔宋〕劉辰翁 著
吴企明 校注

劉辰翁詞校注

上海古籍出版社

圖書在版編目(CIP)數據

劉辰翁詞校注/(宋)劉辰翁著；吴企明校注．—上海：上海古籍出版社，2015.12（2019.5重印）
（中國古典文學叢書）
ISBN 978-7-5325-7844-3

Ⅰ.①劉… Ⅱ.①劉… ②吴… Ⅲ.①宋詞—注釋 Ⅳ.①I222.844

中國版本圖書館CIP數據核字(2015)第247012號

本書出版得到國家古籍整理出版專項經費資助

中國古典文學叢書

劉辰翁詞校注

[宋]劉辰翁　著

吴企明　校注

上海世紀出版股份有限公司
上　海　古　籍　出　版　社　出版

(上海瑞金二路272號　郵政編碼200020)

(1) 網址：www.guji.com.cn

(2) E-mail：gujil@guji.com.cn

(3) 易文網網址：www.ewen.co

上海世紀出版股份有限公司發行中心發行經銷

上海展强印刷有限公司印刷

開本 850×1168　1/32　印張 20.75　插頁 5　字數 450,000

2015 年 12 月第 1 版　2019 年 5 月第 2 次印刷

印數：1,801-2,350

ISBN 978-7-5325-7844-3

I·2979　定價：78.00 元

如發生質量問題，請與承印公司聯系

電話：021-66366565

前言

劉辰翁（一二三二——一二九七），字會孟，號須溪，吉州廬陵（今江西吉安）人，是南宋著名的學者、散文家、詩人、詞人。

廬陵在兩宋時是一個人材輩出的地方，前有歐陽修，繼有胡銓、楊萬里，他們或則精忠貫日月，或則文章昭河漢。到宋末元初，劉辰翁奮起于諸公之後，崛起于南宋文壇之上。他學識賅博，善為文，工詩詞，擅書法，著述富贍，有須溪集一百卷〔一〕，詩文評點十餘種〔二〕。他不僅以忠信鯁直聞名于世，也以卓然文名見重于時，人稱須溪先生〔三〕。他的詩詞、散文創作，上繼韓、歐、蘇、辛，下開蒙元文風。元代吴澂説：「叙古文之統，其必曰唐韓、柳二子，宋歐陽、蘇、曾、王、蘇五子也。宋遷江南百五十年，諸儒孰不欲以文自名，可追配五子者誰歟？國初廬陵劉會孟氏突兀而起，一時氣燄震耀遠邇，鄉人尊之，比于歐陽。」〔四〕劉辰翁在中國文學史上的地位，應該是很高的。可是，長期以來，劉辰翁及其詩詞、散文創作，没有受到應有的重視，評論很少，有關他的傳記資料，如錢士昇南宋書、柯劭忞新元史、陸心源宋史翼、厲鶚宋詩紀事、萬斯同宋季忠義録、黄宗羲宋元學案、江西通志、吉安府志、廬陵縣志諸書中的劉辰翁傳，不惟内容簡略，也時見疏誤。造成這種現象，推究其由，大體因須溪集過早散佚。四庫館臣曾説：「須溪集，明人見者甚罕。」〔五〕清代纂修四庫全書時，也只有須溪紀鈔、須溪四景詩集兩種傳世，編纂者因據永樂大典輯得須溪詩、詞、文若干，編成須溪集十卷，世稱「永樂大典本」。今人段大林整理劉辰翁集，將十卷本須溪集與須溪四景詩集、須溪紀鈔合在一起，又從永樂大典、湖山類稿、簡齋集、劉須溪先生集略、江西詩徵、廬陵縣志、江西通志等書中裒集須溪作品三十二篇，作為「補遺」，全集總計凡八百十篇，這與劉將孫編集的須溪先生文集相比，不過是原書的十分之一强。其次，現存須溪集的許多作品，迭經傳鈔、刊刻，譌誤奪衍的地方很多，造成艱澀難讀的現象。四庫全書總目提要評曰：「即其所作詩文，亦專以奇怪磊落為宗，務在艱澀其詞，甚或至于不可句讀。」館臣們没有顧及劉辰翁的文學主張和須溪集傳流的特殊情況，評騭未免失當。胡思敬是這樣解説的：「其艱澀處，多由舛誤所致。」〔六〕胡氏還曾提到，沈曾植允諾他代為校勘須溪集，但「久之音信杳然，殆亦難于著手」。歷代評論家所以没有重視須溪的創作活動，没有將他放在文學史應有的地位上，與文集的過早散佚和傳世作品多所舛誤有密切關係。

劉辰翁的須溪詞，存詞三百五十三首（含補遺），在宋人詞集中，其數量僅次于辛棄疾。但是前人論南宋詞，常常標舉格律派詞人，對劉辰翁重視不够，評論很少。明人毛晉汲古閣刻宋六十名家詞，未收須溪詞，因而流傳不廣。直到近代，朱祖謀刻彊村叢書，才收録須溪詞。歷代的詞選本，也很少選録須溪詞作，元草堂詩餘僅選四首，歷代詩餘選四首，朱彝尊詞綜選三首，朱祖謀宋詞三百首選四首。楊慎詞品、卓人月詞統、沈雄古今詞話、王奕清歷代詞話，雖説都曾評論過須溪詞，然僅是片言隻語，直到清末況周頤蕙風詞話，才對須溪詞作出了較為公允的評價。因而，校注須溪詞，聯繫須溪的文學思想和詞學主張，對之進行全面的分析研究，認真探討其思想藝術價值，從而充分論述劉辰翁在詞史上的地位，防偏救弊，顯得十分重要。

劉辰翁身處宋、元易代之際，目擊宋王朝的淪亡，深切感受金甌破碎的悲痛，備嘗遺民屈辱的苦楚，民族恨、家國痛，填塞胸膺，因而他常用中鋒重筆，寫下許多動人心絃、感人肺腑的詞章。愛國詞，是須溪詞的基本内容，詞人對宋末元初廣闊的社會生活，作了多角度、多層面的描繪，傾注了自己發自内心的真實感情。這些詞，是用血淚寫成的。如他寫于臨安淪落第二年春天的蘭陵王丁丑感懷和彭明叔，詞人懷著極度悲慟的心緒，追憶一年前發生在臨安的宋王朝君臣被押送去燕京的史實。三叠詞，三層意。前叠總述臨安人目睹馬去帆遠的情事，他們是歷史的見證人，縱然時隔千年，也會牢記住「當日」的悲慘情景。二、三叠分别憑借王昭君和周穆王的典故，叙寫太后北去途中的心態、意願和恭帝離宫去國的悲慟。全詞語絶，愁絶，哀絶。與這首詞互為表裏的蘭陵王丙子送春，則通篇采用比興手法，以「春去」綰帶全詞，通過一系列春末特有的意象，象徵宋王朝淪亡和君臣北去的現實，寄託了詞人深切的亡國之痛。須溪詞裏，有許多題咏「送春」的篇章，如虞美人客中送春、八聲甘州送春韻、沁園春送春、摸魚兒甲午送春、山花子春暮等，這些作品，絶不是感傷春光流逝的陳詞濫調，而是成功地運用象徵手法，抒寫詞人對于國家興亡的深深感慨。這種藝術表現手法，肇自辛棄疾，如他的摸魚兒：「更能消幾番風雨，匆匆春又歸去。惜春長怕花開早，何況落紅無數。春且住！見説道、天涯芳草無歸路。……」但是，時代不同，寄慨也便不同。稼軒借春詞寫出自己對宋王朝國勢日益衰微的預感和憂慮，而劉辰翁則面對宋王朝覆亡的嚴酷現實，所以他的詞，雖説缺乏那種金戈鐵馬、奔騰馳逐的激動人心的境界，但却能鍥入遺民心靈深處，反映出遺民的心理特徵，情辭極為淒苦。厲鶚説：「送春苦調劉須溪。」〔七〕可算是抓住了須溪春詞的本質特徵。

臨安，在南宋遺民的心目中，是王朝的象徵、故國的代表。須溪經常通過對臨安的深情憶念，寄託他淳厚的故國之思。須溪好友尹濟翁説他「曾聞幾度説京華」〔八〕，「説京華」確實是須溪愛國詞的重要側面。他曾于離别臨安十六年之後的甲申年（一二八四），帶着兒子將孫到臨安憑弔，寫下著名的金縷曲聞杜鵑，發抒黍離、麥秀之悲。這類詞，最有代表性的作品，便是他的絶筆之作寶鼎現春月。詞的前二疊，著意鋪寫南宋京城臨安燈節的繁華景象，歌與舞共喧闐，月與燈相輝映，珠簾綺户相連，神仙才子往來，一派歌舞昇平的景象，詞人完全陶醉在美好的追憶之中，表現出他深厚的愛國情。第三疊云：

腸斷竹馬兒童，空見說、三千樂指。等多時、春不歸來，到春時欲睡。又說向、燈前擁髻。暗滴鮫珠墜。便當日、親見霓裳，天上人間夢裏。

詞意陡然一轉，反跌出詞的宗旨來：京華的繁麗，都已煙消雲散；美好的回憶，只成「天上人間夢裏」。元人張孟浩從極寫歡樂的字句裏，却看到了詞人悲咽悽楚的心態，説這首詞「反反覆覆，字字悲咽」〔九〕，評說的中肯綮。

南宋詞人還常常借助咏物詞，抒寫愛國情思。王沂孫最擅長運用這種藝術手段。須溪詞中也有許多咏物詞，如踏莎行雨中觀海棠：「命薄佳人，情鍾我輩。海棠開後心如碎。斜風細雨不曾晴，倚闌滴盡胭脂淚。」詞人將家國之痛交織進愛花、惜花的情感裏，以雨中海棠形容憔悴的藝術意象，深婉蘊藉地表現出自己在國步艱難時對美好事物備受摧殘的感喟，抒寫自己的期待、失望、嘆惋、感傷的複雜的內心感受。須溪摹寫「雨中海棠」這個物象，逼真貼切，似其形，得其神，又能托物賦志，不晦不拘，不黏不滯，誠為咏物詞中之傑構。又如青玉案微晴渡觀桃：「一年一度相思苦，恨不拋人過江去。及至來時春未暮。兔葵燕麥，冷風斜雨，長恨稠塘路。」時近暮春，舊日稠塘彌望之桃花，經不住冷風斜雨的吹打，凋落殆盡。詞作寄託遥深，黍離之悲，見于言外。

須溪詞中有大量的節令詞。每逢「元宵」、「花朝」、「三月三日」、「端午」、「七夕」、「中秋」、「重九」、「除夕」等節令，詞人每每興起感舊傷懷、眷念故國的思緒，並形諸筆墨，寫成詞章。其中咏寫上元賞燈和重九登高的作品，最多，最好。永遇樂詞序云：「余自乙亥上元誦李易安永遇樂，為之涕下。今三年矣，每聞此詞，輒不自堪。遂依其聲，又托之易安自喻。雖辭情不及，而悲苦過之。」這首詞寫于宋端宗景炎二年（一二七七），近距元兵入臨安僅一年，遠離李清照寫永遇樂已相隔一個世紀。詞人環繞元宵燈節落筆，將兩京（汴京、臨安）的變遷、兩人（易安和自己）的遭際、今昔的感慨，拍合起來，融為一體，構成詞境，以憶念故都命意，寫出詞人在祖國多難、民族受辱時的切身體念。須溪筆下的元宵夜，常是無燈無月，詞裏屢屢提到「禁燈」、「禁夜」，如望江南元宵詞云：「天上未知燈有禁，人間轉似月無情。」卜算子元宵詞云：「十載廢元宵，滿耳番腔鼓。」江城梅花引辛巳洪都上元詞云：「長笑兒童忙踏舞，何曾見，宣德棚，不夜城。」憶秦娥詞云：「燒燈節。朝京道上風和雪。風和雪。江山如舊，朝京人絕。」這些詞，真實地反映出蒙元統治階級在元宵節禁止張燈、戒備森嚴、防止譁變的歷史面貌，也細緻地表現出宋末遺民在「鐵馬蒙氈，銀花灑淚，春入愁城」（柳梢青春感）的景況下度過元宵佳節時的淒苦心情。

須溪的登高詞，絕無憑弔古今和人生感嘆的空泛情調。詞人滿懷激情，寫出自己登高的興會：「高高況是興亡處。望平沙、落日湖光，暗淮沉楚。」（金縷曲古巖和去年九日約登高韻再用前韻）登上高山，望見淪為敵境的楚山淮水，是處獻愁供恨，觸發了詞人無窮的感傷情懷。他在另一首金縷曲九日即事裏寫道：

寒空舊是題詩處。莽雲烟、纏蛟舞鳳，東吴西楚。千古新亭英雄夢，淚濕神州塊土。
嘆落日、鴻溝無路。一片沙場君不去，空平生、悵恨王夷甫。憑半醉，付金縷。

詞人的愛國熱忱，由登高望遠而被感發起來，隨着如蛟如鳳般的雲烟飛騰，借着新亭對泣的故事，惋惜無人收復北方失土，發抒出「常恨中原無人問」的無限悵恨。另一方面，須溪又寫出自己在宋亡後缺乏登山臨水的雅趣：「風雨重陽。無蝶無花更斷腸。……不用登高。高處風吹帽不牢。」（減字木蘭花甲午九日牛山作）同樣，他又從「山」的一面落筆，金縷曲丙戌九日：「不是苦無看山分。料青山、也自羞人面。秋後瘦，老來倦。」山也會「羞」、「瘦」、「老」，不願見人。這種無意登山臨水和山水不願見人的藝術意想，在詞史上還很少有人表述過，它們極為沉痛地刻劃出宋室覆亡、山河破碎以後遺民心靈深處的創傷。

劉辰翁深情悼念、懷想抗元將士和為國捐軀的英雄，無情揭露、抨擊那些誤國殃民的權奸，這些也是他的愛國詞的重要題材內容。當元軍壓境的時候，有無數熱血志士英勇抗擊元兵，有許多可歌可泣的英勇事迹。劉辰翁對他們敬佩之至，時時懷想他們：「想玉樹凋土，淚盤如露」（蘭陵王丙子送春)，「起舞酹英魄，餘憤海西流」(水調歌頭 癸未中秋吉文共馬德昌泛江)。臨安淪陷以後，他又將復國的希望寄託在閩廣沿海地區繼續抗元的志士身上。「山中歲月，海上心情」(柳梢青 春感)，「漫憶海門飛絮」(蘭陵王 丙子送春)，生動形象地表現出詞人的心情。其師江萬里在元兵逼近家門的時候，投止水(家宅中池名)殉國，須溪為悼念他而作行香子兩首，云：「嘆魏闕心、磻石魄、汨羅身」，將老師喻作屈原。為悼念文天祥而作的鶯啼序詞云：「喚草廬人起，算成敗利鈍，非臣逆睹，至死而已。」他將「知其不可為而為之」的文天祥，比作三國時代的諸葛亮，歌頌他「垂名青史」的光輝業績。齊天樂詞序云：「節庵和示中齋端午齊天樂詞，有懷其弟海山之夢。昨亦嘗和中齋此韻，感節庵此意，復不能自已，儻見中齋及之。」中齋，鄧剡。節庵，賈昌忠。其弟賈純孝，咸淳七年進士，授揚州教授。元兵南下，受文天祥辟，佐其幕，歷仕秘書丞、吏部郎中、右司郎中，從帝昺至崖山。崖山兵敗，純孝抱二女偕妻同時投海死。事見宋史賈子坤傳。齊天樂詞為悼念「沉蘭墜芷」的賈純孝而作，悲慟之情和家國痛、遺民恨交織在一起，感人至深。

須溪的愛憎感情十分鮮明。他對昏聵無能、誤國殃民的權臣、奸佞，趨炎附勢的小人，不思收復北方失土、只圖眼前榮華富貴的人物，一一加以揭露、譴責，寄予極大的憤慨。金縷曲(絕北寒聲動)：「寄語權門趨炎者，這朝廷、不是邦昌宋。真與贗，可能共？」矛頭直指那些取媚賈似道的人。金縷曲和潭東勸飲壽觴：「說邊愁，望斷先生宋。」原注：「時宋京議和。」德祐元年(一二七五)，賈似道無力抵禦元兵，派宋京去元營求和，「請稱臣奉歲幣」〔一〇〕。劉詞抨擊了賈似道屈膝求和、昏庸誤國的罪行。最有代表性的詞作，要算是六州歌頭(乙亥二月賈平章似道督師至太平州魯港未見敵鳴鑼而潰後半月聞報賦此)：

向來人道，真箇勝周公。燕然眇。浯溪小。萬世功。再建隆。十五年宇宙，宮中贋。堂中伴。翻虎鼠，搏鶻雀，覆蛇龍。鶴髮龐眉，憔悴空山久，來上東封。便一朝符瑞，四十萬人同。説甚東風。怕西風。

這首詞對賈似道作了多層面的揭露，形容他是一個妄自尊大、專權擅政、任用小人、排斥賢能、心懷叵測、昏瞶無能、生活荒淫的人物。全詞運用多角度的對比手法，將賈似道的權勢和野心、陰謀和手段、外表端莊肅毅和內心空虛怯懦、邊地的急危軍情和私第的淫樂生活，構成鮮明對照，産生極為强烈的藝術效果，有利于詞旨的開拓和深化。全詞寓諷刺于詼諧之中，寄憤慨于意象之外。這樣一個人，却擔負著都督諸州軍馬抗擊元軍的重任，豈非令人發笑？須溪的言外之意，是不言而喻的。

深厚淳樸的愛國忠忱，滲透在須溪詞的衆多題材中，無論是直接描寫時事的重大題材，或者是寫景、咏物、節令、寄懷、祝壽、唱和諸作，無時無處不抒寫出詞人痛傷淪亡、眷念故國、反對戰亂、渴望安定、反對蒙元貴族集團的侵擾、渴求祖國統一的真情實感。他的愛國詞，唱出了宋元之際愛國士大夫和宋遺民的共同心聲。須溪詞的思想價值，在同時代的詞人中，沒有一個人可以與他相媲美。

須溪詞的藝術成就很高。前代論者或則從字句着眼，難中肯綮；或則以格律律之，更是失之偏頗。劉辰翁自覺地繼承並發展了辛派詞人的藝術傳統，切實實踐自己的詞學主張，深刻地反映出宋元易代之際的時代風貌和遺民心態。須溪詞是宋代豪放詞派在特定歷史條件下的產物，是蘇辛詞派最有光彩的殿軍。

劉辰翁生當宋室末季，既親身遭受權貴的排擯，宦海浮沉不定，又痛傷故國淪喪，忠愛之忱，激憤之情，盤礴于胸中，挾深摯之思慮，浩瀚之氣概，發而為詞，至性至情，由心靈肺腑中涌出。因而他的詞，骨幹氣格凝重深厚，藝術風格沉鬱頓挫，純任真率與纏綿含蘊並存，沉鬱遒上與輕靈婉麗兼有。況周頤論他的詞，獨具隻眼，說：「須溪詞，風格遒上似稼軒，情辭跌宕似遺山，有時意筆俱化，純任天倪，竟能略似坡公。」「須溪詞中，間有輕靈婉麗之作。」（蕙風詞話卷二）況氏誠為須溪的知音者。陳廷焯論詞，主「沉鬱頓挫」，以為作詞之法，「首貴沉鬱」〔一一〕。他評論須溪的蘭陵王丙子送春，說：「題是送春，詞是悲宋，曲折說來，有多少眼淚。」〔一二〕此詞以「春去」綰帶全篇，感時傷世，一唱三嘆，纏綿悱惻，很能體現須溪詞的藝術風格。鶯啼序趙宜可以余議其韻苦心改為之復和之寫重九登高所感，怨歸去來兮，悲嘆好景不常；驚圓月失墜，象徵南宋覆亡；嘆君臣北去，描述江南荒涼。全詞層層鋪叙，反覆纏綿，吞吐盡致，迴腸蕩氣，誠為須溪代表作品。又如沁園春送春，借送春歸去，抒寫亡國悲慟，淒切婉轉，意藴深遠，氣韻内潛，沉鬱凝重。至如六州歌頭乙亥二月……聞報賦此、寶鼎現春月、蘭陵王丁丑感懷和彭明叔韻、永遇樂余方痛海上元夕之習鄧中甫適和易安詞至遂以其事弔之諸詞，都是意極悲慟沉鬱、情極纏綿悱惻，辭極頓挫跌宕，用重筆寫成的名篇。此外，須溪也有一些小詞，寫得輕靈婉麗，别具一格。如浣溪沙感别：「點點疏林欲雪天。竹籬斜閉自清妍。為伊憔悴得人憐。」用輕筆、曲筆，畫出清妍的畫面，抒寫離别情愫，情意濃至。鵲橋仙自壽二首，用輕靈婉曲之筆，超忽飄然之態，渲染馨香濃郁、烟霞迷漫的仙境，顯示出意象跳躍、詞意多變的特點，從而表現出國難深重時期愛國士大夫隱憂難排的沉痛心情，極具藝術魅力。

為了擴大詞的表現力，使詞章更好地適應巨大的歷史變遷和複雜的社會生活，劉辰翁自覺地貫徹辛棄疾的將詩、詞、文、賦熔為一體的詞學主張，因此，散文化也是須溪詞的一個重要藝術特徵。這首先表現為用散文句法寫詞，如雙調望江南胡盤居生日：「嘉熙好，四十二年前。猶記五星丁卯聚，更遲幾歲甲申連。快活共千年。」昭君怨玩月：「月出東山之上。長憶御街人唱。恨我不能琴。有琴心。」金縷曲：「伐木嚶嚶出幽谷，問天之將喪斯文未。」又如沁園春再和槐城自壽韻、水調歌頭和尹存吾、酹江月和朱約山自壽曲時壽八十四諸詞，也都有明顯的以詩為詞、以文為詞的傾向。須溪還用詞來發議論，議論縱横，反覆説理。如臨江仙坐悟：「我去就他甚易，他來認我良難。

悟時到處是壺天。古詩尋一句,危坐看香烟。金玉滿堂不守,菁華歲月空遷。從今飽飯更安眠。丹經都不看,閒坐一千年。」西江月石奇儀嘗授吾奇門式局以為兵法至要日持扇圖自衛,也有以議論為詞的特色。須溪喜用賦的手法寫詞,層層鋪叙,以詞記事,以詞載史,反反覆覆,悱惻淒楚。如摸魚兒酒邊留同年徐雲屋三首、金縷曲送五峰歸九江、鶯啼序感懷、寶鼎現春月等詞。須溪以賦入詞的表現手段,與他的凝重沉鬱的藝術風格相適應,配合默契,相輔相成。

須溪論詞,主張「用經用史」。須溪「讀書破萬卷」,熟悉經語、史事、漢賦、唐詩,因此,純熟地、廣泛地運用典故成語,便成為須溪詞的重要藝術特徵。無論熟典、常典、僻典、雅典、俗典,凡諸經、史、子、集四部典籍中的成語、故事,他信手拈來,靈活運用,或正或反、或明或暗、或借或化,表情達意,得心應手。尤其是那些直接反映重大時事的詞作,通過用典,化常語為雅言,言簡意賅,含蘊深遠。如前舉六州歌頭詞,起首連用輔弼名臣周公、竇憲勒石銘功于燕然、元結歌頌大唐中興的浯溪刻石三典,發揮詩歌意象沿襲性的藝術功能,反脣相譏,有力地諷刺了賈似道的妄自尊大。「堂中伴」,用新唐書盧懷慎傳典,因盧懷慎遇事推諉,時議為「伴食宰相」,詞人借以抨擊賈似道獨攬大權,任用一批無能的、受其制約的伴食官僚。「翻虎鼠」,用李白遠別離詩中的成語:「君失臣兮龍為魚,權歸臣兮鼠為虎。」形象生動地喻稱賈似道權勢熏天,直接威脅帝王的權力,巧妙地揭露了他的狼子野心。「便一朝符瑞,四十萬人同」,用漢書王莽傳典,以王莽喻賈似道,針砭之義甚明。須溪還喜歡運用古小説情節和唐宋人詩詞名句入詞，力求詞意的妥帖、停匀、和雅、深秀。如酹江月中秋待月：「剪紙吹成，長梯摘取。」連用兩典，出自宣室志中「王先生」和「周生」施道術取月兩條，扣「待月」題旨，為全詞增添神奇的情趣。又如滿江紅古巖以馬觀復遺舟約余與中齋和後村海棠韻後寄述懷，連用三則世説新語任誕篇、識鑒篇、賞譽篇中的故事，以表述詞人的雅興和襟懷。減字木蘭花臘月初晴：「月向雪山雲外吐。」吐字妙，實出杜甫月詩：「四更山吐月。」金縷曲丙戌九日：「料青山、也自羞人面。秋後瘦，老來倦。」山瘦，語出唐王建寄上韓愈侍郎：「咏傷松桂青山瘦。」宋代亦有人寫過這樣的詩意：「背秋轉覺山形瘦。」〔一三〕其例甚夥，不多援引。當然，須溪用典，也有不少缺憾，有些熟典，如西州墮淚、新亭對泣、張良取履等，反覆引用，熟而又熟，別無新意。有些僻典，如摸魚兒和謝李同年「種槐不隔鞭蛆惡」、水調歌頭「馬師真只這是，可是甓浮圖」，難明喻意，遂生僻澀之感。甚或有時誤用舊典，如好事近中齋惠念賜詞俾壽不勝歲寒兄弟之意：「元度自傷來暮。」來暮，用後漢書廉范傳典，然廉范字叔度，非字元度。酹江月怪梅一株為北客載酒移寘盆中偉然：「草草東鄰鑿壁。」鑿壁，用匡衡鑿壁偷光事，見西京雜記卷二。然與梅雪無涉，此當用孫康映雪事而誤作匡衡。

須溪詞現存的版本並不多，此次校注，以朱孝臧先生彊村叢書本須溪詞（簡稱彊村本）作為底本，參校文瀾閣四庫全書本須溪集（簡稱文瀾本）、文津閣四庫全書本須溪集（簡稱文津本）、清刻本須溪詞（簡稱清刻本）、全宋詞本須溪詞（簡稱全宋詞），以及元草堂詩餘、明楊慎詞品、永樂大典殘卷、歷代詩餘、花草粹編、翰墨大全等書。朱孝臧先生刊刻彊村叢書時，曾據錢塘丁氏嘉惠堂藏舊鈔本須溪詞校勘過，並參考、引録過吴郡金養之、沈山臣的校語，寫成須溪詞校記，附于集後。筆者將其文字全部迻録入本書校語中，以存丁氏藏鈔本、金校、沈校之原貌。「補遺」八首，編次悉依全宋詞。

歷代評論須溪詞的文字極少，因而本書于每首詞下只列「校」和「箋注」兩欄。有關評論文字，連同傳記資料、紀念詩文、諸書序跋，一併附于書後，供大家參考。

須溪詞前代從未有人箋注過，筆者從事斯業，略無依傍，困難甚多。數年來，旁取博引，不敢稍有懈怠；勤考慎覈，不敢稍有疏忽。儘管如此，書中疏漏誤失之處，仍然很多，衷心希望得到專家學者和廣大讀者批評指正。上海古籍出版社李學穎先生在審稿過程中，提出很多寶貴意見，給筆者幫助極大，趁此付梓的機會，致以深切的感謝。

本書于一九九八年由上海古籍出版社出版，列入宋詞別集叢刊中。十六年來，我一直有一個修訂重版的願望，最近得到社方的允諾，決定重新出版須溪詞，了却我多年的夙願。我既要保持原書的基本面貌，又要作出許多修改，以反映筆者新的研究成果。我重點做了以下三件事：

一、正誤。（一）詞句誤字，如卷一憶秦娥（驚雷節）：「不堪垂髮」，原誤作「下堪」。這是排版的錯誤，不是校勘中的異文問題，已改正。（二）詞篇標點有誤，如卷二唐多令（明月滿滄洲），上闋尾句、下闋尾句，原來均在第三字後標為逗號，今按詞律已改為頓號。此下七首唐多令，均同此例。又如卷一霜天曉角壽賈教：「惟有延平劍氣」，句下原作句號，按詞律當作逗號，已改。

（三）注釋有誤，如卷一卜算子元宵：「十載廢元宵」，原注：「自乙亥（宋恭帝德祐元年）下推十年，則本詞當作于元世祖至元二十二年。」按，元人于宋恭帝德祐二年即丙子年兵破臨安，廢元宵賞燈，非德祐元年。自此下推十年，則本詞當作于元世祖至元二十三年。又如卷二蘭陵王丙子送春：「想玉樹凋土」句，原以世説新語傷逝「埋玉樹著土中」為注，欠當。本詞悲嘆臨安淪陷，宋室傾覆，與世説新語一典無關。當用漢書揚雄傳「翠玉樹之青葱兮」顔師古注「玉樹，武帝所作，集衆寶為之，用供神也」為注，因劉辰翁借「玉樹」指宋室之寶物，趙宋已亡，故曰「玉樹凋土」。卷三金縷曲和潭東勸飲壽觴：「也不待、烹龍炰鳳。」原注：「極為珍貴的食饌。」用李賀將進酒語。舊用王琦説，不妥。按此為烹龍炰鳳，煉製龍鳳膏以照明，用郭憲洞冥記和王嘉拾遺記兩典。李賀善鎔鑄古小説入詩，王琦不明此理，隨意解説，不足為據。今已改正。

二、補充。分兩個層面進行補注：嫌原注不周詳，則補充新内容、新材料；原書没有注出，則新增條目，作出補注。先説第一層面的補注。卷一太常引和香巖上元韻：「但驚破、霓裳數聲」，原注僅注出白居易長恨歌「驚破霓裳羽衣曲」，「霓裳」未注出。因補出白居易和元微之霓裳羽衣曲歌自注及王灼碧鷄漫志，説明霓裳羽衣曲的來源。又如卷一柳梢青春感：「海上心情。」原

注：「詞人遥念南海一隅抗元將士的心情。」須溪有多首詞作表述、抒寫了同樣的心情。然而詞學界著名學者吴熊和先生有異説，他説：「『海上心情』用蘇武在北海矢志守節事，漢書蘇武傳：『(略)』劉辰翁宋亡後的危心苦節，庶幾近之。」(見本書柳梢青春感注〔六〕)為備一説，補注于「海上心情」注後。又卷二水龍吟和南劍林同舍元甲遠寄壽韻：「空猶記、鐵鑪步。」原注僅注柳宗元永州鐵鑪步志，並不能説明問題，只有將柳文的主旨注出來，才能幫助讀者理解須溪的詞意。所以筆者引出柳宗元原文中的部分内容，彰明他寫作此文的意圖。再説説第二層面的補注，有一些詞句和詞意，原來没有作注，現在補出。如卷一減字木蘭花甲午九日牛山作，原注對「牛山」僅作出「此牛山當為廬陵山名」的解説，無書證。今據吉安縣志的記載，牛山即牛形山，補出：「牛形山在安平鄉四十六都嶺背。」以足成「廬陵山名」之意。卷二齊天樂(海枯泣盡天吴淚)「尚有干將，衝牛射斗定何似」二句，原注僅解説「干將」之名，而「衝牛射斗」之詞意没有解出。今補出晉書張華傳中雷焕識劍氣之典，方將兩句詞意完整地解釋清楚。又如卷二虞美人(情知是夢無憑了)：「江山畫出古今愁」，原無注。古代詩人、畫家早有山水畫可以將古今人愁意畫出來的説法，語見韋莊金陵圖詩，今補出。兩個層面的補注合起來，能使詞意注釋愈益豐富和透徹，有利于讀者理解須溪詞。

三、詳細修訂劉辰翁年譜簡編。這次修訂，變化比較大的部分是劉辰翁年譜簡編(以下省稱為簡編)。本書初版時，筆者還没有見到過劉宗彬先生發表于吉安師專學報一九九七年四月出版的劉辰翁年譜一文。後經友人介紹，才獲睹全文。劉先生是否是劉辰翁後裔，不詳。然而他的寫作態度非常認真，獲得的須溪生平資料也非常豐富，尤其是小腀芳徑甘溪劉氏三派五修通譜，是筆者以前不曾見到過的書。劉先生的劉辰翁年譜，十分有助于讀者更好地瞭解他的生平、文學思想，是一篇好文章。筆者修訂拙稿時多所汲取、借鑑。其中，也有一些誤失，在我的修訂稿中一併予以訂正。

筆者原來撰寫簡編時，意在「簡」字上，因此只列譜文，沒有説出相關的資料依據。這次修訂，筆者于每條譜文後，詳細列出原始資料，間作考釋，以提高譜文的信實度和學術質量。除原有譜文外，還增加了不少新的譜文，如「咸淳十年甲戌」一條，新增「四十三歲。本年秋，須溪至長沙訪師。菩薩蠻湖南道中作于旅途中」。依據是須溪的祭師江丞相古心先生文和菩薩蠻湖南道中詞。又如「祥興元年戊寅」一條，新增「四十七歲。春，為友人胡奎誕辰作雙調望江南胡盤居生日。秋，遊華蓋山，與敖秋崖唱和，作齊天樂戊寅登高即席和秋崖韻」，依據是雙調望江南和齊天樂兩詞。年譜中的詩、詞、文作品繫年，可以説容易，也可以説很難。凡有作年的作品，一看就明白，何詞、何文作于何年。但是，有不少作品並沒有寫明作年，只能依靠其他資料加以推算，就比較困難。比如卷一好事近中齋惠念賜詞俾壽不勝歲寒兄弟之意，從詞的内容看，很難判斷本詞的作年。但是當我們讀鄧剡的壽詞，詞中有兩句：「百年方半日來多，且醉且吟去。」鄧剡寫壽詞時，劉辰翁恰好五十歲。鄧剡的壽詞便成為我們推斷本詞作于至元十八年辛巳的重要依據。卷三金縷曲壽陳靜山一詞，無明顯的記年標記。詞云：「我喜明年申又酉」。申，指甲申年，至元二十一年；酉，指乙酉年，為至元二十二年。由此推算，寫作金縷曲的時間，必是至元二十年。劉辰翁集卷七留京詩，難知此詩的作年。詩云：「遠夢孤難到，憑高烟景微。」「十年行役事，俯首輒歔欷。」味詩意，此詩必作于宋亡後十年，須溪到處飄泊，常生感嘆。以此推算，本詩作于至元二十一年。就整個劉辰翁生平資料考察，尚有許多問題没有解决。須溪一生中，還有不少行迹，難以考出；須溪交遊過的不少友人，還不易考出他們的詳細仕履；須溪的許多作品，還難以斷定它們的作年。我們所作的一切工作，還只是簡單地勾勒出須溪生平的輪廓，命之為劉辰翁年譜簡編，正是名實相符。所以本書沿用舊名，只是加上「修訂稿」三字，以示區別。

吴企明

二〇一四年八月

【注】

〔一〕劉將孫須溪先生集序：「今刻為詩八十卷，文又如干。」萬曆吉安府志劉辰翁傳謂「有須溪集一百卷」。

〔二〕詳見本書附録劉辰翁年譜簡編。

〔三〕曾聞禮養吾齋集序。

〔四〕吴澂養吾齋集序。

〔五〕四庫全書總目提要須溪集提要。

〔六〕胡思敬豫章叢書本須溪集校勘續記。

〔七〕厲鶚論詞絶句。

〔八〕尹濟翁風入松癸巳壽須溪。

〔九〕王奕清歷代詞話卷八「劉辰翁寶鼎現」條引。

〔一〇〕萬斯同宋季忠義録卷一。

〔一一〕陳廷焯白雨齋詞話卷一。

〔一二〕陳廷焯詞則。

〔一三〕吴曾能改齋漫録卷八引雪浪齋日記。

目録

卷二

卷三

卷一

望江南 晚晴

朝朝暮〔一〕，雲雨定何如。花日穿窗梅小小，雪風灑雨柳疏疏〔二〕。人唱晚晴初〔三〕。

【箋注】

〔一〕「朝朝」句 宋玉高唐賦：「昔者先王嘗遊高唐，怠而晝寢，夢見一婦人曰：『妾巫山之女也，為高唐之客，聞君遊高唐，願薦枕席。』王因幸之。去而辭曰：『妾在巫山之陽，高丘之阻，旦為朝雲，暮為行雨。朝朝暮暮，陽臺之下。』」

〔二〕「花日」二句 姜夔鷓鴣天元夕不出：「憶昨天街預賞時，柳慳梅小未教知。」

〔三〕晚晴 何遜春暮喜晴酬袁户曹苦雨：「振衣喜初霽，褰裳對晚晴。」

又　元宵

春悄悄，春雨不須晴。天上未知燈有禁〔一〕，人間轉似月無情〔二〕。村市學簫聲。

【箋注】

〔一〕燈有禁　元初于元宵節禁燈，在須溪詞中屢次提及，如江城梅花引辛巳洪都上元：「幾年城中無看燈。」卜算子元宵：「十載廢元宵。」按新元史張養浩傳曾追述其事：「英宗即位，命（浩）參議中書省事。會元夕，帝欲于内庭張燈，為鰲山，即上疏托左丞相拜住代奏曰：『世祖臨御三十餘年，每值元夕，閭閻之間，燈火亦禁。況闕庭之嚴，宫掖之邃，尤當戒慎。』」本詞當作于入元後。

〔二〕月無情　司馬光温公續詩話：「李長吉歌『天若有情天亦老』，人以為奇絶無對。曼卿對『月如無恨月長圓』，人以為勍敵。」歐陽修瑞鷓鴣：「江月無情也解圓。」

又　秋日即景〔一〕

梧桐子，看到月西樓。醋釅橙黄分蟹殼〔二〕，麝香荷葉剥雞頭〔三〕。人在御街遊。

【箋注】

〔一〕本詞與下一首詞均有「人在御街游」句，當作于景定元年或二年秋，時須溪在臨安為太學諸生。

〔二〕「醋釃」句　蘇軾贈劉景文：「一年好景君須記，最是橙黃橘緑時。」山家清供：「橙大者，以蟹膏納其內，用酒醋水蒸熟，加苦酒入鹽供，既香而鮮。因記危巽齋云：『黃中通理，此本諸易，而于蟹得之矣。』今于橙蟹又得之矣。」

〔三〕雞頭　即芡實，水生植物，可供食用，亦可入藥。方言卷三：「葰、芡，雞頭也。北燕謂之葰，青、徐、淮、泗之間謂之芡，南楚、江、湘之間謂之雞頭。」李時珍本草綱目卷三十三：「莖上花如鷄冠，故名鷄頭。其苞形類鷄雁頭。」汪灝廣群芳譜卷六十六：「裹子纍纍如珠璣，殼內白米，狀如魚目、薏苡大。」

又

梧桐子，人在御街遊。鳳宿雲綃金縷帶〔一〕，龍池翠帳玉香毬〔二〕。宮女後庭秋。

【校】

〔調〕本詞與前首，文瀾本合在一起，諸本均分為兩首。從內容看，均寫秋景，乃同題詞。

【箋注】

〔二〕鳳宿雲綃　謂薄絹上織有鳳凰的圖案。雲綃，輕如雲霧之薄絹。曹植洛神賦：「曳霧綃之輕裾。」金縷帶，飾以金絲的織帶。

〔三〕「龍池」句　龍池在長安興慶宫内。這裏借指宋都宫内的池沼。玉香毬，玉製的焚香器。陸游老學庵筆記卷一：「京師承平日，宗室戚里歲時入禁中，婦女上犢車，皆用二小鬟持香毬在旁，而袖中又自持兩小香毬。車馳過，香烟如雲，數里不絶，塵土皆香。」

雙調望江南　賦所見

長欲語，欲語又蹉跎〔一〕。已是厭聽夷甫頌〔二〕，不堪重省越人歌〔三〕。孤負水雲多〔四〕。　羞拂拂，懊惱自摩挲〔五〕。殘燭不教人徑去，斷雲時有淚相和。恨恨欲如何。

【校】

〔孤負〕文津本、文瀾本均作「辜負」。

【箋注】

〔一〕「長欲語」二句　李清照武陵春：「物是人非事事休，欲語淚先流。」又鳳凰臺上憶吹簫：「多少事、欲語還休。」

〔二〕夷甫頌　晉書王衍傳：「衍字夷甫，神情明秀，風姿詳雅。……既有盛才美貌，明悟若神，常自比子貢。兼聲名藉甚，傾動當世，妙善玄言，唯談老、莊為事。」

〔三〕越人歌　劉向說苑：「鄂君子晳泛舟于新波之中，乘青翰之舟，張翠蓋，會鐘鼓之音，越人擁楫而歌。歌云：『今夕何夕兮，搴洲中流。今日何日兮，得與王子同舟。蒙羞被好兮，不訾詬恥。心幾煩而不絕兮，得知王子。山有木兮木有枝，心說君兮君不知。』于是鄂君乃揄修袂而擁之，舉繡被而覆之。」

〔四〕孤負　黃朝英靖康緗素雜記卷一：「世之學者，多以辠辜之辜為孤負之字，殊乖禮意。蓋公正衆所附，私反而孤焉。衆所附則有相向之意，故不孤；私反而孤則有相背之意，非向之也。孤負云者，言其背負而已。」

〔五〕摩挲　一切經音義引聲類云：「摩挲，猶捫摸也。」

又

壽謝壽朋〔一〕

前之夕，織女渡河邊〔二〕。天上一朝元五日，人間小住亦千年〔三〕。相合降神仙。

當富貴，掩鼻正高眠〔四〕。欲語會稽仍小待，不知文舉更堪憐〔五〕。蔗境在頑堅〔六〕。

【箋注】

〔一〕謝壽朋　劉辰翁友人，其生平不詳。據首句，知謝壽朋生日為七月初九日。

〔二〕「前之夕」二句　應劭風俗通義：「織女七夕當渡河，使鵲為橋。」荊楚歲時記：「天河之東有織女，天帝之子也，年年織杼勞役，織成雲錦天衣。天帝憐其獨處，許嫁河西牽牛郎。嫁後，遂廢織紝。天帝怒，責令歸河東，唯每年七月七日夜渡河一會。」

〔三〕「天上」二句　自宋元俗語化出。元王子一誤入桃源三：「方知道『山中方七日，世上已千年』，信有之也。」

〔四〕「當富貴」二句　世説新語排調：「初，謝安在東山居，布衣，時兄弟已有富貴者，翕集家門，傾動人物。劉夫人戲謂安曰：『大丈夫不當如此乎？』謝乃捉鼻曰：『但恐不免耳！』」晉書謝安傳：「屢違朝旨，高卧東山。」

〔五〕「欲語」二句　會稽，謝安隱于會稽東山，故以之代指謝安。文舉，孔融字。融晚年受曹操嫌忌，又遭郗慮構成死罪，下獄被殺害，事見後漢書孔融傳。二句詞，一以謝安喻指謝壽朋，一以孔融自指累遭排擯之遭際。

〔六〕蔗境　甘蔗根甜，先食梢，後食根，以喻處境的先苦後甜。世説新語排調：「顧長康噉甘蔗，先食尾。問所以，云：『漸至佳境。』」頑堅，即頑固，因協韻改之。自稱愚昧笨拙，不知變通。

又

壽趙松廬〔一〕

添一歲，減一歲愁眉。若待一生昏嫁了〔二〕，更須采藥十年遲。昏嫁已隨時。東家者，俎豆伴兒嬉〔三〕。幸自少年場屋了〔四〕，誰能匊淅數還炊〔五〕。千歲是靈龜〔六〕。

【箋注】

〔一〕趙松廬　劉辰翁友人，其生平不詳。

〔二〕昏嫁　後漢書向長傳：「向長字子平，河内朝歌人也。隱居不仕。……建武中，男女娶嫁既畢，勑斷家事勿相關，當如我死也。于是遂肆意，與同好北海禽慶俱遊五嶽名山，竟不知所終。」

〔三〕「俎豆」句　列女傳母儀篇：「後徙舍學宫之傍，其嬉遊乃設俎豆，揖讓進退。孟母曰：『真可以居吾子矣！』遂居。及孟子長，學六藝，卒成大儒之名。」

〔四〕場屋　資治通鑑唐會昌六年：「(李)景莊老于場屋。」胡三省注：「唐人謂貢院為場屋，至今猶然。」

〔五〕匊淅數還炊　小雅采緑：「終朝采緑，不盈一匊。」毛傳：「兩手曰匊。」世説新語排調：

「……次復作危語。桓(玄)曰：『矛頭淅米劍頭炊。』殷(仲堪)曰：『百歲老翁攀枯枝。』顧(愷之)曰：『井上轆轤卧嬰兒。』」淅米，淘米。矛頭淅米，乃是危事，以喻仕宦則危。

〔六〕「千歲」句　莊子秋水：「吾聞楚有神龜，死已三千歲矣，王巾笥而藏之廟堂之上。此龜者，寧其死為留骨而貴乎？寧其生而曳尾于塗中乎？」此喻隱居則安。

又

胡盤居生日〔一〕

盤之所〔二〕，春蝶舞晴暄。溪傍野梅根種玉〔三〕，牆圍修竹筍生鞭。深院待回仙〔四〕。　嘉熙好，四十二年前。猶記五星丁卯聚〔五〕，更遲幾歲甲申連〔六〕。快活共千年。

【校】

〔晴暄〕文津本、文瀾本均作「晴萱」。

【箋注】

〔一〕胡盤居　辰翁友人。本詞下注云：「丁酉生，奎其名。」則知其名胡奎，字盤居。丁酉乃為宋理宗嘉熙元年(一二三七)。胡奎生于此年。詞云「四十二年前」，從嘉熙元年下推，則本詞當作于祥興元年(一二七八)春。時須溪閒居在家。

〔二〕盤之所　隱居者居住之處所。胡奎字盤居,取韓愈文意。韓愈送李愿歸盤谷序:「或曰:『謂其環兩山之間,故曰盤。』或曰:『是谷也,宅幽而勢阻,隱者之所盤旋。』」又:「盤之阻,誰爭子所?」

〔三〕種玉　搜神記:「楊伯雍,雒陽人,葬父母于無終山,以山為家。山高無水,伯雍汲水以飲行者。三年,有一人飲水後與石子一斗,使至高平好地有石處種之。數年後,玉生石上,伯雍持以娶妻。」

〔四〕回仙　陸元光回仙録:「吴興之東林沈東老,能釀十八仙白酒。一日,有客自號回道人,長揖于門曰:『知公白酒新熟,遠來相訪,願求一醉。』實熙寧元年八月十九日也。公見其氣骨秀偉,翌然起迎,徐觀其碧眼有光,與之語,其聲清圓,于古今治亂,老莊浮圖之理,無所不通,知其非塵埃中人也。」

〔五〕五星聚　古代指金、木、水、火、土五行星同時見于一方為「五星聚」。丁卯,宋度宗咸淳三年(一二六七),是年五星同見一方。

〔六〕「更遲」句　本詞作于祥興元年,為戊寅年,下距甲申年僅六年,故云「更遲幾年」。劉辰翁玉笥山承天宮雲堂記云:「玉笥承天之雲堂成,五星聚斗之歲也。」堂成于甲申年。

又　壽王秋水〔一〕

齊眉舉〔二〕，綵侍紫霞卮〔三〕。天上九朝鳧冉冉〔四〕，尊前一笑玉差差〔五〕。人唱自家詞。　籬下菊，醉把一枝枝〔六〕。花水乞君三十斛，秋風記我一聯詩〔七〕。留看晚香時〔八〕。

【箋注】

〔一〕王秋水　劉辰翁友人，其生平不詳。

〔二〕齊眉舉　後漢書梁鴻傳：「每歸，妻為具食，不敢于鴻前仰視，舉案齊眉。」

〔三〕紫霞卮　劉孝綽江津寄劉之遴詩：「共摛雲氣藻，同舉霞紋杯。」王珪依韻恭和御製上元觀燈：「君王又進紫霞杯。」

〔四〕「天上」句　後漢書王喬傳：「王喬者，河東人也。顯宗世，為葉令。喬有神術，每月朔望，常自縣詣臺朝。帝怪其來數而不見車騎，密令太史伺望之。言其臨至，輒有雙鳧從東南飛來。于是候鳧至，舉羅張之，但得一隻舄焉。」

〔五〕玉差差　形容歌女白齒。差差，荀子正名：「君子之言，涉然而精，俛然而類，差差然而齊。」

〔六〕「籬下」二句　陶淵明飲酒：「采菊東籬下，悠然見南山。」蕭統陶淵明傳：「嘗九月九日，出宅邊菊叢中坐，久之，滿手把菊，忽值弘送酒至，即便就酌，醉而歸。」

〔七〕一聯詩　劉斧青瑣高議前集卷五：韓氏得于祐題詩後，作詩云：「此情誰會得？腸斷一聯詩。」

〔八〕晚香　名勝志：「晚香亭在大名府城西舊府治。韓琦留守時，重九日燕監司于後圃，有詩云：『莫嫌老圃秋容淡，要看黃花晚節香。』」

又　壽張粹翁〔一〕

七日後，重會是星前。一月之間渾似此，餘年何止萬三千。日擬醉華筵。歌白雪〔二〕，除是雪兒傳〔三〕。看取長生瓢屢倒〔四〕，眼前橘栗朮何玄〔五〕。自唱鵲橋仙。

【箋注】

〔一〕張粹翁　劉辰翁友人，其生平不詳。據詞中首句，張粹翁似生于農曆六月末。

〔二〕歌白雪　宋玉對楚王問：「客有歌于郢中者，其始曰下里、巴人，國中屬而和者數千人；其為陽阿、薤露，國中屬而和者數百人；其為陽春、白雪，國中屬而和者不過數十人。……是其曲彌高，其和彌寡。」太平御覽卷五百九十一引博物志佚文：「白雪是天帝使素女鼓五十絃曲名，以其調高，人和遂寡。」

〔三〕雪兒　歌者名，李密的愛姬。太平廣記卷二百引孫光憲北夢瑣言佚文：「雪兒者，李密之愛姬，能歌舞，每見賓僚文章有奇麗入意者，即付雪兒叶音律以歌之。」

〔四〕長生瓢　長生木製成的酒瓢。杜甫樂遊園歌：「長生木瓢示真率。」

〔五〕「眼前」句　杜陽雜編：道士軒轅集，唐宣宗召入内廷。嘗賜柑子，集曰：「臣山下有味愈于此者。」上曰：「朕無得之。」集遂取上前碧玉甌，以寶盤覆之，俄頃撤盤，即柑子至矣。芬馥滿殿，其狀甚大，上食之，嘆其甘美無匹。續仙傳：道士殷七七偶到官僚家，有佐酒二倡優共輕侮之。七七乃以栗巡行，嗅者皆聞異香驚嘆，惟二笑七七者嗅之，栗化作石綴于鼻，掣不落，但言穢氣不可堪。二人共起狂舞，花鈿委地，相次悲啼，粉黛交下。久之，主人祈謝于七七，有頃，石自鼻落，復為栗，傳之皆有異香，花鈿粉黛悉如舊，略無所損。

南鄉子　乙酉九日〔一〕

寬處略從容。華水華山自不同。舊日諸賢攜手恨〔二〕，匆匆。只說明年甚處重。

幾歲避遼東〔三〕。茅竹秋風一併空。欲望遼東何處是，濛濛。也似秦樓一夢中〔四〕。

【校】

〔寛處〕文津本、文瀾本均作「覓處」。朱校：「原本寛作覓，從金養之校。」

【箋注】

〔一〕乙酉　時當元世祖至元二十二年（一二八五），本詞作于廬陵。九日，農曆初九，重陽節。

〔二〕「舊日諸賢」句　世説新語言語：「過江諸人，每至美日，輒相邀新亭，藉卉飲宴。周侯中坐而嘆曰：『風景不殊，正自有山河之異！』皆相視流淚。」

〔三〕避遼東　此用管寧故事。管寧字幼安，三國時魏朱虚（今山東省臨朐縣）人。漢末，避亂至遼東，三十七年始歸。見三國志魏書管寧傳。

〔四〕「也似」句　秦樓，秦地女子的妝樓。古樂府陌上桑：「日出東南隅，照我秦氏樓。」李白憶秦娥：「簫聲咽，秦娥夢斷秦樓月。」梁鍠咏木老人：「須臾弄罷寂無事，還似人生一夢中。」李煜子夜歌：「往事已成空，還如一夢中。」

又　木犀花下，因憶永陽宣溪與故鄉族子門徑之盛，而其人皆適在此，感嘆復賦〔一〕

香雪碎團團。便合枝頭帶露餐。笑倒那人和玉屑，金丹。不在仙人掌上盤〔二〕。

千樹碧闌干。山崦朱門夢裏殘。花下主人都在此，誰看。天上人間一樣寒〔三〕。

【箋注】

〔一〕木犀　桂花的別稱。范成大巖桂：「病著幽窗知幾日，瓶花兩見木犀開。」永陽，隋唐時縣名，天寶元年改為永明縣，宋熙寧五年，省永明縣為永明鎮，入道州營道縣。見元和郡縣圖志卷二十九、元豐九域志卷六。須溪追憶舊事，故仍用舊名。

〔二〕「笑倒」三句　用漢武帝造金銅仙人承露盤事。三輔黃圖卷三：「廟記曰：神明臺，武帝造，祭仙人處，上有承露盤，有銅仙人舒掌，捧銅盤玉杯，以承雲表之露，以露和玉屑服之，以求仙道。」

〔三〕「天上人間」句　蘇軾水調歌頭詞云：「又恐瓊樓玉宇，高處不勝寒。」須溪反其意而用之。

又 即席紀遊

去似賞花移。處處開尊亦不辭。梨栗又空醅又盡〔一〕，方知。舊日驪駒勸客歸〔二〕。歸路月相隨。兒子門生箇箇遲〔三〕。坐久不知無可待，堪疑。向道兒癡直是癡〔四〕。

【箋注】

〔一〕梨栗　左思蜀都賦：「紫梨津潤，榛栗罅發。」陶淵明責子詩：「通子垂九齡，但覓梨與栗。」

〔二〕驪駒勸客歸　漢書王式傳：「客歌驪駒。」顏師古注：「服虔曰：逸詩篇名也，見大戴禮。客欲去，歌之。文穎曰：其辭曰『驪駒在門，僕夫具存；驪駒在路，僕夫整駕』也。」

〔三〕兒子門生　宋書陶潛傳：「江州刺史王弘欲識之，不能致也。潛嘗往廬山，弘令潛故人龐通之齎酒具于半道栗里要之。潛有脚疾，使一門生二兒轝籃輿，既至，欣然便共飲酌。俄頃弘至，亦無忤也。」

〔四〕兒癡　晉書傅咸傳：「（楊）駿弟濟素與咸善，與咸書曰：『……生子癡，了官事，官事未易了也。』」

浪淘沙 秋夜感懷

無葉著秋聲〔一〕。涼鬢堪驚。滿城明月半窗横。惟有老人心似醉，未曉偏醒。起舞故無成〔二〕。此恨難平。正襟危坐二三更。除卻故人曹孟德，更與誰争〔三〕。

【箋注】

〔一〕「無葉」句　杜牧登樂遊原：「看取漢家何事業，五陵無樹起秋風。」

〔二〕起舞　晉書祖逖傳：「與司空劉琨俱為司州主簿，情好綢繆，共被同寢。中夜聞荒鷄鳴，蹴琨覺曰：『此非惡聲也。』因起舞。」

〔三〕「正襟危坐」三句　蘇軾前赤壁賦：「蘇子愀然，正襟危坐，而問客曰：『何為其然也？』客曰：『月明星稀，烏鵲南飛，此非曹孟德之詩乎？西望夏口，東望武昌，山川相繆，鬱乎蒼蒼，此非孟德之困于周郎者乎？方其破荆州，下江陵，順流而東也，舳艫千里，旌旗蔽空，釃酒臨江，横槊賦詩，固一世之雄也，而今安在哉！』」曹孟德，曹操字孟德。曹操短歌行：「慨當以慷，憂思難忘。」「憂從中來，不可斷絶。」與本詞「秋夜感懷」、「此恨難平」意相似。

又 大風作

卷海海翻杯〔一〕。傾動蓬萊〔二〕。似嫌到處馬頭埃。雨洗御街流到我，吹向潮回。寒似雪天梅。安石榴開〔三〕。繡衾重暖笑鑪灰〔四〕。料想東風還憶我，昨夜歸來。

【箋注】

〔一〕海翻杯 形容大風吹動海水，有傾倒之勢。李賀夢天：「一泓海水杯中瀉。」本詞有「雨洗御街」之語，當作于臨安，作年無考。

〔二〕蓬萊 海上三神山之一。王嘉拾遺記卷十：「蓬萊山亦名防丘，亦名雲來，高二萬里，廣七萬里。水淺，有細石如金玉，得之不加陶冶，自然光浄，仙者服之。」

〔三〕安石榴 石榴之别稱，因張騫自西域安國傳入中國，故名。夏月開花。

〔四〕「繡衾」句 天寒則繡衾不暖，因燃爐而重使之暖。夏月而燃爐，故自笑「爐灰」之息而復燃。全句總從「大風」、「天寒」作意。

又 有感

無謂兩眉攢〔一〕。風雨春寒。池塘小小水漫漫。只為柳花無一點，忘了臨安〔二〕。何許牡丹殘。客倚屏看。小樓面面是春山〔三〕。日暮不知春去路，一帶闌干。

【箋注】

〔一〕兩眉攢　形容山的形態。王觀卜算子送鮑浩然之浙東：「水是眼波橫，山是眉峰聚。」

〔二〕臨安　南宋時建都杭州，改名臨安。周淙乾道臨安志卷二歷代沿革：「建炎三年，翠華巡幸。是年十一月三日陞杭州為臨安府，復兼浙西兵馬鈐轄司事，統縣九。」

〔三〕「小樓」句　辛棄疾御街行：「闌干四面山無數。」

如夢令 題四美人畫〔一〕

比似尋芳嬌困。不是弓彎拍衮〔二〕。無物倚春慵，三寸韈痕新緊。羞褪。羞褪。忽忽心情未穩〔三〕。

【箋注】

〔一〕四美人畫　宋代畫家常畫四美人圖，然題材内容不同，如范成大題湯致遠運使所藏隆師四圖，畫「欠伸」、「倦繡」、「倚竹」、「嗅梅」四美人，與劉辰翁所題不一樣。須溪所題之畫，未知何人所作。

〔二〕「不是」句　異聞録：貞元中，邢鳳寓居長安平康里。晝寢，夢一美人授春陽曲，其詞曰：「長安少女翫春陽，何處春陽不斷腸。舞袖弓彎渾忘却，羅帷空度九秋霜。」鳳請曰：「何謂弓彎？」曰：「昔年父母教妾此舞。」美人乃起振衣，張袖舞數拍，為弓彎狀。既罷辭去，鳳亦尋覺。拍衮，此處意謂隨樂起舞。張炎詞源卷下拍眼：「慢曲有大頭曲、叠頭曲，有打前拍、打後拍；拍有前九後十一，内有四豔拍。引、近則用六均拍。」沈括夢溪筆談卷五：「所謂大遍者，有序、引、歌、䎘、嗺、哨、催、攧、衮、破、行、中腔、踏歌之類，凡數十解。」

〔三〕「忽忽」句　句下原注：「褪履。」這是第一幅美人畫。

又

寂歷柳風斜倚〔一〕。錯莫夢雲難記〔二〕。花影為誰重〔三〕，一握鮫人絲淚〔四〕。何事。何事。歷歷臉潮羞起〔五〕。

【箋注】

〔一〕寂歷　静寂。江淹燈賦：「涓連冬心，寂歷冬暮。」

〔二〕錯莫　雜亂。韋應物出還：「咨嗟日復老，錯莫身如寄。」

〔三〕「花影」句　語出杜荀鶴春宫怨：「風暖鳥聲碎，日高花影重。」

〔四〕鮫人絲淚　述異記：「南海中有鮫人室，水居如魚，不廢機織。其眼泣則出珠。」

〔五〕「歷歷」句　句下原注：「托腮。」這是第二幅美人畫。

又

睡眼青陰欲午〔一〕。當户小風輕暑。倦近碧闌干，斜影卻扶人去。無緒。無緒。落落一襟輕舉〔二〕。

【箋注】

〔一〕青陰欲午　周邦彦滿庭芳：「午陰嘉樹清圓。」

〔三〕「落落」句　句下原注：「欠伸」。這是第三幅美人畫。

又

落葉西風滿地〔一〕。獨宿瓊樓丹桂。孤影抱蟾寒，寄與月明千里〔二〕。休寄。休寄。粟粟蕊珠心碎〔三〕。

【箋注】

〔一〕落葉西風　賈島憶江上吴處士：「西風吹渭水，落葉滿長安。」

〔二〕「寄與」句　李白聞王昌齡左遷龍標遥有此寄：「我寄愁心與明月，隨君直到夜郎西。」謝莊月賦：「隔千里兮共明月。」

〔三〕「粟粟」句　句下原注：「折桂」。這是第四幅美人畫。粟粟，桂之花蘂細小如粟，故丹桂又稱金粟。

江城子　西湖感懷

湧金門外上船場〔一〕。湖山堂〔二〕。衆賢堂〔三〕。到處淒涼，城角夜吹霜。誰識兩峰相對語〔四〕，天慘慘，水茫茫。　月移疏影傍人牆〔五〕。怕昏黃。又昏黃。　舊日朱門，四聖暗飄香〔六〕。驛使不來春又老，南共北，斷人腸〔七〕。

【校】

〔四聖〕原作「四望」，文津本、文瀾本同。按卷三摸魚兒詞云：「看四聖飄香，朱門金榜。」全宋詞據永樂大典卷二千二百六十五湖字韻所引須溪詞改為「四聖」，良是，今從之。

【箋注】

〔一〕湧金門　施諤淳祐臨安志卷五：「城西門，（其三為）豐豫門，舊名湧金門。」吴自牧夢粱録卷七杭州云：「城西門者四……曰豐豫門，即湧金。」至元二十一年，詞人攜子將孫自廬陵至臨安，憑吊故都，本詞作于其時。

〔二〕湖山堂　周密武林舊事卷五湖山勝概載：「蘇公堤第二橋旁有湖山堂。」田汝成西湖遊覽志卷二：「（蘇公堤堤南）第二橋曰鎖瀾，與西岸第五橋對。舊有湖山堂，京尹洪燾建。結構雄傑，面勢端閎，前擁雙塔，後植兩峰，矗起拱衛，顧盼生輝，四望洲回浦合，蔚然雲錦。」汪元量于至元二十六年（一二八九）歸杭之初，作湖山堂詩云：「高堂寂寞半開門，草没頹墻竹滿園。」詩境與辰翁本詞同。

〔三〕衆賢堂　即先賢堂。施諤淳祐臨安志卷六樓觀云：「先賢堂，寶慶二年，袁公韶奏請仿越中先賢館，取本府自古名德嚴子陵而下三十九人，刻石作贊，具載事迹，祠之西湖，室宇靚麗，遂為湖中勝賞。」吴自牧夢粱録卷十四仕賢祠云：「先賢堂，在西湖蘇堤南山第一橋。」

〔四〕兩峰相對語　吴自牧夢粱録卷十一：「水樂洞前名南高峰山，靈隱寺後山名北高峰山。」劉辰翁菩薩蠻春日山行：「村烟相對峰南北。」姜夔點絳唇：「數峰清苦，商略黄昏雨。」

〔五〕「月移」句　元稹鶯鶯傳：「題其篇曰明月三五夜，其詞曰：『待月西廂下，迎風户半開。拂牆花影動，疑是玉人來。』」王安石夜直：「月移花影上闌干。」林逋山園小梅：「疏影横斜水清淺。」

〔六〕四聖　寺觀名，在孤山附近。吴自牧夢粱録卷八：「四聖延祥觀，在孤山，舊名四聖堂。道經云：四聖者，紫微北極大帝之四將，號曰天蓬、天猷、翊聖、真武。……紹興間，慈寧殿出財建觀侍奉，遂于孤山古刹徙之為觀。」暗飄香，林逋山園小梅：「暗香浮動月黄昏。」

〔七〕「驛使」三句　反用陸凱寄范曄詩意，表示南宋時代金甌破碎，南北不相交通，使人愁腸寸斷。荆州記云：「陸凱與范曄交善，自江南寄梅花一枝，詣長安與曄，兼贈詩曰：『折花逢驛使，寄與隴頭人。江南無所有，聊贈一枝春。』」

又　春興

一年春事幾何空。杏花紅。海棠紅。看取枝頭，無語怨天公。幸自一晴晴太暖，三日雨，五更風〔一〕。山中長自憶城中。到城中。望水東。説盡閒情，無日不匆匆。昨日也同花下飲〔二〕，終有恨，不曾濃。

【校】

〔晴太暖〕文瀾本作「晴又暖」。〔長自〕文津本作「長是」。

【箋注】

〔一〕「一年」八句　櫽括王建、李煜詩詞句意。王建宫詞：「樹頭樹底覓殘紅，一片西飛一片東。自是桃花貪結子，錯教人恨五更風。」李煜相見歡：「林花謝了春紅，太匆匆。無奈朝來寒雨夜來風。」幸自，本自。張相詩詞曲語辭匯釋卷二云：「幸自，本自也。温庭筠楊柳詩：『春來幸自長如線，可惜牽纏蕩子心。』」

〔二〕花下飲　杜甫有陪李金吾花下飲詩。錢起憶山中寄舊友：「脱巾花下醉，洗藥月前歸。」

又

和默軒初度韻〔一〕

書題拂拂洞庭香〔二〕。孕雲黄。粲珠光。唤謫仙人，除是賀知章〔三〕。未老得閒閒到老，無一事，和詩忙〔四〕。是中曾著老人雙〔五〕。送千觴。樂誰妨。世上輸贏，不似爛柯長〔六〕。晚入耆英年最少〔七〕，空結客，少年場〔八〕。

【校】

〔孕雲黄〕朱校：「錢塘丁氏藏舊鈔本孕作朵。」

【箋注】

〔一〕默軒 辰翁友人，姓朱，見金縷曲壽朱氏老人七十三歲詞自注，生平未詳。初度，壽誕之期。屈原離騷：「皇覽揆余初度兮，肇錫余以嘉名。」王逸楚辭章句：「父伯庸觀我始生年時，度其日月，皆合天地之中，故賜我以美善之名也。」朱熹楚辭集注：「初度，始生之時。」後人常指人之生日。

〔二〕「書題」句 韋應物答鄭騎曹青橘絶句：「憐君卧病思新橘，試摘猶酸亦未黄。書後欲題三百顆，洞庭須待滿林霜。」洞庭，指太湖洞庭山所産之橘。韓彦直橘録：「洞庭柑皮細而味美，……熟最早，藏之至來歲之春，其色如丹。鄉人謂其種自洞庭山來，故以得名。」拂拂，香味散布貌。白居易紅線毯：「綵絲茸茸香拂拂。」

〔三〕「喚謫仙人」二句　范傳正唐左拾遺翰林學士李公新墓碑：「在長安時，秘書監賀知章號公爲謫仙人。」孟棨本事詩高逸第三：「賀監知章聞其（李白）名，首訪之。既奇其姿，復請所爲文，出蜀道難以示之。讀未竟，稱嘆者數四，號爲謫仙。」

〔四〕和詩忙　辛棄疾朝中措崇福寺道中歸寄祐之弟：「這裏都愁酒盡，那邊正和詩忙。」

〔五〕「是中」句　託名牛僧孺玄怪録卷三：「有巴邛人，不知姓名，家有橘園。因霜後諸橘盡收，餘有兩大橘，如三斗盎。巴人異之，即令攀橘下，輕重亦如常橘。剖開，每橘有二老叟，鬢眉皤然，肌體紅潤，皆相對象戲。身長尺餘，談笑自若，剖開後亦不驚怖，但相與決賭。賭訖，一叟曰：『君輸我智瓊額黄十二枝，瀛洲玉塵九斛。』」

〔六〕「世上輸贏」二句　任昉述異記卷上：「信安郡石室山，晉時王質伐木至，見童子數人棊而歌，質因聽之。童子以一物與質，如棗核。質食之，不覺饑。俄頃童子謂曰：『何不去？』質起，視斧柯爛盡。既歸，無復時人。」

〔七〕「晚入」句　司馬光洛陽耆英會序：「元豐中，潞國文公留守西都，韓國富公納政在里第，自餘士大夫以老自逸于洛者，于時爲多。……一日，悉集士大夫老而賢者于韓公之第，置酒相樂，賓主凡十一人。既而圖形妙覺僧舍，仍各賦詩，時人謂之洛陽耆英會。」

〔八〕「空結客」三句　郭茂倩樂府詩集卷六十六：「樂府解題曰：『結客少年場行，言輕生重義，慷慨以立功名也。』……按結客少年場，言少年時結任俠之客，為遊樂之場，終而無成，故作此曲也。」

又

海棠花下燒燭詞

紅皺醉袖殢闌干〔一〕。夜將闌。去難拚。燒蜜調蜂〔二〕，重照錦團欒。春到洞房深處暖〔三〕，方知道，月宮寒。　枝枝紅淚不曾乾〔四〕。背人彈。語羞檀〔五〕。欲睡心情，一似夢驚殘。正自朦朧花下好，銀燭裏，幾人看〔六〕。

【校】

〔醉袖〕清刻本作「翠袖」。

【箋注】

〔一〕殢　困酒。李商隱魏侯第東北樓堂郢叔言别聊用書所見成篇：「鎖香金屈戌，殢酒玉崑崙。」馮浩注：「玉篇：殢，極困也。以言困酒，似近之。」

〔二〕燒蜜調蜂　李賀惱公：「燒蜜引胡蜂。」王琦注：「蜜者，小蜂採花蘂釀之而成，故燒之，蜂聞其氣，則競集不去。」

〔三〕洞房　深邃的房室。宋玉招魂：「姱容修態，絙洞房些。」王逸注：「洞，深也。」

〔四〕紅淚　紅花上的露水或雨水。羅隱庭花：「向晚寂無人，相偎墮紅淚。」紅淚典，原出王嘉拾遺記卷七：「靈芸聞别父母，歔欷累日，淚下霑衣。至升車就路之時，以玉唾壺承淚，壺則紅色。既發常山，及至京師，壺中淚凝如血。」

〔五〕語羞檀　檀，當為檀口之省語，全句意為檀口羞語。韓偓余作探使以繚綾手帛子寄賀因而有詩：「檀口消來薄薄紅。」

〔六〕「正自」三句　李商隱花下醉：「客散酒醒深夜後，更持紅燭賞殘花。」蘇軾海棠：「東風裊裊泛崇光，香霧空濛月轉廊。只恐夜深花睡去，故燒高燭照紅妝。」

點絳唇　瓶梅

小閣横窗，倩誰畫得梅梢遠〔一〕。那回半面〔二〕。曾向屏間見。　風雪空山，懷抱無荀倩〔三〕。春堪戀。自羞片片。更逐東風轉〔四〕。

【箋注】

〔一〕「小閣」二句　從姜夔疏影「等恁時、重覓幽香，已入小窗横幅」脱化而來。意謂瓶梅放在横窗前，如圖畫一般。

〔二〕半面　見過一面。東觀漢記：「應奉嘗詣袁賀。賀時將出，行閉門，造車匠于閣内開扇出半面，視奉去。後數十年，于路見車匠，識而呼之。」劉克莊昭君怨瓊花：「我與花曾半面，流落天涯重見。」

〔三〕荀倩　荀粲，字奉倩，三國時人。世説新語惑溺：「荀奉倩與婦至篤。冬月，婦病熱，乃出中庭自取冷，還以身熨之。婦亡，奉倩後少時亦卒。」荀倩為荀奉倩之省稱。王鍈全宋詞刊誤拾遺云：「荀倩似為葱倩之誤。葱倩或作葱蒨、蔥蒨，為詞中習用語，狀草木之茂盛葱郁。」可備一説，然無版本依據。

〔四〕「自羞」二句　姜夔暗香：「又片片、吹盡也，幾時見得？」劉過送王簡卿歸天台：「歸期趁得東風早，莫放梅花一片飛。」

又

和訪梅

一雪蹉跎，蹇驢不載吟鞭去〔一〕。夜聽春雨〔二〕。踏雪差無苦〔三〕。　待得花晴，總是遊人處。梅應許。小橋延佇〔四〕。蜂蝶先成路。

【校】

〔春雨〕清刻本作「風雨」。

【箋注】

〔一〕「一雪」二句　蹇驢，劣驢；吟鞭，詩人策鞭而行。二句是説雪天詩人不騎蹇驢外出吟詩。孟浩然雪中驢背吟詩的傳説，自晚唐起流傳。唐彦謙憶孟浩然：「郊外凌競西復東，雪晴驢背興無窮。」蘇軾贈寫真何充秀才：「又不見雪中騎驢孟浩然，皺眉吟詩肩聳山。」

〔二〕夜聽春雨　陸游臨安春雨初霽：「小樓一夜聽春雨。」

〔三〕踏雪　李清照臨江仙：「柳梢梅萼漸分明，誰憐憔悴更凋零。試燈無意思，踏雪没心情。」辛棄疾一剪梅遊蔣山呈葉丞相：「探梅踏雪幾何時？」

〔四〕延佇　長久地站立着。屈原離騷：「悔相道之不察兮，延佇乎吾將反。」王逸注：「延，長也。佇，立也。」

又　寄情

醉裏瞢騰〔一〕，昨宵不記歸時候。自疑中酒〔二〕。耿耿還依舊〔三〕。　恨不能言，只是天相負。天知否？卷中人瘦〔四〕。一似章臺柳〔五〕。

【箋注】

〔一〕瞢騰　神志不清，矇矓迷糊。韓偓格卑：「惆悵後塵流落盡，自拋懷抱醉瞢騰。」

〔二〕中酒　漢書樊噲傳：「項羽既饗軍士，中酒。」顔師古注：「飲酒之中也，不醉不醒，故謂之中。」張晏曰：「酒酣也。」

〔三〕耿耿　憂慮不安貌。詩經邶風柏舟：「耿耿不寐，如有隱憂。」廣雅釋訓：「耿耿，不安也。」

〔四〕卷中人　元稹有崔徽歌詩，原出張君房麗情集，並記有關本事云：「崔徽，河中府娼也。裴敬中以興元幕使蒲州，與徽相從累月。敬中使還，崔以不得從為恨，因而成疾。有丘夏善寫人形，徽託寫真寄敬中曰：『崔徽一旦不及畫中人，且為郎死。』發狂卒。」蘇軾有章質夫寄惠崔徽真詩，宋援注引此事，「畫中人」作「卷中人」。

〔五〕章臺柳　許堯佐柳氏傳：「天寶末，盜覆二京，士女奔駭。柳氏以豔獨異，且懼不免，乃剪髮毀形，寄迹法靈寺。是時侯希逸自平盧節度淄、青，素藉韓翊名，請為書記。洎宣皇帝以神武返正，翊乃遣使間行求柳氏，以練囊盛麩金，題之曰：『章臺柳，章臺柳，昔日青青今在否？縱使長條似舊垂，亦應攀折他人手。』柳氏捧金嗚咽，左右悽憫，答之曰：『楊柳枝，芳菲節，所恨年年贈離別。一葉隨風忽報秋，縱使君來豈堪折！』」詞意從辛棄疾蝶戀花和楊濟翁韻「楊柳見人離別後，腰肢近日和他瘦」二句翻出。

又　和鄧中甫晚春〔一〕

燕子池塘，亂紅過盡鞦韆晚〔二〕。絮飛欲倦。正是簾初卷。　睡起無情，猶道天涯遠。羞匀面。乍驚紅淺。夢自無人見。

【校】

〔猶道〕文津本、文瀾本均作「猶到」。

【箋注】

〔一〕鄧中甫　即鄧剡，字光薦，一字中甫，號中齋，廬陵人。文天祥集杜詩鄧禮部第一百三十七序云：「光薦，字中甫，予郡人。自虜度嶺及廣陷，避地深山，適强寇至，妻子兒女等匿暗室，寇無所睹，焚其居，十二口同時死。中甫隨駕至厓山，除禮部侍郎。己卯春，除學士院權直。未數日，虜至，厓山潰，中甫赴海，虜舟拔出之。張元帥待以客禮，與余俱出嶺，别于建康。嗚呼！中甫禍難之慘不減予，而獨免北行，幸而脱歸，為管寧，為陶潛，不亦善乎！」鄧剡號中齋，見周南瑞天下同文前甲集卷三十六祭劉須溪文，署名為「中齋鄧光薦中父」。萬斯同宋季忠義録：「鄧光薦，字中甫，廬陵人。景定壬戌第進士，歷官十餘年。至德祐元年冬，元兵入江西，攜家避入閩。明年，臨安陷，端宗即位于福州，趙闢帥辟為幹辦官。景炎二年四月，駕入廣東，除宗正寺簿。元兵陷廣州，與其友龔竹卿避地香山縣之黄梅山。是冬土寇為亂，一妻三妾四子四女皆焚死。光薦得脱。末帝祥興元年六月，從駕至厓山，除秘書丞。明年正月，擢禮部侍郎兼直學士院。二月，厓山師覆，帝崩，光薦投海者再，元人鈎出之，不得死。張弘範待以賓禮，令復衣冠以為揖客，獲與文天祥同舟北上，時相倡和。至燕，弘範館之趙冰壺家，教其次子。屢乞為黄冠，不許。後得放歸，大德初卒。」唐圭璋讀詞札記：「按萬氏此記有三誤：一、文天祥至燕，鄧光薦以病留金陵天慶觀，并未至燕；二、宋亡，趙冰壺（名湣）已卒，張弘範不可能館鄧光薦于冰壺家；三、鄧光薦于大德七年卒，并非大德初卒。」

〔三〕「亂紅」句　歐陽修蝶戀花：「亂紅飛過鞦韆去。」

又　題畫

韝指春寒〔一〕，隴禽一片飛來雪〔二〕。無言可説〔三〕。暗啄相思結。隻影年深，也作關山別。翻成拙。落花時節〔四〕。倩子規聲絶。

【箋注】

〔一〕韝　革製臂衣。史記張耳傳：「趙王朝夕袒韝蔽。」集解：「徐廣曰：韝，臂捍也。」韝指，皮革製成的保護手臂的套子。

〔二〕「隴禽」句　隴禽，指鸚鵡，産于隴地，故名。因羽毛雪白，故詞云「飛來雪」。鄭處晦明皇雜録：「天寶中，嶺南獻白鸚鵡，養之宮中。歲久頗聰慧，洞曉言詞，上及貴妃皆呼為雪衣女。」

〔三〕「無言」句　吴融浙東筵上有寄：「隴禽有意猶能説，江月無心也解圓。」鸚鵡為能言鳥，詞中却説它「無言可説」，暗點畫中鸚鵡。

〔四〕落花時節　杜甫江南逢李龜年：「正是江南好風景，落花時節又逢君。」

又

虹玉横簫〔一〕，纖纖指按新聲作。參差重約。昨夜梁伊錯〔二〕。　幾許閒愁〔三〕，品字都忘卻〔四〕。沉吟覺。一聲哀角。滿院殘花落。

【箋注】

〔一〕虹玉　虹化成之玉，泛指美玉。宋書符瑞志：「孔子作春秋，製孝經，既成，……赤虹自上下，化為黄玉，長三尺，上有刻文。孔子跪受而讀之。」

〔二〕梁伊　樂曲名，梁州與伊州兩曲的合稱。新唐書禮樂志：「天寶樂曲，皆以邊地名，若涼州、伊州、甘州之類。」

〔三〕幾許閒愁　賀鑄青玉案：「試問閒愁都幾許？」

〔四〕品字　品篇。宋无答無功歲暮見寄：「豆稭灰動擁爐天，品字熛殘榾柮烟。」

浣溪沙　三月三日〔一〕

高卧何須説打乖〔二〕。小籬過雨翠長街。緗桃定有踏青鞵〔三〕。　晴日又思花處所，東風絶似柳情懷。人間安得酒如淮〔四〕。

【校】

〔絶似〕文津本作「絶是」。

【箋注】

〔一〕三月三日　古代上巳節。漢以前取農曆每年三月上旬巳日，魏以後一般習用三月三日。荆楚歲時記：「三月三日，士人并出水渚，為流杯曲水之飲。」後演為踏青春遊。

〔二〕「高卧」句　高卧，閒卧。晉書陶潛傳：「嘗言夏月虛閒，高卧北窗之下，清風颯至，自謂羲皇上人。」打乖，使乖，玩弄聰明。宋邵雍安樂窩中好打乖吟：「安樂窩中好打乖，打乖年紀合挨排。」

〔三〕「緗桃」句　緗桃，結淺紅色果實的桃樹，也指這種果實。西京雜記：「初修上林苑，羣臣遠方各獻名果異樹……桃十：秦桃、榹桃、緗核桃……」踏青，又稱踏春，古人在二月二日或三月三日出城郊遊。李綽歲時記：「上巳錫宴曲江，都人于江頭禊飲，踐踏青草，曰踏青。」全句謂緗桃樹下，定有踏青人。

〔四〕酒如淮　左傳昭公十二年：「穆子曰：『有酒如淮，有肉如坻。』」淮，淮水，極言酒之多。

又

壬午九日〔一〕

身是去年人尚健〔二〕，心知十日事如常。眼前杯酒是重陽。　破帽簪萸攜素手〔三〕，長歌藉草慰寒香〔四〕。兒童怪我老來狂〔五〕。

【箋注】

〔一〕壬午　時當元世祖至元十九年（一二八二），本詞作于廬陵。

〔二〕「身是」句　杜甫九日藍田崔氏莊：「明年此會知誰健，醉把茱萸子細看。」

〔三〕破帽簪萸　蘇軾南鄉子重九涵輝樓呈徐君猷：「破帽多情却戀頭。」藝文類聚卷四引風土記：「九月九日，律中無射而數九，俗尚此日折茱萸房以插頭，言辟除惡氣而禦初寒。」王維九月九日憶山東兄弟：「遙知兄弟登高處，遍插茱萸少一人。」

〔四〕「長歌」句　藉草，坐在草地上。荆楚歲時記：「九月九日，四民並藉野飲宴。」寒香，秋花放出的香氣。戴叔倫暮春感懷：「東皇去後韶華盡，老圃寒香別有秋。」

〔五〕「兒童」句　蘇軾十拍子莫秋：「莫道狂夫不解狂，狂夫老更狂。」

又　虎溪春日〔一〕

春日春風掠鬢鬚。亂山相對擁寒鑪。彩鞭金勝一時無〔二〕。　自縷青絲成細柳〔三〕，更堆殘雪當凝酥。兒童且莫唱皇都。

【箋注】

〔一〕虎溪　在吉州吉水縣境，流入瀧江和右村江的方山澗水，稱為虎溪。劉辰翁虎溪蓮社堂記：「方山在青原山東，山西瀧江出其左，右村江出其右，方山之泉出山下，山東為峽，委蛇循峽左右赴二江，是為虎溪。」劉辰翁于德祐元年（一二七五）底，避地虎溪，翌年春離去。虎溪蓮社堂記：「而當德祐初元五月，召入館，辭未行。十月，除博士，道已阻。歲晚，自永新江轉入虎溪。留虎溪三月矣。」本詞當作于德祐二年（一二七六）春。

〔三〕彩鞭金勝　古代立春日風俗，造大春牛，用五色彩鞭鞭之，百官佩金製旛勝于幞頭之上。周密武林舊事卷二立春：「前一日，臨安府進大春牛，設之福寧殿庭。及駕臨幸，內官皆用五色絲綵杖鞭牛。」「是日，賜百官春旛勝，宰執親王以金，餘以金裹銀及羅帛為之，係文思院造進，各垂于幞頭之左入謝。」

〔三〕細柳　即雪柳，宋代婦女在元宵節佩戴的飾物。辛棄疾青玉案元夕：「蛾兒雪柳黃金縷。」周密武林舊事卷二元夕：「元夕節物，婦人皆帶珠翠、鬧蛾、玉梅、雪柳、菩提葉、燈毬、銷金合蟬、貂袖、項帕，而衣多尚白，蓋月下所宜也。」

又　壽陳敬之推官〔一〕

身是高人欲寢冰〔二〕。引年可待進豨苓〔三〕。無憂無患也身輕。　雪裏放囚天亦喜〔四〕，平安騎鶴到家庭〔五〕。今年春早為長生。

【箋注】

〔一〕陳敬之　辰翁友人，生平未詳。

〔二〕「身是」句　後漢書袁安傳注引汝南先賢傳曰：「時大雪積地丈餘，洛陽令身出案行，見人家皆除雪出，有乞食者。至袁安門，無有行路。謂安已死，令人除雪入户，見安僵卧。問何以不出，安曰：『大雪人皆餓，不宜干人。』令以為賢，舉為孝廉。」

〔三〕「引年」句　豨苓，即豬苓、豕零，藥名，服之可以延年益壽。韓愈進學解：「是所謂詰匠氏之不以杙為楹，而訾醫師以昌陽引年，欲進其豨苓也。」

〔四〕雪裏放囚　後漢書虞延傳：「除細陽令，每至歲時伏臘，輒休遣徒繫，各使歸家，并感其恩德，應期而還。」南史席闡文傳：「除都官尚書，封山陽伯，出為東陽太守。在郡有能名，冬至，悉放獄中囚，依期而至。」

〔五〕騎鶴　殷芸小説卷六：「有客相從，各言所志，或願為揚州刺史，或願多貲財，或願騎鶴上升。其一人曰：『腰纏十萬貫，騎鶴上揚州。』欲兼三者。」

又

十日千機可復諧〔一〕。郭郎感運豈仙才〔二〕。人間自是少行媒〔三〕。　直上扶搖須九萬〔四〕，滿前星斗共昭回〔五〕。又傳賈客向曾來〔六〕。

【箋注】

〔一〕「十日」句　干寶搜神記卷一：漢董永，父亡，無以葬，乃自賣為奴，以供喪事。主人知其賢，與錢一萬，遣之。永行三年喪畢，欲還主人，供其奴職。道逢一婦人曰：「願為子妻。」遂與之俱。主人謂永曰：「以錢與君矣。」永曰：「蒙君之惠，父喪收藏。永雖小人，必欲服勤致力，以報厚德。」主曰：「婦何能？」永曰：「能織。」主曰：「必爾者，但令君婦為我織縑百疋。」于是永妻為主人家織，十日而畢。女出門，謂永曰：「我天之織女也。緣君至孝，天帝令我助君償債耳。」語畢，凌空而去，不知所在。

〔二〕「郭郎」句　郭郎，未詳。卷三水調歌頭和彭明叔七夕：「郭郎老。」自注：「即與運。」或即是一人。感、與形近，未知孰是。仙才，非凡的才華。王得臣麈史：「慶曆間，宋景文諸公在館，嘗評唐人之詩，云：『太白仙才，李賀鬼才。』」

〔三〕行媒　屈原離騷：「苟中情其好修兮，又何必用夫行媒。」禮記曲禮：「男女非有行媒，不相知名。」

〔四〕「直上」句　莊子逍遥遊：「鵬之徙于南冥也，水擊三千里，摶扶摇而上者九萬里。」

〔五〕「滿前」句　謂滿天星光在運轉。詩大雅雲漢：「倬彼雲漢，昭回于天。」毛傳：「回，轉也。」鄭箋：「精光轉運于天。」

〔六〕「又傳」句　張華博物志：漢代有一住在海邊之人，每年八月見有浮槎自海上來，于是乘槎到達天河，見到了牛郎織女。李商隱海客：「海客乘槎上紫氛，星娥罷織一相聞。只應不憚牽牛妒，聊用支機石贈君。」句中「賈客」或即指「海客」。

又

暮暮相望夕甫諧。針樓巧巧似身材〔一〕。下頭無數老人媒。　昨夜竹林那得見，朝來乾鵲是空回〔二〕。人間五日後能來。

【箋注】

〔一〕「針樓」句　指乞巧樓穿針事。孟元老東京夢華録卷八七夕：「至初六日七日晚，貴家多結綵樓于庭，謂之乞巧樓。鋪陳磨喝樂、花瓜酒炙、筆硯針線，或兒童裁詩，女郎呈巧，焚香列拜，謂之乞巧。婦女望月穿針。」

〔二〕乾鵲　殷芸小説卷二：「乾鵲噪而行人至，蜘蛛集而百事喜。」乾鵲即喜鵲，喜乾而惡濕，故名。

攤破浣溪沙　潭上夜歸

白白野田鋪似月，瑽瑽沙路踏如冰〔二〕。不見剡溪三百曲，一舟横〔三〕。醉裏微寒著面醒〔一〕。天風不展帽攲傾。行過溪深松雪下，夜三更。

【校】

〔瑽瑽〕文津本、文瀾本均作「鏦鏦」。

【箋注】

〔一〕著面　漢書賈誼傳：「而淮陽之比大諸侯，厪如黑子之著面。」

〔二〕瑽瑽　玉石撞擊聲。

〔三〕「不見」二句　世説新語任誕：「王子猷居山陰，夜大雪，眠覺開室，命酌酒。四望皎然，因起彷徨，咏左思招隱詩。忽憶戴安道，時戴在剡，即便夜乘小船就之。經宿方至，造門不前而返。」蘇軾梅花二首：「幸有清溪三百曲，不辭相送到黄州。」

又

澹澹胭脂淺著梅。温柔不上避風臺〔一〕。若比杏桃真未識，奪銀胎〔二〕。汗面拭來慵傅粉〔三〕，酒香濃後暗潮頳〔四〕。嬌嫩不應醒似醉，倩誰猜。

【校】

〔調名〕永樂大典卷二八〇九梅韻引本詞題作添字浣溪沙。〔倩誰猜〕永樂大典卷二八〇九作「有誰猜」。

【箋注】

〔一〕避風臺　漢成帝為趙飛燕所造之臺。樂史楊太真外傳：「上在百花院便殿，因覽漢成帝内傳，時妃子後至，以手整上衣領，曰：『看何文書？』上笑曰：『莫問。知則又殢人。』覓去，乃是『漢成帝獲飛燕，身輕欲不勝風，恐其飄翥，帝為造水晶盤，令宫人掌之而歌舞。又製七寶避風臺，間以諸香，安于上，恐其四肢不禁也。』」

〔二〕「若比」二句　蘇軾紅梅：「詩老不知梅格在，更看緑葉與青枝。」石曼卿紅梅：「認桃無緑葉，辨杏有青枝。」

〔三〕「汗面」句　世說新語容止：「何平叔美姿儀，面至白。魏明帝疑其傅粉，正夏月，與熱湯餅。既噉，大汗出，以朱衣自拭，色轉皎然。」

〔四〕「酒香」句　蘇軾紅梅：「酒暈無端上玉肌。」

霜天曉角　初春即事

柳梢欲雪。十里烟明滅〔一〕。曲曲闌干轉影〔二〕，教人憶、夜來月。　家人相對說。燈花還又結〔三〕。凍雨村村□皷〔四〕，終不似、上元節〔五〕。

【校】

〔□皷〕文津本、文瀾本均作「鼓鼓」。朱校：「原本作鼓鼓，從金校。」清刻本作「戲鼓」。

【箋注】

〔一〕「十里」句　范成大奉題胡宗偉推官攬秀堂：「明滅烟霏難應接。」

〔二〕轉影　自蘇軾水調歌頭「轉朱閣」句化出。

〔三〕「燈花」句　范成大秦樓月：「羅幃暗淡燈花結。燈花結。片時春夢，江南天闊。」

〔四〕凍雨　暴雨。屈原九歌大司命：「使凍雨兮灑塵。」爾雅郭璞注：「今江東呼夏月暴雨為凍雨。」

凍通涑。

〔五〕上元節　即元宵節，農曆正月十五日，習俗觀燈。陳元靚歲時廣記卷十引呂原明歲時雜記云：「道家以正月十五日為上元。」

又　中秋對月

烏雲汗漫〔一〕。濁浪翻河漢〔二〕。過盡千重魔障〔三〕，堂堂地、一輪滿。　秋光還又半。檐聲初漏斷。不管滿身花露，已辦著、一二更看〔四〕。

【箋注】

〔一〕汗漫　無邊無際。淮南子道應訓：「若士者齤然而笑曰：『……吾與汗漫期于九垓之外，吾不可以久駐。』若士舉臂而竦身，遂入雲中。」

〔二〕河漢　銀河。古詩十九首之十：「迢迢牽牛星，皎皎河漢女。」

〔三〕千重魔障　道家稱修道者所遇到的無數重障礙，這裏指明月越過千重烏雲。太清經：「魔障消除，證登道岸。」

〔四〕已辦著　張相詩詞曲語辭匯釋卷五：「辦，有辦到義；有准備義，有具備義。……劉辰翁霜天曉角詞：『不管滿身花露，已辦著、二更看。』以上為准備義。」

又

和中齋九日〔一〕

騎臺千騎〔二〕。有菊知何世。想見登高無處〔三〕，淮以北、是平地。　老來無復味〔四〕。老來無復淚。多謝白衣迢遞〔五〕，吾病矣、不能醉。

【箋注】

〔一〕中齋　即鄧剡，參見前點絳唇和鄧中甫晚春注。從本詞「老來無復淚」句看，可知本詞約作于鄧剡被元人俘擄因病被釋回江西以後，時須溪正閒居廬陵。

〔二〕騎臺　在武昌，其上為南樓，地勢甚高，即庾亮鎮武昌時所登之樓。士人常于九月九日登此樓。須溪另有水龍吟和中甫九日詞云：「騎臺沉處。」亦指此。

〔三〕登高　陳元靚歲時廣記卷三十四引續齊諧記：「汝南桓景，隨費長房遊學累年，長房因謂景曰：『九月九日，汝家當有災厄，宜急去，令家人各作絳囊，盛茱萸以繫臂，登高飲菊酒，禍乃可消。』景如其言，舉家登山。夕還，見鷄犬牛羊一時暴死。長房聞之曰：『此可代之矣。』今世人九日登高飲酒，婦人帶茱萸囊，因此也。」因宋室已亡，武昌為元朝統治，故詞云：「想見登高無處。」

〔四〕「老來」句　蘇軾浣溪沙（細雨斜風作小寒）：「人間有味是清歡。」辛棄疾鷓鴣天博山寺作：「味無味處求吾樂。」

〔五〕白衣　檀道鸞續晉陽秋：「陶潛九月九日無酒，于宅邊摘菊盈把。久之，望見白衣人，乃王弘送酒，便就酌而歸。」

又　樓下梅一株，經冬無一花。春半忽開，一萼梢頭，出萬紅中，因賦之

經年寂寞。已負花前約。忽向紅梅側畔，開點雪〔一〕、有人覺。　不開何似莫。百梢纔一萼。卻問壽陽宮額〔二〕，兩三蕊、怎能著？

【箋注】

〔一〕開點雪　王安石題齊安壁：「梅殘數點雪。」

〔二〕壽陽宮額　太平御覽卷三十引雜五行書：「宋武帝女壽陽公主，人日卧于含章殿簷下，梅花落公主額上，成五出花，拂之不去。皇后留之，看得幾時。經三日洗之，乃落。宮女奇其異，競效之，今梅花妝是也。」

又

壽吴蒙庵〔一〕

橙橘黄又緑。

臞然如竹。自是天仙福〔二〕。小小畫堂錦樣，聽人唱、鶴飛曲〔三〕。

蟹到新篘熟。便做月三十斛，飲不盡、菊潭菊〔四〕。

【箋注】

〔一〕吴蒙庵　吴蒙號蒙庵，吉州永新人。光緒江西通志卷十一職官志：「吴蒙，字明發，知建昌軍，據周密齊東野語補。」周密齊東野語卷五：「淳祐庚戌，盱江峒寇猖獗，以府丞吴蒙明發知建昌軍。」本詞當作于廬陵，作年不詳。

〔二〕「臞然」二句　漢書司馬相如傳：「相如以為列仙之儒，居山澤間，形容甚臞。」竹，喻人之清瘦。辛棄疾感皇恩滁州壽范倅：「席上看君，竹清松瘦。」

〔三〕鶴飛曲　壽曲，古人以鶴為長壽之仙禽。胡仔苕溪漁隱叢話後集卷二十六載東坡生日，置酒赤壁磯，有進士李委作新曲鶴南飛以獻，東坡乃作詩以謝之。

〔四〕菊潭菊　後漢胡廣晚年常飲菊水，壽達八十二歲。後漢書胡廣傳注引盛弘之荆州記：「菊水出穰縣。芳菊被涯，水極甘香。谷中皆飲此水，上壽百二十，七八十者猶以為夭。」

又 壽陳敬之

朝來微雪。又近長生節〔一〕。造就一枝清絶〔二〕，梅與雪、怎分別〔三〕。　兩年心似月。除是天知得。手種春風千樹，一顆顆、待兒摘〔四〕。

【箋注】

〔一〕長生節　韓愈寄盧仝：「況又時當長養節。」錢仲聯補釋引管子注：「言春德喜悦長贏，為發生之節。」

〔二〕一枝　魏慶之詩人玉屑卷六：「鄭谷在袁州，齊己攜詩詣之。有早梅詩云：『前村深雪裏，昨夜數枝開。』谷曰：『數枝非早也，未若一枝。』齊己不覺下拜。自是士林以谷為一字師。」

〔三〕「梅與雪」句　王安石梅花：「牆角數枝梅，淩寒獨自開。遥知不是雪，為有暗香來。」

〔四〕「手種」二句　三國志吴書孫休傳裴松之注引襄陽記：「(李)衡每欲治家，妻輒不聽，後密遣客十人，于武陵龍陽泛洲上作宅，種甘橘千株。臨死敕兒曰：『汝母惡吾治家，故窮如是。然吾州里有千頭木奴，不責汝衣食，歲上一千匹絹，亦可足用耳。』」辛棄疾水調歌頭舟次揚州和楊濟翁周顯先韻：「倦遊欲去江上，手種橘千頭。」

又　壽張古巖〔一〕

同時同里明年七十。歌彩橋仙夕〔二〕。見説嚴君平道〔三〕，年年是、月初一〔四〕。密，後今今又昔〔五〕。便做伏生年紀，也未到、蹇吃吃〔六〕。

【箋注】

〔一〕張古巖　須溪友人，生平未詳。張古巖與須溪是「同里」人，本詞當作于廬陵。

〔二〕彩橋仙夕　古代有七月七日晚鵲橋渡織女的傳説。歲華紀麗卷三引應劭風俗通義佚文：「織女七夕當渡河，使鵲為橋。」

〔三〕「見説」句　見説，聞説。張相詩詞曲語辭匯釋卷五：「見，猶聞也。最著者則為見説。……元稹燈影詩：『見説平時燈影裏，玄宗潛伴太真游。』凡此見説，猶聞説也。」嚴君平，胡仔苕溪漁隱叢話前集卷十一引張華博物志：「漢武帝令張騫窮河源，乘槎經月而去，至一處，見城郭如官府，室內有一女織，又見一丈夫牽牛飲河。騫問曰：『此是何處？』答曰：『可問嚴君平。』織女取搘機石與騫而還。後至蜀問君平，君平曰：『某年月日客星犯牛斗。』」（今本博物志與此略異。）

〔四〕「年年」句　合上句「彩橋仙夕」，知張古巖生日為七月初一。

〔五〕「後今」句　王羲之蘭亭集序：「固知一死生為虛誕，齊彭殤為妄作，後之視今，亦猶今之視昔，悲夫！」

〔六〕「便做」二句　史記儒林傳：「伏生者，濟南人也。故為秦博士。孝文帝時，欲求能治尚書者，天下無有，乃聞伏生能治，欲召之。是時伏生年九十餘，老不能行，于是乃詔太常，使掌故朝錯往受之。」史記鼂錯傳注：「伏生年九十餘，不能正言，言不可曉，使其女傳言教錯。」蹇吃吃，口吃。庾信謝滕王集序啓：「是以精采瞀亂，頗同宋玉；言辭蹇吃，更甚揚雄。」

又　壽賈教〔一〕

良宵七七。又近中元日〔二〕。橋上老人有約，後五日、重來覓〔三〕。嬋娟銀海出〔四〕。木犀新雨濕〔五〕。惟有延平劍氣〔六〕，箕斗外、廣寒逼〔七〕。

【箋注】

〔一〕賈教　賈昌忠，號節庵，懷安軍金堂人。父官隆州簽判，遂遷家于此。登咸淳七年進士，歷吉州、南劍州學官。宋史賈子坤傳：「仲武子昌忠、純孝，同登咸淳七年進士第。」劉辰翁節庵記：「昌忠為吾州教，號節庵。」本詞作于廬陵，然因不詳昌忠何年任吉教，故作年不可考。

〔二〕中元日　農曆七月十五日爲中元節，舊時此日道觀寺廟做道場佛事。宋時民間祭慶活動，參見孟元老東京夢華録卷八。

〔三〕「橋上」二句　史記留侯世家：「（張）良嘗閒從容步游下邳圯上，有一老父衣褐，至良所，直墮其履圯下，顧謂良曰：『孺子，下取履！』良愕然，欲毆之；爲其老，彊忍，下取履。父曰：『履我！』良業爲取履，因長跪履之。父以足受，笑而去。良殊大驚，隨目之。父去里所，復還，曰：『孺子可教矣！後五日平明，與我會此。』」

〔四〕嬋娟　喻月，許渾懷江南同志：「唯應洞庭月，萬里共嬋娟。」孟郊嬋娟篇：「月嬋娟，真可憐。」

〔五〕木犀　桂花的别稱。參見前南鄉子木犀花下……感嘆後賦注。

〔六〕延平劍氣　晉書張華傳：初，吴之未滅也，斗牛之間常有紫氣；及吴平之後，紫氣愈明。華聞豫章人雷煥妙達緯象，乃要煥宿，屏人曰：「可共尋天文，知將來吉凶。」因登樓仰觀。煥曰：「僕察之久矣，惟斗牛之間頗有異氣。」華曰：「是何祥也？」煥曰：「寶劍之精上徹于天耳。」因問曰：「在何郡？」煥曰：「在豫章豐城。」華大喜，即補煥爲豐城令。煥到縣掘獄屋基，入地四丈餘，得一石函，光氣非常，有雙劍並刻題，一曰龍泉，一曰太阿。其夕，斗牛間氣不復見焉。煥遣使送一劍與華，留一劍自佩。華得劍，寶愛之，常置坐側。華誅，失劍所在。煥卒，子華爲州從事，持劍行經延平津，劍忽于腰間躍出墮水。使人没水取之，不見劍，但見兩龍，各長數丈，蟠縈有文章，没者懼而反。須臾，光彩照水，波浪驚沸，于是失劍。

〔七〕廣寒　月宮。龍城録：「開元六年，上皇與申天師、道士鴻都客，八月望日夜，因天師作術，三人同在雲上，遊月中。過一大門，在玉光中浮動，宮殿往來無定，寒氣逼人，露濡衣袖皆濕。頃見一大宮府，榜曰『廣寒清虛之府』。」

又　壽蕭静安，時歸永新〔一〕

歸來把菊〔二〕。春甕今朝熟。苦苦留君不得，攜孺子、到汾曲〔三〕。　廬山真面目〔四〕。冰清還映玉〔五〕。長笑歐公老嬾〔六〕，君且住、飲螺緑〔七〕。

【箋注】

〔一〕蕭静安　須溪友人，名壽甫，字大德，静安其號也。劉辰翁蕭壽甫墓誌銘：「西昌蕭壽父大德，少聖旬一歲耳。壽父號静安，其死以丙戌十月十九日，曰：『鷄鳴，吾行矣。』鷄鳴而逝，年七十三。」永新，縣名，隸江南西路吉州。元和郡縣圖志卷二十八：「吉州永新縣，本漢廬陵縣地，……隋開皇中廢，顯慶四年又依舊置。」宋因之，元豐九域志卷六江南西路吉州有永新縣。本詞作于廬陵。

〔二〕歸來把菊　陶潛歸去來兮辭：「歸去來兮，田園將蕪胡不歸。」飲酒：「采菊東籬下，悠然見南山。」

〔三〕汾曲　汾水之曲。汾水即汾河，源出山西寧武縣管涔山，南流至曲沃縣西折，在河津縣入黄河。元和郡縣圖志卷十四嵐州静樂縣：「管涔山，在縣北一百三十里，汾水源出焉。」

〔四〕「廬山」句　蘇軾題西林寺壁：「不識廬山真面目，只緣身在此山中。」

〔五〕「冰清」句　詞尾原注：「其子昏燕氏。」此處用晉書典，見衛玠傳：「玠風神秀異，妻父樂廣有海内重名，議者以為婦公冰清，女婿玉潤。」

〔六〕歐公老嬾　指歐陽守道，字巽齋，劉辰翁之業師。

〔七〕螺緑　螺，酒杯，白居易昨日復今辰：「螺杯中有物，鶴氅上無塵。」緑，緑酒。蕭衍碧玉歌：「碧玉奉金杯，緑酒助花色。」馮延巳長命女：「春日宴，緑酒一杯歌一遍。」

又

壽康臞山〔一〕

問春來未？也似辛壬癸〔二〕。如此男兒五十，又過卻、孔融二〔三〕。　晝堂孫子子。新桃如故壘〔四〕。不管明朝後日，春滿眼、是千歲〔五〕。

【箋注】

〔一〕康矅山　康應弼，字德輔，號矅山，龍泉人。任吉州儒學教授，辰翁友人。雍正江西通志卷七六人物云：「康應弼，字德輔，龍泉人。平生精力于詩，所著有淳祐藁、寶祐藁、開慶藁、景定藁，同時詩人如吕耐軒、李義山、李蒙泉、徐矩山、姚雪坡諸公，皆有倡和題跋。其子同志，合而命之曰澮軒康氏詩藁。」

〔二〕「問春」兩句　辛壬癸，辛年、壬年、癸年，這是干支紀年中三個連在一起的年份。「問春來未」，乃指甲年之春來未。因甲年緊接辛壬癸三年之後，故詞云「也似辛壬癸」。宋度宗咸淳十年為甲戌年，時劉僅四十餘歲；元世祖至元三十一年為甲午年，時劉已過六十歲，以詞人與康矅山年歲相仿推算，則當以元世祖至元二十一年之甲申年為是。詞當作于是年，此時須溪在廬陵。

〔三〕「如此」兩句　後漢書孔融傳：「書奏，下獄棄市，時年五十六歲。妻子皆被誅。」詞云「過却孔融二」，當為五十八歲。

〔四〕「新桃」句　高承事物紀原卷八：「玉燭寶典曰：元日施桃版著户上，謂之仙木，以鬱壘山桃，百鬼畏之故也。山海經曰：東海度朔山有大桃樹，蟠屈三千里，其卑枝門東北曰鬼門，萬鬼出入也。有二神，一曰神荼，一曰鬱壘，主閲領衆鬼之害人者。于是黄帝法而象之，毆除畢，因立桃版于門户上，畫鬱壘以禦凶鬼，此則桃版之制也。蓋其起自黄帝，故今世畫神像于版上，猶于其下書右鬱壘，左神荼，元日以置門户間也。」王安石元日：「千門萬户曈曈日，總把新桃换舊符。」

〔五〕千歲　詩魯頌閟宫：「萬有千歲，眉壽無有害。」淮南子説林：「鶴壽千歲，以極其游。」後人以「千歲」為賀人長壽的祝詞。

又

治中心似佛〔一〕。治中心似□□□□□□□□□□□□□□□日〔二〕。人祝治中千歲，似翁福、似翁德。

【校】

文津本、文瀾本此詞均題為卜算子元宵，「治中」下四句，與後面第二首卜算子壽郡守之「早已」四句，合為一首。朱校：「原本此四句，誤入後卜算子『早已』一闋後拍，從金校。」全宋詞從彊村本。按詞律看，朱校是。

【箋注】

〔一〕「治中」句　治中，官職名，原為州郡佐官，隋唐時改為司馬，名遂廢。元復于大都路都總官府設治中二員，秩正五品。説詳通典卷三十二職官十四、元史職官志。本詞中任治中之人，姓名俟考。須溪詞卷三法駕導引壽治中，亦即其人。心似佛，謂能推行仁政。劉辰翁吉州能仁寺重修記云：「盡天地皆佛心，則皆能仁也。而儒者以仁為公、為覺、為愛、為當理而無私心之謂。」

〔三〕心似日　李冶敬齋古今黈：「聖人之心如日，賢人之心如燭。」

卜算子　元宵

十載廢元宵〔二〕，滿耳番腔鼓。欲識尊前太守誰，起向尊前舞〔三〕。　不是重看燈，重見河邊女。長是蛾兒作隊行〔一〕，路轉風吹去。

【箋注】

〔一〕蛾兒作隊行　孟元老東京夢華録卷六：「市人賣玉梅、夜蛾、蜂兒、雪柳、菩提葉……」周密武林舊事卷二：「元夕節物，婦人皆帶珠翠、鬧蛾、玉梅、雪柳。」婦女成羣，故云「蛾兒作隊行」。

〔二〕「十載」句　宋時習俗，于元宵日賞燈。元兵逼近臨安，廢此傳統風俗，元兵破臨安後，更是禁止元宵賞燈，以防嘩變。須溪每每借以發抒感喟，如望江南元宵云：「天上未知燈有禁。」減字木蘭花乙亥上元：「無燈可看。雨水從教正月半。」「十載廢元宵」即指此事，自丙子（宋恭帝德祐二年）下推十年，則本詞當作于元世祖至元二十三年（一二八六），時須溪閒居廬陵。

〔三〕「欲識」二句　歐陽修采桑子：「十年前是尊前客。」又朝中措：「文章太守，揮毫萬字，一飲千鍾。行樂直須年少，尊前看取衰翁。」

又　壽郡守

□□□□□□

早已是三年，父老依依借。願與天公借幾年〔一〕，保我鷄豚社〔二〕。

□□□□□□□□□□□□□□□□

【校】

〔闕文〕朱校：「原本誤以霜天曉角『治中』四句補入闕文，從金校。」

【箋注】

〔一〕「早已」三句　古代官吏三年任滿，當調任他職，因郡守政績顯著，父老願其留任，故頌稱之。後漢寇恂曾任潁川太守，後調升他職數年，從光武帝過潁川，百姓遮道曰：「願從陛下復借寇君一年。」

〔二〕鷄豚社　韓愈南溪始泛：「願為同社人，鷄豚燕春秋。」辛棄疾賀新郎和前韻：「鷄豚舊日漁樵社，問先生、帶湖春漲，幾時歸也？」

菩薩蠻　秋興

芭蕉葉上三更雨〔一〕。人生只合隨他去〔二〕。便不到天涯〔三〕。天涯也是家。　屏山三五疊〔四〕。處處飛胡蝶。正是菊堪看。東籬獨自寒〔五〕。

【箋注】

〔一〕「芭蕉」句　蘇軾木蘭花令宿造口聞夜雨寄子由才叔：「梧桐葉上三更雨。」李清照添字醜奴兒：「窗前誰種芭蕉樹？陰滿中庭。陰滿中庭。葉葉心心舒展有餘情。　傷心枕上三更雨，點滴凄清。點滴凄清。愁損北人不慣起來聽。」

〔二〕「人生」句　自韋莊菩薩蠻「游人只合江南老」句化出。

〔三〕不到天涯　歐陽修戲答元珍：「春風疑不到天涯。」

〔四〕屏山　山巒重疊如屏障。陸游歸次漢中境上：「雲棧屏山閱月遊。」照詞意看，此屏山乃指重疊之假山石。

〔五〕「正是」二句　脱自陶淵明飲酒詩，見前注。

又

湖南道中〔一〕

黃鷄喔喔催人起。困不成眠窗似水。清露不曾寒。朝來起自難。　家人當睡美〔二〕。又憶歸程幾。不管濕闌干。芙蓉花自看。

【箋注】

〔一〕湖南　荆湖南路。李燾續資治通鑑長編卷四十二：「國初罷節鎮領支郡，以轉運使領諸路事，其分合未有定制。是歲（至道三年）始定為十五路……八曰荆湖南路。」劉辰翁在宋度宗咸淳十年（一二七四）秋，到湖南潭州去探望過江萬里，當時江萬里正任湖南安撫大使，判潭州。劉氏祭江丞相古心先生文中提到：「昨秋三宿，言餞江畔。」別後，二人未再見面。江萬里死于德祐元年，故知劉氏赴湖南必在咸淳十年秋。本詞作于是時。詳參本書所附劉辰翁年譜簡編。

〔二〕睡美　杜甫偪仄行贈畢曜：「曉來急雨春風顛，睡美不聞鐘鼓傳。」

又　春曉

畫梁語透簾櫳曉〔一〕。拆桐風送楊花老〔二〕。細雨緑陰寒。羅襟只似單。　青門三里道〔三〕。箇箇遊芳草。比似嫁來看。踏青難更難。

【箋注】

〔一〕「畫梁」句　劉禹錫和郴州楊侍郎玩郡齋紫薇花十四韻：「燕語簾櫳静。」劉季孫題饒州酒務廳屏：「呢喃燕子語梁間，底事來驚夢裏閒。」

〔二〕拆桐　桐花開。拆與拆通。沈義父樂府指迷「誤讀柳詞」條云：「近時詞人，多不詳看古曲下句命意處，但隨俗念過便了。如柳詞木蘭花慢云：『拆桐花爛熳。』此正是第一句不用空頭字在上，故用拆字，言開了桐花爛熳也。有人不曉此意，乃云此花名為『拆桐』，于詞中云『開到拆桐花』，開了又拆，此何意也？」

〔三〕青門　宋杭州東青門。陸游念奴嬌：「回首紫陌青門，西湖閒院，鎖千梢修竹。」咸淳臨安志：「城東東青門，俗呼菜市門。」

又　春日山行

江波何似西湖曲。村烟相對峰南北〔一〕。何處不青青？青青是漢塋。　長亭芳草路〔二〕。寒食誰家墓〔三〕？舊日厭殘紅。人行九里松〔四〕。

【箋注】

〔一〕峰南北　當是南高峰和北高峰。吴自牧夢粱録卷十一：「水樂洞前名南高峰山，靈隱寺後山名北高峰山。」本詞作于臨安。

〔二〕長亭　古代官道旁十里置長亭，五里置短亭，供行人休息，多于此處送行餞别。庾信哀江南賦：「十里五里，長亭短亭。」

〔三〕寒食　在農曆清明前一日或二日。宗懔荆楚歲時記：「去冬節一百五日，即有疾風甚雨，謂之寒食，禁火三日。」唐人風俗，以寒食節為祭墓之節日，李匡乂資暇集卷中：「寒食拜掃，案開元禮第七十八云：　昔者宗子去在他國，庶子無廟，孔子許望墓為壇，以時祭祀。今之上墓，或有憑矣。」按劉詞意，宋時仍沿其習。

〔四〕九里松　田汝成西湖遊覽志卷十：「九里松，唐刺史袁仁敬守杭，植松以達靈竺，凡九里，左右各三行，每行相去八九尺，蒼翠夾道。」

又 丁丑送春〔一〕

殷勤欲送春歸去。白首題將斷腸句〔二〕。春去自依依。欲歸無處歸〔三〕。天涯同是寓〔四〕。握手留春住。小住碧桃枝。桃根不屬誰。

【箋注】

〔一〕丁丑 時當宋端宗景炎二年（一二七七），詞人正飄流在外地。

〔二〕「白首」句 賀鑄青玉案：「彩筆新題斷腸句。」

〔三〕「欲歸」句 辛棄疾摸魚兒：「春且住，見說道，天涯芳草無歸路。」

〔四〕「天涯」句 白居易琵琶行：「同是天涯淪落人。」

又 題醉道人圖〔一〕

八仙名姓當時少〔二〕。汙尊牛飲同傾倒〔三〕。惟有我公榮。旁人笑獨醒〔四〕。多年村落走。泥飲無升斗〔五〕。入了玉門關。人生一醉難〔六〕。

【箋注】

〔一〕醉道人圖　唐代著名畫家范長壽有醉道士圖，唐朱景玄唐朝名畫録、新唐書藝文志、宋董逌廣川畫跋、元湯垕畫鑑諸書都有記載。劉辰翁未記畫家姓名，未知即此畫否，抑或其他畫家之作品。

〔二〕八仙　此指飲中八仙，非指道家八仙。李陽冰草堂集叙：「公出入翰林中，害能成謗，帝用疏之，乃浪跡縱酒，以自昏穢。與賀知章、崔宗之等自為八仙之遊。」杜甫飲中八仙歌，列賀知章、李璡、李適之、崔宗之、蘇晉、李白、張旭、焦遂八人。

〔三〕汙尊牛飲　禮記禮運：「汙尊而抔飲。」孔穎達注：「鑿池汙下而盛酒。」牛飲，豪飲。梅堯臣和韻三和戲示：「將學時人鬬牛飲，還從上客舞娥杯。」原出太公六韜：「紂為酒池，迴船糟丘而牛飲者三千餘人為輩。」（史記殷本紀正義引）

〔四〕「惟有」二句　公榮，即劉昶，晉沛國人，仕至兗州刺史。世説新語簡傲載王戎詣阮籍，時劉公榮在坐。阮謂王曰：「偶有二斗美酒，當與君共飲，彼公榮者，無預焉。」阮、王共飲，公榮不得一杯。故詞云「獨醒」。

〔五〕「多年」二句　檃括杜甫遭田父泥飲美嚴中丞詩意：「步屧隨春風，村村自花柳。田翁逼社日，邀我嘗春酒。……月出遮我留，仍嗔問升斗。」

〔六〕「入了」二句　用班超的典故。漢書班超傳：　超自以久在絶域，年老思土，上疏曰：「……臣不敢望到酒泉郡，但願生入玉門關。」超在西域三十一歲。十四年八月至洛陽，拜為射聲校尉。超素有胸脅疾，既至，病遂加。其年九月卒。班超入玉門關回朝後不久即死去，故詞云「一醉難」。

好事近　中齋惠念，賜詞俾壽，不勝歲寒兄弟之意〔一〕

□後百年間，元度自傷來暮〔二〕。打破虚空無礙，共乘龍飛去〔三〕。　更參末後句如何。此事未能付。前遇小橋風雪，是君詩成處〔四〕。

【校】

〔□後〕文津本、文瀾本「後」上均無空格。按詞律本調首句五言，當以有闕文為是。

【箋注】

〔一〕中齋　即鄧剡。賜詞俾壽，指鄧剡所作好事近壽劉須溪，今存。詞云：「桃臉破初寒，笑問劉郎前度。為説正元朝上，縹緲午橋午。　百年方半日來多，且醉且吟去。須信劍南萬首，勝侯封千戶。」據鄧詞「百年方半」句，可知本詞作于至元十八年（一二八一）十二月，時須溪閒居廬陵。

〔二〕「元度」句　來暮，用廉范典。後漢書廉范傳：「范字叔度，京兆杜陵人。遷蜀郡太守。舊制禁民夜作，以防火災，而更相隱蔽，燒者日屬。范迺毁削先令，但嚴使儲水而已，百姓為便，乃歌之曰：『廉叔度，來何暮？不禁火，民安作。平生無襦今五袴。』」須溪誤記廉范之字為「元度」。

〔三〕乘龍　太平廣記引神仙傳拾遺：「一旦，弄玉乘鳳，蕭史乘龍，升天而去。」須溪用此典，取升天成仙之義。

〔四〕「前遇」二句　孫光憲北夢瑣言卷七：「或曰：『相國（鄭綮）近有新詩否？』對曰：『詩思在灞橋風雪中驢背上，此處何以得之？』」

謁金門　風乍起，約巽吾同賦海棠〔一〕

嬌點點。困倚春光欲軟。滴盡守宮難可染〔二〕。濃欺紅燭艷。　寂寂露珠啼臉〔三〕。翠袖不禁風颭〔四〕。芳徑相逢驚笑靨。日長初睡轉。

【箋注】

〔一〕巽吾　須溪友人彭元遜，字明叔，號巽吾，廬陵人，景定二年解試。劉辰翁須溪詞中屢見唱和之作。席世臣元詩選癸集：「彭元遜，字明叔，號巽吾。」江西通志卷五十一「選舉」載景定二年辛酉解試有彭元遜名。同賦海棠，彭元遜謁金門詞，即是同賦之作，載全宋詞，云：「春一點。透得酥温玉軟。脣暈唾花連袖染。嫣紅驚絶艷。　日暮飛紅撲臉。翠被夜寒波颭。夢斷錦茵成墮靨。宮廊微月轉。」

〔二〕守宮　相傳封建時代測試女子貞潔的藥物。張華博物志卷四：「蜥蜴或名蝘蜓，以器養之，食以朱砂，體盡赤。所食滿七斤，治擣萬杵，點女人肢體，終身不滅，惟房室事則滅，故號守宮。」

〔三〕露珠啼臉　啼臉語出劉憲折楊柳：「露葉憐啼臉，風花思舞巾。」又李賀梁台古愁：「蘭臉別春啼脈脈。」

〔四〕翠袖　語出杜甫佳人：「天寒翠袖薄。」這裏借指海棠葉。颭，風吹物動。説文：「颭，風吹浪動也。」柳宗元登柳州城樓寄漳汀封連四州：「驚風亂颭芙蓉水。」本詩已擴其義為風吹物。

又

和巽吾重賦海棠〔一〕

花露濕。紅淚裹成珠粒。比似昭陽恩未得〔二〕。睡來添醉色〔三〕。　一笑嬌波滴滴〔四〕。再顧羞潮拂拂〔五〕。恨血千年明的皪〔六〕。千年人共憶。

【箋注】

〔一〕題　此詞應是和彭元遜的另一首詠海棠詞，彭詞今已不存。

〔二〕「比似」句　漢書孝成趙皇后傳：「皇后既立，後寵少衰，而弟絶幸，爲昭儀。居昭陽舍，其中庭彤朱，而殿上髹漆，切皆銅沓黄金塗，白玉階，壁帶往往爲黄金釭，函藍田璧，明珠、翠羽飾之。」

〔三〕「睡來」句　用楊貴妃事，喻海棠花紅。王楙野客叢書卷二四「二花睡足」條云：「楊妃外傳載：明皇登沉香亭，召太真，時太真卯酒未醒，侍兒扶而至。明皇曰：『是豈妃子醉耶？海棠睡未足耳。』」按今本樂史楊太真外傳無此内容。

〔四〕「一笑」句　白居易琵琶行：「迴眸一笑百媚生。」滴滴，形容花之嬌美，張彦謙留别其二：「野花紅滴滴。」

〔五〕「再顧」句　漢書外戚傳載李延年歌：「北方有佳人，絶世而獨立。一顧傾人城，再顧傾人國。」拂拂，花香散布，白居易紅綫毯：「彩絲茸茸香拂拂。」

〔六〕「恨血」句　李賀秋來：「恨血千年土中碧。」此用萇弘故事。莊子外物：「故伍員流于江，萇弘死于蜀，藏其血，三年化而爲碧。」王嘉拾遺記卷三：「周人以萇弘媚諂而殺之，流血成石，或言成碧，不見其尸矣。」而唐人成玄英疏與拾遺記異，云：「萇弘遭譖，被放歸蜀，自恨忠而遭譖，遂刳腸而死。蜀人感之，以匱盛其血，三年而化爲碧玉，乃精誠之至也。」的皪，又作的爍，文選録司馬相如上林賦云：「宜笑的皪。」漢書司馬相如傳載此賦云：「宜笑的爍。」郭璞注云：「的爍，鮮明貌也。」

又

和巽吾海棠韻〔一〕

遊賞競。看取落紅陣陣〔二〕。花睡不成嬌似病〔三〕。春寒空受盡。　舊日不知繁盛。欲飲如今無興。恨滿東風無綠鬢〔四〕。東風還自恨。

【箋注】

〔一〕題　本篇當是和彭元遜另一首詠海棠詞，原唱已佚。

〔二〕「看取」句　詞意自辛棄疾摸魚兒詞中化出，辛詞云：「更能消、幾番風雨，匆匆春又歸去。惜春長怕花開早，何況落紅無數。」

〔三〕花睡　蘇軾海棠：「只恐夜深花睡去。」

〔四〕綠鬢　烏黑的頭髮。李白怨歌行：「沉憂能傷人，綠鬢成霜鬢。」

長相思　喜晴

上元晴。上元晴。待得晴時坐觸屏〔一〕。山禽三兩聲〔二〕。　欲歸城。未歸城。見説城中處處燈〔三〕。明年處處行。

【箋注】

〔一〕觸屏　漢書陳萬年傳：「萬年嘗病，召咸教戒于牀下。語至夜半，咸睡，頭觸屏風。」

〔二〕「山禽」句　劉禹錫和楊侍郎初至郴州紀事書情題郡齋八韻：「吏散山禽囀，庭香夏蘂開。」

〔三〕見説　見前霜天曉角壽張古巖詞注。

憶秦娥　中齋上元客散，感舊賦憶秦娥見屬，一讀淒然，隨韻寄情，不覺悲甚〔一〕

燒燈節〔二〕。朝京道上風和雪〔三〕。風和雪。江山如舊，朝京人絶。　百年短短興亡別。與君猶對當時月。當時月。照人燭淚〔四〕，照人梅髮〔五〕。

【校】

〔梅髮〕諸本同，朱校：「按梅字疑誤。」

【箋注】

〔一〕中齋　鄧剡號。感舊所賦之憶秦娥，今已不存。本詞當作于鄧剡被釋隱遁家山後，時須溪亦隱于廬陵。

〔二〕燒燈節　即元宵燈節。蔡絛鐵圍山叢談卷一：「國朝上元節燒燈，盛于前代。為綵山峻極而對峙于端門。」

〔三〕朝京　羣臣去京城朝見帝王。尚書舜典：「羣后四朝。」孟子公孫丑：「孟子將朝王。」宋代還有這種制度。宋亡，故下詞云：「朝京人絶。」

〔四〕燭淚　白居易房家夜宴喜雪戲贈主人：「燭淚黏盤疊葡萄。」李商隱無題：「蠟炬成灰淚始乾。」

〔五〕梅髮　周紫芝竹坡詩話：「方回（賀鑄）寡髮，功父指其髻謂曰：『此真賀梅子也。』」

又

昨和次，又作收燈節，未遣，早見古巖四疊，又得中齋別梅，遂并寫寄〔一〕

驚雷節〔二〕。梅花冉冉銷成雪。銷成雪。一年一度，為君腸絶。　古人長恨中年別〔三〕。餘年又過新正月。新正月。不堪臨鏡，不堪垂髮。

【校】

文瀾本將本詞及其下兩首同調詞，合在一起。從詞意看，下兩首都和本詞有關。因他本均分三首，乃存其舊。〔餘年〕清刻本作「除年」。

【箋注】

〔一〕收燈節　蔡絛鐵圍山叢談卷一：「上元張燈，天下止三日，都邑舊亦然。後都邑獨五夜，相傳謂吴越錢王來朝，進錢若干，買此兩夜，因為故事。非也，蓋乾德間蜀孟氏初降，正當五年之春正月，太祖以年豐時平，使士民縱樂，詔開封增兩夜，自是始。」孟元老東京夢華録卷六：「至十九日收燈，五夜城闉不禁。」古巖，須溪友人，見前霜天曉角壽張古巖詞注。其四疊詞與鄧剡之別梅詞，今并不傳。

〔二〕驚雷節　即驚蟄節。禮記月令：「是月也，日夜分，雷乃發聲，始電，蟄蟲咸動，啓户始出。」莊子天運：「蟄蟲始作，吾驚之以雷霆。」

〔三〕「古人」句　世説新語言語：「謝太傅（安）語王右軍（羲之）曰：『中年傷于哀樂，與親友別，輒作數日惡。』」

又

梅花節〔一〕。白頭卧起餐氈雪〔二〕。餐氈雪。上林雁斷，上林書絶〔三〕。　傷心最是河梁别〔四〕。無人共拜天邊月。天邊月。一尊對影〔五〕，一編殘髮。

【箋注】

〔一〕梅花節　梅花挺立冰雪中，象徵君子之節操。唐宋璟梅花賦云：「諒不移于本性，方可儷乎君子之節。」

〔二〕「白頭」句　漢書蘇武傳：「單于愈益欲降之，乃幽武，置大窖中，絶不飲食。天雨雪，武卧齧雪，與旃毛并咽之，數日不死。」「武留匈奴凡十九歲，始以彊壯出，乃還，鬚髮盡白。」

〔三〕「上林」二句　漢書蘇武傳：「漢求武等，匈奴詭言武死。後漢使復至匈奴，常惠請其守者與俱，得夜見漢使，具自陳道。教使者謂單于，言天子射上林中，得雁，足有繫帛書，言武等在某澤中。使者大喜，如惠語以讓單于。單于視左右而驚，謝漢使曰：『武等實在。』」

〔四〕「傷心」句　文選卷二十九李少卿與蘇武三首：「攜手上河梁，遊子暮何之。徘徊蹊路側，悢悢不得辭。行人難久留，各言長相思。安知非日月，弦望自有時。努力崇明德，皓首以為期。」逯欽立已辨其為僞詩，見漢詩别録。

〔五〕一尊對影　李白月下獨酌：「花間一壺酒，獨酌無相親。舉杯邀明月，對影成三人。」

又

收燈節。霖鈴又似鼇山雪〔一〕。鼇山雪。今宵清絶，今宵愁絶。　老人似少終然别。癡癡更望春三月。春三月。花如人面〔二〕，自羞余髮〔三〕。

【箋注】

〔一〕鼇山　宋時于元宵節夜堆叠綵燈為山形，稱作鼇山。又稱燈山、綵山、山棚。周密武林舊事：「一入新正，燈火日盛，皆修内司諸璫分主之，競出新意，年異而歲不同。往往于復古、膺福、清熙、明華等殿張掛，及宣德門、梅堂、三間台等處臨時取旨，起立鼇山。……禁中嘗令作琉璃燈山，其高五丈，人物皆用機關活動，結大綵樓貯之。」此年上元為下雪天，雪被燈山，故云「鼇山雪」。

〔二〕花如人面　孟棨本事詩情感第一：「博陵崔護姿質甚美，而孤潔寡合，舉進士下第，清明日，獨遊都城南，得居人莊。……因題詩于左扉曰：『去年今日此門中，人面桃花相映紅。人面只今何處去？桃花依舊笑春風。』」

〔三〕自羞余髮　左傳昭公三年：「余髮如此種種，余奚能為？」杜預注：「種種，短也。」

又　為曹氏胭脂閣嘆〔一〕

滿園茅草，冷烟城郭〔二〕。青衫淚盡樓頭角〔三〕。佳人夢斷花間約。花間約。黄昏細雨，一枝零落。

春如昨。曉風吹透胭脂閣。胭脂閣。

【校】

〔茅草〕清刻本、文瀾本作「芳草」。「青衫」文津本、文瀾本均作「青山」。

【箋注】

〔一〕題　曹氏，未詳何人。胭脂閣，樓名，曹氏居處，疑在廬陵。

〔二〕冷烟城郭　張繼閶門即事：「試上吴門窺郡郭，清明幾處有新烟。」

〔三〕青衫淚盡　白居易琵琶行：「座中泣下誰最多？江州司馬青衫濕。」

西江月 新秋寫興

天上低昂似舊，人間兒女成狂。夜來處處試新妝〔一〕。卻是人間天上。　不覺新涼似水〔二〕，相思兩鬢如霜〔三〕。夢從海底跨枯桑〔四〕。閱盡銀河風浪。

【箋注】

〔一〕「夜來」句　吴自牧夢粱録「七夕」條：「其日晚晡時，傾城兒童女子，不論貧富，皆著新衣。」

〔二〕新涼似水　杜牧秋夕：「天街夜色涼如水。」

〔三〕兩鬢如霜　蘇軾江城子乙卯正月二十日夜記夢：「塵滿面，鬢如霜。」

〔四〕海底跨枯桑　神仙傳王遠：「麻姑自説云接待以來，已見東海三為桑田。」

又 憶仙

曾與回翁把手〔一〕，自宜老子如龍〔二〕。懷胎不敢問春冬。等待鞭鸞笞鳳〔三〕。　昨夜又遲黄石〔四〕，今朝重叩鴻濛〔五〕。碧桃花下醉相逢〔六〕。説盡鵬遊蝶夢〔七〕。

【校】

〔老子如龍〕文津本、文瀾本均作「老子成龍」。

【箋注】

〔一〕回翁　見前雙調望江南「深院待回仙」句注。

〔二〕老子如龍　史記老子韓非列傳：「孔子曰：『吾今日見老子，其猶龍邪！』」

〔三〕鞭鸞笞鳳　韓愈奉酬盧給事雲夫四兄曲江荷花行見寄並呈上錢七兄閣老張十八助教：「上界真人足官府，豈如散仙鞭笞鸞鳳終日相追陪。」辛棄疾山鬼謡：「待萬里攜君，鞭鸞笞鳳，誦我遠遊賦。」

〔四〕「昨夜」句　黄石，黄石公。史記留侯世家：「五日平明，良往。父已先在，怒曰：『與老人期，後，何也？』去，曰：『後五日早會！』五日鷄鳴，良往，父又先在，復怒曰：『後，何也？』去，曰：『後五日復早來！』五日，良夜未半往。有頃，父亦來，喜曰：『當如是。』出一編書，曰：『……十三年孺子見我濟北，穀城山下黄石即我矣。』」

〔五〕重叩鴻濛　莊子在宥：「雲將東遊，過扶摇之枝而適遭鴻蒙。鴻蒙方將拊脾雀躍而遊。雲將見之，倘然止，贄然立，曰：『叟何人邪？叟何為此？』鴻蒙拊脾雀躍不輟，對雲將曰：『遊！』雲將曰：『朕願有問也。』鴻蒙仰而視雲將曰：『吁！』雲將曰：『天氣不和，地氣鬱結，六氣不調，四時不節。今我願合六氣之精以育羣生，為之奈何？』鴻蒙拊脾雀躍掉頭曰：『吾弗知！吾弗知！』」成玄英疏：「鴻蒙，元氣也。」

〔六〕「碧桃」句　碧桃，仙桃。尹喜内傳：「老子西遊，省太真王母，共食碧桃、紫梨。」高蟾下第上司馬侍郎：「天上碧桃和露種。」

〔七〕鵬遊蝶夢　莊子逍遥遊：「北冥有魚，其名為鯤。鯤之大，不知其幾千里也，化而為鳥，其名為鵬。鵬之背，不知其幾千里也，怒而飛，其翼若垂天之雲。是鳥也，海運則將徙于南冥。」又齊物論：「昔者莊周夢為胡蝶，栩栩然胡蝶也，自喻適志與，不知周也。俄然覺，則蘧蘧然周也。不知周之夢為胡蝶與，胡蝶之夢為周與？周與胡蝶，則必有分矣。此之謂物也。」

又

石奇儀嘗授吾奇門式局，以為兵法至要，日持扇圖自衛〔一〕

玉帳傳心如鏡〔二〕，青龍繞指成輪〔三〕。塵中多少白頭人。乾裏尋壬難認〔四〕。　世事説來都了，鬼神見也須瞋。迷槎問我是何津〔五〕。向道先生晝困〔六〕。

【箋注】

〔一〕石奇儀　須溪友人，生平未詳。奇門式局，當時的一部兵書。錢大昕十駕齋養新録卷十七：「奇門之式，古人謂之遁甲，即易八卦方位，加以中央，與乾鑿度太一下行九宮之法相合。史記龜策傳載宋元王召博士衛平語所夢，衛平乃援式而起，仰天而視月之光，觀斗所指，定日處鄉，規矩為輔，副以權衡。四維已定，八卦相望，視其吉凶，介蟲先見，乃對元王曰：『今昔壬子，宿在牽牛』云云，此遁甲式也。日在牽牛，冬至之候，蓋冬至後壬子日，庚子時，陽遁第一局。甲午為旬首，在巽宮，杜門為直使，時加子，子為元武，故云介蟲先見也。規、矩、權、衡，謂坎、離、震、兑，四正之位。漢書魏相傳：東方之神執規，司春；南方之神執衡，司夏；西方之神執矩，司秋；北方之神執權，司冬。是其義也。加以四維，故云八卦相望也。」

〔二〕玉帳　葛洪抱朴子：「兵在太乙玉帳之中，不可攻也。」張淏雲谷雜記：「唐藝文志有玉帳經一卷。玉帳乃兵家厭勝之方位，謂主將于其方置軍帳，則堅不可犯，猶玉帳然。」

〔三〕「青龍」句　青龍為東方宿名，古代行軍以畫青龍的旗幟示東方方位。禮記曲禮：「行，前朱鳥而後玄武，左青龍而右白虎。」疏：「前南，後北，左東，右西，朱鳥、玄武、青龍、白虎，四方宿名也。」劉琨贈盧諶：「何意百鍊鋼，化為繞指柔。」

〔四〕「乾裏」句　乾，是周易中的一種符號，八卦之一，乃為天象。壬，説文：「壬，位北方也。」本句乃指奇門式局變化多端，不易辨認。

〔五〕「迷槎」句　張華博物志卷十：「舊説云天河與海通。近世有人居海渚者，年年八月有浮槎去來，不失期。人有奇志，立飛閣于槎上，多齎糧，乘槎而去。十餘日中猶觀星月日辰，自後茫茫忽忽亦不覺晝夜。去十餘日，奄至一處，有城郭狀，屋舍甚嚴。遥望宫中多織婦，見一丈夫牽牛渚次飲之。牽牛人乃驚問曰：『何由至此？』此人具説來意，并問此是何處，答曰：『君還至蜀郡訪嚴君平則知之。』」

〔六〕「向道」句　後漢書邊韶傳：「韶口辯，曾晝日假卧，弟子私嘲之曰：『邊孝先，腹便便。懶讀書，但欲眠。』韶潛聞之，應時對曰：『邊為姓，孝為字。腹便便，五經笥。但欲眠，思經事。寐與周公通夢，静與孔子同意。……』」

清平樂　石榴

深紅半面。一似牆頭見。草樹池塘青一片〔一〕。獨倚闌干幾遍。　更誰絳袖朱唇〔二〕。火雲相對英英〔三〕。笑殺牡丹正午，離披不任看承〔四〕。

【箋注】

〔一〕草樹池塘　謝靈運登池上樓：「池塘生春草，園柳變鳴禽。」

〔二〕絳袖朱唇　蘇軾咏海棠詩：「朱唇得酒暈生臉，翠袖卷紗紅映肉。」

〔三〕火雲　杜甫送梓州李使君之任：「火雲揮汗日，山驛醒心泉。」是爲夏日熾熱之彤雲。英英，花片，指石榴花。

〔四〕「笑殺」二句　沈括夢溪筆談卷十七書畫：「歐陽公嘗得一古畫牡丹叢，其下有一貓，未知其精粗。丞相正肅吴公，與歐公姻家，一見曰：『此正午牡丹也。何以明之？其花披哆而色燥，此日中時花也；貓眼黑睛如綫，此正午貓眼也。……』」離披，散亂貌。宋玉九辯：「白露既下百草兮，奄離披此梧楸。」看承，張相詩詞曲語辭匯釋卷五：「猶云看待也，亦猶云特别看待也。」

又　壽某翁

喜君白首還君詞爲壽。絶妙孫辛婦〔一〕。但恨杯無露添酒。空等待梅花久〔二〕。玄。人間合信天緣。如此相從至老，我亦何倦餘年。

【校】

〔至老〕文津本作「至此」。朱校：「原本老作此，從金校。」

【箋注】

〔一〕絶妙孫辛婦　世説新語捷悟：「魏武嘗過曹娥碑下，楊修從，碑背上見題作『黄絹幼婦外孫齏臼』

八字。魏武謂修曰：『解不？』答曰：『解。』魏武曰：『卿未可言，待我思之。』行三十里，魏武乃曰：『吾已得。』令修別記所知。修曰：『黄絹，色絲，于字為絶；幼婦，少女也，于字為妙；外孫，女子也，于字為好；齏臼，受辛也，于字為辭。所謂絶妙好辭也。』魏武亦記之，與修同，乃嘆曰：『我才不及卿，乃覺三十里。』」

〔三〕「但恨」二句　露，花露，這裏當指梅花露。四民月令：「元日服梅花酒却老。」本詞為壽詞，故以梅花酒為賀。

歸國遥　暮春遣興

初雨歇〔一〕。照水緑腰裙帶熱〔二〕。楊花不做人情雪〔三〕。　風流欲過前村蝶。羞成別。回頭卻恨春三月。

【箋注】

〔一〕初雨歇　柳永雨霖鈴：「驟雨初歇。」

〔二〕「照水」句　緑腰裙帶，西湖堤柳，遠望如緑色裙帶。周密武林舊事卷五：「斷橋又名段家橋，萬柳如雲，望如裙帶。」白居易杭州春望：「誰開湖寺西南路，草緑裙腰一道斜。」自注：「孤山寺路在湖洲中，草緑時望如裙腰。」熱字亦有所本，王建宫詞：「新晴草色暖温暾。」陶宗儀南村輟耕録卷八：「南方人言温暾者，乃微暖也。」

〔三〕「楊花」句　劉禹錫楊柳枝詞：「晚來風起花如雪，飛入宫牆不見人。」辛棄疾六么令再用前韻：「可堪楊柳，先作東風滿城雪。」

昭君怨　玩月

月出東山之上〔一〕。長憶御街人唱。恨我不能琴。有琴心〔二〕。　徙倚秋波平瑩。漸久玉肌清冷〔三〕。待更下闌干。起來看。

【箋注】

〔一〕「月出」句　蘇軾前赤壁賦：「月出于東山之上，徘徊于斗牛之間。」

〔二〕有琴心　文選卷五十八王仁寶褚淵碑文：「雅議于聽政之晨，披文于宴私之夕，參以酒德，間以琴心。」李善注引列仙傳曰：「涓子作琴心三篇。」

〔三〕玉肌清冷　杜甫月夜：「清輝玉臂寒。」蘇軾洞仙歌：「冰肌玉骨。」

浣溪沙　春日即事

遠遠游蜂不記家。數行新柳自啼鴉〔一〕。尋思舊事即天涯〔二〕。　睡起有情和畫卷〔三〕，燕歸無語傍人斜。晚風吹落小瓶花。

【箋注】

〔一〕「數行」句　古樂府：「暫出白門前，楊柳可藏烏。」李賀答贈：「沉香爇小象，楊柳伴啼鴉。」

〔二〕「尋思」句　謂尋思舊事，便有天涯相隔之意。須溪另有山花子春暮：「東風解手即天涯」，謂在東風中與人分手，便有天涯相隔意。

〔三〕「睡起」句　句中「畫卷」，不是指畫幅。卷，語出詩經邶風柏舟：「我心匪席，不可卷也。」須溪反其意而用之，意謂睡起後心情不佳，無心賞畫，乃將「情」與畫一起收卷起來。

又　感别

點點疏林欲雪天。竹籬斜閉自清妍〔一〕。為伊憔悴得人憐〔二〕。　欲與那人攜素手。

粉香和淚落君前。相逢恨恨總無言〔三〕。

【箋注】

〔一〕自清妍　語出蘇軾定惠院寓居月夜偶出：「江雲有態清自媚」。

〔二〕「為伊」句　柳永鳳棲梧：「衣帶漸寬終不悔，為伊消得人憔悴。」

〔三〕「相逢」句　李白下途歸石門舊居：「吳山高，越水清，握手無言傷別情。」柳永雨霖鈴：「執手相看淚眼，竟無語凝咽。」

減字木蘭花　玩月答蒙庵和詞〔一〕

何須剪紙〔二〕。依舊一團圓照水。莫倚空寒。柳下池邊也只般〔三〕。　君何忽忽？宇宙人生都是客〔四〕。月在雲端〔五〕。人自愁人不解看〔六〕。

【箋注】

〔一〕蒙庵　見前霜天曉角壽吳蒙庵題注。蒙庵和詞已佚。

〔二〕剪紙　剪紙成月。太平廣記卷三十五引宣室志：「（王）先生召其女七娘者，乃一老嫗也，年七十餘，髮盡白，扶杖而來。先生謂晦之曰：『此我女也，惰而不好道，今且老矣。』既而謂七娘曰：

『汝為我刻今夕之月，置于室東垣上。』有頃，七娘以紙月施于垣上，夕有奇光自發，洞照一室，纖毫盡辨。」

〔三〕只般　只麼般的省詞。張相詩詞曲語辭匯釋卷三：「只麼，猶云只此或只如此也。」

〔四〕「宇宙」句　李白春夜宴從弟桃花園序：「夫天地者，萬物之逆旅也；光陰者，百代之過客也。」

〔五〕月在雲端　李白古朗月行：「又疑瑶台鏡，飛在青雲端。」

〔六〕「人自」句　句下原注：「蒙庵詞有忽忽早睡語，併及之。」

又　甲午九日牛山作〔一〕

舊遊山路。落在秋陰最深處。風雨重陽〔二〕。無蝶無花更斷腸。　天知老矣。莫累門生與兒子〔三〕。不用登高。高處風吹帽不牢〔四〕。

【箋注】

〔一〕甲午　時當元世祖至元三十一年（一二九四）。九日，農曆九月九日，重陽節。牛山，在青州境内（今山東淄博市東）。須溪從未北行，且本年恰在廬陵，可知此牛山當為廬陵山名，也叫牛形山，吉安府志載：「牛形山在安平鄉四十六都嶺背。」

〔二〕風雨重陽　費袞梁溪漫志：「謝無逸嘗從潘邠老求近作，邠老答曰：『秋來景物，件件是佳句，恨為俗氛所蔽。昨日清卧，聞攪林風雨聲，欣然起題其壁云：滿城風雨近重陽。忽催租人至，遂敗意，止此一句奉寄。』」

〔三〕「莫累」句　用陶潛事，見前南鄉子即席紀遊「兒子門生」注。

〔四〕「高處」句　陶潛晉故征西大將軍長史孟府君傳：「九月九日，（桓）温遊龍山，參佐畢集。……時佐吏並著戎服，有風吹君（孟嘉）帽墮落，温目左右及賓客勿言，以觀其舉止。君初不自覺，良久如厠，温命取以還之。」

又　有感

東風似客。醉裏落花南又北。客似東風。攜手斜陽一笑中。　佳人怨我。不寄江南春一朵〔一〕。我怨佳人。憔悴江南不似春。

【箋注】

〔一〕江南春一朵　用陸凱寄梅贈詩典，詩云：「江南無所有，聊贈一枝春。」為協詞韻，改「枝」為「朵」。參見前江城子西湖感懷詞注。

又　臘望初晴，月佳甚，有上元花柳意，不能忘情

臘銷三五。月向雪山雲外吐〔一〕。烟水黄昏。梅柳依稀笛斷魂〔二〕。　今宵豫賞〔三〕。便作香塵隨步想〔四〕。莫待元宵。燈火零星雨寂寥。

【校】

〔月佳甚〕文津本作「月甚佳」。　〔上元〕文瀾本于「上元」下有「一夜」字。　〔雨寂寥〕清刻本作「兩寂寥」。

【箋注】

〔一〕「月向」句　杜甫月：「四更山吐月，殘夜水明樓。」

〔二〕「烟水」二句　李清照永遇樂元宵：「染柳烟濃，吹梅笛怨。春意知幾許。」姜夔暗香：「舊時月色，算幾番照我，梅邊吹笛。」

〔三〕豫賞　十二月張燈稱為豫賞，又稱試燈，宫内宫外均有。王明清揮麈後録卷四：「徽宗宣和七年十二月二十一日，就睿謨殿張燈，預賞元宵，典燕近臣。」孟元老東京夢華録卷十：「是月（指十二月）景龍門預賞元夕于寶籙宫，一方燈火繁盛。」張鎡賞心樂事：「十二月季冬，家宴試燈。」（載周

密武林舊事卷十）

〔四〕香塵隨步　見望江南秋日即景「玉香毬」注。

又　乙亥上元〔一〕

無燈可看。雨水從教正月半。探繭推盤〔二〕。探得千秋字字看〔三〕。　銅駝故老〔四〕。説著宣和似天寶〔五〕。五百年前〔六〕。曾向杭州看上元。

【箋注】

〔一〕乙亥　時當宋恭帝德祐元年（一二七五）。此年上元節，須溪閒居廬陵。

〔二〕探繭推盤　王仁裕纂開元天寶遺事：「都中每至正月十五日，造麪繭，以官位帖子，卜官位高下，或賭筵宴，以為戲笑。」陳元靚歲時廣記卷九引歲時雜記：「人日，京師貴家造麪繭，以肉或素餡，其實厚皮饅頭餕餡也，名曰探官繭。又立春日作此，名探春繭，中置紙簽，或削木書官品，人自探取，以卜異時官品高下。」

〔三〕千秋　千年，此種風俗沿襲千年。

〔四〕銅駝故老　晉書索靖傳：「靖有先識遠量，知天下將亂，指洛陽宫門銅駝嘆曰：『會見汝在荆棘中耳。』」本詞借指曾經歷過滄桑變幻的老年人。

〔五〕宣和、天寶　宋徽宗和唐玄宗的年號，都是由盛轉衰的時代。

〔六〕五百年前　自德祐元年上推至天寶年間，為五百二三十年，這裏是約數。

又　庚辰送春〔一〕

送春待曉。春是五更先去了。我醉方知。春正憐伊怕別伊。　留君不可。歸到海邊方憶我。做盡花歸〔二〕。欲贈君時少一枝〔三〕。

【箋注】

〔一〕庚辰　時當元世祖至元十七年（一二八〇）。這年春天，須溪在廬陵。

〔二〕做盡花歸　張相詩詞曲語辭匯釋卷一：「做，猶使也，以應用于假設口氣時為多。」

〔三〕「欲贈」句　見前江城子西湖感懷詞注。

又

尚學林己丑壽旦，適歸廬陵。其先世相州人，居永和，今家臨川〔一〕。太師尚父。

相州錦好〔二〕。待到相州人已老〔三〕。潁水歸田〔四〕。白鷺驚猜已十年〔五〕。晚遇明時方用武〔六〕。大笑相逢。把酒家鄉是客中。

【箋注】

〔一〕尚學林　相州永和人，歷仕未詳。劉氏父子文友，須溪詞屢有唱和之作，養吾齋集卷二有別尚學林、卷六有和尚學林感懷。己丑，時當元世祖至元二十六年（一二八九）。相州永和，元豐九域志卷二：「天聖七年改永定縣為永和。熙寧六年省永和縣為鎮。」宋史地理志：「相州，縣四。安陽縣，緊，熙寧五年省永和縣入焉。」臨川，縣名，撫州州治所在。大清一統志卷三百二十二撫州府：「漢豫章郡南城縣地，三國吴太平二年，置臨川郡治此。隋開皇九年省西豐、定川入臨汝，改曰臨川，為撫州治。唐復為撫州治，宋因之。」本詞作于廬陵。

〔二〕相州錦好　宋史地理志：「相州貢暗花牡丹花紗、知母、胡粉、絹。」

〔三〕「待到」句　宋宰相韓琦，相州人，他曾任武康軍節度使，知相州，築晝錦堂于後圃，賦詩言志，以「矜名譽」、衣錦晝歸為可薄。歐陽修嘉其志，作相州晝錦堂記稱頌之。本詞用此事以喻尚學林。

〔四〕潁水歸田　用歐陽修事。歐陽修卜宅潁州，致仕後歸田于潁水之濱，見蘇軾歐陽文忠公神道碑。潁水，又名潁河，源出河南登封縣西南，經禹縣、臨潁、西華、阜陽，至潁口流入淮河。

〔五〕「白鷺」句　反用辛棄疾水調歌頭「凡我同盟鷗鷺，今日既盟之後，來往莫相猜」詞意。

〔六〕「太師」二句　太師，指呂尚，周文王立為師，號太公望，周武王尊為師尚父。詩經大雅大明：「維師尚父，時維鷹揚。」孔叢子記問：「太公勤身苦志，八十而遇文王。」韓詩外傳卷七：「呂望行年五十，賣食棘津，年七十屠于朝歌，九十乃為天子師，則遇文王也。」

又　自述

不能管得。欲雨能教天地黑〔一〕。待得開晴。不用吾言也自行。　一杯亦醉。萬事無能吾欲睡〔二〕。舊亦能詩。説舊時詩問是誰。

【校】

〔舊時詩〕清刻本作「舊詩時」。

【箋注】

〔一〕欲雨　杜甫茅屋為秋風所破歌：「俄頃風定雲墨色，秋天漠漠向昏黑。」

〔三〕「萬事」句　論語衛靈公：「君子病無能焉，不病人之不己知也。」

又　再用韻戲古巖出妾

清歡昨日。十事不如人六七〔一〕。試數從前。素素相從得幾年〔二〕。　　子兮子兮。再揀一枝何處起〔三〕。翠釜峰駝〔四〕。客好其如良夜何〔五〕。

【箋注】

〔一〕「十事」句　晉書羊祜傳：「祜嘆曰：『天下不如意，十恒居七八。』」

〔二〕「素素」句　白居易有歌妓樊素，後將放之，作不能忘情吟，其中云：「素事主十年，凡三千有六百日，巾櫛之間，無違無失。」本詞借白居易歌妓代指古巖妾。

〔三〕「再揀」句　杜甫宿府「已忍伶俜十年事，强移棲息一枝安。」蘇軾卜算子：「揀盡寒枝不肯棲，寂寞沙洲冷。」

〔四〕翠釜峰駝　杜甫麗人行：「紫駝之峰出翠釜。」

〔五〕「客好」句　詩經小雅庭燎：「夜如何其？夜未央。」杜甫相從歌贈嚴二别駕：「銅盤燒蜡光吐日，夜如何其初促膝。」

又　壽詞

脾神喜樂〔一〕。壽酒一杯勝服藥。過卻明朝。頂上新霜也合銷。　小春三日。便覺春暄梅影出。醉把梅看。比似茱萸更耐寒。

【校】

〔頂上〕文津本作「頭上」。

【箋注】

〔一〕「脾神」句　脾神，名常在，黄庭内景經：「脾神常在，字魂停。」注：「脾藏意，故曰常在。」脾神喜樂，不宜思慮過度，濟生方脾胃虚實論：「若飲食不節，或傷生冷，或思慮過度，沖和失布，因其虚實，由是寒熱見焉。」

山花子　春暮

東風解手即天涯〔一〕。曲曲青山不可遮〔二〕。如此蒼茫君莫怪，是歸家。　闤闠相迎悲最苦〔三〕。英雄知道鬢先華。更欲徘徊春尚肯，已無花。

【箋注】

〔一〕「東風」句　歐陽修戲答元珍：「春風疑不到天涯。」劉詞由此脱出。

〔二〕「曲曲」句　辛棄疾菩薩蠻：「青山遮不住。」

〔三〕閶闔　屈原離騷：「吾令帝閽開關兮，倚閶闔而望予。」淮南子地形訓：「懸圃，涼風、樊桐，在昆侖閶闔之中。」高誘注：「閶闔，昆侖虚門名也。」

又

此處情懷欲問天〔一〕。相期相就復何年〔二〕。行過章江三十里〔三〕，淚依然。早宿半程芳草路，猶寒欲雨暮春天。小小桃花三兩處〔四〕，得人憐。

【校】

文瀾本將本詞與上一首同調詞合在一起，從内容看，是合理的。

【箋注】

〔一〕問天　李賀公無出門：「公看呵壁書問天。」屈原有天問，王逸楚辭章句云：「天問者，屈原之所作也。……屈原放逐，憂心愁悴，彷徨山澤，經歷陵陸，嗟號旻昊，仰天嘆息。見楚有先王之廟及公卿祠堂，圖畫天地山川神靈，琦瑋僪佹，及古賢聖怪物行事，周流罷倦，休息其下，仰見圖畫，因書其壁，呵而問之，以渫憤懣，舒寫愁思。」

〔二〕相期相就　杜甫九日寄岑參：「寸步曲江頭，難為一相就。」劉詞指與友人之相約、相會。

〔三〕章江　即章水，流經南康、贛等縣境。見元豐九域志卷六。大清一統志卷三百三十二南安府：「在府城南門外，源出聶都山，東流過府東，又東經南康縣南，折東北入贛縣界，即古贛水，亦即豫章水，亦名南江，又名橫江。」

〔四〕桃花三兩處　語出蘇軾惠崇春江曉景：「竹外桃花三兩枝。」

柳梢青　春感

鐵馬蒙氈，銀花灑淚〔一〕，春入愁城〔二〕。笛裏番腔，街頭戲鼓，不是歌聲。　那堪獨坐青燈。想故國，高臺月明〔三〕。輦下風光〔四〕，山中歲月〔五〕，海上心情〔六〕。

【校】

〔歌聲〕文津本作「歡聲」。

【箋注】

〔一〕「銀花」句　銀花，明燈。蘇味道正月十五夜：「火樹銀花合，星橋鐵鎖開。」灑淚，燈中燭油流下似落淚。温庭筠更漏子：「玉爐香，紅蠟淚。」李商隱無題：「蠟炬成灰淚始乾。」

〔二〕「春入」句　杜甫春望：「國破山河在，城春草木深。」愁城，語出庾信愁賦：「攻許愁城終不破。」黄庭堅行次巫山宋楙宗遣騎送折花廚醖：「攻許愁城終不開，青州從事斬關來。」本指人愁苦的心境，本詞借指臨安。

〔三〕「想故國」二句　李煜虞美人：「小樓昨夜又東風，故國不堪回首月明中。」高臺，臨安的觀潮臺。周密武林舊事卷三：「禁中例觀潮于『天開圖畫』，高臺下瞰，如在指掌。」

〔四〕輦下風光　京城的繁華風光。歐陽修六一詩話：「京師輦轂之下，風物繁富，而士大夫牽于事役，良辰美景，罕獲宴遊之樂。」

〔五〕山中歲月　劉辰翁避地山中的歲月。劉辰翁虎溪蓮社堂記：「歲晚，自永新江轉入虎溪。留虎溪三月矣。」時為乙亥年。

〔六〕海上心情　詞人遥念南海一隅抗元將士的心情。本詞約作于祥興元年或二年，時須溪已結束飄流生活，回到廬陵。吴熊和説：「『海上心情』，用蘇武在北海矢志守節事。漢書蘇武傳：『武既至海上，廩食不至，掘野鼠去草實而食之。杖漢節牧羊，卧起操持，節旄落書。』劉辰翁宋亡後的危心苦節，庶幾近之。」（唐宋詞鑑賞辭典劉學鍇劉辰翁柳梢青鑒賞稿引。）可備一説。

南歌子

搔困麻仙爪〔一〕，含暄忍客衣〔二〕。夜長窗月露成幃。不説明朝風雨，自當歸。

【箋注】

〔一〕「搔困」句　杜牧讀韓杜集：「似倩麻姑癢處搔。」神仙傳：「麻姑手爪不似人形，皆似鳥爪，蔡經心言背大癢時，得此爪以爬背，當佳也。」

〔二〕含暄　周密齊東野語卷四：「袁安卧負暄，令兒搔背，曰：『甚快人意。』趙勝負暄風檐，候樵牧之歸。故杜詩曰：『負暄候樵牧。』樂天負日詩云：『杲杲冬日出，照我屋南隅。負暄閉目坐，和氣生肌膚。』」

又

篘熟雙投美，香飄一縷絲。霜前雁到蟹螯持〔一〕。自試小窗醉墨，作新詩。

【箋注】

〔一〕蟹螯持　世説新語任誕：「畢茂世云：『一手持蟹螯，一手持酒杯，拍浮酒池中，便足了一生。』」

朝中措　勸酒

鍊花為露玉為瓶〔一〕。佳客為頻傾。耐得風霜滿鬢〔二〕，此身合是金莖〔三〕。　牆頭竹外，洞房初就，畫閣新成。嚼得梅花透骨〔四〕，何愁不會長生。

【箋注】

〔一〕「鍊花」句　花露，酒名。王楙野客叢書卷十七：「真州郡齋，舊有酒名謂之花露，人亦莫曉。僕讀姚合詩（寄衛拾遺乞酒）『味輕花上露，色如洞中泉』，得非取此乎？」

〔二〕耐得　在此作經得起、禁得住之意。

〔三〕「此身」句　此身應合是金銅仙人。班固西都賦：「抗仙掌以承露，擢雙立之金莖。」李善注：「金莖，銅柱也。」參見前南鄉子木犀花下詞注。

〔四〕「嚼得」句　花史：「（宋時）鐵脚道人常愛赤脚走雪中，興發則朗誦南華秋水篇，嚼梅花滿口，和雪咽之，曰：『吾欲寒香沁入肺腑。』」

太常引　和香巖上元韻〔一〕

便晴也是不曾晴。不怕金吾禁行〔二〕。風雨動鄉情。夢燈火、揚州化城〔三〕。　少年跌宕，誰家嬌小，繞帶到天明。昨夜月還生。但驚破、霓裳數聲〔四〕。

【箋注】

〔一〕香巖　須溪友人，生平不詳。

〔二〕金吾禁行　蘇味道正月十五日夜：「金吾不禁夜，玉漏莫相催。」韋述兩京新記：「正月十五日夜，勑金吾弛禁，前後各一日以看燈。本朝京師增至五夜。」宋敏求春明退朝録卷中：「本朝太宗時，三元不禁夜。上元御乾元門，中元、下元御東華門。後罷中元、下元，而初元游觀之盛，冠于前代。」

〔三〕「夢燈火」句　秦觀長相思：「開尊待月，掩箔披風，依然燈火揚州。」化城，佛家語，王維西方變畫讚序：「商人既倦，且息化城。」趙殿成注引法華經云：「譬如五百由旬，險難惡道，曠絶無人，怖畏之處，若有多衆，欲過此道，至珍寶處。有一導師，聰慧明達，善知險道通塞之相，將導衆人，欲過此難。所將人衆，中路懈退，白導師言：『我等疲極，而復怖畏，不能復進，前路猶遠，今欲退還。』

導師多諸方便，而作是念，此等可愍，云何捨大珍寶，而欲退還。以方便力，于險道中，過三百由旬，化作一城，告衆人言：『汝等勿怖，莫得退還。今此大城，可于中止，隨意所作。若入是城，快得安隱，若能前至寶所，亦可得去。』是時疲極之衆，心大歡喜，我等今者，免斯惡道，快得安隱。于是衆人，前入化城，生已度想，生安隱想。是時導師，知此人衆，既得止息，無復疲倦，即滅化城，語衆人言：『汝等去來，寶處在近，向者大城，我所化作，為止息耳。』」

〔四〕「但驚破」句　「霓裳」，為霓裳羽衣曲的省稱。白居易和元微之霓裳羽衣曲歌：「由來能事各有主，楊氏創聲君造譜。」自注：「開元中，西涼節度使楊敬述造。」王灼碧鷄漫志卷三：「霓裳羽衣曲説者多異。予斷之曰：西涼創作，明皇潤色，又為易美名，其他飾以神怪者，皆不足信也。」白居易長恨歌：「漁陽鼙鼓動地來，驚破霓裳羽衣曲。」本詞末尾自注：「是夜月蝕。」

又　壽李同知〔一〕

此公去暑似新秋〔二〕。吏毒一句句。行縣勝監州〔三〕。覺甘雨、隨車應求〔四〕。鷺清為酒，螺清為壽〔五〕，起舞祝君侯〔六〕。急召也須留。廿四考、中書到頭〔七〕。

【校】

〔吏毒一句句〕文瀾本作「吏毒毒一句句」。按萬樹詞律卷五太常引：「又一體五十字，第二句多一字，與前異，稼軒亦有此體。」〔覺甘雨隨車應求〕文津本、文瀾本均作「覺隨車甘雨應求」，與詞律悖違，顯誤。

【箋注】

〔一〕李同知　即與須溪同年及進士第之李嘉龍，字敬軒，號中甫，都昌人，曾任吉州同知。劉將孫養吾齋集卷六呈敬軒公序：「莆田参政敬軒公與先君子須溪先生定交于廬陵，……同舍同年，同門同朝，知契深厚。」参見本書木蘭花慢和中甫李参政席上韻、摸魚兒和柳山悟和尚與李同年嘉龍韻、摸魚兒和謝李同年諸詞題注。李嘉龍于咸淳九年離任，本詞當作于九年前。

〔二〕「此公」句　去暑，猶言解除百姓苦難。宋王令暑熱思風：「坐將赤熱憂天下，安得清風借吾曹。」

〔三〕「行縣」句　行縣，巡行、視察屬縣。漢書韓延壽傳：「歲餘，不肯出行縣。丞掾數白：『宜循行郡中，覽觀民俗，考長吏治迹。』」監州，官名，監督州政。宋設通判，亦稱同知，其職與監州相當。

〔四〕「覺甘雨」句　湯悦送季大夫牧舒州：「嚴霜尚滿辭天闕，甘雨看隨入境車。」甘雨，喻恩澤。隨車，後漢書鄭弘傳注引謝承後漢書：「弘消息繇賦，政不煩苛。行春大旱，隨車致雨。」

〔五〕螺清為壽　螺，指螺子山，在吉州府城北十里。見光緒江西通志。詩祝李嘉龍壽比清清的螺子山。

〔六〕君侯　古代稱列侯、丞相為君侯，後轉為對尊貴者的敬稱。如李白與韓荆州書：「君侯制作侔神明。」時韓朝宗正任荆州大都督府長史兼判襄州刺史。李嘉龍正任吉州同知，故以「君侯」稱美之。

〔七〕「廿四考」句　郭子儀任中書令，主持官吏考績二十四次。舊唐書郭子儀傳：「史臣裴洎曰：『汾陽事上誠藎，臨下寬厚，……天下以其身為安危者殆二十年，校中書令考二十有四。……富貴壽考，繁衍安泰，哀榮終始，人道之盛，此無缺焉。』」

玉樓春　侯仲澤約飲螺山靈泉寺，余與鄧中甫候久欲暮，歸。歸而侯至寺，相失〔一〕

霜風不動晴明好。探梅有約城東道。橋邊失卻老仙期〔二〕，城門落日人歸早。　野田一望迷芳草〔三〕。除是騰空君後到。立馬三周黛佛頭〔四〕，參差中路令人老。

【箋注】

〔一〕侯仲澤，須溪友人，生平不詳。螺山靈泉寺，在吉州城北十里。光緒江西通志卷一百十二：「靈泉寺在府城北十里螺子山，有井甘冽，因名，宋歐陽守道有記。」同書卷五十二山川略：「螺子山在廬陵縣北十里，與神岡山相對峙，南臨贛江，宛委如螺，無林木。」

〔二〕老仙　李白大鵬賦：「南華老仙發天機于漆園。」本指莊子，本詞借指侯仲澤。

〔三〕迷芳草　蘇軾點絳唇：「歸不去，鳳樓何處？芳草迷歸路。」辛棄疾摸魚兒：「天涯芳草迷歸路。」

〔四〕佛頭　喻指山。林逋西湖：「春水浄于僧眼碧，晚山濃似佛頭青。」

又　乙酉九日〔一〕

龍山歌舞無人道〔二〕。只説先生狂落帽。秋風亦是可憐人，要令天意知人老〔三〕。

菊花不為重陽早。自愛古人詩句惱。與君鄭重説□□〔四〕，殘年惟有重陽好。

【校】

〔自愛〕清刻本作「自為」。　〔□□〕按詞律，當少此二字，然文津、文瀾本均無此闕文。

【箋注】

〔一〕乙酉　時當元世祖至元二十二年，本年須溪閒居廬陵。

〔二〕「龍山」二句　見前減字木蘭花甲午九日牛山作「高處」句注。

〔三〕「要令」句　李賀金銅仙人辭漢歌：「天若有情天亦老。」

〔四〕鄭重　頻繁。漢書王莽傳：「所以鄭重降符命。」注云：「鄭重，猶言頻繁也。」黄朝英靖康緗素雜記卷二：「今人有以鄭重為慎重者，又誤矣。」

烏夜啼　初夏

新雨過，緑連空〔三〕。猶疑薰透簾櫳〔一〕。是東風。不分榴花更勝〔二〕，一春紅。

蝶飛慵。閒過緑陰深院，小花濃。

【箋注】

〔一〕薰透　李清照攤破浣溪沙：「薰透愁人千里夢，却無情。」

〔二〕不分　不料。張相詩詞曲語辭匯釋卷四：「分，意料之辭，讀去聲。凡上所舉不分，均猶云不意或不料也。」

〔三〕緑連空　樂府西洲曲：「海水摇空緑。」辛棄疾小重山三山與客泛西湖：「緑漲連雲翠拂空。」

又　中秋

素娥醉語曾留〔一〕。又中秋。待得重圓誰妒，兩悠悠。　向愁早，今愁水，没中洲。看取明朝晴去，不須愁。

【箋注】

〔一〕素娥　嫦娥，文選謝莊月賦：「集素娥于後庭。」李周翰注：「月色白，故云素娥。」

又

何年似永和年〔一〕。記湖船。如此晴天無處，望新烟。　江南女，裙四尺，合鞦韆〔二〕。昨日老人曾見，久潸然。

【校】

〔記湖船〕清刻本作「見湖船」。〔無處〕清刻本、文瀾本作「何處」。

【箋注】

〔一〕永和年　指晉穆帝永和九年（三五三），是年王羲之與諸友會聚蘭亭。王羲之蘭亭集序：「永和九年，歲在癸丑，暮春之初，會于會稽山陰之蘭亭，修禊事也。羣賢畢至，少長咸集。」

〔三〕合鞦韆　句下自注：「北裝短後露骭，鞦韆合而竝起。」北朝樂府捉搦歌：「反著裌禪後裙露。」亦指北裝短小的特徵。本詞下片描寫江南女裙長四尺，則鞦韆合時不露骭。

行香子　和北客問梅。白氏，長安人

雪履無痕。溪影傳神〔一〕。著坡詩、請自清温〔二〕。朝朝不去，夕夕空勤。似夢中雲，雲外雪，雪中春〔三〕。　四野昏昏。匹馬巡巡。揀一枝、寄與芳尊〔四〕。更誰興到，于我情真。是白家賓，江南路，隴頭人。

【校】

〔夕夕〕朱校：「原本作惜惜，從金校。」

【箋注】

〔一〕「溪影」句　林逋山園小梅：「疏影横斜水清淺，暗香浮動月黄昏。」

〔三〕清溫　句下自注：「松風亭韻。」蘇軾詩題爲十一月二十六日松風亭下梅花盛開，又再用前韻一首，詩云：「天香國豔肯相顧，知我酒熟詩清溫。」

〔三〕「似夢中雲」三句　自張道洽詠梅詩中翻出，張詩云：「何須更探春消息，自有幽香夢裏通。」

〔四〕「揀一枝」句　用陸凱寄范曄詩意，見前注。下文「江南路」、「隴頭人」均扣合陸凱詩意，「白家賓」扣本題北客白氏。

又　次草窗憶古心公韻〔一〕

玉立風塵〔二〕。光動黄銀〔三〕。便談文、也到夜分〔四〕。無人燭下，壁上傳神〔五〕。記老婆心〔六〕，寒士語〔七〕，道人身。　極意形容，下語難親。更萬分、無一分真。醉翁去後，往往愁人〔八〕。願滴山泉，銜丘冢，化龍雲〔九〕。

【校】

〔談文〕朱校：「原本談作淡，從金校」。按，文津本、全宋詞均作「談文」。

【箋注】

〔一〕草窗　江萬里族子，見下首詞自注。古心公，江萬里字子遠，號古心，都昌人，劉辰翁、文天祥的先生。歷仕俱載宋史本傳。

〔二〕玉立　山濤山公啓事：「征南將軍羊祜，禮儀玉立，可以肅整朝廷。」桓元子（温）薦譙元彦表：「而能抗節玉立，誓不降辱。」

〔三〕黄銀　即黄銅，古人以爲祥瑞。宋書符瑞志：「五者不藏金玉，則黄銀紫玉光見深山。」

〔四〕談文　即論文。杜甫春日憶李白：「何時一尊酒，重與細論文。」

〔五〕壁上傳神　指壁上江萬里的畫像。世説新語巧藝：「顧長康畫人，或數年不點目睛。人問其故，顧曰：『四體研蚩，本無關于妙處；傳神寫照，正在阿堵中。』」

〔六〕老婆心　景德傳燈録臨濟義玄禪師：「黄蘗問曰：『汝回太速生。』師曰：『只爲老婆心切。』」

〔七〕寒士語　陳師道後山詩話：「王師圍金陵，唐使徐鉉來朝。鉉伐其能，欲以口舌解圍，謂太祖不文，盛稱其主博學多藝，有聖人之能。使誦其詩。曰秋月之篇，天下傳誦之，其句云云。太祖大笑曰：『寒士語爾，我不道也！』」

〔八〕「醉翁」二句　醉翁，歐陽修醉翁亭記：「太守與客來飲于此，飲少輒醉，而年又最高，故自號曰醉翁也。」蘇軾醉翁操：「醉翁去後，空有朝吟夜怨。」本詞出此。

〔九〕龍雲　易乾：「雲從龍，風從虎，聖人作而萬物覩。」

又　疊韻

海水成塵〔一〕。河水無銀。恨幽明、我與公分。青山獨往〔二〕，回首傷神。嘆魏闕心〔三〕，磻石魄〔四〕，汨羅身〔五〕。　除卻相思，四海無親。識風流、還賀季真。而今天上，笑謫仙人〔六〕。但病傷春，愁厭雨，淚看雲〔七〕。

【箋注】

〔一〕海水成塵　李賀夢天：「黃塵清水三山下。」神仙傳：「王遠曰：聖人皆言，海中行復揚塵也。」

〔二〕青山獨往　白居易九年十一月二十一日感事而作：「當君白首同歸日，是我青山獨往時。」

〔三〕魏闕心　莊子讓王：「中山公子牟曰：『身在江海之上，心存魏闕之下。』」

〔四〕磻石魄　吕尚未遇周文王以前，曾釣于磻溪。水經注卷十七渭水：「渭水之右，磻溪水注之。……水次平石釣處，即太公垂釣之所也。其投竿跽餌，兩厀（膝）遺跡猶存，是有磻溪之稱也。」韓詩外傳卷八：「屠牛朝歌，賃于棘津，釣于磻溪，文王舉而用之。」

〔五〕汨羅身　屈原自沉于汨羅江。史記屈原賈生列傳：「于是懷石，遂自投汨羅以死。」

〔六〕「識風流」三句　李白對酒憶賀監序：「太子賓客賀公于長安紫極宮一見余，呼余為謫仙人，因解金龜換酒為樂。悵然有懷，而作是詩。」詩云：「四明有狂客，風流賀季真。」賀知章，字季真。

〔七〕「淚看雲」句　句下自注：「公嘗謂余仙風道骨，不特文字為然，故屢著之，不敢忘。草窗，其族子也。」自注中之「公」，指江萬里。

又　探梅

月露吾痕〔一〕。雪得吾神〔二〕。更荒寒、不傍人温。山人去後，車馬來勤。但夢朝雲，愁暮雨，怨陽春。　說著東昏〔三〕。記著南巡〔四〕。淚盈盈、檀板金尊〔五〕。憐君素素，念我真真〔六〕。嘆古來言，新樣客，舊時人。

【箋注】

〔一〕月露吾痕　李商隱杏花：「援少風多力，牆高月有痕。」此為借用。

〔二〕雪得吾神　盧梅坡雪梅：「有梅無雪不精神，有雪無詩俗了人。日暮詩成天又雪，與梅併作十分春。」

〔三〕東昏　南齊廢帝蕭寶卷荒淫無道，為梁蕭衍（武帝）所殺，追貶為東昏侯，事見南史齊廢帝紀。

〔四〕記著南巡　述異記：「舜南巡，葬于蒼梧之野，堯之二女娥皇、女英，追之不及，相與慟哭，淚下沾竹，竹上文為之斑斑然。」

〔五〕檀板金尊　林逋山園小梅：「幸有微吟可相狎，不須檀板共金尊。」檀板，檀木拍板，指音樂。

〔六〕「憐君」二句　素素，見前減字木蘭花再用韻戲古巖出妾注。真真，聞奇録載：進士趙顏得一軟障，圖一婦人甚麗。顏曰：「如何令生，某願納為妻。」工曰：「余神畫也。此亦有名，曰真真。呼其名百日，晝夜不歇，即必應，應則以百家彩灰酒灌之，必活。」顏如其言，遂下步，言語飲食如常。終歲，生一兒。友人曰：「此妖也，必與君為患。」真真乃泣曰：「妾南嶽地仙也。君今疑妾，不可住。」言訖，攜其子却上軟障，嘔出先所飲百家彩灰酒。覩其障，惟添一孩子，皆是畫焉。范成大去年多雪苦寒梅花遂晚元夕猶未盛開：「花定有情堪索笑，自憐無術喚真真。」

品令　聞鶯

滿庭芳草〔一〕。更昨日、落紅如掃。綠陰正似人懷抱。一聲睍睆〔二〕，春色何曾老。　幸自不須人起早〔三〕。寂寞如相惱。舊時聞處青門道〔四〕。禁烟時候〔五〕，柳下人家好。

【箋注】

〔一〕滿庭芳草　柳宗元贈江華長老：「滿庭芳草積。」

〔二〕睍睆　清和圓轉的鳥鳴聲。詩邶風凱風：「睍睆黄鳥，載好其音。」毛傳：「睍睆，好貌。」朱熹詩集傳：「睍睆，清和圓轉之音。」

〔三〕幸自　張相詩詞曲語辭匯釋卷二：「凡此各詞之幸自，皆本自也。」

〔四〕青門　三輔黄圖卷一都城十二門：「長安城東出南頭第一門霸城門，民見門色青，名曰青城門，或曰青門。」後泛指京城城門。

〔五〕禁烟時候　寒食節，民俗斷火。金盈之醉翁談録卷三：「寒食節，冬至後一百五日，即有疾風甚雨，謂之寒食。民間以一百四日始禁火，謂之大寒食。」

鵲橋仙　題陳敬之扇

乘鸞著色〔一〕，癡蠅誤拂〔二〕。不及羲之醉墨〔三〕。偶然入手送東陽〔四〕，便看取、薰時清適。　清風去暑，閒題當日。宰相紗籠誰識〔五〕。封丘門外定何人〔六〕，這一點、瞞他不得。

【箋注】

〔一〕乘鸞著色　江淹班婕妤詠扇：「紈扇如團月，出自機中素。畫作秦王女，乘鸞向烟霧。彩色世所重，雖新不代故。」扇上用彩色畫作弄玉乘鸞，故云「著色」。

〔二〕癡蠅誤拂　李商隱蠅蝶鷄麝鸞鳳等成篇：「韓蝶翻羅幙，曹蠅拂綺窗。……畫樓多有主，鸞鳳各雙雙。」劉詞首兩句寫鸞蠅，或即由此化出。三國志吴書趙達傳裴松之注引吴録：「孫權使曹不興畫屏風，誤落筆點素，因就以作蠅。權以為生蠅，舉手彈之。」張彦遠歷代名畫記卷四曹不興條亦載其事。

〔三〕羲之醉墨　王羲之醉時所書之字，遜于平時，只有自己能分辨。唐李嗣真書品後（張彦遠法書要録卷三）：「羲之又曾書壁而去，子敬密拭之，而更別題。右軍還觀之曰：『吾去時真大醉。』子敬乃心服之。」

〔四〕東陽　世説新語言語注引續晉陽秋：「太傅謝安賞（袁）宏機捷辯速，自吏部郎出為東陽郡，乃祖之于冶亭，時賢皆集。安欲卒迫試之，執手將別，顧左右取一扇而贈之。宏應聲答曰：『輒當奉揚仁風，慰彼黎庶。』合座嘆其要捷。」

〔五〕宰相紗籠　指王播詩用碧紗籠罩。王定保唐摭言卷七載：王播少時客居揚州惠昭寺木蘭院，隨僧齋食。寺僧厭棄他，故意于飯後鳴鐘，致使播挨餓。播因題詩于壁，有「慚愧闍黎飯後鐘」句。

二十年後，王播貴爲宰臣，重遊舊地，見昔日所題詩句，已用碧紗蓋護，因復題詩曰：「二十年來塵撲面，如今始得碧紗籠。」

〔六〕「封丘門」句　宋史李沆傳：「治第封丘門内，廳事前僅容旋馬。或言太隘，沆笑曰：『居第當傳子孫，此爲宰相廳事誠隘，爲太祝、奉禮廳事已寬矣。』」

又

壽矅山母〔一〕

看人擲果〔二〕，看人罷織〔三〕。難得團欒七夕。蟠桃只在屋東頭，慶西母、年開八袠〔四〕。去年今日，今年今日。添箇曾孫抱膝。人間樂事有多般，算此樂、人間第一〔五〕。

【校】

〔七夕〕清刻本作「今夕」。

【箋注】

〔一〕矅山　須溪友人，見前霜天曉角壽康矅山題注。

〔二〕擲果　古代七夕節令，多置果食，互相分贈，故云擲果。藝文類聚卷四引崔寔四民月令：「七月七日，曝經書，設酒脯時果，散香粉于筵上，祈請于河鼓織女。」吴自牧夢粱録卷四七夕：「于數日前，以紅熬鷄、果食、時新果品，互相餽送。」

〔三〕罷織　傳説七夕織女停織，度河與牛郎相會，人間女子亦于此日罷織，著新衣以示喜慶。北齊邢子才七夕詩：「停梭理容色，束衿未解帶。」

〔四〕年開八袠　七十一歲。程大昌韻令碩人生日：「壽開八秩，兩鬢全青。」自注：「白樂天開六秩詩自注：『年五十一歲，即曰開第六秩矣。』言自五十一，即為六十紀數之始也。」七十一歲，即為八十紀數之始，故云開八秩。袠，十年為一袠，通「秩」。

〔五〕人間第一　尚書洪範：「五福：一曰壽。」康曜山母長壽，人間樂事，此為第一。

又　自壽二首

輕風澹月，年年去路。誰識小年初度〔一〕。橋邊曾弄碧蓮花〔二〕，悄不記、人間今古。　吹簫江上〔三〕，沾衣微露。依約淩波曾步〔四〕。寒機何意待人歸〔五〕，但寂歷、小窗斜雨。

【箋注】

〔一〕小年初度　小年，農曆十二月二十四日。文天祥二十四日：「春節前三日，江鄉正小年。」題下自注：「俗云小年夜。」初度，生日。屈原離騷：「皇覽揆余初度兮。」朱熹楚辭集注解為「始生之時。」由此詞可知劉辰翁生于十二月二十四日，與劉氏沁園春再和槐城自壽韻：「劉子生時，當月下弦，輪大半輪。」之言相合。劉辰翁念奴嬌詞云：「某所某公，同年同月，誰剪招魂紙。前三例好，不須舉後三例。」詞尾自注：「槐城廿一日生。」劉既與王槐城同年同月生，先後僅三日，亦可證明劉辰翁生于十二月二十四日。

〔二〕碧蓮花　碧藕之花。王嘉拾遺記卷三云：「西王母乘翠鳳之輦而來，共玉帳高會。薦清澄琬琰之膏以為酒，又進……萬歲冰桃，千常碧藕。」李綽尚書故實：「唐相國盧公應舉時，嘗遊芍陂，見負薪者持碧蓮花一朵，問之，曰：『陂中得之。』盧公後使淮服，話于太尉衛公，令搜訪芍陂，則無矣。」晏幾道鷓鴣天：「碧藕花開水殿涼，萬年枝外轉紅陽。」

〔三〕吹簫江上　蘇軾前赤壁賦：「壬戌之秋，七月既望，蘇子與客泛舟，遊于赤壁之下。……于是飲酒樂甚，扣舷而歌之。歌曰：『桂櫂兮蘭槳，擊空明兮泝流光；渺渺兮余懷，望美人兮天一方。』客有吹洞簫者，倚歌而和之。」

〔四〕「依約」句　曹植洛神賦：「凌波微步，羅襪生塵。」

〔五〕「寒機」句　以樂羊子妻子勸學的故事，喻寫自己妻子的心意。後漢書樂羊子妻傳：「（樂羊子遠出尋師），一年來歸，妻跪問其故，羊子曰：『久行懷思，無它異也。』妻乃引刀趨機而言曰：『此織生自蠶繭，成于機杼，一絲而累，以至于寸，累寸不已，遂成丈匹。今若斷斯織也，則捐失成功，稽廢時日。夫子積學，當日知其所亡，以就懿德。若中道而歸，何異斷斯織乎？』羊子感其言，復還終業，遂七年不返。」

又

天香吹下〔一〕，烟霏成路。颯颯神光暗度〔二〕。橋邊猶記泛槎人〔三〕，看赤岸、苔痕如古〔四〕。　長空皓月〔五〕，小風斜露。寂寞江頭獨步〔六〕。人間何處得飄然，歸夢入、梨花春雨〔七〕。

【箋注】

〔一〕天香吹下　桂香從月中飄來。封演封氏聞見記卷七：「台嶺與嶺南地接，山多桂樹，桂子多因風而止，有若從天而來。時人不加詳考，謂之月桂。宋之問台州作詩云：『桂子月中下，天香雲外飄。』」

〔二〕「颯颯」句　颯颯，風聲。屈原九歌山鬼：「風颯颯兮木蕭蕭。」秦觀鵲橋仙：「纖雲弄巧，飛星傳恨，銀漢迢迢暗度。」

〔三〕泛槎人　見前霜天曉角壽張古巖「見説」句注。

〔四〕赤岸　天河的岸邊。枚乘七發：「凌赤岸，篲扶桑。」舊説以爲「赤岸」在廣陵附近，文選李善注：「此文勢似在遠方，非廣陵也。」劉詞用李善説。

〔五〕長空皓月　范仲淹岳陽樓記：「而或長烟一空，皓月千里。」

〔六〕「寂寞」句　杜甫哀江頭：「少陵野老吞聲哭，春日潛行曲江曲。」

〔七〕梨花春雨　白居易長恨歌：「梨花一枝春帶雨。」

一翦梅　和人催雪

萬事如花不可期。花不堪持。酒不堪持。江天雪意使人迷。剪一枝枝。歌一枝枝〔一〕。歌者不來今幾時〔二〕。姜影無詞〔三〕。張影無詞〔四〕。不歌不醉不成詩。歌也遲遲。雪也遲遲。

【箋注】

〔一〕「剪一枝枝」二句　用陸凱寄一枝梅與范曄事，見前注。姜夔暗香詞云：「江國，正寂寂。嘆寄與路遥，夜雪初積。」須溪本詞正由此化出。

〔二〕「歌者不來」句　歌者，專指歌唱梅花詞曲的人。陸友硯北雜志卷下：「小紅，順陽公（范成大）青衣也，有色藝。順陽公之請老，姜堯章詣之。一日，授簡徵新聲，堯章製暗香、疏影兩曲。公使二妓肄習之，音節清婉。姜堯章歸吳興，公尋以小紅贈之。其夕大雪，過垂虹，賦詩曰：『自琢新詞韻最嬌，小紅低唱我吹簫。曲終過盡松陵路，回首烟波十四橋。』」

〔三〕姜影無詞　姜影，指姜夔，因其曾作疏影詞。張炎詞源云：「詩之賦梅，惟和靖一聯而已，世非無詩，不能與之齊驅耳。詞之賦梅，惟白石暗香、疏影二曲，前無古人，後無來者，自立新意，真為絶唱。」

〔四〕張影無詞　張影，指張先，字子野，因三詞句中有「影」字而聞名。苕溪漁隱叢話前集卷三十七引古今詩話：「有客謂子野曰：『人皆謂公為張三中，即心中事，眼中淚，意中人也。』公曰：『何不目之為張三影？』客不曉。公曰：『雲破月來花弄影；嬌柔懶起，簾壓捲花影；柳徑無人，墮風絮無影。此余平生所得意也。』」

又、和敖秋崖爲小孫三載壽謝〔一〕

人生總受業風吹〔二〕。三歲兒兒。八十兒兒〔三〕。深閨空谷把還持。啼看人知。啼怕人知。客中自種綠猗猗〔四〕。月下横枝。雪下横枝。尊前百歲且開眉。今歲今時。前歲今時。

【校】

〔題〕清刻本無「和」字。〔啼看〕清刻本作「啼着」。

【箋注】

〔一〕敖秋崖 須溪友人，生平未詳。

〔二〕業風 漢魏南北朝墓志集釋：「善惡之業能使人轉而輪迴之界，故譬之以爲風。」

〔三〕八十兒兒 張相詩詞曲語辭匯釋卷六：「八十孩兒，保嬰之吉語也。大約宋時風俗，朱書八十字于小兒額上，以取長壽之義。辛棄疾鵲橋仙爲人慶八十席間戲作：『人間八十最風流，長帖在兒兒額上。』」

〔四〕綠猗猗 詩衛風淇奥：「瞻彼淇奥，綠竹猗猗。」毛傳云：「綠，王芻也。竹，萹竹也。猗猗，美盛貌。」黄朝英靖康緗素雜記卷五：「今為辭賦，皆引『猗猗』入竹事，大誤也。當時謝莊竹贊云：『瞻彼中唐，緑竹猗猗。』便襲其繆，殊乖理趣。」劉詞襲謝莊竹贊意。

夜飛鵲　七夕

何曾見飛渡，年又年癡。今古相望猶疑〔一〕。朱顔一去似流水，斷橋魂夢參差〔二〕。何堪更嗟遲暮〔三〕，聽旁人説與，此夕佳期。深深代籍，盼悠悠、北地胭脂〔四〕。誰寄揚州破鏡，遍海角天涯，空待人歸〔五〕。自小秦樓望巧〔六〕，吴機迴錦〔七〕，歌舞為誰。星萍耿耿〔八〕，算歡娱、未省流離。但秋衾夢淺，雲間曲遠，薄命同時。

【箋注】

〔一〕「何曾」三句　懷疑每年七夕牛郎織女渡河的事，前人早已提出，杜甫牽牛織女：「牽牛出河西，織女處其東。萬古久相望，七夕誰見同？神光意難候，此事終蒙朧。」

〔二〕斷橋　周密武林舊事卷五：「斷橋，又名段家橋，萬柳如雲，望如裙帶。」田汝成西湖遊覽志卷二：「斷橋，本名寶祐橋，自唐時呼為斷橋，張祜詩云『斷橋荒蘚合』是也。」

〔三〕遲暮　屈原離騷：「惟草木之零落兮，恐美人之遲暮也。」

〔四〕「深深代籍」三句　漢書外戚傳孝文竇皇后傳：「太后出宫人以賜諸王各五人，竇姬與在行中。家在清河，願如趙，近家，請其主遣宦者吏『必置我籍趙之伍中』。宦者忘之，誤致籍代伍中。籍奏，詔可。當行，竇姬涕泣，怨其宦者，不欲往，相彊乃肯行。」本詞以竇皇后典，借指被擄北去的全太后，太皇謝太后、隆國夫人王昭儀等人。

〔五〕「誰寄」三句　孟棨本事詩情感第一：「陳太子舍人徐德言之妻，後主叔寶之妹，封樂昌公主，才色冠絶。時陳政方亂，德言知不相保，謂其妻曰：『以君之才容，國亡，必入權豪之家，斯永絶矣。儻情緣未斷，猶冀相見，宜有以信之。』乃破一鏡，人執其半，約曰：『他日必以正月望日賣于都市，我當在，即以是日訪之。』及陳亡，其妻果入越公楊素之家，寵嬖殊厚。德言流離辛苦，僅能至京，遂以正月望日，訪于都市。有蒼頭賣半鏡者，大高其價，人皆笑之。德言直引至其居，設食，具言其故，出半鏡以合之，仍題詩曰：『鏡與人俱去，鏡歸人不歸。無復嫦娥影，空留明月輝。』陳氏得詩，涕泣不食。素知之，愴然改容，即召德言，還其妻，仍厚遺之。聞者無不感嘆。仍與德言、陳氏偕飲，令陳氏為詩，曰：『今日何遷次，新官對舊官。笑啼俱不敢，方驗作人難。』遂與德言歸江南，竟以終老。」

〔六〕秦樓望巧　古樂府陌上桑：「日出東南隅，照我秦氏樓。」李白憶秦娥：「秦娥夢斷秦樓月。」王仁裕纂開元天寶遺事：「宫中以錦結成樓殿，高百尺，上可以勝數十人，陳以瓜果酒炙，設坐具，以祀牛女二星。嬪妃各以九孔針，五色綫，向月穿之，過者為得巧之候。」

〔七〕吴機迴錦　晉書列女傳：「竇滔妻蘇氏，名蕙，字若蘭，善屬文。滔苻堅時為秦州刺史，被徙流沙，蘇氏思之，織錦為迴文旋圖詩以贈滔，宛轉循環以讀之，詞甚悽惋。」

〔八〕星萍　萍，水草名，一名浮萍，浮于水田池沼水面上。星萍，即星浮，天星浮現。庾信周車騎將軍賀婁公神道碑：「江波錦落，火井星浮。」

疏影　催雪

香篝素被〔一〕。聽花犯低低〔二〕，瑶花開未〔三〕？長記那時，熾炭圍鑪，瘦妻換酒行試。党家人在銷金帳〔四〕，約莫是、打圍歸際〔五〕。又誰知、别憶烹茶，冷落故家愁思。

聞道滕驕巽嬾〔六〕，今朝待檄與，翻雲須易〔七〕。白白不成，又不教晴，做盡黄昏情味。銀河本是冰冰底。怎忍向、東風成水。待滿城、玉宇瓊樓〔八〕，卻報卧廬人起〔九〕。

【箋注】

〔一〕香篝　沉香燻籠。劉克莊念怒嬌和誠齋休致韻：「此翁雙手頓閒處，且把香篝籠袖。」廣韻十二侯：「篝，燻籠。」

〔二〕花犯　詞調名，初盛于北宋末。張端義貴耳集：「自宣、政間，周美成、柳耆卿出，自制樂章，有曰側犯、尾犯、花犯、玲瓏四犯。」

〔三〕瑶花開未　王維雜詠：「君自故鄉來，應知故鄉事。來日綺窗前，寒梅著花未？」

〔四〕「党家人」句　蘇軾趙成伯家有姝麗吟春雪謹依元韻詩中自注：「世傳陶穀學士買得党太尉家故妓，遇雪，陶取雪水烹團茶，謂妓曰：『党家應不識此？』妓曰：『彼粗人，安有此景，但能于銷金暖帳中淺斟低唱，喫羊羔兒酒。』陶默然，媿無言。」

〔五〕打圍　人數較多、規模較大的合圍打獵。周密癸辛雜識續集上：「北客云：北方大打圍，凡用數萬騎，各分東西而往，凡行月餘而圍處合，蓋不啻千餘里矣。既合則漸束而小之，圍中之獸皆悲鳴相弔，獲獸凡數十萬，虎狼熊羆，麋鹿野馬，豪猪狐狸之類皆有之。」

〔六〕滕驕巽嬾　范成大正月六日風雪大作：「滕六無端巽二癡。」滕六，雪神名；巽二，風神名。

〔七〕翻雲須易　杜甫貧交行：「翻手作雲覆手雨。」

〔八〕玉宇瓊樓　大業拾遺記：「瞿乾祐于江岸玩月。或問：『此中何有？』瞿笑曰：『可隨我觀之。』俄見月規半天，瓊樓玉宇爛然。」

〔九〕卧廬人　用後漢袁安大雪天閉户僵卧事，見前浣溪沙壽陳敬之推官「高人」注。

摘紅英　賦花朝月晴〔一〕

花朝月。朦朧別。朦朧也勝檐聲咽。親曾説。令人悦。落花情緒，上墳時節〔二〕。

花陰雪。花陰滅。柳風一似鞦韆掣〔三〕。晴未決。晴還缺。一番寒食，滿村啼鴂〔四〕。

【箋注】

〔一〕花朝　花朝節的簡稱。吴自牧夢粱録：「仲春十五日為花朝節。浙間風俗，以為春序正中，百花争放之時，最堪遊賞。」

〔二〕「落花情緒」二句　張説清明日詔宴寧王山池：「摇揚花雜下，嬌轉鶯亂飛。」李賀感諷五首：「都門賈生墓，青蠅久斷絶。寒食摇揚天，憤景長肅殺。」寒食上墳，見前菩薩蠻春日山行注。

〔三〕「柳風」句　韓翃寒食：「春城無處不飛花，寒食東風御柳斜。」

〔四〕啼鴂　啼叫的鶗鴂。屈原楚辭：「恐鶗鴂之先鳴兮，使夫百草為之不芳。」辛棄疾賀新郎別茂嘉十二弟：「緑樹聽鶗鴂。更那堪鷓鴣聲住，杜鵑聲切。啼到春歸無尋處，苦恨芳菲都歇。」

千秋歲 和尚學林壽筵即席

新篘熟也〔一〕，借問誰家早。梅影裏，蜂兒繞。三更殘月上，一夜霜天曉〔二〕。溪橋小。春風有意年年到。當年青鳥去〔三〕，落葉無人掃。銅柱仄〔四〕，瑶池老〔五〕。殘鐘長樂樹〔六〕，墜馬咸陽道〔七〕。空回首，御街人賣南京東〔八〕。

【校】

〔銅柱仄〕朱校：「原本仄作灰，從金校。」按，文津本、永樂大典卷二〇三五三席韻引須溪詞均作「仄」。

【箋注】

〔一〕新篘 新酒。唐詩紀事卷六十五引杜荀鶴斷句：「舊衣灰絮絮，新酒竹篘篘。」

〔二〕霜天曉 蘇軾水龍吟：「為使君洗盡，蠻風瘴雨，作霜天曉。」辛棄疾蝶戀花用前韻送人行：「斷腸明日霜天曉。」

〔三〕青鳥 漢武故事：「七月七日，上于承華殿齋。正中，忽有一青鳥從西而來，集殿前。上問東方朔，朔曰：『此西王母來。有一青鳥如烏，侍王母傍。』」

〔四〕銅柱仄　漢書郊祀志：「其後，（武帝）又作柏梁，銅柱，承露仙人掌之屬矣。」仄，傾側。與下句連讀，謂銅柱傾側，瑶池荒蕪，求仙之道不可靠。

〔五〕瑶池　穆天子傳：「乙丑，天子觴西王母于瑶池之上。」

〔六〕「殘鐘」句　三輔黄圖：「長樂宫本秦之興樂宫也，高帝居此宫，後太后常居之。」史記淮陰侯列傳：「呂后使武士縛（韓）信，斬之長樂鐘室。」正義曰：「長樂宫懸鐘之室。」徐陵玉台新詠序：「厭長樂之疏鐘，勞中宫之緩箭。」

〔七〕「墜馬」句　柳珵常侍言旨（見明鈔本説郛卷五）云：「時肅宗不豫，李輔國誣奏云：『此皆九仙媛、高力士、陳元禮之異謀也。』下矯詔遷太上皇于西内。給其扈從部伍，不過老弱二三十人。及中道，攢刃輝日，輔國統之。太上皇驚，遂墜馬數四，左右扶持得免。」

〔八〕南京　南宋初年，金人改開封為南京。續資治通鑑卷一百三十：「（紹興二十三年，金貞元元年三月）乙卯，金以遷都詔中外，改元貞元，内外文武官皆進官一等，改燕京為大興府，號中都，為中京，會寧府為北京，汴京開封府為南京，而舊遼陽府為東京，大同府為西京如故。」

促拍醜奴兒 辛巳除夕〔一〕

送歲可無詩。得團欒、忍不開眉〔二〕。不記去年今夕夢，江東懷抱〔三〕，江西信息，舍北妻兒。

五十戾𢒼炊〔四〕。待五十、富貴成癡。百年苦樂乘除看〔五〕，今年一半，明年一半，更似兒時。

【校】

〔辛巳除夕〕花草粹編作「歲闌」。〔今年一半，明年一半〕花草粹編作「今朝一半，明朝一半。」

【箋注】

〔一〕辛巳，時當元世祖至元十八年（一二八一）。本詞作于廬陵。

〔二〕「送歲」二句　孟元老東京夢華録卷十：「（除夕）是夜禁中爆竹山呼，聲聞于外，士庶之家圍爐團坐，達旦不寐，謂之守歲。」

〔三〕江東懷抱　史記項羽本紀：「于是項王乃欲東渡烏江。烏江亭長檥船待，謂項王曰：『江東雖小，地方千里，衆數十萬人，亦足王也。願大王急渡。今獨臣有船，漢軍至，無以渡。』項王笑曰：

『天之亡我，我何渡為！且籍與江東子弟八千人渡江而西，今無一人還，縱江東父兄憐而王我，我何面目見之？縱彼不言，籍獨不愧于心乎？』」李清照烏江詩云：「至今思項羽，不肯過江東。」宋亡後，須溪不肯仕元，故懷及項羽。

〔四〕扊扅炊　用門閂作薪炊。樂府詩集卷六十載百里奚妻琴歌三首云：「百里奚，五羊皮，憶別時，烹伏雌，炊扊扅，今日富貴忘我為。」按應劭風俗通義云：「百里奚為秦相，堂上樂作，所賃澣婦自言知音。呼之，援琴撫弦而歌曰：『百里奚，初取我時五羊皮，臨當別行烹乳雞，今適富貴忘我為。』因尋問之，乃其妻。」顔之推顔氏家訓書證篇云：「蔡邕月令章句：『鍵，關牡也，所以止扉，或謂之剡移。』然則當時貧困，並以門牡木作薪炊耳。聲類作扊，又或作扂。」

〔五〕乘除　宋會要輯稿食貨志六之二八載淳熙十三年湖廣總領趙彦逾言：「一歲一畝所收，以高下相乘除，不過六七斗。」有截長補短、平均之意。

又　有感

世事莫尋思。待説來、天也應悲。百年已是中年後，西州垂淚〔一〕，東山攜手〔二〕，幾箇斜暉。也莫苦吟詩〔三〕。苦吟詩、待有誰知。多□不是無才氣，文時不遇，武時不遇〔四〕，更説今時。

【校】

〔多□〕文津本、文瀾本作「多少」。朱校：「原本作多少，按少字誤。」

【箋注】

〔一〕西州垂淚　晉書謝安傳：「羊曇者，太山人，知名士也，為安所愛重。安薨後，輟樂彌年，行不由西州路。嘗因石頭大醉，扶路唱樂，不覺至州門，左右白曰：『此西州門。』曇悲感不已，以馬策扣扉，誦曹子建詩曰：『生存華屋處，零落歸山丘。』慟哭而去。」

〔二〕東山攜手　晉書謝安傳：「卿累違朝旨，高卧東山。」

〔三〕苦吟詩　魏慶之詩人玉屑卷十五：「孟郊詩蹇澁窮僻，琢削不暇，真苦吟而成。觀其句法格力可見矣。其自謂『夜吟曉不休，苦吟鬼神愁』。」

〔四〕「文時不遇」二句　後漢書張衡傳注引漢武故事：「上至郎署，見一老郎，鬢眉皓白，問何時為郎，何其老也？對曰：『臣姓顏，名駟，以文帝時為郎。文帝好文而臣好武，景帝好老而臣尚少，陛下好少而臣已老，是以三葉不遇也。』上感其言，擢為會稽都尉也。」

最高樓　壽秋水〔一〕

銀河水，洗得世間清〔二〕。山色雨餘青。老子綸巾棋别墅〔三〕，人家鼾睡柝秋城。定誰勢，定誰福，定誰能。常恨著、景升兒不似〔四〕。又恨著、景升牛小耳〔五〕。空相望，愧平生。我欲臨風扶玉樹〔六〕，自攀承露酌金莖〔七〕。看昆明，鱗石長〔八〕，海桑晴。

【箋注】

〔一〕秋水　王秋水，見前雙調望江南壽王秋水注。

〔二〕「洗得」句　陳亮謁金門送徐子宣如新安：「新雨足，洗盡山城袢溽。」

〔三〕棋别墅　晉書謝安傳：「安遂命駕出山墅，親朋畢集，方與玄圍棋賭别墅。安常棋劣于玄，是日玄懼，便為敵手而又不勝。安顧謂其甥羊曇曰：『以墅乞汝。』」

〔四〕景升兒不似　景升，即劉表。三國志吴書孫權傳裴松之注引吴歷云：「曹公出濡須，作油船，夜渡洲上，權以水軍圍取，得三千餘人。……公見舟船、器仗、軍伍整肅，喟然嘆曰：『生子當如孫仲謀，劉景升兒子若豚犬耳。』」

〔五〕景升牛小耳　劉表在三國羣雄紛争的時代，勢力小，地位低，所以會盟時只能執牛耳。左傳哀公十七年：「武伯問于高柴曰：『諸侯盟，誰執牛耳？』」注：「執牛耳，尸盟者。」孔穎達疏：「正義曰：依禮小國執牛耳。」

〔六〕臨風扶玉樹　世説新語容止：「魏明帝使后弟毛曾與夏侯玄共坐，時人謂蒹葭倚玉樹。」杜甫飲中八仙歌：「宗之瀟灑美少年，舉觴白眼望青天，皎如玉樹臨風前。」

〔七〕「自攀」句　承露，即銅人承露盤。金莖，銅柱。參見前朝中措勸酒詞注。

〔八〕「看昆明」二句　西京雜記卷上：「昆明池刻玉石為魚，每至雷雨，魚常鳴吼，鰭尾皆動。漢世祭之以祈雨，往往有驗。」杜甫秋興八首之七：「石鯨鱗甲動秋風。」

又

壬辰壽王城山八十〔一〕

朱頂字〔二〕，八十正平頭。添作八千秋〔三〕。無能也自收郿塢〔四〕，到今恨不貶潮州〔五〕。看幾人，炎又冷，老還羞。　也不學、太公忙把火〔六〕，也不學、中公輪轉磨〔七〕。休莫莫，莫休休〔八〕，小遲授業何曾吃〔九〕，更遲食乳不須愁〔一〇〕。且從容，某水釣，某丘遊〔一一〕。

【校】

〔八千秋〕朱校：「原本秋作休，從金校。」「潮州」朱校：「原本潮作湖，從金校。」

【箋注】

〔一〕壬辰　時當元世祖至元二十九年（一二九二），須溪在廬陵。王城山，王孟孫之號。王孟孫字長翁，號城山，嘗為州郡太守，後為太常丞。陳杰有和王守城山詩，文天祥京城永福寺漆臺口占擬王城山詩自注：「孟孫，字長翁，後太常丞。」

〔二〕朱頂字　宋代風俗，用朱砂在小兒額上書寫「八十」二字，見前一剪梅和敖秋崖為小孫三載壽謝詞注。

〔三〕「添作」句　辛棄疾品令族姑慶八十來索俳語：「只消得把筆輕輕去，十字上，添一撇。」劉克莊乳燕飛壽幹官：「又十頭添撇。」按十頭添一撇即為千字。

〔四〕收郿塢　破董卓老巢郿塢。三國志魏書董卓傳：「築郿塢，高與長安城埒，積穀為三十年儲。」「三年四月，司徒王允、尚書僕射士孫瑞、卓將呂布共謀誅卓。……遂殺卓，夷三族。」

〔五〕貶潮州　用韓愈事。新唐書韓愈傳載：憲宗遣使者往鳳翔迎佛骨入禁中，愈聞惡之，乃上表極諫。帝大怒，持示宰相，將抵以死。乃貶潮州刺史。韓愈左遷至藍關示姪孫湘：「一封朝奏九重天，夕貶潮陽路八千。」

〔六〕太公忙把火　太公，指太公任。莊子山木：「孔子困于陳、蔡之間，七日不火食，太公任往弔之。」

〔七〕申公輪轉磨　申公，漢魯人申培，事浮丘伯受詩，文帝以為博士，始為詩傳，號魯詩。漢書申公傳：「歸魯，退居家教，弟子自遠方至，受業者千餘人。……上使使束帛，加璧，安車以蒲裹輪，駕駟迎申公。」

〔八〕「休莫」二句　司空圖耐辱居士歌：「休休休，莫莫莫。」

〔九〕「小遲」句　用伏生年老口吃典，見前霜天曉角壽張古巖「蹇吃吃」注。小遲，稍遲些年。

〔一〇〕「更遲」句　用漢書張蒼傳典，傳云：「蒼免相後，口中無齒，食乳。……年百餘歲乃卒。」更遲，再遲些年。

〔一一〕「某水釣」二句　用韓愈語。韓愈送楊少尹序：「今之歸，指其樹曰：『某樹，吾先人之所種也；某水某丘，吾童子時所釣遊也。』」

又　和詠雪

非是雪，只是玉樓成〔一〕。屑不盡雲英〔二〕。東邊老樹頽然折，西頭穉柳爆然聲。試平安，松丈丈，竹兄兄〔三〕。　有誰向、金船呼小玉〔四〕，又誰憐、紙帳夢飛瓊〔五〕。怪疏影，墜娉婷。喚起老張寒蔌蔌〔六〕，好歌白雪與君聽〔七〕。但党家，人笑道，太粗生〔八〕。

【箋注】

〔一〕「非是雪」二句　非是雪，詠雪而禁用雪字，本詞用其體。葉夢得石林詩話卷下：「詩禁體物語，此學詩者類能言之也。歐陽文忠公守汝陰，嘗與客賦雪于聚星堂，舉此令，往往皆閣筆不能下。然此亦定法，若能者，則出入縱横，何可拘礙。……蘇子瞻『凍合玉樓寒起粟，光摇銀海眩生花』，超然飛動，何害其言玉樓銀海。」

〔二〕雲英　雲母别名。抱朴子仙藥：「又雲母有五種。……五色並具而多青者名雲英。」

〔三〕「試平安」三句　段成式酉陽雜俎續集卷十：「衛公（李德裕）言北都惟童子寺有竹一窠，才長數尺。相傳其寺綱維，每日報竹平安。」

〔四〕「有誰」句　金船，大酒杯。庾信北園新齋成應趙王教：「玉節調笙管，金船代酒卮。」駢字類編引海録碎事：「金船，酒器中之大者。」小玉，仙女名。白居易長恨歌：「轉教小玉報雙成。」原注：「小玉，吴王夫差女名。」干寶搜神記：「吴王夫差小女曰紫玉，年十八，才貌具美。」

〔五〕「又誰」句　宋林洪山家清事「梅花紙帳」條：「法用獨牀，旁植四黑漆柱，各挂一半錫瓶，插梅數枝，後設黑漆板約二尺，自地及頂，欲靠以清坐。左右設横木，亦可挂衣。角安斑竹書貯一，藏書三四，挂白塵一。上作大方目，頂用細白楮衾作帳罩之。前安小踏牀，于左植緑漆小荷葉一，置寶香鼎，然紫藤香。中只用布單、楮衾、菊枕、蒲褥，乃相稱『道人還了鴛鴦債，紙帳梅花醉夢間』之意。」

飛瓊，許飛瓊，仙女名。孟棨本事詩事感第二：「詩人許渾嘗夢登山，有宮室凌雲，人云此崑崙也。既入，見數人方飲酒，招之，至暮而罷，賦詩云：『曉入瑶臺露氣清，坐中唯有許飛瓊。塵心未斷俗緣在，十里下山空月明。』他日復夢至其處，飛瓊曰：『子何故顯余姓名于人間？』座上即改為『天風吹下步虚聲』。曰：『善！』」

〔六〕「喚起」句　老張，宋詩人張元，善詠雪。蔡絛西清詩話：「華州狂子張元，天聖間坐累終身，每託興吟詠，如雪詩：『戰退玉龍三百萬，敗鱗殘甲滿空飛。』」

〔七〕「好歌」句　見前雙調望江南壽張粹翁注。

〔八〕「但党家」三句　見前疏影催雪注。

又　再和

花上雪，信手捻來成。屑不就瓊英〔一〕。昨朝已見詩成卷，今朝又試曲成聲。更催催，莫不做，水仙兄〔二〕。　終須待、晴時攜斗酒。更須待、老夫吟數首。休更叠，□娉婷。已無翠鳥傳花信〔三〕，又無羯鼓與花聽〔四〕。更催催，遲數日，是春生。

【校】

〔休更疊〕文瀾本作「便更疊」。〔□娉婷〕文津本、文瀾本均作「疊娉婷」。

【箋注】

〔一〕瓊英　白色玉石。詩經齊風著：「尚之以瓊英乎而。」毛傳：「瓊英，美石似玉者，人君之服也。」

〔二〕水仙兄　梅花。黄庭堅王充道送水仙花五十枝欣然會心為之作詠：「山礬是弟梅是兄。」

〔三〕翠鳥傳花信　趙師雄遇梅花神與翠鳥仙童。龍城録：「隋開皇中，趙師雄遷羅浮。一日，天寒日暮，在醉醒間，因憩僕車于松林間酒肆傍舍，見一女子淡妝素服，出迓師雄。時已昏黑，殘雪未消，月色微明，師雄喜之，與之語。但覺芳香襲人，語言極清麗，因與之扣酒家門，得數杯，相與共飲。少頃，有一緑衣童子來，笑歌戲舞，亦自可觀。師雄醉寐，但覺風寒相襲。久之，東方已白，師雄起視，乃在大梅花樹下，上有翠羽啾嘈，相顧月落參横，但惆悵而已。」

〔四〕羯鼓與花聽　南卓羯鼓録：「獨高力士遣取羯鼓，上旋命之臨軒縱擊一曲，曲名春光好，神思自得。及顧柳杏，皆已發拆。上指而笑笑謂嬪御曰：『此一事，不喚我作天公可乎？』」

桂枝香

寄揚州馬觀復，時新舊倐交惡，甚思去年中秋泛月，感恨雜言〔一〕

吹簫人去〔二〕。但桂影徘徊，荒杯承露。東望芙蓉縹緲，寒光如注。去年夜半横江夢〔三〕，倚危檣、參差曾賦〔四〕。茫茫角動，回舟盡興，未驚鷗鷺〔五〕。情知道、明年何處〔六〕。漫待客黄樓〔七〕，塵波前度。二十四橋，頗有杜書記否〔八〕？二三子者今如此〔九〕，看使君、角巾東路〔一〇〕。人間俯仰〔一一〕，悲歡何限，團圓如故。

【校】

〔何限〕朱校：「原本限作恨，從金校。」按，文津本、文瀾本均作「何限」。

【箋注】

〔一〕馬觀復　即馬煦，字德昌，號觀復。新元史馬煦傳：「馬煦字德昌，磁州滏陽人。幼從鄉人楊震亨學，與兄曙、弟昕并有時名。……秩滿，僉江西提刑按察司事。（至元）二十六年，遷江淮行省理問官，擢江西行省郎中，值行省復為中書，盡去尚書舊吏，獨留煦一人。元貞元年，改山南道廉訪副使，三遷為中書左司郎中。大德六年，出為濟寧路總管。」寄揚州，可知馬此年在揚州任職。「甚思去年中秋泛月」，指須溪、將孫與馬在吉文江中秋夜宴事，須溪作水調歌頭癸未中秋吉文共馬德昌泛江，將孫作文江中秋夜宴和觀復僉事（見養吾齋集卷六）。本詞作于甲申年，即至元二十一年（一二八四）。馬德昌于元貞末大德初任京職左司郎中，與劉氏父子已無交往。

〔二〕吹簫人去　李清照孤雁兒：「吹簫人去玉樓空。」列仙傳：「蕭史者，秦穆公時人也，善吹簫，能致孔雀，白鶴于庭。穆公有女字弄玉，好之。公遂以女妻焉。日教弄玉作鳳鳴。居數年，吹似鳳聲，鳳凰來止其屋。公為作鳳臺，夫婦止其上，不下數年。一日皆隨鳳凰飛去。」

〔三〕夜半橫江夢　蘇軾後赤壁賦：「時將夜半，四顧寂寥。適有孤鶴，橫江東來，翅如車輪，玄裳縞衣，戛然長鳴，掠予舟而西也。須臾客去，予亦就睡。夢一道士，羽衣蹁躚，過臨皋之下，揖予而言曰：『赤壁之遊樂乎？』問其姓名，俛而不答。嗚呼噫嘻！我知之矣。疇昔之夜，飛鳴而過我者，非子也耶？道士顧笑，予亦驚寤。」

〔四〕參差　王鍈詩詞曲語辭例釋：「參差，表示估量的副詞，有幾乎、大概、大約等義，與通常用作形容詞作不齊貌解者不同。」參差曾賦，指癸未歲（去年）所作之水調歌頭癸未中秋吉文共馬德昌泛江。

〔五〕「回舟」二句　意出李清照如夢令：「興盡晚回舟，誤入藕花深處。争渡，争渡，驚起一灘鷗鷺。」

〔六〕情知道　張相詩詞曲語辭匯釋卷四：「情知道，猶云明知道也。」

〔七〕黄樓　却掃編：「徐州黄樓，東坡所作，子由所賦，坡自書。」

〔八〕「二十四橋」二句　二十四橋，揚州名勝。沈括補筆談卷三：「揚州在唐時最為富盛，舊城南北十五里一百一十步，東西七里三十步，可紀者有二十四橋。」自注謂今存者僅七橋。李斗揚州畫舫録謂「廿四橋即吴家磚橋，一名紅藥橋，在熙春臺後，跨西門街東西兩岸」，以二十四橋作一座橋名，其説與唐詩句意不合。杜牧寄揚州韓綽判官：「二十四橋明月夜，玉人何處教吹簫？」杜書記，杜牧曾任淮南節度使掌書記，故云。

〔九〕二三子　論語述而：「二三子以我為隱乎！」韓愈山石：「嗟哉吾黨二三子，安得至老不更歸？」

〔一〇〕「看使君」句　晉書羊祜傳：「嘗與從弟琇書曰：『既定邊事，當角巾東路歸故里。』」

〔一一〕人間俯仰　王羲之蘭亭集序：「向之所欣，俛仰之間，已為陳迹，猶不能不以之興懷。」

臨江仙　代賀丞相兩國夫人生日并序〔一〕

甲子之秋〔二〕，九月吉日，大丞相國公壽母兩國太夫人初度〔三〕，謹上小詞，用獻為王母三千年之曲。

丞相衮衣朝戲綵〔四〕，年年慶事如新。尊前一笑共兒孫。人間傳壽酒，天上送麒麟〔五〕。縹緲祥煙連北闕，天顏有喜生春。蓬萊清淺海光平〔六〕。今年初甲子，重試碧桃根。

【箋注】

〔一〕代賀　代江萬里賀賈似道母壽。兩國夫人，指丞相賈似道母，周密癸辛雜識前集「賈母飾終」條云：「賈似道母秦、齊兩國賢壽夫人胡氏。」

〔二〕甲子之秋　宋理宗景定五年（一二六四）秋。是年，江萬里在福州，任福州知府，兼福建安撫使，須溪當時正從至福州。本詞作于福州。

〔三〕國公　指賈似道。宋史賈似道傳：「寶祐二年，加同知樞密院事、臨海郡開國公，威權日盛。」

〔四〕「丞相」句　衮衣，丞相所服卷龍衣。詩經豳風九罭：「衮衣繡裳。」毛傳：「衮衣，卷龍衣也。」戲綵，著綵衣作嬉戲狀，使雙親娱樂。藝文類聚卷二十人部引列女傳：「老萊子孝養二親，行年七十，嬰兒自娱，著五色綵衣。」

〔五〕送麒麟　陳書徐陵傳：「母臧氏，嘗夢五色雲化而為鳳，集左肩上，已而誕陵焉。時寶誌上人者，世稱其有道。陵年數歲，家人攜以候之，寶誌手摩其頂曰：『天上石麒麟也。』」

〔六〕蓬萊清淺　葛洪神仙傳卷七：「麻姑自說云：接待以來，已見東海三為桑田。向到蓬萊，水又淺于往者會時略半也，豈將復還為陵陸乎？」

又　壽劉教〔一〕

聞道城東鶴會〔二〕，欣然一笑乘風。不知一鶴在牆東。神仙人不識，未始出吾宗〔三〕。弟子有年于此，先生之道如龍。碧桃花子落壺中〔四〕。化為三五粒，元是北邊松〔五〕。

【箋注】

〔一〕劉教　劉壎，字起潛，吉州教授。有水雲村稿。顧嗣立元詩選二集甲集：「壎字起潛，别號水邨，南豐人。研經究史，網羅百氏，文思如泉涌。宋季與同里諶祐自求各以詩文鳴。年三十七而宋亡，越十八年，當路交薦，署郡學正。年七十，受朝命為延平教授。既滿，諸生復留授業者三年，乃歸。延祐六年卒，年八十。」雍正江西通志人物志載劉壎生平，與顧氏略同，尚有以下一段文字：「薦本州儒學教授，性聰敏，好讀書，博覽古今。」須溪詞中所云「劉教」，當指本州教授，因劉壎教授延平，須溪墓木拱矣。本詞作于廬陵，因劉壎任職年無考，故作年亦不詳。

〔二〕鶴會　劉辰翁代祝純陽真人：「佛生五日，有開鶴會之祥；仙列三陽，來集鷺洲之上。」

〔三〕「不知」三句　神仙傳卷九蘇仙公傳載：有數十白鶴，翩翩然降于蘇氏之門，皆化為少年，儀形端美，如十八九歲人，恰然輕舉。蘇耸身入雲，羣鶴翱翔，遂升雲漢而去。後有白鶴來止郡城東北樓上，人或挾彈彈之，鶴以爪攫鏤板似漆，書云：「城郭是，人民非，三百甲子一來歸，吾是蘇君彈何為？」

〔四〕「碧桃」句　碧桃花，重瓣桃花，不結實。羅虬比紅兒：「碧桃花下景常閑。」蘇軾減字木蘭花：「誤入仙家碧玉壺。」雲笈七籤卷二十八引雲臺治中記：「施存，魯人，學大丹之道。三百年，十煉不成，唯得變化之術。後遇張申為雲臺治官，常懸一壺，如五升器大，變化為天地，中有日月如世間，夜宿其内，自號壺天，人謂曰壺公。」本詞用此典，重在下句的「化」字上。

〔五〕「化為」三句　段成式酉陽雜俎前集卷十八：「松，凡言兩粒、五粒，粒當言鬣。段成式修行里私第，大堂前有五鬣松兩株，大材如椀。」因粒、鬣音近，唐宋人常用「粒」字，如李賀有五粒小松歌。

又　壬午七夕〔一〕

天際何分南與北，五更縱又成横。夜來拾得斷河星。化為一片石，持去問君平〔二〕。

老大看天一笑，兒童問我須膺〔三〕。向來牛女本無名〔四〕。要知天上事，亦似謗先生。

【箋注】

〔一〕壬午　時當元世祖至元十九年（一二八二），作于廬陵。

〔二〕「夜來拾得」三句　胡仔苕溪漁隱叢話前集卷十一引荆楚歲時記曰：「張華博物志云：漢武帝令張騫窮河源，乘槎經月而去，至一處，見城郭如官府，室内有一女織，又見一丈夫牽牛飲河，騫問曰：『此是何處？』答曰：『可問嚴君平。』織女取支機石與騫而還。後至蜀問君平，君平曰：『某年月日客星犯牛斗。』所得支機石，為東方朔所識，并其證也。」

〔三〕兒童句　儜，應之俗字。此句自李密陳情表「内無應門五尺之童」句化出。

〔四〕牛女本無名　詩經小雅大東：「跂彼織女，終日七襄。雖則七襄，不成報章。」「睆彼牽牛，不以服箱。」孔穎達疏：「是皆有名無實。」古詩十九首：「牽牛不負軛。」李善注：「言有名而無實也。」雖有名而「無實」，只是虚名，故劉詞云「牛女本無名」。

又　將孫生日賦〔一〕

二十年前此日，女兒慶我生兒。簪萱弄綵聽孫啼〔二〕。典衣沽美酒〔三〕，數待冠昏時〔四〕。　亂後飄零獨在，紫荆墓棘風吹。尊前萬事莫尋思〔五〕。兒童看有子，白髮故應衰。

【箋注】

〔一〕將孫　劉辰翁子，字尚友。嘗為延平教官、臨汀書院山長，著有養吾齋集。劉將孫游當塗白紵山詩自序：「咸淳己巳，余年十三，隨侍漕幕。」據此推算，可知劉將孫生于寶祐五年（一二五七）。詞云「二十年前此日」，知本詞當作于宋恭帝德祐二年（一二七六），時須溪正在外飄流。

〔二〕弄綵　吴自牧夢粱録卷二十「育子」條云：「至滿月，則外家以綵畫錢或金銀錢雜果及以綵段、珠翠、顖角兒食物等，送往其家，大展洗兒會。親朋俱集，煎香湯于銀盆内，下洗兒果及綵錢等，仍用色綵繞盆，謂之圍盆紅。」

〔三〕典衣沽美酒　杜甫曲江二首：「朝回日日典春衣，每日江頭盡醉歸。」

〔四〕冠昏　加冠禮和婚禮。周禮大宗伯職：「以昏冠之禮親成男女。」賈公彦疏：「昏姻之禮所以親男女，使男女相親，三十之男、二十之女配為夫妻是也。冠笄之禮所以成男女，男二十而冠，女子許嫁十五而笄，不許亦二十而笄，皆責之以成人之禮也。」

〔五〕「尊前」句　白居易老熱：「一飽百情乏，一酣萬事休。」

又　賀默軒〔一〕

舊日詩腸論斗酒〔二〕，風流懷抱如傾〔三〕。幾年不聽渭城聲〔四〕。尊前無賀老〔五〕，卷裏少彌明〔六〕。　聞説語言都好，便應步履全輕。長生第一是風僧。額前書八十〔七〕，能説又能行。

【校】

〔賀默軒〕文瀾本作「和默軒」。

【箋注】

〔一〕默軒　見前江城子和默軒初度韻詞注。

〔二〕「舊日」句　詩腸，詩思、詩情。馮贄雲仙雜記卷二：「戴顒春攜雙柑斗酒，人問何之，曰：『往聽黄鸝聲，此俗耳鍼砭，詩腸鼓吹，汝知之乎？』」杜甫飲中八仙歌：「李白一斗詩百篇。」

〔三〕「風流」句　孟棨本事詩高逸第三：「李太白初自蜀至京師，舍于逆旅，賀監知章聞其名，首訪之。既奇其姿，復請所為文，出蜀道難以示之。讀未竟，稱嘆者數四，號為謫仙。解金龜换酒，與傾盡醉，期不間日，由是稱譽光赫。」參前行香子叠韻詞注。

〔四〕渭城　王維渭城曲。王維送元二使安西，因詩中有「渭城朝雨浥輕塵」，又名渭城曲。

〔五〕「賀老」　賀知章。李白重憶：「稽山無賀老，却棹酒船回。」

〔六〕「卷裹」句　衡山道士軒轅彌明，貌極醜而擅為詩。見韓愈石鼎聯句詩序。

〔七〕額前書八十　見前一剪梅和敖秋崖為小孫三載壽謝注。

又　訪梅

西曲罥衣迷去路〔一〕，雪銷斷岸無痕。尋花不擬到前村〔二〕。暖風初轉袖，小徑忽開門。　卻憶臨塘橋下馬〔三〕，暗香不是黃昏〔四〕。人生南北與誰論。嶺梅花樹下，閒聽蜜蜂喧。

【箋注】

〔一〕罥　牽繫。木華海賦：「或挂罥于岑嶅之峰。」李善注：「聲類曰：罥，係也。」

〔二〕「尋花」句　魏慶之詩人玉屑卷六引陶岳五代補：「鄭谷在袁州，齊己攜詩詣之。有早梅詩云：『前村深雪裏，昨夜數枝開。』」

〔三〕「卻憶」句　句下原注：「古心舊居。」

〔四〕「暗香」句　林逋山園小梅：「暗香浮動月黄昏。」

又　謝友人

老去尚呼張丈〔一〕，醉中自惜熊兒〔二〕。越王臺上鷓鴣啼〔三〕。三朝臣不遇，無復好文時〔四〕。　情緒幽幽似結，鬢絲索索禁吹。病來魂不到相思。散人腰已散，倚杖歎吾衰〔五〕。

【箋注】

〔一〕張丈　白居易歲日家宴：「猶有誇張年少處，笑呼張丈唤殷兒。」

〔二〕熊兒　杜甫子宗文小名熊兒。杜得家書：「熊兒幸無恙，驥子最憐渠。」

〔三〕「越王」句　一統志：「越王臺，勾踐登眺之所，在會稽稷山。」李白越中覽古：「越王勾踐破吴歸，義士還家盡錦衣。宫女如花滿春殿，只今惟有鷓鴣飛。」

〔四〕「三朝」二句　見前促拍醜奴兒有感詞注。

〔五〕「散人」二句　詞尾自注：「時苦腰滯。」杜甫茅屋為秋風所破歌：「歸來倚杖自嘆息。」論語述而：「甚矣吾衰也。」散人，閒散不爲世用之人。唐代詩人陸龜蒙，隱而不仕，自稱江湖散人，作江湖散人歌云：「江湖散人天骨奇，短髮搔來蓬半垂。手捉孤篁曳寒繭，口誦太古滄浪詞。」劉辰翁取以自喻。

又　曉晴

海日輕紅通似臉〔一〕，小窗明麗新晴。滿懷著甚是真情。不知春睡美〔二〕，爲愛曉寒輕。

説似吴山樓萬叠〔三〕，雪銷未盡宫城。湖邊柳色漸啼鶯。纔聽朝馬動〔四〕，一巷賣花聲〔五〕。

【箋注】

〔一〕海日　宋之問靈隱寺：「樓觀滄海日。」李白夢遊天姥吟留别：「半壁見海日，空中聞天雞。」

〔二〕春睡美　蘇軾海外上梁文口號云：「爲報先生春睡美，道人輕打五更鐘。」

〔三〕吴山　田汝成西湖遊覽志卷十二：「吴山，春秋時爲吴南界，以别于越，故曰吴山。或曰以伍子胥故，訛伍爲吴。故郡志亦稱胥山，在鎮海樓之右。」本詞當作于咸淳二年（一二六六）春任臨安府教授時。

〔四〕朝馬動　朱彧萍洲可談卷一：「朝時自四鼓，舊城諸門啓關放入，都下人謂『四更時，朝馬動，朝士至』者。」

〔五〕一巷賣花聲　陸游臨安春雨初霽：「小樓一夜聽春雨，深巷明朝賣杏花。」王季夷夜行船詞云：「小窗人静，春在賣花聲裹。」（見絶妙好詞箋卷二）

又　有感

過雁天邊信息，兩宮池上心情〔一〕。沉思海角憤難平〔二〕。山風欺客夢，耿耿到天明。　幸自不争名利，閒愁夜夜如驚。明朝鬢白兩三莖。世人都不念，似汝復何成。

【箋注】

〔一〕兩宮　指北宋徽宗趙佶、欽宗趙桓。靖康二年，金兵擄二帝北去，宋室南遷。李清照上樞密韓肖胄詩序：「紹興癸丑五月，樞密韓公，工部尚書胡公使虜，通兩宮也。」

〔二〕「沉思」句　海角，指碙洲和厓山。海角憤，指南宋端宗趙昰死于碙洲，帝昺死于厓山之恨事。宋史瀛國公紀：「（至元十五年）四月戊辰，昰殂于碙洲，其臣號之曰端宗。」「（至元十六年）二月癸未，陸秀夫走衛王舟，王舟大，且諸舟環結，度不得出走，乃負昺投海中。」

又

睡過花陰一丈，愁深酒力千鍾。夢魂不得似遊蜂。瓶花無密約，到處自神通。天上西湖似錦，人間驕馬如龍〔一〕。今年不與去年同〔二〕。飄零終不恨，難與故人逢。

【校】

文瀾本將本詞與上首臨江仙有感合在一起，因同為「有感」而作，近是。〔驕馬〕朱校：「原本驕作嬌，從金校。」按文瀾本亦作「驕」。

【箋注】

〔一〕「人間」句　後漢書馬皇后紀：「前過濯龍門上，見外家問起居者，車如流水，馬如游龍。」

〔二〕「今年」句　劉希夷代悲白頭翁：「年年歲歲花相似，歲歲年年人不同。」

又

端午

幸自不須端帖子〔一〕，閒中一句如無。愛他午日午時書〔二〕。惟應三五字，便是辟兵符〔三〕。久雨石鯨未没〔四〕，小風紈扇相疏。邀朋一笑共菖蒲〔五〕。去年初禁酒，今日漫提壺〔六〕。

【箋注】

〔一〕端帖子　周密武林舊事卷一：「先朝學士院貢帖子，如春日禁中排當，例用朔日，謂之『端一』。或傳舊京亦然。」

〔二〕午日午時書　吴自牧夢粱録卷三：「以艾與百草縛成天師，懸于門額上，……或士宦等家以生硃于午時書『五月五日天中節，赤口白舌盡消滅』之句。」京本通俗小説菩薩蠻可常作辭世頌，末云：「五月五日午時書，赤口血舌盡消除。五月五日天中節，赤口血舌盡消滅。」

〔三〕辟兵符　吴自牧夢粱録卷三：「所謂經筒、符袋者，蓋因抱朴子問辟五兵之道，以五月午日佩赤靈符掛心前，今以釵符佩帶，即此意也。」

〔四〕「久雨」句　見前最高樓壽秋水詞注。

〔五〕一笑共菖蒲　吴自牧夢粱録卷三五月重午：「其日正是葵榴鬭豔，梔艾争香，角黍包金，菖蒲切玉，以酬佳景。不特富家巨室為然，雖貧乏之人，亦且對時行樂也。」荆楚歲時記：「端午節以菖蒲一寸九節者，泛酒以辟瘟氣。」

〔六〕「去年」二句　句下自注：「適滿城無酒酤。去年此日，初賣官酒。」

又　坐悟

我去就他甚易，他來認我良難。悟時到處是壺天〔一〕。古詩尋一句，危坐看香烟。金玉滿堂不守〔二〕，菁華歲月空遷。從今飽飯更安眠。丹經都不看〔三〕，閒坐一千年。

【校】

〔香烟〕清刻本作「爐烟」。

【箋注】

〔一〕壺天　見前臨江仙壽劉教「碧桃」句注。

〔二〕「金玉」句　老子：「金玉滿堂，莫之能守；富貴而驕，自遺其咎。」

〔三〕丹經　鍊丹之經。神仙傳：「于是八公乃詣淮南王，授丹經及三十六水方。」

又　辛巳端午和陳簡齋韻〔一〕

舊日采蓮羞半面〔二〕，至今回首匆匆。夢穿斜日水雲紅。癡心猶獨自，等待鄭公風〔三〕。海上頽雲潮不返，側身空墮遼東〔四〕。人間天上幾時同。宮衣元不遇，無語醉醒中。

【箋注】

〔一〕辛巳　時當元世祖至元十八年（一二八一）。本詞作于旅途中。陳簡齋，即陳與義，字去非，簡齋其號也。本蜀人，後徙居河南葉縣，登政和三年（一一一三）上舍甲科，歷仕中書舍人、翰林學士、參知政事，紹興八年卒。善詩，詞有無住詞。須溪所和之陳簡齋臨江仙原韻詞云：「高詠楚詞酬午日，天涯節序匆匆。榴花不似舞裙紅。無人知此意，歌罷滿簾風。　萬事一身傷老矣，戎葵凝笑牆東。酒杯深淺去年同。試澆橋下水，今夕到湘中。」

〔二〕「舊日」句　李白越女詞：「耶溪采蓮女，見客棹歌回，笑入荷花去，佯羞不出來。」白居易琵琶行：「猶抱琵琶半遮面。」

〔三〕鄭公風　會稽記：「太尉鄭弘，采薪白鶴山，得遺箭還神人，告以若耶溪載薪為難，願旦南風，暮北風，後果然。故若耶溪風，至今呼為鄭公風。」嘉泰會稽志卷九引顧野王輿地志：「鄭弘少貧，以采薪為業。嘗于山中得一遺箭，羽鏃異常，心甚怪之。有人覓箭，弘以還之。此人問弘何欲，弘答云：『唯願旦南風，暮北風，以利去還。』故若耶中旦輒南風，暮恒北風，至今猶然，里俟呼為鄭弘風。」

〔四〕空墮遼東　搜神後記：「丁令威學道于靈虚山，後化鶴歸遼東，集華表柱云：『有鳥有鳥丁令威，去家千年今始歸。城郭如故人民非，何不學仙冢纍纍。』」

又　閒居感舊

昔走都門終夜雨，明朝泥淖堪驚。疏疏點點忽雞鳴。數峰青似染〔一〕，快活早來晴。　十五年間春夢斷〔二〕，亂山寒食清明。無人挑菜踏青行〔三〕。青鳩啼雨外〔四〕，閒聽寺中聲。

【箋注】

〔一〕「數峰」句　語出王建江陵使至汝州：「日暮數峰青似染，商人説是汝州山。」

〔二〕「十五」句　春夢斷，指宋亡，則本詞作于宋亡後十五年，即至元三十年（一二九三），時閒居廬陵。

〔三〕挑菜踏青　賀鑄薄倖：「自過了收燈後，都不見踏青挑菜。」宋人以二月二日為挑菜節，張耒有二月二日挑菜節大雨不能出詩，可證。周密武林舊事卷二：「（二月）二日，宫中排辦挑菜御宴。」

〔四〕「青鳩」句　陸游秋陰：「雨來鳩有語。」又臨江仙離果州作：「鳩雨催成新緑。」

鷓鴣天 九日

白白江南一信霜。過都字不到衡陽〔一〕。老嘉破帽并吹卻〔二〕，未省西風似此狂。

攀北斗，酌天漿〔三〕。月香滿似菊花黄。神仙暗度龍山劫，雞犬人間百戰場〔四〕。

【箋注】

〔一〕「過都」句　字，雁字，歐陽珣踏莎行：「雁字成行，角聲悲送。」應瑒侍五官中郎將建章臺集詩：「朝雁鳴雲中，音響一何哀？問子遊何鄉，戢翼正徘徊。言我寒門來，將就衡陽棲。」埤雅：「鴻雁南翔，不過衡山。」

〔二〕「老嘉」句　用孟嘉落帽事，見前減字木蘭花甲午九日牛山作詞注。

〔三〕「攀北斗」二句　楚辭九歌東君：「援北斗兮酌桂漿。」韓愈調張籍：「刺手拔鯨牙，舉瓢酌天漿。」

〔四〕「鷄犬」句　這句詞檃括了李白和杜甫的詩意。杜甫兵車行云：「况復秦兵耐苦戰，被驅不異犬與鷄。」又述懷：「殺戮到鷄狗。」鷄犬如此，人何以堪？李白從軍行云：「百戰沙場碎鐵衣。」

又　壽康教〔一〕

白髮平津起褎然〔二〕。燕飛定遠望生還〔三〕。世間最有團欒樂，又是平平過一年。

銀信近，玉鞭先〔四〕。東來西去爵銜鱣〔五〕。人生有命遲遲好〔六〕，且喜稱觴壽母前。

【箋注】

〔一〕康教　即康應弼臞山，見霜天曉角壽康臞山詞注。

〔二〕「白髮」句　平津，漢代平津侯公孫弘。漢書公孫弘傳：「封丞相弘為平津侯，其後以為故事，至丞相封自弘始也。時上方興功業，屢舉賢良，弘自見為舉首，起徒步，數年至宰相封侯。」褎然，進升。漢書董仲舒傳附漢武帝策賢良制：「今子大夫褎然為舉首，朕甚嘉之。」注引張晏曰：「褎，進也，為舉賢良之首也。」

〔三〕「燕飛」句　燕飛，指班超；定遠，定遠侯。後漢書班超傳：「相者指曰：『生燕頷虎頸，飛而食肉，此萬户侯相也。』」超後因功封定遠侯。本傳又云：「臣不敢望到酒泉郡，但願生入玉門關。」

〔四〕玉鞭先　用劉琨典，晉書劉琨傳：「（琨）與范陽祖逖為友，聞逖被用，與親故書曰：『吾枕戈待旦，志梟逆虜，常恐祖生先吾着鞭。』」玉鞭，與上句「銀信」相對成文。

〔五〕爵銜鱣　爵，即雀。雀銜鱣，語出後漢書楊震傳：「有冠雀銜三鱣魚，飛集講堂前。都講取魚進曰：『蛇鱣者，卿大夫服之象也。數三者，法三台也。先生自此升矣。』」注：「冠音貫，即鸛雀也。鱣、鱓字古通，長不過三尺，黃地黑文。」

〔六〕人生有命　論語顏淵：「死生有命，富貴在天。」

又

壽趙松廬〔一〕

占得春風五日先。至今住處是開元。寫真若遇丹元子〔二〕，只著當時宮錦船〔三〕。

松戴雪，自蒼然。八公花下少如前〔四〕。看來天上多辛苦，且住人間五百年。

【箋注】

〔一〕趙松廬　見前雙調望江南壽趙松廬注。

〔二〕「寫真」句　寫真，古代畫科之一，摹畫人物肖像。丹元子，宋姚丹元，道士，蘇軾友人，善詩畫。蘇軾有書丹元子所示李太白真詩。

〔三〕宮錦船　李白着宮錦袍，乘船夜遊吟詩，似神仙中人。宣和書譜：「徘徊江左，依李陽冰，愛謝家青山，有終焉之志。澄江月滿，拏舟夜渡，著宮錦袍，吟嘯其間，端是風塵表物也。」

〔四〕八公　神仙傳：「淮南王劉安，好神仙學，兼占候方術。一日有八公詣門，皆鬚眉皓白。門吏密以白王，八公知其意，忽皆變爲童子，年可十四五，露髻著鬢，色如桃花。門吏以報王，王大驚，倒屣以迎之，八公仍復爲老人。語王以養性修真之道，長生不老之術。」

又　和謝胡盤居貺橘爲壽

自入孤山分外香〔一〕。南枝不改舊時妝〔二〕。爲曾盤裏承青眼〔三〕，一見溪頭道勝常〔四〕。商山樂〔五〕，又相羊〔六〕。上方不復記傳觴〔七〕。橘中箇箇盤深窈，依倚東風局意長〔八〕。

【箋注】

〔一〕「自入」句　林逋居杭州孤山，他的梅花詩寫得好，胡仔苕溪漁隱叢話後集卷二十一：「林逋『疏影横斜水清淺，暗香浮動月黄昏』之句，古今詩人，尚不曾道得到。」

〔二〕南枝　朱翌猗覺寮雜記卷上：「梅用南枝事，共知青瑣紅梅詩云：『南枝向暖北枝寒。』李嶠云：『大庾天寒少，南枝獨早芳。』張方注云：『大庾嶺上梅，南枝落，北枝開。』南唐馮延巳詞云：『北枝梅蘂犯寒開。』則南北枝事，其來遠矣。」梅花妝，見霜天曉角「經年寂寞」詞注。

〔三〕青眼　晉書阮籍傳：「籍又能為青白眼。見禮俗之士，以白眼對之。及嵇喜來弔，籍作白眼，喜不懌而退。喜弟康聞之，乃齎酒挾琴造焉。籍大悅，乃見青眼。」

〔四〕道勝常　陸游老學庵筆記卷五：「王廣津宮詞云：『新睡起來思舊夢，見人忘却道勝常。』勝常猶今婦人言萬福也。前輩尺牘有云『尊候勝常』者，勝字當平聲讀。」

〔五〕商山樂　漢書王貢兩龔鮑傳：「漢興，有園公、綺里季、夏黄公、角里先生，此四人者，當秦之世，避而入商雒深山，以待天下之定也。」

〔六〕相羊　徘徊。屈原離騷：「折若木以拂日兮，聊逍遥以相羊。」後漢書張衡傳：「悵相佯而延佇。」注：「相佯，猶徘回也。」

〔七〕「上方」句　雲笈七籤卷二十二：「上方九天之上，清陽虚空之内。」道家指上方為天上仙界。傳觴，指穆天子宴于瑶池事。穆天子傳：「天子觴西王母于瑶池之上。」

〔八〕「橘中」兩句　見前江城子和默軒初度韻詞注。

又　迎春

去年太歲田間土〔一〕，明日香烟壁下塵。馬上新人紅又紫，眼前歌妓送還迎。釵頭燕，勝金紃〔二〕。燕歌趙舞動南人〔三〕。遺民植杖唐巾起〔四〕，閒伴兒童看立春。

【箋注】

〔一〕「去年」句　太歲，古代天文學中假設的星名，與歲星相應。後來方士術數家以太歲所在之年為凶年，忌興土木。參見王引之經義述聞卷二十九太歲考。「田間土」，即忌興土木。

〔二〕金紃　金，婦女之金屬飾品。紃，本義為圓形絲帶，禮記內則：「女子治絲繭，織紝組紃，為女事。」

〔三〕燕歌趙舞　古代燕、趙女子善歌舞，李白豳歌行上新平長史兄粲：「趙女長歌入彩雲，燕姬醉舞嬌紅燭。」

〔四〕唐巾　唐人所戴之幞頭。趙彥衛雲麓漫鈔卷三：「幞頭之製，本曰巾。……自唐中葉以後，諸帝改製其垂二脚，或圓或闊，用絲絃為骨，稍翹翹矣，臣庶多效之。」

又　立春後即事

舊日桃符管送迎〔一〕。燈毬爆竹鬬先贏。鹿門亂走團欒久〔二〕，纔到城門有鼓聲。

梅弄雪，柳窺晴。殘年猶自冷如冰。欲知春色招人醉，須是元宵與踏青。

【箋注】

〔二〕「舊日」句　桃符，俗于農曆元旦，畫神荼、鬱櫑二神于桃木板上，懸于門，以驅神辟邪。後演變為春聯。王安石元日：「爆竹聲中一歲除，春風送暖入屠蘇。千門萬户曈曈日，總把新桃换舊符。」桃符年年送舊歲、迎新春，故云「管迎送」。

〔三〕「鹿門」句　後漢書龐公傳載：龐公居峴山南，未嘗入城府。荆州刺史劉表就候之，謂曰：「夫保全一身，孰若保全天下乎？」龐公笑曰：「鴻鵠巢于高林，暮而得所棲；黿鼉穴于深淵，夕而得所宿。夫趣舍行止，亦人之巢穴也，且各得其棲宿而已。」因釋耕隴上。表嘆息而去。後遂攜妻子登鹿門山，採藥不返。

又　贈妓

暖逼酥枝漸漸融。雙飛誰識蝶雌雄〔一〕。歌聲已逐行雲去〔二〕，花片偏來酒琖中。眉月冷〔三〕，畫樓空。酒闌猶未見情鍾。直須把燭穿花帳。方見佳人玉面紅〔四〕。

【箋注】

〔一〕「雙飛」句　古樂府木蘭詩：「雙兔傍地走，安能辨我是雌雄。」

〔二〕「歌聲」句　列子湯問：「薛譚學謳于秦青，未窮青之技，自謂盡之，遂辭歸。秦青弗止，餞于郊衢，撫節悲歌，聲振林木，響遏行雲。」

〔三〕眉月冷　秦觀醉桃源以阮郎歸歌之亦可：「碧天如水月如眉。」姜夔揚州慢：「波心蕩、冷月無聲。」

〔四〕玉面紅　西京雜記：「趙后體輕腰弱，善行步進退，女弟昭儀，弱骨豐肌，尤工笑語。二人並色如紅玉，為當時第一。」

青玉案

微晴渡觀桃，非復前日彌望之盛，獨可十數樹耳。蓋以此間人摘實之苦，自伐去也。歸塗悄然念之，作此以示同行

稠塘舊是花千樹〔一〕。曾泛入、溪深誤〔二〕。前度劉郎重喚渡〔三〕。漫山寂寂，年時花下，往往無尋處〔四〕。　一年一度相思苦，恨不抛人過江去。及至來時春未暮。兔葵燕麥〔五〕，冷風斜雨，長恨稠塘路。

【箋注】

〔一〕「稠塘」句　稠塘，詞人家鄉的地名，未詳具體地點。花千樹，劉禹錫元和十年自朗州至京戲贈看

花諸子：「玄都觀裏桃千樹。」

〔二〕「曾泛入」句　陶淵明桃花源記：「晉太元中，武陵人捕魚爲業，緣溪行，忘路之遠近。忽逢桃花林，夾岸數百步，中無雜樹，芳草鮮美，落英繽紛，漁人甚異之。」

〔三〕前度劉郎　劉禹錫再遊玄都觀：「百畝庭中半是苔，桃花净盡菜花開。種桃道士歸何處？前度劉郎今又來。」

〔四〕無尋處　秦觀踏莎行：「霧失樓臺，月迷津渡，桃源望斷無尋處。」

〔五〕兔葵燕麥　劉禹錫再遊玄都觀并引：「今十有四年，復爲主客郎中，重遊玄都觀。蕩然無復一樹，唯兔葵燕麥，動摇于春風耳。」

又　用辛稼軒元夕韻〔一〕

雪銷未盡殘梅樹。又風送、黄昏雨。長記小紅樓畔路。杵歌串串〔二〕，鼓聲叠叠〔三〕，預賞元宵舞〔四〕。　天涯客鬢愁成縷，海上傳柑夢中去〔五〕。今夜上元何處度。亂山茅屋，寒鑪敗壁，漁火青熒處。

【箋注】

〔一〕辛稼軒元夕韻　辛棄疾青玉案：「東風夜放花千樹。更吹落、星如雨。寶馬雕車香滿路。鳳簫聲動，玉壺光轉，一夜魚龍舞。　蛾兒雪柳黄金縷，笑語盈盈暗香去。衆裏尋他千百度。驀然回首，那人却在，燈火闌珊處。」從「客鬢」、「亂山」等語看，本詞或作于景炎二年（一二七七）在外飄流途中。

〔二〕杵歌串串　杵歌，宋元時雜曲。周密南渡宫禁典儀大禮：「每隊各有歌頭，以綵旗為號，唱和杵歌等曲以相。」禮記樂記：「故歌者，上如抗，下如隊，……累累乎端如貫珠。」白居易晚春攜酒尋沈四著作先以六韻寄之：「最憶陽關唱，真珠一串歌。」

〔三〕鼓聲叠叠　謝朓鼓吹曲：「叠鼓送華輈。」李善注：「小擊鼓謂之叠。」

〔四〕預賞元宵舞　周密武林舊事卷二：「禁中自去歲九月賞菊燈之後，迤運試燈，謂之『預賞』。一入新正，燈火日盛，皆修内司諸璫分主之，競出新意，年異而歲不同。」預賞時伴有舞蹈，故云。

〔五〕傳柑　蘇軾上元侍宴樓上三首呈同列：「歸來一點殘燈在，猶有傳柑遺細君。」注：「侍飲樓上，則貴戚争以黄柑遺近臣，謂之傳柑，聽攜以歸，蓋故事也。」

又

壽老登八十六歲，戊午六月十七日〔一〕

里中上大人誰大〔二〕。人上大、仁難作〔三〕。八十六翁閒處坐。小生嬾惰。近來高卧〔四〕。忘卻今朝賀。甲申還是連珠歷〔五〕？賸有老人星一箇〔六〕。白髮朱顔堪婆娑〔七〕。靈光殿火〔八〕。昆明劫過〔九〕。角綺園黄我〔一〇〕。

【校】

〔角綺〕原作「角綺」，文瀾本、全宋詞亦作「角綺」。按，文津本作「甪綺」，本集卷二水龍吟和清江李侯士弘來壽：「甪與綺，問何里。」漢書王貢兩龔鮑傳有「甪里先生」。因據諸書校改。

【箋注】

〔一〕老登　未詳何人。戊午，時當宋理宗寶祐六年（一二五八）。須溪在廬陵。

〔二〕上大人　敦煌寫本有「上大人，孔乙己，化三千，七十二，女小生，八九子，牛羊方，日舍乇」語，是唐代學童啓蒙讀物上的文字。續傳燈録卷二十一記載白雲禪師告郭祥正事，所記文字與上略異：「上大人，丘乙己，化三千，七十二，爾小生，八九子，佳作仁，可知禮。」劉氏運用了宋時流行的文字，略加轉换，便出新意。

〔三〕仁難作　論語雍也：「仁者先難而後獲，可謂仁矣。」

〔四〕高卧　閑卧。參見前浣溪紗三月三日詞注。

〔五〕「甲申」句　漢書律曆志：「日月如合璧，五星如連珠。」甲申年，正當元世祖至元二十一年，恰五星聚斗，見劉辰翁吉州龍泉新學記：「乃五星聚南斗之明年，乙酉三月，龍泉改夫子廟。」甲申年尚未來到，故云「還是連珠麽」。

〔六〕老人星　史記天官書：「狼比地有大星曰南極老人。」隋書天文志：「老人一星，在弧南，一曰南極。常以秋分之旦見于丙，春分之夕没于丁。見則治平，主壽昌。」楊炯老人星賦：「南極之庭，老人之星。煜煜爚爚，煌煌熒熒。」

〔七〕婆娑　宋玉神女賦：「既姽嫿于幽静兮，又婆娑乎人間。」李善注：「婆娑，猶盤姍也。」

〔八〕靈光殿　王延壽魯靈光殿賦序：「魯靈光殿者，蓋景帝程姬之子恭王餘之所立也。……遭漢中微，盗賊奔突，自西京未央、建章之殿皆見隳壞，而靈光巋然獨存。」

〔九〕昆明劫過　初學記引曹毗志怪：「漢武帝鑿昆明池，極深，悉是灰墨，無復土，以問東方朔。朔曰：『臣愚不足以知之，可試問西域胡。』帝以朔不知，難以復問。至後漢明帝時，外國道人來入洛陽，時有憶朔言者，乃試以武帝時灰墨問之，胡人曰：『經云，天地大劫將盡則劫燒，此劫燒之餘。』乃知朔言有旨。」

〔一〇〕用綺園黄　見前鷓鴣天和謝胡盤居覎橘為壽「商山樂」注。

又　暮春旅懷

無腸可斷聽花雨〔一〕。沉沉已是三更許。如此殘紅那得住。一春情緒。半生羈旅。寂寞空山語〔二〕。霖鈴不是相思阻〔三〕。四十平分猶過五。漸遠不知何杜宇。不如歸去〔四〕。不如歸去。人在江南路〔五〕。

【箋注】

〔一〕「無腸」句　蘇軾臨江仙送王緘：「歸來欲斷無腸，殷勤且更盡離觴。」李賀榮華樂：「誰知花雨夜來過。」又，將進酒：「桃花亂落如紅雨。」

〔二〕空山語　王維鹿柴：「空山不見人，但聞人語響。」辰翁嘗評此詩云：「無言而有畫意。」

〔三〕「霖鈴」句　鄭處晦明皇雜録補遺：「明皇既幸蜀，西南行，初入斜谷，屬霖雨涉旬，于棧道雨中聞鈴音與山相應，上既悼念貴妃，採其聲為雨霖鈴曲，以寄恨焉。時梨園子弟善吹觱篥者，張野狐為第一。此人從至蜀，上因以其曲授野狐。洎至德中，車駕復幸華清宫，從官嬪御多非舊人。上于望京樓中命野狐奏雨霖鈴曲，未半，上四顧淒涼，不覺流涕，左右感動，與之歔欷。其曲今傳于法部。」

〔四〕不如歸去　李時珍本草綱目謂杜宇鳴聲若曰：「不如歸去。」柳永安公子：「聽杜宇聲聲，勸人不如歸去。」辛棄疾添字浣溪沙：「却有杜鵑能勸道：不如歸！」

〔五〕人在江南路　是年春，辰翁在虎溪，虎溪蓮社堂記：「是爲德祐二年二月。」暮春，辰翁離虎溪，飄流在外三年，因稱「人在江南路」。這年秋天寫的燭影揺紅丙子中秋泛月：「同是江南倦旅，對嬋娟、君歌我舞。」德祐二年，劉辰翁四十五歲，故詞云：「四十平分猶過五。」

踏莎行　雨中觀海棠

命薄佳人〔一〕，情鍾我輩〔二〕。海棠開後心如碎。斜風細雨不曾晴〔三〕，倚闌滴盡胭脂淚〔四〕。　恨不能開，開時又背。春寒只了房櫳閉。待他晴後得君來，無言掩帳羞憔悴。

【箋注】

〔一〕命薄佳人　歐陽修再和明妃曲：「紅顔佳人多薄命，莫怨東風當自嗟。」陸游風流子：「佳人多命薄。」

〔二〕情鍾我輩　世説新語傷逝：「王戎喪兒萬子，山簡往省之，王悲不自勝，簡曰：『孩抱中物，何至于此！』」王曰：『聖人忘情，最下不及情，情之所鍾，正在我輩。』」

〔三〕斜風細雨　張志和漁父：「斜風細雨不須歸。」

〔四〕胭脂淚　形容雨中海棠。杜甫曲江對雨：「林花著雨胭脂濕。」

又　上元月明，無燈，明日霰雨屢作〔一〕

壁彩籠塵，金吾掠路。海風吹斷樓臺霧〔二〕。無人知是上元時，一夜月明無著處。

早是禁烟，朝來涷雨〔三〕。東風自放銀花樹〔四〕。雪晴須有踏青時。不成也待明年去〔五〕。

【箋注】

〔一〕霰雨　雪珠。詩經小雅頍弁：「如彼雨雪，先集維霰。」毛傳：「霰，暴雪也。」鄭箋：「將大雨雪，始必微温，雪自上下遇温氣而摶謂之霰，久而寒勝則大雪矣。」

〔二〕樓臺霧　秦觀踏莎行：「霧失樓臺。」

〔三〕涷雨　屈原九歌大司命：「今飄風兮先驅，使涷雨兮灑塵。」爾雅釋天：「暴雨謂之涷。」此處之雨，即指「霰雨」。

〔四〕「東風」句　蘇味道正月十五夜：「火樹銀花合，星橋鐵鎖開。」辛棄疾青玉案元夕：「東風夜放花千樹。」

〔五〕不成　張相詩詞曲語辭匯釋卷四：「不成，猶云難道也。」

又

北望蝶山，西迷鳳苑〔一〕。匆匆醉裏題詩滿。黄花只似去年黄，去年人去黄花遠〔二〕。雨壓城荒〔三〕，丘園路斷。卻晴又恨公來晚。依稀自唱古人詩，明年此會知誰健〔四〕。

【校】

〔公來晚〕文瀾本、清刻本均作「人來晚。」

【箋注】

〔一〕鳳苑　宫内池苑。花蘂夫人宫詞：「東内斜將紫禁通，龍池鳳苑夾城中。」

〔二〕「去年」句　句下自注：「謂周秋陽同登雲騰。」席世臣元詩選癸集：「景字秋陽，南陽人。」劉辰翁贈周秋陽序：「吾評周秋陽，不獨志行落落難合，而文字亦多犯世諱，其講義懸合處，類與所謂禪學相出入。」（須溪集卷六）

〔三〕雨壓城荒　用李賀雁門太守行「黑雲壓城城欲摧」句意。

〔四〕「明年」句　杜甫九日藍田崔氏莊：「明年此會知誰健，醉把茱萸仔細看。」

又

松偃成陰，荷香去暑。過溪似是東林路〔一〕。不知宿昔有誰來，寺門同聽催詩雨〔二〕。北馬依風〔三〕，涼蟬咽暮〔四〕。城門半帶東陵圃〔五〕。江南不是米元暉〔六〕，無人更得滄洲趣〔七〕。

【校】

〔更得〕文津本作「更盡」。

【箋注】

〔一〕「過溪」句　東林，廬山之東林寺。名勝志：「廬山繙經臺南下三里，即東林寺。」又：「虎溪在東林寺前，上有三笑亭，遠公送客，不過此溪，過則虎輒鳴吼。他日送陶淵明、陸修静，不覺過溪，虎忽作聲，三人愕然，大笑而别。」

〔二〕催詩雨　杜甫陪諸貴公子丈八溝攜妓納涼晚際遇雨：「片雲頭上黑，應是雨催詩。」

〔三〕北馬依風　韓詩外傳：「代馬依北風，飛鳥棲故巢，皆不忘本之謂也。」古詩十九首：「胡馬依北風。」

〔四〕涼蟬咽暮　從柳永雨霖鈴「寒蟬淒切，對長亭晚」句化出。

〔五〕東陵圃　史記蕭相國世家：「邵平者，故秦東陵侯。秦破，為布衣，貧，種瓜于長安城東。瓜美，故世俗謂之東陵瓜，從邵平以為名也。」晁補之摸魚兒：「弓刀千騎成何事，荒了邵平瓜圃。」本詞即用其意。

〔六〕米元暉　宋代畫家。湯垕畫鑑：「（米芾）其子友仁，字元暉，能傳家學。作山水清致可掬，亦略變其尊人所為，成一家法。烟雲變滅，林泉點綴，生意無窮。」

〔七〕滄洲趣　杜甫奉先劉少府新畫山水障歌：「乘興遺畫滄洲趣。」

又　櫻桃詞

珠壓相于〔一〕，胭脂同傅。樊家更共誰家語〔二〕。梢頭結取一番愁，玉簫不會雙雙侶。　風送流鶯，前歌後舞〔三〕。並桃欲吐含來住〔四〕。雙飛燕子自相銜，會教唇舌調鸚鵡〔五〕。

【校】

〔一〕〔番愁〕文津本作「一春愁」。〔自相銜〕文瀾本作「自相倚」，清刻本作「自相依」。

【箋注】

〔一〕「珠壓」句　珠壓，纍珠疊壓。杜甫麗人行：「珠壓腰衱穩稱身。」相于，相親近。繁欽定情詩：「何以結相于，金簿畫搔頭。」本句形容櫻桃如纍珠。

〔二〕樊家　指樊素，因其口如櫻桃，故須溪詠及之。孟棨本事詩事感第二：「白尚書姬人樊素善歌，妓人小蠻善舞。嘗爲詩曰：『櫻桃樊素口，楊柳小蠻腰。』」

〔三〕前歌後舞　尚書大傳泰誓傳：「惟丙午，王逮師，前師乃鼓𪔂噪，師乃慆，前歌後舞。」

〔四〕「並桃」句　詞尾自注：「李商隱詩：『流鶯猶故在，争得諱含來。』」按，李詩題爲百果嘲櫻桃，前尚有二句云：「珠實雖先熟，瓊莩縱早開。」吕氏春秋仲夏注：「含桃，櫻桃，鶯鳥所含食，故言含桃。」

〔五〕調鸜鵒　調習、訓練鸜鵒。李賀秦宫詩：「禿襟小袖調鸜鵒。」

燭影摇紅　嘲王槐城獨賞無月〔一〕

老子婆娑〔二〕，那回也上南樓去〔三〕。素娥有恨隱雲屏〔四〕，元是嬌癡故。鸞扇徘徊未許〔五〕。耿多情、為誰堪訴。使君愁絶，獨倚闌干，後期無據。　有酒如船，片雲掃盡霓裳露。他時與客更攜魚〔六〕，猶記臨皋路〔七〕。因念南羈北旅。醉烏烏、憑君楚舞〔八〕。問君不見，璧月詞成〔九〕，樓西沉處。

【箋注】

〔一〕王槐城　王櫟，字國正，號槐城，吉安永陽人，與須溪同年生，曾領仙都觀。劉將孫梅花阡碑：「昔吾先君慎許可甚，其知梅友也，以槐城王國正櫟，蓋梅友學焉。」

〔二〕老子婆娑　晉書陶侃傳：「將出府門，顧謂王愆期曰：『老子婆娑，正坐諸君輩。』」

〔三〕上南樓　世説新語容止：「庾太尉在武昌，秋夜氣佳景清，使吏殷浩、王胡之之徒，登南樓理詠。音調始遒，聞函道中有屐聲甚厲，定是庾公。俄而率左右十許人步來，諸賢欲起避之。公徐云：『諸君少住，老子于此處興復不淺。』因便據胡床，與諸人詠謔，竟坐，甚得任樂。」

〔四〕「素娥」句　李商隱嫦娥：「雲母屏風燭影深，長河漸落曉星沉。嫦娥應悔偷靈藥，碧海青天夜夜心。」

〔五〕「鸞扇」句　王昌齡長信秋詞：「且將團扇共徘徊。」鸞扇，參見前鵲橋仙題陳敬之扇「乘鸞著色」注。

〔六〕「他時」句　蘇軾後赤壁賦：「于是攜酒與魚，復游于赤壁之下。」

〔七〕猶記臨皋路　句下自注：「余前夜船酒觴客。月明，槐城登樓，余不及赴，月暗，殊敗興。」臨皋，地名，在今湖北黄岡縣南長江邊，蘇軾曾寓居于此。後赤壁賦：「是歲十月之望，步自雪堂，將歸于臨皋。」

〔八〕「醉烏烏」句　楊惲報孫會宗書：「酒後耳熱，仰天拊缶而呼烏烏。」楚舞，漢書高帝紀：「帝謂戚夫人曰：『為我楚舞，吾為若楚歌。』」

〔九〕璧月　玉樹後庭花：「璧月夜夜滿，瓊樹朝朝新。」

又

丙子中秋泛月〔一〕

明月如冰，亂雲飛下斜河去。旋呼艇子載簫聲，風景還如故。嫋嫋余懷何許。聽尊前、嗚嗚似訴〔二〕。近年潮信，萬里陰晴，和天無據。有客秋風〔三〕，去時留下金盤露〔四〕。少年終夜奏胡笳〔五〕，誰料歸無路。同是江南倦旅。對嬋娟、君歌我舞。醉中休問，明月明年，人在何處〔六〕。

【箋注】

〔一〕丙子　時當宋端宗景炎元年（一二七六），須溪正在外飄流。

〔二〕「嫋嫋」二句　蘇軾前赤壁賦：「歌曰：『桂棹兮蘭槳，擊空明兮泝流光。渺渺兮余懷，望美人兮天一方。』客有吹洞簫者，倚歌而和之。其聲嗚嗚然，如怨如慕，如泣如訴，餘音嫋嫋，不絕如縷。舞幽壑之潛蛟，泣孤舟之嫠婦。」

〔三〕有客秋風　李賀金銅仙人辭漢歌：「茂陵劉郎秋風客。」因漢武帝劉徹寫過秋風辭，故云。

〔四〕金盤露　見前南鄉子木犀花下詞注。

〔五〕「少年」句　岑參酒泉太守席上醉後歌：「酒泉太守能劍舞，高堂置酒夜擊鼓。胡笳一曲斷人腸，座上相看淚如雨。」

〔六〕「明月」二句　蘇軾中秋月：「此生此夜不長好，明月明年何處看。」

又　立春日雪和秋崖韻

春日江郊，素娥吹下銀幡舞〔一〕。東風點點亂茶烟〔二〕，留到明朝否。掩袖凝寒不語〔三〕。漫黏酥、枝枝縷縷。斷腸何似，飛絮多時〔四〕，落梅深處。　仙掌擎來，翠眉斂半看成露。驚沙馬上面簾輕〔五〕，誰貴氈廬主〔六〕。多少高陽伴侶〔七〕。到如今、沉冥幾許。乘槎相問，萬里銀河，欲歸無路。

【箋注】

〔一〕銀幡　孟元老東京夢華録卷六立春條：「春幡雪柳，各相獻遺。春日宰執親王百官皆賜金銀幡勝。」這裏喻雪。

〔二〕「東風」句　杜牧題禪院：「茶烟輕颺落花風。」

〔三〕掩袖凝寒　杜甫佳人：「天寒翠袖薄，日暮倚修竹。」

〔四〕飛絮　喻雪。世説新語言語：「謝太傅寒雪日内集，與兒女講論文義。俄而雪驟，公欣然曰：『白雪紛紛何所似？』兄子胡兒曰：『撒鹽空中差可擬。』兄女曰：『未若柳絮因風起。』公大笑樂。即公大兄無奕女，左將軍王凝之妻也。」

〔五〕「驚沙」句　面簾，又名面衣，面帽，遮在臉面前的紗羅，以擋風沙。西京雜記卷一：「趙飛燕為皇后，其女弟于昭陽殿遺飛燕書曰：『……謹上襚三十五條，以陳踊躍之心。金華紫輪帽，金華紫羅面衣。』」高承事物紀原卷三：「又有面衣，前後全用紫羅為幅下垂，雜他色為四帶，垂于背，為女子遠行乘馬之用，亦曰面帽。」

〔六〕誰貴氈廬主　此用王昭君典，事見西京雜記。隋薛道衡昭君辭云：「何用單于重，詎假閼氏名。駃騠聊彊食，筒酒未能傾。心隨故鄉斷，愁逐塞雲生。」敦煌唐寫卷明妃傳殘卷也叙述昭君入胡後悲怨不絶的心情，云：「當嫁單于，誰望喜樂？良由畫匠，捉妾陵持。遂使望斷黄沙，悲連紫塞；長辭赤縣，永别神州。」

〔七〕高陽伴侶　酒伴。史記酈生傳：「酈生食其者，陳留高陽人也。沛公至高陽傳舍，酈生踵軍門上謁，使者出謝曰：『沛公敬謝先生，方以天下為事，未暇見儒人也。』酈生瞋目按劍，叱使者曰：『走復入言沛公，吾高陽酒徒也，非儒人也。』」

念奴嬌　槐城賦以自壽，又和韻見壽，三和謝之

先生自壽，擁衾寒、重賦凌雲遊意〔一〕。我有大兒孔文舉〔二〕，弱冠騣騣暮齒〔三〕。桃已

三倫〔四〕，樹猶如此〔五〕，前度花開幾〔六〕。蓬萊可塞，還童卻老無計〔七〕。為此援筆翩翩，大江東去〔八〕，好似歌頭起〔九〕。寄與兩家孫又子〔一〇〕，長看以文為戲。某所某公，同年同月，誰剪招魂紙〔一一〕。前三例好，不須舉後三例〔一二〕。

【校】

文瀾本以本詞和下面一首同調詞合在一起，以應「三和謝之」的題意，近是。

【箋注】

〔一〕重賦凌雲遊意　史記司馬相如傳：「相如既奏大人之頌，天子大悅，飄飄有凌雲之氣，似遊天地之間意。」

〔二〕大兒孔文舉　藝文類聚卷二十二引典略：「禰衡，建安初，自荆州北遊許都，書一刺懷之，漫滅而無所遇。或問之曰：『何不從陳長文、司馬伯達乎？』衡曰：『卿欲使我從屠沽兒輩耶？』又問：『當今復誰可者？』衡曰：『大兒孔文舉（融），小兒楊德祖（脩）。』」

〔三〕「弱冠」句　禮記曲禮上：「二十曰弱冠。」孔穎達疏：「二十曰弱冠者，二十成人，始加冠禮，猶未壯，故曰弱也。」駸駸，急疾。詩經小雅四牡：「載驟駸駸。」毛傳：「駸駸，驟貌。」暮齒，老年。陳書王劭傳：「爰自志學，暨乎暮齒，篤好經史，遺落世事。」白居易戒藥：「中年羨暮齒，暮齒又貪生。」據詞意推算，劉辰翁長子劉將孫此年二十歲。按將孫生于寶祐五年丁巳（詳見後劉辰翁年譜簡編），則德祐二年丙子將孫正好二十歲，本詞當作于德祐二年。

〔四〕桃已三偷　張華博物志卷八：「時東方朔竊從殿南廂朱鳥牖中窺母，母顧之謂帝曰：『此窺窗小兒，嘗三來盜吾此桃。』帝乃大怪之。由此世人謂方朔神仙也。」漢武故事記載與之略異：「東郡獻短人，帝呼東方朔，朔至，短人指朔謂上曰：『王母桃，三千歲一為子，此子不良，已三過偷之矣。』」

〔五〕樹猶如此　世説新語言語：「桓公北征，經金城，見前為瑯玡時種柳，皆已十圍，慨然曰：『木猶如此，人何以堪？』攀枝執條，泫然流淚。」

〔六〕前度花開幾　自劉禹錫元和十年自朗州召至京戲贈看花諸君子及再遊玄都觀兩詩翻出。

〔七〕還童卻老　即返老還童，道家所謂卻老術。雲笈七籤卷六十諸家氣法：「日服千嚥，不足為多，返老還童，漸從此矣。」

〔八〕大江東去　蘇軾念奴嬌詞的首句，後人據此詞而改調名為大江東去、酹江月、赤壁謠。

〔九〕歌頭　唐宋大曲如水調、法曲皆有歌頭，即樂曲的首章。明皇雜録載：水調曲頗廣，謂之歌頭，首章之一解也。張炎詞源卷下：「法曲有散序、歌頭，音聲近古，大曲有所不及。」

〔一〇〕孫又子　列子湯問：「子又生孫，孫又生子。」

〔一一〕誰剪招魂紙　杜甫彭衙行：「剪紙招我魂。」蔡夢弼注：「剪紙作旐，以招其魂。」

〔三〕後三例　句下自注：「槐城廿一日生。」按，劉辰翁生于十二月二十四日，在王槐城後三日。就劉而言，王的生日在劉之前三日。詞云「前三」、「後三」，即就二人生日之前後而言。

又

枯寒生晚〔一〕，復何似、張緒少年時意〔二〕。薄命不逢何至此，滿眼啼妝齲齒〔三〕。城是城非〔四〕，年來年去，萬八千能幾。半癡半了，更癡兒計孫計。　回首仕已半生，仕何如已，已矣羞拈起。幸有橘丸丸日大，且復從公圍戲〔五〕。若論彈文〔六〕，更書謗篋〔七〕，吾曆無餘紙。多年致仕，大都有甚恩例。

【箋注】

〔一〕枯寒生晚　李賀開愁歌華下作：「秋風吹地百草乾，華容碧影生晚寒。我當二十不稱意，一心愁謝如枯蘭。」

〔二〕張緒　南史張緒傳載：緒字思曼，少知名，清簡寡欲。宋明帝每見緒，輒嘆其清淡。後劉悛獻蜀柳數株，枝條甚長，狀若絲縷。齊武帝以植于太昌靈和殿前，常賞玩咨嗟，曰：「此楊柳風流可愛，似張緒當年時。」

〔三〕「滿眼」句　應劭風俗通義：「桓帝元嘉中，京師婦女作愁眉、啼妝、墮馬髻、折腰步、齲齒笑。愁眉者，細而曲折。啼妝者，薄拭目下若啼處。……齲齒笑者，若齒痛不忻忻。始自（梁）冀家所為，京師翕然皆放效之。」

〔四〕城是城非　用搜神後記卷一丁令威事，見前臨江仙辛巳端午和陳簡齋韻「空墮遼東」注。

〔五〕「幸有」二句　見前江城子和默軒初度韻詞。

〔六〕彈文　文體的一種，上給皇帝內容為彈劾、按察羣臣的奏疏，但與普通奏疏不同。吳訥文章辨體序說：「按漢書注云：『羣臣上奏，若罪法按劾，送府送御史臺，卿校送謁者臺。』是則按劾之名，其來久矣。梁昭明輯文選，特立其目，名曰彈事。若唐文粹、宋文鑑，則載奏疏之中而已。迨後王尚書應麟有曰：『奏以明允誠篤為本。若彈文，則必理有典憲，辭有風軌，使氣流墨中，聲動簡外，斯稱絶席之雄也。』是則奏疏彈文，其辭氣亦各異焉。」

〔七〕謗篋　戰國策秦策二：「魏文侯令樂羊將攻中山，三年而拔之。樂羊反而語功，文侯示之謗書一篋。」

又

吾年如此，更夢裏、猶作狼居胥意〔一〕。千首新詩千斛酒〔二〕，管甚侯何侯齒〔三〕。員嶠波翻，瀛洲塵敗〔四〕，吾屐能銷幾〔五〕。經丘尋壑〔六〕，是他早計遲計。猶記辰巳嗟嗟〔七〕，故人賀我，且勉呼君起。五十不來來過二〔八〕，方悟人言都戲。以我情懷，借公篇韻，恨不天為紙〔九〕。餘生一笑，不須鄗曼容例〔一〇〕。

【校】

〔侯何侯齒〕文津本作「何侯雍齒」。

【箋注】

〔一〕狼居胥意　建立功業的心意。史記衛將軍驃騎列傳載：「驃騎將軍霍去病率軍北擊匈奴，封狼居胥山，禪于姑衍，登臨瀚海。」宋書王玄謨傳：「玄謨每陳北侵之策，上謂殷景仁曰：『聞玄謨陳説，使人有封狼居胥意。』」

〔二〕「千首」句　杜甫飲中八仙歌：「李白一斗詩百篇。」杜牧登池州九峰樓寄張祜：「誰人得似張公子，千首詩輕萬户侯。」

〔三〕侯何侯齒　何，蕭何；齒，雍齒。漢書蕭相國世家：「高祖以蕭何功最盛，封為酇侯，所食邑多。」又高祖紀：「上置酒封雍齒，因趣丞相急定功行封。罷酒，羣臣皆喜曰：『雍齒且侯，吾屬亡患矣！』」

〔四〕「員嶠」二句　列子湯問：「渤海之東不知幾億萬里，有大壑焉，實惟無底之谷，名曰歸墟。八紘九野之水，天漢之流莫不注之而無增減焉。其中有五山焉，一曰岱輿，二曰員嶠，三曰方壺，四曰瀛洲，五曰蓬萊。……五山無所連著，常隨潮波上下往還，不得暫峙焉。」

〔五〕吾屐能銷幾　世説新語雅量：「祖士少好財，阮遥集好屐，並恒自經營，同是一累，而未判其得失。人有詣祖，見料視財物，客至，屏當未盡，餘兩小簏，箸背後，傾身障之，意未能平。或有詣阮，見自吹火蠟屐，因嘆曰：『未知一生當箸幾量屐。』神色閑暢。于是勝負始分。」

〔六〕經丘尋壑　陶潛歸去來辭：「既窈窕以尋壑，亦崎嶇以經丘。」

〔七〕辰巳　後漢書鄭玄傳：「夢孔子告之曰：『起起！今年歲在辰，來年歲在巳。』既寤，以讖合之，知命當終。」

〔八〕「五十」句　據此句知本詞作于至元二十年（一二八三），詞人閑居廬陵。

〔九〕天為紙　裴説懷素臺歌：「筆冢低低高似山，墨池淺淺深如海。我來恨不已，争得青天化作一張紙。」吕渭老卜算子：「續續説相思，不盡無窮意。若寫幽懷一段愁，應用天為紙。」

〔一〇〕邴曼容　漢書兩龔傳云：「琅邪邴漢亦以清行徵用，至京兆尹，後為大中大夫。……漢兄子曼容，亦養志自修，為官不肯過六百石，輒自免去。」

又　和臞山用槐城韻見壽〔一〕

滄洲一葉〔二〕，待借君、回我鑪亭春意〔三〕。突兀靈光無立壁〔四〕，八面江風寒齒。響屧廊深〔五〕，籠門檻赤〔六〕，數月今纔幾。千年未論，豈無數十年計。　我本高卧牆東，何知人事，推枕為君起〔七〕。憔悴庚寅何足記〔八〕，不覺聯翩賓戲〔九〕。白雪陽春〔一〇〕，黄雞唱日〔一一〕，絶少澄心紙〔一二〕。我歌草草〔一三〕，和章有例還例〔一四〕。

【箋注】

〔一〕臞山　康臞山，見前霜天曉角壽康臞山詞注。槐城，王槐城，見前燭影摇紅嘲王槐城獨賞無月詞注。

〔二〕滄洲一葉　文選謝朓之宣城出新林浦向版橋：「復協滄州趣。」李善注引揚雄檄靈賦：「世有黄公者，起于蒼州，精神養性，與道浮游。」蘇軾前赤壁賦：「駕一葉之扁舟。」

〔三〕鑪亭春意　太學讀書時之心意。鑪亭，在太學内，吳自牧夢粱録卷十五：「各齋有樓，揭題名于東西壁。廳之左右，為東西序，對列位。後有爐亭，又有亭宇，揭以嘉名甚夥。」

〔四〕靈光　魯靈光殿，故址在今山東曲阜東。

〔五〕響屧廊　范成大吴郡志卷八古蹟：「響屧廊在靈巖山寺，相傳吴王令西施輩步屧，廊虚而響，故名。」

〔六〕籠門　沈括夢溪筆談：「唐制，丞郎拜官，即籠門謝。今三司副使以上拜官，則拜舞于堦上，百官拜于堦下，而不舞蹈。此亦籠門故事也。」

〔七〕推枕為君起　白居易長恨歌：「聞道漢家天子使，九華帳裏夢魂驚。攬衣推枕起徘徊，珠箔銀屏迤邐開。」蘇軾水龍吟：「推枕惘然不見，但空江、月明千里。」

〔八〕「憔悴」句　憔悴，語出屈原漁父：「屈原既放，遊于江潭，行吟澤畔，顏色憔悴，形容枯槁。」庚寅，屈原的出生年。離騷：「攝提貞于孟陬兮，惟庚寅吾以降。」

〔九〕賓戲　班固所著文。其答賓戲序：「永平中為郎，典校秘書，專篤志于儒學，以著述為業。或譏以無功，又感東方朔、揚雄自喻以不遭蘇、張、范、蔡之時，曾不折之以正道，明君子之所守，故聊復應焉。」

〔一〇〕白雪陽春　見前雙調望江南壽張粹翁詞注。

〔一一〕黄鷄唱日　白居易醉歌：「誰道使君不解歌，聽唱黄鷄與白日。黄鷄催曉丑時鳴，白日催年酉前没。」

〔二〕澄心紙　王直方詩話：「澄心堂紙，乃江南李後主所製，國初亦不甚以為貴。自劉貢甫首為題之，又邀諸公賦之，然後世以為貴重。貢甫詩云：『當時百金售一幅，澄心堂中千萬軸。後人聞名寧復得？就令得之當不識。』」

〔三〕草草　王鍈詩詞曲語辭例釋：「草草，匆匆，表狀態的形容詞，與通常表示粗率、敷衍的含義有所不同。」

〔四〕「和章」句　唐宋人作詩詞賡和者，必和意或和韻。洪邁容齋隨筆卷十六：「古人酬和詩，必答其來意，非若今人為次韻所局也。觀文選所編何劭、張華、盧諶、劉琨、二陸、三謝諸人贈答可知已。唐人尤多，不可具載。」張炎詞源：「詞不宜强和人韻。若倡者之曲韻寬平，庶可賡歌；倘韻險又為人所先，則必牽强賡和，句意安能融貫？」

又

酬王城山

兩丸日月，細看來、也是樊籠中物〔一〕。點點山河經過了〔二〕，拔幟幾番殘壁〔三〕。白是沙隄，蒼然吳楚，一片成氈雪。此時把酒，舊詞還是坡傑。歌罷公瑾當年〔四〕，天長地久〔五〕，柳與梅都發。幾許閒愁斜照裏〔六〕，掌上漚生漚滅〔七〕。滄海桑枯，東陵瓜遠〔八〕，總不關渠髮。簪花起舞，可憐今夕無月〔九〕。

【箋注】

〔一〕「兩丸」二句　韓愈秋懷：「日月如跳丸。」杜甫衡州送李大夫七丈勉赴廣州：「日月籠中鳥，乾坤水上萍。」

〔二〕點點山河　白居易長相思：「吴山點點愁。」

〔三〕拔幟　史記淮陰侯列傳：「(韓)信所出奇兵二千騎，……則馳入趙壁，皆拔趙旗，立漢赤幟二千。」此云漢幟被拔，喻宋屢敗于元。

〔四〕「歌罷」句　蘇軾念奴嬌：「遥想公瑾當年，小喬初嫁了，雄姿英發。羽扇綸巾，談笑間、强虜灰飛烟滅。」

〔五〕天長地久　白居易長恨歌：「天長地久有時盡，此恨綿綿無絶期。」

〔六〕「幾許」句　孟浩然秋登蘭山寄張五：「愁因薄暮起。」賀鑄青玉案：「若問閒愁都幾許？」

〔七〕「掌上」句　掌，水澤。釋名釋水：「水泆出所為澤曰掌。水停處如手掌中也。今兖州人謂澤曰掌也。」漚，水中氣泡。

〔八〕東陵瓜　見前踏莎行(松偃城陰)「東陵圃」注。

〔九〕「簪花」二句　反用蘇軾水調歌頭詞意：「起舞弄清影。」可憐無月，無限惆悵。

乳燕飛

王朋益僉事夜坐文江之上，屢稱赤壁之遊樂。酒餘索賦，因取坐間語參差述之〔一〕。

赤壁之遊樂。但古今、風清月白〔二〕，更無坡作。矯首中洲公何許，共我横江孤鶴〔三〕。把手笑、孫劉寂寞〔四〕。頗有使君如今否〔五〕，看青山、似我多前卻。幾見我，伴清酌。　江心舊豈非城郭。撫千年、桑田海水，神遊非昨〔六〕。對影三人成六客〔七〕，更倚歸舟夜泊。尚聽得、江城愁角。渺渺美人兮南浦，耿余懷、感淚傷離索〔八〕。天正北，繞飛鵲〔九〕。

【校】

〔題〕永樂大典卷八八四四遊字韻引録本詞，題作「乳燕曲」。〔中洲〕永樂大典卷八八四四遊字韻引録本詞作「中州」。

【箋注】

〔一〕王朋益　辰翁友人，與劉將孫亦有交往，養吾齋集卷一有古興呈僉事王朋益，其生平未詳。文江，光緒江西通志卷五十八山川略：「贛江抵吉水縣西南，與恩江合，曲折于灘洲間，狀若吉字，曰吉陽灘，又曰吉文水，一曰字水，亦曰文江。」

〔二〕「赤壁」二句　蘇軾後赤壁賦：「夢一道士，揖予而言曰：『赤壁之遊樂乎？』」又：「月白風清，如此良夜何？」

〔三〕橫江孤鶴　蘇軾後赤壁賦：「適有孤鶴，橫江東來。」

〔四〕「把手笑」句　蘇軾前赤壁賦：「西望夏口，東望武昌，山川相繆，鬱乎蒼蒼，此非孟德之困于周郎者乎？方其破荆州，下江陵，順流而東也，舳艫千里，旌旗蔽空，釃酒臨江，橫槊賦詩，固一世之雄也，而今安在哉！」劉詞自此申發。

〔五〕「頗有」句　三國志蜀書先主傳：「是時曹公從容謂先主曰：『今天下英雄惟使君與操耳！本初之徒不足數。』」

〔六〕神遊非昨　蘇軾念奴嬌：「故國神遊，多情應笑我，早生華髮。」

〔七〕「對影」句　句下原注：「皆坐間語。」按李白月下獨酌：「舉杯邀明月，對影成三人。」劉詞已變化用之。

〔八〕「渺渺」二句　蘇軾前赤壁賦：「渺渺兮余懷，望美人兮天一方。」離索，離羣而散居。禮記檀弓：「子夏曰：『吾離羣而索居，亦已久矣。』」鄭玄注：「索，猶散也。」

〔九〕繞飛鵲　曹操短歌行：「月明星稀，烏鵲南飛，繞樹三匝，無枝可依。」

又　壽周耐軒〔一〕

曾授茅山記〔二〕。共當年、二百七十，又三甲子〔三〕。昨上雲臺占雲物〔四〕，占得景風南至〔五〕。又恰是、封侯千歲。行遍神州河洛外〔六〕，早歸來、庭下槐陰翠。春萬户，共生意。溪翁圖是參同契〔七〕。想金丹、圓成功行〔八〕，活人相似。顧我尊前歌赤壁，生子當如此耳。笑華髮、東坡年幾〔九〕。弟不如人今老矣〔一〇〕，看龍頭、霄漢雌龍尾〔一一〕。呼白石〔一二〕，為公起。

【箋注】

〔一〕周耐軒　周天驥之號。天驥曾任吉州知州，至元十三年降元，歷仕吉州路總管等。元史趙宏偉傳：「（至元十三年），至吉州，薄其城，示以禍福，知州周天驥以城降。」雍正江西通志卷四十六「秩官」：「吉州路總管周天驥。」

〔二〕茅山記　宋史藝文志「道家類」：「張隱龍三茅山記一卷。」漢代茅盈與弟固、衷得道于茅山，開茅山道派，茅山記記其事。

〔三〕「共當年」二句　須溪常以數字入詞，二百七十三甲子，即四十五歲。他如金縷曲壽朱氏老人七十三歲云：「四百四十五番甲子」，酹江月和朱約山自壽曲時壽八十四云：「五百十三甲子。」

〔四〕「昨上」句　雲臺，疑為靈臺之誤。後漢書章帝紀：「建初三年正月，登靈臺，望雲物，大赦天下。」靈臺，觀測天象之所。占雲物，以五雲之色辨吉凶。周禮春官保章氏：「以五雲之物，辨吉凶，水旱降豐荒之祲象。」鄭玄注：「物，色也，視日旁雲氣之色。」

〔五〕景風　淮南子地形以為南風，説文以為東南風。按，景風乃暖和之風，爾雅釋天：「四時和為通正，謂之景風。」邢昺疏：「景風即和風也。」曹丕與朝歌令吴質書：「景風扇動，天氣和暖。」

〔六〕「行遍」句　神州，與河洛連用，當指中原地區。張元幹賀新郎送胡邦衡待制赴新州：「夢繞神州路。」用法相同。神州、河洛外，指中原以外的地區，周天驥曾去燕地，故云。劉辰翁壽周耐軒府尹詩自注：「時方歸自燕。」

〔七〕「溪翁圖」句　溪翁圖，又名老溪圖，是周耐軒之父周溪園的授經圖。參看卷三水調歌頭謝和溪園來壽詞和水調歌頭壽周溪園詞。參同契，書名，為道家修内丹之書。葛洪神仙傳稱魏伯陽作，新唐書藝文志和宋史藝文志著録參同契為石頭和尚希遷所作。是書以周易、黄、老、爐火三家相參同，歸于一，妙契大道。

〔八〕金丹　道士修鍊之丹，服之可以成仙。抱朴子金丹：「夫金丹之為物，燒之愈久，變化愈妙。黄金入火，百鍊不消，埋之，畢天不朽。服此二物，鍊人身體，故能令人不老不死。」

〔九〕「顧我」三句　歌赤壁，指蘇東坡水調歌頭赤壁懷古，詞云：「多情應笑我、早生華髮。」生子當如此耳，見三國志吳書吳主傳裴注引吳歷：「（曹公）喟然嘆曰：生子當如孫仲謀。」

〔一〇〕弟　須溪自稱為「小耐」，參須溪詞卷三水調歌頭日獻洞賓公像于溪園先生詞注。

〔一一〕「看龍頭」句　三國志魏書華歆傳裴注引魏略：「時人號三人為『一龍』：歆為龍頭，原為龍腹，寧為龍尾。」本詞以龍頭指周，龍尾喻己。

〔一二〕白石　白石生，神仙。葛洪神仙傳卷二：「白石生者，中黄丈人弟子也。至彭祖之時已年二千餘歲矣，不肯修昇仙之道，但取于不死而已，不失人間之樂。……常煮白石為糧。」

又

飲海棠花下，説放翁記劍南宣華園，日報開及幾分，聞五分亟往。因美放翁記此，足爲後人開遊賞之趣。蓋花開三日色變，五日則後半開者盛，先半開者落矣。歌述此意，使觀者有省〔一〕。

過雨城西路。看輕雲、弄日花間，微寒如霧。誰是宣華門守者，報我十分開五。便痛飲、能銷幾度？寄語後來看花客，待看花、莫待開成樹。成樹也，半爲土〔二〕。　　佺巢蜀錦今何許〔三〕。記西湖、聚景村莊〔四〕，王亭謝墅〔五〕。冷落柯丘二三子，更問何園韓圃。悄一笑、回車竹所〔六〕。點點守宫包紅淚〔七〕，縱傾城一顧傾城顧〔八〕。家國事，正何與。

【箋注】

〔一〕宣華園　蜀故苑名。陸游梅花絶句：「蜀王小苑舊池臺，江北江南萬樹梅。只怪朝來歌吹鬧，園官已報五分開。」自注：「成都合江園，蓋故蜀別苑，梅最盛。自初開，監官日報府。報至五分開，則府主來宴，遊人亦競集。」又，月上海棠詞云：「凝愁處，似憶宣華舊事。」詞尾自注：「宣華，故蜀苑名。」張唐英蜀檮杌卷上：「（乾德三年）五月，宣華苑成，延袤十里。有重光、太清、延昌、會真之殿，清和、迎仙之宮，降真、蓬萊、丹霞之亭。土木之功，窮極奢巧。衍數于其中為長夜之飲，嬪御雜坐，舃履交錯。」

〔二〕「成樹也」二句　陸游卜算子詠梅：「零落成泥碾作塵。」

〔三〕佺巢蜀錦　劉辰翁摸魚兒：「笑舊日園林，佺巢蜀錦。」「佺巢」下自注：「曾園洞中樓名。」「蜀錦」下自注：「平園亭名。」

〔四〕聚景村莊　句下自注：「韓侂胄村莊，今名聚景。」宋光宗賜韓侂胄南園，地在清波門外南屏山麓。周密武林舊事卷五湖山勝概南山路載南園，云：「中興後所創。光宗朝賜平原郡王韓侂胄，陸放翁為記。」自注「韓侂胄村莊」，即指此。清波門外，舊有聚景園，為御園，孝宗所築，與韓侂胄村莊不同，不能混為一談。

〔五〕王亭謝墅　辛棄疾漢宮春會稽蓬萊宮懷古：「君不見王亭謝館。」晉書王羲之傳：「會稽有佳山水，名士多居之，謝安未仕時亦居焉。……嘗與同志宴集于會稽山陰之蘭亭，羲之自為之序，以申其志。」謝墅，謝安別墅，見前最高樓壽秋水詞注。承上句，這裏「王亭謝墅」，乃泛指西湖邊上的達官貴人、文人雅士的亭榭別墅。

〔六〕「冷落柯丘」三句　句下自注：「東坡自柯丘賞海棠，復過何氏韓氏詩云：『竹間老人不讀書，留我閉門誰教汝。』蓋市人好事者也。適過某氏園，園閉，因記羲之嘗造竹主人，主人避不見，其子獻之肩輿入人園，復為驅出，回車竹所，併記其父子，賓主一笑。」按，劉氏注引蘇詩，原題為上巳日與二三子攜酒出遊隨所見輒作數句明日集之為詩故詞無倫次，詩云：「柯丘海棠吾有詩，獨笑深林誰敢侮。」又云：「褰裳共過春草亭，扣門却入韓家圃。」故劉氏謂自柯丘賞海棠，復過何氏韓氏。

〔七〕點點守宮　守宮，古代皇宮防範宮女的一種藥物，本詞形容海棠色澤。參前謁金門風乍起約巽吾同賦海棠詞注。

〔八〕傾城一顧　漢書外戚傳載李延年歌：「一顧傾人城，再顧傾人國。」

瑞鶴仙　壽翁丹山〔一〕

正丹翁初度。對花滿江城，曉鶯欲語。崆峒在何處〔二〕。漸雨過農郊，勸耕問路。州人爭覷。問坡老重來是否〔三〕。把看燈、傳説風流，八境盡圖新句〔四〕。　如許。老子文章，揮毫立馬〔五〕，脱韡嫌汙〔六〕。太平易作。聽父老，歌襦袴〔七〕。願使君小住〔八〕，五風十雨〔九〕。重見一稃三黍。又天邊、飛詔殷勤〔一〇〕，説相將去。

【箋注】

〔一〕翁丹山　翁合之字，曾任贛州知州。文天祥與中書祭酒知贛州翁丹山自注：「名合。」光緒江西通志卷十一職官表：「翁合，字丹山，知贛州兼江西提點刑獄，咸淳中任。舊志失載提刑，據文天祥集補。」

〔二〕崆峒　贛州山名。嘉靖贛州府志卷二山川：「崆峒，縣（贛縣）南六十里，山麓周百餘里。」

〔三〕「漸雨過」四句　蘇軾浣溪沙詞序：「徐門石潭謝雨，道上作五首。」詞云：「旋抹紅妝看使君，三三五五棘籬門，相排踏破蒨羅裙。」

〔四〕「八境」句　贛州美景，都寫成新的詩句。蘇軾有虔州八境圖詩，又有八境圖後序，本詞即由蘇軾詩文化出。虔州即贛州。

〔五〕「老子」二句　世説新語文學：「桓宣武北征，袁虎時從，被責免官。會須露布文，喚袁倚馬前令作，手不輟筆，俄得七紙，殊可觀。」歐陽修朝中措詞云：「文章太守，揮毫萬字，一飲千鍾。」

〔六〕脱韡嫌汙　新唐書文藝傳李白傳：「白常侍帝，醉，使高力士脱靴。力士素貴，恥之，摘其詩以激楊貴妃。」

〔七〕「太平」三句　後漢書廉范傳：「建中初，遷蜀郡太守。……百姓為便，乃歌之曰：『廉叔度，來何暮？不禁火，民安作。平生無襦今五袴。』」

〔八〕小住　顔真卿寒食帖：「寒食只數日間，得且小住為佳耳。」

〔九〕五風十雨　形容風調雨順。王充論衡是應：「風不鳴條，雨不破塊。五日一風，十日一雨。」王炎豐年謡：「五風十雨天時好，又見西郊稻秫肥。」

〔一〇〕飛詔　韓愈憶昨行和張十一：「忽見飛詔從天來。」辛棄疾滿江紅：「便鳳凰，飛詔下天來，催歸急。」高承事物紀原卷二「鳳詔」條云：「後趙石季龍置戲馬觀，觀上安詔書，用五色紙銜木鳳口而頒之。宋大禮御樓肆赦亦用其事，自石季龍始也。」

高陽臺　和巽吾韻

雨枕鶯啼，露班燭散，御街人賣花窠。過眼無情〔一〕，而今魂夢年多。百錢曳杖橋邊去〔二〕，問幾時、重到明河〔三〕。便人間，無了東風，此恨難磨。　落紅點點入頹波。任歸春到海，海又成渦〔四〕。江上兒童，抱茅笑我重過〔五〕。蓬萊不漲枯魚淚〔六〕，但荒村、敗壁懸梭〔七〕。對殘陽，往往無成，似我蹉跎。

【校】

〔年多〕清刻本作「無多」。

【箋注】

〔一〕過眼無情　蘇軾寶繪堂記：「譬之雲烟之過眼，百鳥之感耳，豈不欣然接之，去而不復念也。」

〔二〕百錢曳杖　世説新語任誕：「阮宣子常步行，以百錢挂杖頭，至酒店，便獨酣暢，雖當世貴盛，不肯詣也。」

〔三〕明河　天河，歐陽修秋聲賦：「星月皎潔，明河在天。」

〔四〕「落紅」三句　秦觀千秋歲：「春去也，飛紅萬點愁如海。」

〔五〕「江上」二句　杜甫茅屋為秋風所破歌：「南村羣童欺我老無力，忍能對面為盜賊。公然抱茅入竹去，唇焦口燥呼不得。」

〔六〕「蓬萊」句　古樂府枯魚過河泣：「枯魚過河泣，何時悔復及。作書與魴鱮，相教慎出入。」

〔七〕懸梭　劉敬叔異苑：「陶侃嘗釣于山下，得一織梭，還挂壁上。有頃雷雨，梭變為赤龍，從空而去。」

聲聲慢　九日泛湖遊壽樂園賞菊，時海棠花開，即席命賦〔一〕

西風墜緑。喚起春嬌〔二〕，嫣然困倚修竹〔三〕。落帽人來，花黯乍驚郎目〔四〕。相思尚帶舊子，甚淒涼、未忺妝束〔五〕。吟鬢底，伴寒香一朵，並簪黄菊。　卻待金盤華屋〔六〕。園林靜、多情怎禁幽獨。蛺蝶應愁〔七〕，明日落紅難觸。那堪雁霜漸重，怕黄昏、欲睡未足〔八〕。翠袖冷〔九〕，且莫辭、花下秉燭〔一〇〕。

【箋注】

〔一〕壽樂園　杭州西湖園名。張鎡多麗：「清明上巳，同好會飲西湖壽樂園。」本詞作于臨安。考須溪一生四次居住臨安，咸淳五年任中書省架閣，至元二十一年攜子將孫赴臨安憑吊，這兩次均在夏季前返回盧陵。景定元年至三年，在太學，不可能與友人泛湖遊壽樂園。故本詞當為宋度宗咸淳元年（一二六五）任臨安府教授時作。

〔二〕喚起春嬌　韓愈贈同遊：「喚起牕全曙，催歸日未西。」宋洪興祖注：「喚起、催歸，二禽名也。……喚起，聲如人絡絲，員轉清亮，偏于春曉鳴，江南謂之春喚。」

〔三〕困倚修竹　杜甫佳人：「日暮倚修竹。」

〔四〕「花鬢」句　無名氏襄陽樂：「大堤諸女兒，花鬢驚郎目。」

〔五〕忺　有「堪」意。李清照聲聲慢：「滿地黄花堆積，憔悴損，如今有誰忺摘。」詞的、草堂詩餘別集、詞綜、清綺軒詞選録此詞，「忺」均作「堪」。

〔六〕金盤華屋　蘇軾詠海棠：「自然富貴出天姿，不待金盤薦華屋。」

〔七〕蛺蝶應愁　蘇軾南鄉子重九涵輝樓呈徐君猷：「休休，明日黄花蝶也愁。」

〔八〕欲睡未足　用楊貴妃事，見前謁金門和巽吾重賦海棠「睡來添酒色」注。

〔九〕翠袖　杜甫佳人：「天寒翠袖薄。」

〔一〇〕花下秉燭　蘇軾海棠：「只恐夜深花睡去，故燒高燭照紅妝。」

卷二

漢宮春 壬午開鑪日戲作〔一〕

雨入輕寒，但新篘未試〔二〕，荒了東籬。朝來暗驚翠袖，重倚屏幃。明窗麗閣，為何人、冷落多時。催重頓，妝臺側畔，畫堂未怕春遲。漫省茸香粉暈，記去年醉裏，題字傾攲〔三〕。紅鑪未深乍暖，兒女成圍。茶香疏處，畫殘灰、自説心期〔四〕。容膝好，團欒分芋，前村夜雪初歸〔五〕。

【箋注】

〔一〕壬午 時當元世祖至元十九年（一二八二）。須溪在廬陵。開鑪，金盈之醉翁談録卷四：「舊俗十月朔開鑪向火，乃沃酒及炙臠肉于鑪中，團坐飲啗，謂之煖鑪。」孟元老東京夢華録卷九：十月一日，「有司進煖鑪炭，民間皆置酒作煖鑪會也」。

〔二〕新篘未試 蘇軾和子由谿堂讀書：「近日新雨足，公餘試新篘。」

〔三〕題字傾攲　杜甫同元使君春陵行：「作詩呻吟内，墨淡字攲傾。」

〔四〕「畫殘灰」句　辛棄疾添字浣溪沙：「心似風吹香篆過，也無灰。」方回雪中詩：「尚容永夜畫殘灰。」

〔五〕夜雪初歸　劉長卿逢雪宿芙蓉山主人：「柴門聞犬吠，風雪夜歸人。」

又　歲盡得巽吾寄溪南梅相憶韻

疏影横斜〔一〕，似故人安道〔二〕，只在前溪。年年望雪待月，漫倚吟磯。千紅萬紫，到春來、也是尋思。君不見，永陽江上〔三〕，殘梅冷雨絲絲。　有幾情人似我，漫騎牛卧笛，亂插繁枝。市門索笑憔悴，便作新知〔四〕。城樓畫角，又無花、只落空悲。但傳説，壽陽一片〔五〕，何曾迎面看飛。

【校】

〔亂插〕朱校：「原本插作揀，從沈山臣校。」文津本、文瀾本均作「亂揀」。

【箋注】

〔一〕疏影横斜　林逋山園小梅：「疏影横斜水清淺，暗香浮動月黄昏。」

〔三〕故人安道　世説新語任誕：「王子猷居山陰，夜大雪，眠覺開室，命酌酒，四望皎然，因起彷徨，詠左思招隱詩。忽憶戴安道，時戴在剡，即便夜乘小船就之。」

〔三〕永陽江　永陽縣境内之江。此縣宋代已改名為永明鎮，入道州營道縣，見前南鄉子（香雪碎團團）詞題注。

〔四〕「亂插繁枝」三句　杜甫蘇端薛復筵簡薛華醉歌：「安得健步移遠梅，亂插繁花向晴昊。……少年努力縱談笑，看我形容已枯槁。……諸生頗盡新知樂，萬事終傷不自保。」須溪隱括杜詩成詞。屈原九歌少司命：「悲莫悲兮生别離，樂莫樂兮新相知。」

〔五〕壽陽一片　見前霜天曉角（經年寂寞）「壽陽宫額」條注。

洞仙歌　壽中甫

也曾海上，啖如瓜大棗〔一〕。海上歸來相公老〔二〕。畫堂深、滿引明月清風，家山好、一笑塵生蓬島〔三〕。　六年春易過〔四〕，贏得清陰，到處持杯藉芳草〔五〕。看明年此日，人在黄金臺上〔六〕，早整頓、乾坤事了〔七〕。但細數齊年幾人存，更宰相高年，幾人能到。

【箋注】

〔一〕如瓜大棗　史記封禪書：「是時李少君亦以祠竈穀道却老方見上，言上曰：『臣嘗游海上，見安期生，安期生食臣棗大如瓜。安期生仙者，通蓬萊中，合則見人，不合則隱。』」

〔二〕「海上歸來」句　文天祥集杜詩鄧禮部第一百三十七：「中甫隨駕至厓山，除禮部侍郎。己卯春，除學士院權直。未數日，虜至，厓山潰，中甫赴海，虜舟拔出之。張元帥待以客禮，與余俱出嶺，别于建康。」詞云「海上歸來」，即指這段史事。直學士院，是唐宋時代極為榮貴的官職。新唐書百官志：「開元二十六年，又改為學士，别置學士院，專掌内命，凡拜免將相，號令征伐，皆用白麻。其後選用益重，而禮遇益親，至號為内相。」宋制同，故詞人得以稱鄧為「相公」。

〔三〕塵生蓬島　李賀天上謡：「海塵新生石山下。」又夢天：「黄塵清水三山下，更變千年如走馬。」葛洪神仙傳卷七：「麻姑自云：『接待以來，已見東海三為桑田。向到蓬萊，水又淺于往者會時略半也，豈將復還為陵陸乎？』方平笑曰：『聖人皆言海中復揚塵也。』」

〔四〕「六年」句　己卯八月，鄧剡（即中甫）于金陵告别文天祥，回歸故里，見文天祥東海集序、送行中齋三首。經歷六個春天後，劉辰翁寫此壽詞賀之，則本詞當作于乙酉年，元世祖至元二十二年（一二八五）。

〔五〕「到處」句　世説新語言語：「過江諸人，每至美日，輒相邀新亭，藉卉飲宴。」

〔六〕黄金臺　文選鮑照放歌行：「豈伊白璧賜，將起黄金臺。」李善注引上谷郡圖經：「黄金臺，易水東南十八里，燕昭王置千金于臺上，以延天下之士。」

〔七〕「早整頓」句　杜甫洗兵馬：「二三豪俊爲時出，整頓乾坤濟時了。」辛棄疾水龍吟甲辰歲壽韓南澗尚書：「待他年，整頓乾坤事了，爲先生壽。」

又

器之高誼，取前月青山洞仙歌華余重壽，走筆謝之〔一〕

有客從余，不計余無酒〔二〕。袖有蟠桃爲君壽。嘆此桃再熟，也須年後。甚辦得，轉盼箇偷桃手。　菊潭三十斛，月又月添，天賦先生日更久〔三〕。但黄楊長寸，閏年倒寸〔四〕，似恁得到梧宫甚時候〔五〕。客又道奇特是陽生〔六〕，後七日相看，醉春風柳〔七〕。

【校】

〔醉春〕文津本作「入春」。

【箋注】

〔一〕器之　光緒江西通志卷一百零七藝文略載：「胡器之詩集，胡連撰。」「吴澄序豫章人。」或即其人。青山，即趙文，字儀可，亦字宜可，青山其號也。廬陵人。劉將孫趙青山先生墓表：「青山先生諱文，字儀可。其字儀則，初名鳳之，以先君子嘗字之惟恭，後唱酬每稱之儀可。」（按，養吾齋集另有詩文提到趙文，亦作「宜可」，周南瑞天下同文前甲集亦作「趙文宜可青山」，則儀、宜通用。）同治廬陵縣志卷三十二：「趙文，字儀可，一字惟恭，號青山，南街人。原名宋永，三貢于鄉，由國學上舍仕南雄府教授。與弟彊同出文天祥之門，嘗從勤王，于軍政多所參決。彊死軍中，文請歸養。宋亡，隱居不出。會當路屈耆年碩學主湖山講席，强起為東湖書院山長，尋改清江儒學教授。詩文脱略崖岸，獨自抒其所欲言，晚年頗以理學自任，進之未已。」趙青山洞仙歌壽須溪是年其子受鷺洲山長：「千年鷺渚，持作須翁酒。賸有兒孫上翁壽。向玉和堂上，樽俎從容，笑此處，慣著絲綸大手。金丹曾熟未，熟得金丹，頭上安頭甚時了。便踢翻爐鼎，抛却蒲團，直恁俊鶻梢空時候。但喚取、心齋老門生，向城北城南，傍花隨柳。」

〔二〕「有客」二句　蘇軾後赤壁賦：「二客從予過黄泥之坂。……已而嘆曰：『有客無酒，有酒無肴，月白風清，如此良夜何？』客曰：『今者薄暮，舉網得魚，巨口細鱗，狀如松江之鱸，顧安所得酒乎？』歸而謀諸婦。……于是攜酒與魚，復游于赤壁之下。」

〔三〕「菊潭」三句　參見前霜天曉角壽吴蒙庵詞注。

〔四〕「但黄楊」二句　埤雅：「黄楊性堅緻，難長。俗云：歲長一寸，閏年倒長一寸。」

〔五〕梧宮　藝文類聚卷八十八引齊地記：「城北十五里有桐臺，即梧宮。」劉向説苑奉使：「楚使使聘于齊，齊王饗之梧宮。」

〔六〕「客又道」句　陽生，出生日為陽辰。古代占卜者以十二支的單數位為陽辰，即子、寅、辰、午、申、戌；雙位數為陰辰，即丑、卯、巳、未、酉、亥。明王連曆數類（蠡海集）：「甲子、甲午為陽辰，己卯、己酉為陰辰。」由此可知劉辰翁出生之紹定五年十二月二十四日，紀日之支必為單數位，故云「奇特是陽生」。

〔七〕「後七日」二句　劉氏生日為十二月二十四日，過七日，即入第二年，故云「醉春風柳」。

齊天樂　端午和韻

枝頭雨是青梅淚。翻作一江春水〔一〕。魚腹魂銷，龍舟叫徹〔二〕，不了湖亭張戲。滿庭芳芷。正艾日高高，葛風細細〔三〕。試比陳人〔四〕，人間除我更誰似。　浮沉君共我里。記薰廊待對〔五〕，聞雞蹴起〔六〕。昨日蟾蜍，明朝蠅虎〔七〕，身與渠衰更悴。老夫病已。任采緑采苓〔八〕，為師為帝。但有昌陽〔九〕，倩酤扶路醉。

【箋注】

〔一〕「枝頭」二句　秦觀江城子：「便做春江都是淚，流不盡，許多愁。」李煜虞美人：「問君能有幾多愁，恰似一江春水向東流。」

〔二〕「魚腹」二句　楚辭漁父：「寧赴湘流，葬于江魚之腹中。」宗懔荆楚歲時記：「五月五日競渡，俗為屈原投汨羅日，人傷其死，故命舟楫以拯之。舸舟取其輕利，謂之飛凫，一自以為水軍，一自以為水馬。州將士人，悉臨水而觀之。」

〔三〕「正艾日」二句　互文見義，謂端午時紅日高照，和風輕細。艾、葛均為初夏時植物。詩王風采葛：「彼采葛兮，一日不見，如三月兮。彼采蕭兮，一日不見，如三秋兮。彼采艾兮，一日不見，如三歲兮。」

〔四〕陳人　莊子寓言：「人而無以先人，無人道也；人而無人道，是之謂陳人。」郭象注：「直是陳久之人耳。」

〔五〕薰廊待對　杜甫丹青引：「承恩數上南薰殿。」唐六典卷七：「興慶宮在皇城之東南，宫之西曰興慶門，其内曰興慶殿，南走龍池曰瀛洲門，内曰南薰殿。」

〔六〕聞鷄蹴起　晉祖逖中夜聞鷄起舞，見前浪淘沙秋夜感懷詞注。

〔七〕蠅虎　馬縞中華古今注：「蠅虎，蠅狐也，形如蜘蛛而色灰白，善捕蠅蝗。一曰蠅虎子。」

〔八〕采緑采苓　詩小雅采緑：「終朝采緑，不盈一匊。」詩唐風采苓：「采苓采苓，首陽之巔。」

〔九〕但有昌陽　韓愈進學解：「以昌陽引年。」吴曾能改齋漫録卷十五：「昌蒲、昌陽，兩種物也。陶隱居云：『生石磧上，細者為昌蒲；生下濕地，大根者為昌陽，不可服食。』……蓋其失當自韓退之進學解：『訾醫師以昌陽引年。』則退之亦以昌陽為昌蒲矣。東坡石昌蒲贊序，亦有昌蒲、昌陽之辨。」

又

節庵和示中齋端午齊天樂詞，有懷其弟海山之夢。昨亦嘗和中齋此韻，感節庵此意，復不能自已，儻見中齋及之〔一〕

海枯泣盡天吳淚。又漲經天河水〔二〕。萬古魚龍，雷收電卷，宇宙刹那閒戲。沉蘭墜芷〔三〕。想重整荷衣〔四〕，頓驚腰細〔五〕。尚有干將，衝牛射斗定何似〔六〕。成都橋動萬里〔七〕。嘆何時重見，鵑啼人起。孤竹雙清〔八〕，紫荆半落〔九〕，到此吟枯神瘁。對牀永已〔一〇〕。但夢繞青神，塵昏白帝〔一一〕。重反離騷〔一二〕，衆醒吾獨醉〔一三〕。

【箋注】

〔一〕節庵　賈昌忠之號，咸淳七年進士第，原為潼川懷安軍金堂縣人，隨父賈仲武官隆州簽判至江西。事見宋史賈子坤傳。須溪集卷二有節庵記。「懷其弟海山之夢」，指節庵弟賈純孝匡山投海事。宋史賈子坤傳云：「匡山師敗，純孝抱二女偕妻牟同蹈海死。」本詞即為紀念賈純孝而作。

〔二〕「海枯」二句　句下原注：「『猶有淚成河，經天復東注。』子美懷弟妹語。」這是杜甫得舍弟消息詩的結尾二句。天吳，水伯。山海經海外東經：「朝陽之谷神曰天吳，是為水伯，其為獸也，八首人面八足，尾皆青黃。」

〔三〕沉蘭墜芷　屈原離騷：「余既滋蘭之九畹兮，又樹蕙之百畝。畦留夷與揭車兮，雜杜衡與芳芷。冀枝葉之峻茂兮，願竢時乎吾將刈。雖萎絶其亦何傷兮，哀衆芳之蕪穢。」

〔四〕重整荷衣　屈原離騷：「進不入以離尤兮，退將復脩吾初服。製芰荷以為衣兮，蘘芙蓉以為裳。」

〔五〕腰細　南史沈約傳：「約以書陳情于徐勉，言己老病，『百日數旬，革帶常應移孔』。」

〔六〕「尚有干將」二句　干將，以鑄劍人名代稱寶劍。吳越春秋闔閭内傳載，春秋時吳人干將與妻莫邪鑄寶劍二，一名干將，一名莫邪。史記司馬相如傳子虛賦：「曳明月之珠旗，建干將之雄戟。」衡牛射斗，事見晉書張華傳：「華聞豫章人雷煥妙達緯象，乃要煥宿，屏人曰：『可共尋天文，知將來吉凶。』因登樓仰觀，煥曰：『僕察之久矣，惟斗牛之間頗有異氣。』華曰：『是何祥也？』煥曰：『寶劍之精，上徹于天耳。』華曰：『君言得之。吾少時有相者言，吾年出六十，位登三事，當得寶劍佩之。斯言豈效與！』因問曰：『在何郡？』煥曰：『在豫章豐城。』華曰：『欲屈君為宰，密共尋之，可乎？』煥許之。華大喜，即補煥為豐城令。煥到縣，掘獄屋基，入地四丈餘，得一石函，光氣非常，中有雙劍，并刻題，一曰龍泉，一曰太阿。其夕，斗牛間氣不復見焉。」

〔七〕橋動萬里　常璩華陽國志：「蜀郡大城南門曰江橋，自江橋南渡曰萬里橋。」元和郡縣志：「萬里橋，架大江上，在縣南八里。蜀使費禕聘吴，諸葛亮祖之。禕嘆曰：『萬里之行，始于此橋。』因以為名。」

〔八〕孤竹雙清　指伯夷、叔齊。二人為商孤竹君之子。周滅商，二人耻食周粟，遂餓死于首陽山。見史記伯夷列傳。

〔九〕紫荆半落　紫荆樹，用田氏兄弟義不分産的典故，見續齊諧記。賈忠昌之弟已死，故詞人以紫荆半落為喻。

〔一〇〕對牀　韋應物示元直兄弟：「寧知風雨夜，復此對牀眠。」蘇軾初秋寄子由：「雪堂風雨夜，已作對牀聲。」

〔一一〕「但夢繞」二句　因賈純孝為懷安軍金堂縣人，故本詞用「青神」、「白帝」等地名。青神，縣名，今屬四川省。元豐九域志卷七：眉州轄青神縣。白帝，華陽國志巴志：「魚復縣郡治，公孫述更名白帝。」水經注江水：「江水又東經魚腹縣故城南，故魚國也。公孫述名之為白帝，取其王色。」故址在今四川省奉節縣城東瞿塘峽口。

〔一二〕重反離騷　漢書揚雄傳：「又怪屈原文過相如，至不容，作離騷，自投江而死，悲其文，讀之未嘗不流涕也。以為君子得時則大行，不得時則龍蛇，遇不遇命也，何必湛身哉。迺作書，往往摭離騷文而反之，自岷山投諸江流，以吊屈原，名曰反離騷。」

〔一三〕衆醒吾獨醉　楚辭漁父：「屈原曰：『世人皆濁我獨清，衆人皆醉我獨醒，是以見放。』」劉詞反其意而用之。

又

戊寅登高，即席和秋崖韻〔一〕

蔣陵故是簪花路〔二〕。風烟奈何秋暑。候館凋梧〔三〕，宮牆斷柳〔四〕，誰識當年倦旅。余懷何許。想上馬人扶，翠眉愁聚。舊日方回，而今能賦斷腸語〔五〕。　登高能賦最苦〔六〕。嘆高高難問〔七〕，欲望迷處。蝶繞東籬，鴻翻上苑〔八〕，那更畫梁辭主〔九〕。來今往古。漫湛輩同來〔一〇〕，遠公回去〔一一〕。我醉安歸，黃花扶路舞。

【箋注】

〔一〕戊寅　時當宋端宗景炎三年（一二七八）。本年須溪已回廬陵。

〔二〕蔣陵　初學記卷八引丹陽記：「因山以為名，吴大帝陵也。」元和郡縣志江南道：「吴大帝蔣陵，在（上元）縣北二十二里。」又：「鍾山，……吴大帝時，蔣子文發神異于此，封之為蔣侯，改山曰蔣山。」

〔三〕候館凋梧　太平御覽卷一九四居處部引開元文字：「客舍逆旅，名候館也。」歐陽修踏莎行：「候館梅殘，溪橋柳細。」辰翁詞兩句，即由此化出。

〔四〕宫牆斷柳　陸游釵頭鳳：「紅酥手，黄縢酒，滿城春色宫牆柳。」

〔五〕「舊日」二句　賀鑄，字方回，作青玉案，中有「彩筆新題斷腸句」句，故黄庭堅寄賀方回詩云：「解道江南斷腸句，只今惟有賀方回。」

〔六〕「登高」句　韓詩外傳卷七：「孔子遊于景山之上，子路、子貢、顔淵從。孔子曰：『君子登高能賦，小子願者何？』」

〔七〕高高難問　杜甫暮春江陵送馬大卿公恩命追赴闕下：「天意高難問，人情老易悲。」張元幹賀新郎送胡邦衡謫新州：「天意從來高難問。」

〔八〕鴻翻上苑　漢書蘇武傳：「（常惠）教使者謂單于，言：『天子射上林中，得雁，足有係帛書，言武等在某澤中。』使者大喜，如惠語以讓單于。」

〔九〕畫梁辭主　上二句寫蝶、鴻，此句當是寫燕。陸游水龍吟：「當時曾效，畫梁棲燕。」

〔一〇〕湛輩　與「遠公」對舉，指俗人，詩人自稱。語出晉書羊祜傳：「（鄒）湛曰：至若湛輩，乃當如公言耳。」

〔一一〕「遠公」句　句下自注：「是日共二僧登華蓋。」遠公，指東晉居廬山東林寺僧慧遠，後代文人多稱之為遠公，亦借以代指僧人。林逋寺居：「間棲已合稱高士，清論除非對遠公。」華蓋，嶺名。同治廬陵縣志卷三：「華蓋嶺在十二都，高四五里，峰聳而平曠，極登覽之勝。」

江城梅花引

辛巳洪都上元〔一〕

幾年城中無看燈。夜三更。月空明。野廟殘梅，村鼓自春聲。長笑兒童忙踏舞〔二〕，何曾見，宣德棚〔三〕，不夜城〔四〕。　去年今年又傷心。去年晴。去年曾。不似今年，間坐處、卻不曾行。憶去年人、彈燭淚縱橫。想見西窗窗下月，窗下月，是無情，是有情〔五〕。

【校】

〔踏舞〕朱校：「原本踏作蹈，從金校。」文津本作「蹈舞」。

【箋注】

〔一〕辛巳　時當元世祖至元十八年（一二八一）。洪都，唐宋時代稱洪州，治今江西南昌市。王勃秋日登洪府滕王閣餞別序：「豫章故郡，洪都新府。」本詞作于洪州。

〔二〕踏舞　以足踏地為節奏，邊歌邊舞。

〔三〕宣德棚　北宋時代建于汴京宣德樓對面的綵棚。孟元老東京夢華録卷六：「正月十五日元宵。大内前自歲前冬至後，開封府絞縛山棚，立木正對宣德樓。」「至正月七日，人使朝辭出門，燈山上綵，金碧相射，錦綉交輝，面北悉以綵結山沓，上皆畫神仙故事，或坊市賣藥賣卜之人。横列三門，各有綵結，金書大牌，中曰都門道，左右曰左右禁衛之門，上有大牌曰『宣和與民同樂』。」

〔四〕不夜城　漢書地理志東萊郡注引齊地記：「古有日夜出，見于東萊，故萊子立此城，以不夜為名。」後人用以形容燈火通明之城市。蘇軾雪後到乾明寺遂宿：「風花誤入長春苑，雲月長臨不夜城。」

〔五〕「是無情」二句　司馬光西江月：「相見争如不見，有情何似無情。」

又

相思無處著春寒。傍闌干。濕闌干。似我情懷，處處憶臨安〔一〕。想見夜深村鼓静，燈暈碧，為傍人，説上元。

是花是雪無意看。雨摧殘。雨摧殘。探春未還〔二〕。到春還、似不如閒。感恨千般、憔悴做花難。不惜與君同一醉，君不見，銅雀臺，望老瞞〔三〕。

【校】

〔未還〕文瀾本作「又還」。

【箋注】

〔一〕臨安　南宋都城，即今杭州市。乾道臨安志卷二歷代沿革：「建炎三年，翠華巡幸，是年十一月三日陞杭州為臨安府，復兼浙西兵馬鈐轄司事，統縣九：錢塘、仁和、餘杭、臨安、富陽、于潛、新城、鹽官、昌化。」

〔二〕探春　王仁裕纂開元天寶遺事卷下：「都人士女，每至正月半後，各乘車跨馬，供帳于園圃，或郊野中，為探春之宴。」孟元老東京夢華録卷六：「收燈畢，都人争先出城探春。」

〔三〕「銅雀臺」三句　句下自注：「時鄰居聲妓有物化之感。」銅雀臺，漢建安十五年曹操在鄴城（今河北省臨漳縣西南）建三臺，其一即名銅雀。臺高十丈，殿屋一百二十餘間，樓頂置大銅雀，舒翼若飛，故名。見水經注卷十濁漳水。望老瞞，曹操小名阿瞞，見三國志魏書太祖紀。鄴都故事云：「魏武帝遺命諸子曰：吾死之後，葬于鄴之西岡上，妾與妓人皆著銅雀臺，臺上施六尺床，下繐帳，朝晡上酒脯粻糒之屬。每月朔十五日，輒向帳前作伎，汝等時登臺望吾西陵墓田。」

蘭陵王　丁丑感懷和彭明叔韻〔一〕

雁歸北。渺渺茫茫似客〔二〕。春湖裏、曾見去帆，誰遣江頭絮風息。千年記當日。難得。寬閒抱膝。興亡事、馬上飛花，看取殘陽照亭驛。　哀拍〔三〕。願歸骨。悵氈帳何匹，湩酪何食〔四〕。相思青冢頭應白〔五〕。想荒墳酹酒，過車回首，香魂攜手抱相泣。但青草無色。　語絕。更愁極。漫一番青青，一番陳迹。瑶池黄竹哀離席〔六〕。約八駿猶到〔七〕，露桃重摘。金銅知道，忍去國，忍去國〔八〕。

【箋注】

〔一〕丁丑　時當宋端宗景炎二年（一二七七）。本詞作于旅途中。

〔二〕「雁歸」二句　李賀梁台古愁：「蘆洲客雁報春來。」王琦注：「雁春至則自南往北，秋至則自北徂南，有似客然，故曰客雁。」

〔三〕哀拍　漢末蔡文姬作胡笳十八拍，叙述她被擄至匈奴後的生活，思鄉之深，盼歸之切，讀之令人動容。故劉詞云「哀拍」。

〔四〕「願歸骨」三句　胡笳十八拍云：「生仍冀得兮歸桑梓」，「氈裘為裳兮骨肉震驚，羯羶為味兮枉遏我情」，「我不負天兮何配我殊匹」。

〔五〕青冢　王昭君墓。琴操：「昭君乃吞藥死，單于舉葬之。胡中多白草，而此冢青。」

〔六〕「瑶池」句　李商隱瑶池：「瑶池阿母綺窗開，黄竹歌聲動地哀。八駿日行三萬里，穆王何事不重來？」穆天子傳卷三：「天子賓于西王母，天子觴西王母于瑶池之上。」同書卷五：「日中大寒，北風雨雪，有凍人。天子作詩三章以哀民，曰：『我徂黃竹，□員閟寒。』」

〔七〕八駿　穆天子傳：「赤驥、盜驪、白義、踰輪、山子、渠黃、華騮、綠耳。」王嘉拾遺記卷三：「王馭八龍之駿：一名絕地，足不踐土；二名翻羽，行越飛禽；三名奔霄，夜行萬里；四名越影，逐日而行；五名踰輝，毛色炳耀；六名超光，一形十影；七名騰霧，乘雲而奔；八名挾翼，身有肉翅。」

〔八〕「金銅」三句　李賀金銅仙人辭漢歌序：「魏明帝青龍元年八月，詔宮官牽車西取漢孝武捧露盤仙人，欲立置前殿。宮官既拆盤，仙人臨載乃潸然淚下。」詩云：「魏官牽車指千里，東關酸風射眸子。空將漢月出宮門，憶君清淚如鉛水。」

又

丙子送春〔一〕

送春去。春去人間無路。鞦韆外、芳草連天，誰遣風沙暗南浦〔二〕。依依甚意緒。漫憶海門飛絮〔三〕。亂鴉過，斗轉城荒，不見來時試燈處。　春去。最誰苦。但箭雁沉邊〔四〕，梁燕無主。杜鵑聲裏長門暮〔五〕。想玉樹凋土〔六〕，淚盤如露〔七〕。咸陽送客屢回顧〔八〕。斜日未能度。　春去。尚來否。正江令恨別，庾信愁賦〔九〕。蘇堤盡日風和雨〔一〇〕。嘆神遊故國〔一一〕，花記前度。人生流落，顧孺子，共夜語。

【校】

〔凋土〕歷代詩餘作「凋霜」。

【箋注】

〔二〕丙子　時當宋恭帝德祐二年（一二七六），本詞作于虎溪。陳廷焯白雨齋詞話：「題是送春，詞是悲宋，曲折説來，有多少眼淚！」本詞實是悲嘆臨安淪陷，恭帝及太后隨元兵北行。宋史紀事本末卷一〇七「元伯顏入臨安」目云：「帝㬎德祐二年春正月，遣監察御史劉岊奉表稱臣于元。……二月丁酉，帝率文武百僚詣祥曦殿，望元闕上表，乞為藩輔。元伯顏承制，以臨安為兩浙大都督府，命忙兀台、范文虎入城，治都督府事。又令程鵬飛取太皇太后手詔，及三省樞密院吳堅、賈餘慶等檄，諭天下州郡降附。……三月丁丑，元伯顏自湖州入臨安城，建大將旗鼓，率左右翼萬户巡城，觀潮于浙江，又登獅子峰，觀臨安形勢，部分諸將。明日，發臨安，阿答海等入宫宣詔，免牽羊係頸之禮，趣帝及太后入覲。太后全氏泣謂帝曰：『荷天子聖慈活汝，宜拜謝。』禮畢，帝與太后肩輿出宫。太皇太后謝氏以疾留内。與芮及沂王乃猷、度宗母隆國夫人黄氏，并楊鎮、謝堂、高應松、庶僚劉褎然三學生等皆行。」

〔三〕「春去」三句　范仲淹蘇幕遮：「芳草無情，更在斜陽外。」辛棄疾摸魚兒：「更能消幾番風雨，匆匆春又歸去。惜春長怕花開早，何況落紅無數。春且住，見説道，天涯芳草無歸路。」南浦，江淹別賦：「送君南浦，傷如之何！」

〔三〕「漫憶」句　飛絮，語出辛棄疾摸魚兒：「算只有、殷勤畫檐蛛網，盡日惹飛絮。」海門事，見宋史紀事本末卷一〇八「二王之立」目，云：「（德祐二年）二月，元伯顔遣范文虎以兵追二王。楊鎮得報即還，曰：『我將就死于彼，以緩追兵。』楊亮節等遂負二王及楊淑妃，徒步，匿山中七日。統制張全以兵數十人至，遂同走温州。……（文天祥）遂繇通州泛海，如温州以求二王。閏月，陸秀夫、蘇劉義等聞二王走温州，繼追及于道。遣人召陳宜中于清澳，宜中來謁。復召張世傑于定海，世傑亦以所部兵來。温之江心寺，舊有高宗南奔時御座，衆相率哭座下，奉益王為天下兵馬都元帥，廣王副之。」

〔四〕箭雁沉邊　須溪以中箭而落于邊地之大雁，比喻被擄北去之南宋君臣，事見本詞題注。

〔五〕「杜鵑」句　此句從秦觀踏莎行「杜鵑聲裏斜陽暮」句化出，借漢代陳皇后被閉長門宫事，襯托臨安宋宫的淒涼。

〔六〕玉樹凋土　漢書楊雄傳：「翠玉樹之青葱兮。」顔師古注：「玉樹，武帝所作，集衆寶為之，用供神也。」詞人借以指宋宫之寶物。趙宋已亡，故「玉樹凋土」，不勝感傷。

〔七〕淚盤如露　見蘭陵王雁歸北「金銅」句注。

〔八〕「咸陽」句　李賀金銅仙人辭漢歌：「衰蘭送客咸陽道，天若有情天亦老。攜盤獨出月荒涼，渭城已遠波聲小。」

〔九〕「正江令」二句　句下自注：「二人皆北去。」江令，江總，陳後主時仕至尚書令。陳亡，入隋，北去（見陳書江總傳），與庾信身世相合。此説采自繆鉞論劉辰翁詞（載靈谿詞説）。庾信愁賦，今庾信集未載，宋葉廷珪海録碎事卷九下，保存其中的片段。姜夔齊天樂：「庾郎先自吟愁賦。」王若虚滹南遺老集卷三十四文辨：「嘗讀庾氏詩賦，類不足觀，而愁賦尤狂易可怪。」則宋、金人所見庾信集，實有愁賦。

〔一〇〕蘇堤　一名蘇公堤。田汝成西湖遊覽志卷二：「蘇公堤，自南新路屬之北新路，横截湖中。宋元祐間，蘇子瞻守郡，濬湖而築之，人因名蘇公堤。夾植花柳，中有六橋，橋各有亭覆之。」

〔一一〕神遊故國　蘇軾念奴嬌赤壁懷古：「故國神遊，多情應笑我，早生華髮。」

〔一二〕花記前度　劉禹錫再遊玄都觀：「種桃道士歸何處，前度劉郎今又來。」

〔一三〕顧孺子　指長子劉將孫。

瑣窗寒　和巽吾聞鶯

嫩緑如新，嬌鶯似舊，今吾非故。空山過雨〔一〕，睍睆留春春去〔二〕。似尊前曲曲陽關〔三〕，行人回首江南處。漫停雲低黯，征衫憔悴，酒痕猶污〔四〕。欲語。渾未住。記匹馬經行，風林煙樹。家山何在，想見緑窗啼霧。又何堪滿目淒涼〔五〕，故園夢裏能歸否。但數聲、鶯覺行雲，重省佳期誤〔六〕。

【校】

〔經行〕文津本、文瀾本均作「輕行」。朱校：「原本經作輕，從金校。」

【箋注】

〔一〕空山過雨　王維山居秋暝：「空山新雨後，天氣晚來秋。」

〔二〕睍睆　黄鶯悦耳之鳴聲。詩邶風凱風：「睍睆黄鳥，載好其音。」毛傳：「睍睆，好貌。」

〔三〕曲曲陽關　郭茂倩樂府詩集卷八十録王維送元二使安西詩，題作渭城曲，録入近代曲辭，曰：「渭城一名陽關，王維之所作也。本送人使安西詩，後遂被于歌。渭城、陽關之名蓋因辭云。」

〔四〕「征衫」二句　陸游劍門道中遇微雨：「衣上征塵雜酒痕，遠游無處不消魂。」

〔五〕「又何堪」句　鄭處晦明皇雜録逸文：「置酒樓上，命作樂，有進水調歌者，曰：『山川滿目淚沾衣，富貴榮華能幾時。不見只今汾水上，惟有年年秋雁飛。』上問誰為此詞，曰：『李嶠。』上曰：『真才子也。』遂不終飲而去。」

〔六〕佳期誤　辛棄疾摸魚兒：「長門事，准擬佳期又誤，蛾眉曾有人妒。」

歸朝歌

最是一人稱好處〔一〕。昨日小春留得住。梅花信信望東風〔二〕，須待公歸香滿路〔三〕。年時今已度。長是巴山深夜雨〔四〕。宣又召，凱還簇簇，要見壽觴舉。　掃盡窩蜂閒繡斧〔五〕。疊鼓春聲歡歲暮。燕臺劍履趣鋒車，銀信低低傳好語〔六〕。紫貂裘脱與。肘印纍纍映三組〔七〕。但重省，西來斗水，忘卻愛卿取〔八〕。

【箋注】

〔一〕「最是」句　世説新語言語劉孝標注引司馬徽别傳曰：「徽字德操，潁川陽翟人。有人倫鑒識，居荆州，知劉表性暗，必害善人，乃括囊不談議。時人有以人物問徽者，初不辨其高下，每輒言佳。其婦諫曰：『人質所疑，而一皆言佳，豈人所以咨君之意乎？』徽曰：『如君所言亦復佳。』其婉約遜遁如此。」黃庭堅次韻任道食荔支有感：「萬事稱好司馬公。」

〔二〕信信　詩周頌有客：「有客信信。」爾雅釋訓：「再宿為信，重言之，故知四宿。」

〔三〕「須待」句　李賀古鄴城童子謠效王粲曹操：「香掃塗，相公歸。」

〔四〕「長是」句　李商隱夜雨寄北：「君問歸期未有期，巴山夜雨漲秋池。」

〔五〕「掃盡」句　窩蜂，比喻殘害人民的惡勢力。蘇渙變律格詩：「毒蜂成一窠，高挂惡木枝。行人百步外，目斷魂亦飛。長安大道邊，挾彈誰家兒？右手執金丸，引滿無所疑。一中紛下來，勢若風雨隨。」繡斧，比喻執法大臣。漢武帝天漢二年，遣直指使者暴勝之等衣繡衣、持斧至各地巡捕羣盜，後因稱皇帝特遣之執法大臣為「繡斧」。楊萬里送周元吉顯謨左司將漕湖北：「繡斧光華誰不羨，一賢去國欠人留。」窩蜂已掃盡，故云「閒繡斧」。

〔六〕「燕臺」二句　燕臺，指燕京，宋人常用，如洪皓江梅引：「使南來，還帶餘杭春信到燕臺。」劍履，初學記卷二十二：「舊制：上公九命則劍履上殿，儲君禮均羣后，宜劍舄升殿。或云：漢魏儲君制不納舄，則知劍履上殿久矣。」趣鋒車，即追鋒車，晉書輿服志：「追鋒車，去小平蓋，加通幰軺車，駕二。追鋒之名，蓋取其迅速也。」銀信，銀印，漢書百官公卿表上：「凡吏秩比二千石以上，皆銀印青綬。」兩句詞，從楊萬里詩句中化出，見三次喜雨詩韻少伸嘉頌：「聞有追鋒傳好語，從今側耳為君聽。」

〔七〕「肘印」句　漢書石顯傳：「與中書僕射牢梁、少府五鹿充宗爲黨，附者得位，民歌之曰：『牢耶石耶？五鹿客耶？印何纍纍，綬何若若耶？』」印繫于肘後，故云肘印。三組，漢書楊僕傳：「因用歸家，懷銀黄，垂三組，夸鄉里。」

〔八〕「忘卻」句　李師中韓魏公席上作：「歸來不用封侯印，只問君王乞愛卿。」愛卿，姓賈，官妓。

大聖樂　傷春，有序

余嘗愛古詞云〔一〕：「休眉鎖，問朱顔去也，還更來麽？」音韻低黯，辭情跌宕，庶幾哀而不怨，有益于幽憂憔悴者。然二語外率鄙俚，因依聲彷彿反之和之。此曲少有作者，流爲善歌，則或數十疊，其聲皆不可考。今特以意高下，未必盡合本調，聊以紓思志感云爾。

芳草如雲，飛紅似雨〔二〕，賣花聲過。況回首、洗馬塍荒，更寒食、宫人斜閉〔三〕，烟雨銅駝。提壺盧何所得酒〔四〕，泥滑滑、行不得也哥哥〔五〕。傷心處，斜陽巷陌，人唱西河〔六〕。　天下事，不如意十常八九〔七〕，無奈何。論兵忍事〔八〕，對客稱好，面皺如韡〔九〕。廣武噫嘻〔一〇〕，東陵反覆，歡樂少兮哀怨多〔一一〕。休眉鎖。問朱顔去也，還更來麽？

【箋注】

〔一〕余嘗愛古詞　陳晦行都紀事：「朱晦庵爲倉使，時某郡太守遭捃摭，憂惶百端。未幾，朱易節他路，有召太守飲者，出寵姬歌大聖樂，其末句云：『休眉鎖。問朱顔去了，還更來麽？』太守爲之起舞。」

〔二〕飛紅似雨　李賀將進酒：「桃花亂落如紅雨。」又，上雲樂：「飛香走紅滿天春。」

〔三〕宫人斜　唐王建宫人斜：「未央墻西青草路，宫人斜裏紅粧墓。」宋敏求春明退朝録卷上：「唐内人墓，謂之宫人斜，四仲遣使者祭之。」

〔四〕提壺廬　提壺鳥。周紫芝五禽言：「提壺，樹頭勸酒聲相呼，勸人沽酒無處沽。」

〔五〕「泥滑滑」句　李時珍本草綱目：「竹鷄，南人呼爲泥滑滑，因其聲也。」又：「鷓鴣多對啼，今俗謂其鳴曰行不得也哥哥。」

〔六〕「傷心處」三句　周邦彦西河　金陵懷古：「燕子不知何世，向尋常巷陌人家，相對説興亡，斜陽裏。」西河，詞牌名，唐代教坊記載其曲名，宋人用舊曲名另製新曲。

〔七〕「天下事」二句　晉書羊祜傳：「祜嘆曰：『天下不如意恒十居七八。』」

〔八〕論兵忍事　裴度中書即事：「灰心緣忍事，霜鬢為論兵。」

〔九〕面皺如韡　歐陽修歸田録卷二：「京師諸司庫務，皆由三司舉官監當。而權貴之家子弟親戚，因緣請託，不可勝數，為三司使者常以為患。田元均為人寬厚長者，其在三司，深厭干請者，雖不能從，然不欲峻拒之，每温顔强笑以遣之。嘗謂人曰：『作三司使數年，强笑多矣，直笑得面似靴皮。』士大夫聞者傳以為笑，然皆服其德量也。」

〔一〇〕廣武噫嘻　晉書阮籍傳：「嘗登廣武觀楚、漢戰處，嘆曰：『時無英雄，使豎子成名。』」

〔一一〕「歡樂」句　劉徹秋風辭：「簫鼓鳴兮發棹歌，歡樂極兮哀情多，少壯幾時兮奈老何。」

寶鼎現　春月

紅妝春騎〔一〕。踏月影、竿旗穿市〔二〕。望不盡、樓臺歌舞，習習香塵蓮步底〔三〕。簫聲斷、約彩鸞歸去〔四〕，未怕金吾呵醉〔五〕。甚輦路、喧闐且止。聽得念奴歌起〔六〕。父老猶記宣和事。抱銅仙、清淚如水〔七〕。還轉盼、沙河多麗。滉漾明光連邸第〔八〕。簾影凍、散紅光成綺〔九〕。月浸葡萄十里〔一〇〕。看往來、神仙才子。肯把菱花撲碎〔一一〕。腸斷竹馬兒童〔一二〕，空見説、三千樂指〔一三〕。等多時、春不歸來，到春時欲睡。又説向、燈前擁髻〔一四〕。暗滴鮫珠墜。便當日、親見霓裳〔一五〕，天上人間夢裏〔一六〕。

【校】

〔題〕元草堂詩餘卷上題下作「丁酉元夕」。楊慎詞品補亦云：「此詞題云『丁酉』。」〔竿旗〕文瀾本、歷代詩餘作「千旗」，元草堂詩餘作「牙旗」。〔簾影凍〕全宋詞于凍下注：「一作動。」元草堂詩餘作「動」。按元稹連昌宮詞：「晨光未出簾影動。」從上下文意看，以「動」為是。

【箋注】

〔一〕紅妝春騎　沈佺期夜遊：「今夕重門啓，遊春得夜芳。月華連晝色，燈影雜星光。南陌青絲騎，東鄰紅粉妝。」

〔二〕竿旗穿市　蘇軾上元夜：「牙旗夜穿市。」

〔三〕「習習」句　南史廢帝東昏侯本紀：「鑿金為蓮花帖地，令潘妃行其上，曰：『此步步生蓮花也。』」習習，盛多貌，形容歌舞女子。左思魏都賦：「習習冠蓋，莘莘蒸徒。」

〔四〕約彩鸞歸去　此用文簫與吳彩鸞仙凡遇合的故事，事見裴鉶傳奇：大和末歲，有書生文簫者，海內無家，因萍梗抵鍾陵郡。睹一姝，幽蘭自芳，美玉不艷，雲孤碧落，月淡寒空。聆其詞理，脱塵出俗，意諧物外。其詞曰：「若能相伴陟仙壇，應得文簫賀彩鸞，自有繡襦并甲帳，瓊臺不怕雪霜寒。」生久味之，曰：「吾姓名其兆乎？此必神仙之儔侶也。」竟植足不去。姝亦盼生，與生攜手下山而歸鍾陵。

〔五〕「未怕」句　韋述西都雜記金吾禁夜：「西都京城街衢，有金吾曉暝傳呼，以禁夜行。惟正月十五日夜敕許金吾弛禁，前後各一日。」蘇味道觀燈：「金吾不禁夜，玉漏莫相催。」呵醉，用李廣典，事見史記李將軍列傳：「嘗夜從一騎出，從人田間飲。還至霸陵亭。霸陵尉醉，呵止廣。廣騎曰：『故李將軍！』尉曰：『今將軍尚不得夜行，何乃故也！』止廣宿亭下。」

〔六〕念奴　元稹連昌宮詞自注：「念奴，天寶中名倡，善歌。每歲樓下酺宴累日之後，萬衆喧隘。嚴安之、韋黃裳輩闢易不能禁，衆樂為之罷奏。明皇遣高力士大呼于樓上曰：『欲遣念奴唱歌，邠二十五郎吹小管逐，看人能聽否？』未嘗不悄然奉詔，其為當時所重也如此。」

〔七〕「抱銅仙」句　見前蘭陵王丁丑感懷和彭明叔韻詞注。

〔八〕「還轉盼」二句　田汝成西湖遊覽志餘：「沙河，宋時居民甚盛，碧瓦紅簷，歌管不絶。」周密武林舊事元夕：「邸第好事者，如清河張府，蔣御藥家，閒設雅戲煙火，花邊水際，燈燭燦然。」

〔九〕「散紅」句　謝朓晚登三山還望京邑：「餘霞散成綺，澄江静如練。」

〔一〇〕「月浸」句　白居易琵琶行：「别時茫茫江浸月。」李白襄陽歌：「遥看漢水鴨頭緑，恰似葡萄初醱醅。」

〔一二〕菱花撲碎　趙飛燕外傳：「婕妤上七尺菱花鏡一奩。」這兒，詞人反用孟棨本事詩情感第一徐德言破鏡典，見前夜飛鵲「誰寄」三句注。

〔一三〕「腸斷」句　蔣禮鴻義府續貂：「傷心、腸斷者，愁苦之詞，而唐人或以為歡快。李白古風：『天津三月時，千門桃與李。朝為斷腸花，暮逐東流水。』劉希夷公子行：『可憐桃李斷腸花。』或說之曰：　觀賞流留，腸為之斷。夫賞桃李而腸為之斷，豈其理哉？蓋傷心、腸斷，並歡快可愛悅之詞。」李白長干行：「郎騎竹馬來，遶牀弄青梅。」張華博物志（逸文）：「小兒五歲曰鳩車之戲，七歲曰竹馬之戲。」

〔一四〕三千樂指　蘇軾送江公著知吉州：「紅妝執樂三千指。」宋史樂志載宋高宗紹興年間恢復教坊，「凡樂工四百六十人」，招待北使「舊例用樂工三百人」。

〔一五〕燈前擁髻　趙飛燕外傳：「子于（伶玄）老休，買妾樊通德。……能言趙飛燕姊弟故事。子于閒居命言，厭厭不倦。子于語通德曰：『斯人俱灰滅矣，當時疲精力，馳騖嗜慾蠱惑之事，寧知終歸荒田野草乎？』通德占袖顧視燭影，以手擁髻，凄然泣下，不勝其悲。」

〔一六〕霓裳　霓裳羽衣舞的省稱。白居易霓裳羽衣舞歌自注：「開元中西涼府節度楊敬述造。」鄭嵎津陽門詩自注：「葉法善引上入月宮，時秋已深，上苦凄冷，不能久留，于天半尚聞仙樂。及上歸，且記憶其半，遂于笛中寫之。會西涼都督楊敬述進婆羅門曲，與其聲調相符，遂以月中所聞為之散序，用敬述所進曲為其腔，而名霓裳羽衣法曲。」

〔一六〕「天上」句　總括全詞，追昔撫今，不勝感慨。李煜浪淘沙：「落花流水春去也，天上人間。」歷代詞話卷八引張孟浩語：「劉辰翁作寶鼎現詞，時為大德元年，自題曰丁酉元夕，亦義熙舊人只書甲子之意。」須溪卒于是年正月，本詞實為絶筆之作。

祝英臺近　水後

昨朝晴，今朝雨。渺莽遽如許。厭聽兒童，總是漲江語〔一〕。是誰力挽天河〔二〕，誤他仙客，并失卻、乘槎來路。　斷腸苦。剪燭深夜巴山〔三〕，酒醒聽如故。勃窣荷衣〔四〕，墮淚少乾土〔五〕。從初錯鑄鴟夷〔六〕。不如歸去，到今此、欲歸何處。

【箋注】

〔一〕「厭聽」二句　杜甫江漲：「江漲柴門外，兒童報急流。」

〔二〕力挽天河　杜甫洗兵行：「安得壯士挽天河，净洗甲兵長不用。」

〔三〕「剪燭」句　用李商隱夜雨寄北：「何當共剪西窗燭，却話巴山夜雨時。」

〔四〕勃窣　司馬相如子虚賦：「于是乃相與獠于蕙圃，媻姍勃窣，上乎金堤。」韋昭注：「媻姍勃窣，匍匐上也。」漢書顏師古注：「婆姍勃窣，謂行于叢薄之間也。」

〔五〕「墮淚」句　杜甫別房太尉墓：「近淚無乾土。」

〔六〕錯鑄鴟夷　揚雄酒賦：「觀瓶之居，居酒之眉。……身提黃泉，骨肉為泥。自用如此，不如鴟夷。鴟夷滑稽，腹大如壺。盡日盛酒，人復借酤。」

又　席間咏繡毬

看師師、成蝶蝶〔一〕。蹙盡不成疊。欲試搔頭，花重怎堪捻。是誰拋過東牆，今無赤鳳，夢得似、那人身捷〔二〕。　年時臘。曾笑梅梢和月，蠶豆忽如莢。便向龍門，無復鍘金接〔三〕。待教開到瓊林〔四〕，閬仙重見〔五〕，又誰念昆明前劫〔六〕。

【校】

〔怎堪捻〕「怎」原作「乍」。全宋詞注：「案怎原作乍，據永樂大典卷二萬零三百五十三席字韻改。」今從改。　〔夢得似〕朱校：「夢得字疑誤。」　〔年時臘。曾笑梅梢和月，蠶豆忽如莢〕永樂大典卷二萬零三百五十三席字韻作「曾笑梅梢和月帶霜怯，誰料如今，蠶豆也如莢」。文字不合詞律，有奪誤處。全宋詞作「年時臘，曾笑梅梢和豆，去月忽如莢」。疑有倒乙。

【箋注】

〔一〕師師　師，即獅子。獅，古字作師。獅子頭毛蓬鬆，如繡毬花之狀。

〔二〕「今無赤鳳」二句　用趙飛燕外傳典。傳云：「后所通宫奴燕赤鳳，雄捷能超觀閣。」

〔三〕「便向龍門」二句　龍門，名望聲譽極高者之門庭。南史陸倕傳：「及昉為中丞，簪裾輻湊，預其讌者，殷芸、劉苞、劉孺、劉顯、劉孝綽及倕而已。號曰『龍門』之游。」釧金，代指女子，全句謂繡毬花開向名門，女子也無復接近。

〔四〕瓊林　瓊林苑，孟元老東京夢華録卷七：「駕方幸瓊林苑，在順天門大街面北，與金明池相對。」

〔五〕閬仙　神仙。水經注河水：「崑崙之山三級：下曰樊桐，一名板桐；二曰玄圃，一名閬風；上曰層城，一名天庭。是為大帝仙居。」

〔六〕昆明前劫　見前青玉案壽老登八十六歲詞注。

憶舊遊　和巽吾相憶寄韻

渺山城故苑，烟横緑野，林勝青油〔一〕。甚相思只在，華清泉側〔二〕，凝碧池頭〔三〕。故人念我何處，墮淚水西流〔四〕。念寒食如君，江南似我，花絮悠悠。　不知身南北〔五〕，對斷烟禁火，蹇六年留。恨聽鶯不見，到而今又恨，睍睆成愁。去年相攜流落，回首隔芳洲。但行去行來，春風春水無過舟。

【校】

〔林勝〕文津本、文瀾本均作「林甚」。朱校：「丁本勝作甚，按甚疑涉湛而誤。」按本詞上下文無湛字，疑涉下句「甚相思」而誤。

【箋注】

〔一〕青油　顔色名。李正封、韓愈晚秋郾城夜會聯句：「從軍古云樂，談笑青油幕。」

〔二〕華清泉　驪山温泉。元和郡縣志卷一：「華清宫，在驪山上。開元十一年，初置温泉宫，天寶六年，改爲華清宫。」

〔三〕凝碧池頭　唐禁苑圖：「凝碧池，在西内苑，重玄門之北，飛龍院之南。」鄭處晦明皇雜録：天寶末，禄山陷西京，大會凝碧池，梨園子弟，欷歔泣下。樂工雷海清擲樂器于地，西向大慟。逆黨縛海清支解以示衆，聞者莫不傷痛。王維陷賊中，潛賦詩曰：「秋槐零落深宫裏，凝碧池頭奏管弦。」

〔四〕水西流　蘇軾浣溪沙：「門前流水尚能西。」

〔五〕不知身南北　辛棄疾滿江紅江行簡楊濟翁周顯先：「還記得，夢中行遍，江南江北。」

唐多令　丙子中秋前，聞歌此詞者，即席借「蘆葉滿汀洲」韻〔一〕

明月滿滄洲。長江一意流。更何人、橫笛危樓〔二〕。天地不知興廢事，三十萬、八千秋。落葉女牆頭。銅駝無恙不。看青山、白骨堆愁。除卻月宮花樹下〔三〕，塵坱莽〔四〕、欲何遊。

【箋注】

〔一〕丙子　時當宋端宗景炎元年（一二七六）。本年中秋，須溪正飄流在外。「蘆葉滿汀洲」，是劉過唐多令安遠樓小集一詞的首句。

〔二〕橫笛危樓　趙嘏長安秋望：「長笛一聲人倚樓。」

〔三〕月宮花樹　初學記卷一引虞喜安天論：「俗傳月中仙人桂樹。今視其初生，見仙人之足，漸已成形，桂樹後生。」

〔四〕坱莽　司馬相如上林賦：「過乎坱漭之壄。」如淳注：「大貌也。」有廣遼無垠之意。

又

風露小瀛洲〔一〕。斜河倒海流。人間塵、不到瓊樓。錯向五陵陵上望〔二〕，幾回月、幾回秋。　落日太湖頭。垂虹今是不〔三〕。醉尊前、往往成愁。便有扁舟西子在〔四〕，無汗漫、與君遊〔五〕。

【箋注】

〔一〕小瀛洲　仲殊訴衷情寒食：「湧金門外小瀛洲，寒食更風流。」

〔二〕五陵　班固西都賦：「北眺五陵。」李善注：「高帝葬長陵，惠帝葬安陵，景帝葬陽陵，武帝葬茂陵，昭帝葬平陵。」

〔三〕「落日」二句　垂虹，橋名，又名利往橋。朱長文吳郡圖經續記卷中：「吳江利往橋，東西千餘尺，前臨具區，橫截松陵，湖光海氣，盪漾一色。」具區，即太湖，故詞云：「落日太湖頭。」范成大吳郡志卷十七：「利往橋，即吳江長橋也。慶曆八年，縣尉王廷堅所建，有亭曰垂虹，而世併以名橋。」

〔四〕扁舟西子　越絕書：「西施亡吳國後，復歸范蠡，因泛五湖而去。」宋人詩詞累見，如蘇軾菩薩蠻「玉童西迓浮丘伯」：「莫便向姑蘇，扁舟下五湖。」辛棄疾破陣子為范南伯壽：「挂帆西子扁舟。」

〔五〕「無汗漫」二句　淮南子道應訓：「盧敖遊乎北海，見一士焉，曰：『吾與汗漫期于九垓之外，吾不可以久駐。』」

又

寒雁下荒洲〔一〕。寒聲帶影流〔二〕。便寄書、不到紅樓。如此月明如此酒，無一事、但悲秋。　萬弩落潮頭〔三〕。靈胥還怒不〔四〕。滿湖山、猶是春愁。欲向湧金門外去〔五〕，烟共草〔六〕、不堪遊。

【箋注】

〔一〕「寒雁」句　駱賓王晚泊江鎮：「荷香銷晚夏，菊氣入新秋。夜烏喧粉堞，宿雁下蘆洲。」

〔二〕「寒聲」句　上官儀賦得凌霜雁應詔（全唐詩未録，見陳矩刊刻翰林學士集）：「流聲度迴月，浮影入長瀾。」

〔三〕「萬弩」句　宋史河渠志：「淛江近大海，月受兩潮。梁開平中，錢武肅王始築捍海塘，在候潮門外。水晝夜衝激，版築不就，因命强弩數百以射潮頭。又致禱胥山祠。」蘇軾八月十五日看潮：

「安得夫差水犀手，三千强弩射潮低。」

〔四〕靈胥　史記吴太伯世家正義：「吴俗傳云：子胥亡後，越從松江北開渠至横山東北，築城伐吴。子胥乃與越軍夢，令從東南入破吴。越王即移向三江口岸，立壇殺白馬祭子胥，杯動酒盡，越乃開渠。子胥作濤，蕩羅城東，開入滅吴。」

〔五〕湧金門　吴自牧夢粱録卷七：「城西門者四，曰錢塘門；曰豐豫門，即湧金；曰清波，即俗呼闇門也；曰錢湖門。」

〔六〕烟共草　賀鑄青玉案横塘路：「試問閑愁都幾許？一川烟草，滿城風絮，梅子黄時雨。」

又

日落紫霞洲。蘭舟穩放流〔一〕。玉虹仙、如在黄樓〔二〕。何必錦袍吹玉笛〔三〕，聽欸乃〔四〕、數聲秋。赤壁舞濤頭。周郎還到不〔五〕。倚西風、嫋嫋余愁〔六〕。喚起横江飛道士〔七〕，來伴我、月中遊。

【箋注】

〔一〕蘭舟　柳宗元酬曹侍御過象縣見寄：「破額山前碧玉流，騷人遥駐木蘭舟。」任昉述異記卷下：

「木蘭川在潯陽江中，多木蘭樹，昔吴王闔閭植木蘭于此，用構宫殿也。七里洲中有魯班刻木蘭為舟，舟至今在洲中。詩家云『木蘭舟』，出于此。」

〔二〕黄樓　據下句詞意，當指黄鶴樓。因拘于詞律，簡稱「黄樓」。南齊書州郡志下：「夏口城據黄鵠磯，世傳仙人子安乘黄鵠過此上也。邊江峻險，樓櫓高危。」故址在今武漢市。

〔三〕錦袍吹玉笛　合用李白二典。舊唐書李白傳：「衣宫錦袍，于舟中顧瞻笑傲，旁若無人。」李白與史郎中欽聽黄鶴樓上吹笛：「黄鶴樓中吹玉笛。」

〔四〕欸乃　行船摇槳聲。柳宗元漁翁：「烟銷日出不見人，欸乃一聲山水緑。」

〔五〕「赤壁」二句　蘇軾念奴嬌赤壁懷古：「亂石崩雲，驚濤裂岸，卷起千堆雪。」「遥想公瑾當年，小喬初嫁了，雄姿英發。羽扇綸巾，談笑間，檣櫓灰飛烟滅。」

〔六〕「倚西風」句　屈原九歌湘夫人：「帝子降兮北渚，目眇眇兮愁予。嫋嫋兮秋風，洞庭波兮木葉下。」

〔七〕横江飛道士　用蘇軾後赤壁賦典，見前桂枝香寄揚州馬觀復……感恨雜言詞注。

又

龍洲曲已八九和，復為中齋勉强夜和，中有數語，醉枕忘之〔一〕。

零露下長洲〔二〕。雲翻海倒流。素娥深、不到西樓。忽覺斷潮歸去也，飲不盡、一輪秋。〔三〕城外土饅頭〔四〕。人能飲恨不。古人不見使吾愁〔五〕。莫有横江孤鶴過，來伴我、醉中遊。

【箋注】

〔一〕龍洲曲　劉過，號龍洲，有龍洲集。龍洲曲，指劉過的唐多令，小序云：「安遠樓小集，侑觴歌板之姬黄其姓者乞詞于龍洲道人，為賦此唐多令，同柳阜之、劉去非、石民瞻、周嘉仲、陳孟參、孟容，時八月五日也。」詞云：「蘆葉滿汀洲。寒沙帶淺流。二十年、重過南樓。柳下繫舟猶未穩，能幾日、又中秋。　黄鶴斷磯頭。故人今在不。舊江山、渾是新愁。欲買桂花同載酒，終不是，少年遊。」今傳之中齋詞已佚這首和詞。

〔二〕零露　詩鄭風野有蔓草：「零露漙兮。」鄭箋：「零，落也。」

〔三〕「飲不盡」兩句　李白峨眉山月歌：「峨眉山月半輪秋。」此言面對秋色而痛飲，原出李白陪侍郎叔洞庭醉後：「巴陵無限酒，醉殺洞庭秋。」

〔四〕城外土饅頭　孫望全唐詩補逸卷二王梵志詩：「城外土饅頭，餡草在城裏。一人喫一個，莫嫌没滋味。」范成大重九日行營壽藏之地：「縱有千年鐵門限，終須一箇土饅頭。」

〔五〕「古人」句　南史張融傳：「融常嘆曰：『不恨我不見古人，所恨古人不見我。』」劉詞此句自李白登金陵鳳凰臺「長安不見使人愁」化出。

又　丙申中秋〔一〕

明月滿河洲。星河帶月流。料素娥、獨倚瓊樓。竟是何年何藥誤〔二〕，魂夢冷、不禁秋。少日夢龍頭〔三〕。知君猶夢不。算虛名、不了閒愁。便有鵠袍三萬輩〔四〕，應不是、舊京遊。

【校】

〔三萬輩〕朱校：「原本輩作萬，從金校。」

【箋注】

〔一〕丙申　時當元成宗元貞二年（一二九六），須溪在廬陵。

〔二〕「竟是」句　淮南子覽冥訓：「羿請不死之藥于西王母，姮娥竊以奔月。」高誘注：「姮娥，羿妻。羿請不死之藥于西王母，未及服，姮娥盜食之，得仙，奔入月中，為月精。」李商隱嫦娥：「嫦娥應悔偷靈藥，碧海青天夜夜心。」

〔三〕龍頭　狀元稱龍頭。梁顥及第詩：「也知年少登科好，爭奈龍頭屬老成。」

〔四〕鵠袍　白袍，應試舉子穿着，代指舉子。岳珂桯史卷九「堯舜二字」條：「歐陽文忠知貢舉，……

方與諸公酌酒賦詩，士又有扣簾，梅聖俞怒曰：『瀆則不告，當勿對。』文忠不可，竟出應，鵠袍環立觀所問。」

又

殘日下瓜洲〔一〕。平安火又流〔二〕。月高高、挂古城樓。回首少年真可笑，無一事、又悲秋〔三〕。　天在海邊頭。天風有意不。結桂枝、嫋嫋余愁。不是銀河無去路，先不去、後難遊。

【校】

〔又流〕文津本作「似流」。

【箋注】

〔一〕瓜洲　渡名，又稱瓜步洲，在今江蘇邗江縣南大運河與長江交匯處。

〔二〕平安火　姚合窮邊詞：「沿邊千里渾無事，唯見平安火入城。」唐六典：「按唐鎮戍，每日初夜放烟一炬，謂之平安火。」

〔三〕「回首」三句　辛棄疾醜奴兒書博山道中壁：「少年不識愁滋味，愛上層樓，愛上層樓，為賦新詞强説愁。」

又　癸未上元午晴〔一〕

春雨滿江城。汀洲春水生〔二〕。更悲久雨似春酲。猶有一般天富貴，夜來雨、早來晴。　年少總看燈。老來猶故情。便無燈、也自盈盈〔三〕。説著春情誰不愛，今夜月、有人行。

【箋注】

〔一〕癸未　時當元世祖至元二十年（一二八三），本詞在廬陵作。

〔二〕春水生　杜甫春水生二絶：「二月六夜春水生，門前小灘渾欲平。」

〔三〕也自盈盈　辛棄疾青玉案元夕：「笑語盈盈暗香去。」

虞美人　咏牡丹

空明一朵揚州白〔一〕。紅紫無□色。是誰喚作水晶毬〔二〕。惹起高燒銀燭、上元愁〔三〕。　去年一捧飛來雪。不似渠千葉。狂風一蹴過鞦韆〔四〕。憔悴玉人和淚、望嬋娟。

【校】

〔題〕本詞與以下三首，均為詠牡丹之作，文瀾本合四首為一題，近是。　〔無□色〕文津本作「銷無色」。

【箋注】

〔一〕「空明」句　辛棄疾念奴嬌賦白牡丹和范廓之韻：「最愛弄玉團酥，就中一朵，曾入揚州詠。」范抒雲谿友議卷五：「崔涯者，吳楚之狂生也，與張祜齊名，每題一詩于娼肆，無不誦于衢路。……贈端端詩云：『覓得黃騮被繡鞍，善和坊里取端端。揚州近日渾成錯，一朵能行白牡丹。』」本詞句末自注：「水晶毬。」

〔二〕水晶毬　范成大園丁折花七品各賦一絶水晶毬輕盈嫵媚不耐風日：「縹緲醉魂夢物，嬌嬈輕素輕紅。若非風細日薄，直恐雲消雪融。」題下自注：「又名醉西施，又名風嬌，又名玉勝瓊。」

〔三〕高燒銀燭　蘇軾海棠：「只恐夜深花睡去，故燒高燭照紅妝。」

〔四〕「狂風」句　歐陽修蝶戀花：「雨橫風狂三月暮，門掩黃昏，無計留春住。淚眼問花花不語，亂紅飛過秋千去。」

又

天香國色辭脂粉〔一〕。肯愛紅衫嫩。翛然自取玉為衣。似是銀河水皺、織成機。

寒欺薄薄春無力。月浸霓裳濕〔二〕。一窠香雪世間稀。可惜不教留到、布衣時。

【校】

〔紅衫〕清刻本作「紅裙」。

【箋注】

〔一〕「天香」句　天香國色，語出李叡松窗雜録：「（大和開成中），會春暮，内殿賞牡丹花，上頗好詩，因問修己曰：『今京邑傳唱牡丹花詩，誰為首出？』修己對曰：『臣嘗聞公卿間多吟賞中書舍人李正封詩曰：天香夜染衣，國色朝酣酒。』上聞之，嗟賞移時。」辭脂粉，張祜集靈臺：「虢國夫人承主恩，平明上馬入宮門。却嫌脂粉涴顏色，淡掃蛾眉朝至尊。」本詞句末自注：「白疊羅。」

〔二〕霓裳　屈原九歌東君：「青雲衣兮白霓裳。」

又

壽安樓子重重蕊。少見如魚尾〔一〕。向來染得渭脂紅〔二〕。又自細摇花浪、動春風。

頳鱗似是人誰信〔三〕。但向殘紅認。若教隨水去悠然。為報沙頭玉鷺、莫貪鮮。

【箋注】

〔一〕「壽安」二句　歐陽修洛陽牡丹記：「細葉、粗葉壽安者，皆千葉，肉紅花，出壽安縣錦屏山中，細葉者尤佳。」吳曾能改齋漫録卷十五牡丹榮辱志載細葉壽安、粗葉壽安兩品種。本詞句末自注：「魚尾壽安。」

〔二〕渭脂紅　杜牧阿房宫賦：「渭流漲膩，棄脂水也。」

〔三〕頳鱗　詩周南汝墳：「魴魚頳尾。」

又

花心定有何人捻〔一〕。暈暈如嬌靨。一痕明月老春宵。正似酥胸潮臉、不曾銷。

當年掌上開元寶。半是楊妃爪〔三〕。若教此掐到癡人。任是高牆無路、蝶翻身。

【箋注】

〔一〕「花心」句　本詞句末自注：「一捻紅。」按又作一擫紅，歐陽修洛陽牡丹記花釋名第二：「一擫紅者，多葉淺紅花，葉杪深紅一點，如人以手指擫之。」

〔三〕「當年」二句　吴曾能改齋漫録卷三「開元錢」條云：「世所傳青瑣集楊妃别傳，以為開元錢乃明皇所鑄，上有指甲痕，乃貴妃掐迹。殊不知唐談賓録云：『武德中，廢五銖錢，行開元通寶錢。此四字及書，皆歐陽詢之所為。初進樣，文德皇后掐一痕，因鑄之。』故唐書食貨志亦云：『隋末行五銖錢，天下盜起，私鑄行。千錢初重二斤，其後愈輕，不及一斤。鐵葉皮紙，皆以為錢。高祖入長安，民間行綫環錢，其製輕小，凡八九萬方滿半斛。武德四年，鑄開元通寶，得輕重大小之中。』然則楊妃别傳云爾者，其謬可知也。」劉氏亦運用傳説入詞。

又　詠海棠

無花敢與姚黄比〔一〕。對對鴛鴦起。識他金帶萬釘垂〔二〕。誰向麒麟楦裹、卸猴緋〔三〕。　瀶溪以上難為説〔四〕。自是君恩别。後來西子避無鹽〔五〕。又道君王捉鼻、又何嫌〔六〕。

【校】

〔題〕本詞與以下二首，均為咏海棠之作，文瀾本合三首為一題，近是。

【箋注】

〔一〕姚黄　歐陽修洛陽牡丹記花釋名第二：「姚黄者，千葉黄花，出于民姚氏家。此花之出，于今未十年。姚氏居白司馬坡，其地屬河陽，然花不傳河陽，傳洛陽。洛陽亦不甚多，一歲不過數朵。」本詞句末自注：「公服紫。」

〔二〕金帶萬釘　周書達奚武傳：「武性貪恡，其為大司寇也，在庫有萬釘金帶，當時寶之，武因入庫，乃取以歸。」

〔三〕「誰向」句　張鷟朝野僉載（補輯）：「唐衢州盈川令楊炯詞學優長，恃才簡倨，不容于時。每見朝官，目為麒麟楦許怨。人問其故，楊曰：『今舖樂假弄麒麟者，刻畫頭角，修飾皮毛，覆之驢上，巡場而走。及脱皮褐，還是驢馬。無德而衣朱紫者，與驢覆麟皮何别矣！』」史記項羽本紀：「人言楚人沐猴而冠耳。」劉克莊解連環懸弧之旦：「免去猴冠，卸下麟楦。」

〔四〕潛溪　潛溪寺出牡丹，名潛溪緋。歐陽修洛陽牡丹記花釋名第二云：「潛溪緋者，千葉緋花，出于潛溪寺，寺在龍門山後。」

〔五〕「後來」句　世説新語輕詆：「周曰：『何乃刻畫無鹽，以唐突西子也。』」劉孝標注引列女傳曰：「鍾離春者，齊無鹽之女也。其醜無雙，黄頭深目，長壯大節，鼻昂結喉，肥項少髮，折腰出胸，皮膚若漆。行年三十，無所容入，衒嫁不售，乃自詣齊宣王，乞備後宫。因説王以四殆，王拜為正后。」

〔六〕捉鼻　表示不屑，鄙夷。參前雙調望江南壽謝壽朋詞注。

又

魏家品是君王后〔一〕。豈比昭容袖〔二〕。風吹滿院繡囊香。誰賜大師師號、退昭陽〔三〕。　飛霞一落無根蒂。空墮重華淚〔四〕。離披正午盛時休〔五〕。間為思王重賦、洛神愁〔六〕。

【箋注】

〔一〕「魏家品」句　歐陽修洛陽牡丹記花釋名第二：「魏家花者，千葉肉紅色，出于魏相仁溥家。始樵者于壽安山中見之，斲之以賣魏氏。魏氏池館甚大。傳者云：『此花初出時，人有欲閲者，人税十數錢，乃得登舟渡池至花所。魏氏日收十數緡。』其後破亡，鬻其園，今普明寺後林池乃其地，寺僧耕之以植桑麥。花傳民家甚多。」吴曾能改齋漫録卷十五引牡丹榮辱志：「欲姚之黄為王，魏之紅為妃。」「今以魏花為妃，配乎王爵，視崇高富貴一人于内外也。」本詞句末自注：「御愛紫。」

〔二〕昭容　新唐書百官志：「昭儀、昭容、昭媛、修儀、修容、修媛、充儀、充容、充媛各一人，為九嬪，正二品。」杜甫紫宸殿退朝口號：「户外昭容紫袖垂。」此花色紫，故以杜詩昭容紫袖為比。

〔三〕昭陽　班固西都賦：「昭陽特盛，隆乎孝成。」漢書孝成趙皇后傳：「趙皇后弟絶幸，為昭儀，居昭陽舍。」

〔四〕「空墮」句　重華，舜名，書舜典：「曰若稽古帝舜，曰重華，協于帝。」因項羽與舜同為重瞳子，故借指項羽。重華淚，指項羽為虞姬悲泣事。史記項羽本紀：「有美人名虞，常幸從，駿馬名騅，常騎之。于是項王乃悲歌忼慨，自為詩曰：『力拔山兮氣蓋世，時不利兮騅不逝。騅不逝兮可奈何，虞兮虞兮奈若何！』歌數闋，美人和之。項羽泣數行下，左右皆泣，莫能仰視。」

〔五〕「離披」句　見前清平樂石榴「笑殺」二句注。

〔六〕「思王」句　思王，曹植。三國志魏書陳思王傳：「陳思王植字子建，年十歲餘，誦讀詩、論及辭賦數十萬言，善屬文。」洛神愁，曹植洛神賦序：「黄初三年，余朝京師，還濟洛川。古人有言，斯水之神，名曰宓妃。感宋玉對楚王神女之事，遂作斯賦。」賦中云：「于是背下陵高，足往神留。遺情想像，顧望懷愁。」

又

猶疑緑萼花微甚〔一〕。難與青蓮并。青蓮朵朵是天人〔二〕。又向天人想見、洛陽春。

多情素質塵生步。況被潘妃污〔三〕。此花仍是□微赬。卻似嬌波波外、兩眉青。

【校】

〔□微赬〕文津本作「色微赬」。

【箋注】

〔一〕緑萼花　吴自牧夢粱録卷十八「花之品」條：「梅花有數品：緑萼、千葉、香梅。」范成大梅譜：「凡梅花跗蒂皆絳紫色，惟此純緑，枝梗亦青，特為清高，好事者比之九疑仙人萼緑華。」本詞句末自注：「青蓮萼。」

〔二〕天人　美麗的婦女。杜牧杜秋娘：「畫堂授傅姆，天人親捧侍。」

〔三〕「多情」二句　潘妃，南朝齊東昏侯妃子。南史齊本紀下：「又鑿金為蓮華以帖地，令潘妃行其上，曰：『此步步生蓮華也。』」

又　客中送春

樓臺烟雨朱門悄〔一〕。喬木芳雲杪。半窗天曉又聞鶯。比似當年春盡、最關情。客中自被啼鵑惱。況落春歸道。滿懷憔悴有誰知。猶記湧金門外、送人時。

【箋注】

〔一〕樓臺烟雨　杜牧江南春：「南朝四百八十寺，多少樓臺烟雨中。」

又　城山堂試燈〔一〕

黄柑擘破傳春霧〔二〕。新酒如清露。城中也是幾分燈。自愛城山堂上、兩三星。枝頭未便風和雨。寂寞無歌舞。天公肯放上元晴。自是六街三市、少人行〔三〕。

【箋注】

〔一〕城山堂　王城山府内之廳堂。

〔二〕「黄柑」句　劉峻送橘啓：「采之風味照座，擘之香霧噀人。」

〔三〕六街三市　唐宋時，長安、汴城均有六街，李賀緑章封事：「六街馬蹄浩無主。」胡三省通鑑注：「長安城中左右六街。」宋史魏丕傳：「初一，六街巡警皆用禁卒。」後成為都城鬧市的通稱。續傳燈録希祖禪師：「六街三市，遍處莊嚴。」

又　揚州賣鏡，上元事也，用前韻〔一〕

徐家破鏡昏如霧。半面人間露。等閒相約是看燈。誰料人間天上、似流星。　朱門簾影深深雨。憔悴新人舞。天涯海角賞新晴〔二〕。惟有橋邊賣鏡、是閒行。

【校】

〔人間露〕文津本作「雲間露」。

【箋注】

〔一〕揚州賣鏡　指孟棨本事詩載徐德言破鏡重圓事，見夜飛鵲「誰寄」三句注。本詞全用其事隱括而成。

〔二〕天涯海角　張世南遊宦紀聞卷六：「今之遠宦及遠服賈者，皆曰『天涯海角』，蓋俗談也。」

又

黄簾緑幕窗垂霧。表立如承露。夕郎偷看御街燈〔一〕。歸奔河邊殘點、亂如星〔二〕。

開園蔣李遊春雨〔三〕。蛺蝶穿人舞。如今烟草鎖春晴。併與蘇堤葛嶺、不堪行〔四〕。

【箋注】

〔一〕夕郎　洪邁容齋四筆卷十五「官稱别名」條：「給事郎為夕郎，夕拜。」

〔二〕「歸奔」句　句下自注：「時余在鑪亭六日禮數内，同舍誘余竊出觀燈，亟歸。」鑪亭，在太學内，吴自牧夢粱録卷十五「學校」條：「廳之左右，為東西序對列位，後為鑪亭，又有亭宇，揭以嘉名者夥。」景定二年（一二六一）須溪在太學為諸生，本詞前六句即追憶此年上元事。

〔三〕蔣李　自注：「二宦者。」吴自牧夢粱録卷十九：「内侍蔣苑使住宅側築一圃，亭臺花木，最為富盛，每歲春月，放人遊玩。」李不詳。

〔四〕「併與」句　宋史賈似道傳：「（咸淳）二年，……除太師，平章軍國重事，一月三赴經筵，三日一朝，赴中書堂治事，賜第葛嶺，使迎養其中。」蔣子正山房隨筆：「秋壑（賈似道之號）賜第，正在蘇堤。時有遊騎過其門，每為偵事者密報，必致羅織，有官者被黜，有財者被禍，逮世變而後已。近有題其養樂園云：『老壑曾居葛嶺西，遊人誰敢問蘇堤。』」

又　大紅桃花

鞓紅乾色無光霽〔一〕。須是鮮鮮翠。倏然一點繫裙腰。不著人間金屋、恐難銷〔二〕。

英英肯似焉支貴〔三〕。漫脱紅霞帔。落時且勿涴塵泥。留向天台洞口、泛吾詩〔四〕。

【箋注】

〔一〕鞓紅　牡丹花的一種品種。歐陽修洛陽牡丹記：「鞓紅者，單葉深紅，花出青州，亦曰青州紅。其色類腰帶鞓，故謂之鞓紅。」

〔二〕金屋　漢武故事：「武帝為太子時，長公主欲以女配帝，問曰：『得阿嬌好否？』帝曰：『若得阿嬌，當以金屋貯之。』」

〔三〕「英英」句　英英，鮮明晶瑩貌。宋洪瑹阮郎歸邵武試燈夕：「花艷艷，玉英英。」焉支，即胭脂。崔豹古今注：「燕支，西方土人以染紅。中國人謂之紅藍，以染粉為婦人面色，名燕支粉，亦作焉支。」

〔四〕「留向」句　天台，山名，在浙江剡縣東南。蘇綽遊天台山賦題下引支遁天台山銘序：「剡縣東南，有天台山。」太平御覽九六七引劉義慶幽明録載：剡縣劉晨、阮肇共入天台山取穀皮，迷不得返，十三日，糧食乏盡，饑餒殆死。望山上有一桃樹，大有子實，扳緣藤葛而上，各啖數桃而不饑。下山，一大溪邊有二女，姿質妙絶，因要還家，遂停半年，懷土求歸。曹唐仙子洞中有懷劉阮：「玉沙瑶草連溪碧，流水桃花滿澗香。」

又

壬午中秋雨後不見月〔一〕

濕雲待向三更吐〔二〕。更是沉沉雨。眼前兒女意堪憐〔三〕。不説明朝後日、説明年〔四〕。

當年知道晴三鼓。便似佳期誤。〔五〕笑他拜月不曾圓。只是今朝北望、也淒然。

【箋注】

〔一〕壬午　時當元世祖至元十九年（一二八二）。本詞作于廬陵。

〔二〕「濕雲」句　杜甫月：「四更山吐月。」

〔三〕「眼前句」　杜甫月夜：「遥憐小兒女，未解憶長安。」

〔四〕「不説」句　句下自注：「今年十七望。」

〔五〕佳期誤　辛棄疾摸魚兒淳熙己亥自湖北漕移湖南同官王正之置酒小山亭為賦：「長門事，準擬佳期又誤。」

又　用李後主韻二首〔一〕

梅梢臘盡春歸了。畢竟春寒少。亂山殘燭雪和風。猶勝陰山海上、窖羣中〔二〕。年光老去才情在。惟有華風改〔三〕。醉中幸自不曾愁。誰唱春花秋葉、淚偷流〔四〕。

【校】

〔華風〕朱校：「原本作風華，從丁校。」

【箋注】

〔一〕用李後主韻　指李煜虞美人詞，云：「春花秋月何時了。往事知多少。小樓昨夜又東風，故國不堪回首月明中。　雕欄玉砌應猶在，只是朱顔改。問君能有幾多愁，恰似一江春水向東流。」

〔二〕「猶勝」句　漢書蘇武傳：「迺幽武置大窖中，絶不飲食。天雨雪，武卧齧雪與旃毛并咽之，數日不死，匈奴以為神。乃徙武北海上無人處，使牧羝，羝乳乃得歸。」

〔三〕「年光」二句　自李煜虞美人「雕欄玉砌應猶在，只是朱顔改」句中化出。華風，即光風，指人的風采品貌。淮南子地形訓：「其華照下地。」高誘注：「華，光也。」黄庭堅濂溪詩序：「春陵周茂叔（敦頤），人品甚高，胸中洒落，如光風霽月。」

〔四〕「誰唱」句　李煜虞美人：「春花秋月何時了，往事知多少。」歷代詩餘詞話引樂府紀聞云：「後主歸宋後，與故宫人書云：『此中日夕只以眼淚洗面。』」

又

情知是夢無憑了〔一〕。好夢依然少。單于吹盡五更風〔二〕。誰見梅花如淚、不言中。

兒童問我今何在。烟雨樓臺改。江山畫出古今愁〔三〕。人與落花何處、水空流。

【箋注】

〔一〕情知　明知。駱賓王艷情代郭氏答盧照鄰：「情知唾井終無理，情知覆水也難收。」

〔二〕「單于」句　李益聽曉角：「秋風吹入小單于。」單于，曲調名。

〔三〕「江山」句　唐韋莊金陵圖：「誰謂傷心畫不成，畫人心逐世人情。君看六幅南朝事，老木寒雲滿故城。」須溪詞意即由此翻出。

又　春曉

輕衫倚望春晴穩。雨壓青梅損。皺綃池影泛紅蔫〔一〕。看取斷雲來去、似鑪煙。愁春來暮仍愁暮。受卻寒無數。年來無地買花栽。向道明年花信、莫須來。

【箋注】

〔一〕「皺綃」句　皺綃池影，馮延巳謁金門：「風乍起，吹皺一池春水。」泛，飄浮。杜甫奉贈太常張卿垍二十韻：「萍泛無休日。」紅蔫，指色澤不鮮艷的落花。説文：「蔫，菸也。」集韻：「菸，音乙餘反。今關西人言菸，山東人言蔫。蔫，音于言反。江南亦言矮矮，又作萎，于為反。」

又　花品

娟娟二八清明了。猶説淮陽早〔一〕。錢歐陸譜遍花光〔二〕。紅到壽陽〔三〕、也不説淮陽。此花地望元非薄。回首傷流落。洛陽閒歲斷春風。怎不當時道是、洛陽紅〔四〕。

【箋注】

〔一〕淮陽　即陳州，王存元豐九域志卷一京西北路：「陳州，淮陽郡，鎮安軍節度，治宛丘縣。」陳州爲上州，故本詞下闋云：「此花地望元非薄。」陳州出牡丹，張邦基有陳州牡丹記，很著名。

〔二〕錢歐陸譜　錢惟演、歐陽修、陸游均有記載牡丹花品種的記或譜。歐陽修洛陽牡丹記花品序第一云：「余居府中時，嘗謁錢思公（惟演）于雙桂樓下，見一小屏立坐後，細字滿其上。思公指之曰：『欲作花品，此是牡丹名，凡九十餘種。』余時不暇讀之。然余所經見而今人多稱者，纔三十餘種，不知思公何從而得之多也。」

〔三〕壽陽　陸游天彭牡丹譜有「壽陽紅」品種。

〔四〕洛陽紅　即洛陽牡丹花，洛人重牡丹而不直呼其名。歐陽修洛陽牡丹記花品序第一云：「至牡丹，則不名，直曰花，其意謂天下真花獨牡丹，其名之著，不假曰牡丹而可知也，其愛重之如此。」

又

中秋對月

秋陰團扇如人老〔一〕。漸近中秋好。新涼還憶小樓邊。自在一窗明月、傍人眠〔二〕。

多情誰到星河曉。只道圓時少。他年幾處與君看。長是成愁成恨、不成歡。

【箋注】

〔一〕「秋陰」句　用秋扇見棄意。班婕妤短歌行：「新裂齊紈素，皎潔如霜雪。裁成合歡扇，團團如明月。出入君懷袖，動摇微風發。常恐秋節至，涼飆奪炎熱。棄捐篋笥中，恩情中道絶。」

〔二〕「自在」句　唐方棫失題詩：「夕陽如有意，偏傍小窗明。」劉氏將「夕陽」换成「明月」。蘇軾水調歌頭中秋：「轉朱閣，低綺户，照無眠。」

戀繡衾　宫中吹簫

胭脂不涴紫玉簫〔一〕。認宫中、銀字未銷〔二〕。但鳳去、臺空古〔三〕，比落花、無第二朝。　天涯流落哀聲在，聽烏烏、不似内嬌。漫身似、商人婦，泣孤舟、長夜寂寥〔四〕。

【箋注】

〔一〕紫玉簫　蘇軾鷓鴣天序云：「陳公密出侍兒素娘，歌紫玉簫曲，勸老人酒，老人飲盡，為賦此曲。」詞云：「腸斷雲間紫玉簫。」

〔二〕銀字　新唐書禮樂志：「俗樂二十有八調，其後或有宫調之名，或以倍四為度，復有銀字之名，中管之格，皆前代應律之器也。」杜牧寄珉笛與宇文舍人：「調高銀字聲還側。」

〔三〕鳳去臺空　劉向列仙傳載，蕭史善吹簫。秦穆公女弄玉從之學，妻之。弄玉吹簫作鳳聲，鳳凰來集，穆公因作鳳臺。一日，夫妻皆隨鳳凰飛去。

〔四〕下片四句　内容糅合白居易和蘇軾詩賦句意。白居易琵琶行寫商人婦：「去來江口守空船，繞船月明江水寒。夜深忽夢少年事，夢啼妝淚紅闌干。」蘇軾前赤壁賦：「客有吹洞簫者，依歌而和之。其聲嗚嗚然，如怨如慕，如泣如訴，餘音嫋嫋，不絶如縷。舞幽壑之潛蛟，泣孤舟之嫠婦。」

又　或送肉色牡丹同賦

困如宿酒猶未銷〔一〕。滿華堂、羞見目招〔二〕。忽折向、西鄰去，教旁人、看上馬嬌。

肉色似花難可得，但花如、肉色妖嬈。誰説漢宫飛燕〔三〕，到而今、猶帶臉潮。

【箋注】

〔一〕「困如」句　李清照如夢令：「濃睡不銷殘酒。」

〔二〕「滿華堂」句　屈原九歌少司命：「滿堂兮美人，忽獨與余兮目成。」

〔三〕「誰説」句　李叡松窗雜録載明皇與楊貴妃共賞牡丹，李白進清平調詞三首，以趙飛燕喻牡丹花。詩云：「一枝紅艷露凝香，雲雨巫山枉斷腸。借問漢宫誰得似，可憐飛燕倚新妝。」

又　己卯燈夕，留城中獨坐，憶當塗買燈，姑蘇夜舞，再集賦此〔一〕

當年三五舞太平〔二〕。醉歸來、花影滿庭。辦永夜、重開宴〔三〕，笑姑蘇、萬眼未明〔四〕。

而今繞市歌兒馬，客黃昏、細雨滿城。十年事、去如水，想家人、村廟看燈。

【箋注】

〔一〕己卯　時當宋帝昺祥興二年（一二七九）。當塗，縣名，唐時屬江南道宣州，見唐書地理志；宋代改屬江南東路太平州，見宋史地理志。本詞作于廬陵。

〔二〕三五舞太平　三五，正月十五。唐孫逖正月十五夜應制：「洛城三五夜，天子萬年春。綵仗移雙闕，瓊筵會九賓。舞成蒼頡字，燈作法王輪。」王建宮詞：「每遇舞頭分兩向，太平萬歲字當中。」宋顧文薦負暄雜録云：「字舞者，以身亞地，布成字也。今慶壽錫宴排場，作『天下太平』字者是也。」可見「三五舞太平」，其來已久。

〔三〕重開宴　白居易琵琶行：「添酒回燈重開宴。」

〔四〕萬眼未明　句下自注：「萬眼羅最精最貴，然最暗。」周密武林舊事卷二「燈品」條云：「燈品至多，蘇、福為冠。……羅帛燈之類尤多，或為百花，或細眼，間以紅白，號萬眼羅者。」范成大上元紀吴中節物俳諧體三十二韻：「萬窗花眼密。」自注：「萬眼燈以碎羅紅白相間砌成，工夫妙天下，多至萬眼。」

花犯 舊催雪詞，苦不甚佳，因復作此

海山昏，寒雲欲下，低低壓吹帽。平沙浩浩。想關塞無烟，時動衰草。蘇郎臥處愁難掃〔一〕。江南春不到。但悵望、雪花夜白，人間憔悴好。　誰知廣寒夢無憀〔二〕，丁寧白玉鍊〔三〕，不關懷抱。看清淺，桑田外，塵生熱惱〔四〕。待說與、天公知道。期臘盡、春來事宜早。更幾日、銀河信斷，梅花容易老。

【校】

〔寒雲〕文津本、文瀾本均作「寒雪」。朱校：「原本雲作雪，從金校。」

【箋注】

〔一〕蘇郎　指蘇武，參前虞美人用李後主韻三首詞注。

〔二〕廣寒　月宮名。龍城録明皇夢遊廣寒宮條：「頃見一大宮府，榜曰：『廣寒清虛之府。』」

〔三〕「丁寧」句　王鍈詩詞曲語辭例釋：「叮嚀，仔細或分明的意思，不當現代的囑咐講，形容詞。字

亦作丁寧。」白玉鍊，指廣寒宮之樓閣，用白玉鍊成。李商隱李長吉小傳：「長吉將死時，忽晝見一緋衣人，駕赤虬，持一板書若太古篆或霹靂石文者，云：『當召長吉。』長吉了不能讀，欻下榻叩頭，言：『阿嬭老且病，賀不願去。』緋衣人笑曰：『帝成白玉樓，立召君為記，天上差樂不苦也。』」

〔四〕熱惱　白居易贈韋處士六年夏大熱旱：「既無白栴檀，何以除熱惱。」自注：「華嚴經云：以白栴檀塗身，能除一切熱惱而得清涼也。」

又　再和中甫

甚天花，紛紛墜也，偏偏著余帽〔一〕。乾坤清皓。任海角荒荒，都變瑶草。落梅天上無人掃。角吹吹不到，想特為、東皇開宴，瓊林依舊好〔二〕。　看兒貪耍不知寒，須塑就玉獅〔三〕，置兒懷抱。奈轉眼、今何在，淚痕成惱。白髮翁翁向兒道。那曲巷袁安愛晴早〔四〕。便把似、一年春看〔五〕，惜花花自老。

【箋注】

〔一〕「甚天花」三句　維摩詰經：「維摩詰以身疾，廣為説法。佛告文殊師利：『汝詣問疾。』時維摩室有一天女，見諸天下，聞所説法，便現其身，即以天花散諸菩薩大弟子上。花至諸菩薩即皆墮落，至大弟子便著不墮。」

〔二〕「想特為」二句　東皇，春神。尚書緯：「春為東皇，又為青帝。」瓊林，周城宋東京考卷十一：「瓊林苑在新鄭門外，俗呼為西青城，乾德中建，為宴進士之所，與金明池之南北相對，其中松柏森列，百花芬芳。」本詞借瓊林苑指雪天的林木，吴自牧夢粱録卷六「十二月」條云：「如天降瑞雪，則開筵飲宴，……或乘騎出湖邊，看湖山雪景，瑶林瓊樹，翠峰似玉，畫亦不如。」

〔三〕塑就玉獅　周密武林舊事卷三「賞雪」條：「禁中賞雪，多御明遠樓，後苑進大小雪獅兒。」吴自牧夢粱録卷六「十二月」條：「如天降瑞雪，則開筵飲宴，塑雪獅、裝雪山，以會親朋。」

〔四〕袁安　東漢人。事見前浣溪沙壽陳敬之推官注〔二〕。

〔五〕把似　張相詩詞曲語辭匯釋卷二：「把似，猶云假如或譬做也。」

酹江月　北客用坡韻，改賦訪梅

冰肌玉骨〔一〕，笑嫣然、總是風塵中物。誰掃一枝，流落到、絶域高臺素壁〔二〕。匹馬南來，千山萬水，為訪林間雪。淵明愛菊，不知誰是花傑〔三〕。憔悴夢斷吴山〔四〕，有何人報我，前村夜發〔五〕。蠟屐霜泥烟步外，轉入波光明滅。雪後風前，水邊竹外〔六〕，歲晚華余髮。戴花人去，江妃空弄明月〔七〕。

【箋注】

〔一〕冰肌玉骨　毛滂蔡天逸以詩寄梅詩至梅不至：「冰肌玉骨終安在，賴有清詩為寫真。」

〔二〕「誰掃」二句　白氏六帖：「王子敬遇戴安道，飲酣，安道求子敬文。子敬攘臂大言曰：『我辭翰雖不如古人，與君一掃素壁。』今山陰草堂碑是也。」

〔三〕「淵明愛菊」二句　句下自注云：「陶詩謂菊為霜下傑。」陶淵明和郭主簿二首：「芳菊開林耀，青松冠巖列。懷此貞秀姿，卓為霜下傑。」

〔四〕吴山　見前臨江仙曉晴詞注。

〔五〕「有何人」二句　魏慶之詩人玉屑卷六「一字師」條引陶岳五代補云：「鄭谷在袁州，齊己攜詩詣之。有早梅詩云：『前村深雪裏，昨夜數枝開。』谷曰：『數枝非早也，未若一枝。』齊己不覺下拜。自是士林以谷為一字師。」

〔六〕「雪後」二句　林逋梅花：「雪後園林才半樹，水邊籬落忽横枝。」杜甫草堂即事：「雪裏江船渡，風前竹徑斜。」蘇軾和秦太虚：「江頭千樹春欲暗，竹外一枝斜更好。」

〔七〕江妃　即江采蘋，唐開元中入宫為妃，受唐玄宗寵幸。梅妃傳：「梅妃，姓江氏，莆田人。妃年九歲，能誦二南，父奇之，名之曰采蘋。……性喜梅，所居闌檻，悉植數株，上榜曰『梅亭』。梅開賦賞，至夜分尚顧戀花下不能去。上以其所好，戲名曰『梅妃』。」

又 趙氏席間即事，再用坡韻

四無誰語，待推窗，初見江南風物。索笑巡檐無奈處〔一〕，悄隔東鄰一壁。有酒如船，招呼滿載〔二〕，只欠枝頭雪〔三〕。疏花冷眼，坐中都是詞傑。　堪恨幾日西郊，尋消問息，肯向吟邊發。著意相看，又恐是、六出幻成還滅〔四〕。惱恨兒童，攀翻頂戴〔五〕，不到先生髮。明朝重省，初三知屬誰月。

【校】

〔東鄰〕文津本、文瀾本均作「東鄉」。朱校：「原本鄰作鄉，從金校。」按鄉通嚮，從原本亦通。

【箋注】

〔一〕「索笑」句　杜甫舍弟觀赴藍田取妻子：「巡檐索共梅花笑，冷蘂疏枝半不禁。」

〔二〕「有酒」二句　晉書畢卓傳：「卓嘗謂人曰：『得酒滿數百斛船，四時甘味置兩頭，右手持酒杯，左手持蟹螯，拍浮酒船中，便足了一生矣。』」

〔三〕枝頭雪　王安石梅花：「牆角數枝梅，凌寒獨自開。遥知不是雪，為有暗香來。」

〔四〕六出　太平御覽卷十二引韓詩外傳：「凡草木花多五出，雪花獨六出。」

〔五〕攀翻頂戴　攀翻，攀折。李白金陵白下亭留别：「别後若見之，為我一攀翻。」頂戴，冠上裝飾品，本詞指插戴在冠上的梅花。陳亮卜算子：「頂戴御袍黄。」指菊花。

又　和朱約山自壽曲，時壽八十四〔一〕

五朝壽俊〔二〕，算生平占得、淳熙四四〔三〕。三萬六千三萬了，賸有一千饒底〔四〕。三百年間〔五〕，和風麗日，幾箇能銷此。約山山笑，先生不負山矣。　今歲甲子重陽〔六〕，待重數，五百十三甲子〔七〕。吟萬首詩更自和，歲歲壽詩自喜。若比潞公，如今年紀，猶是平章事〔八〕。先生撫掌，問他閒日能幾。

【箋注】

〔一〕朱約山　即朱涣。厲鶚宋詩紀事卷六十六：「涣字行父，號約山，大理寺丞，守衡州。」同治廬陵縣志卷三十二：「朱涣，號約山，廬陵儒行鄉古巷人。登嘉定丁丑進士，擢大理寺丞，知衡州。年八十餘，風流文采，重于一時，文天祥嘗師事之。有詩文集行世。」文天祥文山先生文集有與朱涣唱酬詩八首。

〔二〕五朝壽俊　朱約山一生經歷了宋孝宗、光宗、寧宗、理宗、度宗五朝，故云。

〔三〕「算生平」句　淳熙，是宋孝宗的年號；四四，十六年。由此詞可知朱約山生于宋孝宗淳熙十六年，劉氏寫此詞時當宋度宗咸淳八年（一二七二），正閑居廬陵。

〔四〕「三萬」二句　三萬六千，三萬六千日，指百歲。三萬了，已經過了三萬日；八十四歲，約三萬一千日左右，故云「賸有一千饒底」。饒底，猶言添得。張相詩詞曲語辭匯釋卷一：「饒，猶添也；連也；不足而求增益也。即今所云討饒頭之饒。」同書同卷：「底，與得同。」

〔五〕三百年間　指整箇宋朝而言，從宋太祖建隆元年到寫作本詞約三百餘年。

〔六〕「今歲」句　甲子重陽，即重陽日適逢甲子日。重陽日離朱約山生日僅數日，故詞人提及。按文天祥壽朱約山八十韻詩自注云：「九月十三日。」

〔七〕五百十三甲子　合計八十四歲。劉辰翁常以數字計年，見前乳燕飛壽周耐軒注〔三〕。

〔八〕「若比潞公」三句　文彥博，封潞國公。按宋史宰輔表二，文彥博自元祐元年至五年為太師、平章軍國重事。紹聖四年卒，年九十二。以此推算，文彥博八十四歲時，為元祐四年，正在平章軍國重事任上。

又　同舍延平林府教製新詞祝我初度，依聲依韻，還祝當家〔一〕

西湖處士〔二〕，例一枝團月〔三〕，咸平印印〔四〕。千古詩宗傳不絶〔五〕，至竟被渠道盡〔六〕。雪返香魂〔七〕，霜吹曉怨，肯受東君聘〔八〕。羅浮夢轉〔九〕，兔環知是誰孕〔一〇〕。　未説烟雨江南，垂垂青子，須要調金鼎〔一一〕。愁絶西山明秀處，依舊鶴南飛影〔一二〕。我白君元，君詞我和，各自為長慶〔一三〕。後來桃李，遥遥别是花信〔一四〕。

【校】

〔西湖處士〕原作「西風處士」。按范成大古梅：「誰似西湖處士才。」辛棄疾鷓鴣天：「剩有西湖處士風。」劉詞亦用林逋故事以詠林府教，因據文津本、文瀾本校改。　〔君元〕朱校：「原本元作玄，從沈校。」

【箋注】

〔一〕林府教　即林元甲，字仁初，廬陵人。曾任南劍州、延平府教授，年輕時，與劉辰翁同在太學。須溪詞有水龍吟和南劍林同舍元甲遠寄壽韻。劉將孫養吾齋集卷二有題為延平官滿歸路有感示送客詩，云：「林子年逾六。」原注：「林元甲仁初，曾為太學服膺生。」同書卷十七有南劍路芹山福地新建門記：「劍教林元甲，里人，前太學進士。」

〔三〕西湖處士　歐陽修歸田録卷二：「處士林逋居于杭州西湖之孤山，逋工筆畫，善為詩。」蘇軾次韻秦少游：「西湖處士骨應槁，只有此詩君壓倒。」

〔三〕一枝團月　指林逋梅詩中的名句：「屋檐斜入一枝低。」「暗香浮動月黄昏。」

〔四〕「咸平」句　咸平，宋真宗年號，共六年。印印，痕迹着于他物，這兒借指林詩流布人間，語出文心雕龍物色：「故巧言切狀，如印之印泥，不加雕削而典寫毫芥。」

〔五〕詩宗　漢書王式傳：「詔式為博士。江公世為魯詩宗，心嫉式。」注：「為魯詩者所宗師也。」

〔六〕至竟　胡震亨唐音癸籤卷二十四：「唐人多言至竟，如言到底也。杜牧云『至竟息亡緣底事』、『至竟江山誰是主』之類。」

〔七〕「雪返」句　蘇軾岐亭道上見梅花戲贈季常：「蕙死蘭枯菊亦摧，返魂香入嶺頭梅。」

〔八〕「肯受」句　李賀南園十三首：「嫁與東風不用媒。」此反其意而用之。

〔九〕羅浮　山名，在今廣東省境。羅浮山記：「羅，羅山也；浮，浮山也。二山合體，謂之羅浮，在增城、博羅二縣之境。」隋趙師雄過羅浮，遇一女子，淡妝素服，相與飲，師雄醉卧。醒來，乃在大梅樹下，上有翠羽相伴。事見龍城録。參前最高樓再和詞注。

〔一〇〕「兔環」句　屈原天問：「夜光何德，死則又育？厥利維何，而顧兔在腹？」王逸章句：「言月中有兔，何所貪利，居月之腹。」」

〔一二〕調金鼎　調鼎，又稱調梅，喻指宰相的職務。尚書說命：「若作和羹，爾惟鹽梅。」言商王武丁立傅說為相，命他治理國家，如調鼎中之梅鹽。

〔一三〕「依舊」句　蘇軾生日，進士李委製鶴南飛曲，獻上祝壽。須溪用其事，扣題中「祝我初度」意。

〔一三〕「我白」三句　白，指白居易，元，指元稹。元白常相唱和，有白氏長慶集、元氏長慶集傳世。

〔一四〕花信　花期。范成大雪後守之家梅未開呈宗偉：「憑君趣花信、把酒撼瓊英。」梅開最早，桃、李後開，故稱「遥遥別是花信」。

又　五日和尹存吾，時北人競鷺洲渡〔一〕

棹歌齊發，江雲暮、吹得湘愁成雨。小酌千年，知他是、阿那年時沉午。日落長沙，風回極浦，黯不堪延佇。吴頭楚尾〔二〕，非關四面為楚〔三〕。　幾度喚起醒纍〔四〕，淋漓痛飲，不學愁余句〔五〕。踏鯉從鼉胥濤上〔六〕，怎不化成龍去。越女吴船，燕歌趙舞，世事悠悠許。明朝寂寂，雙雙飛下鳴鷺。

【箋注】

〔一〕尹存吾　生平未詳。競渡，劉餗隋唐嘉話卷下：「俗五月五日為競渡戲，自襄州已南，所向相傳云：屈原初沉江之時，其鄉人乘舟求之，意急而争前，後因為此戲。」鷺洲，白鷺洲，光緒江西通志卷五十八吉安府：「在廬陵縣東贛江中，長五六里。」

〔二〕吴頭楚尾　方輿勝覽：「豫章之地為楚尾吴頭。」

〔三〕四面為楚　史記項羽本紀：「夜聞漢軍四面皆楚歌，項王乃大驚曰：『漢皆已得楚乎？是何楚人之多也！』」

〔四〕醒纍　獨醒的英魂。屈原漁父：「衆人皆醉我獨醒。」揚雄反離騷：「叙弔楚之湘纍。」

〔五〕「愁余」句　屈原九歌湘夫人：「帝子降兮北渚，目渺渺兮愁余。」

〔六〕「踏鯉」句　辛棄疾摸魚兒：「看紅旆驚飛，跳魚直上，蹙踏浪花舞。」胥濤，海濤，因伍子胥死後出現于潮濤而得名。太平廣記卷二百九十二伍子胥：「伍子胥累諫，吴王賜屬鏤劍而死。……自是，自海門山潮頭洶高數百尺，越錢塘漁浦方漸低。時有見子胥乘素車白馬在潮頭之中，因立廟以祠焉。」

又　怪梅一株，為北客載酒移寘盆中，偉然

歲寒相命，算人間、除了梅花無物。窺宋三年〔一〕，又不是、草草東鄰鑿壁〔二〕。偃蹇風前，沉吟竹外，直待天驕雪〔三〕。白家人至〔四〕，一枝橫出終傑。　寂寞小小疏籬，探花使斷〔五〕，知復何時發。北驛不來春又遠，只向窗前埋滅。好在冰花〔六〕，著些風篠，怎不清余髮。補之去後，墨梅又有明月〔七〕。

【箋注】

〔一〕窺宋三年　宋玉登徒子好色賦：「宋玉曰：『臣東家之子，增一分則太長，減一分則太短，著粉太白，施朱太赤，然此女登牆三年窺臣，臣至今未許。』」

〔二〕「草草」句　王鍈詩詞曲語辭例釋：「草草，匆匆，表狀態的形容詞，與通常表示粗率、敷衍的含義有所不同。」東鄰鑿壁，用匡衡鑿壁偷光苦讀的故事。西京雜記卷二：「匡衡字稚圭，勤學而無燭，鄰舍有燭而不逮，衡乃穿壁引其光，以書映光而讀之。」然紬繹前後詞義，此典與梅、雪無關，疑劉氏誤以孫康映雪讀書事為「鑿壁」事。

〔三〕天驕雪　北方的雪。天驕，漢代稱北方匈奴為「天之驕子」。漢書匈奴傳云：「南有大漢，北有强

胡。胡者，天之驕子也。」

〔四〕白家人　北客姓白，見前行香子和北客問梅白氏長安人，詞云：「是白家賓。」

〔五〕探花使　唐朝稱同科進士中最年少者為探花使，或稱探花郎。至南宋時，始稱殿試一甲第三名為探花。魏泰東軒筆録卷六：「進士及第後，例期集一月，……又選最年少者為探花，使賦詩，世謂之探花郎。」

〔六〕「好在」句　好在，好麽。張相詩詞曲語辭匯釋卷六：「好在，存問之辭。玩其口氣，彷佛『好麽』，用之既熟，則轉而義如『無恙』，又轉而不為存問口氣，義如『依舊』矣。」冰花，梅花。蘇軾再和潛師：「化工未議蘇羣槁，先向寒梅一傾倒。江南無雪春瘴生，為散冰花除熱惱。」

〔七〕「補之」二句　補之，楊補之，善畫墨梅。湯垕畫鑑：「楊補之善墨梅，甚清絶，水仙亦奇，自號逃禪老人。」句下原注：「北人著小竹花間更好。」

又　漫興

遥憐兒女，未解憶長安，十年前月〔一〕。徙倚桂枝空延佇〔二〕，無物同心堪結〔三〕。冷落江湖，蕭條門巷，猶著西樓客〔四〕。恨無鐵笛，一聲吹裂山石〔五〕。休説起舞登樓〔六〕，那人已先我，渡江橫楫〔七〕。圓缺不銷青冢恨〔八〕，漠漠風沙如雪。西母長生，素娥好在〔九〕，何皓當時髮。山河如此，月中定是何物〔一〇〕。

【箋注】

〔一〕「遥憐」三句　杜甫月夜：「今夜鄜州月，閨中只獨看。遥憐小兒女，未解憶長安。」

〔二〕「徙倚」句　屈原九歌大司命：「結桂枝以延佇。」延佇，長久地站立凝望。王逸楚辭章句：「延，長也。佇，立也。」

〔三〕同心堪結　南朝樂府蘇小小歌：「何處結同心。」林逋長相思：「君淚盈，妾淚盈，羅帶同心結未成。」

〔四〕西樓客　句下自注：「李舍人班，舊節齋吴客，嘗言賞中秋之盛。」按「班」字疑誤。須溪有好友名李珏，字元暉，號鶴田，吉水人，嘗任閤門宣贊舍人，與須溪交往甚密，當即其人。汪元量湖山類稿有李珏題名，云：「吉人鶴田李珏元暉。」厲鶚宋詩紀事卷七十六：「珏字元暉，號鶴田，又號廬陵民，吉水人。年十二，通書經。召試館職，除祕書省正字，批差充幹辦御前翰林司，主管御覽書籍，除閤門宣贊舍人。宋亡後，不出，年八十九而終。」須溪有送李鶴田入浙赴趙春谷招、送李鶴田赴古杭。

〔五〕「恨無」二句　朱熹鐵笛亭詩序：「劉（兼道）善吹鐵笛，有穿雲裂石之聲。」

〔六〕「休説」句　起舞，用祖狄典，見前浪淘沙秋夜感懷詞注。登樓，用劉琨典。晉書劉琨傳：「在晉陽，嘗為胡騎所圍數重，城中窘迫無計，琨乃乘月登樓清嘯，賊聞之，皆淒然長嘆。」

〔七〕「那人」二句　晉書劉琨傳：「常恐祖生先吾著鞭。」又祖逖傳：「仍將本流徙部曲百餘家渡江，中流擊楫而誓曰：『祖逖不能清中原而復濟者，有如大江。』辭色壯烈，衆皆慨嘆。」

〔八〕青冢　王昭君墓。歸州圖經：「邊地多白草，昭君冢獨青。」杜甫詠懷古迹：「一去紫臺連朔漠，獨留青冢向黄昏。」

〔九〕好在　見前酹江月怪梅一株為北客載酒移寘盆中偉然詞注。

〔一〇〕定　究竟。張相詩詞曲語辭匯釋卷三：「定，疑問辭，猶云究竟也。劉辰翁酹江月詞：『山河如此，月中定是何物。』」

又

中秋，彭明叔别去，赴永陽，夜集

團團桂影〔一〕，怕人道、大地山河裏許〔二〕。舊日影娥池未缺〔三〕，驚斷霓裳歌舞〔四〕。雪白長城，金明古驛〔五〕，盡是乘槎路。少年白髮，自無八駿能去〔六〕。猶記流落荒濱，故人相過，共吹簫前度。無酒無魚空此客〔七〕，昨夜留之不住。睡起披衣，行吟坐對，又有重圓處。不知今夕，那人有甚佳句〔八〕。

【箋注】

〔一〕團團桂影　李白古朗月行：「仙人垂兩足，桂樹作團團。」辛棄疾清平樂憶吳江賞木樨：「明月團團高樹影。」

〔二〕「怕人道」句　段成式酉陽雜俎前集卷一「天咫」條：「釋氏書言，須彌山南面有閻扶樹，月過，樹影入月中。或言月中蟾桂，地影也；空處，水影也，此語差近。」裏許，即裏面，許是語助辭。胡震亨唐音癸籤卷二十四：「戴叔倫『秋風裏許杏花開』，許，裏之助辭。」

〔三〕影娥池　漢武帝起俯月臺，臺下穿池千尺，使宮人乘舟弄月影，因名影娥池。事載洞冥記卷三。

〔四〕「驚斷」句　白居易長恨歌：「漁陽鼙鼓動地來，驚破霓裳羽衣曲。」

〔五〕金明　温庭筠菩薩蠻：「小山重疊金明滅。」

〔六〕八駿　見前蘭陵王丁丑感懷和彭明叔韻「八駿」條注。

〔七〕「無酒」句　見前洞仙歌器之高祖……走筆謝之詞注。

〔八〕「不知」二句　蘇軾水調歌頭：「不知天上宮闕，今夕是何年。」

又　中秋待月

城中十萬〔一〕，有何人、和我烏烏鳴瑟。對影姮娥成三處〔二〕，誰料尊中無月。剪紙吹成〔三〕，長梯摘取〔四〕，兒戲那堪惜〔五〕。洞庭夜白，一聲聊破空闊。休説二十四橋〔六〕，便一分無賴〔七〕，有誰誰識〔八〕。一枕秋衾南北夢〔九〕，好好娟娟成雪〔一〇〕。舊日少游，錦袍玉笛，醉卧藤陰石〔一一〕。蕭然今夕，無魚無酒無客。

【校】

〔洞庭〕朱校：「原本洞作湖，從丁本。」〔誰誰〕文津本作「誰曾」。

【箋注】

〔一〕城中十萬　白居易登閶門閑望：「十萬夫家供課税，五千子弟守封疆。」李吉甫元和郡縣圖志卷二十五：「蘇州，元和户十萬八百八。」唐代蘇州是雄州大郡，城中有十萬户，詞人借以形容宋代的繁華都市。

〔二〕「對影」句　李白月下獨酌：「舉杯邀明月，對影成三人。」

〔三〕剪紙吹成　見減字木蘭花玩月答蒙庵和詞注。

〔四〕長梯摘取　張讀宣室志：「唐太和中，有周生者，以道術濟吴楚。方中秋，命以箸數百，呼其僮繩而架之，曰：『我將梯此取月去。』閉户久之，呼曰：『至矣！』其衣中出月寸許，一室盡明，其外昏翳。」

〔五〕兒戲　史記絳侯世家：「文帝曰：『曩者霸上、棘門軍，若兒戲耳。』」

〔六〕二十四橋　杜牧寄韓綽判官：「二十四橋明月夜，玉人何處教吹簫。」沈括補筆談卷三：「揚州在唐時最爲富盛，舊城南北十五里一百一十步，東西七里十三步，可紀者二十四橋。」

〔七〕一分無賴　徐凝憶揚州：「天下三分明月夜，二分無賴是揚州。」王鍈詩詞曲語辭例釋：「無賴，等于説可喜，可愛，與通常放刁撒潑義或指品行不端者不同，往往含有親昵意味。」

〔八〕誰誰　張相詩詞曲語辭匯釋卷六：「他誰，猶云誰人也。又有作誰誰者，義亦同。」

〔九〕「一枕」句　范成大盤龍驛：「遥知秋衾夢，千里一飄忽。」

〔一〇〕好好娟娟　皆妓名。如張好好、楊娟娟等。此代指舊日女妓。

〔一一〕「舊日少游」三句　胡仔苕溪漁隱叢話前集卷五十引冷齋夜話：「秦少游在處州，夢中作長短句：『山路雨添花，花動一山春色。行到小溪深處，有黄鸝千百。　飛雲當面化龍蛇，夭矯挂空碧。醉卧古藤蔭下，杳不知南北。』後南遷久之，北歸，逗留于藤州，遂終于瘴江之上光華亭。時方醉起，以玉盂汲泉欲飲，笑視之而化。」

滿江紅　海棠下歌後村調共和〔一〕

淡淡胭脂，似裍向、景陽鴛石〔二〕。依然是、春睡未足〔三〕，捧心猶癖〔四〕。藉甚不禁君再顧，嫣然卻記渠初拆。黯銷魂、欲盡更堪憐，終難得。　猶記是，卿卿惜〔五〕。空復見，誰誰摘。但當時一笑，也成陳迹。我嬾花殘都已往，詩朋酒伴猶相覓〔六〕。聽連宵、又雨又還晴，鳩鳴寂〔七〕。

【箋注】

〔一〕後村調　即劉克莊滿江紅二月廿四夜海棠花下作，詞云：「老子年來，頗自許、心腸鐵石。尚一點、消磨未盡，愛花成癖。懊惱每嫌寒勒住，丁寧莫被晴烘拆。奈暄風烈日太無情，如何得。　張畫燭，頻頻惜。憑素手，輕輕摘。更幾番雨過，彩雲無迹。今夕不來花下飲，明朝空向枝頭覓。對殘紅、滿院杜鵑啼，添愁寂。」

〔二〕景陽鴛石　景陽井，南朝陳景陽殿前之井，又名胭脂井。葛立方韻語陽秋卷五：「今胭脂井在金陵之法寶寺，井有石欄，紅痕若胭脂，相傳云後主與張、孔淚痕所染。寺即景陽宮故地也，以井在焉，好事者往來不絕。」因石欄有男女淚痕若胭脂，故稱「鴛石」。

〔三〕春睡未足　唐明皇登沉香亭，召太真妃，于時卯醉未醒，命力士使侍女扶掖而至，明皇笑曰：「豈妃子醉，直海棠睡未足耳。」事見樂史楊太真外傳。

〔四〕捧心猶癖　莊子天命：「西施病心而矉（顰）其里，其里之醜人見而美之，歸亦捧心而矉其里。」

〔五〕卿卿　親暱的稱呼，世説新語惑溺：「王安豐（戎）婦常卿安豐，安豐曰：『婦人卿婿，于禮不敬，後勿復爾。』婦曰：『親卿愛卿，是以卿卿。我不卿卿，誰當卿卿！』遂恒聽之。」

〔六〕詩朋酒伴　李清照永遇樂：「來相召，香車寶馬，謝他酒朋詩侶。」

〔七〕鳩鳴　雨天證候。陸游連日雲興氣濁雨意欲成而南風輒大作比夜月明如晝：「鳩自呼鳴蚓同歌。」自注：「二者鄉人以為雨候。」

又

古巖以馬觀復遺舟，約余與中齋和後村海棠韻，後寄述懷〔一〕

何許相求，且不是、南温北石〔二〕。也欲學、絶交高論〔三〕，自陳余癖。萬里魚書長記憶，十年波浪傷離拆。算此舟、不是剡溪舟〔四〕，空回得。　非出處，何須惜。非瑕纇〔五〕，何須摘。看雪銷鴻去〔六〕，有何留迹。安石豈無同樂意〔七〕，玄真不是朝廷覓〔八〕。但眼前、真率暫相違〔九〕，歌聲寂。

【箋注】

〔一〕古巖、馬觀復、中齋三位友人，前諸詞累見。後村海棠韻，見上首詞注。

〔二〕南温北石　南温，温造，居洛水之南；北石，石洪，居洛水之北。韓愈寄盧仝：「水北山人得名聲，去年去作幕下士。水南山人又繼往，鞍馬僕從塞閭里。」又，送温處士赴河陽軍序：「洛之北涯曰石生，其南涯曰温生。大夫烏公鎮河陽之三月，以石生為才，羅而致之幕下。未數月，以温生為才，又羅而致之幕下。」

〔三〕絶交高論　嵇康有與山巨源絶交書，信中自陳放蕩不羈的性格、服黄精遊山澤觀魚鳥的興趣，不宜出仕，拒絶與司馬氏合作。

〔四〕剡溪舟　用王子猷雪夜駕舟訪，戴安道典，出世説新語任誕，已見前注。

〔五〕瑕纇　缺點，過失。淮南子説林：「若珠之有纇，玉之有瑕，置之而全，去之而虧。」顔師古漢書叙例：「不可追駁前賢，妄指瑕纇。」

〔六〕雪銷鴻去　蘇軾和子由澠池懷舊：「人生到處知何似？應似飛鴻踏雪泥。泥上偶然留指爪，鴻飛那復計東西。」

〔七〕「安石」句　謝安字安石。世説新語識鑒：「謝公在東山畜妓，簡文曰：『安石必出。既與人同樂，亦不得不與人同憂。』」

〔八〕「玄真」句　玄真子，唐張志和之號。新唐書張志和傳云：「張志和，字子同，婺州金華人。居江湖，自稱烟波釣徒。著玄真子，亦以自號。顏真卿為湖州刺史，志和來謁，真卿以舟敝漏，請更之，志和曰：『願為浮家泛宅，往來苕、霅間。』辯捷類如此。善圖山水，酒酣，或擊鼓吹笛，舐筆輒成。嘗撰漁歌，憲宗圖真求其歌，不能致。李德裕稱志和『隱而有名，顯而無事。不窮不達，嚴光之比』云。」

〔九〕真率　世説新語賞譽：「簡文道王懷祖：『才既不長，于榮利又不淡；直以真率少許，便足對人多多許。』」

又

鶯語依然，但春去、人間無約。誰念我、吟情憔悴〔一〕，醉魂落魄。盡日只將行卷續〔二〕，有時自整殘棋著。向黄昏、細雨悶無憀，青梅落。　南又北，相思錯〔三〕。朝異暮，人情薄〔四〕。漫躊躇在目，奢華如昨〔五〕。海底月沉天上兔，遼東人化揚州鶴〔六〕。記龍雲〔七〕、波浪豈能平，天難託。

【箋注】

〔一〕吟情憔悴　屈原漁父：「屈原既放，遊于江潭，行吟澤畔，顔色憔悴，形容枯槁。」

〔二〕行卷　程大昌演繁露卷七：「唐人舉進士，必有行卷，為緘軸，録其所著文，以獻主司。」

〔三〕相思錯　辛棄疾賀新郎把酒長亭説：「鑄就而今相思錯。」

〔四〕人情薄　李商隱關門柳：「東去西來人情薄。」唐琬釵頭鳳：「世情薄，人情惡。」

〔五〕「奢華」句　其意本于李商隱詠史詩：「歷覽前賢國與家，成由勤儉破由奢。」

〔六〕「遼東」句　傳説漢遼東人丁令威在靈虚山學道，成仙後化鶴歸來，落在城門華表柱上。事見搜神後記。揚州鶴，殷芸小説：「有客相從，各言所志：或願為揚州刺史，或願多貲財，或願騎鶴上昇。其一人曰：『腰纏十萬貫，騎鶴上揚州。』欲兼三者。」劉詞融匯一事。

〔七〕龍雲　易乾：「雲從龍，風從虎。」

又

壽某翁

十歲兒童，看騎竹、花陰滿城〔一〕。與新第、桐鄉孫子〔二〕，高下齊生。倚枕不尋柯下夢〔三〕，舉頭自愛橘中名〔四〕。但有時、米價問如何〔五〕，公助平。東西塾，聽書聲。

長短卷，和詩成。總神仙清福，前輩家庭。試問凌烟圖相國〔六〕，何如洛寺寫耆英〔七〕。甚天公、屬意富民侯〔八〕，銀信青〔九〕。

【校】

〔調〕文津本、文瀾本均題作「平聲滿江紅」。

【箋注】

〔一〕看騎竹　白居易贈楚州郭使君：「笑看兒童騎竹馬。」

〔二〕桐鄉　漢書朱邑傳：「初邑病且死，屬其子曰：『我故為桐鄉吏，其民愛我，必葬我桐鄉。後世子孫奉嘗我，不如桐鄉民。』及死葬之，民果共為邑起冢立祠。」

〔三〕「倚枕」句　用唐李公佐南柯太守傳故事。這篇傳奇描寫淳于棼醉後解巾就枕，昏然入夢，被槐安國王招為駙馬，出任南柯太守，享盡榮華富貴。他夢醒後，尋迹發掘，始知夢中經歷之處，乃是蟻穴，因感發于人生虛幻，遂栖心道門，不再過問世事。

〔四〕「舉頭」句　世說新語品藻：「桓玄問劉太常曰：『我何如謝太傅？』劉答曰：『公高，太傅深。』又曰：『何如賢舅子敬？』答曰：『樝、梨、橘、柚，各有其美。』」

〔五〕「但有時」句　晉書王述傳：「司徒王導以門第辟為中兵屬。既見，無他言，惟問以江東米價。述但張目不答。導曰：『王掾不癡，人何言癡也？』」

〔六〕「試問」句　劉肅大唐新語卷十一：「貞觀十七年，太宗圖畫太原倡義及秦府功臣趙公長孫無忌、河間王孝恭、蔡公杜如晦、鄭公魏徵、梁公房玄齡、申公高士廉、鄂公尉遲敬德、鄖公張亮、陳公侯君集、盧公程知節、永興公虞世南、渝公劉政會、莒公唐儉、英公李勣、胡公秦叔寶等二十四人于凌烟閣。太宗親為之贊，褚遂良題閣，閻立本畫。」

〔七〕「何如」句　用洛陽耆英會典，見前江城子和默軒初度韻詞注。

〔八〕富民侯　漢書食貨志：「武帝末年，悔征伐之事，乃封丞相（田千秋）為富民侯。」顔師古注：「欲百姓之殷實，故取其嘉名也。」

〔九〕銀信青　銀質印章，青色綬帶。漢書百官公卿表上：「凡吏秩比二千石以上，皆銀印青綬。」

八聲甘州　和汪士安海棠下先歸，前是觀桃水東，至其鄉真常觀

問海棠花下，又何如、玄都觀中遊。嘆佺巢蜀錦〔一〕，常時不數，前度何稠。誰見宣華故事〔二〕，歌舞簇遨頭〔三〕。共是西江水，不解西流〔四〕。　在處繁華如夢〔五〕，夢占人年少，生死堪羞。任傾城傾國〔六〕，風雨一春休。醉逢君、何須有約，醉留君、繫不住扁舟。空又失，花前一笑，綠盡芳洲。

【箋注】

〔一〕佺巢蜀錦　劉辰翁摸魚兒詞：「笑舊日園林，佺巢蜀錦，處處可攜手。」自注：「佺巢，曾園洞中樓名；蜀錦，平園亭名。」

〔二〕宣華故事　陸游月上海棠：「凝愁處，似憶宣華舊事。」參前乳燕飛飲海棠花下詞注。

〔三〕遨頭　蘇軾卧病彌月聞垂雲花開順闍黎以詩見招次韻答之：「何必遨頭出。」施元之注引成都記：「太守凡出遊樂，士女列于木牀觀之，勢如磴道，謂之遨牀，故謂太守為遨頭。」

〔四〕「不解」句　蘇軾浣溪沙：「誰道人生無再少，門前流水尚能西。」此反用其意。

〔五〕「在處」句　杜甫清明：「著處繁華矜是日。」蔣禮鴻杜詩釋詞：「著猶止也，在也，謂所在之處皆然也。」

〔六〕傾城傾國　漢書外戚傳：「李延年性知音，善歌舞。武帝愛之。嘗侍上，起舞而歌曰：『北方有佳人，絶世而獨立。一顧傾人城，再顧傾人國，寧不知傾城與傾國，佳人難再得。』」因李白清平調詞有「名花傾國兩相歡」句，後人亦用「傾城傾國」喻指名花，本詞即取此義。

又　和鄧中甫中秋

看團團、一物大如杯，時復幾何秋。俯天涯海角，今來古往，人物如流。想見霓裳歌罷，無物與澆愁。惟有當時樹，香滿瓊樓〔一〕。　誰念南樓老子〔二〕，倚西風塵滿，心事悠悠。便班姬袖裏，明月一時休〔三〕。嘆年年、吹簫有約，又一番、鶴夢雪堂舟〔四〕。池上久，滿身風露，還索衣裘。

【箋注】

〔一〕香滿瓊樓　香，指月中桂樹之香。李賀夢天：「鸞佩相逢桂香陌。」瓊樓，月宮。蘇軾水調歌頭丙辰中秋歡飲達旦大醉作此篇兼懷子由：「又恐瓊樓玉宇，高處不勝寒。」段成式酉陽雜俎前集卷二：「（翟天師）曾于江岸，與弟子數十翫月，或曰：『此中竟何有？』翟笑曰：『可隨吾指觀。』弟子中兩人見月規半天，瓊樓金闕滿焉。」

〔二〕南樓老子　見前燭影摇紅嘲王槐城獨賞無月詞注。

〔三〕「便班姬」二句　班姬，班婕妤。明月，喻團扇。秋天一到，團扇無用，被棄置一旁，故云「明月一時休」。參前虞美人中秋對月詞注。

〔四〕鶴夢雪堂舟　蘇軾于舟上夢見飛鶴。事見後赤壁賦：「適有孤鶴横江東來，翅如車輪，玄裳縞衣，戛然長鳴，掠予舟而西也。」雪堂，蘇軾所築堂名，亦以自稱。江城子序：「元豐壬戌之春，余躬耕于東坡，築雪堂居之。」臨江仙：「應念雪堂坡下老。」

又　賀詞

記前朝、鶴會又重來〔一〕，攀翻第三桃〔二〕。看雲華授策〔三〕，麻姑擘脯〔四〕，嬴女吹簫〔五〕。尋思曲江舊事，宫錦勝龍標〔六〕。奏罷清華夢〔七〕，獨立春宵。　不數相州錦樣〔八〕，是調羹御手〔九〕，重解金貂〔一〇〕。但今年此日，疏了醉葡萄〔一一〕。聞老仙、衣冠皓偉，又丁寧、天語著兒招。都人望，回班賜第，赤舄飛朝〔一二〕。

【箋注】

〔一〕鶴會　劉辰翁須溪集卷七代祝純陽真人：「佛生五日，有開鶴會之祥；仙列三陽，來集鷺洲之上。」

〔二〕「攀翻」句　攀翻，見前酹江月趙氏席間即事再用坡韻詞注。第三桃，漢武故事載，東郡送一短人，名巨靈，對漢武帝説：「王母種桃三千年一結實，此兒（指東方朔）不良，已三過偷之。」

〔三〕雲華授策　歷世真仙通鑑：「雲華夫人者，金母之女也。夏禹治水，隨山濬川，老君遣雲華夫人，往陰助之。時駐巫山之下，大風卒至，崖谷振隕，力不可制。忽遇雲華夫人，禹拜而求助，夫人即勑授禹策召鬼神之書，助禹誅害，為人力所不能制者，禹治水乃成功。」

〔四〕麻姑擘脯　相傳女仙麻姑擘麟脯而食。葛洪神仙傳卷二：「擘脯而食之，云麟脯。」

〔五〕嬴女吹簫　杜甫玉臺觀：「始知嬴女善吹簫。」嬴女，即秦穆公女弄玉。參前桂枝香寄揚州馬觀復……感恨雜言詞注。

〔六〕「尋思」二句　曲江，唐代長安遊賞勝地，代指長安。宮錦，指李白，舊唐書李白傳：「自采石達金陵，白衣宮錦袍，于舟中顧瞻笑傲，旁若無人。」龍標，指王昌齡，因嘗貶龍標尉，人稱王龍標。新唐書王昌齡傳：「不護細行，貶龍標尉。」

〔七〕清華　宋宮內閣名。玉海卷一百六十三淳熙清華閣：「五年，學士周必大對清華閣。十四年，洪邁召對清華閣。」

〔八〕相州錦　見減字木蘭花尚學林己丑壽日詞注。

〔九〕調羹御手　李陽冰草堂集序：「天寶中，皇祖下詔，徵就金馬，降輦步迎，如見綺皓。以七寶牀賜食，御手調羹以飯之。」

〔一〇〕解金貂　用阮孚金貂換酒事。晉書阮孚傳：「（孚）遷為黃門侍郎、散騎常侍，嘗以金貂換酒，復為所司彈劾。」按，賀知章于長安見李白，呼為「謫仙人」，因解金龜，換酒為樂。事見李白對酒憶賀監詩序。此以阮孚事指代賀知章，以叶韻故也。

〔一一〕醉葡萄　李白襄陽歌：「遥看漢水鴨頭緑，恰似葡萄初醱醅。此江若變作春酒，壘麴便築糟丘臺。」

〔一二〕赤舄飛朝　赤舄，古代帝王、貴族所穿之禮鞋。詩豳風狼跋：「公孫碩膚，赤舄几几。」赤舄飛，用王喬事，見前雙調望江南壽王秋水詞注。

又

和蕭汝道感秋〔一〕

但秋風、年又一年深，不禁長年悲。自景陽鐘斷〔二〕，館娃宮閉〔三〕，冷落心知。千樹西湖楊柳，更管別人離〔四〕。看取茂陵客〔五〕，一去無歸。　都是舊時行樂，漫烟銷日出〔六〕，水繞山圍〔七〕。看人情荏苒，不似鷓鴣飛〔八〕。聽砧聲、遥連塞外〔九〕，問三衢〔一〇〕、道上去人稀。銷凝久，殘陽短笛，似我歔欷。

【箋注】

〔一〕蕭汝道　須溪友人，生平未詳。

〔三〕景陽鐘　南齊書后妃傳：「上數游幸苑圃，載宫人從後車。宫内深隱，不聞端門鼓漏聲，置鐘于景陽樓上，宫人聞鐘聲，早起妝飾。」

〔三〕館娃宫　太平寰宇記引越絶書：「吴人于硯石山置館娃宫。」陸廣微吴地記：「東二里有館娃宫，吴人呼西施作娃，夫差置，今靈巖山是也。」

〔四〕「千樹」二句　姜夔暗香：「千樹壓、西湖寒碧。」按，姜夔詞詠梅，須溪借以詠柳。劉禹錫楊柳枝詞：「長安陌上無窮樹，唯有垂楊管别離。」

〔五〕茂陵客　指漢武帝劉徹，其死後葬于茂陵。李賀金銅仙人辭漢歌：「茂陵劉郎秋風客。」

〔六〕烟銷日出　柳宗元漁翁：「烟銷日出不見人，欸乃一聲山水緑。」

〔七〕水繞山圍　劉禹錫金陵五題：「山圍故國周遭在，潮打空城寂寞回。淮水東邊舊時月，夜深還過女牆來。」

〔八〕鷓鴣飛　李白越中覽古：「宫女如花滿春殿，只今惟有鷓鴣飛。」

〔九〕「聽砧聲」句　沈佺期古意：「九月寒砧催木葉，十年征戍憶遼陽。」

〔一〇〕三衢　即衢州，因有三衢山而得名。元和郡縣圖志卷二十六：「武德四年平李子通，于信安縣置衢州，以州有三衢山。」

又　送春韻

看飄飄、萬里去東流，道伊去如風。便錦纜危潮〔一〕，青山御宿〔二〕，烟雨啼紅。愁是明朝酒醒〔三〕，聽著返魂鐘。留得春如故，了不關儂。　春亦去人遠矣，是別情何薄，歸興何濃。但江南好□，未便到芙蓉。念今夜、初程何處〔四〕，有何人、垂袖舞行宫。青青柳，留君如此，如此匆匆。

【校】

〔題〕朱校：「按送春上疑有脱。」　〔好□〕朱校：「原本作好心，丁本作心好，從金校。」清刻本、文津本、文瀾本均作「心好」。

【箋注】

〔一〕錦纜　畫舸上錦製的纜繩。庾信奉和泛江：「錦纜回沙磧。」

〔二〕御宿　皇家花園。藝文類聚卷八十六引三秦記：「漢武帝園，一名樊川，一名御宿。」

〔三〕明朝酒醒　柳永雨霖鈴：「今宵酒醒何處，楊柳岸、曉風殘月。」

〔四〕初程　旅程的第一站。姜夔揚州慢：「解鞍少駐初程。」

又　春雪奇麗，未能賦也，因古巖韻志喜

甚花間、兒女笑盈盈。人添雪獅成〔一〕。任踏青無路〔二〕，凌波有地，步步光塵〔三〕。招得梅妃魂也〔四〕，好似去年春。柳亦何曾絮〔五〕，都是雲英〔六〕。　休道東皇誕漫〔七〕，到茶烟歇後〔八〕，誰濁誰清。賴謝娘好語，端勝解圍兵〔九〕。看昨朝、天公雨粟〔一〇〕，定大家、快活社翁平。春晴好，溶溶雨盡，聽賣花聲〔一一〕。

【校】

〔人添〕文津本作「又添」。

【箋注】

〔一〕「人添」句　孟元老東京夢華録卷十：「豪貴之家，遇雪即開筵，塑雪獅，裝雪燈。」吳自牧夢粱録卷六亦有記載。

〔二〕踏青無路　朱敦儒杏花天詞云：「無路踏青斗草。」

〔三〕「凌波」二句　曹植洛神賦：「凌波微步，羅襪生塵。」

〔四〕梅妃　見前酹江月北客用坡韻改賦訪梅詞注。本詞借指梅花。

〔五〕柳絮　喻雪，見前燭影摇紅立春日和秋崖韻「飛絮」條注。

〔六〕雲英　郭璞抱朴子仙藥：「雲母有五種：五色並具而多青者，名雲英。」

〔七〕東皇誕漫　句下自注：「退之語。」語見韓愈感春詩：「皇天平分成四時，春氣漫誕最可悲。」

〔八〕茶烟　杜牧題禪院：「今日鬢絲禪榻畔，茶烟輕颺落花風。」

〔九〕「賴謝娘」二句　晉書王凝之妻謝氏傳：「凝之弟獻之嘗與賓客談議，詞理將屈，道韞遣婢白獻之曰：『欲為小郎解圍。』乃施青綾步鄣自蔽，申獻之前議，客不能屈。」謝娘即指謝道韞。

〔一〇〕天公雨粟　初學記卷二引周書曰：「神農之時，天雨粟，農耕而種之。」周密癸辛雜識續集下「天雨米豆」條云：「乙未歲，江西歉甚，時天亦雨米，貧者得濟，富家所雨則雪也。此又異甚。」

〔一一〕「溶溶」二句　用陸游臨安春雨初霽詩意：「小樓一夜聽春雨，深巷明朝賣杏花。」

水龍吟　寓興和巽吾韻

何須銀燭紅妝，菜花總是曾留處。流觴事遠〔一〕，繞梁歌斷〔二〕，題紅人去〔三〕。繞蝶東牆，啼鶯修竹，疏蟬高樹。嘆一春風雨，歸來抱膝，懷往昔、自淒楚。　遥望東門柳下，夢參差、欲歸幽路。斷紅芳草，連空積水，憑高墜霧。水洗銅駝，天清華表〔四〕，昇平重遇。但相如老去，江淹才盡〔五〕，有何人賦。

【校】

〔高樹〕朱校：「原本樹作柳，從金校。」按柳字失韻，非。

【箋注】

〔一〕流觴事　世説新語企羡劉孝標注引王羲之臨河叙曰：「永和九年，歲在癸丑，暮春之初，會于會稽山陰之蘭亭，修禊事也。羣賢畢至，少長咸集。此地有崇山峻嶺，茂林修竹，又有清流激湍，映帶左右，引以為流觴曲水，列坐其次。」

〔二〕繞梁歌斷　列子湯問：「韓娥東之齊，過雍門，鬻歌假食。既去，而餘音繞梁欐，三日不絶。」

〔三〕題紅人去　唐宋人關于桐葉題詩的記載有數則，略有異同，今扣住劉詞「題紅」語，取范攄雲溪友議卷十之一則，云：「盧渥舍人應舉之歲，偶臨御溝，見一紅葉，命僕搴來，葉上乃有一絶句，置于巾箱，或呈于同志。及宣宗既省宫人，初下詔許從百官司吏，獨不許貢舉人。渥後亦一任范陽，獲其退宫人，覩紅葉而吁嗟久之曰：『當時偶題隨流，不謂郎君收藏巾篋。』驗其書迹，無不訝焉。詩云：『流水何太急，深宫盡日閒。殷勤謝紅葉，好去到人間。』」

〔四〕華表　馬縞中華古今注卷上：「程雅問曰：『堯設誹謗之木，何也？』答曰：『今之華木也。以橫木交柱頭，狀如華也，形如桔槔，大路交衢悉施焉。或謂之表木，以表王者納諫也。亦以表識衢路。秦乃除之，漢始復修焉。」

〔五〕江淹才盡　鍾嶸詩品卷中：「初，（江）淹罷宣城郡，遂宿冶亭，夢一美丈夫，自稱郭璞，謂淹曰：『我有筆在卿處多年矣，可以見還。』淹探懷中，得五色筆以授之。爾後爲詩，不復成語，故世傳江淹才盡。」

又　壽周耐軒

多年袖瓣心香〔一〕，重新拈出爲公壽。喚起老龍〔二〕，如今正是，欠伸時候。弱語聞鶯，輕陰轉柳，絃薰未透。信江南，自有真儒未用〔三〕，須待見、袞和繡〔四〕。　聞説鋒車在道〔五〕，更四輩、傳宣來驟〔六〕。蟠胸何限，天門夜對，春宫晨奏。梅子陰濃，菖蒲花老〔七〕，桔槔閒後〔八〕。但北闕下澤，遺民社在，賀公歸晝〔九〕。

【箋注】

〔一〕「多年」句　陳師道觀兖文忠公家六一堂圖書：「向來一瓣香，敬爲曾南豐。」任淵注：「諸方開堂，至第三瓣香，推本其得法所自，則云此一瓣香敬爲某人云云。」祖庭事苑：「古今尊宿拈香多云一瓣。瓣，瓜瓣也，以香似之，故稱焉。」

〔二〕唤起老龍　三國志蜀書諸葛亮傳：「時先主屯新野，徐庶見先主，先主器之，謂先主曰：『諸葛孔明者，卧龍也。』」詞人用諸葛亮受知于先主事，喻周耐軒。

〔三〕「自有」句　揚雄法言：「如用真儒，無敵于天下。」宋史周必大傳：「臣觀西漢所謂社稷臣，乃鄙朴之周勃、少文之汲黯、不學之霍光，至于公孫弘、蔡義、韋賢，號曰儒者，而持禄保位，故宣帝曰俗儒不達時宜。使宣帝知真儒，何至雜伯哉！」

〔四〕衮和繡　詩豳風九罭：「我覯之子，衮衣繡裳。」毛詩正義曰：「傳解詩言衮衣繡裳者，是所以見周公之服也。畫龍于衣謂之衮，故云衮衣卷龍。」

〔五〕鋒車　即追鋒車。晉書輿服志：「追鋒車，去小平蓋，加通幰，如軺車，駕二。追鋒之名，蓋取其迅速也。」范成大三次喜雨詩韻少伸嘉頌：「聞有追鋒傳好語。」

〔六〕「更四輩」句　新唐書馬周傳：「太宗召馬周，「間未至，遣使者四輩敦趣。」

〔七〕菖蒲花老　嵇含南方草木狀卷上：「番禺東有澗，澗中生菖蒲，皆一寸九節。安期生採服仙去，但留玉舄焉。」

〔八〕桔槔間後　莊子天地篇：「（子貢）曰：『鑿木為機，後重前輕。挈水若抽，數如泆湯，其名為槔。』為圃者忿然作色而笑曰：『吾聞之吾師，有機械者必有機事，有機事者必有機心。機心存于胸中，則純白不備；純白不備，則神生不定；神生不定者，道之所不載也。吾非不知，羞而不為也。』」韓琦登廣教院閣：「雨匀朝圃桔槔閒」。此以韓琦喻周耐軒年老退仕以後，機務不再存于胸府的境界。

〔九〕歸晝　漢書項籍傳：「羽見秦皆已燒殘，又懷思東歸，曰：『富貴不歸故鄉，如衣錦夜行。』」王維送秘書晁監還日本國詩序：「欲其晝錦而還，莊舄既顯而思歸。」

又

看人削樹成槎，布帆海上秋風浪〔一〕。白頭坡老〔二〕，知津水手，倚桄榔杖〔三〕。九點齊州〔四〕，半生髀肉〔五〕，烟塵蒼莽。但北窗夢轉，青陰滿眼，撫陳迹，玩新漲〔六〕。　世事艱難已遍，笑而今、不堪重想。龍筋虎骨，根深伏兔，擎空千丈。禮樂文章，終須夢卜，南人為相。問凌烟生面〔七〕，他時彷彿，似何人像。

【箋注】

〔一〕「看人」兩句　意謂看人避世。論語公冶長：「子曰：『道不行，乘桴浮于海，從我者，其由與！』」

〔二〕白頭坡老　蘇轍東坡先生墓誌銘：「以黄州團練副使安置，公幅巾芒屩，與田父野老相從溪谷之間，築室于東坡，自號東坡居士。」後人因稱軾為坡老。王宗稷東坡先生年譜：「紹聖四年，五月，先生責授瓊州別駕，昌化軍安置。」時年六十二歲，故云「白頭。」

〔三〕桄榔杖　蘇軾桄榔杖寄張文潛一首時初聞黄魯直遷黔南范淳父九疑也：「江邊曳杖桄榔瘦。」

〔四〕九點齊州　自高空回望中國，如九點烟，語出李賀夢天：「遥望齊州九點烟。」齊州，中州。

〔五〕半生髀肉　三國志蜀書先主傳：「備往常身不離鞍，髀肉皆散；今久不騎，髀裏肉生，日月蹉跎，老將至矣，而功業不逮，是以悲耳！」

〔六〕新漲　時日很近的漲水留下的痕迹。范成大崇德廟：「不知新漲高幾畫，但覺樓前奔萬雷。」原注：「離堆石壁原有水則，記漲痕，占歲事，一畫為一刻。」

〔七〕凌烟生面　杜甫丹青引贈曹將軍霸：「凌烟功臣少顔色，將軍下筆開生面。」杜詩九家注引趙次公曰：「貞觀中，太宗畫李靖等二十四人于凌烟閣，至開元時，顔色已暗，而曹將軍重為之畫，故云開生面。蓋因左氏狄人歸先軫之元而面如生也。」

又　和清江李侯士弘來壽〔一〕

閒思十八年前，依稀正是公年紀。銅駝陌上〔二〕，烏衣巷口〔三〕，臣清如水〔四〕。是處風箏，滿城晝錦〔五〕，兒郎俊偉。但幅巾藜杖〔六〕，低垂白鬢，角與綺〔七〕，問何里。最憶他年甘旨。也曾經、三仕三已〔八〕。至今結習，餘年未了，業多生綺。安得滕廛〔九〕，移將近市，長薰晉鄙〔一〇〕。望福星炯炯〔一一〕，西江千里，待公來祉〔一二〕。

【校】

〔近市〕清刻本、文瀾本作「剡棹」，朱校：「丁本作剡棹」。〔來祉〕全宋詞作「來社」，誤。

【箋注】

〔一〕清江　縣名。元豐九域志卷六：「臨江軍，治清江縣。」李士弘，與須溪友善，本河東人，時知臨江軍，故稱李侯。須溪集卷二中和堂記：「河東李士弘，剛果好義人也。其來東南，遍參歷試，充然如有所得，然余有所不能知也。」須溪詞又有蝶戀花壽李侯。

〔二〕銅駝陌上　洛陽故城中有銅駝街，為繁華之地。徐陵洛陽道：「東門向金馬，南陌接銅駝。」

〔三〕烏衣巷口　劉禹錫金陵五題烏衣巷：「朱雀橋邊野草花，烏衣巷口夕陽斜。」

〔四〕清如水　喻人之品格高潔。論語公冶長：「崔子弒齊君，陳文子有馬十乘，棄而違之，至于他邦，……子曰：『清矣。』」漢書鄭崇傳：「臣門如市，臣心如水。」

〔五〕晝錦　見前水龍吟壽周耐軒詞注。

〔六〕幅巾藜杖　陸游秋晚登城北門：「幅巾藜杖北城頭。」後漢書鮑永傳李賢注：「幅巾，謂不著冠，但幅巾束首也。」

〔七〕甪與綺　甪里先生與綺里季，商山四皓之二，見漢書張良傳。

〔八〕三仕三已　論語公冶長：「令尹子文三仕為令尹，無喜色；三已之，無愠色。」

〔九〕滕廛　孟子滕文公上：「(許行)自楚至滕，踵門而告文公曰：『遠方之人，聞君行仁政，願受一廛而為氓。』」

〔一〇〕長薰晉鄙　韓愈争臣論：「(陽城)居于晉之鄙，晉之鄙人薰其德而善良者幾千人。」

〔一一〕福星　喻為民造福之人。羅隱送汝州李中丞：「山河擁福星。」王禹偁送寇諫議赴青州：「歸夢尋温樹，行塵動福星。」

〔一二〕來祉　祉，福，賜福于民。詩大雅皇矣：「既受帝祉，施于子孫。」鄭箋：「祉，福也」。來祉，來江西賜福于民。

又　和南劍林同舍元甲遠寄壽韻〔一〕

多年緑幕黄簾，瓶花黯黯無誰主。荀陳迹遠〔二〕，燕吳路斷〔三〕，何人星聚〔四〕。四聖樓臺，水仙華表，冷烟和雨。但徘徊夢想，美人不見，空猶記、鐵鑪步〔五〕。過盡凉風天末〔六〕，墮華戕、行行飛翥。一端翠織，錦鯨茅屋，天吴驚舞〔七〕。念我何辰〔八〕，涸陰冰子〔九〕，生憐金虎〔一〇〕。恨兒癡不了〔一一〕，山川悠緬，共君爨宇〔一二〕。

【箋注】

〔一〕林元甲　南劍州教授，見前酹江月同舍延平林府教……還祝當家詞注。

〔二〕荀陳　世説新語品藻：「正始中，人士比論，以五荀方五陳，荀淑方陳寔，荀靖方陳諶，荀爽方陳紀，荀彧方陳羣，荀顗方陳泰。」本詞借喻太學同學。

〔三〕燕吴路斷　指南北阻隔。

〔四〕星聚　世説新語德行注引續晉陽秋：「陳仲弓從諸子姪造荀父子，于時德星聚，太史奏：『五百里賢人聚。』」

〔五〕鐵鑪步　地名，在永州外城北面。柳宗元有永州鐵鑪步志。柳文云：「其冒于號有異于是步者乎？向使有聞兹步之號，而不足釜錡錢鎛刀鈇者，懷價而來，能有得其欲乎？則求位與德于彼，其不可得亦猶是也。」柳宗元假名不副實的永州鐵鑪步為由頭，無情揭露并辛辣諷刺那些「不知推其本而故大其號」的人，從而有力地抨擊門閥世族殘餘勢力和世族特權思想。

〔六〕「過盡」句　杜甫天末懷李白：「涼風起天末，君子意如何？」

〔七〕「一端翠織」三句　句下自注：「時林寄被纈為禮。」錦鯨、天吴，均為被纈圖案。天吴，水伯，山海經海外東經：「朝陽之谷，神曰天吴，是為水伯，八首人面，八足八尾，皆青黄。」杜甫太子舍人遺織成褥段詩云：「客從西北來，遺我翠織成。開緘風濤湧，中有掉尾鯨。」「錦鯨卷還客，始覺心和平。」

〔八〕「念我」句　用詩小雅小弁「天之生我，我辰安在」詩意。

〔九〕涸陰　張衡西京賦：「其遠則九嵕甘泉，涸陰沍寒。」

〔一〇〕「生憐」句　生，最。張相詩詞曲語辭匯釋卷二：「生，甚辭，猶偏也，最也。」金虎，此指香爐。李商隱燒香曲：「白天月澤寒未冰，金虎含秋向東吐。」以上三句，乃謂須溪生于臘月底，天氣寒冷，最喜香爐。

〔一一〕「恨兒癡」句　晉書傅咸傳：「楊駿弟濟素與咸善，與咸書：『天下大器，未可稍了，而相觀每事欲了。生子癡，了官事，官事未易了也。』」

〔一二〕黌宇　學舍，後漢書儒林傳：「順帝感翟酺之言，乃更修黌宇，凡所造構二百四十房，千八百五十室。」須溪與林元甲為太學同舍，故云。

又

巽吾賦溪南海棠，花下有相憶之句，讀之不可為懷，和韻並述江東旅行〔一〕

征衫春雨縱横〔二〕，何曾濕得飛花透。知君念我，溪南徙倚，誰家紅袖。藉草成眠〔三〕，簪花倚醉，狂歌扶手。嘆故人何處，聞鵑墮淚，春去也，到家否。說與東風情事，怕東風、似人眉皺〔四〕。亂山華屋，殘鄰廢里，不堪回首。寒食江村，牛羊丘隴，茅檐酤酒。笑周秦來往，與誰同夢，說開元舊〔五〕。

【箋注】

〔一〕巽吾　即彭元遜，其賦溪南海棠之原韻，今已不存。

〔二〕「征衫」句　陸游劍門道中遇微雨：「衣上征塵雜酒痕，遠遊無處不消魂。此身合是詩人未，細雨騎驢入劍門。」

〔三〕藉草成眠　蘇軾西江月：「我欲醉眠芳草。」

〔四〕「怕東風」句　此句措辭立意甚新，似從李賀贈陳商「苦節青陽皺」句化出。春天能皺，與東風能皺眉，其藝術意想如出一轍。

〔五〕「笑周秦」三句　託名牛僧孺撰周秦行紀，述自長安歸宛葉，途經薄后廟，夢見漢薄太后、戚夫人，晉綠珠，齊潘淑妃，唐楊貴妃，談及玄宗、肅宗，及代宗嗣位事。

又　和中甫九日

孤烟澹澹無情，角聲正送層城暮〔一〕。傷懷絶似，龍山罷後〔二〕，騎臺沉處。珠履三千〔三〕，金人十二〔四〕，五陵無樹〔五〕。嘆岐王宅裏〔六〕，黄公壚下〔七〕，空鼎鼎〔八〕、記前度。　幾許英雄文武。酒不到故人墳土〔九〕。平生破帽，幾番摇落，受西風侮。昨日如今，明年此會〔一〇〕，俛然懷古。便東籬甲子，花開花謝，不堪重數。

【箋注】

〔一〕「角聲」句　層城，語見世説新語言語：「桓征西治江陵城甚麗，會賓僚出江津望之，云：『若能目此城者有賞。』顧長康時為客，在坐，目曰：『遥望層城，丹樓如霞。』桓即賞以二婢。」全句用姜夔揚州慢詞意：「漸黄昏，清角吹寒，都在空城。」

〔二〕龍山　在今湖北省江陵縣西北。桓温于九月九日排筵龍山，見前減字木蘭花甲午九日牛山作詞注。

〔三〕珠履三千　史記春申君傳：「春申君客三千，其上客皆躡珠履。」

〔四〕金人十二　史記秦始皇本紀：「收天下兵，聚之咸陽，銷以為鐘鐻，金人十二，重各千石，置廷宫中。」

〔五〕五陵無樹　杜牧登樂遊原：「看取漢家何事業，五陵無樹起秋風。」

〔六〕岐王宅裏　杜甫江南逢李龜年：「岐王宅裏尋常見，崔九堂前幾度聞。正是江南好風景，落花時節又逢君。」

〔七〕黄公壚下　世説新語傷逝：「王濬沖為尚書令，著公服，乘軺車，經黄公酒壚下過，顧謂後車客：『吾昔與嵇叔夜、阮嗣宗共酣飲于此壚，竹林之遊，亦預其末。自嵇生夭、阮公亡以來，便為時所羈紲。今日視此雖近，邈若山河。』」

〔八〕鼎鼎　盛貌。陸游歲晚書懷：「殘歲堂堂去，新春鼎鼎來。」本詞指昔日（前度）之盛況。

〔九〕「酒不到」句　李賀將進酒：「勸君終日酩酊醉，酒不到劉伶墳上土。」

〔一〇〕明年此會　杜甫九日藍田崔氏莊：「明年此會知誰健？醉把茱萸仔細看。」

宴春臺　壽周耐軒

五十三年，韶華剛度〔一〕，今年夏五十三。瑞鶴朝來〔二〕，待公彌月重探。人生貴壽多男。看斕斑室〔三〕，添箇荷衫。□□□，亭亭八面，醉倚紅酣。　承平故事，暇日清談〔四〕。雲龍風虎〔五〕，塞北江南。午橋午枕〔六〕，羲皇白日如恢〔七〕。手種蟠桃，明年看取，實大如柑。柰何堪。天妒人睡美〔八〕，趣趁朝參。

【校】

〔斕斑室〕朱校：「按室字疑衍。」〔□□□〕文津本無空格。朱校：「原本下未空格，從金校。」

【箋注】

〔一〕「五十三年」二句　耐軒，即周天驥，與劉辰翁同年生。劉將孫祭總管府尹相公耐軒先生周公文：「追惟先君，託好齊年。」詞作于劉辰翁、周天驥五十三歲時，即元世祖至元二十一年（一二八四）。其時須溪已自臨安憑吊故都陳迹返回廬陵。

〔二〕瑞鶴　鶴為祥瑞之鳥，故名。圖畫見聞志載黄筌在禁中，多畫珍禽瑞鳥，其中有孔雀、龜鶴之類。

〔三〕斕斑　指童衫色彩斑斕鮮明，暗用老萊子典。

〔四〕清談　世説新語容止：「王夷甫容貌整麗，妙于談玄。」

〔五〕雲龍風虎　易乾：「雲從龍，風從虎。」舊時用以喻君臣遇合，此譬周天驥常遇聖君。

〔六〕午橋午枕　午橋，即午橋莊，為唐代裴度之别墅，中有緑野堂，在今河南洛陽市南。白居易有奉和裴令公新成午橋緑野堂即事。午枕，午睡。王安石午枕：「午枕花前簟欲流，日催紅影上簾鈎。」

〔七〕「羲皇」句　羲皇，指羲皇上人，太古之人。此用陶淵明典見前浣溪紗三月三日詞注。惔，安静貌。莊子刻意：「虚無恬惔，乃合天德。」

〔八〕睡美　杜甫偪仄行贈畢曜：「曉來急雨春風顛，睡美不聞鐘鼓傳。」

掃花遊　和秋崖見壽。秋崖時謁選，留詞去〔一〕

春臺路古，想店月潭雲，雞鳴關候。巾車爾久〔二〕。記湘纍降日〔三〕，留詞勸酒。不是行邊，待與持杯論斗。算吾壽。已待得河清〔四〕，萬古晴晝。京國事轉手。漫宫粉堆黄〔五〕，髻妝啼舊〔六〕。瑶池在否。自劉郎去後，宴期重負。解事天公，道是全無又有。笑浯溪，至今聱叟〔八〕。浯溪友〔七〕。

【箋注】

〔一〕秋崖　即敖秋崖。謁選，去吏部等候選派。

〔二〕巾車　有車衣遮蓋的車。孔叢子紀問：「巾車命駕，將適唐都。」鄭玄周禮注：「巾，衣也。」

〔三〕湘纍　指屈原。揚雄反離騷：「叙弔楚之湘纍。」注：「謂不以罪死曰纍。屈原赴湘死，故曰湘纍。」

〔四〕待得河清　左傳襄公八年：「周詩有之曰：俟河之清，人壽幾何！」

〔五〕宫粉堆黄　宫殿圮頹之景象。李賀還自會稽歌：「野粉椒壁黄，濕螢滿梁殿。」又，堂堂：「十年粉蠹生畫梁，蝕蟲不食堆碎黄。」

〔六〕髻妝啼舊　趙飛燕外傳附伶玄自叙：「伶玄字子于，潞水人。……買妾樊通德，頗能言趙飛燕姊弟事。通德占袖顧視燭影，以手擁髻，淒然泣下，不勝其悲。」

〔七〕浯溪　在今湖南祁陽縣境。唐元結浯溪銘序：「浯溪在湘水之南，北匯于湘。愛其勝異，遂家溪畔。溪世無名稱者也，為自愛之故，命曰浯溪。」

〔八〕聱叟　元結别號。李肇國史補卷上：「結，天寶中始在商餘之山，稱元子。逃難至猗玗山，或稱浪士，漁者呼為聱叟，酒徒呼為漫叟。」

憶江南

二月十八日，臞軒約客，因問晏氏海棠開未，即攜具至其下，已盛甚〔一〕

年時客，花幾許，已報八分催。卻問主人何處去，且容老子箇中來。花外主人回。如今安在哉。正喜錦官城爛漫〔二〕，忽驚花鳥使摧頹〔三〕。世事只添杯〔四〕。

【箋注】

〔一〕 臞軒　疑即康臞山。晏氏，與劉辰翁交遊的有二人，一爲晏山心宗鎬，見劉將孫梅花阡碑；一爲晏雲心，見劉辰翁水調歌頭壽晏雲心。未知孰是。

〔二〕 錦官城　華陽國志卷三：「蜀郡成都西城，故錦官城也。錦江，織錦濯其中則鮮明，他江則不好，故命曰錦里也。」元和郡縣志：「劍南道成都府成都縣，錦城在其縣南十里，故錦官城也。」

〔三〕 花鳥使　新唐書文苑傳吕向傳：「時帝（玄宗）歲遣使採擇天下姝好，内之後宫，號花鳥使。」

〔四〕「世事」句　句下自注：「時有稱宣使折花者，蓋詐也，託以肆陵慢。」

梅花引　壽槐城

酒熟未。梅開未〔一〕。去年遲待重來醉。笑當筵。舞當筵。惟有今年。八十是開年〔二〕。參差野袂成歸鶴。石鼎未開容剥啄〔三〕。歲開尊。歲添孫。孫又開尊。福曜萃高門。

【箋注】

〔一〕 梅開未　王維雜詩其二：「君自故鄉來，應知故鄉事。來日綺窗前，寒梅著花未？」

〔二〕八十是開年　白居易喜老自嘲：「行開第八秩，可謂盡天年。」自注：「時俗謂七十以上為開第八秩。」按，王槐城與須溪同年同月生，水調歌頭和王槐城自壽：「偶與大年同。」念奴嬌槐城賦以自壽又和韻見壽三和謝之：「某公某所，同年同月，誰翦招魂紙。」須溪卒年六十六歲，不可能為王槐城祝賀八十歲生辰，頗疑本詞之「八十」乃「六十」之訛。

〔三〕「石鼎」句　石鼎，石製煮茶器具。范成大病中絶句：「石鼎颼颼夜煮湯。」韓愈剥啄行：「剥剥啄啄，有客至門。」魏懷忠注：「剥啄，叩門聲。」

蝶戀花　感興

過雨新荷生水氣。高影參差，無謂思量睡。夢裏不知輕别意〔一〕。醒來竟是誰先起，

去路夕陽芳草際〔二〕。不論闌干，處處情懷似。記得分明羞擲蕊。自知不是天仙子。

【箋注】

〔一〕「夢裏」句　李煜浪淘沙：「夢裏不知身是客。」

〔二〕「去路」句　范仲淹蘇幕遮：「芳草無情，更在斜陽外。」辛棄疾摸魚兒：「見説道，天涯芳草迷歸路。」

又　壽李侯

八九十翁嬉入市。把菊簪萸，共説新篘美〔一〕。何以祝公千百歲，壽潭自酌花間水〔二〕。白鷺沉沉飛復起〔三〕，杜老江頭，不恨秋風裏〔四〕。欲種蟠根天上李〔五〕。三千年看青青子〔六〕。

【校】

〔千百歲〕文津本作「千歲歲」。朱校：「原本作千歲歲，從金校。」

【箋注】

〔一〕「把菊」二句　王維九日憶山東兄弟：「遍插茱萸少一人。」乾淳歲時記：「都人九月九日，飲新酒，泛萸簪菊。」吴自牧夢粱録卷五「九月」：「今世人以菊花、茱萸浮于酒飲之，蓋茱萸名『辟邪翁』，菊花為『延壽客』，故假此兩物服之，以消陽九之厄。」

〔二〕「壽潭」句　參見前霜天曉角壽吴蒙庵注〔四〕。

〔三〕「白鷺」句　王維積雨輞川莊作：「漠漠水田飛白鷺。」

〔四〕「杜老」二句　杜老，謂杜甫。杜甫茅屋為秋風所破歌：「八月秋高風怒號，卷我屋上三重茅。茅飛渡江洒江郊，高者掛罥長林梢，下者飄轉沉塘坳。」

〔五〕蟠根　蟠桃樹根。十洲記：「東海有山，名度索山，上有大桃樹，蟠屈三千里，曰蟠桃。」

〔六〕三千年　張華博物志卷八：「王母索七桃，大如彈丸，以五枚與帝，母食二枚。帝食桃輒以核著膝前，母曰：『取此核將何為？』帝曰：『此桃甘美，欲種之。』母笑曰：『此桃三千年一生實。』」

霓裳中序第一

石瑶林作霓裳中序第一咏温泉，疑其未嘗親見，語不甚切。余所見廬山一兩池，初不可近，漸入頗覺奇賞，因用其聲用其韻試為之〔一〕

銀河下若木〔二〕。暖漲一川春霧緑〔三〕。白鳳徘徊清淑〔四〕。似沉水無烟〔五〕，礜湯千斛〔六〕。柔肌暗粟〔七〕。想臨流、嬌噴輕觸。空恨恨，何人熱惱，卻憶冷泉掬。　酥玉〔八〕。未諳湯沐。深又淺、蕩摇心目。雲蒸雨漬翻覆。泛影浮紅，飄飄相逐。裳衣還未欲。驀自怪、野鴛雙浴。華清遠〔九〕，寒猿夜繞，落月可能漉〔一〇〕

【校】

〔相遂〕朱校：「原本相上衍自字，從金校。」

【箋注】

〔一〕石瑶林　即石正倫。全宋詞小傳：「正倫號瑶林，官帥幹。」石正倫霓裳中序第一云：「憑高快醉目。翠拂遥峰相對簇。千丈漣漪瀉谷。愛溶漾墜紅，染波芬馥。何人笑掬。想温泉、初卸綃縠。春風蕩，六宫麗質，那日賜湯沐。　雙浴。繡鳧飄逐。恍記展、江南數幅。而今鬢邊漸鵠。阮洞音稀，懶訪仙躅。繫船橋畔宿。聽静夜、泠泠奏曲。長安遠，渭流香膩，暗憶曉鬟緑。」

〔二〕若木　神話中長在日入處的樹木。山海經大荒北經：「大荒之中，有衡石山、九陰山、洞野之山，上有赤樹，青葉赤華，名曰若木。」屈原離騷：「折若木以拂日兮。」

〔三〕春霧緑　雲霧映透草木之色而生緑。李賀江南弄：「江中緑霧起涼波。」

〔四〕白鳳徘徊　李賀堂堂：「徘徊白鳳隨君王。」

〔五〕沉水　即沉香，香名，南州異物志（太平御覽卷九八二引）：「沉水香出日南。欲取，當先斫壞樹著地，積久，外皮朽爛。其心至堅者，置水則沉，名沉香。」通典卷一八八邊防四林邑：「土人破斷之，積以歲年，朽斷而心節獨在，置水中則沉，故名『沉香』。」

〔六〕礜湯　礜，礜石，礦物名，生于水下，即為温泉。李賀堂堂：「華清源中礜石湯。」

〔七〕柔肌暗粟　趙飛燕外傳：「飛燕露立，閉息順氣，體温舒亡疹粟。」劉克莊漢宫春再和前韻：「微似有酒潮玉頰，更無粟起香肌。」

〔八〕酥玉　蘇軾定風波：「常羨人間琢玉郎，天應乞與點酥娘。」龍榆生東坡樂府箋引傅注：「琢玉郎，言其美姿容如玉也。點酥娘，言其如凝酥之滑膩也。」

〔九〕華清　華清宫。見前憶舊游和巽吾相憶寄韻詞注。

〔一〇〕「落月」句　李賀月漉漉篇：「月漉漉，波烟玉。」

瑞龍吟　和王聖與壽韻〔一〕

老人語。曾見昨日開鑪〔二〕，墜天花否。生年不合荒荒，枯根薄命，嬋娟誤汝。　那知許。女樂如烟點點，江南處處。何時重到湖堧，淋漓載酒，依稀弔古。　終待胭脂露掌，弄鷗招鶴〔三〕，憑君畫取。萬柳漫堤，一絲一淚垂雨。濛濛絮裏，又送金銅去〔四〕。漫腸斷、王孫望帝〔五〕，嘔心囊句〔六〕。市隱今成趣〔七〕。袖回地狹〔八〕，天吴鳳舞〔九〕。莫是青州譜〔一〇〕。怎不早，翩翩向青州住。回頭蜃海〔一一〕，已沉花霧〔一二〕。

【校】

〔湖堧〕文津本作「湖船」。朱校：「原本堧作船，從丁本。」

【箋注】

〔一〕王聖與　即王夢應，字聖與，一字静得，長沙攸縣人，須溪同窗好友。周南瑞天下同文集甲集前集録哭須溪墓，署名為「静得王夢應聖與」。厲鶚宋詩紀事卷七十七：「夢應字聖與，一字静得，長沙攸縣人，咸淳十年進士，調廬陵尉。元兵陷臨安，起兵勤王。兵敗，奔永新，卒。」張壽鏞宋季忠義録補録記載王夢應率軍抗北兵事甚詳，可參看。詞人王沂孫亦字聖與，然與須溪無關。

〔二〕開鑪　十月一日為開鑪節。周密武林舊事卷三「開鑪」：「是日御前供進夾羅御服，臣僚服錦襖子夾公服，『授衣』之意也。自此御鑪日設火，至明年二月朔止。皇后殿開鑪節排當。」金盈之醉翁談録卷四：「舊俗十月朔開鑪向火。」

〔三〕弄鷗招鶴　弄鷗，列子黄帝篇云：「海上之人有好鷗鳥者，每旦之海上，從鷗鳥遊，鷗鳥之至者百數而不止。其父曰：『吾聞鷗鳥皆從汝遊，汝取來吾玩之。』明日之海上，鷗鳥舞而不下也。」招鶴，用林逋故事。沈括夢溪筆談卷十：「林逋隱居杭州孤山，常蓄兩鶴，縱之則飛入雲霄，盤旋久之，復入籠中。逋常汎小艇，遊西湖諸寺。有客至逋所居，則一童子出應門，延客坐，為開籠縱鶴。良久，逋必棹小船而歸，蓋嘗以鶴飛為驗也。」

〔四〕又送金銅去　見前蘭陵王丁丑感懷和彭明叔韻詞注。

〔五〕王孫望帝　杜鵑，華陽國志卷十二：「後有王曰杜宇，號曰望帝，法堯舜禪授之義，遂禪位于開明。帝昇西山隱焉。時適二月，子鵑鳥鳴，故蜀人悲子鵑鳥鳴也。」

〔六〕嘔心囊句　李商隱李長吉小傳：「恒從小奚奴，騎距驢，背一古破錦囊，遇有所得，即書投囊中。及暮歸，太夫人使婢受囊出之，見所書多，輒曰：『是兒要當嘔出心乃已爾。』」長吉，李賀字。

〔七〕市隱　隱居于鬧市。王康琚反招隱：「小隱隱陵藪，大隱隱朝市。」

〔八〕袖回地狹　漢書景十三王傳長沙王傳顔師古注：「定王但張袖舉手，曰：『臣國小地狹，不足迴旋。』」

〔九〕天吳　水神名。

〔一〇〕青州譜　酒譜。世説新語術解載桓公有主簿，善品酒，謂美酒為「青州從事。」

〔一一〕蜃海　海市蜃樓。

〔一二〕花霧　杜甫小寒食舟中作：「春水船如天上坐，老年花似霧中看。」蘇軾生查子送蘇伯固：「淚濕花如霧。」

滿庭芳　和卿帥自壽

千騎家山，一觴父老，前有韓魏公來〔一〕。青原上巳〔二〕，纔見壽筵開。歐公雲間還見，憶相州，更自遲回〔三〕。公知否，福星分野，飛騎不須排。留春亭下草，雪霜過了，依舊春荄〔四〕。待留春千歲，日醉千杯。卻怕催歸丹詔，棟明堂、須要雄材〔五〕。趨朝去，西風便面，隻手障浮埃〔六〕。

【箋注】

〔一〕韓魏公　韓琦，字稚圭，相州人。嘉祐中官同中書門下平章事，英宗立，封魏國公。琦為相，臨大事，決大疑，不動聲色，穩如泰山。宋史有傳。本詞以韓魏公比卿帥。從「家山」、「父老」詞意看，卿帥當為吉州人。

〔二〕「青原」句　青原，山名，在吉州。劉辰翁虎溪蓮社堂記：「方山在青原東。」又，壽周耐軒府尹：「馳驅斥堠八千里，夢寐青原十萬家。」上巳，農曆每月上旬的巳日。三月上巳，為古代重要節日。

〔三〕「歐公」二句　歐公，指歐陽修。憶相州，乃憶韓琦。琦出仕相州，建晝錦堂，歐陽修作相州晝錦堂記。

〔四〕春荄　春日的草根。爾雅：「荄，根。」邢昺疏：「凡草根一名荄。」

〔五〕明堂　古代帝王舉行朝會、祭祀、慶賞、選士等重大典禮的地方。棟明堂，搆築明堂的棟梁。

〔六〕「西風」二句　便面，障面之具。漢書張敞傳：「敞無威儀，時罷朝會，過走馬章臺街，使御史驅，自以便面拊馬。」顏師古注：「便面，所以障面，蓋扇之類也。」晉書王導傳：「(庾)亮雖居外鎮，而執朝廷之權，……導内不能平，常遇西風塵起，舉扇自蔽，徐曰：『元規塵污人。』

又

草窗老仙歌滿庭芳壽余，勉次原韻〔一〕

空谷無花，新篘有酒，去年窮勝今年。蛩吟蛩和，且省費蠻箋〔二〕。聞説先生去也，江南岸、縛草為船〔三〕。依然在，山棲寒食，路斷卻歸廛〔四〕。　老人，三又兩，清風作供，晴日生烟。但高高杜宇，不辦行纏。幾度披衣教我，一升内、煮石燒鉛〔五〕。休重道，玉龍無孔〔六〕，夜夜叫穿天。

【箋注】

〔一〕草窗老仙　非是周密，乃江萬里族子。劉辰翁行香子自注：「公嘗謂余仙風道骨，不特文字為然，故屢著之，不敢忘。草窗，其族子也。」

〔二〕蠻箋　韓浦寄弟詩：「十樣蠻箋出益州。」天中記：「唐中國紙未備，故唐人詩多用蠻箋字。」

〔三〕縛草為船　岳陽風土記：「民之有疾病者，多就水際設神盤以祀神，為酒肉以犒櫂鼓者。或為草船泛之，謂之送瘟。」

〔四〕廛　荀子王制：「順州里，定廛宅。」注：「廛謂市内百姓之居。」

〔五〕煮石燒鉛　道家燒煉金石成丹。徐陵答周處士書：「比夫煮石紛紜，終年不爛；燒丹辛苦，至老方成。」

〔六〕玉龍　笛。虞世南琵琶賦：「鳳簫輟吹，龍笛韜吟。」姜夔疏影：「還教一片隨波去，又却怨、玉龍哀曲。」

木蘭花慢　別雲屋席間賦〔一〕

午橋清夜飲〔二〕，花露重、燭光寒。約處處行歌〔三〕，朝朝買酒，典卻朝衫〔四〕。尊前自堪一醉，但落紅、枝上不堪安。歸去柳陰行月，酒醒畫角聲殘〔五〕。　王官〔六〕。難得似君閒。閒我見君難。記李陌看花，光陰冉冉，風雨番番。相逢故人又別，送君歸、斜日萬重山。江上愁思滿目，離離芳草平闌〔七〕。

【校】

〔相逢二句〕「送君歸」，文津本作「送春歸」。永樂大典二萬零三百五十三席字韻引須溪詞作「相逢故人，又送春歸，斜日萬重山。」疑有脫文。

【箋注】

〔一〕雲屋　即徐雲屋，與須溪同年進士及第，須溪詞卷三有酒邊留同年徐雲屋。徐嘗任諫官，仕終侍郎。陳杰自堂存稿卷二挽雲屋徐侍郎：「回首前臺諫，寒心事阽危。」

〔二〕「午橋」句　宋史張齊賢傳：「齊賢歸洛，得裴度午橋莊，有池榭松竹之盛，日與親舊觴咏其間。」陳與義臨江仙：「憶昔午橋橋上飲。」

〔三〕行歌　列子天瑞：「林類年且百歲，底春被裘，拾遺穗于故畦，並歌並進。……（子貢）逆之壠端，面之而嘆曰：『先生曾不悔乎，而行歌拾穗？』林類行不留，歌不輟。」

〔四〕「朝朝」二句　杜甫曲江：「朝回日日典春衣，每日江頭盡醉歸。」

〔五〕「歸去」三句　柳永雨霖鈴：「今宵酒醒何處？楊柳岸，曉風殘月。」

〔六〕王官　左傳定公元年：「若復舊職，將承王官。」本指天子之官，後代泛指官吏。

〔七〕離離芳草　白居易賦得古原草送別：「離離原上草，一歲一枯榮。野火燒不盡，春風吹又生。遠芳侵古道，晴翠接荒城。又送王孫去，萋萋滿別情。」

又　和中甫李參政席上韻〔一〕

自崆峒麥熟〔二〕，耕犢滿、桔槔閒。笑吾黨清談〔三〕，長衣楄具，更進賢冠〔四〕。倉皇庇公宇下，便秋風、江上不驚寒。雪夜入三城易〔五〕，槐陰護一家難。　東山。零雨幾時還〔六〕。領客竹林間〔七〕。看滿座空尊〔八〕，輕裘緩帶，緑鬢朱顔。風流一笑余事，定碑金、無恙庾家完〔九〕。又賦南烹初食〔一〇〕，明朝飡玉何山〔一一〕。

【箋注】

〔一〕李參政　即李嘉龍，字敬軒，號中甫，江西都昌人，景定三年（一二六二），與須溪同時進士及第。嘗知吉州，官至莆田參政。須溪詞摸魚兒和柳山悟和尚與李同年嘉龍韻、摸魚兒和謝李同年，均同一人。劉將孫養吾齋集卷六呈敬軒公序：「莆田參政敬軒公，與先君子須溪先生定交于廬陵，……同舍同年，同門同朝，知契深厚。猶憶癸酉先君送李參政守廬陵歸詩。」李嘉龍于癸酉年，即宋度宗咸淳九年（一二七三），知吉州任滿，將赴莆田參政任，臨行時，須溪賦詩送之。本詞作于其時。

〔二〕崆峒　山名。我國古代多處山名「崆峒」，據太平寰宇記云：禹迹之内，山名崆峒者有三焉：一在臨洮、一在安定、一在汝州。按，此三處均非辰翁詞裏之崆峒。王存元豐九域志卷六：「虔州贛縣有崆山」。輿地紀勝卷三十二：贛州有崆山，「在贛縣南，又名崆峒山。」劉辰翁為廬陵人，與贛州相近，地望相合。

〔三〕「笑吾黨」句　吾黨，論語公冶長：「吾黨之小子狂簡。」清談，清雅的言談、議論。三國志魏書劉劭傳：「臣數聽其清談，覽其篤論。」

〔四〕「長衣」二句　欛具，長劍名。漢書雋不疑傳：「不疑冠進賢冠，帶欛具劍。」顏師古注引晉灼曰：「古長劍首以玉作井鹿盧形，上刻木作山形，如蓮花初生未敷時。今大劍木首，其狀似此。」後人以此作學官的典故，須溪嘗任學官，故用此典。進賢冠，文人儒士所服布冠，後漢書輿服志：「進賢冠，古緇布冠也，文儒者之服也。前高七寸，後高三寸，長八寸。公侯三梁，中二千石以下至博士兩梁，自博士以下至小史私學弟子皆一梁。」

〔五〕「雪夜」句　此句合雪夜入蔡州及三城守邊兩事而用之。雪夜入城，唐元和十一年十月己卯，夜大風雪，李愬率師突然襲擊，攻入蔡州城。事見新唐書李愬傳。三城，唐神龍三年張仁愿築三城以禦突厥侵擾，事見舊唐書張仁愿傳。

〔六〕「東山」二句　詩豳風東山：「我徂東山，慆慆不歸。我來自東，零雨其濛。我東曰歸，我心西悲。」

〔七〕「領客」句　世説新語任誕：「陳留阮籍，譙國嵇康，河内山濤，三人年皆相比，康年少亞之。預此契者：沛國劉伶，陳留阮咸，河内向秀，琅邪王戎。七人常集于竹林之下，肆意酣暢，故世謂『竹林七賢』。」

〔八〕滿座空尊　後漢書孔融傳：「（融）嘗嘆曰：『座上客常滿，樽中酒不空，吾無憂矣。』」本詞云「空尊」，表示吾有憂矣。

〔九〕「定碑金」句　世説新語賞譽：「庾公云：『逸少國舉。』故庾倪為碑文云：『拔萃國舉。』」為王羲之寫碑文之庾倪，後為桓温所殺，故本詞云：「無恙庾家完。」

〔一〇〕「又賦」句　韓愈初南食貽元十八協律：「自宜味南烹。」

〔一一〕飡玉　魏書李先傳附李預傳：「（預）每羨古人餐玉之法，乃采訪藍田，躬往攻掘。預乃椎七十枚為屑，日服食之，餘多惠人。」

永遇樂

余自乙亥上元誦李易安永遇樂，為之涕下。今三年矣，每聞此詞，輒不自堪。遂依其聲，又托之易安自喻。雖辭情不及，而悲苦過之〔一〕

璧月初晴〔二〕，黛雲遠澹，春事誰主。禁苑嬌寒，湖堤倦暖，前度遽如許。香塵暗陌〔三〕，華燈明晝，長是嬾攜手去。誰知道，斷烟禁夜〔四〕，滿城似愁風雨〔五〕。宣和舊日，臨安南渡，芳景猶自如故〔六〕。緗帙流離〔七〕，風鬟三五〔八〕，能賦詞最苦。江南無路，鄜州今夜〔九〕，此苦又誰知否。空相對，殘釭無寐，滿村社鼓〔一〇〕。

【箋注】

〔一〕乙亥　宋恭帝德祐元年（一二七五）。本詞作于宋端宗景炎二年（一二七七）丁丑。劉辰翁自乙亥歲晚避地山中（虎溪），後又輾轉飄流在外，至寫作本詞時，尚在旅途中。李易安，即李清照，號易安居士。其永遇樂詞云：「落日鎔金，暮雲合璧，人在何處？染柳烟濃，吹梅笛怨，春意知几許？元宵佳節，融和天氣，次第豈無風雨？來相召，香車寶馬，謝他酒朋詩侶。中州盛日，閨門多暇，記得偏重三五。鋪翠冠兒，撚金雪柳，簇帶爭濟楚。如今憔悴，風鬟霧鬢，怕見夜間出去。不知向帘兒底下，聽人笑語。」

〔二〕璧月　吴均秋念：「箕風入桂露，璧月滿瑶池。」何偃月賦：「滿月如璧。」

〔三〕香塵暗陌　參見前望江南（梧桐子）詞注。

〔四〕斷烟禁夜　金盈之醉翁談録卷三：「寒食節冬至後一百五日，即有疾風甚雨，謂之寒食。民間以一百四日始禁火，謂之大寒食。今云斷火三日者，謂冬至後一百四日，一百五日，一百六日也。」唐闕名西京雜記：「西都京城街衢有執金吾曉暝傳呼，以禁夜行，惟五月十五夜，敕許弛禁，前後各一日，謂之放夜。」本詞借指元軍侵居臨安後，戒備森嚴，禁止點燈，遂失上元節令之盛況。

〔五〕「滿城」句　典出費袞梁溪漫志，參見前減字木蘭花甲午九日牛山作詞注。

〔六〕「芳景」句　參見前南鄉子乙酉九日詞注。

〔七〕「緗帙」句　洪邁容齋四筆卷五「趙德甫金石録」條云：「趙没後，愍悼舊物之不存，乃作後序，極道遭罹變故本末。」李清照在金石録後序裏歷述自己飄泊流離的生活以及書册、卷軸、古器散失的經過。

〔八〕風鬟　李朝威柳毅傳：「見大王愛女牧羊于野，風鬟雨鬢，所不忍睹。」蘇軾題毛女真：「霧鬢風鬟木葉衣。」參見注〔一〕李詞。

〔九〕鄜州今夜　杜甫月夜：「今夜鄜州月，閨中只獨看。」

〔一〇〕社鼓　周禮地官鼓人：「以靈鼓鼓社祭。」蘇軾蝶戀花密州上元：「擊鼓吹簫，却入農桑社。」

又

余方痛海上元夕之習，鄧中甫適和易安詞至，遂以其事吊之〔一〕

燈舫華星，崖山碇口〔二〕，官軍圍處。璧月輝圓，銀花燄短，春事遽如許。麟洲清淺〔三〕，鼇山流播〔四〕，愁似汨羅夜雨〔五〕。還知道，良辰美景，當時鄴下仙侣〔六〕。　而今無奈，元正元夕，把似月朝十五〔七〕。小廟看燈，團街轉鼓，總似添惻楚。傳柑袖冷〔八〕，吹藜漏盡〔九〕，又見歲來歲去。空猶記，弓彎一句〔一〇〕，似虞兮語〔一一〕。

【箋注】

〔一〕「余方痛」句　宋史、續資治通鑑均載宋祥興元年六月，宋主至厓山，翌年二月溺海死，宋師潰。劉詞云「海上元夕之習」，當為祥興二年正月事，詞即作于是年。鄧中甫之和易安詞，已佚。

〔二〕崖山　續資治通鑑：「（祥興元年）六月己未，宋主遷駐新會之厓山，時諸軍泊雷化犬牙處，而厓山在新會縣南八十里大海中，與石山對立如兩扉，故有鎮戍。」

〔三〕麟洲　即鳳麟洲，十洲記：「鳳麟洲在西海中央，上多鳳麟。」

〔四〕鼇山流播　屈原天問：「鼇戴山抃，何以安之？」王逸章句：「列仙傳曰：『有巨靈之鼇，背負蓬萊之山，而抃戲滄海之中，獨何以安之乎？』」列子湯問：「五山（岱輿、員嶠、方壺、瀛洲、蓬萊）之根，無所連著，常隨潮波，上下往還，不得蹔峙焉。仙聖毒之，訴之于帝。帝恐流于四極，失羣聖之居，乃命禺彊，使巨鼇十五舉首而戴之，迭為三番，六萬歲一交焉，五山始峙而不動。」

〔五〕「愁似」句　史記屈原賈生列傳：「于是懷石，遂自投汨羅以死。」

〔六〕「良辰」二句　謝靈運擬魏太子鄴中集詩八首并序：「天下良辰、美景、賞心、樂事，四者難并。」仙侶，指鄴下集詩諸人，有魏太子、王粲、陳琳、徐幹、劉楨、應瑒、阮瑀、平原侯植。

〔七〕把似　張相詩詞曲語辭匯釋卷二：「劉辰翁花犯詞：『便把似一年春看，惜花花自老。』又永遇樂詞云：『而今無奈，元正元夕，把似月朝十五。』以上均作譬做解。」

〔八〕「傳柑」句　蘇軾上元侍飲樓上三首呈同列：「歸來一點殘燈在，猶有傳柑遺細君。」注云：「侍飲樓上，則貴戚争以黄柑遺近臣，謂之傳柑，蓋尚矣。」

〔九〕「吹藜」句　王嘉拾遺記卷六：「劉向于成帝之末，校書天禄閣，專精覃思。夜有老人，着黄衣，植青藜杖，登閣而進，見向暗中獨坐誦書，老父乃吹杖端，烟然，因以見向，説開闢已前。向因受洪範五行之文，恐辭説繁廣忘之，乃裂裳及紳，以記其言。至曙而去。向請問姓名，云：『我是太一之精，天帝聞金卯之子有博學者，下而觀焉。』」

〔一〇〕「弓彎」句　賈誼過秦論：「士亦不敢彎弓而報怨。」參前如夢令（比似尋芳嬌困）詞注。

〔一一〕虞兮語　見前虞美人（魏家品是君王后）詞注。

内家嬌　壽王城山

結客少年場〔一〕。攜高李、聞笛賦遊梁〔二〕。看漢水淮山，高樓共卧；融尊鄭驛〔三〕，飛蓋相望。春風裏，種他紅與白，笑我嬾中忙。供奉後來，玄都桃改；佳人好在，庾嶺梅香〔四〕。何處最難忘〔五〕。會稽歸鬢晚，空帶吴霜〔六〕。贏得黄冠野服，笑傲羲皇〔七〕。看花外小車〔八〕，出長生洞；橋中二老，鬭智瓊黄〔九〕。稱壽堂添十字，孫認三房。

【箋注】

〔一〕「結客」句　樂府雜曲歌辭有結客少年場行。樂府詩集卷六十六引樂府解題曰：「言輕生重義，慷慨以立功名也。」庾信結客少年場行：「結客少年場，春風滿路香。」

〔二〕「攜高李」句　高李，高指高適，李指李白。新唐書杜甫傳：「甫少與李白齊名，時號李杜。嘗從白及高適過汴州，酒酣登吹臺，慷慨懷古，人莫測也。」杜甫遣懷：「憶與高李輩，論交入酒壚。兩公壯藻思，得我色敷腴。氣酣登吹臺，懷古視平蕪。」聞笛，向秀思舊賦：「余與嵇康、吕安，居止接近，其人並有不羈之才，然嵇志遠而疏，吕心曠而放，其後各以事見法。嵇博綜技藝，于絲竹特妙，臨當就命，顧視日影，索琴而彈之。余逝將西邁，經其舊廬，于時日薄虞淵，寒冰淒然，鄰人有吹笛者，發聲寥亮，追思曩昔遊宴之好，感音而嘆，故作賦云。」賦遊梁，指杜甫晚年在夔州寫作的、追憶與高、李同遊梁、宋的昔遊和遣懷詩。

〔三〕融尊鄭驛　孔融之酒尊，鄭當時的驛馬。周邦彦西平樂：「多謝故人，親馳鄭驛，時倒融尊。」後漢書孔融傳：「（融拜大中大夫後）賓客日盈其門。嘗嘆曰：『座上客長滿，樽中酒不空，吾無憂矣。』」史記鄭當時傳：「孝景時為太子舍人，每五日洗沐，常置驛馬長安諸郊，存諸故人，請謝賓客，夜以繼日。至其明旦，常恐不遍。」

〔四〕庾嶺梅香　庾嶺上多植梅樹，又稱梅嶺。

〔五〕何處最難忘　唐白居易有何處難忘酒七首，王安石有何處難忘酒二首。

〔六〕「會稽」二句　李賀還自會稽歌序云：「庾肩吾于梁時，嘗作宫體謡引，以應皇子。及國勢淪敗，肩吾先潛難會稽，後始還家。」詩云：「吴霜點歸鬢。」

〔七〕笑傲羲皇　已見前注。

〔八〕花外小車　吴曾能改齋漫録佚文（苕溪漁隱叢話後集卷二十二引）：「邵堯夫居洛，……每出則乘小車，為詩以自詠曰：『花似錦時高閣望，草如茵處小車行。』温公贈以詩曰：『林間高閣望已久，花外小車猶未來。』」

〔九〕「橘中」二句　典出牛僧孺玄怪録，參見前江城子和默軒初度韻詞注。

六州歌頭

乙亥二月，賈平章似道督師至太平州魯港，未見敵，鳴鑼而潰。後半月聞報，賦此〔一〕

向來人道，真箇勝周公〔二〕。燕然眇〔三〕。浯溪小〔四〕。萬世功。再建隆〔五〕。十五年宇宙，宫中贋。堂中伴〔六〕。翻虎鼠〔七〕，搏鷃雀〔八〕，覆蛇龍。鶴髮龐眉〔九〕，憔悴空山久，來上東封〔一〇〕。便一朝符瑞，四十萬人同〔一一〕。説甚東風。怕西風〔一二〕。甚邊塵起，漁陽慘，霓裳斷〔一三〕。廣寒宫。青樓杳〔一四〕，朱門悄，鏡湖空。裏湖通〔一五〕。大纛高牙去〔一六〕，人不見，港重重。斜陽外，芳草碧，落花紅。抛盡黄金無計，方知道、前此和戎〔一七〕。但千年傳説，夜半一聲銅〔一八〕，何面江東〔一九〕。

【箋注】

〔一〕賈似道兵敗魯港事　畢沅續資治通鑑卷一八一載：（乙亥二月）賈似道以精鋭七萬餘人，盡屬孫虎臣，軍于池州之下流丁家洲，夏貴以戰艦二千五百艘横亘江中，似道自將後軍，軍魯港。虎臣先鋒將姜才方與元兵接戰，虎臣遽過其妾所乘舟，衆見之，讙曰：「步帥遁矣！」軍遂亂。夏貴不戰而走，以扁舟掠似道船，呼曰：「彼衆我寡，勢不支矣。」似道聞之，錯愕失措，遽鳴鉦收軍，元將阿珠與鎮撫何瑋、李庭等以小旗麾將校左右掎之，殺溺死者不可勝計。軍資器械盡爲元兵所獲。乙亥，宋恭帝德祐元年（一二七五）。本詞作于其時，時須溪閑居在家。

〔二〕勝周公　宋史賈似道傳：「理宗崩，度宗又其所立，每朝，必答拜，稱之曰師臣而不名。朝臣皆稱爲周公。」周密齊東野語卷十二「賈相壽詞」條載陳惟善寶鼎現：「好一部、太平六典，二周公手做。」郭居安聲聲慢：「千千歲，比周公，多箇彩衣」。

〔三〕燕然　山名，即今蒙古人民共和國境内的杭愛山。後漢書竇憲傳：「會南單于請兵北伐，乃拜憲車騎將軍，以執金吾耿秉爲副，大破單于。遂登燕然山，刻石勒功，紀漢威德，令班固作銘。」文選卷五十六載班固封燕然山銘。

〔四〕浯溪　王象之輿地紀勝卷五十六：「大唐中興頌，在祁陽浯溪石崖上，元結文，顔真卿書，大曆六年刻，俗謂之摩崖碑。」

〔五〕再建隆　恢復宋太祖時隆盛。建隆，宋太祖年號。

〔六〕「十五年」三句　十五年，指賈似道任宰相年數。宋史賈似道傳：「開慶初，……理宗大懼，乃以趙葵軍信州，禦廣兵，以似道軍漢陽，援鄂，即軍中拜右丞相。」自開慶元年任相到魯港兵敗，似道拜相約十五年。堂中伴，新唐書盧懷慎傳：「懷慎自以才不及崇，故事皆推而不專，時議爲伴食宰相。」

〔七〕翻虎鼠　李白遠别離：「君失臣兮龍為魚，權歸臣兮鼠變虎。」

〔八〕搏鸇雀　孟子離婁上：「為叢毆爵者鸇也。」爵，通雀。

〔九〕龐眉　亦作厖眉，龐、厖古通，黑白相雜的眉毛。文選王褒四子講德論：「厖眉耆耇之老。」李善注：「厖，雜也。謂眉有黑白雜色。」陳惟善寶鼎現詞：「儘龐眉鶴髮，天上千秋難老。」

〔一〇〕來上東封　古代帝王于功成治定之時，有東封泰山之舉。宋史禮志七封禪：「太宗即位之八年，泰山父老千餘人詣闕，説東封。」

〔一一〕「便一朝」二句　符瑞，古代統治階級為顯示其統治力量，常以符瑞誇耀。漢書王莽傳：「始建國元年秋，遣五威將王奇等十二人班符命四十二篇于天下。德祥五事，符命二十五，福應十二，凡四十二篇。……總其説之曰：『帝王受命，必有德祥之符瑞，協盛五命，申以福應，然後能立巍巍之功，傳于子孫，永享無窮之祚。』」賈似道擅權時日，門客亦獻詩詞，誇耀符瑞。四十萬人同，用王莽典，漢書王莽傳：「是時吏民以莽不受新野田而上書者，前後四十八萬七千五百七十二人，及諸侯、王公、列侯、宗室見者，皆叩頭言宜亟加賞于安漢公（即莽）。」賈似道秉政日，歌功頌德之人極多，須溪以王莽比賈似道，其針砭之義甚明。

〔一二〕「説甚東風」二句　句下自注：「都人竊議者稱西頭」。説苑君道：「東風則草靡而西，西風則草靡而東。」當時京師人畏懼似道，不敢直言其名姓，稱賈為西頭。按賈字頭部為西。

〔一三〕「甚邊塵起」三句　白居易長恨歌：「漁陽鼙鼓動地來，驚破霓裳羽衣曲。」

〔一四〕青樓杳　句下自注：「都城籍妓皆隸歌舞，無敢犯。」曹植美女篇：「青樓臨大路，高門結重關。」王昌齡青樓曲：「馳道楊花滿御溝，紅妝縵綰上青樓。」

〔一五〕裏湖通　句下自注：「葛嶺瞰裏湖，無敢過。」宋史賈似道傳：「時襄陽圍急，似道日坐葛嶺，起樓閣亭榭，取宮人娼尼有美色者為妻，日淫樂其中。惟故博徒日至縱博，人無敢窺其第者。」山房隨筆（宋人軼事彙編卷十八引）：「秋壑（賈似道）賜第，正在蘇堤。時有遊騎過其門，每為偵事者密報，必致羅致，有官者被黜，有財者被禍，逮世變而後已。近有題其養樂園云：『老壑曾居葛嶺西，遊人誰敢問蘇堤。』」

〔一六〕大纛高牙　柳永望海潮：「千騎擁高牙。」初學記卷二十二引黄帝出軍決曰：「有所攻伐，作五采牙旗，青牙旗引向東，赤牙旗引向南，白牙旗引向西，黑牙旗引向北，黄牙旗引向中，此其義也。」

〔一七〕「拋盡」二句　宋史賈似道傳：「至蕪湖，遣還軍中所俘曾安撫，以荔子、黄柑遺丞相伯顏，俾宋京如軍中，請輸歲幣稱臣如開慶初，不從。」

〔一八〕夜半一聲銅　周密癸辛雜識續集卷下「魯港風禍」條云：「或謂賈平原魯港之師，嘗與北軍議定歲幣，講解約于來日各退師一舍，以示信。既而西風大作，北軍之退西者旗幟皆東指。南軍都撥發孫虎臣意以為北軍順風進師，遂倉忙告急于賈，賈以為北軍失信而相紿，遂鳴鑼退師。及知其誤，則軍潰已不可止矣。是南軍既退之後，越一宿而北軍始進，蓋以此也。嗚呼，天乎！」磯園稗史（宋人軼事彙編卷十八引）：「賈似道出師敗走，有人為詩曰：『丁家洲上一聲鑼，驚走當年賈八哥。寄語滿朝諛佞者，周公今變作周婆。』時媚賈為周公云。」

〔一九〕何面江東　典出史記項羽本紀，見前促拍醜奴兒辛巳除夕詞注。

六醜　春感和彭明叔韻

看東風海底，送落日、飛空如擲。醉遊暮歸，怕西州墮策〔一〕。歸路偏失。記上元時節，千門立馬〔二〕，望金坡殘雪〔三〕。素娥推下團欒轍〔四〕。塞草驚塵，河冰渡楫。悠悠雨絲風拂。但相隨斷雁，時度荒澤。回頭紫陌。夢歸歸未得。憔悴江南，秋風舊客。去年説著今日。漫故人相命，玳筵鳴瑟〔五〕。愁汗漫、全林杯窄。況飄泊相遇，當時老叟，梨園歌籍。高歌為我幾回闋〔六〕。似子規、落月啼烏悄〔七〕，傍人淚滴。

【校】

〔全林〕朱校：「按二字疑誤。」

【箋注】

〔一〕西州墮策　用羊曇懷念謝安故事，見晉書謝安傳：「羊曇者，太山人，知名士也，為安所愛重。安薨後，輟樂彌年，行不由西州路。嘗因石頭大醉，扶路唱樂，不覺至州門，左右白曰：『此西州門。』曇悲感不已，以馬策扣扉，誦曹子建詩：『生存華屋處，零落歸山丘。』因慟哭而去。」

〔二〕千門立馬　千門，宮殿門。杜牧華清宮絶句：「山頂千門次第開。」立馬，立仗馬。新唐書百官志二殿中省：「進馬五人，正七品上。掌大陳設，戎服執鞭，居立仗馬之左，視馬進退。」

〔三〕金坡　唐代嘗移學士院于金鑾坡上，後遂省稱學士院為鑾坡或金坡。程俱葉内翰見招詩：「賓閣遥知懸玉麈，直廬應許到金坡。」

〔四〕「素娥」句　素娥，嫦娥。團欒轍，圓車輪，狀圓月。李賀夢天：「玉輪壓露濕團光。」

〔五〕玳筵　以玳瑁裝飾坐具的宴席。劉楨瓜賦序：「布象牙之席，薰玳瑁之筵。」

〔六〕「況飄泊」四句　范抒雲溪友議卷六：「明皇幸岷山，百官皆竄辱，李龜年奔迫江潭，杜甫以詩贈之。……龜年曾于湘中采訪使筵上唱『紅豆生南國』，又『清風明月苦相思』，此詞皆王右丞所制，至今梨園唱焉。歌闋，合座莫不望南幸而慘然。」

〔七〕落月啼烏　張繼楓橋夜泊：「月落烏啼霜滿天。」

百字令

李雲巖先生遠記初度，手寫去年赤壁歌，歲晚寄之，少賤不敢當也。匆匆和韻，寄長鬚去，儻以可教則教之〔一〕

少微星小。撫劍氣橫空，隱見林杪。夜來宋都如雨，更長得奇哉劉皎〔二〕。與汝三齡，覽余初度，一語占先兆。暮年喜見，甲申聚五星照〔三〕。堪嘆亡國餘民，老人孺子，爾汝霜橋曉〔四〕。騎馬聽鷄朝寂寞〔五〕，夢入南枝三繞〔六〕。洛社耆英，行窩真率〔七〕，著我真堪笑。與公試數，開禧嘉定寶紹〔八〕。

【箋注】

〔一〕李雲巖　即李叔端，字雲巖，是丞相江萬里的賓客。劉將孫古心與雲巖書簡跋云：「雲巖先生李公叔端為丞相益國古心先生江文忠公之客幾四十年。」「雲巖于先祖好也。先子以執友事雲巖，愛正則兄弟（江萬里之子）如家人。若雲巖之所以敬于古心公，而公之施于雲巖者，于是數十書者可以觀矣。豈但師友賓主，文獻風流之所繫，而世教且有補焉。」全文詳述了劉辰翁與李叔端的交往事迹，可補史傳之失載。劉、李兩人相差二十六歲，故云：「少賤不敢當也。」李雲巖于去年歲晚手寫赤壁歌遠寄須溪，歌中提及喜見五星聚斗，則須溪寫作本詞，必在甲申之第二年，即乙酉，元世祖至元二十二年（一二八五），時須溪家居廬陵。長鬚，男僕。韓愈寄盧仝：「玉川先生洛城裏，破屋數間而已矣。一奴長鬚不裹頭，一婢赤脚老無齒。」「昨晚長鬚來下狀」，「先生又遣長鬚來」。此代指所遣寄書之僕。

〔二〕「夜來」二句　句下自注：「佛以四月八生，見明星悟道曰：『奇哉！』即左傳星隕如雨之夕也。」按左傳莊公七年云：「夜明也，星隕如雨，與雨偕也。」左傳僖公十六年云：「春，隕石于宋五，隕星也。六鷁退飛過宋都，風也。」劉氏將左傳描寫的二件事糅在一起，寫入詞中。金盈之醉翁談録卷四云：「諸經言佛生日不同，其指言四月八日生者為多。宿願果報經云：『我佛世尊，生是此日。』故用四月八日灌佛也。南方多用此日，北人多用臘八。」懰皎，語見詩陳風月出：「月出皎兮，佼人僚兮。」「月出皓兮，佼人懰兮。」

〔三〕「暮年」二句　甲申年，時當元世祖至元二十一年。劉辰翁吉州龍泉新學記：「乃五星聚南斗之明年，乙酉三月，龍泉改夫子廟。」可見五星聚斗正是甲申年。李雲巖生于丁卯年，至此已是七十八歲，故云「暮年喜見」。

〔四〕「爾汝」句　韓愈聽穎師琴歌：「昵昵兒女語，恩怨相爾汝。」温庭筠商山早行：「鷄聲茅店月，人迹板橋霜。」

〔五〕「騎馬」句　葉夢得石林詩話卷中：「常待制秩，居汝陰，與王深父皆有盛名，于嘉祐、治平之間，屢召不至，雖歐陽文忠公亦重推禮之，其詩所謂『笑殺潁川常處士，十年騎馬聽朝鷄』者是也。熙寧初，荆公當國，力致之，遂起判國子監太常禮院，聲譽稍減于前。嘗一日，大雪趨朝，與百官待門于仗舍，時秩已衰，寒甚不可忍，喟然若有所恨者，乃舉文忠詩以自戲，曰：『凍殺潁川常處士，也來騎馬聽朝鷄。』」

〔六〕「夢入」句　曹操短歌行：「月明星稀，烏鵲南飛，繞樹三匝，何枝可依。」

〔七〕行窩真率　宋史邵雍傳：「（雍）命其居曰安樂窩。……好事者别作屋如雍所居，以候其止，名曰行窩」。吴曾能改齋漫録：「司馬温公有真率會，蓋本于東晉初時拜官，相餉供饌。羊曼在丹陽日，客來早者得佳設，日晏則漸不復精，隨客早晚而不問貴賤。時羊固拜臨海守，竟日皆美，雖晚至者猶獲精饌。時言固之豐腴，不如曼之真率。」（此為佚文，明鈔本説郛卷三十五引）

〔八〕「開禧」句　句下自注：「公開禧丁卯生，僕生紹定之五年壬辰，相望二十六歲云。」開禧、嘉定，宋寧宗年號；寶、紹，指寶慶和紹定，乃宋理宗年號。

又

壽陳静山，少吾一歲〔一〕

洞房停燭〔二〕，似新歲，數到上元時節。一盞屠蘇千歲酒〔三〕，添得新人羅列。昨日迎長，今朝獻壽，賞團團佳月。永和春好，用之不竭嘉客〔四〕。見説海上歸來，有如瓜大棗〔五〕，無人分得。六十二三劉夢得，輸與香山樂色〔六〕。菱谷二綃〔七〕，楊枝春草〔八〕，歌舞琵琶笛。祇愁元日，玉龍催上金驛〔九〕。

【箋注】

〔一〕陳静山　須溪友人，吉州永和鎮人，曾出仕連州。劉將孫送黄觀樂連州學正序：「諸老嘗為言，吾州仕連者為利，如曾南軒、蕭南如、陳静山，皆善于連，或自連而升。」全宋詞録静山詞兩首，殆為陳静山所作，因水龍吟送人歸江西詞云「過我青原」，可證。

〔二〕洞房停燭　朱慶餘近試上張水部：「洞房昨夜停紅燭。」

〔三〕屠蘇　酒名。陳元靚歲時廣記卷五引歲華紀麗：「俗説屠蘇者，草庵之名也。昔有人居草庵之中，每歲除夕，遺里閭藥一帖，令囊浸井中。至元日，取水置于酒樽，合家飲之，不病瘟疫。今人得其方而不識名，但曰屠蘇而已。」

〔四〕「永和」二句　句下自注：「聞其新造酒永和鎮百石。」永和，鎮名，王存元豐九域志卷六吉州：「廬陵，九鄉，永和一鎮。」永和春，酒名。唐、宋人多稱酒為春，李肇國史補卷下：「滎陽之土窟春，富平之石凍春，劍南之燒春。」蘇軾前赤壁賦：「惟江上之清風，與山間之明月，耳得之而為聲，目遇之而成色，取之無禁，用之不竭。」

〔五〕「見説」二句　見前洞仙歌壽中甫詞注。

〔六〕香山樂色　白居易晚號香山居士。樂色，樂工種類。夢粱録卷二十：「舊教坊有篳篥部、大鼓部、拍板色、歌板色、琵琶色、筝色、方響色、笙色、龍笛色、頭管色、舞旋色、雜劇色、參軍等色。」

〔七〕菱谷二綃　王楙野客叢書卷六：「隨筆云：世言樂天侍兒惟小蠻、樊素二人，予讀集中有詩曰：『菱角執笙簧，谷兒抹琵琶。紅綃信手舞，紫綃隨意歌。』自注云：『菱、谷、紅、紫，皆臧獲名。』若然，紅紫二綃，亦妓也。」

〔八〕楊枝春草　白居易有妓名樊素，因善歌楊柳枝，又名楊枝。白居易不能忘情吟序：「妓有樊素者，年二十餘，綽綽有歌舞態，善唱楊枝，人多以曲名名之。」春草，是劉禹錫對樊素的稱呼。劉寄贈小樊：「終須買取名春草，處處將行步步隨。」又，酬喜相遇同州與樂天替代自注：「前章所言春草，白君之舞妓也。」此外，還有憶春草詩，亦指樊素。

〔九〕玉龍　飛雪。唐吕巖劍畫此詩于襄陽雪中：「峴山一夜玉龍寒，鳳林千樹梨花老。」

鶯啼序　感懷

匆匆何須驚覺，唤草廬人起〔一〕。算成敗利鈍，非臣逆睹，至死後已〔二〕。又何似、采桑八百〔三〕，看蠶夜織小窗裏。漫二升自苦，教人弔臥龍里〔四〕。　別有佳人，追桃恨李，擁凝香繡被〔五〕。争知道、壯士悲歌，蕭蕭正度寒水〔六〕。問荆卿、田横古墓〔七〕，更誰載酒為君酹。過霜橋落月，老人不見遺履〔八〕。　置之勿道〔九〕，逝者如斯〔一〇〕，甚矣衰久矣〔一一〕。君其為吾歸計，為耕計。但問某所泉甘，何鄉魚美〔一二〕。此生不願多才藝。功名馬上兜鍪出〔一三〕，莫書生、誤盡了人間事。昔年種柳江潭〔一四〕，攀枝折條，噫嘻樹猶如此〔一五〕。　登高一笑，把菊東籬，且復聊爾耳。試回首、龍山路斷，走馬臺荒，渭水秋風〔一六〕，沙河夜市〔一七〕。休休莫莫〔一八〕，毋多酌我〔一九〕，我狂最喜高歌去，但高歌、不是番腔底。此時對影成三〔二〇〕，呼娥起舞，為何人喜。

【校】

〔我狂〕朱校：「原本狂作在，從金校。」

【箋注】

〔一〕唤草廬人起　諸葛亮前出師表：「先帝不以臣卑鄙，猥自枉屈，三顧臣于草廬之中，諮臣以當世之事，由是感激，遂許先帝以驅馳。」

〔二〕「算成敗」三句　三國志蜀書諸葛亮傳裴松之注引漢晉春秋：「臣鞠躬盡力，死而後已。至于成敗利鈍，非臣之明所能逆睹也。」

〔三〕采桑八百　三國志蜀書諸葛亮傳：「初，亮自表後主曰：『成都有桑八百株，薄田十五頃，子弟衣食自有餘饒。』」

〔四〕「漫二升」二句　諸葛亮卒前事煩食少，三國志蜀書諸葛亮傳裴注引魏氏春秋：「諸葛公夙興夜寐，罰二十以上，皆親擥焉；所啖食不至數升。」卧龍，諸葛亮。見前水龍吟壽周耐軒詞注。

〔五〕凝香繡被　李白長相思：「床中繡被卷不寢，至今三載猶聞香。」

〔六〕「争知道」二句　史記刺客列傳：「太子及賓客知其事者，皆白衣冠以送之。至易水之上，既祖，取道。高漸離擊筑，荆軻和而歌，為變徵之聲，士皆垂淚涕泣。又前而為歌曰：『風蕭蕭兮易水寒，壯士一去兮不復還！』復為羽聲慷慨，士皆瞋目，髮盡上指冠。于是荆軻就車而去，終已不顧。」

〔七〕田横　史記田儋列傳：「遂自剄，會客奉其頭，從使者馳奏之高帝。……以王者禮葬田横。」史記正義：「齊田横墓在偃師西十五里。」

〔八〕「老人」句　史記留侯世家：「良嘗閒從容步游下邳圯上。有一老父，衣褐，至良所，直墮其履圯下。顧謂良曰：『孺子，下取履！』良愕然，欲毆之；為其老，彊忍，下取履。父曰：『履我。』良遂為取履，因長跪履之。」

〔九〕置之勿道　古詩十九首：「棄捐勿復道。」

〔一〇〕逝者如斯　論語子罕：「子在川上曰：『逝者如斯夫！』」

〔一一〕「甚矣」句　論語述而：「子曰：『甚矣吾衰矣，久矣吾不復夢見周公。』」

〔一二〕「但問」二句　韓愈送李愿歸盤谷序：「太行之陽有盤谷，盤谷之間，泉甘而土肥，草木藂茂，居民鮮少。……采于山，美可茹，釣于水，鮮可食，起居無時，惟適為安。」

〔一三〕「功名」句　南齊書周盤龍傳：「盤龍表年老才弱，不可鎮邊，求解職；見許，還為散騎常侍，光禄大夫。世祖戲之曰：『卿著貂蟬，何如兜鍪？』盤龍曰：『此貂蟬從兜鍪中出耳。』」

〔一四〕「昔年」句　辛棄疾鷓鴣天（樽俎風流有幾人）詞云：「金陵種柳歡娛地。」李賀追賦畫江潭苑四首，王琦注引吳正子注云：「按金陵六朝事跡，江潭苑乃梁苑也，梁大同九年置，在上元縣東南二十里。」

〔一五〕「攀枝」二句　世説新語言語：「桓公北征，經金城，見前為瑯琊時種柳已皆十圍，慨然曰：『木猶如此，人何以堪！』攀枝執條，泫然流淚。」庾信枯樹賦引此作「樹猶如此」。

〔一六〕渭水秋風　賈島憶江上吳處士：「秋風吹渭水，落葉滿長安。」

〔一七〕沙河夜市　沙河，參見前寶鼎現春月：「沙河多麗」句注。王庭珪初至行在：「行盡沙河塘上路，夜深燈火識昇平。」

〔一八〕休休莫莫　司空圖耐辱居士歌：「休休休，莫莫莫。」

〔一九〕毋多酌我　漢書蓋寬饒傳："無多酌我，我乃酒狂。"

〔二〇〕"此時"句　李白月下獨酌四首："舉杯邀明月，對影成三人。"

又

悶如愁紅著雨，捲地吹不起。便故人渺渺，相逢前事，欲語還已〔一〕。凝望久、荒城落日，五湖四海烟浪裏〔二〕。問而今何處，寄聲舊時鄰里。聞説那回，海上蘇李。雪深夜如被〔三〕。想攜手、漢天不語，叫□不應疑水。待河梁、一尊落月，生非死別君如酹〔四〕。望故人閣上〔五〕，依稀長劍方履〔六〕。古人已矣，垂名青史〔七〕，謂當如此矣。又誰料浮沉，自得魚計〔八〕。賞心樂事，良辰美景，撞鐘舞女，朱門大第。雕鞍駿馬番裝笠，笑虛名何與身前事。區區相望，餓死西山〔九〕，懸目東門〔一〇〕，人生何樂為此。古人已矣，天下英雄，使君與操耳〔一一〕。聽喔喔、雞鳴早起，屢舞徘徊，痛飲高樓，狂歌過市。蒼蒼萬古，羲農周孔，文章事業星辰上〔一二〕，到而今、枯見銀河底。笑他黃紙除君，紅旗報我〔一三〕，為君助喜。

【校】

〔叫□〕文津本、文瀾本均作「叫叫」。〔如此矣〕朱校：「原本矣字脱，從金校。」

【箋注】

〔一〕欲語還已　李清照鳳凰臺上憶吹簫：「生怕閑愁暗恨，多少事，欲説還休。」

〔二〕五湖四海　吕巖絶句：「斗笠為帆扇作舟，五湖四海任遨遊。」

〔三〕「聞説」三句　蘇武使匈奴，被拘並徙至海上無人處。李陵往説降，拒之。始元五年，蘇武歸漢，李陵復至海上，與武訣别。事載漢書蘇武傳。

〔四〕「想攜手」四句　文選卷二十九李陵與蘇武詩：「攜手上河梁，遊子暮何之？行人難久留，各言長相思。」文選卷四十一李陵答蘇武書：「嗟乎子卿，夫復何言，相去萬里，人絶路殊，生為别世之人，死為異域之鬼，長與足下生死辭矣。」

〔五〕故人閣上　漢書蘇武傳：「甘露三年，單于始入朝。上思股肱之美，乃圖畫其人于麒麟閣，法其形貌，署其官爵姓名。……次曰典屬國蘇武：皆有功德，知名當世，是以表而揚之，明著中興輔佐。」

〔六〕「依稀」句　漢官儀：「上公九命則劍履。」史記蕭相國世家：「高祖以蕭何功最盛，賜帶劍履上殿，入朝不趨。」

〔七〕垂名青史　漢書蘇武傳：「揚名于匈奴，功顯于漢室，雖古竹帛所載，丹青所畫，何以過子卿！」

〔八〕得魚計　陸游漁父：「直鈎去餌五十年，此意寧為得魚計。」

〔九〕餓死西山　史記伯夷列傳：「武王已平殷亂，天下宗周，而伯夷、叔齊恥之，義不食周粟，隱于首陽山，采薇而食之。及餓且死，作歌，其亂曰：『登彼西山兮，采其薇矣。……』遂餓死于首陽山。」

〔一〇〕懸目東門　史記吴太伯世家：「賜子胥屬鏤之劍以死。將死，曰：『樹吾墓上之梓，令可為器；抉吾眼置之吴東門，以觀越之滅吴也。』」

〔一一〕「天下」二句　三國志蜀書先主傳：「是時曹公從容謂先主曰：『今天下英雄，惟使君與操耳，本初之徒不足數也。』」

〔一二〕「文章」句　曹丕典論論文：「蓋文章，經國之大業，不朽之盛事。」

〔一三〕「黄紙除君」二句　白居易劉十九同宿時淮寇初破：「紅旗破賊非吾事，黄紙除書無我名。」黄紙，書寫敕制所用之紙。舊唐書高宗紀：「（上元三年三月）戊午，敕制比用白紙，多為蟲蠹，今後尚書省下諸司、州、縣，宜並用黄紙。」

又　趙宜可以余譏其韻，苦心改為之，復和之

愁人更堪秋日，長似歲難度〔一〕。相攜去、晼晚登高〔二〕，高極正犯愁處。常是恨、古人

無計，看今人癡絶如許〔三〕。但東籬半醉，殘燈自修菊譜。　歸去來兮〔四〕，怨調又苦。有寒蛩余賦。湖山外、風笛闌干〔五〕，胡牀夜月誰據〔六〕。恨當時、青雲跌宕，天路斷、險艱如許。便橋邊，賣鏡重圓〔七〕，斷腸無數。　是誰玉斧，鷩墮團團，失上界樓宇〔八〕。甚天誤、嬋娟余誤。悔卻初念，不合夢他，霓裳楚楚。而今安在，楓林關塞〔九〕，回頭憶著神仙處，漫斷魂飛過湖江去。時時説與，地上羣兒，青瑣瑶臺〔一〇〕，閬風懸圃。　琵琶往往，憑鞍勸酒〔一一〕，千載能胡語〔一二〕。嘆自古、宮花薄命，漢月無情，戰地難青，故人成土。江南憔悴，荒村流落，傷心自失梨園部，渺空江、淚隔蘆花雨。相逢司馬風流，濕盡青衫〔一三〕，欲歸無路。

【校】

〔能胡語〕文津本作「傳愁語」。朱校：「原本作傳愁語，從丁校。」

【箋注】

〔一〕「長似」句　柳永戚氏（晚秋天）：「孤館度日如年。風露漸變，悄悄至更闌。」

〔二〕畹晚　宋玉九辯：「白日畹晚其將入兮。」陸機嘆逝賦：「老畹晚其將及。」李善注：「畹晚，言日將暮也。」

〔三〕癡絶　晉書顧愷之傳：「故俗傳愷之有三絶：才絶、畫絶、癡絶。」

〔四〕歸去來兮　陶淵明有歸去來兮辭，叙寫辭官歸家後的愉悦心情和歸隱的樂趣。

〔五〕風笛闌干　杜牧題宣州開元寺水閣閣下宛溪夾溪居人：「深秋簾幕千家雨，落日樓臺一笛風。」

〔六〕「胡牀」句　典出世説新語容止載庾亮事，參見前獨影揺紅嘲王槐城獨賞無月詞注。世説所記，原無「夜月」字面，然後人詩詞所詠，均有「月」字，如王安石千秋歲：「楚臺風，庾樓月，宛如昨。」秦觀憶秦娥：「庾樓月，水天涵映秋澄徹。」當從世説「秋夜氣佳景清」推出。

〔七〕賣鏡重圓　用陳太子舍人徐德言事，見前注。

〔八〕「是誰」三句　段成式酉陽雜俎前集卷一載鄭仁本表弟與王秀才遊嵩山，遇一人，「其人笑曰：『君知月乃七寶合成乎？月勢如丸，其影，日爍其凸處也。常有八萬二千户修之，予即一數。』因開襆，有斤鑿數事，玉屑飯兩裹，授與二人。」

〔九〕楓林關塞　杜甫夢李白：「魂來楓林青，魂返關塞黑。」

〔一〇〕青瑣　裝飾青色邊鏤的門户。漢書元后傳：「赤墀青瑣。」孟康注：「以青畫户邊鏤中，天子制也。」如淳注：「門楣格再重，如人衣領，再重裏青，名曰青瑣，天子門制也。」

〔一一〕「琵琶」二句　王翰涼州詞：「蒲桃美酒夜光杯，欲飲琵琶馬上催。」

〔一二〕「千載」句　杜甫詠懷古迹五首其三：「千載琵琶作胡語，分明怨恨曲中論。」

〔一三〕「相逢」二句　白居易任江州司馬，作琵琶行，云：「座中泣下誰最多，江州司馬青衫濕。」

卷三

沁園春　和槐城自壽

六十一翁〔一〕，垂銀帶魚〔二〕，插四角輪〔三〕。把百箇今朝，重排花甲；十年前事，似臼齏辛〔四〕。骰選功名〔五〕，酒中富貴，管取當筵滿勸旬。槐知道，待二郎做甚〔六〕，父子封申〔七〕。　便應際會昌辰，怕林下相逢未是真〔八〕。看焚芰裂荷〔九〕，起鍾山笑〔一〇〕；賣田僦馬，墮貢生貧〔一一〕。後六十年，有無窮事，是宰官身是報身〔一二〕。年來好，莫做他宰相，便是全人〔一三〕。

【校】

〔似臼〕朱校：「原本臼作舊，從金校。」據世説新語捷悟，以臼為是。

【箋注】

〔一〕六十一翁　槐城與辰翁同年生。照須溪生年推算，本年為元世祖至元二十九年（一二九二），時須溪閑居廬陵。

〔二〕垂銀帶魚　宋史輿服志：「元豐元年，……階官至四品服紫，至六品服緋，皆象笏佩魚。中興仍元豐之制，四品以上紫，六品以上緋，九品以上緑。服緋紫者必佩魚，謂之章服。」「其制以金銀飾為魚形，公服則繫于帶而垂于後，以明貴賤。……凡服紫者，飾以金；服緋者，飾以銀。」

〔三〕四角輪　陸龜蒙古意：「君心莫淡薄，妾意正棲託。願得雙車輪，一夜生四角。」

〔四〕臼齏辛　典出世説新語捷悟，見前清平樂壽某翁詞注。

〔五〕骰選功名　新唐書藝文志載李郃骰子選格三卷。其序云人以骰子投局上，以數多少，以為進身職官之差數。國老談苑：「楊億在翰林，丁謂初參政事，億列賀焉。語同列曰：『骰子選耳，何多尚哉！』」

〔六〕「槐知道」二句　邵伯温邵氏聞見録卷六：「初，（王）祐赴貶時，親賓送于都門外，謂祐曰：『意公作王溥官職矣。』祐笑曰：『某不做，兒子二郎必做。』二郎者，文正公旦也，祐素知其必貴，手植三槐于庭曰：『吾子孫必有為三公者。』已而果然。天下謂之三槐王氏。」宋史王旦傳亦載此事。

〔七〕父子封申　周宣王舅父申伯，有功于國，得到宣王褒賞，世代封于申。詩大雅崧高：「登是南邦，世執其功。」鄭箋：「世世持其政事，傳其子孫也。」

〔八〕「怕林下」句　范抒雲溪友議卷中思歸隱條：「江西韋大夫丹與東林靈澈上人騭忘形之契，篇章唱和，月唯四五焉。……韋寄廬山上人澈公詩曰：『王事紛紛無暇日，浮生冉冉只如雲。已為平子歸休計，五老巖前必共君。』澈奉酬詩曰：『年老身閒無外事，麻衣草座亦容身。相逢盡道休官去，林下何曾見一人。』」

〔九〕焚芰裂荷　屈原離騷：「製芰荷以為衣兮，集芙蓉以為裳。」孔稚圭北山移文：「焚芰製而裂荷衣，抗塵容而走俗狀。」五臣注：「芰製荷衣，隱者之服，言皆焚裂之，舉騁塵俗之容狀。」

〔一〇〕鍾山笑　孔稚圭北山移文：「鍾山之英，草堂之靈。……于是南岳獻嘲，北隴騰笑，列壑爭譏，攢峰竦誚。」

〔一一〕「賣田」二句　漢書貢禹傳：「禹上書曰：『臣禹年老貧窮，家貲不滿萬錢，妻子糠豆不贍，裋褐不完。有田百三十畝，陛下過意徵臣，臣賣田百畝以供車馬。』」僦，廣雅釋言：「僦，賃也。」

〔一二〕「是宰官身」句　妙法蓮華經：「應以宰官身得度者，即現宰官身而為説法。」翻譯名義：「十力超悟證三身。以圓通三諦一境合，名法身，此彰一性也；三智一心合，名報身；三脱一體合，名應身。」

〔一三〕全人　莊子庚桑楚：「聖人工乎天而拙乎人。夫工乎天而俍乎人者，唯全人能之。」注：「工于天，即俍于人矣，謂之全人。全人則聖人也。」

又　再和槐城自壽韻

劉子生時，當月下弦，輪大半輪〔一〕。記孤館望雲，朝飢颯午；寒鑪擁雪，歲晚盤辛〔二〕。比似先生，兩壬相望〔三〕，豈止參差一二旬。明年好，算乞漿得酒，酉勝如申〔四〕。　吾辰定是雌辰〔五〕。聽窮鬼揶揄數得真〔六〕。但鶴唳華亭〔七〕，貴何似賤〔八〕；珠沉金谷〔九〕，富不如貧。明月清風，晴春暖日，出入千重雲水身。吾老矣，嘆臣之少也，已不如人〔一〇〕。

【校】

〔千重〕朱校：「原本重作里，從金校。」

【箋注】

〔一〕「劉子生時」三句　見鵲橋仙自壽二首「小年初度」條注。

〔二〕歲晚盤辛　陳元靚歲時廣記卷五引風土記：「正元日俗人拜壽，上五辛盤，松柏頌，椒花酒，五熏煉形。五辛者，所以發五臟氣也。」槐城于歲晚過生日，已近正元日，故用辛盤。

〔三〕兩壬相望　王槐城生于紹定壬辰，五年，今年六十一歲，又值壬辰年，故云。

〔四〕「算乞漿」二句　續博物志：「太歲在酉（一本作丑），乞漿得酒。」

〔五〕雌辰　偶日為雌辰。天禄識餘：「甲子逢單日為雄，雙日為雌。」語出盧氏雜説：「裴晉公度在相位日，有人寄槐癭一枚，欲削為枕。時郎中庾威世稱博物，召請别之。庾捧玩良久，曰：『此槐癭是雌樹生者，恐不堪用。』裴曰：『郎中甲子多少？』庾曰：『某與令公同是甲辰生。』公笑曰：『郎中便是雌甲辰。』」劉辰翁生于十二月二十四日，（見本書所附劉辰翁年譜簡編）故云：「吾辰定是雌辰。」

〔六〕窮鬼揶揄　世説新語任誕劉孝標注引晉陽秋：「（羅友）始仕荆州，後在温府。以家貧乞禄，温雖以才學遇之，而謂其誕肆，非治民才，許而不用。後同府人有得郡者，温為席起别，友至尤晚。問之，友答曰：『民性飲道嗜味，昨奉教旨，乃是首旦出門，于中路逢一鬼，大見揶揄，云：我只見汝送人作郡，何以不見人送汝作郡？民始怖終慚，回還以解，不覺成淹緩之罪。』温雖笑其滑稽，而心頗愧焉。」

〔七〕鶴唳華亭　修文殿御覽殘卷引晉八王故事：「陸機為成都王所誅，顧左右而嘆曰：『今日欲聞華亭鶴唳，不可復得。』華亭，吴由卷縣郊外野也，有清泉茂林。吴平後，機兄弟素遊于此，十有餘年耳。」

〔八〕貴何似賤　後漢書逸民傳：「向長字子平，河内朝歌人也。……潛隱于家，讀易至損益卦，喟然歎曰：『吾已知富不如貧，貴不如賤，但未知死何如生耳。』」

〔九〕珠沉金谷　晉書石崇傳：「崇有妓曰緑珠，美而艶，善吹笛。孫秀使人求之，崇勃然曰：『緑珠吾所愛，不可得也。』秀怒，矯詔收崇。崇正宴于樓上，介士到門，崇謂緑珠曰：『我今為爾得罪。』緑珠泣曰：『當效死于官前。』因自投于樓下而死。」「崇有别館在河陽之金谷。」

〔一〇〕「吾老矣」三句　左傳僖公三十年：「佚之狐言于鄭伯曰：『國危矣，若使燭之武見秦君，師必退。』公從之，辭曰：『臣之壯也，猶不如人，今老矣，無能為也已。』」

又　和槐城見壽

成佛生天〔一〕，自是兩途，任祖生先〔二〕。看二三大老〔三〕，依稀吾榜；幾多新進，少小齊年。紫陌相逢〔四〕，青山獨往〔五〕，倚杖鶴鳴聽布泉。百年裏，但兒時難得，老後依然。

吾牛已不耕田，更雨滑泥深自在鞭。嘆十年波浪，悠悠何補；三生石上〔六〕，種種無緣。白髮來呵，朱顔去也，一曲狂歌落酒邊。誰似我，似官奴出籍，散聖安禪〔七〕。

【箋注】

〔一〕成佛生天　宋書謝靈運傳：「太守孟顗事佛精懇，而為靈運所輕。嘗謂顗曰：『得道應須慧業，丈人生天當在靈運前，成佛必在靈運後。』」生天，謂死後往生天界。

〔二〕任祖生先　世説新語賞譽引晉陽秋：「劉琨與親舊書曰：『吾枕戈待旦，志梟逆虜，常恐祖生先吾著鞭耳！』」

〔三〕大老　孟子離婁上：「二老者（指伯夷、姜太公），天下之大老也。」劉辰翁祭師江丞相古心先生文：「斯文大老，寧為爾私。」這是對年高望重者的敬稱。

〔四〕紫陌　繁華的街道。劉禹錫元和十年自朗州至京戲贈看花諸君子：「紫陌紅塵拂面來，無人不道看花回。」

〔五〕青山獨往　白居易九年十一月二十一日感事而作：「當君白首同歸日，是我青山獨往時。」

〔六〕三生石上　唐李源與僧圓觀友善。圓觀將亡，約十二年後中秋月夜于杭州天竺寺外相會。李源如期赴約，有牧豎歌竹枝詞，望之，乃是圓觀。李源上前問候，牧豎曰：「真信士矣！與公殊途，慎勿相近。俗緣未盡，但願勤修，勤修不墮，即遂相見。」又歌曰：「三生石上舊精魂，賞月吟風不要論。慚愧情人遠相訪，此身雖異性長存。」事見袁郊甘澤謠，原載太平廣記卷三百八十七。

〔七〕散聖安禪　魏慶之詩人玉屑卷二引臞翁詩評：「呂居仁如散聖安禪，自能奇逸。」

又

聞歌

十八年間，黄公壚下〔一〕，崔九堂前〔二〕。嘆人生何似，飄花陌上〔三〕；妾身難託，賣鏡橋邊。隔幔雲深〔四〕，繞梁聲徹〔五〕，不負楊枝舊日傳〔六〕。主人好，但留髠一石〔七〕，空惱彭宣〔八〕。不因浩嘆明年。也不為青衫愴四筵。念故人何在，舊游如夢，清風明月，野草荒田。俯仰無情，高歌有恨，四壁蕭條久絶絃。秋江晚，但一聲河滿〔九〕，我自潸然。

【箋注】

〔一〕黄公壚　見前水龍吟和中甫九日「黄公壚下」條注。

〔二〕崔九堂前　杜甫江南逢李龜年：「岐王宅裡尋常見，崔九堂前幾度聞。」崔九即崔滌。舊唐書崔滌傳：「兄湜坐太平黨誅，玄宗常思之，故待滌逾厚，用為秘書監，出入禁中。與諸王侍宴不讓席，而坐或在寧王之上。後賜名澄。」

〔三〕「嘆人生」三句　南史范縝傳：「縝答曰：『人生如樹花同發，隨風而墮，自有拂簾幌墜于茵席之上，自有關籬牆落于糞溷之中。』」

〔四〕隔幔雲深　用梁柳惔典。惔甚重其婦，性愛音樂，女妓精麗，然不敢獨視。每欲見妓，其妻隔幔坐，妓然後出。事見南史柳惔傳。

〔五〕繞梁聲徹　列子湯問：「韓娥東之齊，匱糧，過雍門，鬻歌假食。既去，而餘音繞梁欐，三日不絶。」

〔六〕楊枝　白居易歌伎樊素善唱楊柳枝，因以曲名名之，見前百字令壽陳静山詞注。

〔七〕留髡一石　史記滑稽列傳：「淳于髡者，齊之贅婿也。……主人留髡而送客，羅襦襟解，微聞薌澤，當此之時，髡心最歡，能飲一石。」

〔八〕彭宣　漢代張禹，厚弟子戴崇，帶之入後堂，奏樂飲食。禹薄弟子彭宣，見之于便坐，賜食不過一肉巵酒。事見漢書張禹傳。因彭宣不能聞歌，故云「空惱」。

〔九〕一聲河滿　張祜宫詞二首其一：「一聲河滿子，雙淚落君前。」河滿子，亦作何滿子，舞曲名。白居易何滿子：「世傳滿子是人名，臨就刑時曲始成。一曲四詞歌八疊，從頭便是斷腸聲。」

又

和劉仲簡九日韻〔一〕

九日黄花，淵明之後，誰當汝儔。記龍山昨夜，寒泉九井，帽輕似葉，鬢戟如虯〔二〕。庾扇西風〔三〕，孔林落照〔四〕，銀海橫波十二樓〔五〕。閒笑道，那華亭上蔡〔六〕，再見何由。人生似我何求。算惟有高人高處遊。笑如今別駕，前時方外〔七〕，塵埃半百〔八〕，歲月如流。如此連牆，今年不見，一首猶勝萬户侯〔九〕。偷閒好，便明朝有約，莫莫休休。

【箋注】

〔一〕劉仲簡　須溪友人，生平未詳。

〔二〕鬚戟　南史褚彥回傳：「公主謂曰：『君鬚髯如戟，何無丈夫氣？』」李白司馬將軍歌：「紫髯如戟冠崔嵬。」

〔三〕庾扇　世説新語輕詆：「庾公權重，足傾王公。庾在石頭，王在冶城坐。大風揚塵，王以扇拂塵曰：『元規塵汙人！』」按事當為王扇，劉氏用典失當。

〔四〕孔林　孔子墓地。史記孔子世家：「孔子葬魯城北泗上。」集解引皇覽：「孔子冢去城一里。冢塋百畝，冢南北廣十步，東西十三步，高一丈二尺。冢前以瓴甓為祠壇，方六尺，與地平，本無祠堂。冢塋中樹以百數，皆異種，魯人世世無能名其樹者。民傳言：『孔子弟子異國人，各持其方樹來種之。』其樹柞、枌、雒離、安貴、五味、毚檀之樹。孔子塋中不生荆棘及刺人草。」

〔五〕「銀海」句　神仙傳：「崑崙閬風苑有玉樓十二層，左瑶池，右翠水。」抱朴子：「崑崙山上有五城十二樓。」

〔六〕華亭上蔡　華亭，見前沁園春再和槐城自壽韻詞注。上蔡，史記李斯列傳載李斯臨刑時，對兒子說：「吾欲與若復牽黄犬，俱出上蔡東門，逐狡兔，豈可得乎？」

〔七〕「笑如今」二句　疑本詞二句倒乙，當為「前時別駕，如今方外」。別駕，宋時通判之別稱，見洪邁容齋四筆。宋季忠義傳劉辰翁傳：「明年（丙子，德祐二年），改知臨江軍事。」臨江軍屬江南西路，同下州，轄三縣，僅上州之半，故須溪戲稱之為「別駕」。其時臨安已破，須溪並未到任。

〔八〕塵埃半百　元世祖至元十八年辛巳，須溪年五十。詞當作于此時。

〔九〕「一首」句　杜牧登池州九峰樓寄張祜：「誰人得似張公子？千首詩輕萬户侯。」

又　送春

春汝歸歟，風雨蔽江，烟塵暗天。況雁門阨塞〔一〕，龍沙渺莽〔二〕，東連吴會〔三〕，西至秦川〔四〕。芳草迷津〔五〕，飛花擁道，小為蓬壺借百年〔六〕。江南好〔七〕，問夫君何事〔八〕，不少留連。　江南正是堪憐。但滿眼楊花化白氈〔九〕。看兔葵燕麥〔一〇〕，華清宫裏〔一一〕，蜂黄蝶粉〔一二〕，凝碧池邊〔一三〕。我已無家，君歸何里，中路徘徊七寶鞭〔一四〕。風回處，寄一聲珍重，兩地潸然。

【箋注】

〔一〕「況雁門」句　雁門，山名，又名句注山、西陘山，山勢險阻，上有關，名雁門關。元和郡縣圖志卷十四河東道代州雁門縣：「句注山，一名西陘山，在縣西北三十里。晉咸寧元年句注碑曰：『蓋北方之險，有盧龍、飛狐，句注為之首，天下之阻，所以分別内外也。』」阨塞，險要之地。史記蕭相國世家：「漢王所以具知天下阨塞。」

〔二〕龍沙　後漢書班超傳贊：「坦步葱雪，咫尺龍沙。」李賢注：「葱嶺雪山，白龍堆沙漠也。」

〔三〕吳會　曹丕雜詩：「吹我東南行，行行至吳會。」趙翼陔餘叢考卷二十一「吳會」條云：「西漢時會稽郡治本在吳縣，時俗以郡縣連稱，故云吳會，觀漢書地理志便自了然。」

〔四〕秦川　潘岳西征賦李善注引三秦記：「長安正南秦嶺，嶺根水流為秦川。」

〔五〕芳草迷津　秦觀踏莎行：「霧失樓臺，月迷津渡。」辛棄疾摸魚兒：「春且住！見説道，天涯芳草迷歸路。」

〔六〕蓬壺　王嘉拾遺記卷一：「三壺，則海中三山也。一曰方壺，則方丈也；二曰蓬壺，則蓬萊也；三曰瀛壺，則瀛洲也。形如壺器。此三山上廣、中狹、下方，皆如工制，猶華山之似削成。」

〔七〕江南好　白居易憶江南：「江南好，風景舊曾諳。日出江花紅勝火，春來江水緑如藍。能不憶江南？」

〔八〕夫君　對男子之敬稱。屈原九歌湘君：「望夫君兮未來。」

〔九〕「但滿眼」句　杜甫絶句漫興九首其七：「糝徑楊花鋪白氈。」

〔一〇〕兔葵燕麥　劉禹錫再遊玄都觀引：「今十有四年，復為主客郎中，重遊玄都觀，盪然無復一樹，唯兔葵燕麥動摇于春風耳。」

〔一一〕華清宫　見前憶舊遊和巽吾相憶寄韻詞注。

〔一二〕蜂黄蝶粉　李商隱酬崔八早梅有贈兼示之作：「何處拂胸資蝶粉，幾時塗額藉蜂黄。」周邦彦滿江紅：「臨寶鑑、緑雲撩亂，未忺妝束。蝶粉蜂黄都褪了，枕痕一線紅生肉。」王楙野客叢書引草堂詩餘注云：「蝶粉蜂黄，唐人宫妝也。」

〔一三〕凝碧池　唐禁苑圖：「凝碧池，在西内苑，重元門之北，飛龍院之南。」王維菩提寺禁裴迪來相看説逆賊等凝碧池上作音樂供奉人等舉聲便一時淚下私成口號誦示裴迪：「秋槐葉落空宫裏，凝碧池頭奏管弦。」

〔一四〕七寶鞭　用多種珍寶裝飾的器物，泛稱七寶，如西京雜記載七寶牀，北齊書穆后傳載七寶香車，李濬松窗雜録載七寶盞。太平廣記卷四百零三引中説：「晉明帝單騎潛入，窺王敦營，敦覺，使騎追之。帝奔，仍以七寶鞭顧逆旅嫗扇馬屎。王敦追之人見馬屎，以為帝已去遠，仍寶鞭，不復前追。」

又

笑貢生狂，日日彈冠，西望王陽〔一〕。待泥封屢下〔二〕，蒲輪不至〔三〕，賣琅琊産，辦舍人裝〔四〕。厚禄故人〔五〕，黄金有術，何不分伊肘後方〔六〕。他年老，三千里外，八十思鄉。何如吾壽華堂。在丞相東山舊第旁〔七〕。任王人親至〔八〕，不妨高枕，吾州盛事，更短鄰牆。我學希夷〔九〕，邀公共坐，遊戲壺中日月長〔一〇〕。山僧道，成仙未晚，救火須忙〔一一〕。

【箋注】

〔一〕「笑貢生狂」三句　貢生，即貢禹；王陽，即王吉，字子陽，兩人同是琅琊人。漢書王吉傳：「王吉，字子陽，琅琊皋虞人也。……吉與貢禹為友，世稱『王陽在位，貢生彈冠』，言其取舍同也。」顔師古注：「彈冠者，且入仕也。」

〔二〕泥封　指詔書。西京雜記卷四：「武都紫泥為璽寶，加緑綸其上。」韓偓中秋禁直：「紫泥封後獨憑欄。」

〔三〕蒲輪　安穩之車。漢書武帝紀：「遣使者安車蒲輪，束帛加璧，徵魯申公。」顔師古注：「以蒲裹輪，取其安也。」

〔四〕「賣琅琊」三句　見前沁園春和槐城自壽注〔二〕。辦舍人裝，即賣田以供己及從人之車馬也。

〔五〕厚禄故人　杜甫狂夫：「厚禄故人書斷絶。」

〔六〕肘後方　醫書名。舊唐書經籍志：「葛洪肘後救卒方四卷，陶弘景補肘後救卒備急方六卷。」

〔七〕「在丞相」句　用謝安高卧東山事，見前促拍醜奴兒有感詞注。

〔八〕王人　春秋左氏傳莊公六年：「春王正月，王人子突救衛。」杜預注：「王人，王之微官也。雖官卑而見授以大事。」

〔九〕希夷　形容虚寂微妙。老子：「視之不見名曰夷，聽之不聞名曰希。」

〔一〇〕「遊戲」句　雲笈七籤卷二十八引雲臺治中記：「施存，魯人，學大丹之道三百年，十鍊不成，唯得變化之術。後遇張申為雲臺治官，常懸一壺，如五升器大，化為天地，中有日月，夜宿其内，自號壺天，人謂壺公。」

〔一一〕救火須忙　神仙傳：「欒巴，蜀之成都人，性好道術，舉孝廉，除尚書郎。正旦大會，上賜百官酒，巴不飲，而向西南方噀之三口。上問之，對曰：『適見成都市上被火，臣故漱酒救之。』」

法駕導引　壽治中

棠陰日〔一〕，棠陰日，清美近花朝。共喜治中持福筆，春當霄漢布寬條。蘭蕙雪初銷。和氣滿，和氣滿，生意到漁樵。清徹已傾螺子水〔二〕，黑頭宜著侍中貂〔三〕。天馬擬歸朝〔四〕。

【箋注】

〔一〕棠陰　喻惠政。傳説周召公奭巡行南國，在棠樹下聽訟斷案，後人紀念他，不忍伐其樹。詩召南甘棠：「蔽芾甘棠，勿翦勿伐，召伯所茇。」

〔二〕螺子水　螺子，酒杯，以青螺為之。螺子水，即酒。藝文類聚卷七十三引陶侃故事：「侃上成帝螺杯一枚。」庾信園庭：「香螺酌美酒。」

〔三〕「黑頭」句　黑頭，喻青壯年。杜甫晚行口號：「遠愧梁江總，還家尚黑頭。」侍中貂，侍中冠上之飾物。徐堅初學記卷十二：「漢官儀云：侍中冠武弁大冠，亦曰惠文冠，加金璫，附蟬為文，貂尾為飾，謂之貂蟬。」杜甫諸將五首之四：「總戎皆插侍中貂。」

〔四〕「天馬」句　天馬來朝，四海安定。史記大宛列傳：「初，天子發書易，云：『神馬當從西北來。』

得烏孫馬好，名曰天馬。及得大宛汗血馬，益壯，更名烏孫馬曰西極，名大宛馬曰天馬。」漢書禮樂志天馬歌：「天馬徠，從西極。涉流沙，九夷服。」

又　壽治中

蟠桃熟，蟠桃熟，一熟一千年。比似相公年正少〔一〕，朱顏緑鬢錦蟬連。肉色更光鮮。西江好，西江好，春雨碧黏天〔二〕。見説内家消息近〔三〕，佳人拜舞壽觴前。扶醉起金鞭〔四〕。

【箋注】

〔一〕相公　吴曾能改齋漫録卷二「丞相稱相公」條云：「丞相稱相公，自魏已然矣。王仲宣從軍詩曰：『相公征關右，赫怒震天威。』注：『曹操為丞相，故稱相公。』謝靈運擬陳琳詩曰：『永懷戀故國，相公實勤王。』亦謂曹操也。」此處敬稱所稱壽之治中。

〔二〕「春雨」句　韋莊菩薩蠻：「人人盡説江南好，遊人只合江南老。春水碧于天，畫船聽雨眠。」韓愈祭河南張員外文：「洞庭漫汗，粘天無壁。」

〔三〕「見説」句　張相詩詞曲語辭匯釋卷五：「見，猶聞也，最著者則為見説。」王維贈裴旻將軍詩：

『見説雲中擒黠虜，始知天上有將軍。』」內家，皇宮。李賀酬答二首其一：「柳花偏打內家香。」王建宮詞：「盡送春毬出內家。」

〔四〕金鞭　華貴的馬鞭。陳沈炯長安少年行：「長安好少年，驄馬鐵連錢。陳王裝腦勒，晉后鑄金鞭。」李賀馬詩二十三首其一：「無人織錦韂，誰為鑄金鞭。」

又　壽劉侯〔一〕

兒童喜，兒童喜，獻壽摘仙桃。篁峒鳴狐成鬼火〔二〕，花村買犢賣鑾刀。惟有使君勞〔三〕。燕山桂，燕山桂〔四〕，猶帶竇家香〔五〕。月殿一枝金粟滿〔六〕，囊中玉屑擣成霜〔七〕。和露入霞觴〔八〕。

【校】

朱校：「按此二闋（即本詞）並疑為單調誤合。」按萬樹詞律卷一引陳與義法駕導引一首，三十字，為單調。須溪詞中此調共寫十首，其餘八首雙調，均押同一韻部，唯第三、第四上下片不協。從詞題、詞意紬繹，兩詞疑有錯簡。

【箋注】

〔一〕劉侯　吉州知州劉煥，温州平陽人。吉水縣志載至元二十三年丙戌，吉水縣儒學屋舍重修，主持修葺者為吉州知州劉煥。本詞或作于丙戌年。

〔二〕「篁峒」句　史記陳涉世家：「又間令吴廣之次所旁叢祠中，夜篝火，狐鳴呼曰：『大楚興，陳勝王。』」

〔三〕「花村」二句　漢書龔遂傳：「遂見齊俗奢侈，好末技，不田作，迺躬率以儉約，勸民務農桑。……民有帶持刀劍者，使賣劍買牛，賣刀買犢。」

〔四〕燕山桂　燕山，宋府名，在今河北北部。桂，古代稱登科為折桂，温庭筠春日將欲東歸寄新及第進士苗紳先輩：「猶喜故人先折桂。」劉煥祖先為燕山人，南渡後遷南方，故須溪云「燕山桂」。

〔五〕竇家香　用宋竇禹鈞五子登科事。宋史竇儀傳：「儀學問優博，風度峻整。弟儼、侃、偁、僖，皆相繼登科。馮道與禹鈞有舊，嘗贈詩，有『靈椿一株老，丹桂五枝芳』之句，縉紳多諷誦之。」

〔六〕「月殿」句　傳説月中有桂樹，段成式酉陽雜俎前集卷一天咫云：「舊言月中有桂，有蟾蜍，故異書言月桂高五百丈。」金粟，桂花之别稱。格物叢話：「桂花亦謂之金粟。」曹冠好事近巖桂：「醉賞緑雲金粟。」

〔七〕「囊中」句　用裴航事。裴鉶傳奇裴航載秀才裴航遇樊夫人：「夫人後使裊烟持詩一章，曰：

『一飲瓊漿百感生，玄霜搗盡見雲英。藍橋便是神仙窟，何必崎嶇上玉清？』」

〔八〕「和露」句　和露，玉屑和露水而飲用，可以長生。參見前南鄉子木犀花下詞注引三輔黄圖卷三之記載。霞觴，仙家飲用流霞之杯卮。王充論衡道虚篇：「曼都好道學仙，委家亡去，三年而反。家問其狀，曼都曰：『……仙人輒飲我以流霞一杯。每飲一杯，數月不飢。』」

又

壽吴蒙庵〔一〕

金莖露，金莖露，絶勝九霞觴。挼碎菊花如玉屑，滿盤和月燕風香〔二〕。不老是丹方。　六十七，六十七，七歲見端平〔三〕。記得是秋除目好，近年大路到南京。楚製起諸生〔四〕。

【校】

朱校：「按此二闋（即本詞）並疑為單調誤合。」餘見上首校語及本詞注〔一〕、〔三〕。

【箋注】

〔一〕吴蒙庵　即吴蒙，見霜天曉角壽吴蒙庵詞注。周密齊東野語卷五「趙伯美」條云：「淳祐庚戌，盱江峒寇猖獗，以府丞吴蒙明發知建昌軍。至則撫勞剿除，漸至安靖，朝廷奬勞之。」這與上首法駕導引壽劉侯「篁峒鳴狐成鬼火，花村買犢賣鑾刀，惟有使君勞」諸語正相吻合。本詞下片「六十七，七歲見端平」，亦非指吴蒙。可見兩詞有錯簡，兩題當倒乙，益知朱氏所疑為可信。為維持原集面貌不作改動，僅加説明。

〔二〕「挼碎」二句　餐菊，語出屈原離騷：「朝飲木蘭之墜露兮，夕餐秋菊之落英。」日暮餐菊，故云「和月嚥」。

〔三〕七歲見端平　端平是宋理宗年號。端平元年時為七歲，則其人生于宋理宗紹定元年。本年其人六十七歲，則本詞當作于元世祖至元三十一年。其人並非吴蒙，因吴于淳祐庚戌已知建昌軍，平定盱江峒寇，安靖州縣。如按端平元年為七歲推算，則淳祐庚戌時吴僅二十三歲。于此亦可證本詞上下片不相屬，乃誤合單調而成。

〔四〕楚製　南方平民所穿之短衣。史記叔孫通傳：「叔孫通儒服，漢王憎之。乃變其服，服短衣楚製，漢王喜。」司馬貞史記索隱：「案孔文祥云：短衣便事，非儒者衣服。高祖楚人，故從其俗裁製。」

又　壽胡潭東〔一〕

春小小，春小小，梅漸著些些〔二〕。未必神仙無白髮〔三〕，依然林下有黄花。潭影浸流霞。冬十十，冬十十，亥字雁斜斜〔四〕。不用瑤池偷碧實，不須句漏博丹砂〔五〕。陰德遍人家〔六〕。

【箋注】

〔一〕胡潭東　即胡蒙亨。劉將孫題巽齋文信公先君子三帖：「前巽齋帖，乃與故潭東、西氏。巽齋為古潭長友，潭東、西氏師事焉。每歲必要留數月，或以年，如是者終其身。」又云：「潭東，名蒙亨，字學聖，治春秋。」

〔二〕「梅漸」句　王維雜詩：「來日綺窗前，寒梅著花未？」

〔三〕「未必」句　杜牧送隱者一絕：「公道世間唯白髮，貴人頭上不曾饒。」

〔四〕「冬十十」三句　漢書律曆志上：「位在亥，在十月。」亥字，七十三年。左傳襄公三十年：「三月癸未，晉悼夫人食輿人之城杞者。絳縣人或年長矣，無子，而往與于食。有與疑年，使之年。曰：『臣小人也，不知紀年。臣生之歲，正月甲子朔，四百有四十五甲子矣，其季于今三之一也。』吏走問諸朝，師曠曰：『魯叔仲惠伯會郤成子于承匡之歲也。是歲也，狄伐魯，叔孫莊叔于是乎敗狄于鹹，獲長狄僑如及虺也、豹也，而皆以名其子。七十三年矣。』史趙曰：『亥有二首六身，下二如身，是其日數也。』士文伯曰：『然則二萬六千六百有六旬也。』」李商隱戲題贈稷山驛吏王全：「過客不勞問甲子，惟書亥字與時人。」

〔五〕「不須」句　句下自注：「其子新漳浦縣尹。」元和郡縣圖志卷二十九：「漳州……管縣三：龍溪、漳浦、龍巖。」晉書葛洪傳：「以年老，欲煉丹以祈遐壽，聞交趾出丹，求為勾漏令。帝以洪資高不許，洪曰：『非欲為榮，以為丹耳。』帝從之，遂將子姪俱行。至廣州，刺史鄧嶽留不聽去，洪乃止羅浮山煉丹。」

〔六〕陰德　淮南子人間：「有陰德者必有陽報，有隱行者必有昭名。」

又　壽城山，用壽胡潭東韻

臣尚少〔一〕，臣尚少，少似此翁些。點半點斑今似雪，飛來飛去自如花。醉眼看紅霞。

人間事，人間事，倒杖拄頤斜〔二〕。冷冷清清冰下水，吞吞忍忍飯中砂〔三〕。選到老人家。

【箋注】

〔一〕臣尚少　語出漢武故事記顏駟語：「景帝好老臣尚少。」

〔二〕拄頤　戰國策齊策：「大冠若箕，修劍拄頤。」

〔三〕飯中砂　顧況行路難三首其一：「君不見擔雪塞井空用力，炒砂作飯豈堪食。」

又

天正子〔一〕，天正子，亥正較差些〔二〕。牀下玉靈頭戴九〔三〕，手中銅葉錦添花〔四〕。乞汝作飛霞。　遼東鶴，遼東鶴，無語鶴頭斜〔五〕。塵土不知灰變縞，周遭會見頂成砂〔六〕。城郭待還家。

【箋注】

〔一〕天正子　禮大傳：「改正朔。」疏：「正謂年始，朔謂月初。言王者得政，示從我始，改故用新，隨寅、丑、子所建也。」漢書律曆志：「其于三正也，黄鍾子為天正。」按夏代建寅、殷代建丑、周代建子，故「天正子」即是周代的正朔，以農曆十一月為正月。

〔二〕亥正　秦正建亥，以夏之十月為正月。

〔三〕「牀下」句　史記褚先生補龜策傳：「南方老人用龜支牀足，行二十餘歲，老人死，移牀，龜尚生不死。龜能行氣導引。」又：「祝曰：『假之玉靈夫子。』」索隱：「尊神龜而為之作號。」

〔四〕「手中」句　上片末自注：「城山以石龜為壽，銅荷葉盛之。」黄庭堅了了庵頌：「又要涪翁作頌，且作錦上添花。」

〔五〕遼東鶴　見前南鄉子乙酉九日詞注。

〔六〕「周遭」句　周遭，劉禹錫金陵五題石頭城：「山圍故國周遭在。」會，張相詩詞曲語辭匯釋卷一：「會，猶當也；應也。有時含有將然語氣。」

又　壽胡盤居

盤之水〔一〕，盤之水，清可濯吾纓〔二〕。我與盤山疏一月，黃花滿意繞荒城。懷抱向誰傾。　十之十，十之十，十十到千齡。我與盤山同一月，不占甲子後先晴。攜手看昇平。

【校】

〔我與盤山〕上下片均有此四字，文津本、文瀾本均作「我與盤仙」。

【箋注】

〔一〕盤之水　韓愈送李愿歸盤谷序：「望茂樹以終日，濯清泉以自潔。」「昌黎韓愈聞其言而壯之，與之酒而為之歌曰：『盤之中，維子之宮；盤之土，可以稼；盤之泉，可濯可沿。』」

〔二〕濯吾纓　屈原漁父：「漁父莞爾而笑，鼓枻而去，歌曰：『滄浪之水清兮，可以濯吾纓。滄浪之水濁兮，可以濯吾足。』遂去，不復與言。」

又　代壽丹山

東風雨，東風雨，河漢洗蓬萊〔一〕。只見丹山高萬丈，不知古驛路傍埃。到海幾時回。二月八，二月八，長見醉桃顋。天上玉堂懷舊草〔二〕，面前金鼎又無梅〔三〕，除是老翁來。

【箋注】

〔一〕蓬萊　仙山。史記封禪書：「自威、宣、燕昭使人入海求蓬萊、方丈、瀛洲，此三神山者，其傳在勃海中，去人不遠。」

〔二〕「天上」句　這是指翁合舊在中書時事。漢書李尋傳：「臣隨衆賢待詔，久污玉堂之署。」王先謙漢書補注：「何焯曰：『漢時待詔于玉堂殿，唐時待詔于翰林院，至宋以後，翰林遂并蒙玉堂之號。』」文天祥有與中書祭酒知贛州翁丹山。劉將孫玉堂今夜涼附注：「是歲六月，留昭文館中，值謝堂建節，丹山先生當宣鎖，隨諸客往觀。中夜在庭，丹山已易服堦下，立馬待焉。」可見翁合知贛州前在中書任職，兼直學士院。

〔三〕「面前」句　尚書説命：「若作和羹，爾惟鹽梅。」後以「調鼎」、「調梅」喻指擔任宰相之職。此處是對翁丹山的贊語。雍正江西通志卷四十六「秩官」：「行省參知政事，翁丹山。」

又

壽劉仲簡

五月五〔一〕，五月五，細雨緑菖蒲〔二〕。早是高花開九節〔三〕，花堪結子節堪扶。持此揆□初。　長命縷〔四〕，長命縷，兒女漫區區。何似屏星南極裏〔五〕，清如寒露在冰壺〔六〕。一府號仙儒〔七〕。

【校】

〔揆□初〕文津本、文瀾本均作「揆初初」。朱校：「原本作初初，從金校。」

【箋注】

〔一〕五月五，農曆五月初五為端午節。

〔二〕菖蒲　水草名，有香氣，傳説可以之辟邪。吴自牧夢粱録卷三：「五日重午節，又曰浴蘭令節，内司意思局以紅紗彩金盝子，以菖蒲或通草雕刻天師馭虎像于中，四圍以五色染菖蒲懸圍于左右。」

〔三〕開九節　神仙傳：「仙人曰：『吾九疑仙人也。聞中嶽有石上菖蒲，一寸九節，服之可以長生，故來採之。』」古詩：「石上生菖蒲，一寸八九節。仙人勸我餐，令我好顏色。」

〔四〕長命縷　應劭風俗通義：「五月五日以五采絲繫臂，名長命縷，一名續命縷，一名辟兵繒，一名五色縷，一名朱索。」「五月五日續命縷，俗說以益人命。」

〔五〕「何似」句　屏星，屬參宿。隋書天文志：「屏二星在玉井南，屏為屏風。」史記天官書：「狼比地有大星，曰南極老人。」隋書天文志：「老人一星在孤南，一曰南極。」杜甫泊松滋江亭：「今宵南極外，甘作老人星。」

〔六〕「清如」句　鮑照白頭吟：「直如朱絲繩，清如玉壺冰。」王昌齡芙蓉樓送辛漸：「洛陽親友如相問，一片冰心在玉壺。」

〔七〕仙儒　漢書司馬相如傳：「相如以為列仙之儒，居山澤間，形容甚臞。」

水調歌頭　壽詹天游〔一〕

鶴會正陽後〔二〕，又為此公來。向時圯上，不似魁梧出塵埃〔三〕。少日河東賦手〔四〕，醉裏新豐對草〔五〕，談笑上金臺〔六〕。太子少靈氣，馬客豈仙才〔七〕。紫貂裘，駭犀劍〔八〕，鸚鵡杯〔九〕。龍涎沉水是淺〔一〇〕，薄命有人猜。聞說老仙清健，想見風姿皓偉，天語快行催〔一二〕。皛烏看雙去〔一二〕，槐第似親栽〔一三〕。

【校】

〔題〕文津本無「游」字。朱校：「原本游字闕，從金校。」按詹天游乃詹玉之别號，金校良是。

〔是淺〕文津本作「自淺」。

【箋注】

〔一〕詹天游　即詹玉，字可大，别號天游，古郢（今湖北省江陵西北）人。曾官翰林學士，監醮長春宫。詹玉霓裳中序第一詞序：「至元間，監醮長春宫。」張宗橚詞林紀事卷二十一：「詹玉，字可大，别號天游，郢人，官翰林學士。」

〔二〕鶴會正陽　劉辰翁代祝純陽真人：「佛生五日，有開鶴會之祥；仙列三陽，來集鷺洲之上。」正陽，四月。黄朝英緗素雜記卷五：「歐公歸田録云：『景祐六年，日蝕四月朔，以謂正陽之月，自古所忌。』皆以四月為正陽之月，其理甚明。」

〔三〕「不似」句　史記留侯世家：太史公曰：「余以為其人計魁梧奇偉，至見其圖，狀貌如婦人好女。」此以張良喻詹天游。

〔四〕河東賦手　漢書揚雄傳：「上陟西嶽，以望八荒，迹殷周之墟，思唐虞之風，雄上河東賦以獻。」

〔五〕「醉裏」句　新唐書馬周傳：「舍新豐逆旅，主人不之顧，周命酒一斗八升，悠然獨酌，衆異之。至長安，舍中郎將常何家。貞觀五年，詔百官言得失，何武人，不涉學，周為條二十餘事，皆當世所切。太宗怪問何，何曰：『此非臣所能，家客馬周教臣言之，客忠孝人也。』帝即召之，間未至道，使者四輩敦趣。及謁見，與語，帝大悦，詔直門下省，明年拜監察御史。」

〔六〕「談笑」句　李白永王東巡歌十一首其二：「但用東山謝安石，為君談笑静胡沙。」蘇軾念奴嬌：「談笑間，檣櫓灰飛烟滅。」金臺，即黄金臺，鮑照放歌行：「豈伊白璧賜，將起黄金臺。」文選李善注引上谷郡圖經：「黄金臺，易水東南十八里，燕昭王置千金于臺上，以延天下之士。」

〔七〕「太子」二句　馬客，指馬周，嘗為常何家客。舊唐書馬周傳：「王為皇太子，拜中書侍郎，兼太子右庶子。十八年，遷中書令，依舊兼太子右庶子。周既職兼兩宫，處事精密，甚獲當時之譽。太宗伐遼東，皇太子定州監守，令周與高士廉、劉洎留輔皇太子。太宗還，以本官攝吏部尚書。二十一年，加銀青光禄大夫。太宗嘗以神筆賜周飛白書曰：『鸞鳳凌雲，必資羽翼。股肱之寄，誠在忠良。』」

〔八〕駭犀劍　李嶠寶劍篇：「駭犀中斷寧方利，駿馬羣驅未擬直。」

〔九〕鸚鵡杯　李白襄陽歌：「鸕鷀杓，鸚鵡杯。」娜嬛記：「金母召羣仙宴于赤水，坐有碧玉鸚鵡杯，白玉鸕鷀杓，杯乾則杓自挹，欲飲則杯自舉。故太白詩云：『鸕鷀杓，鸚鵡杯』，非指廣南海螺杯也。」

〔一〇〕龍涎沉水　蘇鶚杜陽雜編卷下：「（同昌）公主令取澄水帛，以水蘸之，掛于南軒，良久，滿座皆思挾纊。澄水帛長八九尺，似布而細，明薄可鑑，其中有龍涎，故能消暑也。」沉水，沉水香，産日南郡，置水中則沉，故名沉香，見梁書林邑國傳。周邦彦蘇幕遮：「燎沉香，消溽暑。」

〔一一〕「天語」句　天語，皇帝的口詔。快行，即快行家，古代宫廷中專司急速遞送詔命的人。揮麈三録卷二：「蘇叔黨遊京師，寓居景德寺僧房，忽見快行家者同一小轎至，傳旨宣召。」

〔一二〕梟舄　用王喬典，見前雙調望江南壽王秋水詞注。後用為地方官的典故。

〔一三〕槐第　宰相門第，門前植槐。宋書臧質傳：「臣本凡瑣，少無遠概，因緣際會，遂班槐鼎。」

又

壽晏雲心〔一〕

五五復五五，二八且重重〔二〕。後天先甲如此，滿月喜相逢。一日須傾三百〔三〕，月小又輸一日，不滿九千鍾。但願客常滿，莫問海尊空〔四〕。　賦長篇，賡短韻〔五〕，臢談叢〔六〕。亂來風日自美，一橘兩衰翁〔七〕。幾見東陵瓜好，又看西鄰葵爛〔八〕，半醉半醒中。偶得洞賓像〔九〕，混混起相從。

【校】

〔風日〕文瀾本作「風月」。

【箋注】

〔一〕晏雲心　須溪友人，生平不詳。劉將孫梅花阡碑提及晏山心宗鎬，或其兄弟輩。

〔二〕「五五」二句　按須溪運用數字之慣例，本詞當為賀晏雲心八十二歲壽旦。五五得二十五，重複之，則為五十歲；二八得十六，重複之，則為三十二歲；合之，乃八十二歲。

〔三〕「一日」句　李白襄陽歌：「百年三萬六千日，一日須傾三百杯。」

〔四〕「但願」二句　張璠漢紀：「孔融拜大中大夫，每嘆曰：『座上客常滿，樽中酒不空，吾無憂矣。』」海尊，大酒杯。温庭筠乾𦠆子：「裴均鎮襄陽，設宴。有銀海，受一斗，裴弘泰飲訖，即以賜之。」

〔五〕賡　爾雅釋詁：「賡，續也。」

〔六〕賸　張相詩詞曲語辭匯釋卷二：「賸，甚辭，猶真也；儘也；頗也；多也。字亦作剩。」

〔七〕一橘兩衰翁　見前江城子和默軒初度韻詞注。

〔八〕西鄰葵爛　列女傳：「魯漆室女倚柱而嘯，鄰婦曰：『欲嫁乎？』曰：『我憂魯君老，太子少也。』婦曰：『此魯大夫之憂。』女曰：『昔晉客舍我家，繫馬于園，馬佚，踐我園葵，使我終歲不厭葵味。吾聞河潤九里，漸洳三百步。今魯國微弱，亂將及人。』」

〔九〕洞賓　吕洞賓。胡曾能改齋漫録卷十八：「雅言系述有吕洞賓傳云：關右人，咸通初，舉進士不第。值巢賊為梗，攜家隱居終南，學老子法。」胡曾的記載，僅供參考。按吕洞賓乃道家傳説中的「八仙」之一，他的故事，盛傳于宋代，宋史陳摶傳：「關西逸人吕洞賓，有劍術，百餘歲而童顔，步履輕疾，頃刻數百里。世以為神仙。」宣和遺事記載，吕洞賓與林靈素鬭法，洞賓擲齋鉢于地，騰空飛去，鉢中有詩云：「捻土為香事有因，世間宜假不宜真。洞賓識得林靈素，靈素如何識洞賓。」他的畫像，北宋時已有道家畫家李得柔畫吕岩仙君像，見宣和畫譜卷四。南宋有鄭思肖畫吕洞賓賞墨圖，見鄭思肖所南翁一百二十圖詩集（叢書集成初編本）。南宋人葉紹翁有洞賓像贊，不知何人所畫。劉須溪詞裏提到「偶得洞賓像」，也不知是哪位畫家所作。

又　謝和溪園來壽〔一〕

夫子惠收我，謂我古心徒〔二〕。閒居有客無酒，有酒又無魚〔三〕。報道犀兵遠墜〔四〕，問訊陳人何似〔五〕，陳似隔年萸。天壤亦大矣，如有孔融乎。白雪歌，丹元贊〔六〕，赫蹏書〔七〕，洪崖何自過我，便作授經圖〔八〕。教我天根騎月〔九〕，規我扶摇去意〔一〇〕，餐我白芝符〔一一〕。從此須溪里，更著赤松湖〔一二〕。

【箋注】

〔一〕溪園　周溪園，周天驥之父，名應合，自號溪園，武寧人。淳祐進士，官實録院修撰，編寫過金陵圖經和荆南圖經。劉辰翁贈周儀之入燕序（須溪集卷六）：「周簿儀之，溪園公子耐軒弟。」又水調歌頭（須溪詞卷三）序：「日獻洞賓公像于溪園先生，報以階庭府公耐軒壽容，曰：『是類吾子。』」陳杰挽周溪園國史三首（自堂存稿卷四）：「鉅筆曾編兩大藩。」自注：「金陵、荆南圖經。」

〔二〕古心徒　見行香子題注。

〔三〕「閒居」三句　蘇軾後赤壁賦：「已而嘆曰：『有客無酒，有酒無肴，月白風清，如此良夜何？』客曰：『今者薄暮，舉網得魚，巨口細鱗，狀如松江之鱸，顧安所得酒乎？』歸而謀諸婦。婦曰：『我有斗酒，藏之久矣，以待子不時之須。』于是攜酒與魚，復遊于赤壁之下。」

〔四〕犀兵　柳貫六月十五日大雨雹行：「排檐倒檻揮霍入，犀兵快馬難為雄。」本詞借指宋朝的軍隊。

〔五〕陳人　莊子寓言：「人而無先人，無人道也；人而無人道，是之謂陳人。」注：「直是陳久之人耳。」

〔六〕丹元　道家謂心神為丹元。雲笈七籤卷十一黄庭内景經：「心神丹元，字守靈。」

〔七〕赫蹏　漢代的小幅薄紙。漢書孝成趙皇后傳解光奏：「（籍）武發篋，中有裹藥二枚，赫蹏書。」應劭曰：「赫蹏，薄小紙也。」

〔八〕「洪崖」二句　句下自注：「溪園號洪崖處士。」陳杰挽周溪園國史三首：「贏得深衣處士身。」自注：「省授洪崖處士。」

〔九〕「教我」句　句下自注：「諺謂廿四為騎月，見放翁詩。」原出陸游村社禱晴有應：「爽氣收回騎月雨，快風散盡滿天雲。」自注：「俗謂二十四、五間有雨，往往輒成霖潦，謂之騎月雨。」天根，人的自然稟賦。漢賈誼新書等齊：「人之情不異，面目狀貌同類，貴賤之別，非人天根著于形容也。」須溪生于十二月二十四日，故溪園有「天根」、「騎月」之教。

〔一〇〕「規我」句　扶搖去意，語出莊子逍遥遊：「鵬之徙于南冥也，水擊三千里，摶扶搖而上者九萬里，去以六月息者也。」

〔一一〕「餐我」句　句下自注：「五芝，惟白芝名白符。」孫綽遊天台山賦：「五芝含秀而晨敷。」李善注引神農本草經曰：「赤芝，一名丹芝；黄芝，一名金芝；白芝，一名玉芝。……」段成式酉陽雜俎前集卷十九：「白符芝，大雪而華。」

〔一二〕「從此」二句　句下自注：「僕故居須山之陽，曰須溪山，即公行窩，故云。」東陽記有赤松湖，云赤松子、安期生共傳道于湖間也。」須山，又名龍須山，同治廬陵縣志卷三：「龍須山在安平鄉二十一都，峰巒崒律，青接天表，絶頂有泉湧出，相傳唐代時有一登禪師來駐錫，土人龍須捐此作法雲庵，故名。」

又　壽周溪園，有序

天九積陽，月半將望。恭惟某官，嘉定間氣，西江耆英。喬木南山，為人父，為衆父；光風霽月，有一天，有二天。固宜十萬户之民，同致八千秋之祝。某俚歌水調，上贊金丹，輒陳宗工，竊幸微眄〔一〕。

先生豈我輩，造物乃其徒。荷衣自放林壑，亦未棄銀魚。留得東籬晚節〔二〕，笑倒龍山禿帽，一醉插茱萸。天下有大老，攜手盍歸乎。　别頭經，三晝夢〔三〕，一編書〔四〕。向之麟者止矣〔五〕，且看老溪圖。歷遍後天既未，依約明朝三五〔六〕，乾體適當符〔七〕。還以奉公壽，不是講鵝湖〔八〕。

【箋注】

〔一〕天九積陽　天為陽，九為陽，故稱積陽。易乾：「初九，潛龍勿用。」疏：「陽得兼陰，故其數九。」

本詞指九月。嘉定，宋寧宗年號，共十七年。「間氣」，舊説以豪傑間世一出，關乎殊特氣運，謂之間氣。光風霽月，喻人胸襟開朗、心地坦率。黄庭堅濂溪詩序：「春陵周茂叔，人品甚高，胸中灑落如光風霽月。」

〔二〕東籬　指菊，陶淵明雜詩：「採菊東籬下，悠然望南山。」晚節，韓琦九日水閣：「且看黄花晚節香。」

〔三〕三晝夢　晉書羅含傳：「幼孤，為叔母朱氏所養。嘗晝卧夢一鳥，文彩異常，飛入口中，因驚起，説之，朱氏曰：『鳥有文彩，汝後必有文章。』」詞人借以稱頌周溪園之文藻。

〔四〕一編書　用黄石公遺張良一編書典。

〔五〕「向之」句　春秋哀公十四年：「西狩獲麟，孔子曰：『吾道窮矣。』」傳説孔子作春秋，至此而止。李白古風其一：「希聖如有立，絶筆于獲麟。」

〔六〕「依約」句　三五，即十五日。明朝才是十五日，則周溪園之生日，當為九月十四日，與序云「月半將望」相合。

〔七〕「乾體」句　乾，卦名，其象為三畫，稱乾體。易乾疏：「乾體有三畫。」周溪園生于九月十四日，差一日即是十五日。九是三三，十五是三五，均符乾體，故云「乾體適當符」。

〔八〕鵝湖　山名，在江西鉛山縣東北。鉛山縣志：「鵝湖山在縣東北，周回四十餘里。山麓有仁壽院，禪師（指智孚）所建，今名鵝湖寺。」宋朱熹曾在鵝湖寺講學。詞云「講鵝湖」，即至鵝湖寺講學。

又

日獻洞賓公像于溪園先生，報以階庭府公耐軒壽容，曰：「是類吾子。」且三疊前水調以證之，于是某得自號為小耐矣。雖甚無似，不敢當。顧公所覽揆如此，詎不虛辱，敢續之好歌，毋忘佳話

似似不常似，似我一生徒。畫工自畫龍種〔一〕，忽近海飛魚。大笑北宮稱弟〔二〕，遂使西河疑女〔三〕，同氣自椒萸〔四〕。且謂杜公者〔五〕，即是老君乎〔六〕。　日給華，芎藭本〔七〕，薛羊書〔八〕。馬師真只這是〔九〕，可是璧浮圖〔一〇〕。大小盧同馬異〔一一〕，天下使君與操，但欠虎銅符〔一二〕。説甚左眼痣，已過洞庭湖〔一三〕。

【箋注】

〔一〕龍種　帝王子孫。杜甫哀王孫：「高帝子孫盡隆準，龍種自與常人殊。」

〔二〕北宮稱弟　句下自注：「北宮子謂西門子曰：『吾年兄弟也，貌兄弟也，而貴賤父子也，毀譽父子也，愛憎亦父子也已。』」此指詞人自號小耐。

〔三〕西河疑女　西河女，神仙伯山甫之甥，服神藥，不衰老，使人産生疑惑。神仙傳卷七：「西河少女

者，神仙伯山甫外甥也。……漢遣使行經西河，于城東見一女子笞一老翁，頭白如雪，跪而受杖。使者怪而問之，女子答曰：『此是妾兒也。昔妾舅伯山甫得神仙之道，隱居華山中，愍妾多病，以神藥授妾，漸復少壯。今此兒妾令服藥不肯，致此衰老，行不及妾，妾恚之，故因杖耳。』」

〔四〕椒萸　椒樹和茱萸，都是散發香味的植物，故云「同氣」。陸璣毛詩草木鳥獸蟲魚疏上：「椒樹似茱萸，有鍼刺，莖葉堅而滑澤，……煮其葉以為香。」太平御覽卷三十二引晉周處風土記：「九月九日……折茱萸房以插頭，言辟惡氣。」

〔五〕杜公　指杜光庭，唐處州人。壯年入天台山為道士，著道書多種，為道門領袖，晚年隱于青城山。事見高道傳，張唐英蜀檮杌上。

〔六〕老君　太上老君。道教尊奉黄老，因稱老子為太上老君，道經中有太上老君開天經。

〔七〕芎藭　香草名，莖葉細嫩時曰蘼蕪，葉大時曰江蘺，根莖入藥。司馬相如子虛賦：「芎藭菖蒲。」

〔八〕薛羊書　「薛」字疑誤。按袁昂古今書評（載張彥遠法書要録卷二）：「羊真、孔草、蕭行、范篆，各一時之妙。」羊，乃羊欣；蕭，乃蕭思話。又云：「薄紹之書字勢蹉跎，如舞女低腰，仙人嘯樹，乃至揮毫振紙，有疾閃飛動之勢。」羊、蕭、薄都是著名書法家。從字形看，「薛」字或為蕭、薄之譌。

〔九〕馬師　道家所謂之真人馬自然。續仙傳云：「馬湘，字自然。為人治病，不用藥石，但以竹拄杖打患處，或以杖吹之作雷鳴，其疾便愈。」宣和畫譜卷二載張素卿畫十二真君像，中有「馬自然真人像〔一〕。因馬自然常拄竹杖，故下句接云「可是躄浮圖。」

〔一〇〕躄浮圖　跛足僧人。躄，跛足不能行。廣韻：「躄，跛。」浮圖，亦作浮屠，指僧人。

〔一一〕盧同馬異　語出盧仝與馬異結交詩：「昨日仝不同，異自異，是謂大同而小異。今日仝自同，異不異，是謂仝不往兮異不至。」

〔一二〕虎銅符　古代調動軍隊的符信。漢書文帝紀：「三月九日，初與郡守為銅虎符、竹使符。」應劭注曰：「銅虎符第一至第五，國家當發兵，遣使者至郡置符。符合，乃聽受之。」

〔一三〕已過洞庭湖　用吕洞賓事。鄭景璧蒙齋筆談：「世傳神仙吕洞賓，名巖，洞賓其字也。……余記童子時，見大父魏公，自湖外罷官還，道岳州，客有言洞賓事者云，近歲常過城内一古寺，題二詩壁間而去，其一云：『朝游岳鄂暮蒼梧，袖有青蛇胆氣粗。三入岳陽人不識，朗吟飛過洞庭湖。』」

又

自龍眠李氏夜過臞仙康氏，走筆和其家燈障水調，迫暮始歸〔一〕

不成三五夜，不放霎時晴〔二〕。長街燈火三兩，到此眼方明。把似每時庭院〔三〕，傳説箇般障子〔四〕，無路與君行。推手復卻手〔五〕，都付斷腸聲〔六〕。漏通曉，燈收市，人下棚。中山鐵馬何似〔七〕，遺恨杳難平。一落摻撾聲憒〔八〕，再見大晟舞罷〔九〕，樂事總傷情。便有塵隨馬〔一〇〕，也任雨霖鈴。

【箋注】

〔一〕龍眠李氏　李公麟的後裔。宋史李公麟傳：「李公麟，字伯時，舒州人。第進士。元符三年病痺，遂致仕。既歸老，肆意于龍眠山巖壑間。雅善畫，自作山莊圖，為世寶傳。寫人物尤精。識者以為顧愷之、張僧繇之亞。」

〔二〕霎時晴　李清照行香子：「甚霎兒晴，霎兒雨，霎兒風。」

〔三〕把似　譬如，張相詩詞曲語辭匯釋卷二：「把似，猶云假如，譬做也。劉辰翁花犯詞：『便把似一年春看，惜花花自老。』又，永遇樂詞：『而今無奈，月正元夕，把似月朝十五。』以上均作譬做解。」

〔四〕箇般　這樣，這般。張相詩詞曲語辭匯釋卷三：「箇，指點辭，猶這也，那也。箇般，猶云這般。郭應祥念奴嬌：『城郭山川都一樣，那得箇般清氣。』」

〔五〕推手復卻手　彈奏琵琶的兩種手法。初學記卷十六引釋名：「琵琶，本胡中馬上所鼓也。推手前曰琵，引手卻曰琶，因以為名。」歐陽修明妃曲：「推手為琵卻手琶，胡人共聽亦咨嗟。」

〔六〕「都付」句　句下自注：「適有數少年作此者。」

〔七〕中山鐵馬　中原地區的戰馬。中山，山海經有中山經，記中原諸山。

〔八〕摻撾　擊鼓之法。後漢書禰衡傳：「衡方為漁陽摻撾，蹀躡而前。」李賢注：「文士傳曰：『衡擊鼓作漁陽摻撾，自蹋地來前，躡馺足脚，容態不常，鼓聲甚悲。易衣畢，復擊鼓摻搥而去。至今有漁陽參撾，自衡始也。』臣賢按，搥及撾，並擊鼓杖也，參撾是擊鼓之法。」

〔九〕大晟　宋徽宗崇寧年間，置大晟府，專掌朝廷樂舞，選用音樂家制新曲。見宋史樂志四。

〔一〇〕塵隨馬　蘇味道上元：「暗塵隨馬去，明月逐人來。」

又　中秋口占〔一〕

明月幾萬里，與子共中秋〔二〕。古今良夜如此，寂寂幾時留。何處胡笳三弄〔三〕，尚有南樓餘興，風起木颼颼。白石四山立，玉露下平洲〔四〕。醉青州〔五〕，歌赤壁〔六〕，賦黃樓〔七〕。人間安得十客，譚笑發中流。看取橫江皓彩，猶似沉河白璧，光氣徹天浮〔八〕。舉首快哉去，燈火見神州。

【箋注】

〔一〕口占　漢書陳遵傳：「起為河南太守，既至官，當遣從史西，召善書吏十人于前，治私書謝京師故人。遵馮几，口占書吏，且省官事，書數百封，親疏各有意，河南大驚。」注：「占，隱度也，口隱其辭以授吏也。」後代用以指隨口吟成的詩詞。

〔二〕「明月」二句　謝莊月賦：「隔千里兮共明月。」

〔三〕三弄　奏樂三曲。世説新語任誕：「王子猷出都，尚在渚下。舊聞桓子野善吹笛，而不相識。遇桓于岸上過，王在船中。客有識之者，云是桓子野。王便令人與相聞云：『聞君善吹笛，試為我一奏。』桓時已貴顯，素聞王名，即便回下車，踞胡床，為作三調。弄畢，便上車去。客主不交一言。」

〔四〕玉露　杜甫秋興：「玉露凋傷楓樹林。」

〔五〕醉青州　世説新語術解：「桓公有主簿善別酒，有酒輒令先嘗，好者謂青州從事，惡者謂平原督郵。青州有齊郡，平原有鬲縣。從事言到臍，督郵言到鬲上住。」

〔六〕歌赤壁　蘇軾有前赤壁賦、後赤壁賦、念奴嬌赤壁懷古。

〔七〕賦黄樓　却掃編：「徐州黄樓，東坡所作，子由為賦，坡自書。」

〔八〕「看取」三句　范仲淹岳陽樓記：「而或長烟一空，皓月千里，浮光躍金，静影沉璧。」

又　癸未中秋，吉文共馬德昌泛江〔一〕

羣動各已息〔二〕，在汝夢中遊。塵埃大地如水，兒女不堪愁。寂寂古人安在，冉冉吾年如此〔三〕，何處有高樓。客有洞簫者，淚下不能收〔四〕。庾樓墜〔五〕，秦樓渺，楚樓休〔六〕。知公所恨何事，不是為封侯〔七〕。自有此山此月〔八〕，説甚何年何處〔九〕，重泛木蘭舟〔一〇〕。起舞酹英魄，餘憤海西流。

【箋注】

〔一〕癸未　時當元世祖至元二十年（一二八三）。這年中秋，須溪偕子將孫陪同僉江西提刑按察司事馬煦遊吉水縣吉文江。吉文，即吉文江，光緒江西通志卷五十八「山川略」：「贛江抵吉水縣西南，與恩江合，曲折于灘洲間，狀若吉字，曰吉陽灘，又曰吉文水，一曰字水，亦曰文江，又東北入峽江縣界。」馬德昌，即馬煦，見前桂枝香詞注。劉辰翁樂丘處士墓誌銘（須溪集卷七）：「癸未春，廉使滏陽馬德昌，以鄉飲召應登、應鳳。」

〔二〕「羣動」句　陶潛飲酒：「日入羣動息，歸鳥趣林鳴。」

〔三〕「冉冉」句　屈原離騷：「老冉冉其將至兮，恐脩名之不立。」

〔四〕「客有」二句　蘇軾前赤壁賦：「客有吹洞簫者，倚歌而和之。其聲嗚嗚然，如怨如慕，如泣如訴。」

〔五〕庾樓　指世説新語容止中庾太尉亮在武昌所登之南樓。

〔六〕楚樓　袁説友詠楚樓：「東江風月夜潮平，西望巫山白帝城。止為山川增楚觀，惜者徒沸市廛聲。」自注：「樓在沙市，規制宏廣，東西皆見江山，郡中以之為酒肆。」

〔七〕封侯　後漢書班超傳：「家貧，常為官傭書以供養。久勞苦，嘗輟業投筆嘆曰：『大丈夫無他志略，猶當效傅介子、張騫立功異域，以取封侯，安能久事筆硯間乎？』」從詞意看，是説馬德昌為國破而憤恨。

〔八〕「自有」句　晉書羊祜傳：「自有宇宙，便有此山。」

〔九〕「説甚」句　蘇軾中秋月：「此生此夜不長好，明月明年何處看？」

〔一〇〕木蘭舟　見前唐多令（日落紫霞舟）詞注。

又

寂寂復寂寂，此月古時明。銀河也變成陸，灰劫斷槎横〔一〕。歷落英雄孺子〔二〕，滅没龍光牛斗〔三〕，勝敗黯然平。玉笛叫空闊，終有故人情。雁南飛，烏繞樹〔四〕，鶴歸城〔五〕。問君有酒，何不鼓瑟更吹笙〔六〕。我飲嗚嗚起舞，我舞僛僛白髮〔七〕，顧影可憐生〔八〕。舊日中秋客，幾處幾回晴。

【箋注】

〔一〕灰劫　見前青玉案壽老登八十六歲「昆明劫」條注。

〔二〕「歷落」句　歷落，磊落。世説新語容止：「周伯仁道，桓茂倫嶔崎歷落，可笑人。」晉書阮籍傳：「嘗登廣武觀楚漢戰處，嘆曰：『時無英雄，使豎子成名。』」孺子、豎子都指童子。

〔三〕「滅没」句　王勃秋日登洪府滕王閣餞别序：「物華天寶，龍光射牛斗之墟。」晉書張華傳載：初，吴之未滅，牛斗之間常有紫氣；及吴之平，紫氣益明。張華遣豫章人雷煥為豐城令，到縣掘獄屋基，入地四丈餘，得一石函，光氣非常，有雙劍並刻題，一曰龍泉，一曰太阿。其夕，斗牛間氣不復見焉。

〔四〕烏繞樹　曹操短歌行：「月明星稀，烏鵲南飛，繞樹三匝，無枝可依。」

〔五〕鶴歸城　見前臨江仙辛巳端午和陳簡齋韻「立墮遼東」條注。

〔六〕「何不」句　曹操短歌行：「我有嘉賓，鼓瑟吹笙。」

〔七〕「我舞」句　詩小雅賓之初筵：「屢舞僛僛。」毛傳：「僛僛，傾側之狀。」

〔八〕顧影　三國志魏書何晏傳：「粉白不去手，行步顧影。」可憐，張相詩詞曲語辭匯釋卷五：「可憐，猶云可喜也，可愛也。」趙彥端虞美人詞劉帥生日：『風流椿樹可憐生，長與柳枝桃葉共青青。』此託言椿樹風流之可喜。生，語助辭。」

又　丙申中秋，兩道人出示四十年前濯纓樓賞月水調，臞仙和，意已盡，明日又續之〔一〕

此夕酹江月〔二〕，猶記濯纓秋。濯纓又去如水，安得主人留。舊日登樓長笑，此日新亭對泣〔三〕，禿鬢冷颼颼。木落下極浦〔四〕，漁唱發中洲〔五〕。芙蓉闕〔六〕，鴛鴦閣〔七〕，鳳凰樓〔八〕。夜深白露紛下，誰見濕螢流〔九〕。自有此生有客，但恨有魚無酒，不了一生浮〔一〇〕。重省看潮去，今夕是杭州〔一一〕。

【校】

〔自有此生有客〕語意冗沓，疑涉上下文「有」字而誤。文津本作「自有此山此客」，句式與水調歌頭癸未中秋吉文共馬德昌泛江「自有此山此月」同，義長。〔看潮去〕文津本、文瀾本均作「看潮處」。

【箋注】

〔一〕丙申　時當元成宗元貞二年（一二九六）。須溪家居廬陵。

〔二〕酹江月　蘇軾念奴嬌赤壁懷古：「人間如夢，一尊還酹江月。」

〔三〕新亭對泣　見南鄉子乙酉九日「舊日諸賢」條注。

〔四〕「木落」句　杜甫登高：「無邊落木蕭蕭下，不盡長江滚滚來。」

〔五〕漁唱　王勃秋日登洪府滕王閣餞别序：「漁舟唱晚，響窮彭蠡之濱。」

〔六〕芙蓉闕　庾信陪駕幸終南山和宇文内史：「長虹雙瀑布，圓闕兩芙蓉。」王維敕賜百官櫻桃：「芙蓉闕下會千官。」

〔七〕鴛鴦閣　孫逖有奉和御製登鴛鴦樓即目應制詩：「玉輦下静宫，瓊樓半空上。」

〔八〕鳳凰樓　孫逖進船泛洛水應制：「芳生蘭蕙草，春入鳳凰樓。」王建宫詞：「半夜美人雙起唱，一聲聲出鳳凰樓。」芙蓉闕、鴛鴦閣、鳳凰樓都是唐代宫廷建築，本詞借指宋代宫闕，以寄黍離之思。

〔九〕濕螢流　李賀還自會稽歌：「野粉椒壁黄，濕螢滿梁殿。」杜牧秋夕：「紅燭秋光冷畫屏，輕羅小扇撲流螢。」

〔一〇〕「不了」句　世説新語任誕：「畢茂世（卓）云：『一手持蟹螯，一手持酒杯，拍浮酒池中，便足了一生。』」

〔一二〕「重省」二句　吴自牧夢粱録卷四「觀潮」條：「臨安風俗，四時奢侈，賞玩殆無虚日。西有湖光可愛，東有江潮堪觀，皆絶景也。每歲八月内，潮怒勝于常時，都人自十一日起便有觀者，至十六、十八日傾城而出，車馬紛紛。」

又

和馬觀復中秋〔一〕

不飲强須飲，不飲奈何明。也曾劬秃當了〔二〕，依舊滑如冰。一吸金波蕩漾〔三〕，再吸瓊樓傾倒，吾杓亦長盈。試入壺中看〔四〕，只似世間晴。　飲連江，江連月，月連城。十年離合老矣，悲喜得無情〔五〕。想見淒然北望，欲説明年何處〔六〕，衣露為君零。同此大圓鏡〔七〕，握手認環瀛〔八〕。

【箋注】

〔一〕馬觀復　即馬煦，字德昌，見前桂枝香詞注。馬任僉江西提刑按察司事時，曾與劉氏父子于中秋宴于吉文江，劉將孫文江中秋夜宴和馬觀復僉事（養吾齋集卷六）記其事。須溪桂枝香寄揚州馬觀復時新舊侯交惡甚思去年中秋泛月，亦指其事。

〔二〕劬秃當　晉書佛圖澄傳：「劬秃當，捉也。」此羯語也。

〔三〕「一吸」句　金波，月光。漢書禮樂志郊祀歌：「月穆穆以金波。」這裏指受月光映照之吉文江水。此句從杜甫飲中八仙歌「飲如長鯨吸百川」句中翻出。

〔四〕「試入」句　用壺天典，見前沁園春（笑貢生狂）詞注。

〔五〕「十年」兩句　蘇軾水調歌頭：「人有悲歡離合，月有陰晴圓缺，此事古難全。」從元世祖至元二十年（一二八三）中秋須溪與馬觀復共泛吉文江，向後推算十年，當為至元二十九年（一二九二）。本詞作于是年，時須溪在廬陵。

〔六〕明年何處　見前同調癸未中秋詞注。

〔七〕大圓鏡　圓月。李白古朗月行：「又疑瑤台鏡，飛在青雲端。」

〔八〕環瀛　環丘和瀛洲，仙境。王嘉拾遺記卷十：「瀛洲，一名魂洲，亦曰環洲。」「員嶠山，一名環丘。」

又

和巽吾觀荷

仙掌下馳道〔一〕，清露滴芙蓉〔二〕。無憀似酒初醒，身世笑羈中。萬朵花燈夜宴〔三〕，一葉扁舟海島〔四〕，寂寂五更風。誤賞明妝靚，愁思滿青銅〔五〕。陂六六，三十六，渺何窮。江南曲曲烟雨〔六〕，誰是醉施翁〔七〕。但恨才情都老，無復風流曾夢〔八〕，縹緲賦驚鴻〔九〕。寄語清净社〔一〇〕，小飲合相容。

【箋注】

〔一〕馳道　史記秦始皇本紀：「二十七年，賜爵一級，治馳道。」應劭注：「馳道，天子道也。」

〔二〕「清露」句　李白金陵城西樓月下吟：「白露垂珠滴秋月。」辛棄疾滿江紅題冷泉亭：「秋露下，瓊珠滴。」

〔三〕萬朵花燈　扣題「觀荷」，則本詞所寫花燈乃是蓮花燈。宋代南方特多蓮花燈。范成大上元紀吴中節物俳諧體三十二韻：「菡萏化人城。」自注：「蓮花燈最多。」

〔四〕一葉扁舟　蘇軾前赤壁賦：「駕一葉之扁舟。」

〔五〕青銅鏡。辛延年羽林郎：「貽我青銅鏡，結我紅羅裙。」

〔六〕「陂六六」四句　王安石題西太乙壁：「楊柳鳴蜩緑暗，荷花落日紅酣。三十六陂烟水，白頭想見江南。」康與之洞仙歌：「波淼淼，三十六陂烟雨。」

〔七〕施翁　以唐代隱于南昌（洪州）西山之施肩吾，喻彭元遜巽吾。辛文房唐才子傳卷六：「肩吾，字希聖，睦州人。元和十五年盧儲榜進士第後，不待除授，即東歸。……以洪州西山，十二真君羽化之地，慕其真風，高蹈于此。」彭元遜景定二年解試，未第，又遭世亂，亦存出世之想，故須溪仿之施肩吾。

〔八〕「但恨」二句　用江淹典。見前水龍吟寓興和巽吾韻詞注。

〔九〕「縹緲」句　曹植洛神賦：「其形也，翩若驚鴻，婉若遊龍，榮曜秋菊，華茂春松。髣髴兮若輕雲之蔽月，飄飖兮若流風之回雪。」

〔一〇〕清浄社　史記曹相國世家：「有蓋公好黄老術，曰：『大道貴清浄，而人自正。』」佛家亦謂遠離煩惱與罪惡為清浄，俱舍論卷十六：「暫永遠離一切惡行煩惱垢，故名為清浄。」本詞借指清浄雅潔之荷花浦。

又　甲午九日牛山作〔一〕

不飲强須飲，今日是重陽。向來健者安在，世事兩茫茫。叔子去人遠矣，正復何關人事，墮淚忽成行。叔子淚自墮，湮没使人傷〔二〕。　燕何歸，鴻欲斷，蝶休忙。淵明自無可奈，冷眼菊花黄。看取龍山落日〔三〕，又見騎臺荒草〔四〕，誰弱復誰强。酒亦有何好，暫醉得相忘。

【箋注】

〔一〕甲午　元世祖至元三十一年（一二九四）。牛山，在今山東淄博市東。晏子春秋諫上：「景公遊于牛山，北臨其國城而流涕曰：『若何滂滂去此而死乎？』」須溪本年在廬陵，登當地牛山，亦為借典抒情而已。

〔二〕「叔子」五句　羊祜，字叔子，晉人。水經注卷二十八：「沔水又經峴山東。……羊祜鎮襄陽也，與鄒潤甫嘗登之。及祜薨，後人立碑于故處，望者悲感，杜元凱謂之墮淚碑。」

〔三〕龍山　見減字木蘭花甲午九日牛山作詞注。

〔四〕騎臺　見前霜天曉角和中齋九日詞注。

又

辛巳前八月九日夜，自黄州步歸，蕭英甫以舟泛余艤本覺寺門外，夜深未能睡，明日為賦此寄之〔一〕

山水無宿約，村暗自當還。不知有客乘興，載我弄滄灣。酒吸明河欲盡〔二〕，月落三星在下〔三〕，未放水風閒。影轉松起舞，扶步入林間。　恨無人，横野笛，叫關山。知君慷慨何事，惜得米陽關〔四〕。看取大江東去，把酒淒然北望，説著淚潺湲〔五〕。我飲自須盡，君唱有何難。

【箋注】

〔一〕辛巳　元世祖至元十八年（一二八一）。本年閏八月，故云「前八月」。本年正月，須溪自廬山至南昌，見紫極宮寫韻軒記（須溪集卷四）：「當辛巳之正月，余自廬山還，滯留過之。」後即自洪州去黄州，至八月始歸。

〔二〕「酒吸」句　用吸盡西江水成語，喻暢懷飲酒。景德傳燈録卷八居士龐蘊：「後之江西，參問馬祖云：『不與萬法為侶者是什麽人？』祖云：『待汝一口吸盡西江水，即向汝道。』」

〔三〕三星在下　詩唐風綢繆：「三星在户。」毛傳：「户，室户也。户必南出，昏見三星至此，則夜分矣。」月已落，三星在下，則夜深也。

〔四〕米陽關　唐代歌者米嘉榮所唱的陽關曲。樂府詩集卷八十：「渭城一曰陽關，王維之所作也。本送人使安西詩，後遂被于歌。」按劉禹錫與歌者何戡：「舊人唯有何戡在，更與殷勤唱渭城。」又與歌者米嘉榮：「唱得涼州意外聲，舊人唯數米嘉榮。」由劉禹錫詩，可知唱陽關曲者當為何戡，然劉禹錫與歌者米嘉榮詩首二句一作「一别嘉榮三十載，忽聞舊曲尚依然」（見全唐詩卷三百六十五），則謂米嘉榮唱陽關舊曲，亦可通。

〔五〕淚潺湲　屈原九歌湘君：「横流涕兮潺湲，隱思君兮悱惻。」

又　余初入建府，觸官妓于馬上。後于酒邊，妓自言，故賦之〔一〕

雨聲深院裏，歌扇小樓中。當時飛燕馬上〔二〕，妖豔為誰容〔三〕。嬌顫須扶未穩，腰裹輕籠小駐〔四〕，玉女最愁峰〔五〕。掠鬢過車騄，回首意沖沖。　寶釵斜，雲鬢亂，幾曾逢。誰知去三步遠，此痛與君同。玉筯殘妝誰見〔六〕，獺髓輕痕妙補〔七〕，粉黛不須濃〔八〕。重見為低訴，餘恨更匆匆。

【箋注】

〔一〕建府　建寧府。景定五年，江萬里知建寧府，權福建轉運使，招致劉辰翁于幕中。萬斯同宋季義民録卷十六：「萬里官帥閩，强與俱。」劉辰翁陳禮部墓誌銘（須溪集卷七）：「景定末，余留建，君留京，君畫二龍寄余，題曰：甲子上元日并贊。」須溪于景定五年春隨江萬里至建寧府，五月遷至福州。本詞當作于景定五年初。

〔二〕飛燕　趙飛燕，初為宫人，後為漢成帝皇后。本詞借指官妓。

〔三〕為誰容　詩衛風伯兮：「自伯之東，首如飛蓬。豈無膏沐，誰適為容！」

〔四〕「腰裹」句　腰裹，駿馬。東方朔七諫：「亂曰：……要裹奔亡兮，騰駕橐駝。」王逸注：「要，一作腰。要裹，駿馬。」小駐，少駐，暫停。姜夔揚州慢：「解鞍少駐初程。」

〔五〕玉女　玉女峰，在福建武夷山。朱熹武夷櫂歌：「二曲亭亭玉女峰，插花臨水誰為容？」

〔六〕玉筯　下垂之眼淚。劉孝威獨不見：「誰憐雙玉筯，流面復流襟。」白氏六帖：「魏甄后面白，淚雙垂如玉筯。」

〔七〕「獺髓」句　王嘉拾遺記卷八：「孫和悅鄧夫人，常置膝上。和于月下舞水精如意，誤傷夫人頰，血流汙袴，嬌姹彌苦。自舐其瘡，命太醫合藥。醫曰：『得白獺髓，雜玉與琥珀屑，當滅此痕。』即賜致百金能得白獺髓者，厚賞之。……和乃命合此膏，琥珀太多，及差而有赤點如朱，逼而視之，更益其妍。」

〔八〕「粉黛」句　張祜集靈台：「却嫌脂粉涴顏色，淡掃蛾眉朝至尊。」

又　和王槐城自壽

未信仙都子，曾識老仙翁〔一〕。卿卿少年去後〔二〕，心與道人同。揮麈不須九錫〔三〕，開閣苦無長物〔四〕，閒日醉千鍾。一笑欠伸起，兒戲大槐中〔五〕。　友彭聃〔六〕，招園綺〔七〕，傲喬松〔八〕。年來多慣世事，莫莫惱司空〔九〕。等得三朝好老〔一〇〕，恰則而今虛左〔一一〕，梅信已先通。富貴正不免〔一二〕，從此學癡聾〔一三〕。

【校】

〔多慣〕朱校：「原本慣作貫，從金校。」

【箋注】

〔一〕「未信」二句　句下自注：「仙都，槐城所領宮觀。」宋會要輯稿職官任宮觀：「華州雲臺觀……成都玉局觀、建昌軍仙都觀，……置管勾或提舉官。」

〔二〕卿卿　世説新語惑溺：「王安豐婦常卿安豐，安豐曰：『婦人卿婿，于禮為不敬，後勿復爾。』婦曰：『親卿愛卿，是以卿卿，我不卿卿，誰當卿卿？』遂恒聽之。」

〔三〕「揮麈」句　趙翼廿二史劄記卷八：「六朝人清談必用麈尾。蓋初以談玄用之，相習成俗，遂為名流雅器，雖不談亦常執持耳。」九錫，乃是古代帝王賜給大臣的九種禮物，以為尊禮。春秋公羊傳何休疏據禮緯含文嘉云：「禮有九錫：一曰車馬，二曰衣服，三曰樂則，四曰朱户，五曰納陛，六曰虎賁，七曰弓矢，八曰鈇鉞，九曰秬鬯。」歷代相襲沿用。

〔四〕無長物　世説新語德行：「(王)恭作人無長物。」

〔五〕「兒戲」句　句下自注：「時槐城方放妾。」全句用李公佐南柯太守傳故事，因「槐城」二字而感發生思。

〔六〕彭聃　彭祖、老聃。陸德明經典釋文引世本云：「（彭祖）姓籛，名鏗，在商為守藏史，在周為柱下史，年八百歲。籛，音翦。」

〔七〕園綺　園公、綺里季。漢書王貢兩龔鮑傳：「漢興，有園公、綺里季、夏黄公、甪里先生，此四人者，當秦之世，避而入商洛深山，以待天下之定也。自高祖聞而召之，不至。」

〔八〕喬松　王喬、赤松子。劉向列仙傳：「赤松子，神農時雨師，服水玉散，教神農服。入火自燒。至崑崙山上，常止西王母石室，隨風上下，炎帝少女追之，亦得仙俱去。」又云：「王子喬者，周靈王太子晉也，好吹笙，作鳳凰鳴，游伊、洛之間，道士浮丘公接以上嵩高山。」

〔九〕「年來」二句　孟棨本事詩情感第一：「劉尚書禹錫罷和州，為主客郎中、集賢學士。李司空罷鎮在京，慕劉名，嘗邀至第中，厚設飲饌。酒酣，命妙妓歌以送之。劉于席上賦詩曰：『鬖鬌梳頭宮樣妝，春風一曲杜韋娘。司空見慣渾閑事，斷盡江南刺史腸。』李因以妓贈之。」唐、宋文人常用此故事入詩詞中，然其實不可信，岑仲勉唐史餘瀋卷三「司空見慣」條和卞孝萱劉禹錫年譜已辨其非。

〔一〇〕「等得」句　後漢書張衡傳注：「漢武故事曰：上至郎署，見一老郎，鬢眉皓白，問何時為郎，何其老也？對曰：『臣姓顏，名駟，以文帝時為郎。文帝好文而臣好武，景帝好老而臣尚少，陛下好少而臣已老，是以三葉不遇也。』上感其言，擢為會稽都尉。」

〔一〕虚左　古代乘車，以左為尊，空出左座以待貴賓，謂之虚左。史記魏公子傳：「魏公子無忌仁而下士，士無賢不肖，皆謙而禮交之。魏有隱士曰侯嬴，年七十，家貧，為大梁夷門監者，公子從車騎，虚左而迎侯生。」

〔二〕「富貴」句　用謝安典，見前雙調望江南壽謝壽朋詞注。

〔三〕學癡聾　宋書庾仲文傳：「何尚之對文帝云：『不癡不聾，不成姑公。』」趙璘因話録卷一：「郭曖嘗與昇平公主琴瑟不調，曖駡公主：『倚乃父為天子耶！我父嫌天子不作。』公主恚啼，奔車奏之。上曰：『汝不知，他父實嫌天子不作。使不嫌，社稷豈汝家有也。』因泣下，但命公主還。尚父拘曖，自詣朝堂待罪。上召而慰之曰：『諺云：不癡不聾，不作阿家阿翁。小兒女子閨幃之言，大臣安用聽？』錫賚以遣之。尚父杖曖數十而已。」

又

百千孫子子，八十老翁翁。人間天下清福，閲世苦難同。誰嘆東門獵倦〔一〕，誰笑南陽舞罷〔二〕，萬事五更鐘。但願人長久〔三〕，聊復進杯中〔四〕。　故侯瓜〔五〕，丞相柏〔六〕，大夫松〔七〕。諸公健者安在，春夢轉頭空〔八〕。可笑先生無病，病在枕流漱石〔九〕，福至自然通。聾者固多笑，一笑更治聾〔一〇〕。

【箋注】

〔一〕東門獵倦　用李斯典，見前沁園春和劉仲簡九日韻詞注。

〔二〕南陽舞罷　晉書祖逖傳：「與司空劉琨俱為司州主簿，情好綢繆，共被同寢。中夜聞荒鷄鳴，蹴琨覺曰：『此非惡聲也。』同起舞。」西晉時，改稱司隸校尉部為司州，治所在洛陽，轄地很多，相當于漢代南陽郡轄境。南陽舞罷，即指祖逖、劉琨司州起舞事。

〔三〕但願人長久　用蘇軾水調歌頭（明月幾時有）一詞中的成句。

〔四〕杯中　杯中物，即酒。陶潛責子：「且進杯中物。」杜甫醉為馬墜諸公攜酒相看：「共指西日不相貸，喧呼且覆杯中淥。」

〔五〕故侯瓜　用秦東陵侯邵平種瓜典，見前注。

〔六〕丞相柏　杜甫蜀相：「丞相祠堂何處尋，錦官城外柏森森。」古柏行：「孔明廟前有老柏。」

〔七〕大夫松　史記秦始皇本紀：「（秦始皇）遂上泰山，立石，封，祠祀。下，風雨暴至，休于樹下，因封其樹為五大夫。」

〔八〕「春夢」句　蘇軾西江月平山堂：「休言萬事轉頭空，未轉頭時見夢。」趙令畤侯鯖録：「東坡老人在昌化，所歌者蓋哨遍也。饁婦年七十，云：『內翰昔日富貴，一場春夢。』坡然之。」

〔九〕「病在」句　世説新語排調：「孫子荆年少時欲隱，語王武子當枕石漱流，誤曰漱石枕流。王曰：『流可枕，石可漱乎？』孫曰：『所以枕流，欲洗其耳；所以漱石，欲礪其齒。』」舊唐書隱逸傳田遊巖傳：「後入箕山，就許由廟築室而居，自稱『許由東鄰』。調露中，高宗幸嵩山，……謂曰：『先生養道山中，比得佳否？』遊巖曰：『臣泉石膏肓，烟霞痼疾。』」

〔一〇〕治聾　彭乘墨客揮犀卷十：「社酒可醫耳聾。」葉夢得石林詩話：「世言社日飲酒治聾，不知何據。五代李濤有春社從李昉求酒詩云：『社公今日没心情，為乞治聾酒一瓶。惱亂玉堂將欲遍，依稀巡到第三廳。』昉時為翰林學士，有日給内庫酒，故濤從乞之，則其傳亦已久矣。社公，濤小字也。」

又

我有此客否〔一〕，難作主人翁。小年自不相似，偶與大年同〔二〕。見説東廂諸少〔三〕，正擁家君勝會，二八舞歌鐘〔四〕。亦欲得公重，公在畫堂中。　笑青蒿，真小草〔五〕，倚長松。典衣欲作湯餅〔六〕，家釀媿瓶空。公有潭州百斛，公有秫田二頃〔七〕，賀客萬錢通〔八〕。小大不相似，但可似公聾。

【箋注】

〔一〕「我有」句　晉書謝安傳：「（安）既出，温問左右曰：『頗嘗見我有如此客不？』」

〔二〕小年、大年　句下原注：「先生與槐城同月生，先後三日。」小年，生命短暫；大年，高年長壽，語出莊子逍遥遊：「小年不及大年。」「朝菌不知晦朔，蟪蛄不知春秋，此小年也。」須溪與王櫟皆長壽，故有此句。

〔三〕東廂諸少　晉書王羲之傳：「時太尉郗鑒使門生求女婿于導，導令就東廂遍觀子弟。門生歸，謂鑒曰：『王氏諸少并佳，然聞信至，咸自矜持，惟一人在東床坦腹食，獨若不聞。』鑒曰：『正此佳婿邪！』訪之，乃羲之也。」本詞酬和王櫟，故用王氏諸少典。

〔四〕二八舞歌鐘　二八，十六人。左傳襄公十一年：「晉魏絳説悼公，和戎有五利。公悦，使絳盟諸戎，賜之女樂二八，歌鐘一肆。」楚辭大招：「二八接舞，投詩賦只。叩鐘調磬，娱人亂只。」

〔五〕小草　藥草遠志的别稱。世説新語排調：「謝公始有東山之志，嚴命屢臻，勢不獲已，始就桓公司馬。時人有餉桓公藥草，中有遠志，公取以問謝公曰：『此藥又名小草，何一物而有二稱？』謝未即答，時郝隆在坐，應聲答曰：『此甚易解：處則為遠志，出則為小草。』謝甚有愧色。桓公目謝而笑曰：『郝參軍此過乃不惡，亦極有會。』」

〔六〕湯餅　煮麪。黄朝英靖康緗素雜記卷二「湯餅」條云：「煮麪謂之湯餅，其來舊矣。案後漢書梁冀傳云：『進煿加煮餅。』世説載何平叔美姿容，面至白，魏文帝疑其傅粉，夏日令食湯餅，汗出，以巾拭之，轉皎白也。余謂凡以麪為食具者，皆謂之餅。故火燒而食者，呼為燒餅；水瀹而食者，呼為湯餅；籠蒸而食者，呼為蒸餅；而饅頭謂之籠餅，宜矣。」

〔七〕秫田二頃　晉書陶淵明傳：「公田悉令吏種秫，曰：『吾嘗得醉于酒足矣！』妻子因請種秔，乃使二頃五十畝種秫，五十畝種秔。」

〔八〕「賀客」句　史記高祖本紀：「沛中豪桀吏聞令有重客，皆往賀。蕭何為主吏，主進，令諸大夫曰：『進不滿千錢，坐之堂下。』高祖為亭長，素易諸吏，乃紿為謁曰：『賀錢萬。』實不持一錢。」

又

和馬觀復石頭渡寄韻〔一〕

明月隔千里〔二〕，風動帳紋開。故人錦字如夢，夢轉雁初來〔三〕。倚遍西山朝爽〔四〕，行過石頭舊渡，久别忽經懷。不得與之語〔五〕，日夕獨持杯。　調緑水〔六〕，歌白雪〔七〕，有心哉。也知尻高啄俯〔八〕，無計脱塵埃。狗尾貂蟬滿座〔九〕，貝帶鵕鸃弄粉〔一〇〕，一輿一臣臺〔一一〕。歲晚不如願，誰更忿灰堆〔一二〕。

【校】

〔明月〕朱校：「原本月作明，從金校。」〔尻高〕朱校：「原本尻作居，從丁本。」按「尻高啄俯」語出漢書東方朔傳，原本顯誤。

【箋注】

〔一〕馬觀復　須溪友人，見前桂枝香寄揚州馬觀復詞注。石頭渡，地名，在今江西南昌市北。水經注卷三十九：「贛水又逕（豫章）郡北，為津步。水之西岸有盤石，謂之石頭，津步之處也。」馬觀復于至元二十一年（一二八四）赴揚州任職，他初離吉州後經石頭渡賦詞寄須溪，須溪作本詞和之。

〔二〕「明月」句　謝莊月賦：「美人邁兮音塵闕，隔千里兮共明月。」

〔三〕「故人」兩句　李清照一剪梅：「雲中誰寄錦書來，雁字回時，月滿西樓。」

〔四〕西山朝爽　世説新語簡傲：「王子猷作桓車騎參軍，桓謂王曰：『卿在府久，比當相料理。』初不答，直高視，以手版拄頤，云：『西山朝來，致有爽氣。』」

〔五〕「不得」句　意為恨不能與自己仰慕的人遊處共語。史記老莊申韓列傳：「秦王見孤憤、五蠹之書，曰：『嗟乎！寡人得見此人，與之遊，死不恨矣！』」李賀長歌續短歌：「不得與之遊，歌成鬢先改。」

〔六〕綠水　琴曲名，與淥水同。陳琳答東阿王箋：「夫聽白雪之歌，觀綠水之節。」

〔七〕白雪　見前雙調望江南壽張粹翁詞注。

〔八〕尻高啄俯　翹起臀部俯下身子，像鳥一樣啄食。漢書東方朔傳：「尻益高者，鶴俛啄也。」尻，臀部。

〔九〕「狗尾」句　滿座都是濫封的官員。古代近侍官員以貂尾為冠飾。漢官儀：「侍中金蟬左貂，金取堅剛，百鍊不耗；蟬取高居食潔，口在腋下；貂内勁而外温。」狗尾，喻封賞過濫，語出晉書趙王倫傳：「張林等諸黨，皆登卿將，并列大封，其餘同謀者，咸超階越次，不可勝紀，至于奴卒廝役，亦加以爵位。每朝會，貂蟬盈座。時人為之諺曰：『貂不足，狗尾續。』」

〔一〇〕「貝帶」句　佞幸的臣子冠鵕鸃，佩貝帶，傅脂粉。史記佞幸傳：「高祖時籍孺，孝惠時閎孺，婉佞貴幸，與上卧起，故孝惠時郎、侍中皆冠鵕鸃，貝帶，傅脂粉，比籍、閎之屬。」鵕鸃，有文彩的赤雉，它的羽毛可以裝飾在冠上。

〔一一〕輿臺　地位低微的人。古人分為十等，輿為第六等，臺為第十等。左傳昭公七年：「天有十日，人有十等：王臣公，公臣大夫，大夫臣士，士臣皁，皁臣輿，輿臣隸，隸臣僚，僚臣僕，僕臣臺。」

〔一二〕「歲晚」二句　范成大臘月村田樂府十首序：「其十打灰堆詞：除夜將曉，鷄且鳴，婢獲持杖擊糞壤致詞，以祈利市，謂之打灰堆。此本彭蠡清洪君廟中如願故事，惟吴下至今不廢云。」

又 臘月二十一日可遠堂索賦

落日半亭榭，山影没壺中〔一〕。蒼然欲不可極，迢遞未歸鴻。錦織家人何在〔二〕，春寄故人不到，寂寞聽疏鐘。木末見江去，無雪著漁翁〔三〕。 詞春容，歌慷慨，語玲瓏。歲云暮矣相見〔四〕，明日是東風。遠想使君臺上，攜手與人同樂，中夜説元龍〔五〕。世事無足語，且看燭花紅。

【箋注】

〔一〕「山影」句 山色翠影倒映在酒壺中。白居易題元八谿居：「聲來枕上千年鶴，影落杯中五老峰。」黄朝英靖康緗素雜記卷七「樂部」條云：「中主徙豫章，潯陽遇大風，中主不悦，命酒獨酌。指北岸山問舟人，云皖公山，愈不懌。(王)感化獨前獻詩曰：『龍舟萬里駕長風，漢武潯陽事正同。珍重皖公山色好，影斜不落壽杯中。』」本詞「影没壺中」正自「影落杯中」化出。

〔二〕錦織家人 指蘇惠織錦事。晉書竇滔妻蘇氏傳：「(滔)被徙流沙，蘇氏思之，織錦為回文旋圖詩以贈滔。」

〔三〕「木末」二句 自柳宗元江雪「孤舟簑笠翁，獨釣寒江雪」化出。

〔四〕歲云暮矣　杜甫錦樹行：「今日苦短昨日休，歲云暮矣增離憂。」臘月二十一日正臨歲暮，故云。

〔五〕元龍　陳登字，三國時人。三國志魏書陳登傳云：「後許汜與劉備並在荆州牧劉表坐，表與備共論天下人，汜曰：『陳元龍湖海之士，豪氣不除。』」

又

和彭明叔七夕

不見古時月，何似漢時秋。朱陳村裏新樣〔一〕，新婦又騎牛。欲脱參前氏後〔二〕，又説河邊河鼓〔三〕，此會没來由〔四〕。何處設瓜果〔五〕，香動幘溝宴〔六〕。郭郎老〔七〕，誰為理，豈情流。人間□睡五日，五日復何悠。吾腹空虚久矣，子有滿堂錦繡，犢鼻若為酬〔八〕。玉友此時好〔九〕，空負葛巾篘〔一〇〕。

【校】

〔題〕文津本無調下六字。　〔又説〕文津本作「又失」。朱校：「原本説作失，從丁本。」

〔幘溝宴〕朱校：「原本幘作嘖，從沈校。」　〔郭郎老〕朱校：「原本老作者，從金校。」文津本、文瀾本均作「者」。

【箋注】

〔一〕朱陳村　白居易朱陳村詩序：「徐州古豐縣，有村曰朱陳。一村唯兩姓，世世為婚姻。」

〔二〕「欲脱」句　句下自注：「別説，二星非經星也。」参，星宿名，在西方，即獵户座的七顆亮星。氐，星宿名，史記天官書：「氐，為天根，主疫。」

〔三〕河鼓　史記天官書云：「牽牛為犧牲，其北河鼓。河鼓大星，上將；左右，左右將。」晉書天文志：「河鼓三星，在牽牛北，天鼓也，主軍鼓。」

〔四〕没來由　宋元時俗語，無緣無故。康進之李逵負荊：「没來由共哥哥賭賽看。」

〔五〕「何處」句　句下自注：「謂今日好事。」宗懔荊楚歲時記：「七夕，婦人結綵樓，穿七孔鍼，或以金銀鍮石為鍼，陳瓜果于庭中以乞巧。」

〔六〕「香動」句　句下自注：「高麗謂城為溝寠。」

〔七〕郭郎　句下自注：「即與運。」

〔八〕犢鼻　史記司馬相如傳：「相如身自著犢鼻褌，與保傭雜作。」韋昭曰：「今三尺布作，形如犢鼻矣。」

〔九〕玉友　字下自注：「臨安七夕酒名。」葉夢得避暑録話：「伽藍記載劉白墮善釀酒，雖盛暑暴之日中，經旬不壞。今玉友之佳者，亦如是也。」張表臣珊瑚鈎詩話：「以糯米藥麴作白醪，號玉友。」

〔一〇〕「空負」句　陶潛飲酒：「空負頭上巾。」陶澍注：「史言先生取頭上葛巾漉酒，漉畢，還復著之。」南史陶潛傳：「逢其酒熟，取頭上葛巾漉酒，畢，還復著之。」

又

天地有中氣〔一〕，第一是中元〔二〕。新秋七七，月出河漢斗牛間〔三〕。正是使君初度，如見中州河嶽〔四〕，緑鬢又朱顔。莖露一杯酒〔五〕，清徹瑞人寰。大暑退〔六〕，潢潦净，彩雲斑。三壬三甲厚重〔七〕，屹不動如山〔八〕。從此五風十雨〔九〕，自可三年一日，香寢鎮獅蠻〔一〇〕。起舞願公壽，未可願公還。

【箋注】

〔一〕「天地」句　盧拱中元日觀法事：「四孟逢秋序，三元得氣中。」

〔二〕中元　孟元老東京夢華録卷八：「七月十五日，中元節。先數日，市井賣冥器靴鞋、幞頭、帽子、金犀假帶、五綵衣服，以紙糊架子盤遊出賣。潘樓并州東西瓦子，亦如七夕。要鬧處亦賣果食、種生、花果之類，及印賣尊勝目連經。又以竹竿斫成三脚，高三五尺，上織燈窩之狀，謂之盂蘭盆，掛搭衣服冥錢在上焚之。构肆樂人自過七夕，便般目連救母雜劇，直至十五日止，觀者增倍。中元前一日，即賣練葉，享祀時鋪襯卓面。又賣麻穀窠兒，亦是繫在卓子脚上，乃告祖先秋成之意。又賣雞冠花，謂之洗手花。十五日供養祖先素食，纔明即賣穄米飯，巡門叫賣，亦告成意也。」

〔三〕「月出」句　蘇軾前赤壁賦：「月出東山之上，徘徊于斗牛之間。」

〔四〕中州河嶽　三國志吴書全琮傳：「是時中州人士避難而南，依琮居者以百數。」後泛指黄河中游地區。唐楊炯和劉長史言史答十九兒：「子弟分河嶽，衣冠同縉紳。」殷璠河嶽英靈集序：「粤若王維、昌齡、儲光羲等二十四人，皆河嶽英靈也。」

〔五〕「莖露」句　李商隱漢宫詞：「侍臣最有相如渴，不賜金莖露一杯。」

〔六〕大暑退　陸游老學庵筆記卷七：「故都殘暑不過七月中旬，俗以望日具素饌享。」

〔七〕三壬三甲　三國志魏書管輅傳：「背無三甲，腹無三壬，皆不壽之徵。」三壬三甲厚重，則為長壽之徵。

〔八〕屹不動如山　杜甫茅屋為秋風所破歌：「風雨不動安如山。」

〔九〕五風十雨　風調雨順。王充論衡是應：「風不鳴條，雨不破塊。五日一風，十日一雨。」宋王炎豐年謡：「五風十雨天時好，又見西郊稻秫肥。」

〔一〇〕「香寢」句　鎮獅蠻，以獅蠻為鎮物。從「香寢」兩字看，這裏的「獅蠻」乃是獅蠻狀之香爐。句意與李清照鳳凰臺上憶吹簫「香冷金猊」同。

又　陳平章即席賦

夜看二星度，高會列羣英〔一〕。蒼顔白髮烏帽，風入古槐清。客有羽衣來者，仍是尋常百姓，坐覺孟公驚〔二〕。且勿多酌我，未厭我狂醒〔三〕。金甌啓〔四〕，銀信喜，衮衣新。向來淮浙草木〔五〕，隱隱有餘聲。聞説井闌沙語，感念石壕村事〔六〕，傾耳發驚霆。舉酒奉公壽，天意厚蒼生。

【箋注】

〔一〕「高會」句　秦觀滿庭芳茶詞：「使君高會羣賢。」

〔二〕「坐覺」句　坐覺，頓覺，遽覺。張相詩詞曲語辭匯釋卷四：「白居易别元九後詠所懷詩：『同心一人去，坐覺長安空。』此坐覺猶云頓覺也。」孟公，西漢人陳遵。漢書陳遵傳：「陳遵，字孟公，好客，每大宴，賓客滿堂，輒關門，取客車轄投井中，雖有急，終不得去。」又：「時列侯有與遵同姓字者，每至人門，曰『陳孟公』，坐中莫不震動，既至而非，因號其人曰『陳驚坐』云。」因宴會主人是陳平章，故用陳遵典。

〔三〕「且勿」二句　漢書蓋寬饒傳：「寬饒曰：『無多酌我，我乃酒狂。』」

〔四〕金甌啓　開啓覆蓋的金甌，宣布宰相的姓名。金甌，黄金製成的盆盂。新唐書崔琳傳：「玄宗每命相，先書其名。一日，書琳等名，覆以金甌。會太子入，帝謂曰：『此宰相名，若自意之，誰乎？即中，且賜酒。』太子曰：『非崔琳、盧從愿乎？』帝曰：『然。』」

〔五〕淮浙　宋代的淮南路和兩浙路，約當今江蘇、安徽、浙江三省的區域。

〔六〕石壕村事　指杜甫石壕吏詩所反映的戰亂年代百姓苦于征戰和勞役的現實。

又　和尹存吾

造物反乎覆〔一〕，白首困耆英。吟風賞月石上，一笑再河清〔二〕。一百八盤道路〔三〕，二十四橋歌舞〔四〕，身世夢堪驚。獨酌未能醉，已醉驀然醒。別與老，驚相見，幾回新。來時燕棲未穩，滿耳又蟬聲。間憶錢塘江上，兩點青山欲白〔五〕，血石起鞭霆〔六〕。此事復安在，相對説平生。

【箋注】

〔一〕「造物」句　史記陸賈傳：「使一偏將將十萬衆臨越，則越殺王降漢，如反覆手耳。」杜甫貧交行：

「翻手作雲覆手雨，紛紛輕薄何須數。」

〔二〕河清　易緯乾鑿度：「天之將降嘉瑞應，河水清三日。」鄭嵎津陽門詩：「河清海晏不難覩，吾皇已上昇平基。」

〔三〕一百八盤　黄庭堅竹枝歌：「浮雲一百八盤縈。」任淵注：「山谷書萍鄉廳曰：略江陵，上夔峽，過一百八盤，涉四十八渡。」陸游入蜀記：「巫山縣在峽中，隔江南陵山極高大，有路如綫，盤屈至絶頂，謂之一百八盤。」

〔四〕二十四橋　杜牧寄揚州韓綽判官：「二十四橋明月夜，玉人何處教吹簫。」沈括補筆談卷三：「揚州在唐時最為富盛，舊城南北十五里一百一十步，東西七里十三步，可紀者有二十四橋。最西濁河茶園橋，次東大明橋，入西水門有九曲橋，次東正當帥牙南門有下馬橋，又東作坊橋，橋東河轉向南有洗馬橋，次南橋，又南阿師橋、周家橋、小市橋、廣濟橋、新橋、開明橋、顧家橋、通泗橋、太平橋、利園橋，出南水門有萬歲橋、青園橋，自驛橋北河流東出有參佐橋，次東水門，東出有山光橋。」

〔五〕「兩點」句　此寫遠山景色。白居易長相思：「吳山點點愁。」王維漢江臨泛：「江流天地外，山色有無中。」「欲白」由王詩化出。

〔六〕「血石」句　傳説秦始皇作石橋，時有神人驅石下海，石去不速，神人鞭之，盡流血。事見太平寰宇記二十登州文登縣引三齊略記。

金縷曲　代賀丞相，有序

恭審天開曆甲，旦應生申〔一〕。鍾三光五嶽之英〔二〕，五百年生名世〔三〕；處前古當今之會，千萬世開太平。某嶮望門牆，伏深贊頌，積忱依永，奏伎小詞，上犯鈞嚴，不勝悚恐慶抃之至。

曉殿龍光起。御香濃、新詩寫就〔四〕，雲飛相第。一自騎箕承帝賚〔五〕，千載君臣魚水〔六〕。端不負、當年弧矢〔七〕。赤壁周郎神遊處，料羞看、故壘斜陽裏〔八〕。今共看，更無比。　尊前若説平生事。嘆長江、幾番風浪，幾人膽碎。數載太平豐年瑞。三百年間又幾。想皇揆、初心應喜。漸近中秋團團月，算人間、天上俱清美。祝千歲，似甲子。

【箋注】

〔一〕生申　生下周朝棟梁重臣申伯，這裏比喻丞相。詩大雅崧高：「崧高維嶽，駿極于天。維嶽降神，生甫及申。維申及甫，維周之翰。」鄭箋：「申，申伯也，甫，甫侯也。皆以賢知，入為周之楨榦之臣。」

〔二〕三光　日、月、星辰。史記天官書：「衡、太微，三光之廷。」索隱曰：「三光，日、月、五星也。」

〔三〕「五百年」句　孟子公孫丑下：「五百年必有王者興，其間必有名世者。」名世者，聞名于世之人。

〔四〕「御香濃」句　杜甫奉和賈至舍人早朝大明宮：「朝罷香烟攜滿袖，詩成珠玉在揮毫」。賈至早朝大明宮呈兩省僚友：「衣冠身染御鑪香。」

〔五〕「一自」句　騎箕，是騎箕尾的省稱。莊子大宗師：「夫道，傅説得之，以相武丁，奄有天下，乘東維，騎箕尾，而比于列星。」傅説為賢相，以比喻丞相。

〔六〕「千載」句　三國志蜀書諸葛亮傳：「先主曰：孤之有孔明，猶魚之有水也。」

〔七〕「端不負」句　端不負，張相詩詞曲語辭匯釋卷四：「端，猶準也，究也。又猶應也，須也。蔡伸滿庭芳詞：『佳期在，寶釵鸞鏡，端不負平生。』端不負，準不負也。」弧矢，古代男孩出生時，用桑弧蓬矢射向四方，表示男子志在四方。禮記射義：「故男子生，桑弧蓬矢六，以射天地四方。天地四方者，男子之所有事也。」李白上安州裴長史書：「以為士生則桑弧蓬矢，射乎四方，故知大丈夫必有四方之志。」

〔八〕「赤壁」二句　蘇軾念奴嬌赤壁懷古：「故壘西邊，人道是，三國周郎赤壁。」「故國神遊，多情應笑我，早生華髮。」

又　壽繆守〔一〕

秋老寒香圃〔二〕。自春來、桔橰閒了〔三〕，去天尺五〔四〕。陌上踏歌來何暮〔五〕，收得黄雲如土。但稽首、福星初度。不是使君人間佛，甚今朝、欲雨今朝雨。持壽酒，爲公舞。

虎頭畫手誰堪許〔六〕。寫天人、方瞳紅頰〔七〕，共賓笑語。衛戟連營三千士〔八〕，簇簇滿城簫鼓。早恐是、留公不住。飛去翩翩嫌白鷺，算年來、稀姓多登府。祝千歲，奉明主。

【校】

〔去天〕朱校：「原本去作二，從金校。」按「去天尺五」爲唐時俚語，金校良是。

【箋注】

〔一〕繆守　即吉州知府繆元德，文天祥有與吉州繆知府元德詩。江西通志卷六十二「名宦」：「繆元德，咸淳五年知撫州，儉以足用，寬以愛民，建和糴倉，糴米活飢民，捐俸收掩遺骸。明年，知吉州。」據此，可知繆元德于咸淳六年（一二七〇）出任吉州知州。須溪五年夏，丁母憂離職回廬陵，服喪三年。爲繆守祝壽，寫作本詞，當在咸淳八年（一二七二）。

〔二〕「秋老」句　李白秋登宣城謝脁北樓：「人烟寒橘柚，秋色老梧桐。」寒香圃，自韓琦九日水閣：「莫嫌老圃秋容淡，且看黄花晚節香」化出。

〔三〕桔槔　古代汲水工具。莊子天運：「且子獨不見夫桔槔者乎？引之則俯，舍之則仰。」郭慶藩疏：「桔槔，挈水木也。」全句用韓琦登廣教院閣「雨匀蔬圃桔槔閒」意。

〔四〕去天尺五　杜甫贈韋七贊善：「鄉里衣冠不乏賢，杜陵韋曲未央前。爾家最近魁三象，時論同歸尺五天。」原注：「俚語云：城南韋杜，去天尺五。」辛氏三秦記：「城南韋杜，去天尺五。」

〔五〕「陌上」句　踏歌，唱歌時以足踏地為節奏。李白贈汪倫：「李白乘舟將欲行，忽聞岸上踏歌聲。」資治通鑑卷二百零六：「閻知微……為虜蹋歌。」胡三省注：「蹋歌者，連手而歌，蹋地以為節。」來何暮，後漢書廉范傳載：廉范出任蜀州太守，改舊制，利民夜作，百姓乃歌之曰：「廉叔度，來何暮？不禁夜，民安作。平生無襦今五袴。」

〔六〕虎頭畫手　晉代名畫家顧愷之。吴曾能改齋漫録卷五：「歷代名畫記云：『顧愷之字長康，小字虎頭，晉陵無錫人。』然予考世説，乃謂：『顧愷之為虎頭將軍。每食蔗，自尾至本，人問之，曰：漸入佳境。』」然通行本世説新語排調篇僅云顧長康，未云虎頭將軍，錢謙益錢注杜詩亦云晉代無虎頭將軍之職。

〔七〕「寫天人」句　天人，三國志魏書王粲傳裴注引魏略曰：「邯鄲淳見曹植才辨，嘆為天人。」杜甫八哀詩贈太子太師汝陽郡王璡：「汝陽讓帝子，眉宇真天人。」方瞳，神仙經：「八百歲則瞳子方。」王嘉拾遺記卷三：「惟有黃髮老叟五人，或乘鴻鶴，或衣羽毛，耳出于頂，瞳子皆方，面色玉潔，手握青筠之杖，與聃共談天地之數。」

〔八〕三千士　三千武士。論衡：「齊之孟嘗，魏之信陵，趙之平原，楚之春申，待客下士，招會四方，各三千人。」李白扶風豪士歌：「堂中各有三千士，明日報恩知是誰？」

又　奇番總管周耐軒生日〔一〕

春入番江雨。滿湖山、鶯啼燕語〔二〕，前歌後舞〔三〕。聞道行驄行且止〔四〕，卻聽譙樓更鼓。正未卜、陰晴同否。老子胸中高小范〔五〕，這精神、堪更開封府〔六〕。新治足，舊民苦。　扁舟浩蕩乘風去。看萊衣、思賢堂上〔七〕，壽觴朝舉。六十一三前度者，敢望香山老傅〔八〕。又過了午年端午〔九〕。采采菖蒲三三節〔一〇〕，寄我公、矯矯扶天路〔一一〕。重歸袞〔一二〕，到相圃。

【校】

〔奇〕文津本作「寄」。按詞云：「寄我公、矯矯扶天路。」作「寄」義長。　〔萊衣〕文瀾本作

「采衣」。

【箋注】

〔一〕周耐軒　周天驥之别號，入元後曾任番民總管。劉將孫西峰寶龍祥符禪寺重脩記：「總管耐軒周公天驥顧之惻然。」元史地理志：「管番民總管，下轄小程番、中山曹百納等處，底寓、柴江等處……。」

〔二〕鶯啼燕語　皇甫冉春思：「鶯啼燕語報新年。」

〔三〕前歌後舞　尚書大傳泰誓傳：「惟丙午，王逮師，前師乃鼓鼗譟，師乃慆，前歌後舞。」

〔四〕「聞道」句　後漢書桓典傳：「常乘驄馬，京師畏憚，為之語曰：『行行且止，避驄馬御史。』」

〔五〕「老子」句　朱熹名臣言行録：「范仲淹領延州。……夏人聞之，相戒曰：『無以延州為意，今小范老子胸中有數萬甲兵，不比大范老子可欺也。』」

〔六〕開封府　宋史包拯傳：「召權知開封府，遷右司郎中。拯立朝剛毅，貴戚宦官為之斂手，聞者皆憚之。」

〔七〕萊衣　韓伯瑜，即俗稱之老萊子，著綵衣以娛雙親。曹植靈芝篇：「伯瑜年七十，綵衣以娛親。慈母笞不痛，歔欷涕霑巾。」事見説苑。初學記卷十七引孝子傳：「老萊子至孝，奉二親，行年七十，著五彩褊襴衣，弄鶵鳥于親側。」

〔八〕香山老傳　舊唐書白居易傳：「開成元年（按，當為大和九年，見舊唐書文宗紀。）除同州刺史，辭疾不拜。尋授太子少傅，進封馮翊縣開國侯。……會昌中，請罷太子少傅，以刑部尚書致仕。與香山僧如滿結香火社，每肩輿往來，白衣鳩杖，自稱香山居士。」

〔九〕午年　吉州知州周天驥于至元十二年（一二七五）降元。元史李恒傳：「（至元十二年）進攻吉州，知州周天驥降。」元世祖至元時代有二個午年，一為壬午年，是至元十九年；一為甲午年，是至元三十一年。詞云「六十二三前度」，則本詞之「午年」，當以甲午年為宜。甲午年，周天驥、劉辰翁正當六十三歲，本詞作于是年，時須溪閑居廬陵。

〔一〇〕菖蒲三三節　傳說食菖蒲可以延年益壽。古詩：「石上生菖蒲，一寸八九節。仙人勸我餐，令我好顏色。」三三節，即九節。

〔一一〕「寄我公」句　矯矯，出衆貌。漢書敘傳：「賈生矯矯，弱冠登朝。」天路，天上之路。文選張衡西京賦：「美往昔之松喬，要羨門之天路。」本詞比喻皇宮中的天街。

〔一二〕重歸袞　重歸袞職。袞職，三公之職。後漢書楊賜傳載袞策：「七在卿校，殊位特進；五登袞職，弭難乂寧。」

又 壽李公謹同知

我誤留公住。看人間、猶是重陽，滿城風雨。父老棠陰攜孺子〔一〕，記得元宵歌舞。但稽首、烏烏無語。我有桓箏千年恨〔二〕，為謝公、目送還雲撫〔三〕。公不樂，尚何苦。

吾儂心事憑誰訴。有誰知、閉户窮愁，欲從之去。聞道明朝生申也，滿酌一杯螺浦〔四〕。又知復、明年何處。天若有情西江者〔五〕，便使君、驄馬來當路。香瓣起〔六〕，勝金縷。

【箋注】

〔一〕「父老」句　老人攜幼童憩息于甘棠蔭下。棠蔭，見前法駕導引壽治中詞注。

〔二〕「我有」句　續晉陽秋：「左將軍桓伊善音樂。孝武飲燕，謝安侍坐，帝命伊吹笛，神色無忤。既吹一弄，乃放笛云：『臣于箏乃不如笛，然自足以韻合歌管。臣有一奴，善吹笛，且相便串，請進之。』帝賞其放率，聽召奴。奴既至，吹笛，伊撫箏而歌怨詩，因以為諫也。」此事亦見晉書桓伊傳。當時謝安正受小人讒構，受孝武帝猜忌，故桓伊歌怨詩以為諫。

〔三〕目送　嵇康贈秀才入軍：「目送歸鴻，手揮五弦。」

〔四〕螺浦　即螺子水，指酒。參見前法駕導引壽治中詞注。

〔五〕天若有情　李賀金銅仙人辭漢歌：「天若有情天亦老。」

〔六〕香瓣　古代人拈香一瓣，表示對他人的敬仰。陳師道觀兗文忠家六一堂圖書：「向來一瓣香，敬為曾南豐。」

又

和同姓草叔曲本胡端逸見壽韻并謝〔一〕

忘卻來時路。恨蒼蒼、寒冰棄我，江南閒處。世事早知今如此，何不老農老圃。更種箇、梅花深住。湅雨前朝浯溪石〔二〕，對蒼苔、墮淚憐臣甫〔三〕。山似我，兩眉聚〔四〕。

歲云暮矣如何度〔五〕。但多情、寂寥相念，二三君子〔六〕。越石暮年扶風賦〔七〕，猶解聞雞起舞。恨不減、二三十歲。一曲相思碧雲合〔八〕，醉憑君、為我歌如縷。君念我，似同祖。

【校】

〔扶風賦〕朱校：「丁本賦作醉。」清刻本作「醉」。〔相思〕朱校：「原本思作忘，從丁本。」

【箋注】

〔一〕題　草叔，未詳何人。胡端逸，即胡天牖，號觀齋，廬陵人，曾任某書院山長。文天祥與黃主簿景登（文山先生全集卷五）：「鄉州有俊傑士曰胡君，名天牖，端逸其字也。」又，衡州送胡端逸赴漕（文山先生文集卷三）題下自注：「號觀齋」。須溪集卷七有胡山長題屋疏。胡天牖向劉辰翁祝壽之金縷曲，今已不存。

〔二〕「湅雨」句　湅雨，暴雨。爾雅釋天：「暴雨謂之湅。」浯溪石，刻于浯溪石崖上的大唐中興碑。王象之輿地勝紀卷五十八：「大唐中興碑，在祁陽浯溪石崖上，元結文，顏真卿書，大曆六年刻，俗謂之磨崖碑。」

〔三〕「墮淚」句　杜甫北征：「東胡反未已，臣甫憤所切。揮涕戀行在，道途猶恍惚。」

〔四〕「山似」二句　王觀卜算子：「水是眼波橫，山是眉峰聚。」

〔五〕歲云暮矣　一年將盡時。詩小雅小明：「曷云其還，歲聿云莫。」莫，暮本字。王維偶然作六首其三：「寧俟歲云暮。」

〔六〕二三君子　論語述而：「二三子以我為隱乎？」

〔七〕「越石」句　晉書劉琨傳：「劉琨，字越石，中山魏昌人，漢中山靖王勝之後也。」他晚年作扶風歌。

〔八〕「一曲」句　江淹休上人怨别：「日暮碧雲合，佳人殊未來。」

又　壽陳静山〔一〕

昨醉君家酒。從今十萬八千場〔二〕，未疏老友。人道水仙標格後〔三〕，不許梅花殿後。但贏得、一年年瘦。迤邐聚星樓上雪〔四〕，待天風、浩蕩重攜手。酌君酒，獻君壽。年前春入燕臺柳。看聯翩、四輩金鞭〔五〕，長楸承受〔六〕。豈有中朝甌覆久，更落閩山海口。端自有、玉堂金斗〔七〕。我喜明年申又酉，但乞漿、所得皆醇酎〔八〕。拚醉裏，送行書。

【箋注】

〔一〕陳静山　見前百字令壽陳静山詞注。詞云「豈有中朝甌覆久」，必作于宋朝覆亡之後。又云「我喜明年申又酉」，甲申年和乙酉年為至元二十一、二十二年。則本詞當作于元世祖至元二十年（一二八三）。

〔二〕十萬八千場　李白襄陽歌：「百年三萬六千日，一日須傾三百杯。」一日三場酒，百年即為十萬八千場。

〔三〕「人道」句　標格，風度、風範。李綽尚書故實：「楊敬之愛才公正，嘗知江表之士項斯，贈詩曰：處處見詩詩總好，及觀標格過于詩。平生不解藏人善，到處逢人説項斯。」本詞實以水仙標格喻陳静山之標格。

〔四〕聚星樓　辰翁與陳静山會飲之樓。會飲時，樓外正在下雪，故云：「迤邐聚星樓上雪。」蘇軾亦有會飲聚星堂雪中賦白戰體詩。

〔五〕四輩　見前水龍吟壽周耐軒注〔六〕。

〔六〕長楸　種楸木于道，故曰長楸。曹植名都篇：「鬭雞東郊道，走馬長楸間。」乃寫貴游子弟驅馬嬉樂。

〔七〕「端自」句　玉堂，翰林院。文廷式純常子枝語：「有問玉堂為翰林之稱，始于何時。余案劉元城語録云：『太宗嘗飛白題翰林學士院曰玉堂之廬。』蓋出于此。元城又云：此四字出李尋傳。」金斗，官印。方岳滿江紅九日冶城樓：「故國山圍青玉案，何人印佩黄金斗。」

〔八〕「但乞漿」句　見沁園春再和槐城自壽韻詞注。醇酎，美酒。楚辭招魂：「挫糟凍飲酎清涼。」王逸注：「酎，三重釀醇酒也。」張載酒賦：「中山冬啓，醇酎秋發。」

又　壽朱氏老人七十三歲

七十三年矣〔一〕。記小人、四百四十五番甲子。看到蓬萊水清淺，休説樹猶如此。但夢夢、昨非今是〔二〕。一曲尊前離鸞操〔三〕，撫銅仙、清淚如鉛水〔四〕。歌未斷，我先醉。

新來畫得耆英似。似灞橋、風雪吟肩〔五〕，水仙梅弟〔六〕。里巷依稀靈光在〔七〕，飛過劫灰如洗〔八〕。笑少伴、烏衣餘幾〔九〕。老子平生何曾默〔一〇〕，暮年詩、句句皆成史〔一一〕。箇亥字，甲申起〔一二〕。

【校】

〔笑少伴〕清刻本作「少年伴」。

【箋注】

〔一〕七十三年　見前法駕導引壽胡潭東「冬十十」條注。

〔二〕昨非今是　陶淵明歸去來兮辭：「實迷途其未遠，覺今是而昨非。」

〔三〕離鸞操　西京雜記卷二：「慶安世年十五為成帝侍郎，善鼓琴，能為雙鳳、離鸞之曲。」

〔四〕「撫銅仙」句　李賀金銅仙人辭漢歌序：「魏明帝青龍元年八月，詔宫官牽車取漢孝武捧露盤仙人，欲立置前殿。宮官既拆盤，仙人臨載乃潸然淚下。」詩云：「憶君清淚如鉛水。」

〔五〕「似灞橋」二句　孫光憲北夢瑣言卷七：「或曰：『相國（指鄭綮）近有新詩否？』對曰：『詩思在灞橋風雪中驢子上，此處何以得之？』蓋言平生苦心也。」

〔六〕「水仙」句　梅為兄，故水仙為梅之弟。黄庭堅詠水仙：「山礬是弟梅是兄。」

〔七〕靈光　指漢魯恭王所建靈光殿。王延壽魯靈光殿賦序有「靈光巋然獨存」句，此因借以祝壽。

〔八〕刼灰　見前水調歌頭寂寂復寂寂詞注。

〔九〕「笑少伴」句　南齊書王僧虔傳：「入為侍中，遷御史中丞，領驍騎將軍。甲族向來多不居憲臺，王氏以分枝居烏衣者，位官微滅，僧虔為此官，乃曰：『此是烏衣諸郎坐處，我亦可試為耳。』」

〔一〇〕「老子」句　句下自注：「號默軒。」

〔一一〕「暮年」句　孟棨本事詩高逸第三：「杜逢禄山之難，流離隴蜀，畢陳于詩，推見至隱，殆無遺事，故當時號為詩史。」新唐書杜甫傳：「甫又善陳時事，律切精深，至千言不少衰，世號詩史。」

〔一二〕「箇亥字」二句　見法駕導引壽胡潭東詞注。據左傳襄公三十年史趙、士文伯語推算，析亥字所得日數，正合七十三年。從甲申年（朱氏老人生年、宋寧宗嘉定十七年）起算，本年當為元成宗元貞二年（一二九六）。本詞作于是年。

又　和潭東勸飲壽觴

拍甕春醅動。洞庭霜、壓緑堆黃〔一〕，林苞堪貢〔二〕。況有老人潭邊菊，摇落賞心入夢。數百歲、半來許中〔三〕。兒女牽衣團欒處，繞公公、願獻生申頌〔四〕。公性澀，待重風。

人生一笑何時重。奈今朝有客無魚，有魚留凍。何似尊前斑斕起，低唱淺斟齊奉〔五〕。也不待、烹龍炰鳳〔六〕。此會明年知誰健，説邊愁、望斷先生宋〔七〕。醒最苦，醉聊共。

【校】

〔何時重〕朱校：「按時疑如誤。」

【箋注】

〔一〕洞庭霜　洞庭橘經霜後，由青緑轉黃色。語出韋應物詩，參見前江城子和默軒初度韻詞注。

〔二〕林苞　據上句詞意，當指洞庭橘。橘可稱苞，謝惠連橘賦：「味既滋而事美，實厥苞之最良。」白居易詩：「橘苞從自結，藕孔是誰鏤。」

〔三〕半來許中　句下自注：「俗語中半。」

〔四〕生申頌　即詩大雅中的崧高篇，參見前金縷曲代賀丞相詞注。

〔五〕低唱淺斟　清細輕雅的音樂。吴自牧夢粱録卷二十「妓樂」條云：「若論動清音，比馬後樂加方響、笙與龍笛，用小提鼓，其聲音亦清細輕雅，殊可人聽。更有小唱、唱叫、執板慢曲、曲破，大率輕起重殺，正謂之『淺斟低唱。』」

〔六〕烹龍炰鳳　點燃龍鳳膏以照明。李賀將進酒：「烹龍炰鳳玉脂泣，羅幃繡幕圍香風。」舊注：「龍鳳是饌，烹炰作饌，唯烹炰故脂泣。」實非。按，烹龍炰鳳，乃為煉製龍鳳膏。郭憲洞冥記卷一：「（漢武帝）嘗得丹豹之髓，白鳳之膏，磨青錫為屑，以蘇油和之，照于神壇，夜暴雨，光不滅。」王嘉拾遺記卷十：「燕昭王二年，海人乘霞舟，以雕壺盛數斗膏，以獻昭王。王坐通雲之臺，亦曰通霞臺，以龍膏為燈，光曜百里，烟色丹紫，國人望之，咸言瑞光。」

〔七〕「望斷」句　句下自注：「時宋京議和。」萬斯同宋季忠義録卷一：「（德祐元年）二月癸卯，似道以宋京為都督府計議官，使元軍中。……庚戌，元兵入池州，權守趙卯發自經死。宋京如軍中請稱臣奉歲幣，不得請而還。」本詞作于宋恭帝德祐元年（一二七五），時須溪在廬陵。

又

絶北寒聲動。渺黄昏、葉滿長安〔一〕，雲迷章貢〔二〕。最苦周公千年後，正與莽新同夢〔三〕。五十國、紛紛入中。摇颺都人歌郿塢〔四〕，問何如、昨日崧高頌〔五〕。臚九錫〔六〕，竟誰風。當初共道擎天重〔七〕。奈天教、垓下風寒〔八〕，滹沱兵凍〔九〕。寂寞放翁南園記〔一〇〕，帶得園柑進奉〔一一〕。悵回首、何人修鳳〔一二〕。寄語權門趨炎者〔一三〕，這朝廷、不是邦昌宋〔一四〕。真與贗，可能共？

【箋注】

〔一〕葉滿長安　賈島憶江上吴處士：「秋風生渭水，落葉滿長安。」

〔二〕章貢　章水和貢水。顧祖禹讀史方輿紀要卷八十三：「贛水亦曰南江，其上流分二源，西出者為章水，東出者為貢水。章水經贛州府城西，環城而北，會于貢水。」

〔三〕莽新　王莽所建立的新朝。漢書王莽傳：「（居攝三年十一月）戊辰，莽至高廟拜受金匱神嬗，御玉冠，謁太后，還坐未央宫前殿，下書曰：「予以不德……即真天子位，定有天下之號曰新。」」

〔四〕「摇颺」句　郿塢，董卓宅。都人歌郿塢，董卓被殺，長安士庶相與慶賀。三國志魏書董卓傳：

「築郿塢，高與長安城埒，積穀為三十年儲。」「三年四月，司徒王允、尚書僕射士孫瑞，卓將呂布共謀誅卓。」「遂殺卓，夷三族。……長安士庶咸相慶賀，諸阿附卓者，皆下獄死。」

〔五〕崧高頌　詩大雅崧高，是為贊頌申伯的詩篇。

〔六〕臚九錫　臚，宣布，陳述。新唐書温彦博傳：「臚布誥命。」九錫，見前水調歌頭和王槐城自壽注〔三〕。

〔七〕「當初」句　擎天，擎天柱，比喻擔當重任的人。唐大詔令集卷六十四中和三年賜陳敬瑄鐵券文：「卿五山鎮地，一柱擎天。」這與上闋「最苦周公千年後」相應，都是諷刺賈似道的，因為昔日阿附似道的人，都稱道他是「周公」、「擎天柱」。參見前六州歌頭詞注。古杭雜記：「理宗初，賈似道入相，時有人作詩云：『收拾乾坤一擔擔，上肩容易下肩難。勸君高看擎天手，多少旁人冷眼看。』」

〔八〕垓下風寒　指項羽被圍垓下事。史記項羽本紀：「項王軍壁垓下，兵少食盡，漢軍及諸侯兵圍之數重。夜聞漢軍四面皆楚歌，項王乃大驚曰：『漢皆已得楚乎？是何楚人之多也！』」

〔九〕滹沱兵凍　指光武帝兵困滹沱河事。後漢書光武本紀：「晨夜兼行，蒙犯霜雪，天時寒，面皆破裂。至呼沱河，無船，適遇冰合，得過。」呼沱，即滹沱。

〔一〇〕放翁南園記　宋史陸游傳：「晚年再出，為韓侂胄撰南園、閱古泉記，見譏清議。」周密武林舊事卷五：「南園，中興後所創。光宗朝賜平原郡王韓侂胄，陸放翁為記。」

〔一〕園柑進奉　杜甫阻雨不得歸瀼西甘林：「園甘長成時，三寸如黃金。諸侯舊上計，厥貢傾千林。」甘、柑通。

〔二〕「悵回首」句　修鳳，修五鳳樓；修鳳樓人，比喻寫文章的高手。曾慥類説卷五十三談苑：「韓浦、韓洎咸有詞學，洎嘗輕浦，語人曰：『吾兄為文，譬如繩樞草舍，聊庇風雨。予之為文，如造五鳳樓手。』」宋詩紀事卷二韓浦以蜀箋寄弟洎：「老兄得此渾無用，助爾添修五鳳樓。」

〔三〕權門趨炎者　到權貴家趨炎附勢的人，語見韓愈庭楸：「客來尚不見，肯到權門前？權門衆所趨，有客動百千。」

〔四〕邦昌宋　汴京破，二帝被擄北去，張邦昌在金人的扶持下，僭位建立國號大楚的小朝廷。宋史張邦昌傳：「……邦昌入居尚書省，金人趣勸進，邦昌始欲引決，或曰：『相公不前死城外，今欲塗炭一城耶？』適金人奉寶册至，邦昌北向拜舞受册，即僞位，僭號大楚。」

又

杜叟陳君，風誼動人，歲一介壽我，辭華蔚然。至謂我黑漆，則久不相見故耳，為此發歌〔一〕

吾鬢如霜蕊〔二〕。自江南、西風塵起，倒騎禿尾〔三〕。舊日汾陽中書令，何限門生兒子。

到今也、陸沉草昧〔四〕。醉裏不行西州路〔五〕，但斗間、看望成龍氣〔六〕。聊寂寞，自相慰。　夫君自是人間瑞。嘆生兒、當如異日，孫仲謀耳〔七〕。健筆風雲蛟龍起〔八〕，人物山川形勢。猶有封、狼居胥意〔九〕。伐木嚶嚶出幽谷〔一〇〕，問天之將喪斯文未〔一一〕。吾待子，望如歲。

【箋注】

〔一〕題　杜叟陳君，未詳何人。黑漆，頭髮黑亮。

〔二〕鬢如霜蕊　高適除夜作：「故鄉今夜思千里，霜鬢明朝又一年。」蘇軾江城子乙卯正月二十日夜記夢：「縱使相逢應不識，塵滿面，鬢如霜。」

〔三〕「倒騎」句　倒騎，狀悠閑之態。王元之昇平詞：「牧童歸去倒騎牛。」秃尾，脱去尾毛的驢馬。北齊書楊愔傳：「愔曰：『卿前在元子思房，騎秃尾草驢。』」黄庭堅題王居士所藏王友畫桃杏花二首：「從此華山圖籍上，更添潘閬倒騎驢。」

〔四〕「舊日」三句　汾陽中書令，指唐郭子儀，因功進位中書令，封汾陽郡王。見舊唐書本傳。陸沉，無水而沉没，喻隱居。黄庭堅次韻答張沙河：「丈夫身在要勉力，豈有吾子終陸沉。」本詞以郭子儀比擬賈似道，謂其在相位時，衆多門生義子環侍，而今冰山一倒，都隱居于草間。

〔五〕西州路　見前促拍醜奴兒有感「西州垂淚」條注。

〔六〕「但斗間」句　此用晉書張華傳典。晉張華望見斗牛之間常有紫氣，因問雷焕，焕曰：「寶劍之精上徹于天耳。」乃掘地得兩劍，一名龍泉，一名太阿。張華、雷焕各得其一。張華卒，其劍失所在。雷焕卒，子雷華佩劍過延平津，劍忽于腰間躍入水中。使人入水探取，不見劍，但見兩龍，各長數丈，蟠縈有文章。

〔七〕「嘆生兒」二句　三國志吴書孫權傳裴松之注引吴歷：「公（曹操）見舟船器仗軍伍整肅，喟然嘆曰：『生子當如孫仲謀，劉景升兒子若豚犬耳。』」

〔八〕「健筆」句　筆意縱横豪蕩。杜甫戲為六絶句：「庾信文章老更成，凌雲健筆意縱横。」

〔九〕「猶有」句　猶有建功立業的心意。史記衛將軍驃騎列傳載：元狩四年春，驃騎將軍霍去病，將五萬騎，北擊匈奴，大獲全勝，「封狼居胥山，禪于姑衍，登臨翰海。」宋書王玄謨傳：「玄謨每陳北侵之策，上謂殷景仁曰：『聞玄謨陳説，使人有封狼居胥意。』」

〔一〇〕「伐木」句　語出詩小雅伐木：「伐木丁丁，鳥鳴嚶嚶。出自幽谷，遷于喬木。嚶其鳴矣，求其友聲。」

〔一一〕「問天」句　論語子罕：「子畏于匡，曰：『文王既没，文不在兹乎？天之將喪斯文也，後死者不得與于斯文也。天之未喪斯文也，匡人其如予何！』」

又　和龔竹卿客中韻〔一〕

何處從頭説。但傾尊、淋漓醉墨，疏疏密密〔二〕。看取兩輪東西者，也是樊籠中物〔三〕。這光景、年來都别。白髮道人隆中像〔四〕，笑相逢、對擁鑪邊雪。又過了，上元節。紙窗旋補寒穿穴。柳黏窗、青青過雨，勸君休折。睡不成酣酒先醒，花底東風又别。夜復夜、吟魂飛越。典卻西湖東湖住〔五〕，十三年不出今朝出〔六〕。容易得，二三月。

【校】

〔題〕永樂大典卷二千二百六十二湖字韻引須溪詞作「和龔竹卿韻東湖客中」。〔又别〕文津本、文瀾本、全宋詞、永樂大典同。朱校：「原本冽作别，韻複，從翰墨大全。」按，彊村校語與正文相忤，疑刊刻時彊村未能改正原文。

【箋注】

〔一〕龔竹卿　即龔日昇，號竹卿，嘗任廬陵知縣，後爲侍郎，與鄧剡、劉辰翁友善。文天祥與廬陵龔知縣日昇（文山先生文集卷六）題下自注：「號竹卿。」萬斯同宋季忠義録鄧光薦傳：「元兵陷廣州，與其友龔竹卿避地香山縣之黄梅山。」

〔二〕「但傾尊」二句　形容龔竹卿醉裏草書，淋漓酣暢。李肇國史補：「（張）旭飲酒輒草書，揮筆而大叫，以頭搵水墨中而書之，天下呼為張顛。醒後自視，以為神異。」陸游漢宮春初自南鄭來成都作：「淋漓醉墨，看龍蛇、飛落蠻箋。」

〔三〕「看取」二句　兩輪，形容日和月，蘇軾和辨才：「日月轉雙轂。」樊籠，比喻塵世間受束縛，不自由的境地。陶淵明歸園田居：「久在樊籠裏，復得返自然。」杜甫衡州送李大夫七丈勉赴廣州：「日月籠中鳥，乾坤水上萍。」

〔四〕「白髮」句　句下自注：「壁間有武侯像，旅中坐對。」

〔五〕東湖　在江西彭澤縣。劉辰翁湖山記：「彭澤之澤，西山之下，有東湖勺水焉。」須溪集中多次提到。

〔六〕「十三年」句　漢書張良傳：「讀是則為王者師，後十年興。十三年孺子見我濟北，穀城山下黄石即我已。」

又　賀趙松廬

歲事峥嶸甚。是當年、爆竹驅儺〔一〕，插金幡勝〔二〕。忽曉闌街兒童語，不為上元燈近。

但笑揀、梅簪公鬢。莫恨青青如今白，願年年、語取東君信。巾未墮，笑重整。他年不信東風冷。鼓連天、銀燭花光，柳芽催迸。漫説沉香亭羯鼓〔三〕，自著錦袍吟凭〔四〕。待吹徹、玉簫人醒〔五〕。不帶汝陽天人福〔六〕，便不教、百又餘年賸。歌此曲，休辭飲。

【校】

〔語取〕文津本作「記取」。

【箋注】

〔一〕「是當年」句　爆竹，古人于歲初、歲末燃放，以驅惡鬼。范成大臘月村田樂府十首序：「其五爆竹行，此他郡所同，而吴中特盛，惡鬼蓋畏此聲。古以歲朝，而吴中以二十五夜。」驅儺，古人于除夕舉行驅除惡鬼的儀式，宫廷、鄉里均有，規模大小不同。論語鄉黨：「鄉人儺，朝服于阼階。」疏曰：「儺，逐疫鬼也，為陰陽云氣不節，厲鬼隨而作禍，故天子使方相氏黄金為四目，蒙熊皮，口作儺儺之聲，以驅疫鬼，一年三度為之。」唐宋時仍其舊俗。王建宫詞：「金吾除夜進儺名。」趙彦衛雲麓漫鈔卷九：「世俗歲將除，鄉人相率為儺，俚語謂之打野胡。」吴自牧夢粱録卷六「除夜」條云：「禁中除夜呈大驅儺儀，並係皇城司諸班直，戴面具，著繡畫雜色衣裝，手執金槍、銀戟、畫木刀劍，五色龍鳳、五色旗幟，以教樂所伶工妝將軍、符使、判官、鍾馗、六丁、六甲、神兵、五方鬼使、灶君、土地、門户、神尉等神，自禁中動鼓吹，驅祟出東華門外，轉龍池灣，謂之『埋祟』而散。……是夜禁中爆竹嵩呼，聞于街巷。」

〔二〕插金幡勝　古代于立春日有插戴幡勝的風俗，高官插金幡勝。孟元老東京夢華録卷六：「春日，宰執、親王、百官皆賜金銀幡勝，入賀訖，戴歸私第。」金盈之醉翁談録卷三：「立春日，……目郎官、御史、寺監長貳以上，皆賜春旛勝，以羅為之，近臣皆加賜銀勝。」

〔三〕「漫説」句　沉香亭，唐興慶宫内亭名，唐明皇和楊貴妃曾于此賞牡丹。樂史楊太真外傳：「上因移植（牡丹）于興慶池東沉香亭前。會花方繁開，上乘照夜白，妃以步輦從。詔選梨園弟子中尤者，得樂十六色。李龜年以歌擅一時之名，手捧檀板，押衆樂前，將欲歌之。上曰：『賞名花，對妃子，焉用舊樂詞為？』遽命龜年持金花牋，宣賜翰林學士李白立進清平樂詞三篇。」羯鼓，樂器名，形如漆桶，下以小牙牀承之，用二杖擊，聲音急促高烈。南卓羯鼓録云：「上（指玄宗）尤愛羯鼓、玉笛。」

〔四〕錦袍　舊唐書李白傳：「嘗月夜乘舟自采石達金陵，白衣宫錦袍，于舟中顧瞻笑傲，傍若無人。」

〔五〕「待吹徹」句　李璟浣溪沙：「細雨夢回鷄塞遠，小樓吹徹玉笙寒。」

〔六〕「不帶」句　汝陽，承上「羯鼓」，知此汝陽乃是汝陽郡王李璡，善羯鼓，明皇極鍾愛。舊唐書讓皇帝憲傳：「璡封汝陽郡王，歷太僕卿，與賀知章、褚庭誨為詩酒之交。天寶初，終父喪，加特進。九載卒，贈太子太師。」杜甫八哀詩贈太子太師汝陽郡王璡：「汝陽讓帝子，眉宇真天人。」趙松廬是宗室，故須溪以汝陽王比之。

又

壬午五日〔一〕

葉葉跳珠雨〔二〕。裏湖通、十里紅香〔三〕，畫橈齊舉。昨夢天風高黄鵠〔四〕，下俯人間何許。但動地、潮聲如鼓〔五〕。竹閣樓臺青青草，問木棉、羈客魂歸否〔六〕。盤泣露，寺鐘語。　夢回酷似靈均苦〔七〕。嘆神遊、前度都非，明朝重五〔八〕。滿眼離騷無人賦，忘卻君愁弔古。任醉裏，烏烏縷縷〔九〕。渺渺茂陵安期叟，共鄗池、夜別還于楚。采澗緑，久延佇〔一〇〕。

【箋注】

〔一〕壬午　時當元世祖至元十九年（一二八二），本詞作于廬陵。

〔二〕跳珠雨　蘇軾六月二十七日望湖樓醉書：「白雨跳珠亂入船。」

〔三〕十里紅香　紅香，指荷花。柳永望海潮：「三秋桂子，十里荷花。」姜夔惜紅衣序：「丁未之夏，予遊千巖，數往來紅香中，自度此曲，以無射宫歌之。」

〔四〕「昨夢」句　論衡：「盧敖游至于蒙穀之上，見一士焉，舉臂而縱身，遂入雲中。盧敖目仰而視之曰：『吾比夫子也，猶黄鵠之與壤蟲也，終日行而不離咫尺，而自以為遠，豈不悲哉！』」史記留侯世家：「戚夫人泣，上曰：『為吾楚舞，我為若楚歌。』歌曰：『鴻鵠高飛，一舉千里。』」

〔五〕「但動地」句　白居易長恨歌：「漁陽鼙鼓動地來。」趙嘏錢塘：「一千里色中秋月，十萬軍聲半夜潮。」

〔六〕「竹閣」二句　句下自注：「西湖裏湖荷花最盛。賈似道建第葛嶺，與竹閣為鄰，裏湖由是禁不往來。似道貶死漳州木棉庵。」周密齊東野語卷十九「賈氏園池」條云：「景定三年正月，詔以魏國公賈似道有再造功，命有司建第宅家廟，賈固辭，遂以集芳園及緡錢百萬賜之。園故思陵舊物，古木壽藤，多南渡以前所植者，積翠回抱，仰不見日。架廊疊磴，幽眇逶迤，極其營度之巧。猶以為未也，則隧地通道，抗以石梁，旁通湖濱，架百餘楹。飛樓層臺，涼亭燠館，華邃精妙。前揖孤山，後據葛嶺，兩橋映帶，一水横穿，各隨地勢以構築也。」「又于西陵之外，樹竹千挺，架樓臨之，曰秋水觀、第一春、梅思、剡船亭，則通謂之水竹院落焉。」　木棉，庵名，在福建漳州。宋史賈似道傳云：「八月，似道至漳州木棉庵，（鄭）虎臣屢諷之自殺，不聽，曰：『太皇許我不死，有詔即死。』虎臣曰：『吾為天下殺似道，雖死無憾！』拉殺之。」

〔七〕靈均　屈原，字靈均。屈原離騷：「名余曰正則兮，字余曰靈均。」

〔八〕重五　五月五日，為端午節。

〔九〕烏烏縷縷　蘇軾前赤壁賦：「其聲嗚嗚然，如怨如慕，如泣如訴，餘音嫋嫋，不絶如縷。」

〔一〇〕「渺渺」四句　句下自注：「廣州蒲澗寺，安期生家也。始皇嘗至其家，共語三日夜。今其地猶產菖蒲，十二節，生服菖蒲得仙者。」安期叟，仙人安期生。列仙傳：「安期生者，琅玡阜鄉人也。賣藥于東海邊，時人皆言千歲翁。秦始皇東遊，請見，與語三日三夜，賜金璧，度數十萬。出于阜鄉亭，皆置去，留書，以赤玉舄一雙為報，曰：『數年後，求我于蓬萊山。』始皇即遣徐市、盧生等數百人入海。未至蓬萊山，輒逢風浪而還。」道光廣東通志山川略廣州府引嶺海名勝志：「蒲澗寺在白雲山東北五里。舊志云：澗中多九節菖蒲，世傳安期生採菖蒲食之，以七月二十五日于此上昇。郡人每歲是日往澗中沐浴，以祈霞舉。」茂陵，漢武帝陵。武帝曾「遣方士入海求蓬萊安期生之屬」而「莫能得」，故詞云「渺渺」。事見史記封禪書。鄗池，即鎬池，在長安故城西，昆明池北，因西周故都鎬京而得名。延佇，久久佇立。屈原離騷：「悔相道之不察兮，延佇乎吾將返。」王逸注：「延，長也。佇，立也。」

又　疊韻

襟淚涔涔雨〔一〕。料騷魂、水解千年〔二〕，依然輕舉。還看吳兒胥濤上〔三〕，高出浪花幾許。絶倒是、東南旗鼓。風雨蛟龍争何事，問絲絲、香稯猶存否〔四〕。溪女伴，采蓮語。古人不似今人苦。漫追談、少日風流，三三五五。誰似鄱陽鴟夷者〔五〕，相望懷沙終古〔六〕。待唤醒、重聽金縷。尚有遠遊當年恨〔七〕，恨南公、不見秦為楚〔八〕。天又暮，黯凝佇〔九〕。

【箋注】

〔一〕涔涔　李商隱自桂林奉使江陵途中感懷寄獻尚書：「江山魂黯黯，泉客淚涔涔。」

〔二〕騷魂　屈原英魂。劉克莊賀新郎端午：「誰信騷魂千載後，波底垂涎角黍。」

〔三〕胥濤　春秋時伍子胥為吳王所殺，投屍浙江，後人傳為濤神，稱錢塘江潮為胥濤。亦泛指江濤。越絶書卷十四：伍子胥死後，吳王「使人捐于大江口。勇士執之，乃有遺響，發憤馳騰，氣若奔馬，威凌萬物，歸神大海，彷彿之間，音兆常在。後世稱述，蓋子胥水仙也。」陸游送子龍赴吉州掾：「汝行犯胥濤，次第過彭蠡。」

〔四〕「風雨」二句　太平寰宇記卷一百四十五引襄陽風俗記：「屈原五月五日投汨羅江，其妻每投食于水祭之。原通夢告妻，所祭食皆為蛟龍所奪。」記纂淵海卷二引歲時記：「端午。……以菰葉裹黏米，謂之角黍。……或云亦為屈原，恐蛟龍奪之，以五彩綫纏飯投水中，遂襲云。」齊諧記：「原以五月五日投汨羅，楚人哀之，每至此日，以筒貯米祭。今市俗置米于新竹筒中蒸食之，謂之裝筒，其遺事，亦曰筒糉。」

〔五〕「誰似」句　指江萬里投水而死。鄱陽，郡名，唐宋時又名饒州。宋史江萬里傳：「及饒州城破，萬里竟赴止水（府中池名）而死。」鴟夷，革囊。戰國策燕策：「昔者伍子胥説聽于闔閭，故吴王遠迹至于郢。夫差弗是也，賜之鴟夷而浮之江。」

〔六〕懷沙　指沉江自殺。東方朔七諫沉江：「懷沙礫而自沉兮，不忍見君之蔽壅。」屈原九章有懷沙篇。王逸章句：「九章者，屈原之所作也。屈原于江南之野，思念國君，憂思罔極，故復作九章。章者，著明也，言已所陳忠信之道甚著明也，卒不見納，委命自沉。」

〔七〕「尚有」句　王逸遠遊章句云：「遠遊者，屈原之所作也。屈原履方直之行，不容于世，上為讒佞所譖毁，下為俗人所困極，章皇山澤，無所告訴。乃深惟元一，修執恬漠，思欲濟世，則意中憤然，文采秀發，遂叙妙思，託配僊人，與俱遊戲，周歷天地，無所不到。然猶懷念楚國，思慕舊故，忠信之篤，仁義之厚也，是以君子珍重其志而瑋其辭焉。」

〔八〕「恨南公」句　史記項羽本紀：「自懷王入秦不反，楚人憐之至今，故楚南公曰：『楚雖三户，亡秦必楚也。』」集解引文穎曰：「南方老人也。」漢書藝文志：「陰陽家，南公三十一篇。」王先謙補注：「虞喜志林云：南公者，道士，識廢興之數，知亡秦者必于楚。」

〔九〕黯凝佇　張相詩詞曲語辭匯釋卷五：「凝佇，亦作凝佇。佇為有所企求之義，與凝字合成一辭，仍為發怔或出神之義。」「劉辰翁賀新郎詞：『尚有遠遊當年恨，恨南公，不見秦為楚。天又暮，黯凝佇。』凡云黯凝佇，均為黯凝魂或黯銷魂義，總之為出神至極之辭。」

又

五日和韻

錦岸吴船鼓。問沙鷗、當日沉湘〔一〕，是何端午。長恨青青朱門艾，結束腰身似虎〔二〕。空淚落、嬋媛嫛女〔三〕。我醉招纍清醒否〔四〕，算平生、清又醒還誤〔五〕。纍笑我，醉中語。　黄頭舞棹臨江處〔六〕。向人間、獨競南風，叫雲激楚。笑倒兩崖人如蟻，不管頹波千屨。忽驚抱、汨羅無柱〔七〕。欸乃漁歌斜陽外〔八〕，幾書生、能辦投湘賦〔九〕。歌此恨，淚如縷。

【箋注】

〔一〕沉湘　屈原漁父：「安能以身之察察，受物之汶汶者乎？寧赴湘流，葬于江魚之腹中。」

〔二〕「長恨」二句　艾虎，古人于端午日束艾草為虎形，或畫天師像，置于門户上，以辟邪惡。陳元靚歲時廣記卷二十一引歲時雜記云：「端五都人畫天師像以賣，又合泥做張天師，以艾為頭，以蒜為拳，置于門户之上。」吴自牧夢粱録卷三：「以艾與百草縛成天師，懸于門額上，或懸虎頭白澤。」山堂肆考宫集卷十一：「端午以艾為虎形，或剪彩為虎，黏艾葉以戴之。」

〔三〕嬋媛嬃女　屈原離騷：「女嬃之嬋媛兮，申申其詈予。」説文解字云：「楚詞曰女嬃之嬋媛，賈侍中説楚人謂姊為嬃，從女須聲。」

〔四〕纍　揚雄反離騷：「欽弔楚之湘纍。」注：「諸不以罪死曰纍。屈原赴湘死，故曰湘纍。」

〔五〕清又醒還誤　楚辭漁父：「屈原曰：『舉世皆濁而我獨清，衆人皆醉而我獨醒，是以見放。』」

〔六〕黄頭　即黄頭郎，著黄帽的划船人。漢書鄧通傳：「文帝嘗夢欲上天，不能，有一黄頭郎推上天，顧見其衣尻帶後穿。覺而之漸臺，以夢中陰目求推者郎，見鄧通其衣後穿，夢中所見也。」顔師古注：「刺船之郎，皆著黄帽，因號曰黄頭郎。」

〔七〕汨羅無柱　句下自注：「聞兩日觀渡有溺者。」

〔八〕欸乃漁歌　元結欸乃曲：「昔聞扣斷舟，引釣歌此曲。始歌悲風起，歌竟白雲生。遺曲今何在？

逸在漁父行。」後人因以欸乃曲為漁歌。「欸乃」或作行船櫓聲，見元次山集欸乃曲自注：「欸音襖，乃音靄，棹船之聲。」

〔九〕投湘賦　史記屈原賈生列傳：「自屈原沉汨羅後百有餘年，漢有賈生（賈誼），為長沙王太傅，過湘水，投書以弔屈原。」

又　古巖和去年九日約登高韻，再用前韻

破帽吹愁去。繞郊墟、殘灰敗壁，冷烟斜雨。舞馬夢驚城烏起〔一〕，散作童妖竈語。漫說與、謝仙一句〔二〕。猶記醉歸西州路，問行人、望望驪烽誤〔三〕。幾未失，喪公屨。

高高況是興亡處。望平沙、落日湖光，暗淮沉楚。寂寞西陵歌又舞〔四〕，疑冢嵯峨新土〔五〕。黯牛笛、參差歸路。試問文君容賒否〔六〕，待東籬、更就黄花浦。拚酩酊〔七〕，涴藍縷〔八〕。

【校】

〔暗淮沉楚〕清刻本作「暗沉淮楚」。　〔黄花浦〕朱校：「金校浦疑圃誤，按下九日即事韻與此調並同，惟是韻作甫。」清刻本作「圃」。

【箋注】

〔一〕「舞馬」句　舞馬，鄭處誨明皇雜録：「玄宗嘗命教舞馬四百蹄，各為左右，分為部目，……衣以文繡，絡以金銀，飾其鬃鬣，間雜珠玉。其曲謂之傾盃樂者數十回，奮首鼓尾，縱橫應節。」夢驚，用晉書索紞傳故事，云：「黄平問紞曰：『我昨夜夢舍中馬舞，數十人向馬拍手，此何祥也？』紞曰：『馬者，火也，舞為火起。向馬拍手，救火人也。』平未歸而火作。」

〔二〕謝仙　歐陽修跋謝仙火字：「右謝仙火字，在今岳州華容縣廢玉真宫柱上，倒書而刻之，不知何人書也。傳云：大中祥符間，玉真宫為天火所災，惟留此柱有此字，好事者遂摹于石。慶曆中，衡山女子號何仙姑者，絶粒輕身，人皆以為仙也，有以此字問之，輒曰：『謝仙者，雷部中鬼也，夫婦皆長三尺，其色如玉，掌行火于世間。』」

〔三〕驪烽誤　史記周本紀：「褒姒不好笑。幽王欲其笑，為烽燧火數，似有寇至。舉烽火，諸侯悉至，至而無寇，褒姒乃大笑。」

〔四〕「寂寞」句　鄴都故事：「魏武帝遺命諸子曰：『吾死之後，葬于鄴之西崗上，妾與妓人皆著銅雀臺，臺上施六尺牀，下繐帳，朝晡，上酒脯粻糒之屬。每月朔十五，輒向帳前作伎，汝等登臺望吾西陵墓田。』」謝朓銅雀臺詩：「繐帳飄井幹，樽酒若平生。郁郁西陵樹，詎聞歌唱聲。芳襟染淚迹，嬋娟空復情。玉座猶寂寞，況乃妾身輕。」

〔五〕「疑冢」句　句下自注：「金人為曹操疑冢增土。」陶宗儀南村輟耕録卷二十六：「曹操疑塚七十二，在漳河上。」

〔六〕文君　司馬相如之妻卓文君。漢書司馬相如傳：「相如乃與馳歸成都，家徒四壁。久之，相如與俱之臨邛，盡賣車騎，置一酒舍酤酒，令文君當壚。相如身著犢鼻褌，與傭保雜作，滌器于市。」

〔七〕拚酩酊　杜牧九日齊山登高：「但將酩酊酬佳節。」劉克莊賀新郎：「拚酩酊，卧花底。」

〔八〕藍縷　破敝衣裳。左傳宣公十二年：「篳路藍縷，以啓山林。」

又

丙戌九日〔一〕

風雨東籬晚。渺人間、南北東西，平蕪烟遠〔二〕。舊日攜壺吹帽處〔三〕，一色沉冥何限。天不遣、魂銷腸斷。不是苦無看山分，料青山、也自羞人面。秋後瘦〔四〕，老來倦。

驚回昨夢青山轉。恨一林、金粟都空〔五〕，静無人見。默默黄花明朝有，只待插花尋伴〔六〕。又誰笑、今朝蝶怨〔七〕。潦倒玉山休重醉〔八〕，到簪萸、忍待人頻勸〔九〕。今又惜，幾人健。

【校】

〔今又惜〕清刻本作「今又昔」。

【箋注】

〔一〕丙戌　時當元世祖至元二十三年(一二八六),時須溪在廬陵閑居。

〔二〕「渺人間」三句　吴文英八聲甘州靈巖陪庾幕諸公游:「渺空烟四遠。」禮記檀弓:「今丘也,東西南北之人也。」

〔三〕「舊日」句　杜牧九日齊山登高:「與客攜壺上翠微。」

〔四〕秋後瘦　王建寄上韓愈侍郎:「詠傷松桂青山瘦,取盡珠璣碧海愁。」吴曾能改齋漫録卷八引雪浪齋日記:「背秋轉覺山形瘦,新雨還添水面肥。」

〔五〕金粟　格物叢語:「桂花亦謂之金粟。」

〔六〕「默默」二句　黄花,菊花。杜牧九日齊山登高:「人世難逢開口笑,菊花須插滿頭歸。」

〔七〕蝶怨　蘇軾南鄉子重九涵輝樓呈徐君猷:「萬事到頭都是夢,休休。明日黄花蝶也愁。」

〔八〕「潦倒」句　世説新語容止:「山公曰:『嵇叔夜之為人也,巖巖若孤松之獨立,其醉也,傀俄若玉山之將崩。』」

〔九〕簪萸　藝文類聚卷四引風土記:「九月九日,律中無射而數九,俗尚此日折茱萸房以插頭,言辟除惡氣而禦初冬。」

又 九日即事

與客攜壺去。望高高、半山失卻，滿城風雨。何許白衣人邂逅〔一〕，小立東籬共語。未怪是、催租斷句〔二〕。寂寞午雞啼三四，悄老人、橋上前期誤。卿且去，整吾屨。寒空舊是題詩處〔三〕。莽雲烟、纏蛟舞鳳，東吴西楚。千古新亭英雄夢〔四〕，淚濕神州塊土。嘆落日、鴻溝無路〔五〕。一片沙場君不去，空平生、恨恨王夷甫〔六〕。憑半醉，付金縷。

【箋注】

〔一〕白衣人　檀道鸞續晉陽秋載：陶潛九日無酒，出籬邊悵望久之。見白衣人至，乃王弘送酒使也。即便就酌，醉而後歸。

〔二〕催租斷句　見前減字木蘭花甲午九日牛山作詞注。

〔三〕「寒空」句　朱景玄水閣：「謝守題詩處。」謝守，指謝朓。謝朓宣城郡内登望：「寒城一以眺，平楚正蒼然。」

〔四〕「千古」句　世説新語言語：「過江諸人，每至美日，輒相邀新亭，藉卉飲宴。周侯中坐而嘆曰：『風景不殊，正自有山河之異。』皆相視流淚。唯王丞相愀然變色曰：『當共戮力王室，克復神州，何至作楚囚相對。』」

〔五〕鴻溝　史記項羽本紀：「項王乃與漢約，中分天下，割鴻溝以西者為漢，鴻溝而東者為楚。」

〔六〕「恨恨」句　晉書桓温傳：「温自江陵北伐。……過淮、泗，踐北境，與諸僚屬登平乘樓眺矚中原，慨然曰：『遂使神州陸沉，百年丘墟，王夷甫諸人不得不任其責。』」

又

登高華蓋嶺和同遊韻〔一〕

攜手登高賦〔二〕。望前山、山色如烟，烟光如雨。少日憑闌峰南北，誰料美人遲暮〔三〕。漫回首、殘基冷緒。長恨中原無人問，到而今、總是經行處〔四〕。書易就，雁難付。

斜陽日日長亭路。倚秋風、洞庭一劍，故人何許〔五〕。寂寞柴桑寒花外，還有白衣來否〔六〕。但哨遍、長歌歸去〔七〕。尚有孔明英英者〔八〕，悵孔明、自是英英誤。歌未斷，鬢成縷。

【箋注】

〔一〕華蓋嶺　同治廬陵縣志卷三：「華蓋嶺在十二都，高四五里，隆聳而平曠，極登覽之勝。」臨川有華蓋山，與此嶺異地。

〔二〕「攜手」句　詩鄘風定之方中毛傳：「登高能賦，可以為大夫。」韓詩外傳卷七：「孔子遊于景山之上，子路、子貢、顏淵從。孔子曰：『君子登高必賦。』」

〔三〕美人遲暮　屈原離騷：「惟草木之零落兮，恐美人之遲暮。」

〔四〕經行處　蘇軾青玉案和賀方回韻送伯固還吴中：「四橋盡是，老子經行處。」

〔五〕「倚秋風」二句　吴地太湖中有洞庭山，故本詞以「洞庭一劍」代指吴地一劍，此用吴季札的典故。史記吴太伯世家：「季札之初使，北過徐君。徐君好季札劍，口弗敢言。季札心知之，為使上國，未獻。還，至徐，徐君已死，于是乃解其寶劍，繫之徐君冢樹而去。從者曰：『徐君已死，尚誰予乎？』季子曰：『不然。始吾心已許之，豈以死倍吾心哉！』」

〔六〕「寂寞」二句　用陶淵明典，見前注。柴桑，古縣名，西漢置，因柴桑山得名。陶淵明為潯陽人，即古柴桑縣境。

〔七〕「但哨遍」句　用哨遍歌唱陶淵明的歸去來辭。蘇軾哨遍序：「陶淵明賦歸去來，有其詞而無其聲。余治東城，築雪堂于上，人俱笑其陋。獨鄱陽董毅夫過而悦之，有卜隣之意。乃取歸去來詞，稍加隱括，使就聲律，以遺毅夫。使家僮歌之，時相從于東坡，釋耒而和之，扣牛角而為之節，不亦樂乎！」

〔八〕英英　才智出衆的人物。文選晉潘岳夏侯常侍誄：「英英夫子，灼灼其儁。」

又

絶江觀桃，座間和韻〔一〕

問何年種植。獨成蹊、穠華爛漫，錦開千步〔二〕。花下老人猶記我，不似那回賞處。并吹卻、道邊謝墅〔三〕。黄四娘家今何在〔四〕，也飄零、偎向前村住。千萬恨，寄紅雨〔五〕。

攜壺藉草行歌暮。記前宵、深盟止酒，況堪扶路。破手一杯花浮面，不覺二三四五。更竹裏、顛狂崔護〔六〕。試語看花諸君子，但如今、俯仰成前度。君不見，曲江樹。

【校】

〔種植〕朱校：「按植字失韻，疑誤。」

【箋注】

〔一〕絶江　渡過江河。荀子勸學：「假舟檝者，非能水也，而絶江河。」

〔二〕「獨成蹊」二句　成蹊，史記李將軍列傳：「桃李不言，下自成蹊。」錦開千步，世説新語汰侈：

「君夫(王愷)作紫絲布步障碧綾裹四十里,石崇作錦步障五十里以敵之。」此處喻桃花爛熳如錦步障。

〔三〕謝墅　謝安的山墅。晉書謝安傳:「苻堅率衆百萬,次淮淝。加安征討大都督,命駕出山墅,親朋畢集。與幼度圍棋,賭别墅。遊涉至夜乃還,指授將帥,各當其任。」

〔四〕黄四娘家　杜甫江畔獨步尋花七絶句:「黄四娘家花滿蹊,千朵萬朵壓枝低。」

〔五〕紅雨　李賀將進酒:「桃花亂落如紅雨。」

〔六〕顛狂崔護　孟棨本事詩情感第一:「博陵崔護姿質甚美,而孤潔寡合。舉進士下第,清明日,獨遊都城南,得居人莊。……女入,以杯水至,開門,設床命坐,獨倚小桃斜柯佇立,而意屬殊厚,妖姿媚態,綽有餘妍。崔以言挑之,不對,目注者久之。崔辭去,送至門,如不勝情而入。崔亦睠盼而歸,嗣後絶不復至。及來歲清明日,忽思之,情不可抑,逕往尋之。門牆如故,而已鎖扃之,因題詩于左扉曰:『去年今日此門中,人面桃花相映紅。人面衹今何處去,桃花依舊笑春風。』」

又　聞杜鵑〔一〕

少日都門路。聽長亭、青山落日,不如歸去〔二〕。十八年間來往斷〔三〕,白首人間今古。

又驚絶、五更一句〔四〕。道是流離蜀天子〔五〕，甚當初、一似吴兒語。臣再拜，淚如雨〔六〕。　畫堂客館真無數。記畫橋、黄竹歌聲〔七〕，桃花前度。風雨斷魂蘇季子〔八〕，春夢家山何處〔九〕。誰不願、封侯萬户〔一〇〕。寂寞江南輪四角〔一一〕，問長安、道上無人住。啼盡血，向誰訴〔一二〕。

【校】

〔流離蜀天子〕朱校：「原本作蜀天流離子，從沈校。」〔無人住〕清刻本作「何人住」。

【箋注】

〔一〕聞杜鵑　這首詞作于甲申年，時為元世祖至元二十一年（一二八四），是在去臨安的旅途上聞杜鵑啼鳴有感而作。其子劉將孫此時侍行在側，賦摸魚兒甲申客路聞鵑，當是同時之作。詞云：「雨蕭蕭、春寒欲暮。杜鵑聲轉山路。東風與汝何恩怨，强管人間去住。行且去。漫憔悴十年，愁得身成樹。青青故宇。看浩蕩靈修，徘徊落日，不樂復何故。　曾聽處，少日京華行路。青燈夢斷無語。風林颯颯雞聲亂，摇落壯心如土。今又古。任啼到天明，清血流紅雨。人生幾許。且贏得劉郎，看花眼慣，懶復賦前度。」

〔二〕不如歸去　李時珍本草綱目：「杜鵑與子嶲、子規、鶗鴂、催歸諸名，皆因其聲似，各隨方音呼之而已，其鳴若曰不如歸去。」

〔三〕「十八年」句　句下自注：「予往來秀城十七八年，自己巳夏歸，又十六年矣。」己巳年，乃宋度宗咸淳五年（一二六九），江萬里為相，辰翁在京任中書架閣。夏，丁母憂，返回廬陵。

〔四〕「白首」二句　指劉將孫的摸魚兒詞句而言。「五更一句」，即指「任啼到天明」。可見須溪是看到了將孫詞以後，才賦本詞的。因金縷曲「音韻洪暢」，適宜表現「慷慨悲涼」的情思，故須溪未用將孫原詞牌，改用本調。

〔五〕「道是」句　杜甫杜鵑行：「君不見昔日蜀天子，化作杜鵑似老烏。」華陽國志：「魚鳧王後，有王曰杜宇，教民務農。一號杜主。七國稱王，杜宇稱帝，號曰望帝，更名蒲卑。會有水災，其相開明，決玉壘山以除水患。帝遂委以政事，法堯舜禪受之義，遂禪位于開明，帝升西山隱焉。時適二月，子鵑鳥鳴，故蜀人悲子鵑鳥鳴也。」

〔六〕「臣再拜」二句　杜甫杜鵑：「我見常再拜，重是古帝魂。」「身病不能拜，淚下如迸泉。」

〔七〕黄竹歌聲　穆天子傳卷五：「日中大寒，北風雨雪，有凍人，天子作詩三章以哀民，曰：『我徂黄竹，□員閟寒。』」李商隱用其典，寫成瑶池詩，云：「黄竹歌聲動地哀。」

〔八〕蘇季子　指蘇秦。史記蘇秦列傳：「太史公曰：夫蘇秦起閭閻，連六國從親，此其智有過人者。吾故列其行事，次其時序，毋令獨蒙惡聲焉。」索隱述贊：「季子周人，師事鬼谷，揣摩既就，陰符伏讀。合縱離衡，佩印者六。天王除道，家人扶服。」詞人以聯六國拒秦之蘇秦喻指抗元英雄。

〔九〕家山　家鄉之山。錢起送李棲桐道舉擢第還鄉省侍：「蓮舟同宿浦，柳岸向家山。」李紳上家山：「上家山，家山依舊好，昔去松桂長，今來容鬢老。」

〔一〇〕封侯萬户　史記李將軍列傳：「文帝曰：『惜乎！子不遇時。如令子當高帝時，萬户侯豈足道哉！』」

〔一一〕「寂寞」句　陸龜蒙古意：「安得雙車輪，一夜生四角。」

〔一二〕「啼盡血」二句　杜甫杜鵑行：「其聲哀切口流血，所訴何事常區區。」爾雅翼：「子嶲出蜀中，今所在有之。其大如鳩，以春分先鳴，至夏尤甚，日夜號深林中，口為流血，至章陸子熟乃止，農家候之。」

又　古巖取後村和韻示余，如韻答之

一笑披衣起。笑昨宵、東風似夢〔一〕，韓張盧李〔二〕。白髮紅雲溪上叟，不記兒孫年齒〔三〕。但回首、秦亡漢駛。苦苦漁郎留不住，約扁舟後日重來此〔四〕。吾已老，尚能竢。　少年未解留人意。恍出山、紅塵吹斷，落花流水。天上玉堂人間改〔五〕，漫欸乃聲千里。更説似、玄都君子。聞道釀桃堪為酒，待釀桃、千石成千醉。春有盡，甕無底。

【箋注】

〔一〕「笑昨宵」句　李煜虞美人：「小樓昨夜又東風，故國不堪回首月明中。」又，子夜歌：「往事已成空，還如一夢中。」

〔二〕韓張盧李　韓，指洛陽耆英會中之富韓公富弼；張，指耆英會中之龍圖閣直學士張燾。事見王性之澠水燕談録卷四。盧，指白居易九老會中之侍御史内供奉官盧貞；李，指九老會中之洛中遺老李元爽。事見唐詩紀事卷四十九。

〔三〕「白髮」二句　此處意境，自陶淵明桃花源詩化出：「童孺縱行歌，斑白歡遊詣。草榮識節和，木衰知風厲。雖無紀曆志，四時自成歲。」

〔四〕「但回首」三句　檃括陶淵明桃花源記文意：「自云先世避秦時亂，率妻子邑人來此絶境，不復出焉，遂與外人間隔。問今是何世，乃不知有漢，無論魏晉。」「餘人各復延至其家，皆出酒食。停數日，辭去。」

〔五〕「落花流水」二句　李煜浪淘沙：「流水落花春去也，天上人間。」

又　鄉校張燈，賦者迫和，勉强趨韻

燈共牆檠語。記昨朝、芒鞵蓑笠，冷風斜雨〔一〕。月入宮槐槐影澹，化作槐花無數。恍不記、鼇頭壓處〔二〕。不恨揚州吾不夢〔三〕，恨夢中、不醉瓊花露。空耿耿，弔終古。

千蜂萬蝶春為主〔四〕。悵何人、老憶江南，北朝開府〔五〕。看取當年風景在，不待花奴催鼓〔六〕。且未説、春丁分俎〔七〕。一曲滄浪邀吾和〔八〕，笑先生、尚是邯鄲步〔九〕。如秉燊〔一〇〕，續殘炬。

【箋注】

〔一〕「記昨朝」二句　蘇軾定風波：「竹杖芒鞵輕勝馬，誰怕？一蓑烟雨任平生。」

〔二〕鼇頭壓處　鐫有巨鼇頭的殿陛石。王建宮詞：「蓬萊正殿壓金鼇。」

〔三〕「不恨」二句　從辛棄疾賀新郎詞「不恨古人吾不見，恨古人、不見吾狂耳」二句化出。杜牧遣懷：「十年一覺揚州夢。」

〔四〕春為主　晁補之驀山溪和王定國朝散憶廣陵：「蘭舟歸後，誰與春為主。」

〔五〕「悵何人」二句　北史庾信傳：「周孝閔帝踐阼，封臨清縣子，除司水下大夫，出為弘農郡守，遷驃騎大將軍，開府儀同三司，司憲中大夫，進爵義城縣侯。」「信雖位望通顯，常作鄉關之思，乃作哀江南賦，以致其意。」

〔六〕花奴催鼓　樂史楊太真外傳：「汝陽王璡小名花奴，尤善羯鼓，帝嘗謂侍臣曰：『召花奴將羯鼓來，為我解穢。』」

〔七〕春丁分俎　吴自牧夢粱録卷一：「二月上丁日，國學行釋奠禮，祭文宣王，以祭酒、司業為獻官，州縣學官以帥宰奉行。」

〔八〕一曲滄浪　語出楚辭漁父，參見前法駕導引壽胡盤居詞注。

〔九〕邯鄲步　莊子秋水：「子不聞夫壽陵餘子之學行于邯鄲與？未得國能，又失其故行矣，直匍匐而歸耳。」

〔一〇〕秉檾　持麻績布。檾，本作「䔛」。説文解字：「檾，枲屬，從林熒聲。」爾雅翼：「檾高四五尺，或六七尺，葉似苧而薄，實如大麻子，今人績為布。」

摸魚兒　和柳山悟和尚與李同年嘉龍韻〔一〕

漸無多、詩朋酒伴〔二〕，東林復幾人許〔三〕。舊時船子西湖柳〔四〕，詞與東風塵土。重記否。那月月下旬，且避何人疏。當朝自負。甚墮髻愁眉〔五〕，媵鞲短後〔六〕，一往似傖父〔七〕。　當年事，傷心説庾開府。人生無百年慮。虎頭燕頷人間肉〔八〕，不是蜜翁翁做〔九〕。今又古。是楚對凡亡，為是凡亡楚〔一〇〕？　朝朝暮暮。聽畫角樓頭，嗚咽未斷，重數五更鼓。

【校】

〔詞與東風〕文津本作「付與東風」，義長。

【箋注】

〔一〕柳山　在隆興府武寧縣（今屬江西）境内。光緒江西通志卷五十「山川略」：「柳山，在武寧縣西南三十里，孤峰秀拔，唐柳渾隱此。」悟和尚，名悟本，江州人。同書卷一百八十「仙釋」：「悟本，江州人，自雲門參侍妙喜。于時印可者多師，私謂其棄己欲去，妙喜語之曰：『汝但專意參究，有所得，不待開口，吾已識也。』」又見五燈會元卷二十。李嘉龍，劉辰翁同榜進士。同書卷五十一「選舉」：「景定三年壬戌方山京榜」有「李嘉龍，都昌人」，同榜者有劉辰翁、鄧光薦、王夢震等人。同年，同科考取進士的人稱為同年。李肇國史補：「進士俱捷，謂之同年。」劉禹錫送人赴舉詩序：「今人以偕升名為同年友，其語熟見，搢紳者皆道也。」

〔二〕詩朋酒伴　李清照永遇樂：「來相招、香車寶馬，謝他酒朋詩侶。」

〔三〕「東林」句　名勝志：「廬山繙經臺南下三里，即東林寺。」蓮社高賢傳：「時遠法師與諸賢結蓮社，以書招淵明，淵明曰：『若許飲，則往。』許之，遂造焉。」白居易東林寺白氏文集記：「昔余為江州司馬時，常與廬山長老于東林寺經藏中，披閱遠大師與諸文士唱和集卷。時諸長老請余文集，亦置經藏。唯然心許他日致之，迨茲餘二十年矣。」

〔四〕船子　船子和尚。五燈會元卷五船子德誠禪師：「秀州華亭船子德誠禪師，節操高邈，度量不羣。自印心于藥山，與道吾、雲巖為同道友。……至秀州華亭，泛一小舟，隨緣度日，以接四方往來之者。時人莫知其高蹈，因號船子和尚。」本詞以之喻悟本和尚。「西湖柳」，或是原唱中詞意。

〔五〕墮髻愁眉　應劭風俗通義（佚文）：「桓帝元嘉中，京師婦女作愁眉啼粧，墜馬髻，折腰步，齲齒笑。愁眉者，細而曲折。啼粧者，薄拭目下若啼處。墮馬髻者，側在一邊。」

〔六〕縢韝短後　縢，綁腿，戰國策秦策：「（蘇秦）羸縢履蹻，負書擔橐。」韝，皮革製成的袖套，用以束緊衣袖。史記張耳傳：「趙王朝夕袒韝蔽，自上食。」短後，操勞時所穿的短衣。莊子説劍：「吾王所見劍士，皆蓬頭突鬢垂冠，曼胡之纓，短後之衣。」釋文：「為便于事也。」

〔七〕傖父　南方人對中原人的貶稱。世説新語雅量：「吏云：『昨有一傖父來寄亭中。』」劉孝標注引晉陽秋曰：「吴人以中州人為傖。」

〔八〕「虎頭」句　後漢書班超傳：「班超燕頷虎頭，飛而食肉，此萬里侯相也。」

〔九〕蜜翁翁　魏泰東軒筆録卷十五：「有張師雄者，西京人，好以甘言悦人，晚年尤甚，洛中號曰『蜜翁翁』。」詞謂班超建功立業，非甘言悦人輩所能做得。

〔一〇〕「是楚對凡亡」二句　左傳僖公二十四年：「昔周公弔二叔之不咸，故封建親戚，以蕃屏周。……凡、蔣、邢、茅、胙、祭，周公之胤也。」張相詩詞曲語辭匯釋卷二：「為復，猶復也，與抑或還是略同。單用一為字，義與為復同。劉辰翁摸魚兒詞：『今又古，是楚對凡亡，為是凡亡楚？』亦單用一為字也。」

又　和謝李同年

記玄都、看花君子，一生恨奈何許。青雲紫陌悠悠者，幾箇玉人成土〔一〕。今在否。但四海九州，屈指從頭疏。吾年空負。看射虎南山，遭逢醉尉，何須飲田父〔二〕。神清夢，也是堂堂歐府〔三〕。此中無破頭慮〔四〕。種槐不隔鞭蛆惡，更祝二郎兒做〔五〕。蒼蒼古。漫年又一年，老卻南公楚〔六〕。池塘春暮。笑步步鳴蛙，看成兩部，正似未忘鼓〔七〕。

【箋注】

〔一〕玉人成土　世説新語容止：「裴令公有儁容儀，脱冠冕，麤服亂頭皆好，時人謂之『玉人。』」世説新語傷逝：「庾文康亡，何揚州臨葬云：『埋玉樹著土中，使人情何能已已！』」

〔二〕「看射虎」三句　史記李將軍列傳：「廣家與故潁陰侯孫屏野居藍田南山中射獵。嘗夜從一騎出，從人田間飲。還至霸陵亭，霸陵尉醉，呵止廣。廣騎曰：『故李將軍。』尉曰：『今將軍尚不得夜行，何乃故也！』止廣宿亭下。」飲田父，杜甫有遭田父泥飲美嚴中丞詩。

〔三〕「神清夢」二句　葉夢得避暑録話卷一：「世多言公（歐陽修）為西京留守推官時，嘗與尹師魯諸人遊嵩山，見蘚書成文，有若『神清之洞』四字者，他人莫見。」

〔四〕「此中」句　晉書傅咸傳：楊濟與咸書曰：「以君盡性而處未易居之任，益不易也。想慮破頭，故具有白。」

〔五〕「種槐」三句　見沁園春和槐城自壽詞注。

〔六〕「老卻」句　見前金縷曲叠韻詞注。

〔七〕「笑步步」三句　南齊書孔稚圭傳：「不樂世務，居宅盛營山水，憑几獨酌，傍無雜事。門庭之内，草萊不剪，中有蛙鳴。或問之曰：『欲為陳蕃乎？』稚圭笑曰：『我以此當兩部鼓吹，何必期效仲舉。』」

又

三百年、人間天上〔一〕，遽如許、遽如許。落花寒食東風雨〔二〕，漠漠長陵抔土〔三〕。魂歸否。怕些不分明，又墮人箋疏。且無相負。記昔與諸賢，共談洛下，曾識老人父〔四〕。牛衣淚〔五〕，冷落聞雞東府。風塵曾獨深處。子規聲斷長門曉，春夢不堪重做〔六〕。千萬古。但目極心傷〔七〕，宛轉虞兮楚〔八〕。江東日暮。想野草荒田，而今何處，不待雍門鼓〔九〕。

【箋注】

〔一〕三百年　從詞意看，本詞當作于宋亡後。宋祚自太祖建隆元年（九六〇）起，至衛王趙昺祥興二年（一二七九）止，總計三百二十年。詞云「三百年」，乃是約數。

〔二〕「落花」句　韓翃寒食：「春城無處不飛花，寒食東風御柳斜。」

〔三〕長陵　漢高祖劉邦的陵墓。史記高祖本紀：「葬長陵。」故址在今陝西咸陽市東北。此借指宋太祖永昌陵。

〔四〕「記昔」三句　史記封禪書：「嘗從武安侯飲，坐中有九十餘老人，少君乃言與其大父游射處。老人為兒時從其大父，識其處，一坐皆驚。」此追憶洛下舊人。參前江城子和默軒初度韻詞注。

〔五〕牛衣淚 漢書王章傳：「王章字仲卿，泰山鉅平人也。……章為諸生，學長安，獨與妻居。章疾病，無被，卧牛衣中，與妻訣，涕泣。……及為京兆，欲上封事，妻又止之曰：『人當知足，獨不念牛衣中涕泣時耶？』」顔師古注曰：「牛衣，編亂麻為之，即今俗呼為龍具者。」王先謙補注引演繁露：「牛衣，編草使暖，以被牛體，蓋蓑衣之類。」

〔六〕「春夢」句 趙德麟侯鯖録卷七：「東坡老人在昌化，嘗負大瓢，行歌于田間。有老婦年七十，謂坡云：『内翰昔日富貴，一場春夢。』坡然之。」

〔七〕目極心傷 楚辭招魂：「湛湛江水兮上有楓，目極千里兮傷春心。」

〔八〕「宛轉」句 參見前虞美人（魏家品是君王后）詞注。

〔九〕雍門鼓 劉向説苑善説：「雍門子周以琴見乎孟嘗君。孟嘗君曰：『先生鼓琴亦能令文悲乎？』……雍門子周引琴而鼓之，徐動宫徵，微發羽角，切終而成曲，孟嘗君涕泣增哀，下而就之曰：『先生之鼓琴，令文立若破國亡邑之人也。』」

又 和韻

道醉鄉、無邊無岸，一尊到彼殊徑〔一〕。是間轉海人知處，尺地不教渠勝。尊亦瘦〔二〕。問一斗消酲，一石猶難信〔三〕。臨風小等。記我友酲狂〔四〕，相從有意，中路恨羌永〔五〕。梅花晚，早已雪堆余鬢。此花寧復風韻。空寒獨倚天為主〔六〕，天又幾時曾定。今為晉。看秦女山中，緑髮垂垂頂〔七〕。百年一瞬。嘆高卧北窗〔八〕，閒過五十，無説答形影〔九〕。

【箋注】

〔一〕「一尊」句　到彼，用佛家語。太祖大師法寶壇經：「何名波羅蜜？此是西國語，此言到彼岸，解義離生滅。著境生滅起，如水有波痕，即是于此岸。離境無生滅，如水常通流，即名為彼岸，故號波羅蜜。」

〔二〕尊亦瘦　李白詠山樽二首，兩宋本、繆本俱注：「前一首一作詠柳少府山瘦木樽。」詩云：「樽成山岳勢，材是棟梁餘。」李益與宣供奉攜瘦樽歸杏溪園聯句：「千畦抱甕園，一酌瘦樽酒。」

〔三〕「問一斗」二句　史記淳于髠傳：「威王置酒後宮，召髠，賜之酒，問曰：『先生能飲幾何而醉？』

對曰：『臣飲一斗亦醉，一石亦醉。』」晉書劉伶傳：「天生劉伶，以酒為名。一飲一斛，五斗解醒。」

〔四〕醒狂　漢書蓋寬饒傳：「寬饒曰：『無多酌我，我乃酒狂。』丞相魏侯笑曰：『次公（寬饒字）醒而狂，何必酒也？』」

〔五〕羌永　韓愈感二鳥賦：「念西路之羌永。」

〔六〕空寒獨倚　杜甫縛鷄行：「注目寒江倚山閣。」

〔七〕「今為晉」三句　化用陶淵明桃花源記中的文意，已見前注。秦女，指仙人毛女，秦始皇宫人。秦亡，遁入華山，食松葉，遍體生毛，遂成仙。見列仙傳。古云仙人緑髪，李白古風：「中有緑髪翁，披雲卧松雪。」

〔八〕高卧北窗　見前浣溪沙三月三日詞注。

〔九〕答形影　陶淵明有形影神并序五言詩三首，一為形贈影，一為影答形，序云：「貴賤賢愚，莫不營營以惜生，斯甚惑焉。故極陳形影之苦，言神辨自然以釋之，好事君子，共取其心焉。」

又　辛巳冬和中齋梅詞〔一〕

記歌頭、辛壬癸甲〔二〕，烏烏能知誰曉。梅花不待元宵好，雪月交光獨照。愁未老。更老似渠□，冷面迎相笑。君詞定峭。但減十年前，偎桃傍李，肯獨為梅好。山中好。可但一枝春早〔三〕。道邊無限花草。米嘉榮共何戡在〔四〕，還憶永新嬌小〔五〕。明年了。又喚起流鶯〔六〕，又自愁鵑叫。東皇太昊〔七〕。更不是瓊花，香無半點，一笑使人倒。

【校】

〔渠□〕文津本、文瀾本均作「渠鬢」。朱校：「原本作渠鬢，金校疑作渠儂。」

【箋注】

〔一〕辛巳　為元世祖至元十八年（一二八一）。中齋，鄧剡號，他寄給劉辰翁摸魚兒梅詞原韻，今已不存。本年須溪遊廬山、南昌等地，八月始歸廬陵，本詞作于故里。

〔二〕辛壬癸甲　辛年、壬年、癸年、甲年。詞云「但減十年前」，自辛巳年上推十年，當為宋度宗咸淳七年（辛未）、八年（壬申）、九年（癸酉）、十年（甲戌）。詞人和鄧剡憶及這些年頭，甚為悲咽。

〔三〕一枝春早　一枝梅花開，表示春早到來。齊己早梅：「前村深雪裏，昨夜一枝開。」

〔四〕「米嘉榮」句　米嘉榮，中唐時代的歌唱家。劉禹錫與歌者米嘉榮：「唱得涼州意外聲，舊人唯數米嘉榮。」何戡，也是中唐時代的歌唱家。劉禹錫與歌者何戡：「二十餘年別帝京，重聞天樂不勝情。舊人唯有何戡在，更與殷勤唱渭城。」

〔五〕永新　唐明皇時宮妓，王仁裕開元天寶遺事卷下：「宮妓永新者善歌，最受明皇寵愛，每對御奏歌，則絲竹之聲莫能遏。帝常謂左右曰：『此女歌直千金。』」

〔六〕喚起流鶯　金昌緒春怨：「打起黄鶯兒，莫教枝上啼。啼時驚妾夢，不得到遼西。」

〔七〕東皇太昊　均為主管春天的天帝。尚書緯：「春為東皇，又為青帝。」禮記月令：「孟春之月、仲春之月、季春之月，其帝太皞，其神句芒。」鄭玄注：「太皞，宓戲氏。皞亦作昊。」

又　和巽吾留別韻

嬾能看、海桑世界〔一〕，風花過眼如傳〔二〕。月明昨夜庭流水〔三〕，天色朝來都變。塵石爛〔四〕。銖衣壞〔五〕。和衣減盡誰能怨。秦亡楚倦。但翦燭西窗〔六〕，秋聲入竹，點點已如霰。　當年事，本是泗亭沛縣〔七〕。卻教緜蕝成殿〔八〕。暮年八陣那曾用，付與江流石轉〔九〕。前楚辯〔一〇〕。今哨遍〔一一〕。是烏烏者燈前勸。乾坤較健。嘆君已歸休，吾方俯仰，種種未曾見。

【校】

〔如傳〕朱校：「原本傳作轉，從丁本。」

【箋注】

〔一〕「嬾能」句　嬾能，張相詩詞曲語辭匯釋卷三：「能，猶得也，嬾能，猶云嬾得也。劉辰翁摸魚兒詞：『嬾能看，海桑世界，風花過眼如傳。』」海桑，即滄海桑田。世界，楞嚴經云：「世為遷流，界為方位。汝今當知東、西、南、北、東南、西南、東北、西北、上、下為界，過去、未來、現在為世。」

〔二〕過眼如傳　夏竦江州琵琶亭：「年光過眼如車轂，職事羈人似馬銜。」傳，傳車，左傳成公五年：「晉侯以傳召伯宗。」

〔三〕「月明」句　蘇軾記承天寺夜游：「遂至承天寺，尋張懷民。懷民亦未寢，相與步于中庭。庭下如積水空明，水中藻荇交橫，蓋竹柏影也。」

〔四〕塵石爛　敦煌曲子詞菩薩蠻：「要休且待青山爛。」元好問西樓曲：「海枯石爛兩鴛鴦，只合雙飛便雙死。」

〔五〕銖衣　極輕的衣服。谷神子博異志「岑文本」條：「問曰：『衣服皆輕細，何土所出？』對曰：

『此是上清五銖服。』又問曰：『比聞六銖者天人衣，何五銖之異？』對曰：『尤細者則五銖也。』」

〔六〕 翦燭西窗　李商隱夜雨寄北：「何當共翦西窗燭，却話巴山夜雨時。」

〔七〕 泗亭沛縣　史記高祖本紀：「高祖沛豐邑中陽里人，姓劉氏，名季。……及壯，試為吏，為泗水亭長，廷中吏無所不狎侮。」

〔八〕 緜蕝　漢初叔孫通創立朝儀，于野外畫地為宫殿，引繩為緜，立表為蕞（同蕝），教人學習禮儀。史記叔孫通傳：「與其弟子百餘人，為緜蕞野外習之。」後漢高祖令羣臣肄習，用為朝儀。索隱曰：「韋昭云：引繩為緜，立表為蕞，音兹會反。」緜，綿本字。

〔九〕 「暮年」二句　杜甫八陣圖：「功蓋三分國，名成八陣圖。江流石不轉，遺恨失吞吴。」太平寰宇記：「山南東道夔州奉節縣：八陣圖在縣西南七里。荆州圖記云：永安宫南一里渚下平磧上，周迴四百十八丈，中有諸葛武侯八陣圖。聚細石為之，各高五尺，廣十圍，歷然棊布，縱横相當，中間相去九尺，正中開南北巷，悉廣五尺，凡六十四聚。或為人所散亂，及為夏水所没，冬水退，復依然如故。」

〔一〇〕 楚辯　楚辭中有宋玉九辯。

〔一一〕 哨遍　詞牌名，蘇軾東坡樂府始載之，雙調，二百零三字，平仄韻通押。趙令畤侯鯖録：「東坡在昌化，負瓢行歌田間，蓋哨遍也。」蘇軾哨遍小序云：「余既治東坡，築雪堂于其上，人俱笑其陋，獨鄱陽董毅夫過而悦之，有卜鄰之意。乃取歸去來詞，稍加檃括，使就聲律，以遺毅夫，使家僮歌之。時相從于東坡，釋耒而和之，扣牛角而為之節，不亦樂乎！」

又　春暮

渺斜陽，村烟酒市，獨教王謝如此〔一〕。漁翁夢入江頭絮，寂寂平安西子〔二〕。東風起。東風起。種桃千樹皆流水〔三〕。橋邊萬里〔四〕。甚老子情鍾〔五〕，明朝後日，又灑送春淚。青過雨，歷歷遠山如洗〔六〕。暮雲堪共誰倚。諸賢洛下風流散〔七〕，輕薄紛紛餘幾。聊爾爾。問世事。何如自嗅殘花蕊〔八〕。金銅劍履。但陌上相逢，摩挲一笑，鑄此幾時矣〔九〕。

【箋注】

〔一〕「獨教」句　王謝連稱，實偏指王。用新亭對泣，王導愀然變色典，見世説新語言語，前已注。

〔二〕「漁翁」二句　從馮延巳鵲踏枝詞：「撩亂春愁如柳絮，悠悠夢裏無尋處」句中翻出。西子，指西湖。蘇軾飲湖上初晴後雨：「欲把西湖比西子，淡妝濃抹總相宜。」

〔三〕「種桃」句　種桃，用劉禹錫句意，屢見。劉克莊木蘭花慢：「況種桃道士，看花君子，回首皆非。」

〔四〕橋邊萬里　見前齊天樂節庵和示詞注。

〔五〕老子情鍾　世説新語傷逝：「王戎喪兒萬子，山簡往省之，王悲不自勝。簡曰：『孩抱中物，何至于此！』王曰：『聖人忘情，最下不及情；情之所鍾，正在我輩。』」

〔六〕「青過雨」三句　用王建江陵使至汝州「日暮數峰青如染」句意。

〔七〕「諸賢」句　見前摸魚兒（三百年人間天上）「記昔」條注。

〔八〕「何如」句　李煜浣溪沙：「酒惡時拈花蕊嗅。」

〔九〕「金銅」四句　後漢書薊子訓傳：「時有百歲翁，自説童兒時見子訓賣藥于會稽市，顔色不異于今。後人復于長安東霸城見之，與一老公共摩挲銅人，相謂曰：『適見鑄此，已近五百歲矣。』」

又　甲午送春〔一〕

又非他、今年晴少，海棠也恁空過。清羸欲與花同夢，不似蝶深深卧。春憐我。我又自、憐伊不見儂賡和〔二〕。已無可奈。但愁滿清漳〔三〕，君歸何處，無淚與君墮。　春去也，尚欲留春可可〔四〕。問公一醉能頗？鍾情賸有詞千首，待寫大招招些〔五〕。休阿那〔六〕。阿那看、荒荒得似江南麽？老夫婆娑〔七〕。問籬下閒花，殘紅有在，容我更簪朶〔八〕。

【校】

〔大招〕朱校：「原本作招招，從金校。」

【箋注】

〔一〕甲午　時當元世祖至元三十一年（一二九四），本詞作于廬陵。

〔二〕賡和　詩詞唱和。楊萬里洮湖和梅詩序：「吟詠之不足，則盡取古今詩人賦梅之作而賡和之，寄一編以遺予。」詞人將春天擬人化，故云。

〔三〕清漳　水名，在山西境内，與濁漳合流。顧祖禹讀史方輿紀要卷十：「清漳水出山西樂平縣西南二十里之少山，入遼州和順縣，經縣西，至州東南，又歷潞州府黎城縣東北，入彰德府涉縣南境，過磁州南，至臨漳縣西，而合于濁漳。」

〔四〕可可　稍稍。張相詩詞曲語辭匯釋：「可，輕易之辭。引伸之則猶云小事也；容易也；尋常也。可字叠用之，則曰可可。劉辰翁摸魚兒詞：『春去也，尚欲留春可可，問公一醉能頗？』言尚欲小小留春也。此亦猶云稍稍也。」

〔五〕大招　楚辭篇名，王逸楚辭章句大招序云：「大招者，屈原之所作也。或曰景差，疑不能明也。」

今人以為秦漢間人作。

〔六〕阿那　同「婀娜」，柔美貌。張衡南都賦：「其竹則……阿那蓊茸，風靡雲披。」「休阿那」，對春言，休作出柔美貌，歸去北方，荒荒怎似江南？

〔七〕老夫婆娑　晉書陶侃傳：「將出府門，顧謂王愆期曰：『老子婆娑，正坐諸君輩。』」辛棄疾沁園春弄溪賦：「問人間誰似，老子婆娑。」婆娑，盤旋，停留。

〔八〕簪朵　簪花，本是年輕人的愛好，詞人已老，故云：「容我更簪朵。」暗用蘇軾吉祥寺賞牡丹「年老簪花不自羞，花應羞上老人頭」詩意。

又

今歲海棠遲開半月，然一夕如雪，無飲余者，賦此寄恨

是他家、絳脣翠袖，可容卿有功否〔一〕。相思不到胭脂井〔二〕，只隔東林烟柳。春去又。漫一夜東風，吹得花成舊。無人舉酒。但照影堤流〔三〕，圖他紅淚，飄灑到襟袖。

人間事，大半歸謀諸婦〔四〕。不如意十八九〔五〕。敲門夜半窺園李，赤脚玉川驚走〔六〕。何處有。更炙燭風流，看到人歸後。休休回首。笑舊日園林，佺巢蜀錦〔七〕，處處可攜手。

【箋注】

〔一〕「可容」句 世説新語排調：「元帝皇子生，普賜羣臣。殷洪喬曰：『皇子誕育，普天同慶。臣無勳焉，而猥頒厚賚。』中宗笑曰：『此事豈可使卿有勳邪？』」

〔二〕胭脂井 又名景陽井，在建康臺城内。陳書後主紀：「從宮人十餘，出後堂景陽殿，將自投于井。」建康志：「景陽井，一名胭脂井，又名辱井，在臺城内。」

〔三〕照影堤流 王安石北陂杏花：「一陂春水遶花身，身影妖嬈各占春。」

〔四〕「大半」句 語出蘇軾後赤壁賦：「歸而謀諸婦，婦曰：『我有斗酒，藏之久矣，以待子不時之須。』」

〔五〕「不如意」句 黄庭堅用明發不寐有懷二人為韻寄李秉彝德叟：「人生不如意，十事恒八九。」

〔六〕「敲門」三句 韓愈李花二首：「夜領張徹投盧仝。」意即領張徹去盧仝家看李花，故下句云「玉川」。玉川，即唐詩人盧仝。新唐書盧仝傳：「仝自號玉川子。」赤脚，指盧仝家女婢。韓愈寄盧仝：「一奴長鬚不裹頭，一婢赤脚老無齒。」

〔七〕「佺巢」句 佺巢下自注：「曾園洞中樓名。」蜀錦下自注：「平園亭名。」平園，為廬陵鄒氏園名，劉辰翁本泉堂記：「文山之友鄒氏次清，鄉人稱鄒長者，其曾祖長者厚益公，改為平園。」

又　酒邊留同年徐雲屋三首〔一〕

怎知他、春歸何處，相逢且盡尊酒。少年嬀嬀天涯恨〔二〕，長結西湖烟柳。休回首。但細雨斷橋〔三〕，憔悴人歸後。東風似舊。問前度桃花，劉郎能記，花復認郎否〔四〕。君且住，草草留君翦韭〔五〕。前宵正恁時候。深杯欲共歌聲滑，翻濕春衫半袖〔六〕。空眉皺。看白髮尊前，已似人人有。臨分把手。嘆一笑論文〔七〕，清狂顧曲〔八〕，此會幾時又。

【校】

〔題〕文瀾本將本詞與下面二首詞合在一起。

【箋注】

〔一〕徐雲屋　須溪友人，與其同年進士及第，嘗任諫官，仕終侍郎。陳杰自堂存稿卷二有挽雲屋徐侍郎。

〔二〕嬀嬀　柔美貌。文選左思吳都賦：「藹藹翠幄，嬀嬀素女。」劉淵林注引埤蒼：「嬀嬀，美也。」

〔三〕斷橋　周密武林舊事卷五：「斷橋，又名段家橋，萬柳如雲，望如裙帶。」

〔四〕「問前度」三句　兼用劉禹錫再游玄都觀絶句詩意和劉義慶幽明録劉晨、阮肇入桃源遇仙女故事。曹唐劉阮再度到天台不復見仙子：「桃花流水依然在，不見當時勸酒人。」

〔五〕剪韭　語出杜甫贈衛八處士：「問答乃未已，兒女羅酒漿。夜雨剪春韭，新炊間黃粱。」

〔六〕「深杯」二句　句中「滑」字、「翻」字，俱自白居易琵琶行詩中來：「間關鶯語花底滑」、「血色羅裙翻酒污。」

〔七〕一笑論文　杜甫春日憶李白：「何時一樽酒，重與細論文。」

〔八〕清狂顧曲　三國志吴書周瑜傳：「少精意于音樂，雖三爵之後，其有闕誤，瑜必知之，知之必顧。時人謡曰：『曲有誤，周郎顧。』」

又

正何須、陽關腸斷〔一〕，吴姬苦勸人酒〔二〕。中年懷抱縈縈處〔三〕，看取伴烟和柳。柳搖首。笑飛到家山，已是酴醿後〔四〕。留連話舊。問溪上兒童，頗曾見我，有此故人否〔五〕。相逢地，還憶今宵三韭〔六〕。青山只了迎候。東風自送歸帆去，吹得亂紅沾袖。暮雲皺。聽杜宇高高，啼向無何有。江花垂手〔七〕。任春色重來，江花更好，難可少年又。

【校】

〔伴烟〕原作「半烟」，故朱校云：「按半字疑誤。」今朱校本作「伴烟」，已校改。

【箋注】

〔一〕陽關腸斷　王維渭城曲：「渭城朝雨浥輕塵，客舍青青柳色新。勸君更盡一杯酒，西出陽關無故人。」李商隱贈歌妓：「斷腸聲裏唱陽關。」

〔二〕「吴姬」句　語出李白金陵酒肆留別：「風吹柳花滿店香，吴姬壓酒勸客嘗。金陵子弟來相送，欲行不行各盡觴。」

〔三〕中年懷抱　世説新語言語：「謝太傅（安）語王右軍（羲之）曰：『中年傷于哀樂，與親友別，輒作數日惡。』」

〔四〕酴醿　或作荼蘼、酴醾，是春天百花中開得較遲的一種，酴醾花開，表示花事將了。張邦基墨莊漫録卷九：「酴醿花或作荼蘼，一名木香。有二品：一種花大而棘，長條而紫心者為酴醾；一品花小而繁，小枝而檀心者為木香。」江南二十四番花信風，荼蘼為第二十三，見程大昌演繁露卷一。王琪春暮遊小園：「開到荼蘼花事了。」

〔五〕「問溪上」三句　賀知章回鄉偶書：「少小離家老大歸，鄉音未改鬢毛摧。兒童相見不相識，笑問客從何處來？」本詞反過來寫我問兒童。

〔六〕三韭　句下自注：「本語謂廿七也。」韭，諧音九，三九得廿七。須溪詞裏，常見這種數字用法。南齊書庾杲之傳：「清貧自業，食唯韮葅、瀹韮、生韮雜菜，或戲之曰：『誰謂庾郎貧，食鮭常有二十七種。』言三九也。」

〔七〕江花垂手　江花搖動，似在跳舞。詞尾自注：「大垂手，小垂手，舞名。」李商隱牡丹：「垂手亂翻雕玉佩，折腰爭舞鬱金裙。」吴兢樂府古題要解：「大垂手，右言舞而垂其手。亦有小垂手及獨垂手也。」

又

待欲□、家山未得，方知名不如酒〔一〕。丹砂便做金句漏〔二〕，難遣鬢青似柳。試搔首。記移竹南塘，又是三年後。情懷非舊。嘆少日相如，壚邊老去，能賦上林否〔三〕。

種蘭處，贏得青青種韭。淵明中路相候。何須更待三三徑〔四〕，也自長拖衫袖。青袍皺。便持當金貂，賒取鄰家有〔五〕。小兒拍手。笑昨醉如泥〔六〕，盟言止酒，何事醒來又〔七〕。

【校】

〔欲□〕文津本作「欲歸」。

【箋注】

〔一〕名不如酒　晉書張翰傳：「或謂之曰：『卿乃可縱適一時，獨不為身後名邪？』答曰：『使我有身後名，不如即時一盃酒。』」

〔二〕「丹砂」句　杜甫為農：「遠慚句漏令，不得問丹砂。」此用葛洪事，見前法駕導引壽胡潭東詞注。

〔三〕「嘆少日」三句　史記司馬相如列傳：「相如與俱之臨邛，盡賣其車騎，買一酒舍酤酒，而令文君當壚，相如身著犢鼻褌，與保傭雜作，滌器于市中。」西京雜記卷二：「司馬相如為上林、子虛賦，意思蕭散，不復與外事相關。控引天地，錯綜古今，忽然如睡，煥然而興，幾百日而後成。」

〔四〕三徑　陶淵明歸去來兮辭：「三徑就荒，松菊猶存。」李善注引三輔決録曰：「蔣詡，字元卿，舍中竹下開三徑，唯求仲、羊仲從之遊，皆挫廉逃名不出。」

〔五〕「便持」二句　晉書阮孚傳：「(孚)遷為黄門侍郎、散騎常侍，嘗以金貂換酒，復為所司彈劾。」

〔六〕「小兒拍手」二句　李白襄陽歌：「落日欲没峴山西，倒着接羅花下迷。襄陽小兒齊拍手，攔街争唱白銅鞮。傍人借問笑何事，笑殺山公醉如泥。」

〔七〕「盟言」二句　世説新語任誕：「劉伶病酒，渴甚，從婦求酒。婦捐酒毁器，涕泣諫曰：『君飲太過，非攝生之道，必宜斷之！』伶曰：『甚善。我不能自禁，唯當祝鬼神，自誓斷之耳！便可具酒肉。』婦曰：『敬聞命。』供酒肉于神前，請伶祝誓。伶跪而祝曰：『天生劉伶，以酒為名，一飲一斛，五斗解酲。婦人之言，慎不可聽。』便引酒進肉，隗然已醉矣。」

又　賦雲東樓

更比他、東風前度，依然一榻如許〔一〕。深深舊是誰家府〔二〕，落日畫梁燕語〔三〕。簾半雨。記湖海平生〔四〕，相遇忘賓主。闌珊春暮〔五〕。看城郭參差，長空澹澹，沙鳥自來去〔六〕。　江山好，立馬白雲飛處。秦川終是吾土〔七〕。登臨笑傲西山笏〔八〕，烟樹高高杜宇。君且住。況雙井泉甘，汲遍茶堪煮〔九〕。歌殘金縷。恰黄鶴飛來，月明三弄，仍是岳陽吕〔一〇〕。

【校】

〔雲東樓〕文津本作「雲東樓」，或取李賀崇義里滯雨「雲脚天東頭」詩意。　〔舊是〕清刻本作「知是」。　〔雙井泉甘〕文津本、文瀾本均作「泉甘雙井」。

【箋注】

〔一〕「依然」句　後漢書徐穉傳：「陳蕃為太守，……在郡不接賓客，唯穉來特設一榻，去則懸之。」

〔二〕深深　庭院深邃。歐陽修蝶戀花：「庭院深深深幾許？」

〔三〕「落日」句　劉季孫題饒州酒務廳屏：「呢喃燕子語梁間。」陸游水龍吟榮南：「當時曾效，畫梁棲燕。」

〔四〕湖海平生　三國志魏書陳登傳：「許汜與劉備并在荊州牧劉表坐，表與備共論天下人，汜曰：『陳元龍湖海之士，豪氣不除。』」張孝祥水調歌頭聞采石戰勝：「湖海平生豪氣，關塞如今風景，剪燭看吳鉤。」

〔五〕闌珊春暮　李煜浪淘沙：「簾外雨潺潺，春意闌珊。」

〔六〕「長空」二句　杜牧題宣州開元寺水閣閣下宛溪夾溪居人：「六朝文物草連空，天澹雲閑古今同。鳥去鳥來山色裏，人歌人哭水聲中。」

〔七〕終是吾土　反用王粲登樓賦「雖信美而非吾土」意。

〔八〕「登臨」句　世説新語簡傲：「王子猷作桓車騎參軍。桓謂王曰：『卿在府久，比當相料理。』初不答，直高視，以手版拄頰云：『西山朝來，致有爽氣。』」

〔九〕「況雙井」二句　雙井，在洪州分寧縣（今江西修水）。黄庭堅居此，名雙井塢。黄庭堅公擇用前韻嘲戲雙井：「萬仞峰前雙井塢。」史容注：「山谷所居雙井，隸洪州分寧縣。」其地產茶，黄庭堅有雙井茶贈子瞻詩。

〔一〇〕「恰黄鶴」三句　宋鄭景璧蒙齋筆談：「世傳神仙吕洞賓，名巖，洞賓其字也。唐吕渭之後，五代間從鍾離權得道。……余記童子時，見大父魏公，自湖外罷官還，道岳州，客有言洞賓事者云，近歲常過城内一古寺，題二詩壁間而去。其一云：『朝游岳鄂暮蒼梧，袖有青蛇膽氣粗。三入岳陽人不識，朗吟飛過洞庭湖。』」羅大經鶴林玉露丙編卷一：「世傳吕洞賓，唐進士也。詣京師應舉，遇鍾離翁于岳陽，授以仙訣，遂不復之京師。今岳陽飛吟亭，是其處也。」

又

守歲〔一〕

是疑他、春來倏忽〔二〕，是疑歲别人去。古今守歲無言説，長是酒闌情緒。堪恨處。曾親見都人，户户銀花樹。星河未曙。聽朝馬籠街，火城簇仗〔三〕，御筆已題露。　人間事，空憶桃符舊句〔四〕。三茅鐘自朝暮〔五〕。嚴城夜禁故如鬼〔六〕，況敢憑陵大嘑〔七〕。鼕鼕鼓〔八〕。但畫角聲殘，已是新人故。休思前度。嘆五十加三，明朝領取，閒看五星聚〔九〕。

【校】

〔儵忽〕朱校：「原本儵作儻，從金校。」

【箋注】

〔一〕守歲　此詞作于元世祖至元二十年（一二八三）除夕。詞云：「五十加三，明朝領取。」故知詞人時年五十二歲。

〔二〕儵忽　宋玉招魂：「雄虺九首，往來儵忽。」王逸注：「儵忽，疾急貌也。」

〔三〕「聽朝馬」二句　李肇國史補：「每元日、冬至立仗，大官皆備珂傘，列燭有至五六百炬者，謂之火城。」朱彧萍洲可談卷一：「朝時自四鼓，舊城諸門啓關放入，都下人謂『四更時，朝馬動，朝士至』者，以燭籠相圍繞聚首，謂之火城。」

〔四〕「空憶」句　王安石元日：「千門萬户曈曈日，總把新桃换舊符。」

〔五〕三茅鐘　咸淳臨安志卷十三：「寧壽觀在七寶山，本三茅堂。紹興中賜古器玩三種，其二唐鐘，本唐澄清觀舊物，禁中每聽鐘聲以為寢興食息之節。」姜夔鷓鴣天丁巳元日：「三茅鐘動西窗曉。」

〔六〕嚴城夜禁　古代京城中，為維持安全、嚴肅，禁止百姓夜行。張衡西京賦：「重以虎威章溝嚴更之署。」薛綜注：「嚴更，督行夜鼓。」此指元兵攻下臨安後，雖年節亦禁嚴。

〔七〕憑陵大嘷　謂宋時除夕之熱鬧歡樂。東京夢華録除夕：「是夜禁中爆竹山呼，聲聞于外。」

〔八〕鼕鼕鼓　警夜的街鼓。劉肅大唐新語釐革：「舊制，京城内金吾曉暝傳呼以戒行者。馬周獻封章，始置街鼓，俗號鼕鼕，公私便焉。」

〔九〕五星聚　見前注。五星聚斗在甲申年，即元世祖至元二十一年，這一年劉辰翁五十三歲。

又
和中齋端午韻

醒復醒、行吟澤畔〔一〕，焉能忍此終古〔二〕。招魂過海楓林暝〔三〕，招得魂歸無處。朝又暮。但依舊，禁街人静鼕鼕鼓。畫船沉雨〔四〕。聽欸乃漁歌，興亡事遠，咽咽未能句。　君且住。能歌吾不如汝。悠然鼓枻而去〔五〕。滄洲擘結芳成艾〔六〕，唤作張三李五〔七〕。羌自苦。更閒卻、玉堂端帖多多許〔八〕。無人自語。把畫扇鸞邊〔九〕，香羅雪底〔一〇〕，題作午年午〔一一〕。

【箋注】

〔一〕「醒復醒」句　屈原漁父：「屈原既放，游于江潭，行吟澤畔，顔色憔悴，形容枯槁。漁父見而問之，曰：『非三間大夫與？何故至于斯？』屈原曰：『舉世皆濁，而我獨清，衆人皆醉，而我獨醒，是以見放。』」

〔二〕「焉能」句　屈原離騷：「懷朕情而不發兮，余焉能忍為此終古。」

〔三〕「招魂」句　杜甫夢李白：「魂來楓林青，魂返關塞黑。」

〔四〕「畫船」句　韋莊菩薩蠻：「春水碧于天，畫船聽雨眠。」

〔五〕「悠然」句　屈原漁父：「漁父莞爾而笑，鼓枻而去。」

〔六〕芳成艾　屈原離騷：「何昔日之芳草兮，今直為此蕭艾也。」

〔七〕張三李五　王安石擬寒山詩：「張三袴口窄，李四帽簷長。」朱子語類卷六十六易二：「那自是說這道理如此，又何曾有甚麼人對甚麼人說，有甚張三李四。」此乃俗語，假設為姓名也，劉詞因叶韻關係，改四為五。

〔八〕玉堂端帖　歲時廣記卷二十二：「皇朝歲時雜記：學士院端午前一日，撰皇帝、皇后、夫人閤門帖子，送後苑作院，用羅帛製造，及期進入。」宋代，學士院別稱「玉堂」。

〔九〕畫扇鸞邊　江淹班婕妤詠扇：「紈扇如團月，出自機中素。畫作秦王女，乘鸞向烟霧。」

〔一〇〕香羅　端午日，君王賜大臣香羅等衣物。香羅輕細潔白，故詞云「雪底」。杜甫端午日賜衣：「細葛含風軟，香羅疊雪輕。」武林舊事卷三：「端午，大臣貴邸，均被細葛香羅、蒲絲艾朵、彩團巧粽之賜。」

〔一一〕午年午　從「興亡事遠」句推測，這是宋亡以後第二個午年，即甲午年，元世祖至元三十一年（一二九四）。因為第一個午年「壬午」，距宋亡僅二年，第三個午年「丙午」，劉辰翁已亡故。

又

贈友人

想幼安、遼東歸後〔一〕，自羞年少龍首〔二〕。長安市上壚邊卧〔三〕，枉卻快行家走〔四〕。空兩袖。染醉墨淋漓，把似天香透〔五〕。功名邂逅。便六一詞高〔六〕，君謨字偉〔七〕，但見説行晝。　人間事，苦似成丹無候。神清苔字如鏤〔八〕。明年六十聞歌後，頗記薄醺醺否。兒拍手。笑馬上葛彊〔九〕，也作家山友。煩伊起壽。更時復一中〔一〇〕，毋多酌我〔一一〕，疏影共三嗅〔一二〕。

【箋注】

〔一〕「想幼安」句　管寧字幼安，漢末天下大亂，嘗避難遼東。見三國志魏書本傳。皇甫謐高士傳：「(管寧)自越海及歸，常自坐一木榻，積五十餘年，榻上當膝處皆穿。」

〔二〕「自羞」句　三國志魏書華歆傳注引魏略：「歆與北海邴原、管寧俱遊學，三人相善，時人號為『一龍』，歆為龍頭，原為龍腹，寧為龍尾。」裴松之以為管幼安含德高蹈，又恐弗當為尾。

〔三〕「長安」句　杜甫飲中八仙歌：「李白一斗詩百篇，長安市上酒家眠。」

〔四〕快行家　宋代宫廷中，選脚力便捷之吏役，使快行傳達命令、遞賜物品、觀察情況。道山清話載宋太宗嘗遣快行家至張佖家取一客之食。葉夢得石林燕語卷五：「宰執每歲有内侍省例賜新火、冰之類，將命者曰快行家。」

〔五〕「染醉墨」二句　陸游漢宮春初自南鄭來成都作：「淋漓醉墨，看龍蛇、飛落蠻箋。」天香，御香。趙嘏訪沈舍人不遇：「知在禁闈人不見，好風飄下九天香。」李郢贈羽林將軍：「雕没夜雲知御苑，馬隨仙仗識天香。」

〔六〕六一詞高　歐陽修號六一居士，其詞集名六一詞。樂府紀聞：「歐陽永叔中歲居潁日，自以集古一千卷，藏書一萬卷，琴一張，棋一局，酒一壺，以一翁老于五物間，稱六一居士。」

〔七〕君謨字偉　宋史蔡襄傳：「襄字君謨，……工于書，為當時第一，仁宗尤愛之。」

〔八〕「神清」句　神清，見摸魚兒和謝李同年注。苔字，刻在石碑上的字，上有蒼苔。白居易立碑詩：「古文蒼苔字，安知是愧詞。」陸龜蒙回文寄襲美詩：「晴寺野尋同去好，古碑苔字細書匀。」

〔九〕「笑馬上」句　世説新語任誕：「山季倫為荆州，時出酣暢。人為之歌曰：『山公時一醉，徑造高陽池。日莫倒載歸，茗艼無所知。復能乘駿馬，倒著白接籬。舉手問葛彊，何如并州兒？』高陽池在襄陽。彊是其愛將，并州人也。」

〔一〇〕時復一中　三國志魏書徐邈傳：邈謂飲酒為中聖人。文帝問曰：「頗復中聖人不？」邈對曰：「臣不能自懲，時復中之。」

〔一〕毋多酌我　用蓋寬饒事，見前注。

〔二〕「疏影」句　疏影，指梅花，林逋山園小梅：「疏影橫斜水清淺，暗香浮動月黄昏。」三嗅，多次嗅聞。論語鄉黨：「三嗅而作。」杜甫秋雨嘆：「臨風三嗅馨香泣。」

又　水東桃花下賦

也何須、晴如那日，欣然且過江去。玄都縱有看花便，耿耿自羞前度。堪恨處。人道是，漫山先落坡翁句。東風綺語〔一〕。但適意當前，來尋須賦，此土亦吾圃。　海山石，猶記芙蓉城主〔二〕。彈過飛種成土〔三〕。是間便作仙家杏，誰與一栽千樹〔四〕。朝又暮。悵二十五年，臨路花如故〔五〕。人生自苦。祇喚渡觀桃，侵尋至此〔六〕，世事奈何許。

【校】

〔仙家〕全宋詞作「仙客」。　〔奈何〕清刻本作「難何」。

【箋注】

〔一〕東風綺語　句下自注：「坡海市語。」蘇軾海市詩：「新詩綺語亦安用，相與變滅隨東風。」劉詞本此。綺語，佛家語，瑜伽師地論卷八：「云何綺語？謂起綺語欲樂，起染汙心，若即于彼起不想應語才便。」

〔二〕芙蓉城主　指石曼卿。歐陽修六一詩話：「曼卿卒後，其故人有見之者，云恍惚如夢中，言我今為鬼仙也，所主者為芙蓉城。」

〔三〕「彈過」句　孫君孚孫公談圃：「石曼卿謫海州日，使人拾桃核數斛，人迹不到處，以彈弓種之。不數年，桃花遍山谷中。」

〔四〕「是間」二句　仙家杏，指神仙董奉治病植杏事。葛洪神仙傳董奉：「日為人治病，亦不取錢。重病愈者，使栽杏五株，輕者一株。如此數年，計得十萬餘株，鬱然成林。」

〔五〕「悵二十五年」三句　句下自注：「甲子初見。」按甲子年為宋理宗景定五年，下推二十五年，為元世祖至元二十五年（一二八八），則本詞作于是年，時須溪閒居廬陵。

〔六〕侵尋　逐漸擴大範圍。史記武帝紀：「是歲，天子始巡郡縣，侵尋于泰山矣。」索隱曰：「侵尋，即浸淫也。小顏云：浸淫，漸染之義。」

又

醉與君、狂歌又笑〔一〕，不知當日何調。孤山梅下吟魂冷〔二〕，說甚那時蘇小〔三〕。滄波眇。奈此島，纍纍竟是誰家表〔四〕。歸歟白鳥〔五〕。看四聖飄香，朱門金榜〔六〕，化作竺飛嶠〔七〕。　衰也久，舊遊夢翠禽繞〔八〕。坱兮軋，皎兮窈〔九〕。相思一夜窗前白〔一〇〕，誰識余懷渺渺〔一一〕。殘年了。聽畫角悲涼，又是霜天曉。餘音杳緲。嘆五十之年，我加八九〔一二〕，君隔幾科詔。

【箋注】

〔一〕醉與君　李白醉後贈從甥高鎮：「且將換酒與君醉。」

〔二〕「孤山」句　林逋隱居孤山，詠梅花詩極有名，已見前注。

〔三〕蘇小　樂府廣題：「蘇小小，錢塘名倡也，蓋南齊時人。」

〔四〕「纍纍」句　句下自注：「皆謂先正葬處也。」陸游沁園春：「念纍纍枯冢。」搜神後記：「丁令威本遼東人，學道于靈虚山。後化鶴。歸遼，集城門華表柱。……鶴乃飛，徘徊空中而言曰：『有鳥有鳥丁令威，去家千歲今始歸。城郭如故人民非，何不學仙冢纍纍！』」

〔五〕白鳥　指白鶴，見上注。

〔六〕金榜　有二解：一、進士及第者的名單；二、冥間將相列于金榜。西京雜記：「崔紹暴卒復生，見冥間列榜題人姓名，將相金榜，其次銀榜，州縣小官俱是鐵榜。」聯繫「朱門」、「四聖」，本詞當取第二解義。

〔七〕竺飛嶠　杭州天竺飛來峰。周密武林舊事卷五：「大抵靈竺之勝，周回數十里，巖壑尤美，實聚于下天竺寺。自飛來峰轉至寺後，諸巖洞皆嵌空玲瓏，瑩滑清潤，如虬龍瑞鳳，如層華吐萼，如皺谷疊浪，穿幽透深，不可名貌。」

〔八〕「舊遊」句　姜夔疏影：「苔枝綴玉，有翠禽小小，枝上同宿。」

〔九〕「坱兮軋」三句　坱兮軋，語出淮南小山招隱士：「坱兮軋，山曲岪。」王逸章句：「霧氣昧也。」李白大鵬賦：「爾其雄姿壯觀，坱軋河漢。上摩蒼蒼，下覆漫漫。」皎兮窈，在皎潔的月光下，抒發安舒的感情。詩陳風月出：「月出皎兮，佼人僚兮。舒窈糾兮，勞心悄兮。」毛傳：「窈糾，舒之姿也。」

〔一〇〕「相思」句　李賀酒罷張大徹索贈詩時張初效潞幕：「吟詩一夜東方白。」

〔一一〕「誰識」句　蘇軾前赤壁賦：「渺渺兮余懷，望美人兮天一方。」

〔一二〕「嘆五十」二句　須溪五十九歲，正閒居廬陵，時當元世祖至元二十七年（一二九〇）。

又　辛巳自壽年五十〔一〕

是耶非、吾年如此〔二〕，更癡更悔今昨。狂吟近日疏于酒，轉似秋山瘦削〔三〕。渾未覺。恁兒子門生，前度登高弱。情懷又惡〔四〕。嘆親友中年，不堪離別，況復久零落。

長生藥。有分神仙難學。人生聊復行樂。百年半夢隨流水〔五〕，半在南枝北萼〔六〕。妾命薄。但寂寞黄昏，時聽城樓角〔七〕。愁無可著。且取醉尊前，明朝休問，昨日已忘卻。

【箋注】

〔一〕辛巳　時當元世祖至元十八年（一二八一）。須溪于八月自南昌返回，本詞作于廬陵。

〔二〕「是耶非」句　淮南子原道：「故蘧伯玉年五十，而知四十九年非。」後代稱五十歲為知非之年。

〔三〕「轉似」句　韓愈游青龍寺贈崔大補闕：「南山逼冬轉清瘦。」吴曾能改齋漫録卷八引雪浪齋日記：「背秋轉覺山形瘦。」

〔四〕情懷又惡　杜甫北征：「老夫情懷惡。」

〔五〕「百年」句　李白夢遊天姥吟留別：「古來萬事東流水。」蘇軾念奴嬌：「人生如夢。」

〔六〕南枝北萼　白氏六帖：「庾嶺上花，南枝已落，北枝方開，寒暖之候異也。」

〔七〕「但寂寞」二句　姜夔揚州慢：「漸黄昏，清角吹寒，都在空城。」

又　壽王城山

對尊前、簪花騎竹，老胡起起能舞〔一〕。春風浩蕩天涯去，惟有薰吟自語〔二〕。槐正午。

看萬户蜂脾〔三〕，簾幕雙雙乳。嬌兒騃女。漫學得琵琶〔四〕，依稀馬上〔五〕，總是主恩處。　凌烟像〔六〕，空倚臨風玉樹〔七〕。升沉事遽如許。劉郎慣是瑶池客〔八〕，又醉碧桃三度〔九〕。花下數。記三度三千〔一〇〕，結子多紅雨。年年五五。共準擬階庭，釵符獻酒〔一一〕，嫋嫋綴雙虎〔一二〕。

【箋注】

〔一〕「老胡」句　南朝梁周捨上雲樂：「西方老胡，厥名文康。舉技無不佳，胡舞最所長。」

〔二〕薰吟　薰心之吟，吟詩以舒胸中的憂苦。易艮：「艮其限，列其夤，厲薰心。」王弼注：「危忘之憂，乃薰灼其心。」

〔三〕蜂脾　蜜蜂釀蜜于蜂房中，房形如脾，故名。王禹偁蜂記：「其釀蜜如脾，謂蜂脾。」

〔四〕「漫學」句　白居易琵琶行：「十三學得琵琶成。」

〔五〕「依稀」句　琵琶本是胡人馬上所鼓的樂器。晉石崇明君辭序：「昔公主嫁烏孫，令琵琶馬上作樂，以慰其道路之思。其送明君亦必爾也。」

〔六〕凌烟像　唐太宗命閻立本在凌烟閣上圖畫開國功臣的像，以表彰他們的功勛。劉肅大唐新語卷十一：「貞觀十七年，太宗圖畫太原倡義及秦府功臣之二十四人于凌烟閣，太宗親為之贊，褚遂良題閣，閻立本畫。」

〔七〕「空倚」句　玉樹，喻道德高潔的人，屢見。玉樹臨風，杜甫飲中八仙歌：「皎如玉樹臨風前。」

〔八〕「劉郎」句　劉郎，漢武帝劉徹。李賀金銅仙人辭漢歌：「茂陵劉郎秋風客。」吴正子注：「漢武帝嘗作秋風辭，故云爾者。」瑶池客，原指穆天子，穆天子傳卷三：「天子賓于西王母，天子觴王母于瑶池之上。」本詞借指漢武帝，因武帝晚年耽于求仙，故云「慣是瑶池客」。

〔九〕「又醉」句　碧桃，天上仙人所食之桃。高蟾下第後上永崇高侍郎：「天上碧桃和露種。」

〔一〇〕「記三度」句　三千，天上仙桃三千年一結實。傳説西王母于七月七日降至人間，以仙桃四顆送給漢武帝。桃極甘美，武帝食後留下桃核，西王母問其故，武帝答：「欲種之。」西王母告訴他：「此桃三千年一生實，中夏地薄，種之不生。」武帝乃止。事見漢武帝内傳。

〔一一〕釵符　端午節頭飾。吴自牧夢粱録卷三：「所謂經筒、符袋者，蓋因抱朴子問辟五兵之道，以五月午日佩赤靈符挂心前，今以釵符佩帶，即此意也。」

〔一二〕雙虎　即艾虎。吴自牧夢粱録卷三：「以艾與百草縛成天師，懸于門額上，或懸虎頭白澤。」

須溪詞補遺

摸魚兒　李府尹美任

待借留、幾曾留得，來鴻空怨秋老。至今父老依依恨，猶説李將軍好〔一〕。東門草。早不為東風，遮卻長安道。餘民如槁。願金印重來，洪都開府〔二〕，定復幾時到。秋江鷺，尤記當年潦倒。滄洲無復華皓。朝飢墮淚荒田雨，洗憶窩蜂敗掃。天能報。看鳳燭亭亭〔三〕，玉樹寬人抱。風霜善保。但逢驛寄書，無書寄語，要説趨朝早。

【校】

〔調〕本詞録自翰墨大全庚集卷十五，彊村本、全宋詞同。

【箋注】

〔一〕「猶説」句　高適燕歌行：「君不見沙場征戰苦，至今猶憶李將軍。」史記李牧列傳：「常居代雁門，以便宜置吏，市租皆輸入莫府，為士卒費，日擊數牛饗士，習射騎，謹烽火，多間諜，厚遇戰士。」

〔二〕洪都開府　洪都，即洪州，唐宋時代置都督府，故云「洪都」。王勃秋日登洪府滕王閣餞别序：「豫章故郡，洪都新府。」

〔三〕「看鳳燭」句　鳳燭，鳳形或刻有鳳紋之燭。陳樵放螢賦：「金吾輟警，鳳燭成行。渴烏洒塵，飛蓋飄揚。」亭亭，聳立貌。

金縷曲　送五峰歸九江〔一〕

世事如何説。但舉鞍、回頭笑問，并州兒葛〔二〕。手障塵埃黄花路，千里龍沙如雪〔三〕。著破帽、蕭蕭餘髮。行過故人柴桑里〔四〕，撫長松、老倒山間月。聊共舞，命湘瑟。春風五老多年别〔五〕。看使君、神交意氣〔六〕，依然晚合。袖有玉龍提攜去〔七〕，滿眼黄金臺骨〔八〕。説不盡、古人癡絶。我醉看天天看我，聽秋風、吹動檐間鐵〔九〕。長嘯起，兩山裂。

【校】

〔調〕本詞録自翰墨大全庚集卷十五，彊村本、全宋詞同。〔但舉鞍〕全宋詞作「似舉鞍」。

【箋注】

〔一〕五峰　燕公楠字國材，號芝庭，又號五峰，南康軍建昌（宋時屬江南東路，今江西建昌縣）人。歷仕贛州通判、贛州同知、吉州路總管、大司農、江淮行中書省參知政事、河南行省右丞。元大德六年卒，年六十二歲。著有五峰集。元史卷一七三有傳。

〔二〕并州兒葛　即葛彊，見前摸魚兒贈友人注。

〔三〕「千里」句　龍沙，白龍堆沙漠。後漢書班超傳贊：「坦步葱、雪，咫尺龍沙。」李賢注：「龍沙，白龍堆沙漠也。」李賀嘲雪：「龍沙濕漢旗。」

〔四〕「行過」句　故人，須溪自指。柴桑，陶淵明故里，此借指自己家鄉。

〔五〕五老　峰名。李白有登廬山五老峰詩，楊齊賢注引潯陽記曰：「山北有五峰，于廬山最為峻極，其形如河中虞鄉縣前五老之形，故名。」

〔六〕使君　指燕公楠，燕于至元十三年授同知贛州事。詞云「看使君、神交意氣」，本詞當作于燕公楠任贛州同知時。

〔七〕玉龍　寶劍。王初送王秀才謁池州吳都督：「劍光橫雪玉龍寒。」李賀雁門太守行：「提攜玉龍為君死。」

〔八〕黃金臺　見前洞仙歌壽中甫詞注。

〔九〕檐間鐵　懸于檐下的鐵馬。芸窗私志：「元帝時臨池觀竹，竹既枯，后每思其響，夜不能寐。帝為作薄玉龍數十枚，以縷線懸于檐外，夜中因風相擊，聽之與竹無異。民間效之，不敢用龍，以什駿代。今之鐵馬，是其遺制。」辛棄疾賀新郎用前韻送杜叔高：「夜半狂歌悲風起，聽錚錚、陣馬檐間鐵。」

意難忘　元宵雨

角動寒譙。看雨中燈市，雪意瀟瀟。星毬明戲馬，歌管雜鳴刁〔一〕。泥没膝，舞停腰。餤蠟任風銷。更可憐、紅啼桃檻，緑黯楊橋。　當年樂事朝朝。曾錦鞍呼妓，金屋藏嬌。圍香春鬬酒〔二〕，坐月夜吹簫〔三〕。今老矣，倦歌謡。嫌殺杜家喬〔四〕。漫三杯、踞罏覓句，斷送春宵。

【校】

〔調〕本詞録自元草堂詩餘。明楊慎詞品卷五劉須溪條，亦録此詞。全宋詞注録自一百二十七卷本翰墨大全後甲集卷五，並附按語：「元刻元印二百零四卷本此首無撰人姓名，其前為劉須溪上元金縷曲，此首疑非劉作。」　〔桃檻〕楊慎詞品卷五所録劉詞作「桃臉」。　〔緑黯〕楊慎詞品卷五所録劉詞作「緑頬。」

【箋注】

〔一〕鳴刁　刁斗，小鈴。史記索隱：「案荀悦云：『刁斗，小鈴，如宮中傳夜鈴也。』」刁斗摇動後發出聲響，稱鳴刁。

〔二〕圍香　出李賀將進酒：「羅緯繡幕圍香風。」

〔三〕「坐月」句　杜牧寄揚州韓綽判官：「二十四橋明月夜，玉人何處教吹簫。」史達祖换巢鸞鳳：「倚風融漢粉，坐月怨秦簫。」

〔四〕杜家喬　唐代有著名歌妓杜韋娘，此處即以杜家代指妓家。喬，詈詞，有惡劣、裝模作樣等意。西廂記：「喬嘴臉，腌軀老，死身分，少不得有家難奔。」

大酺　春寒〔一〕

任瑣窗深、重簾閉〔二〕，春寒知有人處。常年笑花信，問東風情性，是嬌是妒。冰柳成鬚，吹桃欲削，知更海棠堪否〔三〕。相將燕歸又，看香泥半雪，欲歸還誤。漫低回芳草，依稀寒食，朱門封絮。　少年慣羈旅。亂山斷，敧樹喚船渡。正暗想、雞聲落月〔四〕，梅影孤屏〔五〕，更夢衾、千重似霧。相如倦遊去。掩四壁、淒其春暮〔六〕。休回首、都門路。幾番行曉，個個阿嬌深貯。而今斷烟細雨。

【校】

〔調〕彊村本録本詞，未註明出處，全宋詞注見元草堂詩餘卷上。歷代詩餘卷九十八亦録本詞。〔瑣窗〕彊村本作「鎖窗」，今據元草堂詩餘、歷代詩餘、全宋詞校改。〔燕歸又〕歷代詩餘作「燕歸後」。〔正暗想〕歷代詩餘作「正暗思」。

【箋注】

〔一〕春寒　顏奎有和詞大酺和須溪春寒，云：「唱古荼蘼、新荷葉，誰向重簾深處。東風三十六，向園林都過，餘寒猶妒。公子狐裘，佳人翠袖，怎見此時情否。天上知音杳，怪參差律吕，世間多誤。記畫扇題詩，單衣試酒，夢歸泥絮。　嗟春如逆旅。送無路，遠涉前無渡。回首住、凌波亭館，待月樓臺，滿身花氣凝香霧。度入南薰去。留燕伴、不教遲暮。但一點、芳心苦。生怕摇落，分付荷房收貯。晚妝又隨過雨。」（全宋詞據天下同文集）

〔二〕「任瑣窗」句　瑣窗，鏤刻連瑣圖案的窗櫺。文選鮑照玩月城西廨中：「玉鉤隔瑣窗。」李善注：「瑣窗，窗為瑣文也。」

〔三〕「知更」句　承上句「吹桃欲削」意，寫海棠不堪風寒。李清照如夢令：「昨夜雨疏風驟，濃睡不消殘酒。試問卷簾人，却道海棠依舊。知否？知否？應是緑肥紅瘦。」

〔四〕雞聲落月　温庭筠商山早行：「雞聲茅店月，人迹板橋霜。」

〔五〕梅影孤屏　孤屏上畫着梅花的疏影。姜夔疏影：「等恁時、重覓幽香，已入小窗横幅。」劉辰翁變換「横幅」為「孤屏」。

〔六〕「相如」二句　史記司馬相如列傳：「文君夜亡，奔相如。相如乃與馳歸成都，家居徒四壁立。」

謁金門　惜春

風又雨。春事自無多許。欲待柳花團作絮。柳花冰未吐。　翠袖不禁春誤〔一〕。沉却緑烟紅霧〔二〕。將謂花寒留得住，一晴春又暮。

【校】

〔調〕本詞録自元草堂詩餘卷上，歷代詩餘卷一一亦録。　〔春事〕歷代詩餘作「花事」。〔春又暮〕歷代詩餘作「春欲暮」。

【箋注】

〔一〕翠袖　本詞借美人喻花。杜甫佳人：「天寒翠袖薄，日暮倚修竹。」

〔三〕緑烟紅霧　烟霧受紅花緑葉映照，故云。李賀江南弄：「江中緑霧起涼波，天上疊巘紅嵯峨。」

臨江仙

過眼紛紛遥集〔一〕，來歸往往羝兒〔二〕。草間塞口袴間啼。提攜都不是，何似未生時。城上胡笳自怨，樓頭畫角休吹。誰人不動故鄉思。江南秋尚可，塞外草先衰。

【校】

〔調〕本詞録自永樂大典卷三千零五人字韻。〔袴間〕「間」下全宋詞注：「原誤作問。」

【箋注】

〔一〕遥集　代稱胡兒。晉阮孚，字遥集，其母為鮮卑人。世説新語任誕：「阮仲容（孚父咸）先幸姑家鮮卑婢。」注引阮孚别傳：「咸與姑書曰：『胡婢遂生胡兒。』姑答書曰：『魯靈光殿賦曰：胡人遥集于上楹。可字曰遥集。』故孚字遥集。」

〔二〕羝兒　在北方少數民族牧區所生的孩子。羝，公羊，詩大雅生民：「取羝以軷。」毛傳：「羝，牡羊也。」

水調歌頭 遊洞巖，夜大風雨，彭明叔索賦，醉墨顛倒〔一〕

坐久語寂寞，泉響忽翻空。不知龍者為雨，雨者為成龍。看取交流萬壑，不數飛來千丈，高屋總淙淙。是事等惡劇，裂石敢争雄。 敲鏗訇〔二〕，捫滑仄，藉蒙茸〔三〕。蒼浪向來半掩，厚意復誰容。欲説貞元舊事，未必玄都千樹，得似洞中紅。簷語亦顛倒，洗爾不平胸〔四〕。

【校】

〔調〕本詞録自永樂大典卷九千七百六十四巖字韻，原無調名，全宋詞録本詞，加調名。

〔蒙茸〕原作「蒙葺」，當為鈔誤。全宋詞改「葺」作「茸」，是，今據改。

【箋注】

〔一〕洞巖，在吉州吉水西。劉辰翁吉水洞巖朱陵觀玉華壇記：「洞巖在吾州東南吉水西。自貞元六年閻使君寀棄吉州，錫名遺榮，隱兹山。唐會要云，今巖石有若扉半闔，雷飛瀑者，相傳入巖中石合。」詞云「欲説貞元舊事」，即指閻寀隱此山事。永樂大典卷九千七百六十四巖字韻録本詞，又引廣信府志，云洞巖在廣信府上饒縣北三十里，地望不合，實誤。須溪遊洞巖，在至元二十四年（一二八七）。玉華壇記云：「歲諏訾月旅蕤賓。」諏訾，太歲在亥，為丁亥年，即至元二十四年。

〔二〕鏗訇　亦作鏗鍧，鐘鼓相雜之聲。文選班固東都賦：「鐘鼓鏗鍧，管弦曄煜。」

〔三〕蒙茸　又作蒙戎，蓬鬆貌。詩邶風旄丘：「狐裘蒙戎。」本詞指雜草蓬鬆。

〔四〕不平胸　滿胸憤懣。史記周勃世家：「條侯心不平。」李涉重過文上人院：「無限心中不平事，一宵清話又成空。」

綺寮怨　青山和前韻憶舊時學館，因復感慨同賦〔一〕

漫道十年前事，悶懷天又陰。何須恨、典了西湖，更笑君、宴罷瓊林〔二〕。閒時數聲啼鳥，凄然似、上陽宮女心〔三〕。記斷橋、急管危弦，歌聲遠，玉樹金縷沉。看萬年枝上禽。徊徨落月，斷腸理絶絃琴。魂夢追尋。揮涙賦白頭吟〔四〕。當年未知行樂，無日夜、望鄉音。何期至今。緑楊外、芳草庭院深。

【校】

〔調〕本詞録自永樂大典卷一萬一千三百十三館字韻。

【箋注】

〔一〕青山　即趙文，字宜可，號青山，見前洞仙歌（有客從余）詞注。學館，趙文嘗入國學。顧嗣立元詩選趙文小傳：「嘗三貢于鄉，由國學上舍仕南雄府教授。」須溪于宋理宗景定元年（一二六〇）補太學生，宋度宗咸淳五年（一二六九）來臨安任中書省架閣，前後恰為十年，追憶舊時學館，得無感慨乎？因作本詞。

〔二〕宴罷瓊林　宋太平興國二年，太宗宴新科進士于新鄭門外瓊林苑。周城宋東京考卷十一：「瓊林苑在新鄭門外，俗呼為西青城，乾德中建，為宴進士之所，與金明池之南北相對。」南宋雖遷都臨安，然仍沿用此稱，吴文英絳都春：「仙郎驕馬瓊林宴。」

〔三〕上陽宫女心　上陽宫，在洛陽。白居易上陽白髮人小序云：「愍怨曠也。」又云：「天寶五載已後，楊貴妃專寵，後宫人無復進幸矣。六宫有美色者，輒置别所，上陽是其一也。貞元中尚存焉。」

〔四〕白頭吟　樂府楚調曲名。吴兢樂府古題要解卷上：「若宋鮑照『直如朱絲繩』，陳張正見『平生懷直道』，唐虞世南『氣如幽徑蘭』，皆自傷清直芬馥，而遭鑠金玷玉之謗，君恩以薄，與古文近焉。」本詞即取其義。

踏莎行　九日牛山作

日月跳丸，光陰脱兔。登臨不用深懷古。向來吹帽插花人，盡隨殘照西風去。　老矣征衫，飄然客路。炊烟三兩人家住。欲攜斗酒答秋光，山深無覓黄花處。

【校】

〔調〕原載須溪詞卷一中。按此調見劉克莊後村詞，當爲後村所作。全宋詞僅存其目，今附全詞于此。

附録一

附錄一

劉辰翁年譜簡編(修訂稿)

劉辰翁,字會孟,號須溪,又自號須溪居士、須溪農、小耐。門人後生稱他爲須溪先生。

萬曆吉安府志劉辰翁傳:「劉辰翁字會孟,廬陵人。」黄宗羲巽齋學案:「劉辰翁,字會孟,號須溪,廬陵人也。」劉辰翁集卷一寶相院記云:「須溪居士問之。」又,卷五豈畦記云:「吾,須溪農也。」

須溪詞卷三水調歌頭(似似不常似)詞之小序云:「日獻洞賓公像于溪園先生,報以階庭府公耐軒壽容,曰:『是類吾子。』且三疊前水調以證之,于是某得自號爲小耐矣。」劉將孫養吾齋集卷十一須溪先生集序:「于是先君子須溪先生棄人間世十六年矣。」王夢應哭須溪墓:「四方學者會葬須溪先生北郭外。」

祖籍永陽縣宣溪,生于廬陵安平鄉須溪里。

須溪詞卷一南鄉子(香雪碎團團)詞小序云:「木犀花下,因憶永陽宣溪與故鄉族子門徑之盛,而其人皆適在此,感嘆復賦。」劉辰翁祖籍在永陽宣溪,故鄉族中人還常與廬陵劉家有來往，故須溪賦詞憶念之。須溪詞卷三水調歌頭謝和溪園來壽：「從此須溪里，更著赤松湖。」句下自注：「僕故居須山之陽，曰須溪山，即公行窩，故云。東陽記有赤松湖，云赤松子、安期生共傳道于湖間也。」須溪出生在須溪里。須溪山，又名龍須山，在安平鄉二十一都。須溪里，在今江西吉安縣梅塘鄉小輪村。

父良佐，早喪，家貧。母張氏。兄名貴，字浩溪。妻蕭氏，内兄蕭斯濟。

小輪芳徑甘溪劉氏三派五修通譜（民國九年庚申版）：「劉辰翁，良佐公次子，字會孟，號須溪。」劉良佐死于淳祐元年辛丑，劉辰翁集卷七蕭壽甫墓誌銘云：「先人死，吾十歲。」劉良佐原配蕭氏，繼張氏，劉辰翁即張氏所生。劉辰翁集卷十五補遺興泰廟記：「然吾兒時，則聞外祖之言矣。外祖張公北來，浮淮共載。」可見張氏祖先是北方人。劉將孫養吾齋集卷三十二戴勉齋墓誌銘云：「勉齋之先世與吾祖母張夫人家有連。」小輪芳徑甘溪劉氏三派五修通譜：「兄名貴，字浩溪。」劉將孫養吾齋集卷五哭長舅斯濟蕭國諭，知辰翁妻為蕭氏，妻兄蕭斯濟。小輪芳徑甘溪劉氏三派五修通譜載：「劉辰翁……配社坪蕭氏，合葬六公山。」

子劉將孫、劉參。將孫字尚友，克繼父業，文名遠揚，學者稱養吾先生，人稱小須。嘗為延平教官、臨汀書院山長，有養吾齋集傳世」。

四庫全書總目提要養吾齋集提要：「養吾齋集三十二卷，永樂大典本，元劉將孫撰。將孫，字尚友，廬陵人，辰翁之子，嘗為延平教官、臨汀書院山長。辰翁以文名于宋末，當文體冗濫之餘，欲矯以清新幽雋，故所評諸書，多標舉纖巧，而所作亦多以詰屈為奇。然蹊徑獨開，亦遂別自成家，不可磨滅。將孫濡染家學，頗習父風，故當日有『小須』之目。」吳澄養吾齋集序云：「其子尚友式克嗣響。夫一家二文人，由漢迄今，僅見眉山二蘇，而尚友之嗣會孟，不忝子瞻之嗣明允，嗚呼盛矣。」

將孫有弟名參，養吾齋集卷十一須溪先生集序：「季弟參之婿項逢晉篤志願學。」又，卷二十八登仕郎贛州路同知寧都州事蕭公行狀：「三世之好，姻親之宜。……季弟晚為公婿。」兩文均提到將孫有弟。許有壬至正集卷五有劉須溪父子三人畫像，又卷六十七有廬陵劉須溪父子三人畫像贊，可知須溪確有兩子，將孫確有弟。小腀芳徑甘溪劉氏三派五修通譜稱劉辰翁「子一，將孫」，漏載另一子。

須溪之學術、文風，深受江萬里、歐陽守道的影響，承繼歐、蘇遺風，在南宋文壇上卓然成家。

曾聞禮養吾齋集序：「殿講巽齋先生、太博須溪先生相繼以雄文大筆，儗于歐盡常，蘇盡變，由是海内之推言文章者，必以廬陵為宗。」

王夢應哭須溪墓：「廬陵自六一公以正學繼孟、韓，起千載，小歐公忠孝義理，嗚穆陵、紹陵間，天下學者再變。先生奮兩公後，卓然秦漢，巨筆凌厲千萬年，蓋炎士訖録及于今，南北士不得先生一言不為名士，殆盛于眉公矣。惟盛時不以所學大用，不奮筆大典册，成一經以彰休明，為宇宙闕作，使天下士觖然。」劉將孫須溪先生集序：「師友學問，自先生而後知證之本心，溯之六經，辨濂洛而見洙泗，不但語録或問為已足。詞章翰墨，自先生而後知大家數筆力情性，盡掃江湖、晚唐錮習之陋，雖發舒不昌，不能震于一世之上，如前聞人；而家有其書，人誦其言，隱然掇流俗心髓而洗濯之，于以開將來而待有作。」

須溪工書法，常為友人題匾額。菉竹堂書目載須溪翰墨兩卷，今已不存。

須溪著述甚富，有須溪集一百卷，明代已散佚。現存之四庫全書本須溪集十卷，乃館臣從永樂大典輯出。又有須溪四景詩四卷，須溪先生集略三卷。通行之須溪詞，乃從集中抽出單刻。近人段大林先生輯集現存之劉辰翁文字，編為劉辰翁集。

劉辰翁著述富贍，劉將孫為乃父編集，「刻為詩八十卷，文又如干」（須溪先生集序）。萬曆吉安府志劉辰翁傳：「有須溪集一百卷。」明世善堂藏書目録卷下有劉須溪文集三十卷，注：「原一百卷。」續文獻通考卷一百八十：「須溪文集一百卷，文集原本明人見者甚罕。」顧嗣立元詩選三集須溪集云：「有須溪集二百卷。」疑「二百」字乃「一百」之誤。四庫全書總目提要須溪集：「須溪集，明人見者甚罕，即諸書亦多不載其卷數。韓敬選訂晚宋諸家之文，嘗以不得辰翁全集為恨。聞蘭溪胡應麟遺書中有其名，往求之，卒弗能獲。蓋其散失已久，世所傳者惟須溪記鈔及須溪四景詩二種，篇帙寥寥。今檢永樂大典所録記、序、雜著、詩餘尚多，謹採輯裒次，釐為十卷。其天下同文集及記鈔所載而不見于永樂大典者，亦別為抄補，以存其概。」

一九八五年十二月，江西人民出版社出版段大林先生編劉辰翁集，段先生以豫章叢書本須溪集為底本，用劉須溪先生記鈔（清康熙二十五年賞心亭刊本）、劉須溪先生集略（清康熙年間刊本）以及永樂大典、南宋文録、江西詩徵、江西通志和有關州縣志中所收辰翁作品進行參校。詞以彊村叢書本須溪詞為底本，用中華書局版全宋詞中須溪詞和清刻本須溪詞進行參校。四景詩集以近人李之鼎所編宋人集（丁編）中須溪四景詩集為底本進行校點。是集收録齊全，校勘精審，雖説稍有疏漏，但確是目前較為完備的劉辰翁集文本。

須溪有詩文評點多種，開一代風氣，影響很大，是我國詩文評論中一種特殊的形式。現存須溪詩文評點本有：劉須溪批評九種（内含班馬異同、老子、莊子、列子、世説新語、李長吉詩、王摩詰詩、杜工部詩、蘇東坡詩）、王孟詩評、須溪先生校點韋蘇州集、孟東野詩集、李壁箋注王荆文公詩（元大德本載劉須溪評語）、須溪先生評點簡齋詩集、精選陸放翁詩集、湖山類稿（劉辰翁選評）、唐詩品彙（附載須溪評語）。吴企明曾編纂劉辰翁詩話，得一千五百二十五則，輯入吴文治主編之宋詩話全編中。

吴澄吴文正集卷十八大酉山白雲集序：「昔之能詩者遠矣，近年廬陵劉會孟，于諸家詩融液貫徹，評論造極。吾鄉甘中夫，少而專攻，老乃奇絶，自成一家。若二君之于詩，庶乎其可也。」李東陽懷麓堂詩話云：「劉會孟名能評詩，自杜子美下至王摩詰、李長吉諸家，皆有評，語簡意切，别是一機軸。諸人評詩者皆不及。」楊慎升庵集卷四十九：「（辰翁）于唐人諸詩及宋蘇、黄而下，俱有批評。三字口義、世説新語、史漢異同皆然，士林服其賞鑒之精……」胡應麟詩藪雜編卷五：「南渡人才，遠非前宋之比，乃談詩獨冠古今。……劉辰翁雖道越中庸，其玄見邃覽，往往絶人，自是教外别傳，騷壇巨目。」又云：「劉辰翁評詩有妙理。」四庫館臣對之有異議，四庫全書總目提要劉辰翁集則認為「辰翁論詩評文，往往意取尖新，太傷佻巧」。

吴企明編劉辰翁詩話，專取四部叢刊影印元刻本須溪先生校本王右丞集、明凌濛初刻朱墨套印本劉須溪評孟浩然集、明正德四年雲根書屋刻本須溪批點選注杜工部詩、明凌濛初刻朱墨套印本須溪先生校點韋蘇州集、明刻本箋注評點李長吉歌詩、明凌濛初刻朱墨套印本劉須溪評點孟東野詩集、上海古籍出版社據明汪宗尼本影印唐詩品彙、陟園影印元大德本李壁箋注王荆文公詩、汪氏誠意齋集書堂影刊本須溪批點王狀元集諸家注分類東坡先生詩、日本翻刻明嘉靖朝鮮本須溪先生評點簡齋詩集、四部叢刊影印明刊本須溪評點精選陸游詩集、中華書局一九八四年版湖山類稿，另取劉辰翁集中的論詩文字，共得一千五百二十五則，全書輯入吴文治先生主編宋詩話全編中，已于一九九八年由江蘇古籍出版社出版。

宋理宗紹定五年壬辰（一二三二—一二三三）

一歲。十二月二十四日生于廬陵。

鄭振鐸中國文學年表、姜亮夫歷代人物年里碑傳綜表所載之須溪生年均誤。

小瀹芳徑甘溪劉氏三派五修通譜：「劉辰翁……宋紹定壬辰九月十五日生。」通譜記辰翁生年是正确的，須溪詞卷二百字令（少微星小）詞自注：「僕生紹定之五年壬辰。」劉辰翁集卷六甘定庵文集序：「公壬辰徐榜，余是年甫生。」但通譜記載辰翁出生月日是錯誤的，有劉辰翁自己的文字可為柄證。須溪詞卷一念奴嬌槐城賦以自壽又和韻見壽三和謝之：「某所某公，同年同月，誰剪招魂紙。前三例好，不須舉後三例。」句下自注：「槐城廿一日生。」王槐城與須溪生于「同年同月」，而早三日，是謂「前三」。槐城在十二月二十一日生，則須溪必生于十二月二十四日。槐城又有鵲橋仙自壽二首：「輕風澹月，年年去路。誰識小年初度。」小年，宋人稱十二月二十四日為小年。文天祥二十四日詩云：「春節前三日，江鄉正小年。」題下自注：「俗云小年夜。」可見劉辰翁生于十二月二十四日。又，卷三沁園春再和槐城自壽韻：「吾辰定是雌辰。」偶日為雌辰。高士奇天祿識餘：「甲子逢單日為雄，雙日為雌。」劉辰翁生日是二十四日，是偶數，故云「雌辰」。按：農曆十二月二十四日以公元計，已入一二三三年。

嘉熙二年戊戌（一二三八）

七歲。受業于曾子淵、朱植（埴）。

曾子淵，字深甫，永和人。朱植，字聖陶，號古平，官至太學博士，人稱堯章先生。厲鶚宋詩紀事載劉辰翁少登陸象山之門，王鳴盛蛾術編已辨其非。

劉辰翁集卷三本空堂記：「余年七八，與西家二三兒共受書屬對于薌城曾深甫。深甫垂髯映墨黑，盡日樹筆髯間，俯首抄六經，他解附注旁，每葉字如蟻，計平生若此，何啻百餘萬字。」「先生名子淵，莊氏同邑永和人。」又卷七蕭壽甫墓誌銘云：「余七八歲時，表氏抱余學，稱堯章先生。後改名埴，字聖陶，號古平，官至太學博士，卒袁州。」

淳祐元年辛丑（一二四一）

十歲。江萬里任吉州知州，創白鷺書院。須溪從歐陽守道力學。

宋史江萬里傳：「知吉州，始創白鷺書院。」劉辰翁集卷七祭師江丞相古心先生文：「念公守吉，余甫十歲。」宋史歐陽守道傳：「江萬里作白鷺洲書院，首致守道為諸生講説。」萬斯同宋季忠義録劉辰翁傳：「劉辰翁，字會孟，廬陵人。家貧力學，學秘書歐陽守道所，守道大奇之。」本年，須溪父劉良佐逝世。劉辰翁集卷七蕭壽甫墓誌銘：「先人死，吾十歲。」

淳祐四年甲辰（一二四四）

十三歲。參加縣童子試。

劉辰翁集卷三廬陵縣學立心堂記云：「余年十三，以童子試縣學堂上。」

寶祐五年丁巳(一二五七)

二十六歲。長子將孫生。

須溪詞卷一臨江仙將孫生日賦：「二十年前此日，女兒慶我生兒。」詞作于德祐二年丙子歲，向前推算，將孫恰生于寶祐五年。劉將孫養吾齋集卷六游白紵山：「咸淳己巳，余年十三，隨侍漕幕。」自寶祐五年向後推十三年，恰為己巳年。小艙芳徑甘溪劉氏三派五修通譜記載劉將孫「宋景定辛酉生」，與劉氏父子自己的記載不符，定誤。

寶祐六年戊午(一二五八)

二十七歲。與廬陵人王壽朋、曾應龍同舉于鄉，辰翁居魁。因對策嚴君子小人朋黨之論，被斥。青玉案壽老登八十六歲作于本年六月。

劉將孫養吾齋集卷三十梅所曾貢士墓誌銘云：「(元)〔寶〕祐戊午，與先君子同舉于鄉。」劉辰翁集卷三廬陵縣學立心堂記云：「余年十三，以童子試縣學堂上，後十年而進士第一者亦于此。」照此文記載，辰翁進士試得魁，在他二十三歲時，疑誤。按，劉辰翁集卷六甘定庵文集序記甘茂榮于戊午年來廬陵，云：「公以戊午來校文廬陵，衆謂去場屋爾久，豈復能課士，而余尤見迂不入時者，公得余論策，驚置首選，殆兩窮自相得也。」可知辰翁舉于鄉而得魁者即本年。須溪詞卷一青玉案壽老登八十六歲戊午六月十七日，戊午，即寶祐六年。

景定元年庚申（一二六〇）

二十九歲。補太學生。時江萬里為國子祭酒，稱賞其文章。嘗參與太學祭祀。

宋史江萬里傳：「萬里遷刑部侍郎。似道入相，萬里兼國子祭酒、侍讀。」萬斯同宋季忠義録劉辰翁傳：「補太學生，江萬里為祭酒，亟稱賞其文。」劉辰翁集卷七祭師江丞相古心先生文：「太學半年，受知再面。」

景定二年辛酉（一二六一）

三十歲。仍在太學為諸生。本年上元作虞美人（黄簾緑幕窗垂霧）。

須溪詞卷二虞美人（黄簾緑幕窗垂霧）：「夕郎偷看御街燈。歸奔河邊殘點、亂如星。」句下自注：「時余在鑪亭六日禮數内，同舍誘余竊出觀燈，亟歸。」鑪亭，在太學内，偷看燈，乃元宵節時事，則本詞必作于辛酉年。庚申年元宵，須溪尚未入太學，壬戌年已離太學。

景定三年壬戌（一二六二）

三十一歲。在臨安以太學生赴進士試，及第，因母親年老，請爲贛州濂溪書院山長。江萬里于上年十二月罷相，返回江西都昌故居。須溪于本年離臨安去贛州任教以前，至都昌謁見江萬里。

萬曆吉安府志劉辰翁傳：「壬戌監試，丞相馬廷鸞、章鑑争致諸門下。平章賈似道秉國政，欲殺直臣以蔽言路，辰翁廷對，言濟邸無後可痛，忠良戕害可傷，風節不競可憾，大忤賈意。既奏名，理宗親置之丙第，以親老就贛州濂溪書院山長。」劉將孫養吾齋集卷三十一梅所王公墓誌銘：「吾廬陵科第，景定壬戌榜最得人。……吾先君須溪先生嘗稱同年梅所王公最長者。」又曾御史文集序：「壬戌同第于巽齋，同師古心同門。」吉安府志卷二十「選舉志」載：景定三年方山京榜，廬陵及進士第者有：王國望、李振龍、朱士可、陳解、王夢宸（梅所）、劉璪、王介（夢宸侄）、鄧光薦、蕭碩、朱一飛、劉景豐、蕭曾、劉辰翁、劉炎發、曾杰、廷舉、胡松。

劉辰翁集卷七祭師江丞相古心先生文：「太學半年，受知再面。公歸同野，實始往見。」「公歸同野」，指江萬里于上年罷相後歸回都昌。

宋史江萬里傳：「入對，遷權吏部尚書，又拜端明殿學士，同簽書樞密院事兼太子賓客。隨以言者去官。」宋史理宗紀：「（景定二年）十二月，壬寅，江萬里依舊端明殿學士，提舉臨安府洞霄宫，任便居住。」「實始往見」，指須溪首次到江萬里故居去拜見老師。劉辰翁集卷三南唐軍昭忠禪寺記：「往余從廬山公于緑野，門徑蕭然，望春流數百步外，樓殿峨峨，舊祇園寺也。時公罷政府，國朝恩例，厚臣子，寵靈其先，則即近寺賜功德院改寺額，而公之先太師墓，距今第三里而近，故祇園至是為昭忠。昭忠云者，景定元二間也。」改祇園為昭忠，是景定二年事，因為江萬里「罷政府」，是景定二年時事。劉辰翁于景定三年拜會老師，即文中所謂「往予從廬山公于緑野」。

景定五年甲子（一二六四）

三十三歲。夏，江萬里知建寧軍，兼福建轉運使，須溪從之，入其幕。五月，江萬里遷任福州知州、福建安撫使，須溪從至福州。本年作臨江仙代賀丞相兩國夫人生日，代江萬里作。又作水調歌頭余初入建府。

宋史理宗紀：「（景定五年）夏四月己巳，江萬里以資政殿學士知建寧府。」萬斯同宋季忠義録劉辰翁傳：「萬里官帥閫，强與俱。」宋史江萬里傳：「後以原職知建寧府兼權福建轉運使，已而加資政殿學士，依舊職，知福州，兼福建安撫使。」吳廷燮南宋制撫年表卷下：景定五年引馬廷鸞碧梧玩芳集賜江萬里臘藥敕：「懷二府之臣，分七閩之鎮。」劉辰翁集卷七祭師江丞相古心先生文：「携提反覆，于建于閩。」建，指建寧；閩，指福州。劉將孫養吾齋集卷十一魏槐庭詩序：「先子每為將孫言，甲子秋，彗出柳，會大比。……是時適留古心公三山館中。」須溪詞卷一臨江仙代賀丞相兩國夫人生日并序小序云：「甲子之秋，九月吉日，大丞相國公壽母兩國太夫人初度，謹上小詞，用獻為王母三千年之曲。」代江萬里賀賈似道母壽。須溪詞卷三水調歌頭：「余初入建府，觸官妓于馬上。後于酒邊，妓自言，故賦之。」須溪于此年夏入建寧，詞作于其時。

本年底，仍在福州。

劉辰翁集卷七陳禮部墓誌銘云：「景定末，余留建，君留京。君畫二龍寄余，題曰『甲子上元日并贊』。」

宋度宗咸淳元年乙丑（一二六五）

三十四歲。春、夏尚在福州。閏五月，江萬里入朝執政，以書招須溪。秋後，除臨安府教授，任職前後約半載。劉將孫隨侍左右。聲聲慢九日泛湖遊壽樂園賞菊時海棠花開即席命賦作于本年。

宋史江萬里傳：「召同知樞密院事，又兼權參知政事，遷參知政事。」宋史度宗紀：「（閏月丁未）以江萬里參知政事。」萬斯同宋季忠義録劉辰翁傳：「乙丑，萬里還樞密，以書招，辰翁奉母來京，數月母疾，還。」萬里薦辰翁學宜史館，參政王爚贊之，除臨安教授。」劉辰翁集卷三虎溪蓮社堂記：「穆陵進士，獨嘗教授中都百六十日，罷。」劉辰翁集卷六甘定庵文集序：「乙丑，紹陵登極，古心在政府，余為京教。」劉將孫養吾齋集卷十三送劉復村序：「往乙丑、丙寅間，余侍親客西府堂西榮。其東榮則廬山公外甥小村劉宰先在焉。」須溪詞卷一聲聲慢九日泛湖遊壽樂園賞菊時海棠花開即席命賦，壽樂園，西湖名園。考須溪一生四次居臨安，唯有任臨安府教授之秋天，才能寫下本詞。詳見本詞題考。

本年，為甘茂榮鳴三削之冤。

劉辰翁集卷六甘定庵文集序：「乙丑，紹陵登極，古心在政府，余為京教，白公冤，榜朝天門，甘某三罪三雪。衆歡嘆奇事。」

咸淳二年丙寅（一二六六）

三十五歲。春，江萬里罷相，須溪隨亦為人劾去，回鄉閑居。本年曾遊洪州紫極宮。須溪至友張仲實有寄須溪詩（載詩淵第一册第七二六頁），詳敍須溪本年行實。

劉辰翁集卷六甘定庵文集序：「乙丑，紹陵登極，古心在政府，余為京教。……明年，余劾去。」又，卷四紫極宮寫韻軒記：「余舊過洪，游紫極宮，徘徊寫韻軒上。……後十六年，當閏辛巳之正月，余自廬山還，滯留過之。」由辛巳上推十六年，則辰翁初遊紫極宮乃在本年。

咸淳三年丁卯（一二六七）

三十六歲。閑居廬陵。曾往江西饒州，訪江萬里于芝山之下。

劉將孫養吾齋集卷二十六題古心先生墨迹後：「丁卯，訪公芝山之下。為西林請，奉之以歸，以致之西林者。」「為西林請」，指請求江萬里為廬陵吴西林文集作敍。

咸淳四年戊辰（一二六八）

三十七歲。春、夏在家閑居。秋，江萬里鎮太平，兼任江東轉運使，提舉江淮茶鹽，辟須溪為江東漕幕。前後凡七月。將孫年十二，隨侍于漕幕。

宋史江萬里傳：「（罷相）後二年，知太平州兼提領江淮茶鹽兼江東轉運使。」萬斯同宋季忠義録劉辰翁傳：「萬里鎮太平，兼漕節，辟為江東漕幕。」劉辰翁集卷三虎溪蓮社堂記：「又三年，起從廬山公江東七閲月。」

咸淳五年己巳（一二六九）

三十八歲。春，尚在江東漕幕。三月，江萬里任左丞相，薦舉須溪為中書省架閣庫。夏，須溪任職僅一月半，丁母憂返鄉。

宋史江萬里傳：「既至，拜左丞相兼樞密使。」宋史度宗紀：「三月戊辰，以江萬里為左丞相。」劉將孫養吾齋集卷六游白紵山：「咸淳己巳，余年十三，隨侍漕幕。」須溪詞卷三金縷曲聞杜鵑詞中自注：「予往來秀城十七八年，自己巳復歸，又十六年矣。」己巳復歸，指丁母憂歸里。劉辰翁集卷三虎溪蓮社堂記：「從江東得掌故入修門，四十五日，以憂歸。」辰翁從江東漕幕，入京任中書省架閣庫，不久即因母憂而返廬陵。文天祥回劉架閣會孟（文山先生全集卷五）由文天祥此札，知辰翁任中書省架閣庫。文獻通考卷五十二職官六「主管架閣庫」：「嘉定八年，又置三省、樞密院架閣庫。」文天祥稱之為「劉架閣」，是省稱。須溪母張夫人亡故，文天祥曾寫信吊唁，即回劉架閣會孟一札，云：「某于夫人，契家子弟，以故不能攀望引紼，負負幽明，不勝愧恨。」

咸淳八年壬申（一二七二）

四十一歲。閑居廬陵。九月，朱涣壽旦，作自壽曲，須溪和詞酹江月和朱約山自壽曲時壽八十四以賀之。金縷曲壽繆守作于本年。

須溪詞卷二酹江月和朱約山自壽曲時壽八十四：「今歲甲子重陽，待重數，五百十三甲子。」朱約山，即朱涣，同治廬陵縣志卷三十二：「朱涣，號約山，廬陵儒行鄉古巷人。登嘉定丁丑進士，擢大理寺丞，知衡州。年八十餘，風流文采，重于一時，文天祥嘗師事之。」朱涣壽旦為九月十三日，見文天祥壽朱約山八十韻詩自注：「九月十三日。」又，卷三金縷曲壽繆守：「不是使君人間佛，甚今朝、欲雨今朝雨。持壽酒，為公舞。」繆守，即吉州知州繆元德。繆元德于咸淳六年出任吉州知州。須溪于咸淳五年夏丁母憂回廬陵，為繆元德祝壽，寫作本詞必在咸淳八年。

咸淳九年癸酉（一二七三）

四十二歲。閑居在家。江萬里任潭州知州、湖南安撫使。

宋史江萬里傳：「又授知潭州、湖南安撫大使，加特進，尋予祠。時咸淳九年，萬里年七十有六矣。」吴廷燮南宋制撫年表卷下咸淳九年録江萬里，引文丞相集與湖南大帥江丞相。

咸淳十年甲戌（一二七四）

四十三歲。本年秋，須溪至長沙訪師。菩薩蠻湖南道中作于旅途中。

劉辰翁集卷七祭師江丞相古心先生文：「七年（按，七字誤，當為「六」字。劉辰翁于咸淳五年因母喪歸里，辭別江萬里，到今年恰為六年）又見，無約不酬。昨秋三宿，言餞江畔。」昨秋，即去年秋天。江萬里死于德祐元年，可知辰翁訪師必在本年。須溪詞卷一菩薩蠻湖南道中：「家人當睡美。又憶歸程幾。不管濕闌干。芙蓉花自看。」詞寫于湖南歸途中。節物乃秋景，與辰翁行迹合。

宋恭帝德祐元年乙亥（一二七五）

四十四歲。江上報急，文天祥起兵勤王。須溪與文天祥為同鄉、同門、遠親，交厚，嘗參其江西幕府。二月，元兵入饒州，江萬里赴水殉國。賈似道潰敗魯港。五月，宰相陳宜中薦除史館檢閲，召須溪入館，辭未行。十月，除須溪太學博士，道已阻，未行。故後人多稱須溪為「國博」、「太博」。歲晚，避地虎溪，評李長吉詩，以紓思寄懷。本年作金縷曲和潭東勸飲壽觴、六州歌頭乙亥二月、減字木蘭花乙亥上元，以感慨時事。

宋史瀛國公紀：「（德祐元年二月）江西提刑文天祥起兵勤王。丙寅，以天祥為江西安撫副使，知贛州，趣入衛，詔募兵。」劉將孫養吾齋集卷十六文氏祠堂記云：「將孫之先人交丞相兄弟為厚，蓋嘗與江西幕議。」宋史瀛國公紀：「（德祐元年二月）壬戌，大元兵徇饒州，知州唐震死之，故相江萬里赴水死。」「庚申，虎臣與大元兵戰于丁家洲，敗績，奔魯港，夏貴不戰而去。似道、虎臣以單舸奔揚州，諸軍盡潰。」萬曆吉安府志劉辰翁傳：「丁母憂服除，丞相陳宜中薦除史館檢閲，辭。除太學博士。」萬斯同宋季忠義録劉辰翁傳記載同。劉辰翁集卷三虎溪蓮社記：「德祐初元五月召入館，辭未行。十月除博士，道已阻。歲晚自永新江轉入虎溪，留虎溪三月矣。」「元年冬十二月，予避地虎溪。」劉將孫養吾齋集卷九刻李長吉詩序：「先君子須溪先生于評諸家詩最先長吉。蓋乙亥避地山中，無以紓思寄懷，始有意留眼目，開後來，自長吉而後及于諸家。」

須溪詞卷三金縷曲和潭東勸飲壽觴：「説邊愁、望斷先生宋。醒最苦，醉聊共。」句下自注：「時宋京議和。」此事發生于德祐元年，賈似道遣宋京去元軍中議和，未成而還。故本詞必作于德祐元年二月後。又，卷二六州歌頭（向來人道）小序云：「乙亥二月，賈平章似道督師至太平州魯港，未見敵，鳴鑼而潰。後半月聞報，賦此。」本詞揭露賈似道的醜惡嘴臉，極為深刻。又，卷一減字木蘭花乙亥上元：「銅駝故老。說著宣和似天寶。」寫元宵節無燈可看，慨嘆滄桑迅變。

本年，游香城山朝仙觀，作朝仙觀記。吉州能仁寺重修，為作吉州能仁寺重修記。

劉辰翁集卷三朝仙觀記：「是為德祐元年，吉州南華山朝仙觀記。」南華山，即香城山，距虎溪二十餘里。又，卷四吉州能仁寺重修記：「又二十餘年而德祐初元，融堂冲師拾于衆人之所不取，蓬累處焉。予乃避亂禱張祠，識之頹檐之下，衣弊履穿，賓主不備，然空空有意興復，首以記請。」

德祐二年丙子（一二七六）

四十五歲。春，元兵破臨安，恭帝趙㬎及全太后等被擄入燕。須溪仍在虎溪，應道人覺就之請，作虎溪蓮社堂記。暮春，離虎溪，在外飄流。本年，須溪嘗受命知臨江軍事，未赴任。事見萬斯同宋季忠義録劉辰翁傳。是年春，須溪作浣溪沙虎溪春日、蘭陵王丙子送春、青玉案暮春旅懷等詞。秋，作唐多令丙子中秋前聞歌此詞者即席借蘆葉滿汀洲韻、燭影摇紅丙子中秋泛月等詞。

臨安陷落事，詳見宋史紀事本末卷一百〇七。劉辰翁集卷三虎溪蓮社堂記：「元年冬十二月，余避地虎溪，主蕭氏諸君幸哀我，館且穀我。」「社友十餘，中堂高潔，佛祖咸在，道人覺就可晤語請記。」「是年為德祐二年二日戊午社。」命知臨江軍一事，萬曆吉安府志劉辰翁傳：「除太學博士，明年，改知臨江軍事。」萬斯同宋季忠義録劉辰翁傳記載同。除太學博士為德祐元年，則改命知臨江軍，必在德祐二年。

春，尚在虎溪，作浣溪沙虎溪春日（須溪詞卷二）：「彩鞭金勝一時無。」「自縷青絲成細柳，更堆殘雪當凝酥。」彩鞭金勝，是宋代立春日的節令物；雪柳、黄金縷，為宋時元宵節婦女的飾品，時尚在虎溪。須溪詞卷二蘭陵王丙子送春：「依依甚意緒。漫憶海門飛絮。亂鴉過，斗轉城荒，不見來時試燈處。春去。最誰苦。但箭雁沉邊，梁燕無主。」此詞意均切合丙子時事。須溪以海門飛絮，比喻在南方海邊繼續抗元的宋朝君臣，又以中箭而落于邊地的大雁，比喻被擄北去之南宋君臣。暮春時，已離虎溪，飄流在外。須溪詞卷一青玉案暮春旅懷：「四十平分猶過五……人在江南路。」本年須溪四十五歲，故云。

秋，繼續在外飄流。須溪詞卷二唐多令丙子中秋前聞歌此詞者即席借蘆葉滿汀洲韻：「天地不知興廢事，三十萬、八千秋。」詞人步劉過唐多令韻，連續寫了數首，藉以寄托國破傷懷之情思。又，卷一燭影摇紅丙子中秋泛月：「同是江南倦旅。對嬋娟、君歌我舞。醉中休問，明月明年，人在何處。」

本年，長子劉將孫二十歲，賦臨江仙將孫生日賦。

須溪詞卷一臨江仙將孫生日賦：「二十年前此日，女兒慶我生兒。」將孫生于寶祐五年，加二十年，本詞即作于德祐二年丙子歲。劉將孫遊當塗白紵山詩自序：「咸淳己巳，余年十三，隨侍漕幕。」紀年與本詞合。

宋端宗景炎二年丁丑（一二七七）

四十六歲。須溪仍飄流外地，作菩薩蠻丁丑送春：「天涯同是寓，握手留春住。」可見他仍在飄流途中。本年又作蘭陵王丁丑感懷和彭明叔韻、永遇樂（璧月初晴）、青玉案用辛稼軒元夕韻。

劉將孫養吾齋集卷三十梅所曾貢士墓誌銘：「往丙丁間，先君子避地永水上，去梅所鄉十里處。」「丙丁間」，指丙子、丁丑年間。永水，指廬陵永陽。須溪詞卷二蘭陵王丁丑感懷和彭明叔韻：「雁歸北。渺渺茫茫似客。春湖裏、曾見去帆，誰遣江頭絮風息。」以客雁比擬自己在外飄泊。又，卷二永遇樂（璧月初晴）小序云：「余自乙亥上元誦李易安永遇樂，為之涕下。今三年矣，每聞此詞，輒不自堪。遂依其聲，又託之易安自喻。雖辭情不及，而悲苦過之。」乙亥，為德祐元年，歷三年，則本詞作于景炎二年丁丑。又，卷一青玉案用辛稼軒元夕韻：「天涯客鬢愁成縷，海上傳柑夢中去。今夜上元何處度。亂山茅屋，寒鑪敗壁，漁火青熒處。」從「客鬢」、「亂山」等語意看，本詞應作于「丙丁間」在外飄流時度過元宵節。

祥興元年戊寅（一二七八）

四十七歲。春，為友人胡奎誕辰作雙調望江南胡盤居生日。秋，登華蓋山，與敖秋崖唱和，作齊天樂戊寅登高即席和秋崖韻。

須溪詞卷一雙調望江南胡盤居生日：「嘉熙好，四十二年前。猶記五星丁卯聚，更遲幾歲甲申連。快活共千年。」詞下自注：「丁酉生，奎其名。」則友人胡奎，字盤居，生于丁酉年，即宋理宗嘉熙元年，下推四十二年，即祥興元年，本詞作于是年。又，卷二齊天樂戊寅登高即席和秋崖韻：「漫湛輩同來，遠公回去。我醉安歸，黃花扶路舞。」句下自注：「是日共二僧登華蓋。」

秋崖，即敖秋崖，與詞人多所唱和。華蓋，山名，在廬陵境内，今江西崇仁縣。

祥興二年己卯（一二七九）

四十八歲。二月，帝昺在崖山赴海，趙宋王朝徹底覆亡。

須溪為謀葬江萬里，尋找江鎬（本姓王，蜀人王槦之子，江萬里收為養子，改姓江），自廬陵至江西都昌。

宋史瀛國公紀：「（二月）陸秀夫走衛王舟，王舟大，且諸舟環結，度不得出走，乃負昺投海中，後宮及諸臣多從死者，七日，浮尸出于海十餘萬人。」劉辰翁集卷三南康軍昭忠禪寺記：「後十有八年，以負土之役再至同野，徘徊且久，步昭忠落日，及門門廢，升堂堂壞，風廊雨立，僧飢佛黧，旁無寸垣，光際湖外，蓋戎馬劫灰，累年于此，必盡廢乃止。」「他日鎬以書來求記于予，曰：『甚念昭忠，蓋名為功德之舊，而不敢忘。既舍田若干，又助財粟若干重修，某某願有記。』」「後十有八年」，指景定三年須溪初次到都昌拜見江萬里起，到今年恰為十八年。「負土之役」，即指謀葬江萬里。

本年，須溪作鷺洲書院江文忠公祠堂記，述江萬里創建鷺洲書院的功績。

劉辰翁集卷三鷺洲書院江文忠公祠堂記云：「故大丞相贈太師益國江文忠公古心先生祠鷺洲，侑歐公，己卯曹山長奇所作也。于是謚文忠四三年矣。廄廩荒涼，矧暇俎豆，至曹君始有意教事以及乎此。祠成，聞者垂涕。先生生慶元戊午，遭僞禁之世，父師竊竊傳習朱氏，處白鹿，游東湖，所交多考亭門人，出入端平諸老，其為吾州年四十有三，聲名德業，高邁前聞，故能創鷺洲如白鹿。深衣入林，媚映前後，無不心醉名理。」

永遇樂余方痛海上元夕之習鄧中甫適和易安詞至遂以其事吊之、戀繡衾己卯燈夕留城中獨坐憶當塗買燈姑蘇夜舞再集賦此作于本年。

須溪詞卷二永遇樂余方痛海上元夕之習鄧中甫適和易安詞至遂以其事吊之：「燈舫華星，崖山碇口，官軍圍處。」詞寫崖山事，為祥興二年，正作于本年春。又，卷二戀繡衾己卯燈夕留城中獨坐憶當塗買燈姑蘇夜舞再集賦此：「當年三五舞太平。醉歸來、花影滿庭。」詞以上下闋對照描寫，發出「十年事、去如水」的深深感嘆。

元世祖至元十七年庚辰（一二八〇）

四十九歲。年初，與黃純父相遇于彭澤縣之東湖。返回廬陵故里，鄱陽柴景實來訪，相與亹亹談江萬里等師友事。

劉辰翁集卷七純父墓誌銘：「歲庚辰，予初與純父遇風雪東湖之上，驚相吊曰：『賈鹿泉見君文，問古人耶，今人耶？或者亦以君為古矣。君在此耶！』語雜悲喜，至甚夜不絶。」劉將孫養吾齋集卷十四送柴景實序：「往歲庚辰，先君子須溪先生留先溪（按，先溪當為須溪之誤）時，鄱陽柴堂長景實來，相與亹亹談古心、東澗間師友聞見，序而送之。」

本年得江鎬消息，須溪復至都昌，禮葬江萬里，并為江家石山庵改名歸來庵，作歸來庵記，時已近歲暮。本年春，作減字木蘭花庚辰送春。

劉將孫養吾齋集卷十三送劉復村序：「乙亥……又六年，用周始相聞，先君走廬山葬文忠公。用周，公子也。」「萬里無子，以蜀人王棣子為後，即鎬也。」劉辰翁集卷三歸來庵記：「歸來者，古心先生石山庵也。先生生于林塘，老于同野，死于芝山之下。」「是庵為先生之所手築，意其魂魄猶不忘是間，皋復之道，于此乎？于彼乎？未可知。乃作山中歸來之歌。作歌者誰？先生之門人宋玉也。」「庵成于某年月日，記成于庚辰十二月。」劉辰翁把江萬里比作屈原。

春，應朱佐之約，作古山樓記。本年又作茶陵陳公俊汲古堂記、吉州重修大中祥符禪寺記。

劉辰翁集卷五古山樓記云：「長沙朱君佐過予于廬陵，相視各壯歲也。已矣，年近五十，書來語我古青之樓，將棲隱焉，求文以為記。」「記成于己卯、庚辰之春日。是日也，霧漫天。自子規南，二妃西，青青者如失，惟朱氏樓獨存。」又，卷二茶陵陳公俊汲古堂記云：「茶陵陳公俊之曾祖商霖，為書堂于所居快閣之後，其鄉人段左藏名之曰『汲古』，記之。他日良齋謝公又記之。由淳熙至紹定，築茶陵堂。廢後五十年庚辰而公俊始改居城西，復『汲古堂』，存二記，慨然曰：『吾恨欲裹糧挾册一至于廬陵，不能也。有長沙之介曹氏儻得一言，如淳熙二記者，子孫如有聞也。敢請。』」須溪應其請，為之作記。又，卷四吉州重修大中祥符禪寺記：「丙子庚辰，工費萬億，不知昔日祥符盛時，亦如是否？于是觀者贊嘆疑怪，會雖宏願，以何化力？時絀舉嬴，舍舊圖新，于滅劫末，鬱為莊嚴，是大希有。求記于予。」

春，作減字木蘭花庚辰送春。

須溪詞卷一減字木蘭花庚辰送春明言送春，實為哀嘆宋朝之覆亡。

元世祖至元十八年辛巳（一二八一）

五十歲。正月，自廬山托迹方外以歸，路過南昌，游道觀紫極宫。八月，始返廬陵。本年詞作甚多，有江城梅花引辛巳洪都上元、臨江仙辛巳端午、水調歌頭（山水無宿約）、摸魚兒辛巳冬和中齋梅詞、摸魚兒辛巳自壽五十、好事近中齋惠念賜詞俾壽不勝歲寒兄弟之意、摸魚兒和韻、促拍醜奴兒辛巳除夕等。詞人年過半百，國事日非，功名無就，感慨良深。

劉辰翁集卷四紫極宫寫韻軒記：「後十六年，當閏辛巳之正月，余自廬山還，滯留過之，則殿角如飛，高出廊右，前欄俯月，澄景内徹，中分為三官之祀，謂吴氏故司江湖，水官附焉。」須溪詞卷二江城梅花引辛巳洪都上元，洪都即南昌。本年詞人在旅途中，在南昌度過元宵節，元宵而無燈可看，怎能不讓人「彈燭淚縱横」！又，卷一臨江仙辛巳端午和陳簡齋韻，旅途中遇端午佳節，忽憶陳與義的臨江仙端午詞，乃依韻和之：「海上頹雲潮不返，側身空墮遼東。」須溪和簡齋所處時代不同，雖然同寫端午，而感觸迥異。又，卷三水調歌頭（山水無宿約）小序云：「辛巳前八月九日夜，自黄州步歸，蕭英甫以舟泛余艤本覺寺門外，夜深未能睡，明日為賦此寄之。」本年閏八月，故云「前八月」。本覺寺，在今吉安縣永和鎮。蕭英甫，為辰翁妻之兄弟行。又，卷三摸魚兒辛巳冬和中齋梅詞：「記歌頭、辛壬癸甲，烏烏能知誰曉。」自本年上推十年，則為咸淳七年（辛未）、八年（壬申）、九年（癸酉）、十年（甲戌），期間國勢日衰，時局危殆，詞人和鄧剡憶及這些年頭，甚為悲咽。又，卷三摸魚兒辛巳自壽年五十「百年半夢隨流水」，詞意與題「五十」相合。又，卷一好事近中齋惠念賜詞俾壽不勝歲寒兄弟之意，鄧剡之壽詞今存，詞云：

「百年方半日來多，且醉且吟去。」據中齋詞意，知本詞作于至元十八年，須溪時年五十。又，卷三摸魚兒和韻：「百年一瞬。嘆高卧北窗，閒過五十，無説答形影。」此詞亦作于本年，明矣。又，卷一促拍醜奴兒辛巳除夕：「五十戾㾏炊。待五十、富貴成癡。百年苦樂乘除看，今年一半，明年一半，更似兒時。」詞之後闋，反復咏唱五十，則本詞必作于辛巳年。

十月一日開爐日，醉裏題字。

須溪詞卷二漢宫春壬午開鑪日戲作：「記去年醉裏，題字傾攲。」壬午年之去年，即本年。

元世祖至元十九年壬午（一二八二）

五十一歲。閑居廬陵。十二月初九日，文天祥在元大都受刑殉國。天祥死後，須溪為作古心文山贊、文山先生像贊。

劉辰翁集卷七古心文山贊：「此宋二忠，如國亡何。開卷熟視，龍泉太阿。塵蜕六合，浴于天河。下視萬鬼，腐為蟻窠。千秋遺像，涕泗滂沱。空餘後死，作尹公他。」古心，江萬里；文山，文天祥。兩人共贊，一炷瓣香。雖未記作年，必成于文天祥死難後不久。又，文山先生像贊：「所以為世之重者，為宋五忠。嗚呼！此廬陵之風。」未知作年，姑繫于此。

金縷曲壬午五日、臨江仙壬午七夕、虞美人壬午中秋雨後不見月、浣溪沙壬午九日、漢宮春壬午開爐日戲作等詞作于本年，諸詞均借節令景物，抒寫國家危亡時日封建士大夫之心緒。

須溪詞卷三金縷曲壬午五日：「竹閣樓臺青青草，問木棉、羈客魂歸否。」句下自注：「賈似道建第葛嶺，與竹閣為鄰，裏湖由是禁不往來。似道貶死漳州木棉庵。」端午詞，除寫屈原外，忽入賈似道貶死一段時事，詞人針砭之意甚顯。又卷一臨江仙壬午七夕：「向來牛女本無名。要知天上事，亦似謗先生。」言外有意。又，卷二虞美人壬午中秋雨後不見月：「笑他拜月不曾圓。只是今朝北望、也淒然。」中秋無月，無限惆悵。又，卷一浣溪沙壬午九日：「長歌藉草慰寒香。兒童笑我老來狂。」今日重陽，難得詞人心情愉悦，藉草長歌，聊作狂態。又，卷二漢宮春壬午開鑪日戲作：「容膝好，團欒分芋，前村夜雪初歸。」宋時民俗，于十月一日開鑪向火，舉行暖鑪會，合家團聚。

元世祖至元二十年癸未（一二八三）

五十二歲。春，賦詩送友人李珏遊杭州。八月中秋，與僉江西提刑按察司事馬煦共遊吉水縣吉文江，將孫隨行，須溪作水調歌頭癸未中秋吉文共馬德昌泛江，將孫作文江中秋夜宴和馬觀復僉事詩，記此事。去年十二月，永新湯信叔建習溪橋成，本年九月，須溪為之作記。

劉辰翁集卷七送李鶴田遊古杭，詩云：「八年流落無處所，合眼當朝遽如許。」以丙子年宋亡計，至本年恰為八年。李鶴田，即李珏。厲鶚宋詩紀事卷七十六：「珏字元暉，號鶴田，又號廬陵民，吉水人。年十二，通書經。召試館職，除秘書省正字，批差充幹辦御前翰林司，主管御覽書籍，除閤門宣贊舍人。宋亡後，不出，年八十九而終。有雜著四集、錢塘百咏行于世。」須溪詞卷三水調歌頭癸未中秋吉文共馬德昌泛江，馬德昌，即馬煦，時任僉江西提刑按察司事。詞意記泛江共遊事，亦抒為國破而憤恨之情感。詞云：「知公所恨何事，不是為封侯。自有此山此月，説甚何年何處，重泛木蘭舟。起舞酹英魄，餘憤海西流。」劉辰翁集卷五習溪橋記：「吾州習溪橋，永新下陽湯信叔為之。」「橋成壬午十有二月，明年九月郡人劉某記。」廬陵縣志地輿志：「習溪橋在郡城南門外，傳為習溪公重修是橋，因以名之。」

本年作詞有：唐多令癸未上元午晴、念奴嬌（吾年如此）、金縷曲壽陳静山、摸魚兒守歲。

須溪詞卷二唐多令癸未上元午晴「春雨滿江城。汀洲春水生。」叙入城過上元節，雖無燈，猶夜行賞月。須溪詞卷一念奴嬌(吾年如此)詞云：「五十不來來過二，方悟人言都戲。」據此可知本詞作于至元二十年。須溪詞卷三金縷曲壽陳静山：「我喜明年申又酉。」甲申年為至元二十一年，乙酉年為至元二十二年，則本詞必作于至元二十年。須溪詞卷三摸魚兒守歲云：「嘆五十加三，明朝領取，閒看五星聚。」五星聚在甲申年，故知詞人本年除夕為五十二歲。

元世祖至元二十一年甲申(一二八四)

五十三歲。春，攜子將孫至臨安，憑吊故都，寫下許多詩詞，寄托故國之思，金縷曲聞杜鵑、江城子西湖感懷、戀繡衾宫中吹簫、留京詩等，均為此行撫今傷古而作。

須溪詞卷三金縷曲聞杜鵑：「十八年間來往斷，白首人間今古。又驚絶、五更一句。」句下自注：「予往來秀城十七八年，自己巳夏歸，又十六年矣。」己巳年，乃宋度宗咸淳五年，江萬里為相，辰翁在京任中書省架閣庫，夏，丁母憂返回廬陵。本年憑吊故都，追憶往事，不勝感慨。「五更一句」，指劉將孫摸魚兒甲申客路聞鵑：「任啼到天明，清血流紅雨。」將孫隨父去臨安，途中作此詞，須溪讀後，才賦金縷曲以應和。須溪詞卷一江城子西湖感懷亦作于本年，須溪到達臨安後，走訪過去熟悉的勝景，涌金門、湖山堂、衆賢堂、四聖延祥觀，帶給他的感受，却是「到處淒涼，城角夜吹霜」。須溪詞卷二戀繡衾宫中吹簫，描寫詞人聽簫聲的體驗，没有歡樂，只有哀聲，直抒遺民心態。劉辰翁集卷七留京詩亦作于本年，詩云：「遠夢孤難到，憑高烟景微。」「十年行役事，俯首輒歔欷。」宋亡後，十年來，自己到處飄泊，常生感嘆。

夏，返回廬陵。嘗遊玉笥山。霜天曉角壽康臞山、水調歌頭和馬觀復石頭渡寄韻、桂枝香寄揚州馬觀復、宴春臺壽周耐軒等詞，作于本年。

須溪詞卷一霜天曉角壽康臞山，臞山乃康應弼之號，其人曾任吉州儒學教授。詞云：「問春來未？也似辛壬癸。」因天干辛、壬、癸之後，一元復始，又回到甲，故此問甲年的春天來未，而答以「也似辛壬癸」。詞人與康應弼年歲相仿，本年康五十八歲，劉辰翁本年五十三歲，時當甲申年。須溪詞卷三水調歌頭和馬觀復石頭渡寄韻：「行過石頭舊渡，久别忽經懷。」馬煦于至元二十一年去揚州任職，初離吉州，經石頭渡時，賦詞寄須溪，詞人作本詞和之。須溪詞卷一桂枝香寄揚州馬觀復時新舊侯交惡甚思去年中秋泛月感恨雜言：「去年夜半横江夢。」即指去年中秋須溪、將孫與馬煦共游吉文江事，今年馬煦已去揚州任職，詞人作本詞懷念故人。須溪詞卷二宴春臺壽周耐軒：「五十三年，韶華剛度，今年夏五十三。」周耐軒，即周天驥，與須溪同年生。周天驥、劉辰翁五十三歲時，為至元二十一年，本年夏，須溪已從臨安憑吊故都返回廬陵，適逢老友壽辰，乃賦詞祝賀。

元世祖至元二十二年乙酉（一二八五）

五十四歲。去年歲晚，李雲巖手寫赤壁歌遠寄廬陵，賀須溪生日。本年初，須溪賦百字令以回謝。正月，為南岡禪寺作記。三月，為吉州龍泉新學作記。九月，為玉笥山承天宮雲堂作記。

須溪詞卷二百字令小序云：「李雲巖先生遠記初度，手寫去年赤壁歌，歲晚寄之，少賤不敢當也。匆匆和韻，寄長鬚去，儻以可教則教之。」詞云：「暮年喜見，甲申聚五星照。」李雲巖去年歲晚寫赤壁歌寄詞人，歌中提及喜見五星聚斗，則須溪本詞必作于甲申之第二年，即至元二十二年年初。劉辰翁集卷四南岡禪寺記：「寺修于五星聚前，記成于五星聚後三月，又六月為中元。乙酉并書。」五星聚斗乃在甲申年之十月，「後三月」，即乙酉年正月，南岡禪寺記作于斯時。劉辰翁集卷四吉州龍泉縣新學記云：「乃五星聚南斗之明年，乙酉三月，龍泉改夫子廟，廟新，學遂濱之，誦曰：『我有夫子，魯人祀之。我有弦歌，嘉賓啓之。誰能紀成，千載俟之。』則相率具吉水朱簿請孫氏没官宅為夫子廟狀，伻來，顧記其始。」記成于乙酉三月。劉辰翁集卷四玉笥山承天宮雲堂記云：「玉笥承天之雲堂成，五星聚斗之歲也。先是，余游洞天，宿山房，見其成而去，為書『廬陵劉某過第一山』，山中人求余記之，未暇也。其明年乙酉九日，登高把菊，望數峰如笥，意欣然記之。」

南鄉子乙酉九日、玉樓春乙酉九日、洞仙歌壽中甫諸詞作于本年。

須溪詞卷一南鄉子乙酉九日：「舊日諸賢攜手恨，匆匆。只説明年甚處重。」又，玉樓春乙酉九日：「龍山歌舞無人道，只説先生狂落帽。」兩詞均借典抒寫感傷情懷。須溪詞卷二洞仙歌壽中甫詞云：「六年春易過，贏得清陰，到處持杯藉芳草。」中甫，即鄧剡。己卯八月，鄧剡于金陵告别文天祥，回歸故里。經過六個春天，劉辰翁寫此壽詞賀之，則本詞當作于至元二十二年。

元世祖至元二十三年丙戌（一二八六）

五十五歲。吉州知州劉焕于本年主持吉水縣儒學屋舍重修事宜。法駕導引壽劉侯作于本年。

吉水縣志載，至元二十三年丙戌，吉水縣儒學屋舍重修，主持修葺者為吉州知州劉焕。劉辰翁集卷一吉水縣修學記云：「邑有仁侯曰平陽劉焕，至之日，即有意教養。」須溪詞卷三法駕導引壽劉侯：「燕山桂，燕山桂，猶帶竇家香。月殿一枝金粟滿，囊中玉屑擣成霜。和露入霞觴。」桂，固有折桂之意，而須溪詞反復咏桂，諒亦為切合劉焕壽誕時之節令。

七月，為萬安縣舜祠撰寫買田記，又為臨江軍新喻縣學重修大成殿作記。歲末，為蕭壽甫、丁守廉作墓誌銘。

劉辰翁集卷四萬安縣舜祠買田記云：「後舜祠二十三年七月，須溪記。」劉辰翁集卷一臨江軍新喻縣學重修大成殿記：「喻學丙戌之修，禮殿為大。教官吴鳳孫以丁學諭敬直來請曰：『……』余惟是邑名公多士，非猥遠凡陋者之所敢及。既辭不獲讓，則受言載之于篇。」劉辰翁集卷七蕭壽甫墓誌銘：「壽父號静安，其死以丙戌十月十九日。」「是年某月甲子，葬某鄉。」須溪之墓誌必作于歲末。又丁守廉墓誌銘：「其卒以丙戌二月，葬以十二月丙申。」丁誌亦成于葬前。

本年元宵節，作卜算子元宵。重陽日，作金縷曲九日即事。

須溪詞卷一卜算子元宵：「十載廢元宵，滿耳番腔鼓。」元兵破臨安後，禁止元宵賞燈，自德祐二年下推十年，則本詞作于至元二十三年。須溪詞卷三金縷曲九日即事：「千古新亭英雄淚，淚濕神州塊土。」登高而灑淚，感金甌之傾覆，直抒遺民之心曲。

元世祖至元二十四年丁亥（一二八七）

五十六歲。友黄純父卒，為作墓誌銘。五月，遊吉水洞巖，為朱陵觀玉華壇作記，賦水調歌頭遊洞巖夜大風雨彭明叔索賦醉墨顛倒詞紀其事。為空相院作記。

劉辰翁集卷七黄純父墓誌銘：「純父，其鄉稱之曰思梅先生，生丙申，卒丙戌。」「葬崇仁鄉西隱里雷公山，實丁亥三月丙午。」此誌作于葬前。劉辰翁集卷一吉水洞巖朱陵觀玉華壇記：「歲在諏訾月旅蕤賓丙丁統日庚子御辰，余遊山并記。」諏訾，又作娵訾，晉書天文志上：「自危十六度至奎四度為娵訾，于辰在亥。」太歲在亥，為丁亥年，即至元二十四年。遊洞巖時，又作水調歌頭遊洞巖夜大風雨彭明叔索賦醉墨顛倒，彭明叔是詞人的朋友，是「吾嘗挾二三子」（吉水洞巖朱陵觀玉華壇記中語）同遊人中之一，永陽人，而永陽恰恰是須溪祖籍所在地。劉辰翁集卷一空相院記記僧人紹隆甘受苦辛，積衆人施舍，修復空相院。須溪善其人其事，為之作記。記云「夫前年乙酉事也」，則作記必在本年。

本年作樂邱處士墓誌銘，應其子劉應登之請。

劉辰翁集卷七樂邱處士墓誌銘：「其中子應登將以丁亥某月日葬樂邱，謂曰：『應登與弟，及門舊也，而弟已矣。知樂邱者，記也。葬樂邱以此記可也。顧家庭庸行有記所不及而宜書者，願並誌而銘之，則幽明之望也。』」樂邱處士，姓劉，名可仕，字達仲，號樂邱翁。

元世祖至元二十五年戊子（一二八八）

五十七歲。閑居廬陵。本年春，桃花盛開，因郊游水東觀桃，作摸魚兒水東桃花下賦。

須溪詞卷三摸魚兒水東桃花下賦：「悵二十五年，臨路花如故。人生自苦。祇唤渡觀桃，侵尋至此，世事奈何許。」「臨路花如故」句下自注：「甲子初見。」按甲子年為宋理宗景定五年，下推二十五年，即至元二十五年。

元世祖至元二十六年己丑（一二八九）

五十八歲。友人尚學林來廬陵，適逢壽旦，須溪賦減字木蘭花詞賀之。

須溪詞卷一減字木蘭花小序云：「尚學林己丑壽旦，適歸廬陵，其先世相州人，居永和，今家臨川。」劉將孫别尚學林：「此來七十日，多情共徘徊。」（養吾齋集卷二）可知尚學林這次來廬陵客居，時間很短。

本年，豫章大梵寺新成，須溪應請為作大梵寺記。

劉辰翁集卷一大梵寺記記述大梵寺廢而復興的經過、僧印之貢獻，「既告成，己丑求文為記」。

元世祖至元二十七年庚寅（一二九〇）

五十九歲。秋，元相蒙古岱（亦作莽哈岱）出鎮江西，軍民安業，威德並著，須溪對之甚為敬仰。九月，蒙古岱卒，須溪為作祭文十六字：「公來何暮，公逝何速。嗚呼哀哉，江西無福。」集未載，見周密癸辛雜識。本年作摸魚兒（醉與君狂歌又笑）詞。

周密癸辛雜識別集上「蒙古江西政」條載：「蒙古及（劉辰翁集卷七丞相莽哈岱美棠碑文作「莽哈岱」，大清一統志卷三百零七「名宦門」作「蒙古岱」）之在江西省也，每下學，則命士人坐講而立聽，又出鈔、帛、酒、米，命士人群試。劉會孟命題，出周南賦，韻脚云：『言化之自北而南也。』聞韶賦：『不圖為樂至于斯也。』蒙古之死，會孟作祭文十六字云：『公來何暮，公逝何速。嗚呼哀哉，江西無福。』」須溪詞卷三摸魚兒（醉與君）：「嘆五十之年，我加八九，君隔幾科詔。」本年須溪五十九歲，賦詞懷友人。

本年，江萬里之曾外甥劉復村來廬陵訪辰翁父子。

劉將孫養吾齋集卷十三送劉復村序：「歲庚寅而行省移治廬陵，有同姓來訪，稱自廬山。問其名居，則小村之子復村也。執手泫然。何以至此？乃有職于奉新之學官。……官事有程，惘惘而別。」

至元二十八年辛卯（一二九一）

六十歲。春，應湖南廉訪司之請，作長沙廉訪司題名記。

劉辰翁集卷二長沙廉訪司題名記云：「春正月而歲新，人情改飾修潔，必無肯復仍其舊者，重天道也，故湖南肅政廉訪司之題名始此。肅政廉訪司者，至元二十有八年，以按察司玩（集校：疑為「既」之誤。）廢，更其名。」「伻求文于廬陵以為之記，重新制也。」

十二月，為摯友王櫸祝壽，賦水調歌頭三首。

須溪詞卷三水調歌頭和王槐城自壽：「未信仙都子，曾識老仙翁。」句下自注：「仙都，槐城所領宮觀。」仙都觀，在江西建昌軍，見宋會要輯稿職官五四宮觀使。王槐城，即王櫸，字國正，號槐城，吉安永陽人。又，「百千孫子子」一首云「八十老翁翁」，是預祝王櫸能活到八十歲，本年王欅為六十歲，劉宗彬劉辰翁年譜認為此詞「為王氏八十壽辰作」，非是。又，「我有此客否」一首自注：「先生與槐城同月生，先後三日。」王欅十二月二十一日生，劉辰翁同月二十四日生，故云。

元世祖至元二十九年壬辰（一二九二）

六十一歲。春，廬陵士民植碑紀念蒙古岱，請須溪作丞相莽哈岱美棠碑文。冬，友王欅六十一歲壽旦，作自壽詞贈須溪，須溪作沁園春和槐城自壽詞和之，意猶未盡，又作沁園春再和槐城自壽韻。

劉辰翁集卷七丞相莽哈岱美棠碑文云：「至元二十七年秋九月，丞相莽哈岱以江西省治廬陵，凡四十日，薨于位。」「至二十九年春，復請府經歷濟南孫某，以其俸獨倡成之（按，指植碑事），孫蓋公所辟以自輔者，民士共高其誼，曰：『我則何力于斯。』則相與植碑于學，以其詩來請。」須溪詞卷三沁園春和槐城自壽詞云：「六十一翁，垂銀帶魚，插四角輪。」又沁園春再和槐城自壽韻：「明月清風，晴春暖日，出入千重雲水身。吾老矣，嘆臣之少也，已不如人。」感嘆自己年老無能，安心于隱逸生涯。

鄱陽雙溪書院修葺成，受江萬里門人趙界如之請，為作雙溪書院記。

劉辰翁集卷一雙溪書院記：「古心江公之門人鄱陽趙倅界如，以書介廬陵之為雙溪長者曹質抵余。曰：『……吾子有意于鄱也，則願以壬辰之記為請。』」

本年又作水調歌頭和馬觀復中秋、最高樓壬辰壽王城山八十。

須溪詞卷三水調歌頭和馬觀復中秋：「十年離合老矣，悲喜得無情。」詞人與馬煦曾在十年前共遊吉文江，向下推算，但本詞當作于至元二十九年。須溪詞卷一最高樓壬辰壽王城山八十，王城山即王孟孫，字長翁，嘗任州郡太守，後仕太常丞，與文天祥、陳杰有詩歌唱和，現已退休在家。

元世祖至元三十年癸巳（一二九三）

六十二歲。閑居廬陵。春，賦臨江仙閑居感舊。十二月，友人尹濟翁作詞賀須溪壽旦，調寄風入松。

須溪詞卷一臨江仙閑居感舊：「十五年間春夢斷，亂山寒食清明。無人挑菜踏青行。青鳩啼雨外，閒聽寺中聲。」春夢斷，指宋亡，則本詞作于宋亡後十五年，即至元三十年。全宋詞第五册尹濟翁風入松癸巳壽須溪，尹濟翁小傳云：「濟翁字礀民，廬陵人。」

夏，應友人請，為南劍龜山書院作記。

劉辰翁集卷一南劍龜山書院記：「至元三十年春，蜀某府判以郡督至縣，求先生之廬拜焉，則燬矣，燬又五年矣。彷徨得故基草間，捐俸鋤修，邑士慨然。適溪漲，木刊來中梁柱，不半月堂成。乃白總府臺省，為書院如舊，殿門祭器踵就，以記請。」某府判于春日來南劍，籌劃修葺，雖説很快竣工，但請辰翁作記，最快也得到夏季。

元世祖至元三十一年甲午（一二九四）

六十三歲。春，作水調歌頭甲午送春。端午，與鄧剡唱和，作摸魚兒和中齋端午。重九日，登高作減字木蘭花甲午九日牛山作，水調歌頭甲午九日牛山作。兩詞一長一短，反覆抒發世事渺茫、憂憤難解之心懷。金縷曲奇番總管周耐軒生日，詞云「六十一二三前度者」，當作于本年。

須溪詞卷三水調歌頭甲午送春，題已明示作于本年。須溪詞卷三摸魚兒和中齋端午韻云：「把畫扇鸞邊，香羅雪底，題作午年年午。」從「興亡事遠」推測本詞當作于宋亡後第二個午年，即甲午年，至元三十一年。第三個午年，劉辰翁已亡故。須溪詞卷一減字木蘭花甲午九日牛山作，詞題已明确表示作于本年。又，卷三水調歌頭甲午九日牛山作，詞人于當日連作兩詞，慨嘆良深。又，金縷曲奇番總管周耐軒生日詞云：「又過了午年端午。」本詞作于今年，理由同摸魚兒和中齋端午韻。

元成宗元貞元年乙未（一二九五）

六十四歲。友人陳俞死已多年，本年四月，應家屬之請為作陳禮部墓誌銘。

劉辰翁集卷七陳禮部墓誌銘：「瑒謀銘于達可，達可曰：『有先生之友會孟，顧道遠日迫，請刻之墓上其可。』由是林君之請勤矣，林君之誼高矣。吾銘成，則葬後之五年乙未四月也。」瑒，陳俞之子；林達可，陳俞之門人。陳俞葬于辛卯年，距乙未恰為五年。

元成宗元貞二年丙申（一二九六）

六十五歲。須溪擬南遊衡山，到達湖南茶陵，因故返回。冬，在故里，為廬陵縣學立心堂命名，並作記。作金縷曲壽朱氏老人七十三歲、唐多令丙申中秋、水調歌頭（此夕酹江月）。

本年須溪南遊衡山，將孫未陪同。劉將孫丙申正月五日晚步用陶韻：「家書宿報平安字，尊酒相于南北賓。」自注：「時數客留學于此，南北皆有焉。」辰翁在茶陵時，為尹氏友人書寫「紫微峰」匾額。養吾齋集卷十八覺是堂記：「尹氏心甫自茶陵來……西南雲陽、紫微諸峰羅立，則先君子丙申所書『紫微峰』揭焉。」劉辰翁集卷三廬陵縣學立心堂記云：「起丙申，冬終。求堂名，予命之『立心』。」須溪詞卷三金縷曲壽朱氏老人七十三歲：「箇亥字，甲申起。」據左傳襄公三十年史趙、士文伯兩人之推算，析亥字所得之日數，恰為七十三歲。從甲申年（朱氏老人之生日）起算，本年當為元貞二年。本詞作于此年。又，卷二唐多令丙申中秋：「便有鵠袍三萬輩，應不是、舊京遊。」老來憶及少年時事，不勝感喟。又，卷三水調歌頭（此夕酹江月）小序云：「丙申中秋，兩道人出示四十年前濯纓樓賞月水調，臞仙和，意已盡，明日又續之。」詞云：「舊日登樓長笑，此日新亭對泣，禿鬢冷颼颼。」在今昔比照中，蓋增悲慨冷寂之感。

冬，閑居故里，賈廣文、樊仲璋來訪。

養吾齋集卷十四送樊仲璋序：「元貞丙申冬，客有賈廣文與匠監蒲坂樊君仲璋來謁先君子須溪先生。」

元成宗元貞三年（大德元年）丁酉（一二九七）

六十六歲。正月二十日卒于宅。卒前作寶鼎現春月（一名丁酉元夕），乃須溪絶筆之作。鄧剡祭劉須溪文（載周南瑞天下同文甲集卷三十六）云：「執别曾未三宿，云何奄忽。」可見須溪卒前很清醒。四方學者會葬于廬陵北郭外，鄧剡作祭劉須溪文、劉銑作劉須溪太博詩，哀悼之。此時，同門生王夢應適回長沙祗役先塋，未能參預祭奠活動。翌年，夢應來墓前哭祭，作哭須溪墓文，述師門託交四十載之情誼，悲悼何限，不勝淒慟。

須溪詞卷二寶鼎現春月，元草堂詩餘作「丁酉元夕」，楊慎詞品補亦作「丁酉元夕」。此詞寄故國之思，字字悲咽，詞情淒婉。小隴芳徑甘溪劉氏三派五修通譜：「元大德丁酉正月二十日殁，享祀鄉賢祠。」王夢應哭須溪墓（載天下同文甲集卷三十七）：「紹定壬辰後六十有六年，丁酉閏月庚申，四方學者會葬須溪先生北郭外。其同門生長沙王夢應以是日祗役故鄉先塋，越明年正月十有五日壬寅昧爽，始克奉巵酒哭先生。」丁酉年閏十二月，故會葬在本年閏十二月。

附錄二

傳記題贈

楊慎升庵集

廬陵劉辰翁會孟，號須溪，于唐人諸詩及宋蘇、黄而下，俱有批評。三子口義、世説新語、史漢異同皆然，士林服其賞鑒之精，而不知其節行之高也。余見元人張孟浩贈須溪詩云：「首陽餓夫甘一死，叩馬何曾罪辛巳。淵明頭上漉酒巾，義熙以後為全人。」蓋宋亡之後，須溪竟不出也。與伯夷、陶潛何異哉！同時合志者，如閩中之謝皋羽、徽州之胡餘學、慈溪之黄東發、峨眉之家鉉翁，自以南宋遺人，不肯屈節，不知其幾，宋朝待士之效深矣。（卷四十九）

世以劉須溪為能賞音，為其于選詩、李杜諸家皆有批點也。予以為須溪原不知詩，其批選詩首云：「詩至文選為一厄。五言盛于建安，而勃窣為甚。」此言大本已迷矣。須溪徒知尊李杜，而不知選詩又李杜之所自出。予嘗謂須溪乃開剪截羅段鋪客人，元不曾到蘇杭、南京機坊也。（卷五十七）

陳櫟隨録

劉辰翁字會孟，號須溪，江古心之愛友。文字有好議論，惜無全篇純雅者。其學不自朱子來，是

其天資高。後來漸漸迂僻，如註杜詩，多説得迂晦，教人費力，解説可笑。其人好怪，父喪七年不除，以此釣名。（定宇集卷八）

錢士昇南宋書劉辰翁傳

劉辰翁，廬陵人。少舉進士，丁大全驟用，辰翁對策，有嚴君子小人朋黨論，被斥。江萬里薦辰翁宜史館，除臨安教授，遷太子博士。宋亡，托方外以自詭。所著有須溪文集。子尚友，繼其學，父子成一家言。（卷六十三）

萬曆吉安府志劉辰翁傳

劉辰翁字會孟，廬陵人。家貧力學，學秘書歐陽守道所，守道大奇之。辰翁貢于鄉，會丁大全驟用，辰翁對策，嚴君子小人朋黨論，有司忌其涉謗，擯斥之。補太學生。江萬里為祭酒，亟稱賞其文。壬戌監試，丞相馬廷鸞、章鑑争致諸門下。平章賈似道秉國政，欲殺直臣以蔽言路，辰翁廷對，言濟邸無後可痛，忠良戕害可傷，風節不競可憾，大忤賈意。既奏名，理宗親置之丙第，以親老就贛州濂溪書院山長。萬里官帥閫，强與俱。乙丑，萬里還樞府，以書招，辰翁奉母來京，數月母疾，還。萬里薦辰翁學宜史館，參政王爚贊之，除臨安教授，拔四明戴表元、三衢何新之、三山馬鈞諸生中，後皆為名進士。莆陽陳文龍魁戊辰，為德祐參政，萬里鎮太平，兼漕節，辟為江東漕幕。知院馬光祖亦稱之曰文場獨步。萬里再相，問政何先，辰翁曰：「當先拔異議遭擯者。」丁母憂，服除，丞相陳宜中薦史館檢閱，辭，除太學博士。明年，改知臨江軍事。丙子，宋亡，萬里死節，辰翁馳哭之。壬午，歸，託方外以自詭。辰翁事母孝，慷慨立風節，抑于時而天下知名士多欽其伉直。平生耽著文史，淹博涵深，為文祖先秦、戰國、莊、老，有須溪集一百卷。（卷十八）

按：萬斯同宋季忠義録劉辰翁傳與之大體相同。

黄宗羲巽齋學案

劉辰翁字會孟，號須溪，廬陵人也。巽齋弟子，以進士對策，言濟邸無後可慟，忠良戕害可傷，風節不競可憾。賈似道惡之，置丙第，以親老請濂溪書院山長。後以江文忠公萬里薦，除太學博士，固辭。宋亡，逃之方外。子尚友世其學。（宋元學案卷八十八）

厲鶚宋詩紀事

辰翁字會孟，廬陵人。少登陸象山之門。補太學生。景定壬戌，廷試對策，忤賈似道，置丙第，以親老請濂溪書院山長。薦居史館，又除太學博士，皆固辭。宋亡，隱居卒。有須溪集。（卷六十八）

江西通志劉辰翁傳

劉辰翁字會孟，廬陵人。補太學生。壬戌廷試，賈似道專國，欲殺直臣以塞言路。辰翁因言濟邸無後可慟，忠良戕害可傷，風節不競可憾，雖忤賈意，而理宗嘉之，置丙第，以親老請濂溪書院山長。江萬里、陳宜中薦居史館，除太學博士，皆固辭。宋亡，託方外以歸。子尚友，亦能文。有須溪集。（卷七十六）

陸心源宋史翼

劉辰翁字會孟，廬陵人。補太學生。壬戌廷試，賈似道專國，欲殺直臣以塞言路。辰翁因言濟邸無後可慟，忠良戕害可傷，風節不競可憾，雖忤賈意，而理宗嘉之，置丙第，以親老請濂溪書院山長。江萬里、陳宜中薦居史館，除太學博士，皆固辭。宋亡，託方外以歸。有須溪集。子尚友，亦能文。（卷三十五）

顧嗣立須溪先生劉辰翁傳

辰翁字會孟，廬陵人。年十七，登陸象山之門。年二十四，補太學生。宋景定壬戌，年二十九，廷試對策，忤賈似道，置丙第，以親老請濂溪書院山長。江萬里、陳宜中薦居史館，又除太學博士，皆固辭。宋亡，托方外以歸，隱居不仕。元大德元年卒，年六十六。會孟天資超特，人物偉然，以文章居當世第一流。宋社既屋，腸斷哀些，抆淚謳吟，積至萬首。文祖先秦、戰國、莊、老等書。字體奇逸，自成一家。有須溪集一百卷。草廬先生吴澄稱其文典雅温潤，明白敷暢，讀之可見其為正人，非虚譽也。（元詩選三集甲集）

柯劭忞新元史劉辰翁傳

劉辰翁字會孟，吉安廬陵人。宋太學生，廷試言濟王無後可憫，忠良戕害可傷，風節不競可憾，忤賈似道，置丙第。宋亡，不仕。著有須溪文集。子尚友，亦能文。吴澄評其父子之文，謂辰翁奇詭變化，尚友浩瀚演迤，皆能成一家之言。（卷二三七）

張仲實寄劉須溪

曩在錢塘客，登臨意自如。精神當日見，鄙吝一時祛。自謂無心出，旋聞有詔除。氣將吞屈賈，步豈遜應徐。獻賦趨金馬，談經進石渠。任從文字始，材實棟梁儲。翰苑裴先趣，公卿席為虚。朝陽鳴綵鳳，北海縱鯨魚。俄避風塵地，深潛水竹居。春嘗冬月酒，老讀幼年書。猶懼為名累，何妨與世疏。碧雲千里合，凝望轉愁予。（詩淵第一册第七二六頁）

鄧剡祭須溪文

嗚呼！天地間奇詭超邁之氣，于是乎絶；四十五年如手如足之情，于是乎訣。疇昔燈前高歌，執别曾未三宿，云何奄忽。欲訪何之，山陰無雪；欲見何期，屋梁未月。斜日寒冰，鄰笛為裂，思君平生，肝膽火熱。相知靡靡，相于何切，嗟彼俗人，焉知毫末。君幾哭予于亂離，予忍慟君于羸劣。煢煢予生，種種予髮，倘幽冥其相待，曾幾何其闊絶。願原隰之相求，已不勝其淒咽。何時宇宙，復見此傑。（天下同文甲集卷三六）

王夢應哭須溪墓

紹定壬辰後六十有六年，丁酉閏月庚申，四方學者會葬須溪先生北郭外。其同門生長沙王夢應以是日祗役故鄉先塋，越明年正月十有五日壬寅昧爽，始克奉卮酒哭先生。嗚呼！廬陵自六一公以正學繼孟、韓，起千載，小歐公忠孝義理，鳴穆陵、紹陵間，天下學者再變。先生奮兩公後，卓然秦漢巨筆，凌厲千萬年，蓋炎士訖籙及于今，南北士不得先生一言不為名士，殆盛于眉公矣。惟盛時不以所學大用，不奮筆大典册，成一經以彰休明，為宇宙闕作，使天下士觖然。夢應又念早從小歐公、廬山公師門，託交四十載，晚更流落，蒙賴實厚，追惟吾感，永愧負土。且斯文千載之託，一日永已，悲悼何限。謹吟短些，尚鑒之。（天下同文甲集卷三七）

劉銑呈須溪劉先生二首

仙人三山來，袖有五尺琴。緑尾龍門植，朱絲軒轅音。攜之曾謁舜，三奏鳳舞庭。風高天路斷，歸見崑崙青。起視八極間，琅琅成孤鳴。緑海凝不動，白日回夜明。時違地亦失，猶使天下傾。但憾無子期，彼直樂其名。

六合白日盡，閉門讀仙書。骨凡俗亦重，三嘆空若無。朝芝與暮石，憂樂病益癯。坐聞安期生，散藥行八區。飛霞貫紫帳，天風吹流蘇。青童笑丸丹，庭下白玉壺。念此千載事，咫尺雲中居。奈何歲月忽，欲往終慚愚。（桂隱詩集卷一）

劉銑挽劉須溪太傅

蚤日驚吳洛，餘年畏有聞。蹉跎太傅策，流落大蘇文。世外風流盡，人間議論分。豈無千載淚，不得洒公墳。（桂隱詩集卷三）

張孟浩寄贈須溪詩

首陽餓夫甘一死，叩馬何曾罪辛巳。斜川石上漉酒巾，義熙以後為全人。世間曲調風吹別，萬古薰廊五弦絶。蜀魂啼殺竟何歸，一日君臣死生訣。吾聞大椿八千春，幾見滄海飛黃塵。鴻蒙再剖一天地，書契復申科斗文。大空日月兩枝燭，偏照有情歌與哭。歌聲不似哭聲多，淚漲一江春水緑。石家禍烈珊瑚珠，董家全塢人耕鋤。聖人六籍束高閣，紛紛盜賊行山區。蒼天可望不可到，甚欲哀鳴心草草。當時若有硬脊梁，豈謂鐵山堪踢倒。董狐司馬太史筆，誰為大慚誰大好。乾坤有憾夫何云，方今天下書同文。歲寒尚有須溪君，十年闊遠不相聞。紛紛兒女差一念，惟有青原山不變。平生五色爛胸中，留與睢陽添一傳。嗚呼古人不可見，地凍天寒正冰霰。（劉須溪先生集略）

連文鳳寄廬陵劉國博會孟先輩

吁嗟天地何夢中，魑魅日夜嘘寒風。萬物元氣銷鑠盡，文章千古無時窮。先生驅文挾風雨，筆勢不停心自語。頮池水暖芹正香，物換星移時不魯。昔魯東門已無人，況今門外車馬塵。飛塵著天黑如漆，靈光一點争嶙峋。新進少年競浮靡，妝點春妍學桃李。貞元朝士已無多，不識伯淳堪愧死。江空歲晚雪滿天，錢塘風景經幾年。片言隻字落人世，至今識者猶能傳。愧乏新詩送盤谷，恨别情多歌不足。語言憔悴更可憐，故都寫作斷腸曲。潸然老淚愁天津，銅駝巷陌荆棘深。吴雲江樹黯無色，千里共此淒涼心。昌黎博士頭已白，籍湜當年門下客。俱是乾坤無用人，一見新詩重相憶。噫嘻齋前烟雨淒，横江老鶴今來歸。我欲附之翎翅短，此情寄與東風飛。（百正集卷上）

劉岳申題須溪先生真贊

其清足以洗一世之衆濁，其新足以去千古之重陳。昔之見者，尚不足以得其真；今之謗者，復何足以望其塵。嗚呼，何年復見若人！（申齋集卷十四）

附録三

序跋著録

劉將孫須溪先生集序

于是先君子須溪先生棄人間世十六年矣，乃皇慶壬子泉江文集刻本成，遠徵為序。嗚呼！如之何使孺子僭妄，重貽笑于大方也，抑歲月不可以不之志，述其所以刻者而感慨係之矣。蓋嘗竊觀于古今斯文之作，惟得于天者不可及。得于天者不矯厲而高，不浚鑿而深，不斲削而奇，不鍛煉而精。若人之所為，高者虛，深者蕪，奇者怪，精者苦。三千年間，惟韓、歐、蘇獨行而無并。兩漢以來，六朝南北、盛唐名家，豈不稱雄一時而竟莫之傳者，天分淺而人力勝也。先生登第十五年，立朝不滿月，外庸無一考。當晦明絶續之交，胸中之鬱鬱者，壹泄之于詩，其盤礴襞積而不得吐者，借文以自宣，脱于口者曾不經意，其引而不發者，又何其極也。然場屋稱文，自先生而後，今古變化，義理沉著，皆有味之言，至于今猶有遺者。師友學問，自先生而後知證之本心，溯之六經，辨濂洛而見洙泗，不但語録或問為已足。詞章翰墨，自先生而後知大家數筆力情性，盡掃江湖、晚唐錮習之陋，雖發舒不昌，不能震于一世之上，如前聞人；而家有其書，人誦其言，隱然掇流俗心髓而洗濯之，于以開將來而待有作。嘗論李漢稱韓公摧陷廓清之功，雄偉不常比于武事，東坡推歐公同于禹抑洪水，周公之膺懲，千載無異詞。抑佛老，人知其為異端也。西崑體，世之所謂時文也。未有若學問之平沉而文字之瀾倒也。且視韓、蘇所遇為何如哉，而振拔一時，至此則先生之文，豈不有關于氣運，力難而功倍，而其不幸，則可感者在是矣。往年侍側，嘗授以詩卷，俾為選次，謹排比一卷以呈，不以為不然。丁酉以來，深懼散佚，編匯成集。季弟參之婿項逢晉篤志願學，乃其父時楙審而授之。今刻為詩八十卷，文又如干。緒言如昨，荒忽隊忘，不能有所發明，顧無以慰刻者之意，誠知其不韙不韙而亦無所逃也。是歲十月之望癸卯，嗣子將孫謹書于昭武之光澤。（養吾齋集卷十一）

張寰劉須溪先生記鈔序

寰早嘗讀須溪劉先生會孟之辭，見其奇詭偉麗，變化不常。未嘗不廢卷以嘆，謂古今以文名家者衆矣，其為體要不能同，然皆有蹊徑可窺，法度可守，若斯人者，蓋能自立機軸，成一家言。質之前哲，雖有異評，未可遽以為訓，殆難學也。顧其遺文全集，世所罕傳。余求之累年，僅得其記鈔，總若干篇。于是知先生所著富甚，此其什伯之一二矣。竊用珍玩而重惜之。今廬陵静齋先生陳公保里南士，辱嘗貽書，面以須溪遺文下問。劉蓋廬陵前哲，其集鄉郡尚闕焉。公平生慕古崇賢，宜拳拳于斯。寰舊事公于東土，荷與進之雅，兹幸藉是庶幾可以承教，將因讀禮之暇，編次八卷，圖復于公。邑令王君偶訪余北野，見而異之曰：「須溪之文，要是穹壤間奇物，乃僅獲此，豈斯文顯晦有數存焉。雖非全書于是，而苟無能為之以行于世，則是編將并廢以没可知已。願畀以歸，亟為捐俸鋟之梓，不猶愈于澌滅而無傳乎！」寰曰：「善哉！我公之意，固亦將以嘉惠後學，不得而私之也，余曷敢私。若先生之履歷，則國史有傳。評其文者，有吴文正公所為。先生之子尚友文集序，所謂不必學歐，諔詭變化，追配韓柳五君子者，殆厚許之也。寰不敏，請誦是以質之公，而僭為之叙。」王君，名朝用，字汝行，蜀之南充人，為余同榜進士。時又將復三賢祠于石浦，葺龍洲先生之墓于東麓，并刻其文以傳，其崇飭風教，雅尚文事，斯亦可以觀政矣。因附紀之，以示我同志云。嘉靖五年春二月既望，昆邑張寰記。

韓敬劉須溪先生記鈔序

須溪先生倫鑒高絶，其所評騭膾炙人口，今世所傳秘本，皆同安石碎金，而本集不復流傳。余偶于故簏中得記稿一帙，瑰奇磊落，想見其人，每讀數過，輒恐易盡，真枕珍帳秘也。先生生黨禁之時，超然是非之外，復不為訓詁纖纏，不為理學籠絡，點筆信腕，自以抒寫靈灝，鼓吹風雅，極其魄力所至，左愚溪而右聱叟，他不足方駕也。余嘗欲輯晚宋文章之雄，匯為一家，如陸務觀之快暢，陳同父之縱横，葉水心之嚴緊，王鼎翁之峭峙，以至謝皋羽詩，辛幼安、劉改之詞，萃作狐腋，獨以不得先生之全為恨。嘗舟過蘭陰，訪胡元瑞遺書中有須溪集名，為停橈三日，搜獲不可得，至今夢寐思之。猶幸斯編尚在，計他日延津龍劍，或有鳴吼相從時耳。今世盛傳臨川世説及孝標所注，然當時别有集林二百卷，續世説十卷，唐以後即不復傳，而孝標羣從七十餘人，人人結集，迄今誰復能舉其名者。劉氏信多才，造物何故顯之而後故厄之。悠悠往世，榮晦滅没之概，又可勝道哉！友人楊識西氏，篤志好古，得先生所評詩文，刻為善本，兼請斯記，公之同好。識西為聞子將宅相，風格才調，酷似其舅，因與先生結異代之緣，俾古圭轂璧，不没没塵土間，亦讀書好奇者一段佳話也。天啓癸亥陽月，西吴韓敬書。

何屬乾劉須溪先生記鈔序

屬乾快讀之餘，方焚香告帝曰：「日之所為庶幾無虚度乎？」忽亭梧一葉飄落階前，童子警報秋至。予笑謂之曰：「數十年坐萬卷中，意之所會，幾冥寒暑，不知驚秋，今秋乃足驚耶？此必有異書來餉也。」適劉子偉布香山攜須溪先生記鈔索叙，予再四展玩，每篇多隱突不可句者。喟然曰：「此驚秋一葉也。」考宋景定壬戌，先生以丙第起籍，終太學博士。初，忤賈平章，幸免黨禁。晚年遭國破，游于方外。是帙流傳，迄今驚幾秋矣，字迹剥蝕宜也。然吾嘗閲先生點次九種書，于子録老、莊、列，于詩選摩詰、長吉、子美，于史辨班馬異同；在晉則取世説三絶，在宋則喜蘇東坡，其刻本精核，動人省覽，非若是集隱突不可句讀，何為也哉？豈品騭古人則了了，而自我作古，後生不逢辰，多憂讒畏譏，留行間疑案，俟百世下有知我者，仍取記鈔而品騭之，會心于語言之表耶？予也不敏，愛日思沐，望月思浴，敢謬評曰：兹集也，時而談玄，忘乎劉之為老也；時而逍遥，忘乎莊之為劉也；或乘風而行，若列子代御也；有摩詰之畫意，不必見于詩也；才如長吉，而非近于思也；忠愛似子美，不悲而歌，不哭而痛也；學兼班馬，不能分異同也；語多曠達，如東坡居海島，而無謫遣之戚也。是三絶益以四絶，九種合為一種也。先生其諾而許我乎？昔邢邵多藏板，誤處不較讎，曰：「誤處正令人可思，不誤處隨人領其要妙。」吾謂覽先生記鈔，應作是觀。童子曰：「不作是觀，恐又驚秋去矣。」亟為叙之，以驚天下之不能千秋自命者。康熙庚戌菊月，盱源後學何屬乾謾引。

蕭正發劉須溪先生記鈔後跋

先生全集不傳，所傳者記鈔一體。而中之脱漏，首尾而誤合者凡二篇，且有所謂立心堂等記又在鈔外，則即記之一體七十篇外，猶未盡傳，況他體乎？而此一體中，其為文凡數體焉。脱誤固多，晦澀處亦不少。然其高處大概得力于漆園為多，則此一體固已居然可成一子矣。劉彦和之評尚書也，曰：「覽文似詭，尋義即暢。」先生之文亦然。讀者于晦澀處一尋其義，大意便隱隱躍露，未晦也。古書之脱誤最多者無如彦和之文心雕龍，近梅慶生輯楊用修、曹能始而下十數家之汰衍訂訛，于逐字之下注云某改，或云某補，而其闕不能補者，則置之。而後世之讀是書者始得廬山面目。今于茲鈔僭為圖者、乙者、衍者、增者、顛倒其句者凡七十餘字，而其晦而難悉者，以俟巨眼。因紀二律，其辭曰：「天地有遺恨，先生集不傳。空餘記類在，猶使讀難全。驚彼手靈奥，發兹目炯淵。莫將九種異，琴外索無弦。」「大文天欲閟，一體存為多。鋤墾列慶圃，掀翻儒佛窠。神龍疑變幻，籀蚪任摩娑。脱誤幾難句，參差試爾哦。」詩成，以呈予友孝廉予覺氏暨令阮孝廉坦庵氏，并請之曰：「是書君家已板行，然欲再刻以廣其傳，則當如慶生之刻雕龍例，庶脱者不漏，而晦者易顯，豈獨私君家之琬琰世珍哉？」將海内之讀是書者，觸其義類，擴其見解，即一體以推全集百卷，傳者傳，而不傳者亦傳，其惠來學，庸有既乎？猶憶昔和孝廉圖復先生祠詩云：「信國南歸應共老，歐公北面肯稱臣。」謂其著作不肯北面稱臣于歐公也。當時所見先生文僅數首耳，今得記鈔八卷，披閲之後，謬加點評。益喜昔者予言不妄，慕先生之為人，夐乎莫尚矣。而猶幸得借是書以慰尚友之志于萬一云。時康熙丁巳之仲春同邑後學麟陽遺人蕭正發次方父謹識。

蕭正發劉須溪先生集略序

善乎譚寒河之言曰：「古今無不奇文字。」但其所謂奇者，穆穆皆有其氣。明世宗朝指譏古文辭，以推轂壇坫者，則曰：「古者理苞塞不喻假之辭，今辭不勝則跳而匿諸理。」果若言，則推轂者固推其離理之辭乎，宜其句盲左篇腐馬而其氣不留也。自有天地來，自有文章來，孰有奇于漆園者哉？以漆園之所為奇，奇以辭乎？奇以理乎？千有餘年一轉而為長公。漆園之轉而為長公也，轉者辭，而未轉者理也；時也平，而不自掩其奇也。宋之亡也，而有我廬陵須溪劉先生。先生之為文，無以異于漆園之為文也，非其時也，奇而益自晦其奇也。于何知之，于記鈔恍惚知之。先生之集百卷不傳，而記鈔傳。記鈔七十篇中可讀者傳，而闕誤不可讀者亦傳。就其可讀者，而得先生之奇；就其闕誤不可讀而卒可讀，而益得先生之奇。先生之奇，奇以理乎？奇以辭乎？如行軍然，謀其理，行伍其辭也。兩兵相當，非奇師必無以制勝。同一嗞管，同一濡墨，奇于何來？而機留神助，波屬雲委，或狂呼而唾壺碎也，或痛哭而子規啼也。或白晝譚玄，而仙鳥翔集也；或静夜思禪，而鐘聲叩應也。寒暑往來，不侵假而冬可起雷，夏可造冰也。渾沌鑿七日，死而不死也。當此之時，奇又于何往哉？以近五百年闕誤不可即讀之書，而不啻旦暮遇之者，若磁珀之誤雜瓦礫中，投之針芥，無不即應，真氣相接，無之而不奇合也。廬陵固不乏第一流奇人也，而第一流奇人奇書，舍先生誰歸哉！韓求仲訪胡元瑞，見其書目有須溪集名，停橈三日，搜之不獲。余觀弇洲之為元瑞記二酉山房也，近世藏書之富，未有過于元瑞者也。有其目而失其書，天乎！其不欲使百卷之奇之全之再出入人間乎？劉氏代多名人，每傷手澤之淹于家乘殘編，日哀歲薈，若記序、若題跋、若詩詞、若四六，得數十首，及其子尚友之文之存者數首，名曰集略。孝廉予覺氏欲合刻記鈔後，以廣其傳，而丙辰郡城失守，孝廉避亂予里，倉皇流離，無異先生奔走瀟瀧禾川時，而挾策以游，讀者不輟，因出記鈔、集略相訂。發惟集略諸篇，其奇焰未免為記鈔所奪，而與諸子序跋之論詩，江文忠祭文之悱惻，寄别潛齋及張孟浩之慷慨酬和，皆真氣所結，而奇光所流者，固安能使其不傳也。陳眉公曰：「須溪筆端有臨濟擇法眼，有陰長生返魂丹，又有麻姑搔背爪。」蓋謂其評唱九種也。愚意劫火熾然，文字當灰，天欲為未來世留讀書種，此九種者，應不復墮祖龍烈焰中，故不敢復論。廬陵後學蕭正發次方父拜題。

劉為先續刻須溪先生集略序

嘗讀弓治箕裘之記，而竊有愧也。莫為之前，雖美弗彰；莫為之後，雖盛弗傳。吾家為之前者，自唐宋元明以來，代不乏人，而太學博士須溪先生，著作尤富焉。當時遺集凡百卷，諸書中多所評點，其選唐詩，每章一和。亡何蠹魚飽之，祝融灰之，析薪弗荷，非後人之罪而何？猶幸三代法物未盡埋没，而先輩楊升庵、韓求仲、陳眉公、張淞南諸公為之序其心事，取其記鈔及評點杜詩、世説新語、老、莊、列、李長吉、蘇子瞻、王、孟、班馬異同諸書而付之梓，亦幾存什一于千百矣。嗟乎！溪山空存，而杯棬失守；書樓如故，而堂構莫新。世遠代遷，干戈灰燼之餘，先生不能得父書讀之，後人而猶結知己之緣于百世之下，四海之内，又何必後人之傳之也。然其傳于家乘與殘編斷簡中者，記鈔而外，有詩文若干篇。余懼久愈湮，將壽之梨棗，終以不獲成全書為恨。而又幸余姪偉布香令之先得我心也，先生不朽矣。為先生傳之，孝思亦不朽矣。但其刻本只記鈔七十篇，今以未刻者續之，殘闕者則存，以俟他本校讎，然後敢入。昔孔子作春秋，立乎定、哀以指隱、桓，以為猶望遠而聽遠音，故甲戌己丑，夏五郭公俱不在筆削之列。至觀道夏、殷，而文獻之徵，雖以杞、宋王者之後，猶不足焉，而又何疑于先生之集乎！因憶當趙宋社屋之後，信國知其不可而為之，先生知其不可而不為，挂冠史館，詭迹方外，而惟是放于筆墨，作悲憤無聊之語，無地不記，無書不評，夫豈以文章顯哉！蓋亦托文章以隱爾。張孟浩比之伯夷、陶潛，誠論其世以知其人，讀其文章以知其節義，則先生之詩、古文、詞，其與歌黄虞而餓西山之薇，賦歸去而醉東林之酒，千載上下，真同一辟世之心也。介之推曰：「身將隱，焉用文之，是求顯也。」先生固以文章隱當時，而後人之復傳其文，以求顯先生也，又豈先生意哉？康熙壬戌之秋九月朔，嗣後為先謹識。

朱孝臧彊村叢書須溪詞校勘記跋

須溪詞集本分三卷，自望江南至聲聲慢為卷八，自漢宫春至鶯啼序為卷九，自沁園春至摸魚兒為卷十。兹刻初據錢塘丁氏嘉惠堂藏舊鈔不分卷本，譌舛屢見，丐吴郡金養之孝廉文梁校勘一過，沈山臣明經修覆斠若干條，率授剞氏。庚申春，南城李振唐大令之鼎傳録文淵閣本須溪集詞三卷見貽，稽其異同，又無慮數十百字，亟就原刻比勘遵改，庶臻完善。其不可通者，仍參以他校，惟卷葉未分，但于目録標明卷次耳。丁本雖譌文叠出，然資以諟正閣本，亦往往而有，若水龍吟之「移將剡棹」，鶯啼序之「千載能胡語」，又頗疑閣本非本來面目也。養之墓草久宿，比聞山臣亦歸道山，輒為之掩卷而唏矣。辛酉二月，朱孝臧跋于禮霜堂。

四庫全書總目須溪集提要

須溪集十卷，永樂大典本，宋劉辰翁撰。

辰翁字會孟，廬陵人。須溪，其所居地名也。少補太學生，景定壬戌廷試入丙第。以親老，請濂溪書院山長。江萬里、陳宜中薦居史館，除太學博士，皆固辭。宋亡，遂不復出。辰翁當賈似道當國，對策極言濟邸無後可慟，忠良殘害可傷，風節不競可憾，幾為似道所中，以此得鯁直名，文章亦見重于世。其門生王夢應作祭文，至稱韓、歐後惟先生卓然秦、漢巨筆。然辰翁論詩評文，往往意取尖新，太傷佻巧。其所批點如杜甫集、世説新語及班馬異同諸書，今尚有傳本，太率破碎纖仄，無裨來學。即其所作詩文，亦專以奇怪磊落為宗，務在艱澀其詞，甚或至于不可句讀，尤不免軼于繩墨之外。特其蹊徑本自蒙莊，故惝恍迷離，亦間有意趣，不盡墮牛鬼蛇神。且其于宗邦淪覆之後，睠懷麥秀，寄托遥深，忠愛之忱，往往形諸筆墨。其志亦多有可取者，固不必概以體格繩之矣。須溪集，明人見者甚罕，即諸書亦多不載其卷數。韓敬選訂晚宋諸家之文，嘗以不得辰翁全集為恨。聞蘭溪胡應麟遺書中有其名，往求之，卒弗能獲。蓋其散失已久，世所傳者惟須溪記鈔及須溪四景詩二種，篇帙寥寥。今檢永樂大典所録記、序、雜著、詩餘尚多，謹採輯裒次，釐為十卷。其天下同文集及記鈔所載而不見于永樂大典者，亦别為鈔補，用以存其概。至四景詩則原屬單行之本，今仍各著于録，故不復採入云。（卷一六五）

四庫全書總目須溪四景詩集提要

須溪四景詩集四卷，編修汪如藻家藏本，宋劉辰翁撰。

考晉宋以前無以古人詩句為題者，沈約始有江蘺生幽渚詩，以陸機塘上行句為題，是齊梁以後例也。沿及唐宋科舉，始專以古句命題。其程試之作，唐莫詳于文苑英華，宋莫詳于萬寶詩山，大抵以刻畫為工，轉相效仿。辰翁生于宋末，故是集各以四時寫景之句命題。春景凡六十三題，詩七十二首；夏景凡三十二題，詩三十五首；秋景凡四十題，詩四十四首；冬景十六題，詩如題數。所作皆氣韵生動，無堆排涂飾之習。在程試詩中，最為高格。末附東桂堂賦一篇，為劉端伯教子讀書而作。此集殆亦授劉之子，備科舉之用者歟。（卷一六五）

丁丙善本書室藏書志

須溪集十卷，舊鈔本。宋劉辰翁撰。須溪，會孟所居地名也。四庫館既以記鈔入存目，須溪四景詩別為著録，復檢永樂大典所録記、序、雜著、詩餘，釐為十卷，亦僅百中之一耳。（卷三十二）

須溪四景詩集四卷，簡鈔本。宋劉辰翁撰。春景六十三題，詩七十二首；夏景三十二題，詩三十五首；秋景四十題，詩四十四首；冬景十六題，詩如題數。皆備程試而作，末東桂堂賦，為劉端伯教子讀書所作，亦為科舉之學，殆如王充耘書義矜式耳。（同上）

李之鼎須溪先生四景詩集跋

此本乃迻録蔣孟萍君所藏舊鈔，微惜中多脱字。壬戌秋就文津閣本校補完善。須溪先生在宋末，文章道德為一時之冠。此詩殆作于侘傺無聊之日，雖近應制體格，然運用典實，發揮題藴，有尺幅千里之勢。其間滄桑之感、故國之思，每流露于字裏行間，良足慨也。須溪集詩文八卷，詩七卷胡漱唐副憲刊入豫章叢書，詞一卷朱古微侍郎刊入彊村叢書，皆近年刊本也。此詩刊成，須溪著作復顯于世矣。壬戌九月重陽前一日，之鼎識于滬上寓廬。（宋人集丁編）

胡思敬須溪集跋

須溪與文信國同出歐陽巽齋之門，故其志節文章皆卓然有以自立。文之佳者如閣山、善寂諸記之談佛老，善堂、中和、核山、静見諸記之談性理，豈畦、介庵諸記之談事變，楚翁序之談詩，奇詭縱横，深入蒙莊化境，其艱澀處多由舛誤所致，嘉興沈乙盦方伯自謂與須溪有緣，索此刻許為代校，久之，音信杳然。殆亦難于著手。江南原鈔本十卷，與四庫總目合，後三卷詩餘，因朱古微侍郎已收入叢刻，未付鈔胥，故闕，異時當據朱刻補之，以成完帙。庚申四月，胡思敬識。（豫章叢書本須溪集）

魏元曠須溪集跋

四庫總目須溪集十卷，係從永樂大典録出，并採須溪記鈔及天下同文集補輯。兹刻凡七卷，乃據十萬樓鈔本，原八卷，因詩餘近有朱氏單刻本，故未收入。鈔本訛誤甚多，而其文艱澀，甚至不可句讀，誠如總目所云殊難訂正。顧其答劉伯英書，且言韓文未得如歐蘇坦然如肺肝相示，其極無不可誦，而以柳子厚、黄魯直行文為最澀泚，容齋水心為愈榛塞，不知其自為文，乃又甚焉。復云：「文猶樂也，若累句换讀之如斷弦失譜，或急不暇春容，或緩不得收斂，胸中嘗有咽咽不自宣者，何為聽之哉！」真不易之論，乃自言之，皆自蹈之，何耶？豈所謂見千里而不見眉睫者！然文則縱横變化以極其工，當以求工之累而蔽之也。南昌魏元曠跋并校。（豫章叢書本須溪集）

附錄四

詞評

楊慎詞品：須溪劉辰翁元宵雨詞云：「角動寒譙。看雨中燈市，雪意蕭蕭。星毬明戲馬，歌管雜鳴刁。泥没膝，舞停腰。餤蠟任風飄。更可憐、紅啼桃臉，緑頽楊橋。　當年樂事朝朝。曾錦鞍呼妓，金屋藏嬌。圍香春醉酒，坐月夜吹簫。今老去，倦歌謡。嫌殺杜家喬。漫三杯、擁爐覓句，斷送春宵。」以意難忘按之，可歌也。（卷五）

又：劉須溪丁酉元夕寶鼎現詞云：「紅妝春騎。踏月花影，牙旗穿市。望不盡、歌樓舞榭，習習香塵蓮步底。簫聲斷、約彩鸞歸去，未怕金吾呵醉。甚輦路、喧闐且止。聽得念奴歌起。　父老猶記宣和事，抱銅仙、清淚如水。還轉盼、沙河多麗。滉漾明光連邸第。簾影動，散紅光成綺。月浸蒲桃十里。看往來、神仙才子。肯把菱花撲碎。　腸斷竹馬兒童，空見説、三千樂指。等多時、春不歸來，到春時欲睡。又説向、燈前擁髻。暗滴鮫珠墜。便當日、親見霓裳，天上人間夢裏。」此詞題云「丁酉」，蓋元成宗大德元年，亦淵明書甲子之意也。詞意淒婉，與麥秀歌何殊？（詞品補）

沈雄古今詞話：柳塘詞話曰：按會孟字辰翁，廬陵人，宋亡不仕。張孟浩贈詩，直以孤竹、彭

澤比之。自題寶鼎現詞云「丁酉」，時大德元年，亦只書甲子之意。有須溪詞。（詞評上卷）

又：宋季高節，蓋推廬陵、吉水、涂川，亦同一派，如鄧剡字光薦、劉會孟號須溪，蔣捷號竹山，俱以詞鳴一時者。（詞評上卷引松筠録）

王奕清等歷代詞話：劉辰翁作寶鼎現詞，時為大德元年，自題曰「丁酉元夕」，亦義熙舊人只書甲子之意。其詞有云：「父老猶記宣和事，抱銅仙、清淚如水。」又云：「腸斷竹馬兒童，空見説、三千樂指。」又云：「向燈前擁髻，暗滴鮫珠墜。便當日、親見霓裳，天上人間夢裏。」反反覆覆，字字悲咽，孤竹、彭澤之流。張孟浩。（卷八。馮金伯詞苑萃編卷五亦載此條。）

又：須溪大酺詞後闋云：「休回首、都門路。幾番行晚，個個阿嬌深貯。而今斷烟細雨。」説春寒至此，大有深味。蘭陵王首句云：「送春去。春去人間無路。」九字悲絶。换頭云：「春去。最誰苦。但箭雁沉邊，梁燕無主。杜鵑聲裏長門暮。」此四句淒清何減夜猿。後段云：「春去。尚來否。正江令恨别，庾信愁賦。蘇堤盡日風和雨。嘆神遊故國，花看前度。人生流落，顧孺子，共夜語。」其詞悠揚悱惻，即以為小雅、楚騷可也。填詞云乎哉？卓人月。（卷八。馮金伯詞苑萃編卷五亦載此條。）

陸以謙詞林紀事序：蘭陵王送春詞，抑揚悱惻，即以為小雅、楚騷可也。

又：劉須溪寶鼎現，詞意凄婉，與麥秀歌無殊。

厲鶚論詞絶句十二首：送春苦調劉須溪，吟到壺秋（羅志仁）句絶奇。不讀鳳林書院體，豈知詞派有江西。（元鳳林書院詞三卷，多江西人。）

陳廷焯白雨齋詞話：（蘭陵王）題是送春，詞是悲宋，曲折説來，有多少眼淚。

又：（寶鼎現）通篇鍊金錯采，絢爛極矣，而一二今昔之感處，尤覺韻味深長。

沈際飛草堂詩餘：（謁金門惜春）春之難來而易去，有如此詞。（别集卷一）

又：（蘭陵王送春去）三個春去，多情。齒牙間得利。（别集卷四）

又：（大酺任鎖窗深）只云妒花，風乃含嬌耶？字字拔。凄傷寓之艷宕，冥冥花樹，不復可堪。廢興難已于懷。（别集卷四）

況周頤蕙風詞話：須溪詞，風格遒上似稼軒，情辭跌宕似遺山。有時意筆俱化，純任天倪，竟能略似坡公。往往獨到之處，能以中鋒達意，以中聲赴節。世或目為別調，非知人之言也。促拍醜奴兒云：「百年已是中年後，西州垂淚，東山攜手，幾箇斜暉。」踏莎行九日牛山作云：「向來吹帽插花人，盡隨殘照西風去。」（按，此詞乃劉克莊作）永遇樂云：「香塵暗陌，華燈明晝，長是懶攜手去。」摸魚兒海棠一日如雪無飲余者賦恨云：「無人舉酒。但照影堤流，圖他紅淚，飄灑到襟袖。」前調守歲云：「古今守歲無言説，長是酒闌情緒。」金縷曲五日云：「欸乃漁歌斜陽外，幾書生、能辦投湘賦。」余所摘警句視此。其江城子海棠花下燒燭詞云：「欲睡心情，一似夢驚殘。」山花子春暮云：「更欲徘徊春尚肯，已無花。」若斯之類，是其次矣。如衡論全體大段，以骨幹氣息為主，則必舉全首而言。其中即無如右等句可也。由是推之全卷，乃至口占、漫興之作，而其骨幹氣息具在此。須溪之所以不可及乎！（卷二）

又：須溪詞中，間有輕靈婉麗之作。似乎元、明以後詞派，導源乎此。詎時代已入元初，風會所趨，不期然而然者耶？如浣溪沙感別云：「點點疏林欲雪天。竹籬斜閉自清妍。為伊憔悴得人憐。　欲與那人攜素手。粉香和淚落君前。相逢恨恨總無言。」前調春日即事云：「遠遠遊蜂不記家。數行新柳自啼鴉。尋思舊事即天涯。　睡起有情和畫卷，燕歸無語傍人斜。晚風吹落小瓶花。」山花子後段：「早宿半程芳草路，猶寒欲雨暮春天。小小桃花三兩樹，得人憐。」此等小詞，乃至略似國初顧梁汾、納蘭容若輩之作，以謂須溪詞中之別調可耳。（卷二）

又：劉尚友詩餘有摸魚兒己卯元夕、甲申客路聞鵑各一闋。己卯，宋帝昺祥興二年，是年宋亡。甲申，元世祖至元二十一年，上距宋亡五年。尚友兩詞並情文慷慨，骨幹近蒼。聞鵑闋，有「少日」、「曾聽」、「搖落壯心」之句，蓋雖須溪之子，而身丁國變，已届中年。按：須溪詞摸魚兒辛巳自壽年五十句云：「渾未覺。憑兒子門生，前度登高弱。」兒子即尚友。辛巳前二年為己卯，即尚友作元夕詞之年，即宋亡之年。是年須溪四十八歲。須溪亦有聞杜鵑詞，調金縷曲，句云：「十八年間來往斷，白首人間今古。」自注：「予往來秀城十七八年，自己巳夏歸，又十六年矣。」己巳後十六年，恰是甲申，聞杜鵑詞，當是與尚友同作。是年須溪五十三歲。須溪又有臨江仙將孫生日賦云：「二十年前此日，女兒慶我生兒。」末云：「兒童看有子，白髮故應衰。」須溪賦是詞時，尚友逾弱冠，有子矣。「白髮故應衰」，猶是始衰者之言。蓋須溪得尚友早，父子年歲相差，為數二十强弱。據詞略可考見者如右。（卷三）

又：鳳林書院草堂詩餘無名氏選至元、大德間諸人所作（天游詞録九首），並皆南宋遺民詞。多悽惻傷感，不忘故國，而于卷首冠以劉藏春、許魯齋二家，以文丞相、鄧中齋、劉須溪三公繼之，若故為之畦町。當時顧忌甚深，是書于有所不敢之中，僅能存其微旨，度亦幾經審慎而後出之。（卷三）

又：顏吟竹，南渡遺老，與須溪翁唱酬，蓋氣類之感也。（卷三）

又：須溪詞百字令「少微星小」闋自注：「佛以四月八生，見明星悟道，曰『奇哉』，即左傳『星隕如雨』之夕也。」此説絶新。須溪賅博，未審于何書得之。（續編卷一）

況周頤餐櫻廡詞話：近人論詞，或以須溪詞為别調，非知人之言也。須溪詞多真率語，滿心而發，不假追琢，有掉臂游行之樂。其詞筆多用中鋒，風格遒上，略與稼軒旗鼓相當。世俗之論，容或以稼軒為别調，宜其以别調目須溪也。（引自龍榆生唐宋名家詞選）

俞陛雲唐五代兩宋詞選釋：（寶鼎現）劉在宋末隱遁不仕，此為感舊之作。上段先述元夕之盛，中段從父老眼中曾見宣和往事，朱邸豪華，銅街士女，只贏得銅仙對注，已極傷懷。下闋言大好春色而畏逢春色，有懷莫訴，歸向緑窗人燈前掩淚，尤為淒黯。余早歲曾見東華燈市火樹銀花之盛，五十年來桑海遷流，亦若劉須溪之「夢裏霓裳」矣。

又：（蘭陵王）雖以「送春」標題，每段首句皆以春去作起筆，而其下則鴉過荒城，風沙迷目，不僅燈火闌珊之感。次段「杜鵑」句以下，長門日暮，悲玉樹之凋殘；後段「蘇堤」句以下，故國神遊，憶花枝于前度。其思鄉戀闕，撫事懷人，百感並集，不獨「送春」也。清真倚此調，其次段、後段，皆在中權筆有頓挫。此作亦在中樞以「杜鵑」、「蘇堤」句作轉換之筆，乃句意並到之作。

唐圭璋唐宋詞簡釋：（蘭陵王丙子送春）此首題作送春，實寓亡國之痛。三片皆重筆發端振起，以下曲折述懷，哀感彌深。「鞦韆外」三句，承「無路」，寫出一片淒迷景色。「依依」句，頓宕。「漫憶」數句，大筆馳驟，嘆當年之繁華已無覓處。第二片，歷數春之燕與杜鵑，以襯人之傷春。第三片，嘆故國好春，空餘神遊。末言人生流落之可哀。

又：（寶鼎現）此首鋪寫當年月夜游賞之樂，而一二字句鈎勒今情，即覺興衰迴異，悽動心目。第一片，極寫當年遊人之衆，樓臺之麗與歌舞之盛。第二片，更記當年燈月交輝之美。第三片，憶舊游，恍如一夢，燈前想象，不禁淚墮。

十七畫

十四畫

十五畫

十六畫

十三畫

十一畫

十二畫

九　畫

十　畫

七 畫

八 畫

五　畫

六　畫

筆畫索引

一畫

二畫

三畫

四畫

秋笳集	[清]吴兆騫撰　麻守中校點
漁洋精華録集釋	[清]王士禛著 李毓芙、牟通、李茂肅整理
聊齋志異會校會注會評本	[清]蒲松齡著　張友鶴輯校
敬業堂詩集	[清]查慎行著　周劭標點
納蘭詞箋注	[清]納蘭性德著　張草紉箋注
方苞集	[清]方苞著　劉季高校點
樊榭山房集	[清]厲鶚著　[清]董兆熊注 陳九思標校
劉大櫆集	[清]劉大櫆著　吴孟復標點
儒林外史彙校彙評	[清]吴敬梓著　李漢秋輯校
小倉山房詩文集	[清]袁枚著　周本淳標校
忠雅堂集校箋	[清]蔣士銓著　邵海清校 李夢生箋
甌北集	[清]趙翼著　李學穎、曹光甫校點
惜抱軒詩文集	[清]姚鼐著　劉季高標校
兩當軒集	[清]黄景仁著　李國章校點
惲敬集	[清]惲敬著　萬陸、謝珊珊、林振岳標校　林振岳集評
茗柯文編	[清]張惠言著　黄立新校點
瓶水齋詩集	[清]舒位著　曹光甫點校
龔自珍全集	[清]龔自珍著　王佩諍校點
龔自珍詩集編年校注	[清]龔自珍著　劉逸生、周錫䪖校注
水雲樓詩詞箋注	[清]蔣春霖著　劉勇剛箋注
人境廬詩草箋注	[清]黄遵憲著　錢仲聯箋注
嶺雲海日樓詩鈔	[清]丘逢甲著　丘鑄昌標點

湯顯祖詩文集　　[明]湯顯祖著　徐朔方箋校
湯顯祖戲曲集　　[明]湯顯祖著　錢南揚校點
白蘇齋類集　　[明]袁宗道著　錢伯城校點
袁宏道集箋校　　[明]袁宏道著　錢伯城箋校
珂雪齋集　　[明]袁中道著　錢伯城點校
隱秀軒集　　[明]鍾惺著　李先耕、崔重慶標校
譚元春集　　[明]譚元春著　陳杏珍標校
張岱詩文集(增訂本)　　[明]張岱著　夏咸淳輯校
陳子龍詩集　　[明]陳子龍著　施蟄存、馬祖熙標校
牧齋初學集　　[清]錢謙益著　[清]錢曾箋注　錢仲聯標校
牧齋有學集　　[清]錢謙益著　[清]錢曾箋注　錢仲聯標校
牧齋雜著　　[清]錢謙益著　[清]錢曾箋注　錢仲聯標校
牧齋初學集詩注彙校　　[清]錢謙益著　[清]錢曾箋注　卿朝暉輯校
李玉戲曲集　　[清]李玉著　陳古虞、陳多、馬聖貴點校
吴梅村全集　　[清]吴偉業著　李學穎集評標校
歸莊集　　[清]歸莊著
顧亭林詩集彙注　　[清]顧炎武著　王蘧常輯注　吴丕績標校
安雅堂全集　　[清]宋琬著　馬祖熙標校
吴嘉紀詩箋校　　[清]吴嘉紀著　楊積慶箋校
陳維崧集　　[清]陳維崧著　陳振鵬標點　李學穎校補

清真集箋注	[宋]周邦彦著　羅忼烈箋注
石林詞箋注	[宋]葉夢得著　蔣哲倫箋注
樵歌校注	[宋]朱敦儒著　鄧子勉校注
李清照集箋注(修訂本)	[宋]李清照著　徐培均箋注
陳與義集校箋	[宋]陳與義著　白敦仁校箋
蘆川詞箋注	[宋]張元幹著　曹濟平箋注
劍南詩稿校注	[宋]陸游著　錢仲聯校注
放翁詞編年箋注(增訂本)	[宋]陸游著　夏承燾、吴熊和箋注 陶然訂補
范石湖集	[宋]范成大撰　富壽蓀標校
于湖居士文集	[宋]張孝祥著　徐鵬校點
稼軒詞編年箋注(定本)	[宋]辛棄疾撰　鄧廣銘箋注
姜白石詞編年箋校	[宋]姜夔著　夏承燾箋校
後村詞箋注	[宋]劉克莊著　錢仲聯箋注
劉辰翁詩校注	[宋]劉辰翁著　吴企明校注
雁門集	[元]薩都拉著 殷孟倫、朱廣祁校點
揭傒斯全集	[元]揭傒斯著　李夢生標校
高青丘集	[明]高啓著　[清]金檀注 徐澄宇、沈北宗校點
唐寅集	[明]唐寅著　周道振、張月尊輯校
文徵明集(增訂本)	[明]文徵明著　周道振輯校
震川先生集	[明]歸有光著　周本淳校點
海浮山堂詞稿	[明]馮惟敏著 凌景埏、謝伯陽標校
滄溟先生集	[明]李攀龍著　包敬第標校
梁辰魚集	[明]梁辰魚著　吴書蔭编集校點
沈璟集	[明]沈璟著　徐朔方輯校

樊南文集　　[唐]李商隱著　[清]馮浩詳注　錢振倫、錢振常箋注
皮子文藪　　[唐]皮日休著　蕭滌非、鄭慶篤整理
鄭谷詩集箋注　　[唐]鄭谷著　嚴壽澂、黄明、趙昌平箋注
韋莊集箋注　　[五代]韋莊著　聶安福箋注
李璟李煜詞校注　　[南唐]李璟、李煜著　詹安泰校注
張先集編年校注　　[宋]張先著　吴熊和、沈松勤校注
二晏詞箋注　　[宋]晏殊、晏幾道著　張草紉箋注
梅堯臣集編年校注　　[宋]梅堯臣著　朱東潤編年校注
歐陽修詩文集校箋　　[宋]歐陽修著　洪本健校箋
歐陽修詞校注　　[宋]歐陽修著　胡可先、徐邁校注
蘇舜欽集　　[宋]蘇舜欽著　沈文倬校點
嘉祐集箋注　　[宋]蘇洵著　曾棗莊、金成禮箋注
王荆文公詩箋注　　[宋]王安石著　[宋]李壁箋注　高克勤點校
王令集　　[宋]王令著　沈文倬校點
蘇軾詩集合注　　[宋]蘇軾著　[清]馮應榴注　黄任軻、朱懷春校點
東坡樂府箋　　[宋]蘇軾著　[清]朱孝臧編年　龍榆生校箋
欒城集　　[宋]蘇轍著　曾棗莊、馬德富校點
山谷詩集注　　[宋]黄庭堅著　[宋]任淵、史容、史季温注　黄寶華點校
山谷詩注續補　　[宋]黄庭堅著　陳永正、何澤棠注
山谷詞校注　　[宋]黄庭堅著　馬興榮、祝振玉校注
淮海集箋注　　[宋]秦觀撰　徐培均箋注
淮海居士長短句箋注　　[宋]秦觀著　徐培均箋注

孟浩然詩集箋注(增訂本)　[唐]孟浩然著　佟培基箋注
王右丞集箋注　[唐]王維著　[清]趙殿成箋注
李白集校注　[唐]李白著　瞿蜕園、朱金城校注
高適集校注(修訂本)　[唐]高適著　孫欽善校注
杜詩趙次公先後解輯校　[唐]杜甫著　[宋]趙次公注　林繼中輯校
杜詩鏡銓　[唐]杜甫著　[清]楊倫箋注
錢注杜詩　[唐]杜甫著　[清]錢謙益箋注
岑參集校注　[唐]岑參著　陳鐵民、侯忠義校注
戴叔倫詩集校注　[唐]戴叔倫著　蔣寅校注
韋應物集校注(增訂本)　[唐]韋應物著　陶敏、王友勝校注
權德輿詩文集　[唐]權德輿撰　郭廣偉校點
韓昌黎詩繫年集釋　[唐]韓愈著　錢仲聯集釋
韓昌黎文集校注　[唐]韓愈著　馬其昶校注　馬茂元整理
劉禹錫集箋證　[唐]劉禹錫著　瞿蜕園箋證
白居易集箋校　[唐]白居易著　朱金城箋校
柳宗元詩箋釋　[唐]柳宗元著　王國安箋釋
柳河東集　[唐]柳宗元著　[宋]廖瑩中輯注
元稹集校注　[唐]元稹著　周相録校注
長江集新校　[唐]賈島著　李嘉言新校
三家評注李長吉歌詩　[唐]李賀著　[清]王琦等評注
樊川文集　[唐]杜牧著　陳允吉校點
樊川詩集注　[唐]杜牧著　[清]馮集梧注
温飛卿詩集箋注　[唐]温庭筠著　[清]曾益等箋注
玉谿生詩集箋注　[唐]李商隱著　[清]馮浩箋注　蔣凡校點

《中國古典文學叢書》已出書目

詩經今注	高亨注
楚辭今注	湯炳正、李大明、李誠、熊良智注
司馬相如集校注	[漢]司馬相如著　金國永校注
揚雄集校注	[漢]揚雄著　張震澤校注
張衡詩文集校注	[漢]張衡著　張震澤校注
阮籍集	[魏]阮籍著　李志鈞等校點
陶淵明集校箋(修訂本)	[晉]陶潛著　龔斌校箋
世説新語箋疏(修訂本)	[南朝宋]劉義慶撰　余嘉錫箋疏 周祖謨等整理
世説新語校釋	[南朝宋]劉義慶撰　[南朝梁]劉孝標注　龔斌校釋
鮑參軍集注	[南朝宋]鮑照著 錢仲聯增補集説校
謝宣城集校注	[南朝齊]謝朓著　曹融南校注集説
文心雕龍義證	[南朝梁]劉勰著　詹鍈義證
詩品集注(增訂本)	[梁]鍾嶸著　曹旭集注
文選	[梁]蕭統編　[唐]李善注
玉臺新咏彙校	吴冠文　談蓓芳　章培恒彙校
王梵志詩集校注(增訂本)	[唐]王梵志著　項楚校注
盧照鄰集箋注	[唐]盧照鄰著　祝尚書箋注
駱臨海集箋注	[唐]駱賓王著　[清]陳熙晉箋注
王子安集注	[唐]王勃著　[清]蔣清翊注
陳子昂集(修訂本)	[唐]陳子昂撰　徐鵬校點